영원한 남편 외

영원한 남편 외
Вечный муж

표도르 도스또예프스끼 중단편집
정명자 외 옮김

VECHNYI MUZH
by FEDOR DOSTOEVSKII (1870)

일러두기

1. 번역 대본은 F. M. Dostoevskii, *Sobranie sochinenii v dvenadtsati tomakh*(Moskva: Pravda, 1982)와 F. M. Dostoevskii, *Polnoe sobranie sochinenii v tridtsati tomakh* (Leningrad: Nauka, 1972~1990)를 주로 사용하였습니다. 다만 판본에 차이가 없는 한 옮긴이가 번역 대본을 임의로 선택하였습니다.
2. 러시아어의 로마자 표기와 우리말 표기는 〈열린책들〉에서 정한 표기안을 따르되, 관행적으로 굳어진 일부 용어만 예외로 하였습니다.

이 책은 실로 꿰매어 제본하는 정통적인 사철 방식으로 만들어졌습니다.
사철 방식으로 제본된 책은 오랫동안 보관해도 손상되지 않습니다.

영원한 남편 정명자 옮김

1. 벨차니노프	11
2. 모자에 상장을 단 신사	21
3. 빠벨 빠블로비치 뜨루소스끼	36
4. 아내, 남편 그리고 애인	50
5. 리자	60
6. 한가한 사람의 새로운 환상	75
7. 남편과 정부가 서로 키스하다	85
8. 리자, 병나다	101
9. 환영	109
10. 묘지에서	120
11. 빠벨 빠블로비치, 결혼하다	131
12. 자흘레비닌의 집에서	144
13. 어느 쪽이 더 큰가	172
14. 사셴까와 나젠까	182

15. 총결산을 하다	194
16. 분석	206
17. 영원한 남편	219

보보끄 박현섭 옮김   233

예수의 크리스마스 트리에 초대된 아이 박현섭 옮김

1. 손을 내미는 아이	257
2. 예수의 크리스마스 트리에 초대된 아이	259

농부 마레이 박현섭 옮김   267

백 살의 노파 박현섭 옮김   277

온순한 여자 박현섭 옮김

작가로부터	289
제1부	293
제2부	325

우스운 사람의 꿈 박현섭 옮김   349

담담한 시선에 비친 인간 군상 · 역자 해설 1	379
창작 절정기의 사상적 결산 한마당 · 역자 해설 2	385
온순함과 자만심의 변증법 · 작품 평론 · G. M. 프리들렌제르/정명자 옮김	401
도스또예프스끼 연보	423

영원한 남편

정명자 옮김

1. 벨차니노프

 여름이 왔다. 그런데도 벨차니노프는 전혀 뜻하지 않게 뻬쩨르부르그에 남게 되었다. 남러시아로 가려던 그의 여행 계획은 없던 일이 되었고, 사건의 결과는 전혀 예측을 불허하는 상태에 놓이게 되었다. 사건이란 소유지에 관한 민사 소송건을 말하는데 골치 아픈 국면을 보이고 있었다. 불과 석 달 전만 해도 이 사건은 매우 단순한, 어쩌면 아무런 문젯거리도 없을 듯한 양상을 띠고 있었다. 그런데 어찌 된 셈인지 갑작스레 모든 일이 뒤죽박죽이 되고 만 것이다.「도대체 모든 게 최악의 상태로군!」벨차니노프는 마치 남의 불행을 기뻐하기라도 하는 것처럼 자주 이런 말을 혼자서 되뇌었다. 그는 솜씨가 뛰어나고 수임료가 비싼 유명한 변호사를 선임하고, 돈을 아끼지 않고 썼다. 그런데도 초조함과 의심하는 마음을 억제하지 못하고 자신이 직접 그 일에 뛰어들어 버렸다. 그는 서류를 읽고, 변호사가 결국에는 다 빼버리게 될 서류를 몸소 만들기도 했으며, 이곳저곳의 관청을 쫓아다니며 문의를 하기도 했는데, 아마도 이러한 일이 모든 절차를 더욱 복잡하게 만든 것이었는지도 모른다. 변호사는 불평을 늘어놓으며 그를 별장으로라도 쫓아 보내려고 했다. 그러나 그는 별장으로 떠나는 일조차 결정을 지을 수 없었다. 말하자면 먼지와 무더위, 신경을 자극하는 뻬쩨르부르그의 백야, 바로 이러한 것들을 뻬쩨르부르그에서 즐기고 있는 꼴이 되어 버린 것이다. 얼마 전 임대한 그의 아파트는 볼쇼이 극장 부근 어디쯤엔가 있었는데, 이곳 역시 시원치가 않은 집이었다. 「모든 일이 꼬였군!」 그의 우울증은 날이 갈수록 심해졌다. 그러나 우울증은 이미 오래전부터 기미를 보이고 있던 것이었다.

그는 세상 경험도 풍부하게 해본, 그다지 젊지는 않은 서른여덟 아니면 서른아홉쯤 된 사나이였는데, 이 〈노쇠 현상〉은 — 그의 표현에 따르면 — 〈전혀 뜻밖에, 예기치도 않게〉 그에게 찾아온 것이다. 그러나 그는 자신이 연령의 양보다는 말하자면 연령의 질로 인해 늙어 보인다는 것, 그리고 쇠약이 벌써 시작되었다면 그것은 외부에서라기보다는 오히려 내부에서 시작된 것이라는 것을 스스로 잘 알고 있었다. 외관상 그는 아직까지 젊은 사람으로 보였다. 그는 키가 크고 건장한 체격의 사나이였으며, 밝은 블론드의 머리는 숱이 많고, 거의 가슴 중간까지 내려오는 아맛빛 긴 수염에도 아직 새치 하나 없었다. 얼른 보아선 어딘가 굼뜨고 해이하게 풀어진 사람처럼 보이지만, 좀 더 자세히 바라보면 금세 지금껏 품위를 잘 유지해 왔으며, 일찍이 최고 상류 사회의 교육을 받은 바 있는 신사의 모습을 그에게서 쉽사리 발견할 수 있었다. 벨차니노프의 외모에는 짐짓 일부러 그러는 듯한 까탈스러움과 느릿느릿한 거동에도 불구하고, 아직도 여전히 자유 분방하고 스스럼이 없으며 오히려 우아하기까지 한 면이 있었다. 거기에다 그는 지금까지도 벗어 버리지 않은, 남을 업신여기는 듯한 상류 사회 특유의 자존심을 잔뜩 지니고 있었는데, 그 정도가 어느 만큼이냐 하면, 모르긴 해도 머리가 좋고 제법 재치가 있는 데다 거의 완벽한 교양을 소유했고, 의심할 나위 없이 재주 많은 인간인 자기 자신조차 그 정도를 미처 가늠하지 못할 정도였다. 희고 불그스레한 홍조를 띤 그의 얼굴빛은 예전에는 여성스러운 상냥함까지 지니고 있어서 뭇 여인들의 시선을 한 몸에 모으기도 했다. 지금도 가끔 그를 쳐다보며 〈거참, 건강하시군요. 마치 우유에 피를 탄 것 같습니다!〉라고 말하는 사람이 있을 정도이다. 그런데 바로 이 〈건강하신〉 분이 우울증으로 말미암아 격심하게 고통을 받고 있는 중인 것이다. 커다랗고 푸른 그의 두 눈은 10여 년 전쯤에는 의기양양한 빛으로 가득 차 있었다. 그것은 더없이 맑고 명랑하며 아무 근심 걱정이 없는 눈이었고, 그를 만나는 사람은 너나없이 모두 그에게 매혹되었다. 마흔을 바라보는 오늘날, 벌써 가느다란 잔주름에 둘러싸인 이 두 눈에는 맑고 선량한 빛이 거의 자취를 감추고 있었다. 반대로 그 눈에는 그다지 품행이 방정하지 않으며, 몸이 피곤한 사람에게서 나타나는 냉소와 교활, 그리고 무엇보다 자주 비웃는 듯한 조소가 어른거리며, 전에는 없던 새로운 음영이 드러나고 있었다. 그것은 비애와 고통의 음영이었는데, 무엇인가 막연한, 뚜렷한 대상이 없는 것 같지만, 강렬한 비애의 빛을 띤 그림자였다. 이 슬픔의 빛은 그가 혼자 있을 때에 특히 잘 드러났다. 불과 이태 전만 해도 우스꽝스러운 이야기를 그토록 좋아하던 이 요란하고 명랑하고 산만한 사나이가 지금은 완전히 혼자 있는 것을 제일 좋아하게 되었다니 참으로 이상한 일이었다. 그는 재정 상태가 아주 나빠진 지금의 상황이라 할지라도 굳이 끊을 필요까지는 없는 많은 교제 관계를 일부러 끊어 버렸다. 사실 거기에는 그의 허영심도 일조를 하고 있었다. 그의 의심과 허영심으로는 예전의 교제 관계를 계속 유지시켜 나갈 수가 없었던 것이다. 그러나 그의 허영심도 고독한 생활 속에서 차츰 조금씩 변화하기 시작했다. 그 허영심은 점점 작아지는 것이 아니라 오히려 더 커져 갔던 것이다.

그것은 일찍이 없었던 어떤 특수한 허영심으로 변해 갔다. 때때로 그 허영심은 전에 흔히 있었던 것과는 다른 이유, 전에는 생

---

1 〈우유에 피를 탄 것 같다〉는 말은 환한 얼굴빛을 나타내는 것으로 일반적으로 건강함을 가리키는 속된 표현.

각지도 못했던 뜻밖의 이유, 여태까지보다 〈더욱 고상한〉 이유로 고통받기 시작했던 것이다. 「만일 그렇게 표현할 수 있다면, 정말 고상하고도 저급한 이유가 따로 있다면야……」 이것은 그가 스스로 덧붙이는 말이었다. 그렇다. 그는 이러한 지경에까지 이르렀다. 그는 지금 예전 같으면 전혀 생각지도 못했을 모종의 고상한 이유와 더불어 씨름을 하고 있는 것이다. 자신의 의식과 양심상, 어떻게 하든 혼자 속으로 비웃어 넘길 수 없는(그 자신에게도 놀라운 일이지만) 그 모든 〈원인들〉을 그는 고상한 것이라 부르고 있었다. 이는 지금까지 없었던 일이었다. 하지만 이런 건 그가 마음속에서 스스로 하는 생각일 뿐 사람들이 있는 곳에서는, 오, 그야 문제가 달라진다! 상황에 따라서는 당장 내일이라도 이 모든 신비롭고 경건하기까지 한 자신의 양심상의 결정에도 불구하고, 태연자약하게 그 모든 〈고상한 원인들〉을 큰 소리로 부인하며, 가장 먼저 그것들을 일소에 붙이면서 자신이 그런 생각을 했다는 눈치조차 전혀 없이 시치미를 딱 뗄 것이라는 것은 누구보다도 그 자신이 잘 알고 있었다. 지금까지 그를 지배해 온 〈저속한 원인들〉로부터 최근에 상당히 많은, 꽤 놀랄 만한 사상적 독립을 획득했음에도 불구하고 이것은 틀림없는 사실이었다. 사실 그는 아침에 침대에서 일어나며, 잠을 못 이룬 불면의 밤 동안 생각했던 자신의 여러 가지 생각과 감정에 대해 부끄러움을 느꼈던 때가 한두 번이 아니었다(그런데 그는 최근 들어 줄곧 불면증으로 고통을 받고 있었다)! 벌써 오래전부터 그는 자기가 크고 작은 모든 일에 지나치리만큼 심한 의심의 증세를 보인다는 것을 알고 있었기 때문에, 가능한 한 스스로 자기 자신을 덜 믿으려 하고 있었다. 그럼에도 불구하고 아무래도 그 존재를 인정하지 않을 수 없는 몇 가지 사실들이 실제로 발생하고 있었다. 최근 들어 가끔 밤이면 그의 생각과 감각은 평상시와는 전혀 다르게 완전히 딴판으로 달라지면서, 그날 낮 동안에 떠올렸던 것과는 아주 판이하게 생각되는 일이 왕왕 나타나고 있었다. 이 사실에 그는 충격을 받았다. 그래서 그는 안면이 있는 어느 유명한 의사와 상담까지 해보았다. 물론 농담을 하듯 넌지시 말을 꺼내 보았다. 그가 들은 의사의 대답은 이러했다. 잠을 이루지 못하는 밤, 대개는 한밤중에 생각과 감각이 변화하고 심지어 분열하는 현상은 대체로 〈깊이 생각하고 깊이 느끼는〉 사람들 중에 흔히 나타나는 일이라는 것, 평생토록 가지고 있던 굳건한 신념이 때로는 밤과 불면증의 멜랑콜리한 분위기 아래 삽시간에 변해 버리는 일이 일어나기도 한다는 것이다. 그런가 하면 뚜렷한 이유 없이 느닷없이 일생일대의 결심이 굳혀지기도 한다고 말했다. 그러나 이 모든 것이 정도의 문제라는 것은 말할 것도 없지만, 만일에 누가 지나치리만큼 자기 자신 내부의 분열성을 인식하고 이로 인해 고통을 겪게 된다면, 그것은 이미 병이 들었다는 명백한 징후이다. 그렇다면 즉각 모종의 방도를 취해야만 한다. 가장 좋기로는 생활 양식을 과감하게 변화시키거나 식사법을 바꾸는 것, 혹은 여행을 해보는 일일 것이다. 물론 설사약도 효과가 있다는 등등.

벨차니노프는 그 다음 말에는 더 이상 귀를 기울이지 않았다. 그러나 그의 증세가 병이라는 것은 확실하게 입증이 된 셈이었다.

〈그렇다면 이 모든 게 병이란 말이지. 이 고상한 것도 하나의 병일 뿐, 그 이상은 아무것도 아니란 말이지!〉 이렇게 그는 때때로 비아냥거리듯 속으로 외쳤다. 그는 그 사실을 도저히 인정하고 싶지 않았던 것이다.

그런데 얼마 안 있어 지금껏 밤에만 나타나던 현상이 아침나절에도 반복되기 시작했다. 그러면서 그것은 밤 시간보다는 더 큰 고통과, 후회라기보다는 악의의 감정, 그리고 감동보다는 조소의 감정을 동반하고 나타났다. 실상 그것의 실체는 〈전혀 까닭도 없이 갑자기〉 온갖 특수한 형태로 점점 빈번히 그의 기억에 떠오르는, 지나간 오래전 과거의 갖가지 사건들이었다. 하지만 벨차니노프는 이미 오래전부터 기억력의 감퇴를 불평하고 있었다. 그는 아는 사람들의 얼굴을 종종 잊어버렸고 이로 인해 그들은 그를 만날 때마다 화를 내곤 했다. 그는 반년 전에 읽은 책을 이 기간 동안 가끔 깡그리 잊어버리기도 했다. 그런데 이게 어떻게 된 일인가? 이처럼 매일같이 확실히 기억력이 없어지는데도 불구하고 (이 점을 그는 매우 불안해 하고 있었다), 오래전에 지나간 일, 10년이나 15년 동안 기억에서 완전히 잊혀져 있던 일들, 그 모든 일이 때때로 불현듯 기억에 되살아나는데, 그것이 어찌나 놀라우리만큼 명확하고 세세한지 그는 마치 그 일을 지금 다시 체험하고 있는 듯한 느낌이 들 지경이었다. 이렇게 기억이 되살아나는 사실들 중의 몇몇은 그간 깡그리 기억에서 사라졌던 것이었기 때문에 이제 다시 그 생각이 난다는 것 자체가 이상하게 여겨졌다. 그런데 그것만이 전부는 아니었다. 사실 세상 경험을 그만큼 넓게 쌓은 사람치고 그만한 추억거리가 없겠는가? 그런데 문제는 기억이 되살아나는 이 모든 일이, 지금은 마치 그 누군가에 의해 조종되기라도 하는 것처럼, 예전 같으면 상상하지도 못했을 전혀 새롭고 예기치 않았던 견해를 가지고 되살아나는 데 있었다. 어째서 어떤 추억들은 지금 그에게 완전한 범죄 행위였던 것처럼 여겨지는 것일까? 그러니까 문제는 그의 이성적 판단력에만 있는 것은 아니었다. 그는 자신의 음침하고 고독하며 병적인 이성을 믿지도 않는 터였다. 그렇지만 그는 지금 세상의 모든 일을 저주하고 거의 울음이라도 터뜨리고 싶은 상황에 빠져 있는 것이다. 비록 그 눈물이 외면적인 것이 아니라 내면적인 것이라 해도 말이다. 그렇다, 만일 누가 한 2년 전쯤에 언젠가는 당신이 눈물을 흘리게 될 일이 있을 것이라고 말했다면 그는 아예 그 말을 믿지도 않았을 것이리라! 처음에는 감상적인 일보다는 화가 나는 일이 더 많이 기억에 떠올랐다. 몇 차례인가 있었던 사교계에서의 실패와 굴욕이 머릿속에 떠올랐다. 예를 들어 그를 〈어떤 모략가가 중상했기〉 때문에 그 결과로 어떤 집안에 드나드는 일이 중단되었다든지, 또는 이것은 그리 오래된 일이 아니지만, 그가 많은 사람들이 있는 곳에서 꼼짝없이 모욕을 당하고도 결투 신청을 하지 않았던 일이라든지, 내로라 하는 최고의 부인네들이 있는 곳에서 아주 재치 있고 날카로운 짧은 풍자시의 공격을 받고도 어떻게 대답을 해야 할지 방도를 찾지 못해 쩔쩔맨 일 등등이 떠올랐다. 심지어 두어 건의 아직 갚지 않은 부채에 관한 일도 기억에 떠올랐지만, 물론 이건 대수롭지 않은 것이다. 하지만 그것은 명예에 관계된 빚[2]이라고 하는 노름빚이었고, 이제는 그가 교제를 하지 않는, 그의 편에서 어리석은 자들이라고 욕하는 사람들에게 진 부채였다. 또한 가장 화가 나는 순간에는, 모두 상당한 액수에 달하는 두 개의 유산을 너무나 어리석게 탕진해 버린 기억이 되살아나 그를 괴롭혔다. 그리고 얼마 안 가서 그 〈고상한〉 일에 관한 생각이 떠오르기 시작했다.

갑자기, 예를 들어 잊혀졌던 아주 까맣게 잊혀졌던 머리가 하얗고 우스꽝스럽게 생긴, 어떤 사람 좋은 늙은 관리의 모습이 〈느닷없이〉 기억에 떠오른다. 언젠가 오래전에 그는 사람들이 보는 데서 그 늙은 관리를 모욕한 적이 있었다. 그는 단지 우스꽝스럽고 재치 있는 우스갯소리를 효과적으로 하기 위해 그랬던 것인데, 이 일은 그를 일약 유명하게 만들었고, 그 후 사람들은 그 말을 반복하여 써먹기까지 했다. 그 사건은 여지껏 완전히 잊고 있었으므로, 당시의 모든 정경이 이상하리만큼 선명하게 눈앞에 나타나지만 그 노인의 성이 뭐였는지 따위는 전혀 기억 나지 않는다. 그는 그 당시 노인이 아버지와 함께 살다가 혼기를 놓치고 시내에 이러저러한 소문이 떠돌기 시작한 자신의 딸에 대해 극구 변명을 늘어놓던 일을 똑똑하게 기억해 냈다. 노인은 답변도 하

---

2 러시아 인들은 노름에서 진 빚을 명예와 관련시킬 만큼 중요시했다.

고 화를 내다가, 갑자기 사람들이 모두 보는 데에서 대성 통곡을 했기 때문에 상당히 강한 인상을 불러일으켰다. 그러자 사람들은 노인을 달래느라 그에게 샴페인을 잔뜩 마시게 하고, 다 같이 실컷 웃어 대는 것으로써 그 사건을 마무리지었다. 그런데 지금 벨차니노프가 〈까닭도 없이〉, 그 노인이 마치 어린아이처럼 두 손으로 얼굴을 감싸고 흐느끼던 모습을 기억하고 보니, 문득 자기가 한번도 그 일을 잊은 적이 없었던 것처럼 생각되는 것이었다. 참으로 이상한 일이었다. 이 모든 일이 그 당시에는 우스꽝스럽게만 여겨졌는데 지금은 정반대였으며, 모든 세세한 일들, 특히 두 손으로 감싸 쥐었던 그 노인의 얼굴이 그렇게 생각되었다. 그 다음에는 이런 기억도 떠올랐다. 그는 단지 장난삼아 용모가 매우 뛰어난, 어느 학교 선생의 아내를 중상모략한 적이 있는데, 이 중상이 그녀의 남편에게까지 전달되었다. 벨차니노프는 곧바로 그 작은 도시를 떠났으므로 그 모략의 결과가 어떻게 끝맺음되었는지는 알지 못했다. 그런데 지금 갑자기 그 결과가 어떻게 되었을까 하는 공상을 하기 시작했다. 만일에 이때 갑자기 어떤 평범한 시민 계급 태생의 처녀에 대한 가장 최근의 추억이 머리에 떠오르지 않았더라면 그의 상상은 어디까지 펼쳐졌을지 모를 일이다. 그 처녀가 그다지 썩 마음에 든 것도 아니었고, 솔직히 말해서 그녀와의 관계를 부끄러운 것으로 여기고 있었는데, 무엇 때문인지 그 자신도 까닭을 알지 못한 채 그녀에게 아이를 낳게 하고, 그러고 나서는 뻬쩨르부르그를 떠날 때 작별 인사조차 안 하고(사실 그럴 사이도 없었지만) 아이와 함께 그녀를 내팽개쳐 버렸던 것이다. 그 후 그는 이 처녀를 1년 동안이나 수소문해 보았지만 이미 행방을 찾을 수가 없었다. 그런데 이런 종류의 추억이란 거의 수백 가지에 이르렀고, 어떤 한 가지의 추억은 수십 가지의 다른 추억을 줄줄이 끌고 나오다시피 했다. 이렇게 하여 차츰차츰 그의 허영심은 고통을 느끼기 시작했던 것이다.

우리는 이미 앞에서 그의 허영심이 어떤 특수한 형태로 변화 발전했다는 것을 말한 바 있다. 그것은 사실 전적으로 맞는 말이었다. 가끔(물론 드문 일이기는 하지만) 그는 자기 자신을 완전히 잊어버린 상태에서, 자기 소유의 마차가 없는 것도, 걸어서 여러 관청을 돌아다니는 것도, 옷차림에 다소 무신경해진 것도 전혀 부끄러워하지 않았다. 그런가 하면 옛날에 알고 지내던 사람 중의 누가 길에서 그를 비웃는 듯한 시선으로 쳐다보거나, 아니면 아예 못 본 척하더라도, 그는 눈 하나 깜짝하지 않을 만큼 대단한 오만을 지니고 있었다. 이것은 겉으로만 그러는 것이 아니라 정말 내면적으로도 동요를 느끼지 않는 것이었다. 물론 이런 일은 드물었으며, 오직 자기 자신을 완전히 잊고 초조의 상태에 빠진 순간에 한해서의 일이었다. 그러나 그럼에도 불구하고 그의 허영은 차츰 이전의 동기로부터 벗어나 끊임없이 그의 머릿속에 떠오르는 어떤 한 가지 문제점 주변으로 집중되기 시작했다.

〈이건 필시〉 하고 이따금 그는 비웃는 듯이 생각하기 시작했다 (그는 거의 언제나 자기 자신을 생각할 때면 비웃음으로부터 시작하는 경우가 많았다). 〈이건 틀림없이 누군가가 저기 어디에선가 나의 행실을 고쳐 주려고 걱정을 하며 나에게 이런 따위의 원망스러운 추억과 회개의 눈물을 보내 주고 있는 걸 거야. 하지만 어림 반 푼어치도 없는 수작이지! 이 모든 송신 발사가 말짱 헛수고란 말이다! 나는 분명히, 분명하게 보다 더 확실하게 알고 있어, 나의 이 어리석기 짝이 없는 마흔이란 나이에도 불구하고, 이 모든 회개의 눈물과 자기 반성에도 불구하고, 내 안에 자기 분별심이라고는 눈곱만치도 없다는 사실을 말이야! 만일에 당장 내일이라도 어떤 유혹이 있게 된다면, 예컨대 그 학교 선생의 부인이 내가 준 선물을 받았다는 소문을 퍼뜨리는 것이 내게 유리해진다면, 그렇다면 아마도 나는 망설일 것도 없이 그 소문을 좍 퍼뜨리게 될 거다. 그러면 처음보다 일은 더욱 나쁘고 추잡하게 되는 거지. 왜냐하면 이번이 첫번째가 아니고 벌써 두 번째 일이 되니까 말이야. 그리고 지금 당장 또다시 나를 모욕해 보시지, 외아들에다 11년 전에 나의 총에 발을 맞은 공작 아들 녀석아! 그러면 나는 당장이라도 네 녀석에게 결투 신청을 하고, 다시금 의족을 하게 하고 말 테다. 그러니 이런 게 모두 아무 소용이 없는 공포탄 발사지 뭐냔 말이다! 내가 나 자신을 손톱만큼도 벗어날 줄 모르고 있는데, 무엇 때문에 옛 생각을 해야 한단 말이냐!〉

물론 선생 부인과의 사건은 또다시 반복되지 않았고, 그가 누군가에게 의족을 하게 하지도 않았지만, 혹시 그럴 만한 일이 있게 되면 틀림없이 그러한 사건이 반복되리라는 한 가지 생각은 거의 그를 죽을 것 같은 심경에까지 이르게 했다……. 가끔이기는 했지만. 사실 언제까지나 추억에 잠겨 고통받을 수는 없는 일이다. 막간에는 쉬기도 하고 산책도 해야 하는 것 아닌가.

벨차니노프는 마침내 그렇게 하기로 했다. 그는 막간을 이용하여 산보라도 할 준비를 갖추었다. 그런데 어떻게 된 셈인지 시간이 갈수록 뻬쩨르부르그에서의 그의 삶은 더욱 유쾌하지 못한 양상을 띠어 갔다. 벌써 7월이 가까워져 오고 있었다. 그는 가끔 모든 것을, 그 소송 사건까지도 다 팽개쳐 버리고 아무것도 뒤돌아보지 않고 어딘가로 훌쩍, 전혀 생각하지도 않았다는 듯이, 예를 들어 크림 반도 쪽으로 떠나 볼까 하는 그런 생각도 했다. 그러나 보통 한 시간 후면, 그는 벌써 자신의 그런 생각을 경멸하며 이렇게 비웃었다. 〈내가 아무리 정상적인 인간이라 할지라도 이런 추악한 생각이 일단 시작되고 나면 그 어떤 쪽에서도 사그라지지 않을 것이다. 그렇다면 생각에서 달아날 것도 없고, 그래야 할 아무런 이유도 없을 것이다.〉 그는 슬픔에 잠겨 생각해 보기 시작했다.

〈무엇 때문에 내가 달아나야 한단 말인가, 이곳은 먼지가 자욱하고, 무덥고, 집안의 모든 것은 지저분하다. 내가 돌아다니는 관청들과 그 모든 사무원들한테서는 마치 쥐구멍과 같은 기분, 고물

시장과 같은 느낌이 날 뿐이다. 이 도시에 남아 있는 모든 사람들, 아침부터 밤까지 언뜻언뜻 보이는 그들의 얼굴에는, 그들의 온갖 이기심과 단순하기 짝이 없는 뻔뻔스러움, 그들의 겁에 질린 듯한 영혼, 그리고 암탉같이 작은 그들의 심장이 너무나도 솔직하고 적나라하게 드러나 있다. 그래, 진실로 이곳이야말로 우울증 환자에게는 천국이다! 모든 것이 솔직하고, 모든 것이 분명하다. 마치 어떤 별장 지대나 외국의 온천지에서 우리 부인네들 옆에 앉아 있게 된 것처럼 무엇을 감출 필요성이 전혀 없다. 그렇다면 단지 개방적이며 단순하다는 것만으로도 여기가 훨씬 더 많은 존경을 받아 마땅하지 않겠는가……. 나는 그 어디로든 떠나지 않겠다! 여기 눌러앉아, 절대 아무데도 가지 않으련다……!〉

2. 모자에 상장을 단 신사

7월 3일이었다. 견딜 수 없는 무더위와 열기가 계속되고 있었다. 이날은 벨차니노프에게 매우 바쁜 날이었다. 오전 내내 그는 걷거나 마차를 타고 돌아다녀야만 했고, 그 다음에는 저녁 무렵 용무가 있어 어떤 신사를 반드시 방문해야만 했던 것이다. 그는 흑하[3] 부근의 별장에서 피서 중인 경험이 풍부한 5등 문관을 예고도 없이 찾아가 만나 보려는 계획을 가지고 있었던 것이다. 다섯 시가 넘어서 벨차니노프는 마침내 경찰 다리 옆 네프스끼 거리에 있는 어떤 레스토랑(좀 의심스럽기는 하지만 프랑스 식이다)으로 들어가서 자신이 앉는 코너의 테이블에 자리를 잡고 앉아 늘상 먹는 음식을 주문했다.

그는 매일 1루블의 식사를 하고 술값은 따로 계산을 하고 있었

---

[3] 뻬쩨르부르그의 변두리 지역을 가로질러 흐르는 네바 강의 작은 지류.

는데, 이만하면 곤경에 처해 있는 자신의 재정 상황에 비추어 꽤 분별 있는 행동을 취하고 있노라 자처하고 있었다. 차마 어떻게 이런 수준의 음식을 먹을 수 있을까 하고 놀라면서도 그는 마지막 부스러기까지 전부, 그것도 매번 마치 그전에 한 사흘쯤 굶은 것 같은 굉장한 식욕으로 깨끗이 먹어 치우곤 했다. 「이건 뭔가 병적이다.」 때때로 자신의 식욕을 생각해 보며 그는 이런 혼잣말을 중얼거렸다. 그런데 오늘 그는 말할 수 없이 기분이 불쾌한 상태에서 늘상 자기가 앉는 테이블에 자리를 잡더니, 화가 난 듯이 모자를 어딘가로 내팽개치고는 팔꿈치를 괸 채 무엇인가 생각에 잠기기 시작했다. 만일 지금 옆자리에 앉아 식사를 하던 어떤 사람이 어쩌다 큰 소리를 낸다든가 아니면 그의 시중을 드는 종업원이 그의 말을 즉각 알아듣지 못한다면, 평소에는 그렇게 점잖게 행동하고, 또한 필요하면 거드름도 한껏 부릴 줄 아는 그이지만, 모르긴 해도 마치 애송이 사관 후보생처럼 야단법석을 떨며 무슨 소동이라도 한바탕 일으켰을 것이다.

수프가 나오자 숟가락을 들던 그는 갑자기 한 숟갈을 채 뜨지도 않고서, 숟가락을 테이블에 내던지고 하마터면 테이블을 박차고 일어날 뻔했다. 하나의 예기치 않은 생각이 갑자기 그의 머리에 전광석화처럼 떠오른 것이었다. 그 순간 그는 불현듯 — 어떤 과정을 거쳐 그렇게 된 것인지 그거야 신께서 아시겠지만 — 최근 들어 벌써 여러 날째 줄곧 그를 괴롭히고 있는 자신의 근심, 특별히 개인적인 근심의 원인을 알게 되었던 것이다. 이 근심의 정서가 어떻게 생겨났고, 왜, 어째서, 어떻게 해소가 안 되는 것인지는 신께서만 아실 일이었다. 그런데 지금 그는 마치 자신의 다섯 손가락을 들여다보는 것처럼 그 모든 일의 실상을 한꺼번에 알아채고 깨달은 것이다.

「이건 전부 그 모자 때문이다!」 그는 영감을 받은 듯이 중얼거렸다. 「모든 것이 불쾌한 상장을 단 그 흉측스러운 둥근 모자 때문이다. 그게 바로 모든 사건의 원인이란 말이다!」

그는 생각하기 시작했다. 그러자 점점 더 생각이 깊어질수록 그의 두 눈에는 〈이 모든 사건〉이 더욱더 침울하며 기이한 것으로 비치기 시작했다.

「그런데……, 그런데 대관절 여기에 어떤 사건이 존재한단 말인가?」 그는 자기 자신을 믿지 못한 채 반론을 제기했다. 「도대체 사건이라고 할 만한 그 무엇이라도 있단 말인가?」

그 사건이란 다음과 같은 것이었다. 거의 두 주일 전쯤(그는 확실하게 기억하지 못하고 있었지만, 아마도 두 주일 전쯤인 것으로 생각되었다), 그는 뽀지야체스끼 거리와 메샨스끼 거리 모퉁이의 어딘가 길거리에서 모자에 상장을 단 어떤 신사와 처음으로 만난 적이 있다. 그 신사는 다른 여느 사람들처럼 특별한 점이 없는 사람이었고, 황급히 길을 지나가고 있었다. 그러나 그는 어째서인지 벨차니노프를 조금 지나치게 빤히 쳐다보았고, 또 이쪽에서도 까닭 없이 깊은 주의를 그에게 기울였다. 적어도 그의 인상은 벨차니노프에게 어쩐지 아는 사람인 것처럼 생각되었다. 그는 틀림없이 언제 어디선가 그 얼굴을 본 적이 있었을 것이다. 「하지만 내 평생에 수천 명의 사람을 만났으니…… 그 사람들을 일일이 다 기억할 수는 없는 노릇이지!」 스무 걸음쯤 지나가자, 처음의 그 인상에도 불구하고 그는 벌써 이 해후에 관한 생각을 잊은 듯했다. 그렇지만 그 인상은 하루 종일 남아 있었다. 그만큼 그것은 독특한 인상이었다. 거기에는 무엇인가 대상 없는 특별한 악의의 감정이 있는 것 같았다. 두 주일이 지난 지금 그는 그때의 일을 모두 똑똑하게 기억할 수 있었다. 또한 그 악의의 감정이 어디에서 온 것인지 그 당시에는 전혀 알지 못하고 있었다는 느낌이 들었다. 그는 전혀 그 까닭을 알지 못했으므로, 그날 저녁 느꼈던 유쾌하지 못한 기분을 아침나절의 해후와 연관시키거나 대비시켜 보지 못했다. 그러나 그 신사는 스스로 자신을 상기시켜 주는 일을 서둘러 다음날에는 또다시 녜프스끼 거리에서 벨차니노프와 마주쳤고, 그리고 또다시 어딘가 이상스러운 눈초리로 벨차니노프를 쳐다보았다. 벨차니노프는 퉤 하고 침을 뱉었는데, 침을 뱉고 나서 그는 자신의 이 같은 행동에 매우 놀라고 말았다. 그래, 사실 아무런 까닭이나 목적도 없이 그저 싫은 감정을 일으키는 그런 인상이 있기는 하다.「그래, 난 정말로 어디에선가 그 자를 만난 적이 있어.」그는 이 만남이 있은 지 반 시간이 지나서 이런 생각에 잠겨 중얼거렸다. 그러고 나서 또다시 저녁 내내 극도로 불쾌한 기분에 싸여 지냈다. 심지어 밤에는 무언가 괴상한 꿈을 꾸기도 했다. 그럼에도 불구하고 그의 이 새롭고 특별한 우울증의 모든 원인이 오로지 아까 만난 그 상장을 단 사나이에 있다는 생각은 전혀 하지 못했다. 그날 밤 여러 차례 그 신사에 관한 생각을 하면서도 말이다. 심지어〈그런 형편없는 작자〉가 그처럼 오랫동안 그의 기억에 남을 수 있다는 사실에 대해 욕을 하기까지 했다. 자신이 흥분하는 탓을 전부 그 신사에게 돌려 버린다는 것은, 설혹 그런 생각이 떠올랐다 하더라도 창피한 일로 여겨졌다. 이틀 후 그들은 네바 강의 증기선 출구에 모여 있는 군중들 속에서 또다시 마주쳤다. 이번에 세 번째로 만났을 때, 벨차니노프는 틀림없이 그 상장을 단 모자를 쓴 신사가 자기를 알아보고서 군중들 틈에 끼여 떠밀려 나가면서도 자기를 향해 뛰어올 것 같다는 느낌을 받았다. 심지어 자신을 향해 손을〈감히〉뻗친 것처럼 생각되었다. 어쩌면 소리를 지르며 자기의 이름을 불렀는지도 모른다. 하지만 벨차니노프는 그 이름 부르는 마지막 소리를 분명하게 듣지는 못했다. 그런데…….〈그런데 말이야, 저자는 도대체 누구일까? 그리고 만일 정말 나를 알아보고 나에게 접근하기를 원한다면, 어째서 나한테 정작 다가오지는 않는 것일까?〉그는 마차를 타고 스몰리 수도원 쪽으로 가면서 이렇게 심술궂은 생각을 잠깐 했다. 반 시간 후 그는 벌써 자신의 변호사와 더

불어 토론을 하며 큰 소리를 지르고 있었다. 그러나 저녁 시간과 밤 시간 내내 그는 다시금 그 지긋지긋하고 극도로 환상적인 우수에 잠겨 있었다.「황달에 걸린 건 아닐까?」거울을 바라보며 그는 미심쩍은 듯이 자신에게 물었다.

그것이 세 번째 만남이었다. 그 후 닷새 가량 그는 확실하게 어느 누구와도 만나지 않았고, 그 〈악당〉에 관해 아무 소리도 듣지 못했다. 그런데도 그동안 수시로 모자에 상장을 단 그 사나이가 그의 머릿속에 아른거렸다. 이 사실에 대하여 벨차니노프는 상당히 놀라움을 금치 못했다. 〈내가 그 녀석을 그토록 싫어한단 말인가, 뭔가? 흠……! 그자도 모르긴 해도 역시 뻬쩨르부르그에 볼일이 많겠지……. 그런데 그자의 상장은 누구를 위한 것일까? 그 녀석은 틀림없이 나를 알아보았는데, 나는 그 녀석을 못 알아보는 거야. 그런데 무엇 때문에 사람들은 상장을 달고 다니는 것일까? 그런 인간들에게는 그런 게 어쩐지 어울리지도 않는데……. 만일 내가 좀 더 가까이에서 그자를 바라본다면, 그가 누구인지 알아볼 수 있을 것 같은데…….〉

그러자 그의 기억 속에서 무엇인가 꿈틀대며 움직이기 시작하는 것 같았다. 그것은 마치 잘 알고 있으면서도 갑작스레 웬일인지 잊혀진 단어를 온갖 힘을 다해 생각해 내려고 애를 쓰는 때와 비슷했다. 그 단어를 매우 잘 알고 있고, 그 단어를 알고 있다는 사실도 알고 있다. 그 단어가 무엇을 의미하는지도 알고 있으면서 막상 생각이 안 나는 것이다. 그 주변만 뱅뱅 맴돈다. 그렇지만 아무리 몸부림을 쳐도 그 단어는 생각나지 않는다!

〈전에 말이야……. 오래전에 말씀이야……. 어디선가 있었던 일인데……. 여기에서였지……. 여기 말이야…… 그래, 여기에 있었건 없었건 그게 무슨 상관이야……!〉 그는 갑자기 악의에 찬 고함을 질렀다.「그 따위 악당 녀석 때문에 내가 이토록 모욕받고 자존심이 깎일 필요가 있겠어!」

그는 무섭게 화를 냈다. 그런데 저녁이 되어 자기가 아까 전에 화를 냈고, 그것도 〈무섭게〉 화를 냈다는 기억이 새삼스레 떠오르자, 그는 말할 수 없이 기분이 불쾌해졌다. 무엇인가 나쁜 일을 하고 있다가 현장에서 붙잡힌 듯한 느낌이었다. 그는 당황했고 깜짝 놀랐다.

〈그렇다면, 내가 이토록 화를 내는 까닭이 틀림없이 있을 것이다……. 까닭도 없이 이럴 리가 있나? 한 가지 기억만으로도…….〉 하지만 그는 자기의 이런 생각을 끝까지 집요하게 추구하지는 않았다.

다음날 그는 더욱 심각할 정도로 화가 났다. 그러나 이번에는 화를 낼 만한 이유가 확실히 있었기 때문에 그렇게 하는 것이 절대적으로 옳다는 생각이 들었다. 〈전대미문의 뻔뻔스러운 일이 발생했던 것이다.〉 문제는 네 번째 만남이 이루어진 데 있었다. 상장을 단 신사가 마치 땅속에서 솟아난 듯이 또다시 모습을 나타낸 것이다. 벨차니노프는 마침 그때 요즈음 용무상 찾아다니는 그 5등 문관을 거리에서 간신히 붙잡은 참이었다. 벨차니노프는 그 관리와 안면도 없는 사이였지만, 소송 사건에 꼭 필요한 인물이었으므로, 그의 별장에 예고도 없이 불쑥 찾아가 볼 생각을 하고 있었다. 그런데 이 사람은 벨차니노프를 극구 만나지 않으려고 숨어 지내는 모양인지, 벨차니노프는 그를 아직까지 만나지도 못한 채, 아주 곤란한 지경에 빠져 있던 참이었다. 벨차니노프는 마침내 그와 마주친 것을 몹시 기뻐하면서, 서둘러 그와 나란히 보조를 맞추어 걸어가기 시작했다. 그러면서 그는 바짝 긴장하여 그 관리의 눈치를 살피면서, 어떻게든 이 머리가 센 늙은 여우의 입을 열어 자신이 그토록 오래전부터 기다리고 있던 말 한마디를 토해 내도록 화제를 유도하느라 무진 애를 썼다. 그러나 이 흰 머리의 교활한 자 역시 경험이 풍부한 인간이었으며, 빙글빙글 웃기만 할 뿐 정작 대답을 피하고 있었다. 그런데 바로 이 극도로 긴장된 순간에 벨차니노프의 시선은 반대편 보도 위에 서 있는 모자에 상장을 단 신사를 발견한 것이다. 그는 길 반대편에 서서 이들 두 사람을 뚫어져라 쳐다보고 있었다. 그는 그들을 뒤따라 오고 있었다. 이것은 명백한 사실이다. 게다가 그의 표정엔 비웃음 같은 것이 어려 있는 것 같았다.

「빌어먹을!」 벌써 관리와 작별 인사를 한 벨차니노프는 자신의 실패 원인을 모두 그 〈철면피한 자〉의 뜻밖의 출현에 돌리면서 벌컥 화를 내었다. 「빌어먹을. 저자는 뭔가를 내 뒤에서 염탐하고 있다! 저자는 틀림없이 내 뒤를 밟고 있는 거야! 누가 청탁을 했을까? 그런데…… 그런데 말이야…… 오, 맙소사, 저자가 나를 조롱했어! 난, 어휴, 그저 한 대 후려갈기고 싶군……. 나한테 지팡이가 없는 게 그저 유감이로군! 지팡이를 하나 사야겠어! 저자를 그대로 내버려 두진 않겠어! 도대체 누구일까? 저자가 누구인지 반드시 알아내고 싶단 말이야.」

마침내, 이(네 번째의) 만남이 있은 지 정확히 사흘 후 우리는 이미 앞에서 기술했던 것과 같이, 마음속 깊이 흥분하고, 어느 정도는 얼이 빠진 것 같은 상태의 벨차니노프의 모습을 레스토랑에서 만나게 된 것이다. 벨차니노프는 자신의 드높은 자존심에도 불구하고 그 자신이 이 점을 인정하지 않을 수 없었다. 그는 주변의 모든 정황을 살펴본 결과, 자신의 우울증과 그 모든 특별한 우수의 감정과 2주일씩 계속되는 흥분도 결국은 〈형편없이 별 볼일 없는 존재〉임에도 불구하고, 다름 아닌 바로 그 상장을 단 신사가 원인이라는 결론을 유추해 내지 않을 수 없었던 것이다.

벨차니노프는 생각했다. 〈내가 우울증 환자가 되어서, 파리 같은 것을 코끼리 같다고 생각하는지도 모르지. 그렇다고 이 모든 것을 하나의 환상일 뿐이라고 치부하는 것이 더 속 편한 일일까? 만일에 저같이 교활한 자들이 사람들이 각기 처해 있는 상황을 모두 다 완전히 뒤집어엎어 버리기라도 한다면, 그렇다면 그것은……

그것은……〉

하지만 사실 벨차니노프를 그토록 흥분시켰던 오늘의 이(다섯 번째의) 만남에서는 코끼리가 거의 파리와 같은 모습으로 출현했다. 그 신사는 지난번과 마찬가지로 서둘러 급히 지나갔는데, 이번에는 벨차니노프를 쳐다보지도 않았고 이전처럼 그를 알아본다는 기색도 보이지 않았다. 오히려 반대로 그는 두 눈을 내리깔고 사람들이 자신을 눈여겨보지 않기를 바라는 눈치가 역력했다. 벨차니노프는 몸을 돌려 그를 향해 목청껏 큰 소리로 외쳤다.

「이것 보시오! 모자에 상장을 단 양반! 이젠 도망을 치시려고! 서시오. 대체 당신은 누구시오?」

그 질문은, 그리고 그 모든 외침은 아무런 뜻이 없는 것이었다. 그러나 벨차니노프는 이미 소리를 친 다음에야 이 사실을 깨달았다. 이 외침소리에 신사는 몸을 돌렸고, 잠시 동안 걸음을 멈추고 멍하니 있다가 미소를 짓더니, 무슨 말인가를 하며 어떤 행동을 취하려고 했다. 잠깐 동안 그는 극도로 마음이 흔들리는 것 같더니 갑자기 몸을 홱 돌려 뒤도 돌아보지 않고 곧바로 뛰어가기 시작했다. 벨차니노프는 놀란 눈초리로 그의 뒷모습을 쫓았다.

〈이게 어찌 된 일이야?〉 그는 잠시 생각에 잠겼다. 〈만일에 실제로는 그가 나에게가 아니라, 반대로 내가 그에게 목을 매고 있는 것이라면, 그렇다면, 이건 순전히 웃기는 일이 아닌가?〉

식사를 마치고 나서 그는 바삐 서둘러 관리의 별장을 향해 출발했다. 관리는 집에 없었다. 〈아침에 나가서 아직 돌아오지 않으셨습니다. 모르긴 해도 오늘 새벽 두 시나 세 시 전에는 돌아오시지 않을 겁니다. 시내의 명명일 축하 파티를 여는 댁에 가셨으니까요〉라는 대답이었다. 그것은 매우 〈모욕적인〉 일이었으므로 벨차니노프는 당장 치솟아 오르는 불쾌한 감정에 북받쳐, 그 명명일 파티를 여는 집으로 달려가 볼 요량으로 실제로 그쪽 방향으로 길을 들기까지 했다. 그러나 가던 도중 그것이 좀 지나치다는 생각이 들어 중간에서 마차를 돌려보냈고, 그는 자신의 집을 향해 볼쇼이 극장 쪽으로 천천히 걸어갔다. 그는 몸을 움직일 필요를 느꼈다. 흥분된 신경을 진정시키기 위해서는 불면증에도 불구하고 어떻게 해서든지 밤에 잠을 자야만 했다. 그리고 잠이 들려면 적어도 몸이 피로해야만 했다. 그렇게 해서 그는 10시 30분이 되어서야 자신의 집에 도착했는데, 그가 걸어온 길은 적지 않은 거리였으므로 실제로 그는 몹시 피곤했다.

그가 3월에 임대한 이 아파트는, 저 〈저주받을 소송 사건〉 때문에 그가 예기치 않게 뻬쩨르부르그에 남아 〈오도 가도 못하게〉 되고 〈야영 생활〉을 하게 되었다고 혼자 뇌까리며 그토록 야단스럽게 욕설을 퍼붓고 비난을 하고 있었지만, 그가 말하는 것처럼 그렇게 초라하고 볼품없는 것은 아니었다. 입구는 대문 밑이었으므로 실제로 약간 어둡고 〈지저분〉했다. 그렇지만 2층의 아파트 자체는 밝고 천장이 높은 커다란 두 개의 방으로 이루어져 있었다. 그리고 그 가운데에는 어두운 현관방이 있어서 방 하나는 거리를 향하고 또 다른 하나의 방은 뜰 쪽을 향해 나 있었다. 그리고 창문이 뜰 쪽으로 난 방의 옆에는 그리 크지 않은 서재가 딸려 있었는데, 말하자면 이것이 침실 역할을 하는 방이었다. 그러나 벨차니노프의 집에서 그 방은 책이며 서류 따위가 무질서하게 어질러져 있었다. 그래서 그는 큰 방 중의 하나인 거리 쪽으로 창문이 난 방의 소파 위에서 잠을 잤다. 그의 가구들은 비록 쓰던 것이지만 단정하게 배치되어 있었다. 그 중에는 꽤 값나가는 물건도 있었는데, 이전에 넉넉하게 잘살던 시대의 유물이었다. 도자기와 청동으로 만든 장난감 종류, 커다란 진품 부하라 양탄자 등등이 그랬다. 두 점의 꽤 괜찮은 그림도 있었다. 그러나 그의 시중을 드는 뻴라게야라는 아가씨가 그를 혼자 남겨 두고 노브고로드의 친척 집으로 휴가를 떠난 이후, 모든 살림살이는 엉망진창으로 뒤섞인 채 제자리를 지키고 있지 않았으며, 심지어 먼지를 뿌옇

게 뒤집어쓰고 있었다. 아직까지는 신사의 체면을 유지하려는 의지가 있는 사교계의 독신 남성이 젊은 처녀 하녀를 데리고 있다는 조금 기이한 사실은, 뻴라게야가 그의 마음에 썩 듦에도 불구하고 벨차니노프의 얼굴을 약간 붉히게 하는 점이었다. 이 처녀는 지난 봄 지금의 아파트를 빌리는 바로 그때쯤, 외국으로 떠나게 된 어떤 아는 집을 통해 알게 되었는데, 그 후로 그녀는 그의 집에서 살림살이는 물론 정리 정돈까지 해주고 있었다. 그런데 이 처녀가 떠난 이후 그는 다른 하녀를 고용할 생각을 하지 않았다. 남자 하인을 단기간 고용할 필요까지는 없었고, 또 그는 남자 하인을 좋아하지 않았다. 이러한 형편이었으므로 여자 문지기의 여동생인 마브라가 매일 아침 청소를 하러 오게 되었다. 그는 밖에 나갈 때마다 그녀에게 열쇠를 맡겼는데, 그녀는 일이라고는 전혀 하지 않고서 돈만 받아 갔고, 게다가 도둑질까지 하는 것 같았다. 그러나 그는 이미 모든 것을 단념하고, 오히려 지금 자기 집에 그가 완전히 혼자 남아 있다는 사실에 만족해 하기까지 했다. 그렇지만 모든 일에는 정도가 있는 법이다. 이따금 화가 치솟을 때면 그의 신경이 그 모든 〈지저분한 상태〉를 견디지 못하는 경우가 있었다. 그래서 그는 자신의 집에 돌아오면 거의 언제나 싫다는 생각으로 자신의 방에 들어서는 때가 많았다.

그러나 그는 이번만큼은 미처 옷을 벗을 사이도 없이 침대에 몸을 던지고, 아무 생각도 않고 무슨 일이 있어도 〈지금 당장〉 잠을 자보겠다는 초조한 결심을 했다. 그리고 이상하게도 그는 머리가 베개에 닿자마자 금방 잠이 들어 버렸다. 그런 일은 그에게 벌써 한 달째 없었던 일이다.

그는 세 시간쯤 잠을 잤다. 그러나 불안한 꿈을 꾸었다. 마치 열병을 앓을 때처럼 이상한 꿈이었다. 그가 모종의 죄를 저지르고 그것을 굳이 숨기고 있는 중인데, 어디서부터인가 사람들이 계속해서 들어오며 모두 하나같이 그를 비난하는 꿈이었다. 이미 굉장히 많은 군중이 모였는데도 사람들이 계속해서 꾸역꾸역 쏟아져 들어오므로 문은 닫지도 못하고 열어 놓은 상태였다. 그런데 나중에는 모든 사람의 관심이 어떤 이상한 사람에게 집중되기 시작했다. 그 사람은 예전에 언젠가 가까이 알고 지내던 잘 아는 사람이었고, 이미 죽은 사람이었는데, 어찌 된 셈인지 지금 갑자기 그의 집 안으로 들어오는 것이었다. 그런데 가장 고통스러운 일은 벨차니노프가 이 사람이 누구인지 모르겠다는 것, 이름을 잊어버려서 아무리 해도 기억이 나지 않는다는 점이었다. 그는 언젠가 예전에 이 남자를 매우 좋아했다는 사실만을 알 수 있었을 뿐이다. 집 안으로 들어온 다른 사람들도 모두 이 사나이의 입으로부터 그 어떤 가장 중요한 말이 떨어지기를 기다리는 것 같았다. 벨차니노프가 유죄냐, 아니면 무죄냐를 모든 사람들이 초조히 기다리고 있는 것이다. 그러나 그 남자는 미동도 하지 않은 채 테이블에 앉아서 침묵을 지키며 아무 말도 하려 하지 않았다. 소란스러운 소리는 가라앉지 않았고, 초조한 긴장감은 점점 더 팽팽해져 갔다. 그런데 벨차니노프는 갑자기 미친 듯이 그 사나이가 아무 말도 하지 않으려 한다는 이유를 들어 그 남자를 두들겨 패기 시작했다. 그러자 그는 이러한 행위로부터 기묘한 쾌감을 느꼈다. 벨차니노프는 자신의 행동에 대한 공포와 고통의 감정 때문에 심장이 멎을 것 같았지만, 그 숨막힘 속에는 쾌감이 분명히 내포되어 있었다. 그는 마치 사나운 짐승처럼 미친 듯이 화를 내며 두세 번 상대를 후려쳤다. 그는 분노와 공포의 감정 때문에 자신을 완전히 잊고 거의 정신 착란과 비슷한 상태에 빠져 있었지만, 그 속에는 역시 무한한 쾌감이 뒤섞여 있었다. 그는 이미 몇 차례를 때리는지 세지도 않으며 연속적으로 구타를 했다. 그는 모든 것을, 상대의 모든 것을 파괴하기를 원했다. 그런데 갑자기 어떤 일이 발생했다. 모든 사람들이 이상한 고함을 지르면서 무엇을 기다리는 듯이 문 쪽을 향해 몸을 돌렸던 것이다. 바로 그 순간 초인종소리가 세 번 울려 퍼졌는데, 그 소리가 얼마나 큰지 마치 누가 초인종을 문에서 잡아떼려고 하는 것만 같았다. 벨차니노프는 잠에서 깨어 순간적으로 정신을 가다듬고 침대에서 벌떡 일어나 문을 향해 달려갔다. 그는 초인종이 울린 것은 꿈이 아니라 실제로 누군가가 그때 종을 울린 것이라는 사실을 믿어 의심치 않았다. 〈이처럼 선명하고, 이처럼 진짜 같고 생동감 있는 종소리가 꿈속에서 난 것이라면, 그건 너무나 이상하지 않은가!〉

그러나 놀랍게도 초인종소리는 역시 꿈인 것으로 밝혀졌다. 그는 문을 열고 현관으로 나가 계단까지 한번 살펴보았으나 누구 하나, 아무도 없었다. 초인종은 꼼짝도 하지 않은 채 제자리에 그대로 매달려 있었다. 매우 놀랐지만 그런대로 안심을 하고서 그는 방으로 돌아왔다. 촛불을 켜던 그는 문이 닫혀 있기만 하고, 자물쇠나 고리가 채워져 있지 않다는 사실을 문득 기억해 냈다. 전에도 그는 집에 돌아와서 그 일을 그다지 중요하게 생각하지 않고 밤에 문 잠그는 일을 자주 잊어버리곤 했었다. 뻴라게야는 몇 차례인가 그것 때문에 그에게 잔소리를 한 적이 있었다. 그는 문단속을 하려고 현관방으로 돌아가서 다시 한번 문을 열고 현관을 쳐다본 다음, 안에서 고리만을 걸어 잠갔다. 문의 열쇠를 돌리는 것은 번거로웠던 것이다. 시계가 두 시 반을 쳤다. 그렇다면 그는 세 시간을 잔 것이다.

조금 전에 꾼 꿈에 흥분되어 또다시 잠자리에 들고 싶은 생각이 없어진 그는, 반 시간쯤 〈시가를 한 대 피울 만큼〉 방 안을 왔다 갔다 해보기로 했다. 급히 옷을 주워 입은 그는 창문으로 다가가 두꺼운 천으로 만든 커튼과 그 뒤의 하얀 속 커튼을 걷어 올렸다. 거리는 이미 날이 밝아 있었다. 뻬쩨르부르그의 하얀 여름 밤[4]은 언제나 그에게 신경질적인 초조감을 주었고, 특히 최근 들어

---

4 위도가 높은 뻬쩨르부르그에서는 여름이 시작되는 5월 말경 밤에도 환한 백야 현상이 나타난다.

서는 불면증에 시달리게 했다. 그래서 두 주일 전쯤 해서 그는 일부러 창문에 두꺼운 헝겊 커튼을 달게 했다. 그것을 모두 내리면 방 안으로 빛이 들어오지 않았다. 빛이 들어오게 해놓고, 테이블 위에 켜놓은 촛불도 잊어버린 채, 그는 여전히 어떤 무겁고 병적인 기분에 휩싸여 방 안을 왔다 갔다 하기 시작했다. 꿈의 인상은 아직도 생생히 남아 있었다. 자기가 그 사나이를 향해 손을 쳐들어 그를 두들겨 팰 수 있었다는 사실에 깊은 고뇌의 감정이 느껴졌다.

〈도대체 그런 사람은 있지도 않고, 전에도 존재한 적이 없지 않은가. 모두가 꿈일 뿐인데, 난 무엇 때문에 이렇게 괴로워하는 것일까?〉

그는 대단히 화가 나서 마치 그 속에 자신의 모든 근심이 응집되어 있기라도 한 것처럼, 자신이 결정적으로 병적인 상태가 되어 〈환자〉가 되어 가고 있다는 생각을 하기 시작했다.

그에게는, 자신이 나이를 먹어 가고 있으며 기력도 차츰 쇠약해진다는 사실을 인정하는 것이 늘 어려웠다. 그런가 하면 기분이 좋지 않으면 자기 자신을 스스로 비웃기 위해 일부러 그 두 가지 사항을 오히려 과장하기도 했다.

「늙었어! 나도 완전히 늙고 말았군 그래!」 방 안을 왔다 갔다 하면서 그는 중얼거렸다. 「기억력이 점점 없어져 가고 있지, 헛것을 안 보나, 꿈을 꾸지 않나, 초인종소리를 잘못 듣지 않나…… 빌어먹을! 난 경험상 이런 꿈이 항상 열병의 전주곡쯤 된다는 것을 알고 있지……. 저 상장에 관한 모든 〈이야기〉도 역시, 어쩌면 꿈일지도 모른다는 게 확실해. 어제 내가 생각한 게 분명히 옳아. 내가 그자에게 매달려 있는 것이지 그자가 나에게 매달려 있는 것이 아니란 말이야! 말하자면 내가 그자에 관한 서사시를 한편 지어 놓고, 나 스스로는 무서워서 테이블 밑으로 꼬리를 감추어 버린 거야. 어째서 나는 그를 악당이라고 부르는 것일까? 어쩌면 매우 반듯한 인물일지도 모르지 않은가. 특별히 못생긴 데도 없지만 얼굴이 유쾌하지 않은 건 사실이다. 옷차림은 남들이 입은 것과 마찬가지이지만, 그 시선만은…… 그런데 어쩐지……. 또 시작했군! 또다시 그자를 생각하고 있어! 그자의 시선이 나와 무슨 상관이 있단 말인가? 도대체 나는 그…… 형편없는 인간 없이는 살 수가 없기라도 하단 말인가?」

그의 머리에 떠오르는 많은 생각들 중에서 특히 어떤 한 가지의 생각이 그를 몹시 기분 나쁘게 했다. 그는 불현듯 이 상장을 단 신사가 언젠가 자신과 절친하게 알고 지내던 사이였다는 생각이 들었다. 또, 지금 부딪힐 때마다 비웃는 듯한 태도를 보이는 것은 그가 자신이 예전에 가지고 있던 모종의 중대한 비밀을 뻔히 알고 있으며 현재 자신이 처한 굴욕적인 상황도 꿰뚫듯 알고 있기 때문이란 확신이 들었던 것이다. 그는 창문을 열고 밤 공기를 들이마시려고 창문 쪽을 향해 기계적으로 다가갔다. 그러다, 그러다가 그는 갑자기 온몸을 부르르 떨었다. 전혀 뜻하지도 않은 전대미문의 어떤 괴상망측한 일이 그의 눈앞에 전개되고 있는 것처럼 생각되었기 때문이다.

창문을 미처 열지도 못하고 그는 황급히 창턱의 모서리 쪽으로 몸을 감추었다. 집의 바로 맞은편, 텅 빈 보도 위에서 그는 느닷없이 모자에 상장을 단 신사를 발견했던 것이다. 신사는 그의 집 창문 쪽을 향해 똑바로 보도 위에 서 있었는데, 분명히 그를 알아보지는 못한 것 같았고, 무엇인가를 헤아려 보듯이 호기심이 가득한 표정으로 집을 살펴보고 있었다. 그자는 모종의 계획을 세우고 무슨 일인가에 관한 결심을 하고 있는 것처럼 보였다. 그는 한 손을 쳐들더니 손가락 하나를 이마에 갖다 대는 것 같았다. 마침내 결심이 섰나 보다. 그는 서둘러 주변을 한 바퀴 둘러본 다음, 발뒤꿈치를 들고 조심스럽게 길을 건너기 시작했다. 정말 그랬다. 그는 대문을 지나서 출입문(이것은 여름 동안 새벽 세 시까지 문고리가 걸리지 않는다)으로 들어섰다. 〈나에게 오는구나〉라는 생각이 벨차니노프의 머리를 재빨리 스쳐 지나갔다. 그는 갑자기 뒤꿈치를 들고 똑바로 현관방을 지나 문까지 나가서, 바로 거기서 우뚝 발걸음을 멈추고 숨을 죽이고는 긴장되는 마음을 자제하면서, 떨리는 오른쪽 손을 아까 자신이 건 문고리 위에 얹고 금방 계단에 울려 퍼질 상대편의 발자국소리에 온 신경을 집중하여 귀를 기울였다.

심장이 얼마나 크게 뛰던지 발끝으로 서서 올라오는 낯선 사람이 그 소리를 듣지 않을까 걱정이 될 정도였다. 그는 사건의 실체를 이해하지는 못했지만 이를테면 평상시보다 열 배는 더 예민한 감각으로 이 모든 것을 느낄 수 있었다. 마치 조금 전의 꿈이 현실과 뒤섞어 버린 것만 같았다. 벨차니노프는 천성적으로 용감한 사람이었다. 그는 때때로 위험에 빠져서도 태연자약하기를 좋아하는 버릇이 있었다. 아무도 그를 쳐다보지 않더라도 그 자신이 스스로 그것을 즐기는 것이다. 그런데 지금은 다른 경우였다. 좀 전까지도 우울증 환자에다 의심 많던 불평꾼은 이제 완전히 다른 모습을 하고 있었다. 이 사람은 아까의 그 사람이 전혀 아니었다. 신경질적인 소리 없는 웃음이 그의 가슴속에서 터져 나왔다. 닫혀진 문 뒤로부터 그는 그 낯선 사람의 일거수일투족을 추측해 보고 있었다.

〈흠! 올라오고 있군, 들어와서 사방을 살펴보는군. 계단 아래쪽으로 귀를 기울이고 있어, 숨을 죽이고 살살 올라오는군……. 그래! 이젠 손잡이를 잡아당겨 보는구나! 내 집에 자물쇠를 걸지 않았다고 생각한 거야! 그렇다면 내가 가끔 자물쇠 채우는 걸 잊어버린다는 사실도 알고 있었단 말이지! 다시 손잡이를 잡아당기는군. 그러면 고리가 빠지는 걸로 생각하고 있는 것인가? 이대로 헤어지면 섭섭하지! 헛되이 가게 하면 섭섭할 것 아닌가?〉

실제로 모든 일은 그가 상상했던 것과 같이 일어날 법했다. 누군가가 정말로 문 뒤에 서서 조용히, 소리 나지 않게 자물쇠를 시험해 보고 손잡이를 잡아당기고 있었는데 그렇다면 물론 이것은 이미 어떤 목적을 가지고 있는 것이었다. 그러나 벨차니노프에게는 벌써 모든 문제를 해결할 준비가 되어 있었다. 그는 일종의 환희의 감정에 싸여 천천히 침착하게 적절한 순간을 기다리며 기회를 노리고 있었다. 그는 갑자기 문고리를 빼어 문을 활짝 열어젖히고 저 괴상한 자와 얼굴을 대면하고 싶은 참을 수 없는 욕망에 사로잡혔다. 〈도대체 귀하께서는 여기서 무엇을 하고 계십니까?〉라고 말하며.

실제로 일은 그렇게 되었다. 적당한 순간을 잡아 그는 갑자기 문고리를 빼고 문을 밀어젖혔고, 하마터면 모자에 상장을 단 신사와 정면 충돌할 뻔하였다.

3. 빠벨 빠블로비치 뜨루소스끼

그 남자는 벙어리가 된 것처럼 꼼짝 않고 제자리에 우뚝 섰다. 두 사람은 문지방 위에 마주보고 서서 둘 다 꼼짝도 하지 않고 서로를 노려보고 있었다. 그렇게 몇 초의 순간이 흘러갔다. 그러다 갑자기 벨차니노프는 자신의 손님이 누구인지를 알아보았다!

그와 동시에 그 손님도 벨차니노프가 확실하게 자신을 알아보았다는 것을 눈치 챘음이 역력했다. 그것은 그 손님의 시선 속에 반짝하고 빛을 내며 나타났다. 한순간 그의 얼굴 전체는 마치 말할 수도 없이 달콤한 미소 속에 용해되는 것만 같았다.

「제가, 틀림없이, 알렉세이 이바노비치와 말씀을 나누는 영광을 갖게 된 것이지요?」 그는 약간 우스꽝스러우리만치 어울리지 않는, 지극히 상냥한 목소리에 거의 노래를 부르는 듯한 어조로 이렇게 말했다.

「네, 그런데 당신은 빠벨 빠블로비치 뜨루소스끼 씨가 아니십니까?」 마침내 벨차니노프도 당황한 표정으로 이렇게 말문을 열었다.

「저와 당신은 약 9년 전쯤 T시에서 알고 지내던 사이였죠. 기억하는 바로는 아주 절친한 사이였습니다.」

「그렇긴 합니다만…… 그렇다 하더라도…… 하지만 말입니다, 지금은 새벽 세 시입니다. 당신께서는 10분 동안이나 내 집의 문이 잠겨 있는지를 조사해 보고 계셨습니다…….」

「세 시라고요!」 방문객은 시계를 꺼내어 거의 슬퍼하듯이 놀라더니 큰 소리를 질렀다. 「네, 그렇군요. 세 시군요! 용서하십시오. 알렉세이 이바노비치, 들어오면서 잘 생각해 보았어야만 했는데, 부끄럽기 짝이 없습니다. 며칠 후 다시 들러서 자세한 말씀을 드리기로 하고, 오늘은 이만…….」

「아, 아닙니다! 말씀을 하실 거라면 지금도 전혀 나쁘지 않습니다!」 벨차니노프는 갑자기 생각난 듯이 말했다. 「문턱을 넘어서 이리로 들어오시죠. 방 안으로 말씀입니다. 물론 당신도 방 안으로 들어오실 생각이셨겠지요. 밤중에 자물쇠만 조사해 볼 목적으로 여기까지 오지는 않으셨겠지요…….」

그는 흥분해 있었지만 동시에 어찌할 바를 몰랐고, 전후좌우를 차근차근 생각해 볼 수도 없다는 느낌이 들었다. 심지어 부끄러운 생각까지 들었다. 모든 환영 속에는 어떠한 비밀도, 위험성도, 그 어떤 것도 숨어 있지 않았다. 단지 빠벨 빠블로비치나 뭐라나 하는 자의 어리석은 자태가 나타났을 뿐이다. 그렇지만 그는 이 사건이 그처럼 단순한 것이라고는 도저히 믿을 수 없었다. 그는 무엇인가를 어렴풋이, 그리고 겁에 질려 예견하고 있었다. 손님을 안락의자에 앉힌 그는 안락의자에서 한 발자국 떨어져 있는 자신의 침대에 초조한 마음으로 자리를 잡고 앉았다. 그러고 나서는 양쪽 무릎 위에 두 손바닥을 꽉 누르듯이 올려놓고 그 사나이가 말문 열기를 가슴 졸이고 바라보며 옛일을 회상하고 있었다. 그런데 이상했다. 사나이는 침묵을 지키고 있었고, 당장에 말문을 열어야만 하는 의무가 있다는 사실을 이해조차 하지 못하는 것만 같았다. 그와 반대로 오히려 자기가 무엇인가를 기다리는 듯한 시선으로 이 집주인의 얼굴을 빤히 바라다보고 있었다. 어쩌면 그는 쥐덫에 걸린 쥐처럼 어느 정도의 어색함을 느끼며 그저 단순히 조심스러워하고 있는 것인지도 몰랐으나 벨차니노프는 화를 벌컥 냈다.

「뭡니까!」 그는 소리쳤다. 「당신은 유령도 아니고 꿈도 아니라고 생각되는데요! 당신은 송장놀이를 하실 작정입니까? 보세요, 뭐라고 말씀을 해보십시오!」

손님은 몸을 약간 움칫거리다 미소를 지으며 조심스럽게 이야기를 시작했다. 「보아하니 당신께서는 무엇보다 제가 이런 시간에, 그리고 이렇게 특별한 형식으로 나타난 것을 퍽 놀라워하시는 것 같군요……. 그런데 예전에 있었던 일, 그 중에서도 우리가 헤어지던 일을 생각하니 지금도 제게는 이상스러운 생각이 듭니다마는…… 그렇지만 저는 댁에 들러 볼 생각까지는 하지 않았습니다. 일이 이렇게 된 것도 사실은, 전혀 뜻밖이라고나 할까요…….」

「어떻게 뜻밖이라 하겠습니까! 나는 당신이 발뒤꿈치를 들고 길을 건너오는 걸 창문으로 보았단 말입니다!」

「아, 보셨군요! 그렇다면 이제 당신께서는 나보다도 이 모든 일에 대해 더 잘 아실지도 모르겠군요! 하지만 이래 가지고는 당신을 초조하게 만들 뿐이겠지요……. 일은 이렇게 된 겁니다. 저는 3주일 전쯤 여기에 왔습니다. 볼일이 있어서 말입니다……. 저는 빠벨 빠블로비치 뜨루소스끼라 하고, 이것은 당신께서도 이미 직접 알아보신 일입니다. 저의 용무라는 것은, 다른 직장을 구해서 다른 도시로 전근을 해볼까 하는 겁니다. 더 번듯한 자리로 말입니다……. 그런데 이런 건 제가 하려던 말이 아니고요……!

원하신다면 말씀드리겠지만, 문제는 제가 벌써 3주일째 이곳을 왔다 갔다 하면서 제 자신이 나 자신의 일, 그러니까 전근에 관한 일을 일부러 서두르지 않고 있는 것 같다는 말씀입니다. 사실, 그 일이 잘 되어 간다고 해도 제 자신이 아마 그 일이 잘됐다는 걸 깜빡 잊어버릴지도 모르겠습니다. 현재의 내 기분으로는 당신이 계신 뻬쩨르부르그를 떠나고 싶지도 않습니다. 자신의 목적을 잃어버리고, 그걸 잃어버린 것 자체를 즐기는 것처럼 그냥 저냥 어슬렁거리며 지내고 있는데…… 이게 현재의 내 기분이라고나 할까요…….」

「그게 어떤 기분이라고요?」 벨차니노프는 이마를 찡그렸다.

방문객은 눈을 들어 그를 쳐다보고 모자를 집어 들더니 딱딱한 태도로 상장을 가리켰다.

「글쎄, 어떤 기분이라고나 할까요!」

벨차니노프는 한편으로는 상장, 그리고 다른 한편으로는 방문객의 얼굴을 흐릿한 눈초리로 바라보았다. 그러다 갑자기 그의 두 뺨이 순간적으로 새빨갛게 변하면서 대단히 흥분한 모습을 보이기 시작했다.

「그렇다면 나딸리야 바실리예브나가!」

「네, 그녀가요! 나딸리야 바실리예브나 말입니다! 금년 3월에…… 폐병에 걸렸는데 거의 갑자기, 불과 두세 달 만에 그렇게 됐습니다! 그리고 난 혼자 남게 되었지요. 보시다시피 말입니다!」

이렇게 말을 마친 그는 격한 감정이 북받치는지 양쪽 팔을 좌우로 벌린 채 왼손에 상장이 달린 모자를 들고서 적어도 10여 초쯤 훤히 벗겨진 머리를 푹 숙이고 있었다.

그 모습과 제스처는 불현듯 벨차니노프의 기분을 상쾌하게 해 주는 것만 같았다. 비웃는 듯한, 심지어 도전적이기까지 한 미소가 그의 두 입술을 타고 흘러내렸다. 그러나 그것은 단지 한순간의 일이었다. 그 여인 — 너무나 오래전에 교제했고, 따라서 이미 오래전에 잊어버린 — 의 죽음에 관한 소식은 지금 그에게 전혀 예기치도 않게 가슴을 뒤흔드는 듯한 인상을 주었다.

「어떻게 그런 일이 있을 수 있을까!」 그는 처음 머리에 떠오르는 말을 이렇게 중얼거렸다. 「그런데 왜 당신은 곧장 제게 오셔서 그런 말씀을 해주시지 않았습니까?」

「관심을 가져주시니 감사를 드립니다. 그 관심은 잘 알겠습니다. 그렇지만……」

「그렇지만이라니오?」

「그처럼 오랫동안 서로 헤어져 있었음에도 불구하고, 저의 슬픔과 저한테까지 그런 깊은 관심을 기울여 주시니 저로서는 물론 감사하기 이를 데 없다는 말씀입니다. 저는 다만 이 말씀을 드리고자 했을 따름입니다. 제가 저의 친구들을 의심하는 건 아닙니다. 저는 여기서, 지금 당장이라도 저의 가장 진실한 친구들을 찾아낼 수 있습니다. 스쩨빤 미하일로비치 바가우또프 한 사람을 봐도 그렇습니다. 그런데 저와 당신은, 알렉세이 이바노비치, 잘 아는 사이였죠. 우정이라고 해도 좋을 겁니다. 이 점은 제가 고맙게 기억하고 있는 것입니다만, 9년이란 세월이 흘렀고, 당신께서는 우리에게 다시 돌아오지 않으셨습니다. 서로간에 편지도 없었지요……」

방문객은 마치 악보를 보고 노래하듯이 이렇게 말했다. 변명을 늘어놓는 내내 그는 마룻바닥을 내려다보고 있었는데, 그러면서도 물론 모든 것을 두루 살펴보고 있었다. 그러나 주인도 이미 정신을 약간 차릴 수가 있었다.

점점 더 강해지는 이상한 인상을 받으며 그는 빠벨 빠블로비치의 이야기에 귀를 기울이고 그의 얼굴을 뚫어져라 응시했는데, 상대방이 갑자기 이야기를 멈추자 극도로 혼란스럽고 뜻하지 않았던 생각들이 예기치 않게 그의 머리에 두서없이 떠오르기 시작했다.

「그런데 전 왜 여태껏 당신을 전혀 알아보지 못했을까요?」 그는 활기를 띠며 이렇게 큰 소리로 외쳤다. 「우리는 거리에서 한 댓 번 마주치지 않았습니까!」

「네, 그래요. 저도 기억합니다. 당신께서는 늘상 제 앞에 나타나셨지요. 두 번쯤, 아니 세 번이던가……」

「그건 이렇게 된 겁니다. 당신이 늘상 제 앞에 나타나셨던 것이지, 내가 당신 앞에 나타났던 게 아닙니다!」

벨차니노프는 자리에서 일어서더니 갑자기 큰 소리로 전혀 뜻밖의 웃음을 터뜨리기 시작했다. 빠벨 빠블로비치는 이야기를 중단하고 조심스럽게 그를 쳐다보더니, 곧 다시 이야기를 계속해 나갔다.

「당신이 나를 못 알아보셨던 것은 글쎄, 첫번째로는 잊어버리셨기 때문일 테고, 또 하나는 제가 그동안 천연두를 앓아서 얼굴에 약간의 흉터가 생긴 것 때문이겠지요.」

「천연두(그러고 보니 정말 그의 얼굴에는 천연두 자국이 있었다!)? 그런데 어떻게 당신이……」

「어떻게 이렇게 되었느냐고요? 세상엔 모를 일이 적지 않지요. 알렉세이 이바노비치. 까딱하면 이런 꼴이 되는 거랍니다!」

「그렇다 하더라도 이건 너무나 우스운 일이로군요. 좋습니다, 계속해 보세요. 계속 말씀을 해보시란 말입니다. 자요!」

「저는 다행히도 당신을 만났습니다……」

「잠깐만! 어째서 방금 〈이런 꼴이 되었다〉고 말씀하셨습니까? 전 좀 더 정중한 표현을 원했는데 말입니다. 좋아요, 계속해 보십시오. 계속해 보시라고요!」

어째선지 그는 점점 더 마음이 경쾌해지기 시작했다. 마음을 흔들어 대던 인상은 전혀 다른 쪽으로 바뀌어 갔다.

그는 빠른 발걸음으로 방 안을 왔다 갔다 하기 시작했다.

「저는 다행스럽게도 당신을 만났습니다. 이곳, 뻬쩨르부르그로 올라올 때부터 당신을 꼭 찾아볼 생각을 하고 있었지요. 그런데 거듭 말씀드리지만, 저는 지금 심경이 이런 상태라서…… 지난 3월부터 이렇게 격심한 충격을 받고 있는 상태란 말씀이죠…….」

「네, 그래요! 3월부터 충격을 받고 계시단 말씀이죠……. 잠깐만, 당신은 담배를 태우지 않으십니까?」

「전, 당신도 아시지 않습니까, 나딸리야 바실리예브나가 있을 때는…….」

「아, 그렇군요. 그럼 3월부터는요?」

「글쎄, 담배 한 대쯤은.」

「여기 한 대 있습니다. 피우시면서 계속해 보십시오! 계속해 보세요, 당신께서는 저를 끔찍이도…….」

시가를 피워 문 벨차니노프는 재빨리 다시 침대 위에 자리를 잡고 앉았다. 빠벨 빠블로비치는 가만히 있었다.

「그런데 당신은 어떠십니까, 매우 흥분을 하시는 것 같은데 말입니다. 건강은 괜찮으신가요?」

「무슨 내 건강 걱정까지 합니까! 얘기나 계속해 보세요!」 벨차니노프는 갑자기 화를 벌컥 냈다.

이제는 방문객 쪽에서 집주인의 흥분을 주시하며 점점 더 만족해 하면서 자신감을 확보해 나가는 것 같은 형세였다.

「무슨 말을 계속할까요?」 그는 다시 이야기를 시작했다. 「상상을 좀 해보십시오, 알렉세이 이바노비치. 먼저 상처받은 인간, 그것도 그냥 단순하게 상처받은 인간이 아니고, 말하자면 철저히 상처 입은 인간을 말입니다. 20년의 결혼 생활 끝에 모든 생활이 하루 아침에 변하고, 먼지투성이 거리를 마치 초원을 헤매는 것처럼 이렇다 할 목적도 없이 거의 넋이 빠져 헤매면서, 그런 넋이 나간 상태에서 오히려 어떤 도취의 심정까지 찾고 있는 그런 인간을 말입니다. 그러니 이러한 형편에 처한 저로서는 어쩌다 자기 망각에 빠져 있는 순간에 아는 사람이나 절친한 친구를 만나게 되면, 가까이 접근하지 않으려고 일부러 피해 가게 됩니다. 그런가 하면 또 어떤 순간에는 이런 저런 지나간 과거의 옛일이 생각나면서, 바로 그게 어제의 일 같으면서도 두 번 다시 되돌아오지 않을 지난날의 행복한 생활을 알고 있는 사람이라든가 그 당시의 생활과 관련이 있는 사람이 얼마나 그립고 만나 보고 싶은지, 그 때문에 가슴이 마구 뛰는 것을 진정하지 못하리만큼 흥분될 때가 있습니다. 그렇게 되면 낮은 말할 것도 없고 한밤중 세 시가 넘어서라도 그와 포옹해 볼 목적으로 그 친구를 깨워야만 직성이 풀립니다. 그래서 시간의 측면에서는 잘못을 범했습니다만, 우정에 있어서는 그렇지 않다 이 말씀이죠. 지금 이렇게 지나치리만큼 과분한 대접을 받고 있으니까 말씀이에요. 그리고 시간이, 사실 아직 열두 시가 안 되었다고 생각했습니다. 기분상 그랬습니다. 스스로 비애를 맛보면서 그것에 도취되었다고나 할까요. 그렇지만 나를 괴롭히는 것은 비애가 아니고 말하자면 새로운 정신 상태입니다……」

「그런데 어떻게 그런 표현을 하실 수 있습니까!」 갑자기 다시 몹시 진지한 태도를 보이며 벨차니노프는 어딘지 음울한 어조로 말했다.

「네, 그렇습니다. 이상한 표현을 하고 있습니다……」

「그런데…… 농담을 하시는 건 아니겠죠!」

「제가 농담을 한다고요!」 빠벨 빠블로비치는 슬픈 듯한 묘한 표정을 지으면서 소리쳤다. 「중요한 말씀을 전하려는 이 순간에……」

「아, 제발 부탁하건대 그런 말씀은 하지 마십시오!」

벨차니노프는 일어서서 다시 방 안을 왔다 갔다 하기 시작했다. 그렇게 5분 가량 시간이 흘렀다. 방문객 역시 자리에서 일어서려고 하였으나 벨차니노프는 이렇게 소리를 쳤다. 「앉으세요, 앉아 계세요!」 그러자 그는 순종하듯이 즉시 안락의자에 도로 앉았다.

「그런데, 당신께서는 굉장히 많이 변하셨군요!」 벨차니노프는 갑자기 그의 앞에 멈추어 서면서 다시 말하기 시작했다. 마치 이런 생각에 불현듯 놀라기라도 한 듯이. 「무척이나 변했습니다! 굉장히! 완전히 딴 사람 같아요!」

「이상할 것도 없습니다. 9년이란 시간이 지나갔잖습니까.」

「아니, 아니, 아닙니다. 이건 세월의 문제가 아닙니다! 당신은 외관상으로는 그다지 변하지 않았습니다. 다른 점에서 변하셨습니다!」

「역시, 아마도 9년이라는 시간 탓이겠지요.」

「어쩌면 3월부터 그런 건지도 모르지요!」

「헤헤.」 빠벨 빠블로비치는 명랑한 웃음을 지었다. 「재미있는 생각을 하시는군요……. 그런데, 감히 여쭤 본다면, 어디가 변했다는 겁니까?」

「뭐라고 할까요! 전에 빠벨 빠블로비치는 그토록 건실하고 분별심이 있고 영리한 빠벨 빠블로비치였는데, 지금은 건달vaurien 빠벨 빠블로비치란 말씀입니다!」

벨차니노프는 극도로 초조해져 아무리 자제력이 뛰어난 사람이라 해도 어느 결에 아무 쓸데없는 말이라도 지껄이지 않을 수 없는 지경에 이르러 있었다.

「건달vaurien! 그렇게 생각하신다고요? 이제 더 이상 영리한 사람이 아니라고요? 영리하지 않다고요?」 빠벨 빠블로비치는 즐거운 듯이 킬킬거렸다.

「웬 영리하다는 말씀! 하지만 지금에야 비로소 완전히 영리해졌는지도 모르지요.」

〈나도 뻔뻔한 인간이지만 이 악당은 한술 더 떠서 뻔뻔스럽군! 그런데…… 그런데 저자는 대체 무슨 목적을 갖고 있는 것일까?〉 벨차니노프는 줄곧 이 생각을 하고 있었다.

「아, 더없이 친애하고, 아, 지극히 소중한 알렉세이 이바노비치!」 방문객은 느닷없이 극도의 흥분에 빠져 안락의자에 앉은 채

몸부림을 치기 시작했다. 「이제 우리는 어떡해야 할까요? 우리는 지금 사교계에서, 휘황찬란하고 호화스러운 사교장에 살고 있는 사람들이 아닙니다. 우리는, 두 사람 모두 예전의 진실하고 오래된 친구들입니다. 그래서 성실한 마음이 충만한 이 자리에 다시 모여 소중했던 옛 우정을 회상하고, 우리의 우정을 이어 준 귀한 연결 고리가 되었던 고인을 그리워하고 있는 겁니다!」

그는 격앙된 자신의 감정에 완전히 푹 빠진 것 같았는데, 아까처럼 다시금 머리를 숙이더니, 이윽고 모자로 얼굴을 가렸다. 벨차니노프는 싫증과 불안의 감정을 느끼며 그를 응시하고 있었다.

이러한 생각이 그의 머리를 스쳤다. 〈그런데, 이게 전부 장난을 하는 것이라면? 아니, 아니야, 그렇지는 않아! 취한 것 같지는 않아. 하지만 술에 취했는지도 모르지. 얼굴이 붉으니까 말이야. 술에 취했다 하더라도, 어차피 마찬가지이기는 하다. 저자는 무엇 때문에 저렇게 아부를 하는 것일까? 저 악당은 무얼 원하는 걸까?〉

「기억하시죠. 기억하고 계시지요.」 조금씩 모자를 떼면서 점점 더 깊은 추억에 사로잡히는 것처럼 빠벨 빠블로비치는 소리쳤다. 「우리들이 함께 교외로 나들이를 갔던 것을, 그 손님 접대하기를 좋아하던 세몬 세묘노비치 각하 댁에서 춤을 추며 천진난만하게 놀이를 하던 파티나 작은 모임들을 기억하십니까? 그리고 우리 셋이서 하던 저녁의 독서회도? 그리고 우리가 처음 알게 되었던 일은요? 당신이 용무차 문의할 일이 있어 우리 집에 아침 무렵 방문을 하셨고 무엇 때문인가 큰 소리를 내게 되었을 때, 뜻밖에도 그때 나딸리야 바실리예브나가 들어왔죠. 그러고 나서 10분 후에 당신은 벌써 우리 집안의 가장 절친한 친구가 되었고, 그 후 그것은 꼭 1년 동안 유지가 되었지요. 뚜르게네프 씨의 희곡 〈시골의 숙녀〉[5]에 나오는 바로 그대로 말입니다…….」

벨차니노프는 천천히 발걸음을 옮기며 방바닥을 바라보면서 초조와 싫증의 감정을 품은 채 귀를 기울였다. 하지만 매우 열심히 주의 깊게 경청하고 있었다.

「내 머릿속에 〈시골의 숙녀〉 같은 생각은 떠오른 적이 없습니다.」 그는 약간 당황해 하며 말을 가로챘다. 「그리고 당신께서는 전에는 한번도 그렇게 가느다란 목소리로 이야기한 적이 없었어요. 그런 건…… 당신의 스타일이 아닙니다. 왜 그러시는 거지요?」

「사실 저는 전에 좀 더 말이 없는 편이었지요. 말하자면 좀 더 과묵했다고나 할까요.」 빠벨 빠블로비치는 서둘러 말을 받았다. 「당신도 아시겠지만, 저는 예전에는 죽은 아내가 이야기를 시작하면 말하는 것보다는 귀를 기울여 듣는 것을 더 좋아했습니다. 당신도 기억하시지요, 그녀가 얼마나 재치 있게 이야기를 잘했는지……. 그런데 〈시골의 숙녀〉와 스뚜뻰지예프에 관해서라면 당신의 말씀이 맞습니다. 왜냐하면 당신이 이미 떠나신 다음 나와 나의 소중한 죽은 아내는 이따금 한가해지면 당신을 회상하면서 우리의 첫 만남을 이 희곡 작품과 비교해 보곤 했기 때문이지요……. 정말 꼭 닮은 데가 있었기 때문입니다. 그런데 특히 스뚜뻰지예프에 관해서라면……」

「무슨 빌어먹을 스뚜뻰지예프!」 벨차니노프는 소리를 꽥 지르며 심지어 한쪽 발을 쾅 하고 구르기까지 했다. 〈스뚜뻰지예프〉라는 단어를 듣자 어떤 불안한 추억이 반짝하고 뇌리를 스쳐 지나갔으므로 갑자기 당황했던 것이다.

「스뚜뻰지예프는 역할을 말하는 거지요. 무대의 배역이지요. 희곡 〈시골의 숙녀〉에 나오는 남편의 역할 말입니다.」 빠벨 빠블로비치는 말할 수 없이 달콤한 목소리로 마치 새가 지저귀는 듯이 말했다. 「하지만 이것은 벌써 우리들의 소중하고 멋진 추억과는 다른 시절에 속하는 겁니다. 당신이 이미 떠나가신 뒤 스쩨빤

---

5 뚜르게네프의 희곡 「시골의 숙녀」 도입부에는 벨차니노프가 빠벨 빠블로비치의 아내와 가진 첫 만남과 비슷한 상황이 나온다.

미하일로비치 바가우또프가 당신과 꼭 마찬가지로 우리에게 자신의 우정을 선사하던 때의 이야기입니다. 그 우정은 꼬박 5년 동안 계속되었죠.」

「바가우또프? 그게 누굽니까? 어떤 바가우또프 말입니까?」 마치 화석이 되기라도 한 것처럼 벨차니노프는 문득 멈추어 섰다.

「바가우또프, 스쩨빤 미하일로비치 말이에요. 당신이 떠난 지 꼭 1년 후 우리에게 우정을 베풀어 주었던 사람이죠……. 꼭 당신처럼 말입니다.」

「오, 맙소사, 나도 그 사람을 알고 있습니다!」 마침내 정신을 가다듬고 벨차니노프는 이렇게 소리쳤다. 「바가우또프! 그 사람은 당신과 같은 직장에서 근무하고 있지 않았습니까…….」

「근무했지요, 근무했습니다! 지사실에서 말입니다! 뻬쩨르부르그의 으뜸가는 상류 사회 출신으로 지극히 세련된 젊은이였지요!」 빠벨 빠블로비치는 대단히 감격해 하는 듯한 어조로 이렇게 소리쳤다.

「그래, 그래, 알았어요! 내 정신 좀 봐! 그 사람 역시…….」

「네, 그 사람 역시, 그래요, 그 사람 역시 그랬죠!」 빠벨 빠블로비치는 집주인의 부주의한 말꼬투리를 잡고서, 여전히 감격하는 듯한 말투로 되풀이해서 말했다. 「그 사람도 그랬어요! 말하자면 거기서 우리는 〈시골의 숙녀〉를 손님 접대를 좋아하는 세묜 세묘노비치 각하의 집에 설치되어 있는 가정 극장에서 공연하게 되었는데, 스쩨빤 미하일로비치는 백작, 나는 남편, 죽은 아내는 시골의 숙녀 역할을 맡게 되었었죠. 하지만 죽은 아내가 하도 고집을 부려서 내가 맡은 남편의 역할을 못하게 되었어요. 그래서 결국 저는 남편의 역할을 못 맡게 되었지요. 재주가 모자랐던 거지요…….」

「그렇다면 당신이 스뚜뻰지예프란 말입니까! 당신은 무슨 일이 있어도 어디까지나 빠벨 빠블로비치 뜨루소스끼지 스뚜뻰지예프는 아닙니다!」 초조함으로 인해 몸을 거의 부르르 떨다시피 하면서 벨차니노프는 체면도 없이 이렇게 거칠게 말을 내뱉었다.
「그런데 실례지만, 그 바가우또프는 지금 이곳, 뻬쩨르부르그에 있습니다. 내가 직접 그를 보았거든요. 봄에 만난 적이 있습니다! 어째서 당신은 그 사람한테 찾아가지 않았습니까?」

「벌써 3주일째 매일 찾아가고 있습니다. 그런데 만나 주지를 않습니다! 몸이 아파서 만날 수가 없다는 겁니다! 그런데 말입니다, 정확한 소식통에 의하면 정말로 그가 몹시 위중한 병을 앓고 있다는 거예요! 6년 간 그처럼 친하게 지냈던 벗인데 말입니다! 아, 알렉세이 이바노비치, 당신께 드리는 말씀이고 또 되풀이하는 말이지만 이런 기분에 빠져 들게 되면 때때로 땅속으로 꺼졌으면, 하는 마음이 생기기도 합니다. 이건 진실입니다. 그런가 하면 또 어떤 때는 나의 예전의 행복한 생활을 보았거나, 그 생활과 관련을 갖고 있는 사람들 중 아무라도 한 사람을 만나서 꼭 껴안아 보고 싶은 충동이 들기도 합니다. 이건 다만 그저 실컷 울음을 터뜨려 보고 싶은 마음 때문이지요. 말하자면 단지 울고 싶은 마음 이상은 절대 아무것도 아닙니다……!」

「그렇다면 오늘은 충분하겠군요. 그렇지 않습니까?」 벨차니노프는 단호하게 말했다.

「너무, 너무나 충분하지요!」 그러면서 즉시 빠벨 빠블로비치는 자리에서 일어섰다. 「벌써 네 시입니다. 그리고 무엇보다 제가 이렇게 이기적으로 제 생각만 하고 당신을 괴롭혀 드려서…….」

「제 말을 들어 보세요. 제가 당신을 한번 찾아 뵙겠습니다, 반드시요. 그때가 벌써 기대됩니다……. 그런데 저에게 솔직히, 직접 말씀해 보시지요. 당신은 오늘 술 취하셨던 게 아닙니까?」

「취했느냐고요? 천만의 말씀입니다…….」

「여기 오시기 전이나, 아니면 그전에 술을 마시지 않으셨습니까?」

「알고 계십니까, 알렉세이 이바노비치, 당신은 지나치게 흥분해 있군요.」

「내일 찾아가 뵙겠습니다. 오전에, 한 시까지…….」

「진작부터 눈치 채고 있었지만, 당신께서는 거의 열에 들떠 계신 것 같습니다그려.」 즐거운 듯이 빠벨 빠블로비치는 상대방의 말을 가로채며 화제를 밀고 나왔다. 「전 그래요, 부끄럽습니다. 말솜씨도 없고……. 이제는 가겠습니다, 가보겠습니다! 자리에 들어 주무시도록 하시지요!」

「그런데 어디 머물고 계시는지 왜 말씀을 안 해주시는 겁니까?」 정신을 가다듬고 난 벨차니노프는 그의 뒤를 따라가며 이렇게 소리쳤다.

「제가 말씀드리지 않았던가요? 뽀끄로프스끼 호텔에 있다고…….」

「어떤 뽀끄로프스끼 호텔 말씀입니까?」

「바로 뽀끄로프 교회 옆, 그곳 골목 안에 있는 호텔 말입니다. 무슨 골목이라고 하는지 이름은 잊어버렸고, 번지도 생각이 안 납니다만, 어쨌든 뽀끄로프 교회 바로 옆에 있습니다…….」

「찾아보겠습니다!」

「꼭 찾아 주시기 바랍니다.」

그는 벌써 계단으로 나가고 있었다.

「잠깐만!」 다시금 벨차니노프가 소리쳤다. 「당신 설마 도망치지는 않으시겠지요?」

「도망을 친다는 게 도대체 뭡니까?」 세 번째 계단에서 뒤를 돌아보며 미소를 지은 채 빠벨 빠블로비치가 두 눈을 크게 떠보였다.

대답을 하는 대신 벨차니노프는 시끄럽게 문을 쾅 닫고 정성스럽게 문을 잠근 다음, 문고리까지 걸었다. 방으로 돌아온 그는 마치 무슨 지저분한 물건을 만지기라도 한 것처럼 침을 퉤 뱉었다.

방 한가운데에 5분 가량 꼼짝도 않은 채 그렇게 버티고 서 있던 그는 옷을 벗지도 않고 침대로 몸을 던지더니 금방 잠이 들었다. 불 끄는 것을 잊어버린 양초는 테이블 위에서 끝까지 저 혼자 타 들어가고 있었다.

4. 아내, 남편 그리고 애인

그는 깊은 잠을 자다 정확히 아홉 시 반에 잠을 깼다. 그는 벌떡 일어나 침대에 앉은 채 즉시 〈그 여인〉의 죽음에 관한 생각을 하기 시작했다.

어제 뜻밖에 그녀가 죽었다는 소식을 들었을 때 받은, 가슴을 흔드는 듯한 인상은 아직껏 그의 마음속에 어떤 동요, 차라리 고통이라 할 만한 감정을 남기고 있었다. 이 동요와 고통의 감정은, 어젯밤 빠벨 빠블로비치가 있을 때에는 어떤 이상한 상념의 힘으로 일시적으로나마 억제가 되고 있었다. 그런데 지금, 눈을 뜨고 보니 9년 전에 있었던 지난 과거의 일이 갑자기 그의 눈앞에 놀랄 만큼 선명하게 떠오르는 것이었다.

자신의 용무로(역시 어떤 유산 상속에 관한 소송 사건이었다) T시에 꼬박 1년 동안 머물렀을 때 사건 자체는 그렇게 오랜 기간의 체재를 요하는 것이 아니었지만, 그때 그는 뜨루소스끼의 아내인 죽은 나딸리야 바실리예브나를, 바로 그 여인을 사랑하는 정부가 되어 있었다. 그 관계가 오랜 체재의 진짜 이유였다. 그 관계와 사랑은 그를 완전히 사로잡고 있어서 그는 당시 거의 나딸리야 바실리예브나의 노예와 비슷한 상태에 처해 있다시피 했다. 그래서 만일 그 여인이 변덕을 부렸다면, 그는 그것이 아무리 하찮은 것이라 해도 어떤 괴상하고 무의미한 행위라 할지라도 아무런 주저함도 없이 즉시 행동에 옮겼을 것이다. 이것은 틀림없는 사실이다. 그와 비슷한 일은 그 이전에도, 그 이후에도 두 번 다시 결코 없었다. 1년이 지나서 이미 이별을 피할 수 없게 되자,

벨차니노프는 숙명의 순간이 가까워짐에 따라 깊은 절망감에 빠졌다. 그 이별이 아주 짧은 시간 내에 끝나리라 예상을 했음에도 불구하고 그는 절망 상태에 빠져서 나딸리야 바실리예브나에게 같이 달아나자는 제안을 했다. 남편을 떠나서 모든 것을 버리고 그와 함께 외국으로 영원히 떠나자는 것이었다. 그러나 부인은 단지 비웃는 듯한 태도를 취하며 완강히 반대했으므로(처음에는 이 계획에 찬성했는데, 그것은 아마도 심심해서, 아니면 그냥 그를 놀리려고 한 행동이었을 것이다), 그는 어쩔 수 없이 단념을 하고 혼자서 그곳을 떠났던 것이다. 그런데 무슨 일일까? 이별한 지 미처 두 달이 지나기도 전, 그는 뻬쩨르부르그에서 자기 자신에게 한 가지 질문을 던지게 되었고, 이 질문은 그로서는 영원히 풀 수 없는 수수께끼로 남게 되었다. 진실로 그가 그 여인을 사랑했던 것일까, 아니면 그 모든 일은 단지 하나의 〈착각〉이었단 말인가? 그 질문은 결코 그의 경솔함 때문도 아니고, 또 그 당시 마음속에 돋아나고 있던 새로운 연정 때문에 생겨난 것도 아니었다. 뻬쩨르부르그로 돌아온 후 처음 두 달 동안 그는 거의 미칠 것만 같은 상태에 놓여 있었고, 즉시 옛 사교계로 나가서 수많은 여인들을 만나 볼 기회가 있었지만, 그 중의 어느 여인도 눈에 들어오는 사람이 없었다. 그러나 이러한 모든 의문 사항들이 마음속에 떠오름에도 불구하고 그는 자신이 다시금 T시를 찾게 되면 대번에 그 여인의 고혹적인 매력에 사로잡히리라는 것을 너무도 잘 알고 있었다. 그 후 5년이 지나서도 그는 그러한 확신을 품고 있었다. 그러나 5년이 지나자 그런 생각을 인정한다는 것 자체가 짜증스러웠으며, 심지어 그 여인을 미워하는 감정으로까지 마음이 바뀌게 되었다. 그는 T시에서 보낸 1년이 부끄러워졌다. 그는 도리어 어떻게 그에게, 벨차니노프에게 그러한 〈어리석은〉 연애 사건이 가능했는지 도무지 이해할 수가 없었다! 이 연애 사건에 관한 모든 추억은 그에게 수치감을 느끼게 했다. 그는 수치감으로 인해 눈물이 날 만큼 얼굴을 붉혔고 양심의 가책을 받았다. 사실상 몇 년 후 그는 어느 정도 자신을 진정시킬 수 있었다. 그는 당시의 모든 일을 잊으려 애를 썼고, 그리고 거의 그렇게 할 수 있었다. 그런데 어제 갑자기, 9년이라는 세월이 지나 어제 나딸리야 바실리예브나가 죽었다는 소식을 듣자, 그 모든 일은 그처럼 뜻밖에 그리고 이상하게도 그의 앞에 다시금 선명하게 되살아났던 것이다.

지금 침대 위에 앉아 있는 그의 머릿속에는 뒤엉켜 버린 여러 가지의 상념이 막연히 무리를 짓고 있었지만 한 가지 일, 어제 소식을 처음 들었을 때 가슴을 뒤흔드는 인상을 받았음에도 불구하고 그녀가 죽었다는 사실에 대하여 그가 매우 평온한 감정을 지녔던 일이 뚜렷이 감지되고 인식되는 것이었다. 〈정말 나는 그녀를 불쌍하게 여기지도 않는 것일까?〉 그는 스스로 자문해 보았다. 실제로 지금 그는 그 여인에 대하여 증오의 감정도 없었고, 이전보다 더욱 공정하고 정확한 판단을 내릴 수 있었다. 그의 견해에 의하면, 나딸리야 바실리예브나는 시골의 〈훌륭한〉 상류 사회에서 흔히 볼 수 있는 한 사람의 평범한 시골 숙녀에 지나지 않는 존재였다. 이것은 그녀와 이별한 지 9년의 세월이 흐르는 동안 어느덧 갖게 된 생각이었다. 어쩌면 그저 그런 것이었는데, 오직 나 혼자만이 그녀에게서 그런 환상을 만들어 낸 것인지 누가 알겠는가? 그렇지만 이러한 판단은 잘못된 것일 수도 있다는 생각이 늘상 맴돌고 있었다. 지금도 그런 생각이 들었다. 그리고 실제의 사실은 이것과 배치되고 있었다. 그 바가우또프라는 사람 역시 그녀와 수년 동안 관계를 맺으며 마찬가지로 〈홀딱 빠져 있었던〉 것 같지 않은가. 바가우또프는 실상 뻬쩨르부르그 최상류 층 출신의 젊은이로서 〈속이 텅 빈 인간〉(벨차니노프는 그렇게 말했다)이었기 때문에, 자신의 경력을 오로지 뻬쩨르부르그 한 군데에서만 만들 수 있는 인간이었다. 그런데 그럼에도 불구하고 그는 뻬쩨르부르그, 즉 가장 유리한 그곳을 팽개쳐 버리고 T시에서 오로지 그 여인을 위하여 5년이라는 긴 시간을 낭비한 것이 아닌가! 마침내 그가 뻬쩨르부르그로 돌아간 것도 어쩌면 〈다 떨어진 헌 신발짝〉처럼 그 역시 버림을 받았기 때문인지도 모른다. 그렇다면 그 여인에게는 무엇인가 아주 특별한 것, 남자를 끌어당겨 노예로 만들고 그 위에 군림하는 천부적인 재능이 있었던 것이 아닐까!

그런데 그녀가 남성을 끌어당겨 노예로 만드는 능력을 가지고 있는 것 같지는 않았다. 〈그녀는 그럴 만큼 미인도 아니었고, 어쩌면 그냥 평범한 여자였는지도 몰라.〉 벨차니노프는 그녀가 스물여덟 살이었을 때 그녀를 알게 되었다. 아주 예쁘지는 않은 그녀의 얼굴은 이따금 유쾌한 활기를 띠었지만, 두 눈은 아름답지 않았다. 그녀의 시선에는 뭐랄까 조금 지나치게 딱딱한 느낌이 깃들어 있었다. 그리고 그녀는 마른 체격의 소유자였다. 그녀는 지적 교양은 빈약했지만 머리는 분명히 좋은 편이었고 통찰력도 있었다. 하지만 생각은 거의 언제나 일방적으로 흘렀다. 몸가짐은 시골 사교계 숙녀에게 어울릴 만했고, 시간과 장소에 따라 적절한 태도를 취하는 재치가 뛰어났다. 세련된 취향도 있었는데, 그것은 단지 옷을 잘 입는 데에 한정되어 있었다. 단호한 과단성이 있는 성격을 지니고 있었고 남을 지배하는 스타일이었다. 그녀와 무슨 일에 대해 중간에서 협상하는 일은 있을 수 없었다. 전부가 아니면 아무것도 아니라는 식이었다. 그리고 곤란한 문제에 부딪혔을 때 그녀가 보이는 불굴의 정신과 끈기는 놀라운 것이었다. 넓은 마음씨를 타고났지만 그와 함께 거의 언제나 나란히 끝없는 편협성도 지니고 있었다. 그 여인과 언쟁을 한다는 것은 불가능한 일이었다. 둘 더하기 둘은 그녀에게 어떤 의미도 가진 적이 없었다. 무슨 일에나 자신이 옳지 않았다든가 잘못했다는 것을 인정한 적은 지금껏 단 한 번도 없었다. 그녀는 지속적으로,

그리고 셀 수도 없이 남편을 배신했으면서도 전연 아무런 양심의 가책도 느끼지 않았다. 벨차니노프 자신의 비유에 의하면, 그녀는 자기 자신을 실제로 성모 마리아라고 확신하고 있는 편신교(鞭身敎)[6]의 성모 마리아와 같은 여인이었다. 나딸리야 바실리예브나는 자신이 하는 행동거지 하나하나가 무조건 옳다는 것을 믿어 의심치 않는 사람이었던 것이다. 애인에 대해서는 충실했지만 그것도 언제나 그녀가 아직 싫증을 느끼지 않을 때에 한하여 그런 것이었다. 그녀는 애인 괴롭히기를 좋아했고, 그러면서도 그것을 보충해 주는 것도 좋아했다. 그녀는 정열적이고 잔인하며 또한 관능적인 타입의 여인이었다. 그녀는 방탕한 생활을 혐오하며, 믿을 수 없을 만큼 맹렬히 비난하고 있었지만 바로 그녀 자신이 방탕한 여인이었다. 그렇지만 어떠한 사실을 지적한다 하더라도 그녀에게 자신의 고유한 방탕성을 인정하게 한다는 것은 불가능했다. 〈저 여인은 틀림없이, 정말 진심으로 이 점에 대해서는 모르고 있을 것이다.〉 벨차니노프는 이미 T시에 있을 때 그녀에 대해 그런 생각을 하고 있었다(그러면서도 그 자신이 그녀의 방탕한 생활에 관여하고 있었다는 사실을 우리는 여기서 덧붙일 수 있다). 그는 생각했다. 〈이 여인도 그런 여인들 중의 한 사람이다. 오로지 불성실한 아내가 될 목적 하나로 세상에 태어난 것 같은 여자들 말이다. 그런 여자들은 처녀 시절에 정조를 허무는 일이 결코 없다. 그들에게 자연의 법칙이란 반드시 그 일을 위해 시집을 가는 것이다. 남편은 최초의 애인이지만, 결혼식을 올린 다음이 아니면 안 된다. 어느 누구라도 그런 여자들보다 더 교묘하고 손쉽게 시집을 갈 수는 없다. 최초의 애인이 생기면 그때는 언제나 남편이 그 잘못을 책임지게 마련이다. 그러고 나서 모든 부정 행위는 지극히 성심성의껏 발생하게 된다. 그러고도 그들은 끝까

---

[6] 17세기 러시아에서 발생한 기독교의 한 분파로서 예배 중에 악마를 쫓는다는 뜻으로 신체를 채찍질하는 의식을 치렀다.

지 자신들만이 옳으며, 물론 절대적으로 아무런 죄가 없다고 생각한다.〉

벨차니노프는 그러한 여성의 유형이 실제로 존재한다고 확신하고 있었다. 그러면서 다른 한편으로는 그러한 여자들에게 어울리는 남편의 유형, 즉 이러한 여인의 유형에 어울리는 것을 유일한 사명으로 태어난 남편의 유형도 존재한다는 것을 확신하고 있었다. 그의 견해에 의하면, 그러한 남편들의 본질은 말하자면 〈영원한 남편〉, 아니면 다르게 말해서 평생토록 오직 남편이 되기만 할 뿐 그 이상은 아무것도 아닌 사람이 되기 위한 것에 있다는 것이다. 〈그런 사나이는 오로지 장가를 들기 위해 태어나 성장을 해나간다. 그러다 일단 장가를 가면 그가 독특하고 꽤 괜찮은 성격의 소유자라 할지라도 금방 자기 마누라의 손아귀에 잡혀 버리고 만다. 그런 남편의 중요한 특징은 그 유명한 장식[7]이다. 태양이 빛나지 않을 수 없는 것과 마찬가지로 그는 아내에게 배반당하지 않을 수 없는 것이다. 그러나 그는 이런 사실에 대하여 전혀 알지 못할 뿐더러, 자연의 법칙상 결코 알아낼 수가 없게 되어 있다.〉 벨차니노프는 이와 같은 두 가지 타입의 인간이 존재한다는 것과 T시의 빠벨 빠블로비치 뜨루소스끼야말로 그 두 가지 타입 중 하나의 전형적인 대표자라는 것을 깊이 확신하고 있었다. 그런데 어제의 빠벨 빠블로비치는 T시에서 그가 알고 있던 그 빠벨 빠블로비치가 물론 아니었다. 벨차니노프는 믿을 수 없을 만큼 그가 많이 변한 것을 발견했고, 그가 변하지 않을 수 없었다는 것, 그리고 그 모든 일이 완전히 사필귀정이었다는 것을 알 수 있었다. 말하자면 뜨루소스끼 씨는 오직 아내가 살아 있는 데에서만 예전의 그 인물이 될 수 있는 것이다. 그런데 지금 그는 느닷없이 자유 의지대로 살아 보라고 내팽개쳐진 전체의 일부분으로서만 존

---

[7] 머리에 난 뿔을 의미하는 것으로 이것은 부정한 아내를 두었다는 뜻.

재한다. 이를테면, 그 무엇과도 비슷하지 않은 왠지 기이한 존재가 된 것이다.

T시의 빠벨 빠블로비치에 관해서라면 어떤 기억이 한 가지 남아 있는데, 지금 벨차니노프는 우연히 그 생각을 하게 되었다.

물론 빠벨 빠블로비치는 T시에 있을 때, 그저 남편이었지 그 이상은 아무것도 아니었다. 예를 들어 그 외에 그가 관리였다고 해도 그에게 있어서 직장이라는 것은 단지 부부 생활이 요구하는 의무 중의 하나였기 때문이었을 뿐이다. 그 자신이 꽤 충실한 관리이기는 했어도 그는 아내를 위해서, 그리고 T시에서의 그녀의 사교계의 지위를 위하여 직장 생활을 했던 것이다. 그 당시 그는 서른다섯 살이었지만 얼마간의, 결코 적다고는 할 수 없는 재산을 소유하고 있었다. 직장에서는 무슨 특별한 수완을 보이지 않았지만, 그렇다고 해서 무능해 보이지도 않았다. 시내의 저명 인사들과 폭넓은 교제를 했고 인기가 좋다는 평판을 들었다. T시의 사람들은 나딸리야 바실리예브나를 절대적으로 존경했다. 그렇지만 그녀는 이것을 당연한 것으로 받아들여 크게 고마워하지도 않았다. 그녀가 자기 집에서 손님을 접대하는 솜씨는 정말 훌륭했다. 그럴 때면 빠벨 빠블로비치도 아내의 엄격한 교육 덕택에 시내의 어떤 고위 관리를 대접하는 경우라 할지라도 그 자리에 적절하게 어울리는 고상한 예의 범절을 지킬 줄 알았다. 어쩌면 그는 머리가 꽤 괜찮았는지도 모른다(벨차니노프한테는 그렇게 생각되었다). 그렇지만 나딸리야 바실리예브나는 그녀의 남편이 말을 많이 하는 것을 좋아하지 않았기 때문에 그 영리함도 눈에 띌 사이가 없었는지도 모른다. 아마도 그는 다른 나쁜 점과 마찬가지로 여러 가지의 타고난 훌륭한 특성을 가지고 있었는지도 모른다. 그러나 좋은 특성은 마치 뚜껑 아래 갇혀 있는 것 같았고, 그 반면에 나쁜 성향은 거의 완전히 억압되다시피 하고 있었다. 벨차니노프는 예를 들어 뜨루소스끼 씨에게 때때로 가까운 주변 사람들을 조롱하려는 성향이 있었다는 것을 기억했다. 그렇지만 그런 행위는 아내에 의해 엄격히 금지되어 있었다. 그리고 그는 이따금 무슨 이야기 하기를 좋아했다. 그러나 이것은 감독 대상이 되어 무엇인가 대수롭지 않은 이야기를 짧게 하는 것만 허용받고 있었다. 그는 원래 집 밖에서 친구들과 어울리기를 좋아하고, 더 나아가 친구들과 술 마시는 것을 좋아하는 성향이 있었다. 그런데 그 중의 두 번째 것은 아예 송두리째 뿌리가 뽑혔다. 그런데 여기에는 몇 가지 특징이 있었다. 겉으로 보았을 때 어느 누구도 이 남편이 아내의 손아귀에 잡혀 있다고 말할 수는 없었을 것이다. 나딸리야 바실리예브나는 매우 순종적인 아내처럼 보였고, 그리고 모르긴 해도 그녀 자신은 이 점을 믿어 의심치 않고 있었을 것이다. 빠벨 빠블로비치가 나딸리야 바실리예브나를 정신 못 차릴 만큼 사랑한다는 것도 있을 수 있는 일이었다. 그렇지만 그런 사정을 눈치 챈다는 것은 아무나 할 수 없는 일이었고, 또 그것을 알아보려 해도 불가능했다. 그것은 아마도 나딸리야 바실리예브나가 가정에서 교묘한 조종을 하고 있었기 때문인지도 모른다. T시에서 살고 있는 동안 벨차니노프는 몇 번인가 스스로에게 자문해 본 적이 있었다. 도대체 이 남편이라는 자는 자기 아내와의 관계를 조금이라도 의심하고 있을까 하고. 몇 차례인가 그는 이 문제에 대하여 나딸리야 바실리예브나에게 진지하게 물어보았는데 그때마다 언제나 그녀는, 남편은 아무것도 모르며 결코 아무것도 눈치 챌 수 없다는 것, 그리고 이 모든 일은 전혀 그와는 상관이 없는 일이라는 약간 짜증 섞인 한결같은 대답을 들었을 뿐이다. 그녀 편에도 한 가지의 또 다른 특별한 점이 있었다. 그녀는 결코 빠벨 빠블로비치를 비웃은 적이 없었고, 무슨 일에나 남편을 우습게 여기거나 보기 싫다고 생각한 적이 없었다는 점이다. 만일 누가 남편에게 조금이라도 무례한 행동을 한다면 그녀는 극구 남편 편을 들고 나섰을 것이다. 그리고 자식이 없었으므로 그녀가 조금씩 사교계의 여인으로 변신해 간 것은 어쩌면 지극히 당연한 일이었다. 그러나 자신의 가정은 그녀에게 반드시 있어야 할 필수 요소였다. 그녀는 사교계의 즐거움에 정신을 잃은 적이 결코 없었으며, 집에서 수예와 가사를 돌보는 일을 무척 좋아했다. 어제 빠벨 빠블로비치는 T시에서 저녁마다 열렸던 그들의 가정 독서회를 회상했다. 그것은 정말 실제로 있었던 일이다. 벨차니노프가 책을 읽고, 빠벨 빠블로비치가 읽기도 했다. 벨차니노프가 놀란 것은 그에게 책을 매우 잘 낭독하는 재능이 있다는 점이었다. 나딸리야 바실리예브나는 이럴 때 무언가를 바느질하면서 언제나 조용하고 침착하게 낭독을 경청하였다. 그 모임에서는 디킨스의 소설 작품들과 러시아 잡지들 중에서 어떤 것, 또는 때때로 〈심각한 것〉 중의 어떤 것을 읽었다. 나딸리야 바실리예브나는 벨차니노프의 교양을 높이 평가하고 있었지만 그에 대해서는 아무 말도 하지 않았다. 그것은 마치 이미 결정이 나고 끝이 난 사실이므로 그에 대해서는 새삼스럽게 이야기할 필요가 없다는 듯한 태도였다. 그녀는 대체적으로 책이라든가 학문에 관한 이야기에 대해서는, 가령 그것이 유익한 것이라 할지라도 자기에게는 아무 관계가 없다는 듯한 무심한 태도를 취하였다. 그렇지만 빠벨 빠블로비치는 때때로 상당한 열의를 보였다.

T시에서의 관계는 벨차니노프 쪽에서 한창 열이 올라 미칠 듯한 단계에 이르렀을 무렵 갑자기 뚝 끊어지게 된 셈이었다. 본인이 〈낡아 빠져, 못쓰게 된 신발짝처럼〉 버림을 받게 된 줄 알지도 못한 채 떠나가도록 모든 것이 교묘히 준비되어 있었다 하더라도, 사실상 그로서는 한마디로 말해 별안간 쫓겨나게 된 것이나 다름이 없는 상황에 부딪힌 것이다. 그곳 T시에서는, 그가 떠나기 한 달 전쯤 육군 유년 학교를 갓 졸업한 어떤 애송이 포병 장교가 나타나 뜨루소스끼 네 집안에 드나들게 되었다. 그리하여 삼각 관계는 사각 관계로 변하였다. 나딸리야 바실리예브나는 애송이

청년을 지극한 호의로 맞아 주었고, 그에 대해서는 마치 어린 소년을 대하듯이 했다. 벨차니노프는 정말 아무것도 눈치 채지 못하고 있었다. 느닷없이 반드시 이별해야 한다는 말을 들었을 때, 당시 그는 그저 어찌할 바를 모르고 있었을 따름이다. 그리고 단시일 내에, 그리고 반드시 그가 떠나야 한다며 나딸리야 바실리예브나가 내놓은 수백 가지 이유 중의 하나는 아무래도 그녀가 임신을 한 것 같다는 말이었다. 그러므로 지금 당장 서너 달만이라도 좋으니 그가 잠시 몸을 피해 주면, 만일에 후일 괴상한 소문이 나게 되더라도 그것은 9개월 후의 일이니까 남편한테 의심받을 가능성이 자연스레 적어지리라는 게 그녀의 핑계였다. 그 말은 물론 충분히 억지에 가까운 것이었다. 파리나 아메리카로 도망가자는 벨차니노프의 무리한 제안도 있었지만, 결국 그는 〈추호도 의심할 바 없이 아주 잠시 동안만〉, 즉 3개월은 넘기지 않을 거라는 생각으로 혼자서 뻬쩨르부르그를 향해 출발했다. 그렇지 않았다면 그는 어떠한 이유와 변명을 듣더라도 결코 떠나지 않았을 것이다. 그로부터 정확히 두 달 후 그는 뻬쩨르부르그에서 나딸리야 바실리예브나로부터 두 번 다시 T시로 돌아오지 말아 달라는 부탁의 편지를 받았다. 그 이유는 그녀가 이미 다른 사람을 사랑하고 있기 때문이라는 것이었다. 그리고 자신의 임신에 관해서는 자기가 착각을 했노라는 설명을 붙이고 있었다. 사실 착각 따위에 관한 통고는 불필요한 것이었고, 벨차니노프에게는 이제 모든 일이 명백해졌다. 그는 그 애송이 장교를 기억했다. 그로써 이 사건은 영원히 끝맺음이 되었다. 그로부터 수년 후 그는 그곳에 바가우또프라는 자가 나타나서, 꼬박 5년을 머물러 있었다는 이야기를 들었다. 그 관계가 전례 없이 그렇게 오래 지속된 점에 대해, 그는 무엇보다도 나딸리야 바실리예브나가 이젠 꽤 나이가 들어 더욱 집요하게 되었나 보다, 그래서 그랬나 보다라는 나름대로의 무심한 해석을 내렸다.

그는 자신의 침대 위에 거의 한 시간 가량을 걸터앉아 있었다. 마침내 정신을 차린 그는 마브라에게 커피를 가져오라는 초인종을 눌렀다. 그는 커피를 후딱 마신 후 옷을 차려입고, 정각 열한 시에는 뽀끄로프스끼 호텔을 찾아보려고 뽀끄로프 교회 쪽을 향해 길을 나섰다. 뽀끄로프스끼 호텔은 어제와는 달리, 아침의 인상으로 인해 일종의 특별한 느낌으로 그에게 다가와 있었다. 무엇보다 그는 어젯밤 빠벨 빠블로비치를 상대했던 자신의 태도를 어느 정도 부끄러워하고 있었으므로, 지금 먼저 그 문제부터 해결해야겠다는 생각이 들었다.

그는 어젯밤 문의 자물쇠에 대해 환상을 갖게 된 건 우연한 일이었다든가, 빠벨 빠블로비치가 술에 취한 모습을 하고 있었기 때문에, 혹은 다른 이러저러한 이유 때문에 그랬을 것이라는 해석을 해보았다. 그러나 사실상 그는, 자신들 사이의 모든 일이 이미 자연스럽게 결말이 지어졌음에도 불구하고, 무엇 때문에 자기가 지금 새삼스럽게 옛 여인의 남편을 찾아가 모종의 새로운 관계를 수립하려고 하는지, 그 이유 자체를 명확히 알지 못하고 있었다. 무엇인가가 막연히 그를 끌어당기고 있었다. 거기에는 뭔가 특별한 인상이 있었고, 말하자면 이 인상으로 인해 그는 끌려가고 있는 중이었다…….

5. 리자

빠벨 빠블로비치는 〈도망친다〉는 것을 생각해 보지도 않았기 때문에, 왜 벨차니노프가 어제 그에게 그런 질문을 했는지 전혀 그 까닭을 알 수가 없었다. 벨차니노프 자신도 사실은 그 이유를 잘 알지 못했다. 뽀끄로프 교회 옆의 작은 상점에서 처음 물어보니, 뽀끄로프스끼 호텔은 골목 바로 안쪽에 있다고 가르쳐 주었다. 그런데 호텔에서는 뜨루소스끼 씨가 지금 안뜰에 있는 별채의 마리야 시소예브나의 가구가 딸린 방에 머물고 있다는 설명을 해주었다. 별채의 좁고 물이 뿌려져 있는 몹시 불결한 석조 계단을 따라 방이 있다는 2층으로 올라가던 그는 갑자기 누군가 우는 소리를 들었다. 한 7, 8세쯤 되는 어린아이가 우는 것 같았다. 그것은 분명히 매우 고통스러운 울음소리였고, 아무리 그치려 해도 자꾸 새어 나오는 흐느낌 소리였다. 그와 함께 마루를 쾅 하고 구르는 발소리와 역시 참는 듯한 분노의 고함소리가 들려왔다. 그것은 약간 쉰 듯한 목소리였지만 분명히 남자 어른의 목소리임에 틀림이 없었다. 그 어른은 아이를 달래고 있는 것 같았고, 누가 울음소리를 들을까 봐 매우 신경을 쓰고 있는 것 같았는데, 사실은 아이보다도 그가 더 큰 소리를 내고 있었다. 고함소리는 몰인정했고, 아이는 용서를 구하고 있는 것 같았다. 양쪽에 문이 두 개씩 나 있는 그리 크지 않은 복도에 들어선 벨차니노프는 몹시 뚱뚱하고 키가 크면서 머리를 풀어헤친 채 아무렇게나 치장을 한 어떤 아낙네를 만났으므로, 그녀에게 빠벨 빠블로비치에 관한 이야기를 물어보았다. 그녀는 울음소리가 들려오는 문을 손가락으로 가리켰다. 그 40대 아낙네의 뚱뚱하고 붉은 얼굴은 약간 분노한 기색마저 띠고 있었다.

「별별 괴상망측한 심심풀이가 다 있나 보군!」 낮은 목소리로 중얼거리며 그녀는 계단 쪽으로 나갔다. 벨차니노프는 노크를 하려다가 생각을 바꾸어 빠벨 빠블로비치의 문을 그대로 열어 버리고 말았다. 그리 크지 않은 방 안에는 소박하게 색칠을 한 가구가 별 모양은 없어도 많이 배치되어 있었고, 방 한가운데에는 빠벨 빠블로비치가 저고리도 조끼도 입지 않고 서 있었다. 그는 신경질이 가득한 시뻘건 얼굴로 소리를 지르기도 하고 삿대질을 하기도 하면서, 어쩌면 발로 차는 듯한 몸짓을 해가면서(벨차니노프에게는 그렇게 여겨졌다) 여덟 살쯤 된 작은 여자아이를 어르고 있었다. 그 여자아이는 귀족 아가씨처럼 검은색의 짧은 모피 옷을 입고 있었지만 초라한 옷차림이었다. 그 아이는 정말 히스테리를 일으키고 있는 것 같았는데, 히스테릭하게 흐느끼며 두 손을 빠벨 빠블로비치에게 향하고 있는 모습은 마치 그에게 매달려 그를 껴안고서 무엇인지 애원을 하려는 것 같았다. 일순간에 모든 상황이 뒤바뀌었다. 방문객을 발견하자 소녀는 소리를 지르며 옆의 작은 방으로 뛰어 들어갔고, 빠벨 빠블로비치는 한순간 어리둥절해 하다가 즉시 어젯밤 벨차니노프가 느닷없이 계단 위의 그를 향해 문을 열어젖혔을 때와 똑같은 바로 그 웃음을 만면에 띠었다.

「알렉세이 이바노비치!」 그는 확실히 놀라면서 소리 질렀다. 「전혀 생각지도 못했습니다……. 그렇지만 이리로, 자, 이리 오세요! 여기, 소파 위에, 아니면 여기 안락의자에 앉으시고, 저는…….」 그러면서 그는 조끼를 입는 것도 잊어버린 채 저고리를 황급히 걸쳐 입었다.

「체면 차리실 것 없습니다. 그냥 그대로 계십시오.」 그렇게 말하며 벨차니노프는 의자 위에 앉았다.

「아닙니다. 체면은 차려야지요. 이제 저도 좀 더 예의를 갖추었습니다. 그런데 왜 그렇게 구석으로 가 앉으셨습니까? 자, 이리로, 안락의자로, 테이블 옆으로 오시지요……. 그런데 뜻밖입니다. 당신이 이렇게 찾아오시다니 생각지도 못했던 일입니다!」

그러면서 그 역시 등나무 의자의 모서리에 앉았는데, 이 〈뜻밖의〉 손님과 나란히 앉지는 않고 벨차니노프의 얼굴이 좀 더 잘 보이는 방향으로 의자의 위치를 돌렸다.

「왜 생각지 못하셨단 말입니까? 이 시간에 당신을 찾아뵙겠다고 제가 엊저녁에 말씀드리지 않았습니까?」

「오시지 않을 거라고 생각했지요. 오늘 아침 잠이 깨어서 어제의 일을 생각해 보니 이제는 아마 당신도 영영 만나지 못할 것 같다는 생각이 들었거든요.」

 벨차니노프는 그러는 동안 주변을 살펴보았다. 방 안은 무질서하게 어질러져 있었다. 침대는 정돈이 안 되어 있고 옷은 널브러진 채 테이블 위에는 다 마신 커피잔과 빵 조각이 뒹굴고 있었다. 그 옆에는 병마개가 없는 반쯤 마신 샴페인 병과 술잔이 놓여 있었다. 그는 곁눈질로 옆방을 살펴보았으나 거기는 모든 것이 조용했다. 소녀는 몸을 숨기고 가만히 있는 것 같았다.

 「이걸 지금 마시고 계셨습니까?」 벨차니노프는 샴페인을 가리켰다.

 「남은 겁니다……」 빠벨 빠블로비치는 당황했다.

 「당신은 참 많이 변하셨군요!」

 「나쁜 버릇이 갑자기 생겼지요. 네, 그 일이 있은 다음부터입니다. 거짓말은 하지 않겠습니다! 참을 수가 없어서요. 지금은 걱정하지 마세요, 알렉세이 이바노비치, 저는 지금 취하지도 않았고, 어젯밤 댁에서 한 것처럼 말도 안 되는 소리를 지껄이지도 않을 테니까요. 하지만 정말 당신께 하는 말씀이지만, 이 모든 게 그 일이 있은 다음부터 그런 거랍니다! 글쎄 반년 전에 누군가 나더러 이처럼 갑작스레 마음의 긴장을 풀고, 지금처럼 된다고 말하면서 지금의 내 모습을 거울에 비춰서 보여 주었다 하더라도 당시로선 나는 그 말을 곧이듣지도 않았을 겁니다!」

 「그렇다면, 당신께서는 어제 술에 취해 있었다는 말씀인가요?」

 「그랬죠.」 나지막한 목소리로 빠벨 빠블로비치는 부끄러운 듯이 시선을 떨구며 털어놓았다. 「사실은 잔뜩 취한 것이 아니라 어느 정도 깨어 있었지요. 제가 일부러 이런 말씀을 드리는 것은 제가 술 마신 뒤끝이 좋지 않다는 것을 굳이 설명드리고 싶어서입니다. 술 기운이 조금이라도 남아 있으면 어떤 잔인한 기분, 분별없는 마음과 함께 처연한 마음은 더욱 깊어집니다. 아마 이 처연한 마음 때문에 술을 더 마시는 것인지도 모릅니다. 그리고 일단 마시고 나면 말도 안 되는 소리를 지껄이면서 다른 사람까지 모욕을 하게 되지요. 틀림없이 어젯밤엔 제가 당신께 이상한 꼴을 보여 드렸겠지요?」

「기억이 나지 않으십니까?」

「기억을 어찌 못하겠습니까, 죄다 기억하고 있습니다…….」

「그래요, 빠벨 빠블로비치, 나도 그럴 것이라고 생각하고 있었습니다.」 벨차니노프는 타협하는 어투로 말했다. 「그리고 저 역시 어젯밤에 당신께 다소간 신경질적이었습니다. 그리고…… 너무 성급했지요. 그 점은 제가 기꺼이 인정하겠습니다. 나는 이따금 기분이 아주 나쁠 때가 있는데, 밤에 당신께서 불쑥 나타나신 것은…….」

「그렇지요, 밤이었습니다. 한밤중이었으니까요!」 빠벨 빠블로비치는 깜짝 놀라 자신을 나무라기라도 하듯이 머리를 흔들었다. 「어떻게 그럴 수가 있겠습니까! 당신께서 직접 문을 열지만 않으셨어도 저는 댁까지 들어가지는 않았을 겁니다. 문에서 그냥 물러섰겠지요. 저는, 알렉세이 이바노비치, 사실은 일주일 전에 당신의 집에 들렀습니다. 그런데 안 계시더군요. 그 후로는 아마도 두 번 다시 들르지 않았을 겁니다. 어쨌든 저에게도 조금은 자존심이라는 게 있으니까요, 알렉세이 이바노비치, 제가 이런 처지에 놓여 있다는 걸 인정합니다만……. 우리가 길에서 마주칠 때면 전 늘 이런 생각을 했습니다. 그가 알아보지 못하고 그대로 지나친다면, 그것은 9년이라는 시간이 장난이 아니기 때문이라고요. 그러면서 가까이 다가갈 엄두가 나지 않았습니다. 그러다가 어제 뻬쩨르부르그스까야 구에서 출발하여 이리저리 돌아다니다 그만 시간을 잊어버렸습니다. 모든 것이 이것 때문입니다(그는 술병을 가리켰다), 그리고 제 기분 때문이었습니다. 어리석었지요! 무척이나 말입니다! 그러니 당신 같은 분이 아니었으면, 옛정을 생각하시고 어젯밤의 일이 있은 후에도 이렇게 저를 찾아와

주셨겠습니까. 그렇지 않았으면 저는 감히 예전의 친분을 새로이 해볼 희망마저 잃어버렸을 겁니다.」

벨차니노프는 주의 깊게 귀를 기울이고 있었다. 이 사나이는 정말 진실하게, 어느 정도 품위까지 갖추어 말하고 있는 것 같았다. 그러면서도 그의 집에 들어선 순간부터 그의 말은 아무것도 믿지 않고 있었다.

「그런데 말씀해 보세요, 빠벨 빠블로비치, 이곳에 혼자 계시는 게 아니군요? 아까 제가 왔을 때 당신 곁에 있던 꼬마는 누구의 아이인가요?」

빠벨 빠블로비치는 놀라서 눈썹을 약간 치켜 떴지만, 곧 명랑하고 유쾌한 시선으로 벨차니노프를 건너다보았다.

「누구의 아이라니오? 그 애는 리자가 아닙니까!」 상냥한 미소를 지으면서 그가 말했다.

「리자라니오?」 벨차니노프는 중얼거리다가 갑자기 그의 내부에서 무엇인가 전율 같은 것이 스쳐 지나가는 듯한 느낌을 받았다. 그것은 너무나 뜻밖의 충격이었다. 아까 들어와서 리자를 보았을 때 그는 약간 의외이긴 했지만 어떤 예감이나 특별한 인상을 받지는 않았다.

「네, 우리 집 리자 말입니다. 우리 딸 리자 말씀이에요!」 빠벨 빠블로비치는 미소를 지었다.

「딸이라니요? 그렇다면 당신께서는 나딸리야⋯⋯ 돌아가신 나딸리야 바실리예브나와의 사이에 자녀를 두셨단 말입니까?」 벨차니노프는 믿지 못하겠다는 듯이 머뭇거리면서, 그러나 왠지 몹시 조용한 목소리로 이렇게 질문을 던졌다.

「그렇죠. 아, 그렇군요. 사실 누가 당신한테 그 소식을 전해 주었겠습니까? 내 정신 좀 봐! 신께서는 그 아이를 당신이 떠나신 다음에 우리에게 선사하셨는데 말이에요!」

빠벨 빠블로비치는 흥분하여 의자에서 펄쩍 일어나기까지 했지만, 그 흥분 역시 유쾌한 것처럼 보였다.

「저는 아무 소식도 듣지 못했습니다.」 이렇게 말하는 벨차니노프의 얼굴은 이미 하얗게 질려 있었다.

「맞아요, 그렇습니다. 누구한테서 당신이 그 소식을 전해 들을 수 있었겠습니까!」 빠벨 빠블로비치는 감동한 나머지 약간 작아진 목소리로 반복해 말했다. 「당신도 기억하시겠지만, 나와 죽은 아내는 희망을 잃고 있었는데, 갑자기 신께서 은혜를 베푸셨던 겁니다. 그때 내 기분이 어땠는지는 오직 그분만이 아실 겁니다! 정확히, 당신이 떠나신 지 1년 후였던 것 같습니다! 아니, 1년 후가 아니라, 그렇지는 않아요. 잠깐만요, 내 기억이 틀리지 않다면 그때 당신께서는 우리한테서 10월 아니면 11월에 떠나셨죠?」

「나는 T시에서 9월 초순, 9월 12일에 떠났습니다. 아직도 똑똑히 기억하고 있습니다……」

「정말 9월이었던가요? 흠…… 내 정신 좀 보라지?」 빠벨 빠블로비치는 몹시 놀라 외쳤다. 「그렇다면 보십시다. 당신께서는 9월 12일에 떠나셨는데, 리자는 5월 8일에 태어났으니, 그러면 이건, 9월, 10월, 11월, 12월, 1월, 2월, 3월, 4월, 말하자면 8개월 후로군요! 그리고 당신께서 이걸 아신다면, 죽은 아내가 얼마나……」

「제게 아이를 좀 보여 주시겠습니까? 그 아이를 불러 주시지요……」 벨차니노프는 어딘지 얼떨떨한 것 같은 목소리로 이렇게 급히 말했다.

「그러고말고요!」 빠벨 빠블로비치는 지금껏 자신이 하던 말은 전혀 불필요한 것이었던 것처럼 즉시 말을 중단하고, 바쁘게 서둘렀다. 「지금 곧 당신께 리자를 소개해 드리겠습니다!」 그러면서 그는 황급히 리자의 방으로 건너갔다.

아마도 30분쯤의 시간이 흘렀으리라. 방 안에서는 빠르게 속삭이는 소리가 나더니 리자의 목소리도 들릴 듯 말 듯 흘러나왔다. 〈자기를 데려가지 말라고 애원하고 있구나〉 하고 벨차니노프는 생각했다. 마침내 그들이 나왔다.

「글쎄, 이렇게 부끄럼을 탄답니다.」 빠벨 빠블로비치는 말했다. 「수줍음도 많고, 자존심도 강하지요……. 죽은 제 엄마를 쏙 빼닮았다고나 할까요!」

리자는 벌써 눈물을 멈추고, 두 눈을 내리깐 채 밖으로 나왔다. 아버지가 그녀의 손을 잡고 있었다. 그 아이는 키가 크고, 몸매가 날씬하면서 퍽 예쁜 소녀였다. 그녀는 손님을 향해 호기심에 찬 커다란 푸른 눈을 들어 재빨리 침울하게 훑어보고는, 또다시 바로 시선을 떨구었다. 아이들은 처음 보는 손님과 단둘이 있을 때면 구석으로 달아나 거기서 낯선 손님을 의심스럽다는 듯이 진지하게 쳐다보곤 하는 법인데, 그녀의 시선에도 꼭 그런 어린아이의 진지함이 깃들어 있었다. 하지만 벨차니노프는 어쩌면 아이들의 생각이 아닌 다른 어떤 생각이 깃들어 있는 것인지도 모른다는 생각이 들었다. 아버지는 그녀를 그의 옆으로 가까이 데려왔다.

「이 아저씨는 예전에 엄마를 잘 아시던 분으로, 우리 집의 친구로 지내시던 분이란다. 겁내지 말고 손을 내밀어 보렴.」

소녀는 가볍게 머리를 숙이고 머뭇거리며 한쪽 손을 내밀었다.

「우리 집에선 나딸리야 바실리예브나가 이 아이에게 허리를 굽히고 인사하는 법을 가르치는 것을 싫어해서, 그 대신 영국식으로 가볍게 머리를 숙이고 손님께 손을 내미는 법을 가르쳤답니다.」 그는 벨차니노프를 뚫어져라 쳐다보면서 그와 같은 설명을 덧붙였다.

벨차니노프는 그가 자기를 응시하고 있다는 것을 알고 있었지만, 이제는 굳이 자신의 흥분을 숨기려고 애를 쓰지도 않았다. 그는 의자에 앉아서 미동도 하지 않은 채 자신의 손으로 리자의 손을 잡고서 뚫어져라 어린아이를 쳐다보았다. 그러나 리자는 무엇인가 마음에 걸리는 듯이, 손님이 잡고 있는 자신의 손도 잊은 채 아버지에게서 눈을 떼지 못하고 있었다. 그녀는 멈칫거리면서도 그가 말하는 소리에 쫑긋 귀를 기울이고 있었다. 벨차니노프는 즉각 그 아이의 커다란 푸른 눈동자를 알아볼 수 있었고, 무엇보다도 아이 얼굴의 놀라우리만치 희고 아름다운 피부 빛깔과 머리칼의 색깔은 마치 그에게 한 방의 강한 일격을 가하는 것만 같았다. 이러한 특징들은 그에게 너무나 의미심장한 것이었기 때문이다. 그에 반하여 얼굴의 윤곽과 입술의 형태는 나딸리야 바실리예브나를 단박에 연상케 하고 있었다. 빠벨 빠블로비치는 그러는 사이 벌써 한참 전부터 무슨 이야기인가를 늘어놓고 있었는데, 얼른 보아 열정과 감정에 북받쳐 있는 것처럼 보였다. 그러나 벨차니노프는 그의 말은 전혀 귀담아듣고 있지 않았다. 그는 단지 마지막 구절만을 알아들었을 뿐이다.

「……글쎄, 뭐라고 할까요, 알렉세이 이바노비치, 하느님으로부터 이 선물을 받았을 때 우리의 기쁨이 어땠는지, 당신은 미처 상상도 하실 수 없을 겁니다! 나한테는 이 아이가 전 재산과 같은 것이었지요. 하느님의 뜻으로 나의 고요한 작은 행복이 사라진다 해도 나에게 리자만은 남는다, 이렇게 생각했지요. 적어도 나는 그것을 확실하게 믿고 있었단 말입니다!」

「그런데 나딸리야 바실리예브나는요?」 벨차니노프는 물었다.

「나딸리야 바실리예브나 말입니까?」 빠벨 빠블로비치는 이맛살을 찌푸렸다. 「당신도 그녀를 아시지 않습니까, 기억하시죠? 그녀는 말을 많이 하는 걸 좋아하지 않았잖습니까. 하지만 그 대신 임종시 저 아이와 작별 인사를 할 때에는…… 그 자리에서 모든 것을 다 털어놓았지요! 방금 나는 당신께 〈임종시〉라고 했습니다. 그러는 사이에도 갑자기, 죽기 하루 전에는, 흥분을 하고 화를 내면서 이런 말을 하기도 했습니다. 〈사람들은 약을 가지고 나를 치료한다고 덤비지만, 나는 단순한 열병을 앓고 있는 것뿐이다. 우리의 의사 두 사람은 모두 아무 생각도 없는 형편없는 사람들이다. 꼬흐를, 기억하느냐, 우리의 1등 군의관이었던 노인 말이다. 그 사람이 돌아오기만 하면 나는 2주일 후엔 완쾌되어 자리를 털고 일어서게 된다〉고 말이에요! 게다가 죽기 다섯 시간 전에는, 3주일 후 숙모의 명명일 파티가 있으니까 파티 참석차 그녀의 소유지를 꼭 방문해야 한다는 일 따위를 염두에 두고 있었죠. 그 숙모는 리자의 대모였으니까……」

벨차니노프는 갑작스레 의자에서 벌떡 일어섰는데, 여전히 리자의 손을 놓지 않은 채였다. 그는 아버지를 향한 소녀의 뜨거운 눈초리에 어쩐지 무엇인가 원망스러운 기색이 깃들어 있는 것처럼 느꼈다.

「이 아이는 어디가 아픈 게 아닙니까?」 어딘가 이상하게, 성급한 어조로 그는 이렇게 물었다.

「그렇지는 않을 겁니다. 하지만…… 이곳에서 우리의 형편이 이렇다 보니……」 빠벨 빠블로비치는 슬픔에 잠겨서 마음이 아픈 듯이 그렇게 말했다. 「아이가 워낙 엉뚱한 데다 신경질적이지요, 엄마가 죽은 다음 두 주일을 앓고 나더니 아주 히스테릭하게 변해 버렸어요. 당신께서 들어오실 때, 아까 우리 방에서 무슨 우는 소리가 났지요. 〈들어 봐, 리자, 들어 봐〉 하는 소리도 말입니다. 무엇 때문에 그랬는지 아십니까? 내가 마냥 나가 돌아다니며 자기를 내팽개쳐 둔다는 겁니다. 말하자면 내가 엄마가 살아 있을 때만큼 자기를 사랑해 주지 않는다고 원망을 하는 거예요. 장난감이나 가지고 놀면 괜찮을 저런 철없는 꼬마가 그런 엉뚱한 생각을 하다니 놀랄 일이 아닙니까. 하기야 여기서는 저 아이와 같이 놀아 줄 사람도 없기는 하지요.」

「그렇다면 당신은…… 당신은 여기서 정말 둘이서만, 단둘이서 머무르고 계시는 것입니까?」

「아주 외롭습니다. 하녀가 하루에 한 번씩 일을 하러 들르고 있을 뿐입니다.」

「그럼 당신께서 외출하시면 저 아이를 혼자 여기 내버려 두신다는 겁니까?」

「그러니 어쩌겠습니까? 어제는 외출하면서 저 아이를 문을 잠그고 가두어 놓았더랬죠. 그것 때문에 오늘 여기서 눈물까지 흘리게 된 것입니다. 생각해 보십시오. 달리 어떻게 하겠습니까. 그저께는 내가 없는 동안 저 아이가 아래층으로 내려갔다가 웬 사내아이한테 돌로 머리를 얻어맞는 사고가 났습니다. 그런가 하면 어떤 때는 울면서 온 마당을 돌아다니며 사방에 물어보는 겁니다. 아빠가 어디 갔느냐고요. 이건 좋지 않은 일이잖습니까. 그런데 나도 그렇습니다. 한 시간 동안만 외출한다고 해놓고서는 다음날 아침에야 돌아올 때도 있습니다. 어제도 그랬습니다만, 내가 없을 때 다행스럽게도 이 집의 여주인이 철공을 불러다 자물쇠를 열고 밖으로 나오게 했으니 망정이지 큰일날 뻔했죠. 부끄럽기 짝이 없습니다만, 내가 생각해 봐도 내 자신이 아주 못된 인간으로 여겨집니다. 모든 게 아둔한 탓으로…….」

「아빠!」 소녀는 머뭇거리며 불안하게 말했다.

「또 그래! 너 또 그런다! 아까 내가 뭐라고 말했지?」

「안 그럴게요, 안 그럴게요.」 리자는 공포에 질려 황급히 그의 앞에 두 손을 모으면서 되풀이해서 말했다.

「어쨌거나 당신들은 이런 환경 속에서 계속 생활해서는 안 됩니다. 당신께서는…… 당신께서는 재산도 있는 사람입니다. 그런데 어째서 당신은 이런 별채의 열악한 환경 속에 사시는 겁니까?」 벨차니노프는 갑자기 못 참겠다는 듯이 근엄한 목소리로 말했다.

「별채라니오? 어쩌면 일주일 후에는 떠날지도 모릅니다. 그리고 재산이 있다고 해도 돈을 많이 낭비했으니까요…….」

「좋아요, 좋습니다.」 벨차니노프는 점점 더 초조해지는 마음으로 그의 말을 가로막았다. 그것은 마치, 말할 것 없다, 네가 하는 수작을 다 알고 있다, 그리고 무슨 배짱으로 네가 그 따위 말을 하는 것인지도 다 알고 있어! 라고 말하는 것 같았다. 「들어 보세요, 제가 당신께 한 가지 제안을 하겠습니다. 당신은 방금 1주일 아니면 2주일쯤 머물러 계시겠다는 말씀을 했습니다. 여기엔 내가 내 집처럼 드나드는 집이 하나 있습니다. 벌써 한 20년은 됩니다. 뽀고렐리세프라는 사람의 집입니다. 알렉산드르 빠블로비치 뽀고렐리세프는 3등관이니 당신한테도, 당신의 업무에도 도움이 될지 모릅니다. 그 사람들은 지금 별장에 가 있습니다. 그들은 호화스러운 전용 별장을 소유하고 있으니까요. 끌라브지야 뻬뜨로브나 뽀고렐리세바는 나한테 누님 같기도 하고, 어머니 같기도 한 사람입니다. 그 사람들한테는 여덟 명의 아이들이 있어요. 글쎄, 지금 내가 리자를 그분들한테 데려가면 어떻겠습니까……. 나는 시간을 낭비하지 않으려고 합니다. 그분들은 흔쾌히 이 아이를 맡아 줄 겁니다. 당신이 떠날 때까지 흡사 친딸처럼, 친딸처럼 귀여워해 줄 것입니다!」

그는 극도로 초조한 감정에 싸여 있었고, 이것을 감추려고 하지도 않았다.

「그건 안 될 말씀입니다.」 빠벨 빠블로비치는 눈살을 찌푸리면서 교활하게(벨차니노프에게는 그렇게 여겨졌다) 그의 눈을 주시하며 그렇게 말했다.

「왜요? 왜 안 된다는 말씀입니까?」

「글쎄, 어떻게 저런 어린아이를 떼어 놓겠습니까, 그것도 갑자기 말입니다. 당신 같은 분이 이처럼 성의를 갖고 주선하시는 일이니까 괜찮기는 하겠지만, 제가 그것 자체를 문제삼는 것은 아닙니다. 하지만 도대체 낯선 집으로, 상류 사회의 가정이라고는 하지만 그분들이 어떻게 대우해 주실지 제가 알지도 못하는 상태에서 말입니다.」

「그러기에 그 집은 내 집이나 마찬가지라고 말씀드리지 않았습니까.」 벨차니노프는 거의 분노에 찬 목소리를 내지르기 시작했다.「끌라브지야 뻬뜨로브나는 그저 내 말 한마디면 기꺼이 맡아 줄 겁니다. 내 딸처럼 말입니다……. 이런 제기랄, 당신이 그저 쓸데없는 소리를 하느라고 그런다는 건 당신 자신이 잘 알고 있겠지요……. 무엇 때문에 여기서 그런 말을 할 필요가 있겠습니까!」

그는 심지어 한쪽 발을 쿵 하고 구르기까지 했다.

「내가 장차 이상해지지나 않을까 해서 그러는데요? 어쨌든 저도 한두 번은 이 아이를 찾아가 봐야만 할 테고, 그렇지 않으면 저 아이는 아비도 없는 것 같지 않겠습니까? 헤, 헤…… 그렇게 지체가 높은 집안이라니 말씀입니다.」

「그 집은 〈지체 높은〉 집안이 아니라 그저 가장 평범하기 이를 데 없는 집안이라니까요!」 벨차니노프는 소리를 질렀다.「내 말은 그 집에 아이들이 많다는 겁니다. 그 집에서라면 저 아이도 생기를 되찾을 것이고, 모두가 그것 때문에 이러는 겁니다……. 원하신다면 당신을 내가 내일 소개하도록 하겠습니다. 고맙다는 인사말을 하러 한번은 찾아가 보셔야 할 테니까요. 당신께서 원하시면, 아무 때라도 가보도록 하십시다…….」

「그렇지만 어쩐지…….」

「쓸데없는 말씀입니다! 중요한 것은 당신 자신이 잘 알고 있지 않습니까! 내 말을 좀 들어 보세요. 오늘은 저녁에 우리 집에 들르셔서 같이 주무시도록 하세요. 그러고 나서 열두 시에는 거기 도착할 수 있도록 아침 일찍 출발하도록 합시다.」

「얼마나 고마운 말씀이신지! 당신의 집에서 묵으라고까지 하시니 말씀입니다…….」 빠벨 빠블로비치는 갑자기 감격한 듯이 동의하였다.「한없는 친절을 베풀어 주시는군요……. 그런데 그분들의 별장은 어디에 있습니까?」

「그 댁 별장은 레스노예[8]에 있습니다.」

---

[8] 뻬쩨르부르그 교외의 휴양지. 레스노예라는 이름은 숲이라는 뜻의 러시아 어 les에서 유래한 것임.

「그런데 저 아이의 옷차림을 어떻게 할까요? 지체 있는 집으로, 게다가 별장으로 간다니 말입니다, 아시겠지만…… 이게 아비의 마음이라는 거지요!」

「저 애 옷차림이 어때서요? 저 애는 상복을 입고 있지 않습니까. 달리 무슨 옷을 입을 수 있겠습니까? 그것이 제일 어울리는 것이지, 어떤 옷차림을 달리 생각할 필요가 있습니까! 그저 속옷이나 좀 더 깨끗이 입히는 것이 좋겠지요, 목수건도…….」(목수건과 내다보이는 속옷이 정말로 몹시 지저분했다.)

「지금 당장 옷을 갈아입히겠습니다.」 빠벨 빠블로비치는 걱정스럽게 말했다. 「그리고 다른, 꼭 있어야 할 속옷도 지금 함께 챙겨 주도록 하겠습니다. 속옷이 마리야 시소예브나의 집에, 세탁하느라 가 있거든요.」

「그리고 마차를 부르러 사람을 보내 주시면 좋겠습니다.」 벨차니노프는 말을 가로챘다. 「가능하면 빨리요.」

그런데 난처한 일이 생겼다. 리자가 한사코 싫다면서 떼를 쓰는 것이었다. 그녀는 줄곧 겁에 질려 두 사람의 대화에 귀를 기울이고 있었는데, 만일에 벨차니노프가 빠벨 빠블로비치를 설득하는 동안 그녀의 얼굴을 눈여겨볼 수 있었다면, 그녀의 작은 얼굴에 나타나 있는 끝없는 절망감을 눈치 챘을 것이다.

「난 가지 않을래.」 그녀는 단호하게 조용히 말했다.

「보세요, 그렇죠, 모든 게 제 엄마를 꼭 닮았어요!」

「난 엄마를 닮지 않았어요. 엄마를 안 닮았단 말이에요!」 엄마를 닮았다는 말이 무시무시한 꾸지람이나 되는 것처럼, 아버지 앞에서 누명을 벗으려는 것처럼 조그만 자신의 두 손을 절망한 듯이 꼬면서 이렇게 소리를 질러 댔다. 「아빠, 아빠, 아빠가 날 버리시면…….」

그녀는 놀란 벨차니노프에게 갑자기 매달렸다.

「만일 아저씨가 날 데려가신다면, 그러면 난…….」

그러나 그 이상은 아무 말도 더 할 수 없었다. 빠벨 빠블로비치가 거의 멱살을 잡듯이 그녀의 손을 움켜쥐고, 이제는 숨길 수 없는 분노의 빛을 얼굴 가득히 띠면서 그녀를 작은 방으로 끌고 들어갔던 것이다. 거기서는 또다시 몇 분 동안 속삭이는 소리가 나고, 억지로 참는 듯한 울음소리가 들려왔다. 벨차니노프는 직접 그 방으로 가보려고 했다. 그러자 빠벨 빠블로비치가 그에게 나와서 일그러진 미소를 지으면서, 이제 리자가 출발하게 되었다는 설명을 했다. 벨차니노프는 그를 쳐다보지 않으려고 애를 쓰면서, 한쪽 구석을 바라보았다.

마리야 시소예브나가 왔다. 그녀는 그가 아까 복도로 들어섰을 때 만났던 그 아낙네였다. 그녀는 가지고 온 세탁한 속옷을 리자의 작고 예쁜 가방 속에 챙겨 넣기 시작했다.

「나리께서 저 아이를 데려가시나 보지요?」 그녀는 벨차니노프를 향해 돌아섰다. 「나리께는 가족이 있으시겠지요? 좋은 일을 하시는 겁니다. 나리마님. 아이는 얌전하니까 이 소돔과 같은 곳에서 저 애를 구해 주셔야 됩니다.」

「무슨 소리를 하는 거야, 마리야 시소예브나.」 빠벨 빠블로비치가 웅얼거렸다.

「마리야 시소예브나가 뭐예요! 모두가 다 나를 그렇게 부르긴 하지만, 그런데 당신의 거처가 소돔이 아니라고요? 분별도 있는 어린아이한테 그런 치욕스러운 꼴을 보게 하는 것이 옳단 말이에요? 근데 마차가 왔군요, 나리. 레스노예까지 가시죠, 그렇죠?」

「그래, 그래요.」

「그럼 안녕히 가세요!」

리자는 창백한 얼굴에 두 눈을 내리깐 채 밖으로 나와 가방을 들었다. 그러나 벨차니노프 쪽으로는 한번도 눈길을 주지 않았다. 그녀는 스스로를 자제하면서, 작별을 하는 순간에도 아까처럼 아버지를 껴안으려고 달려가지 않았다. 그를 쳐다보기도 싫어하는 것 같았다. 아버지는 예의 바르게 그녀의 머리에 입맞춤을 하고 머리를 쓰다듬어 주었다. 그 순간 그녀의 입술이 비죽거리며 아래턱이 약간 떨리기 시작했지만, 그럼에도 불구하고 그녀는 끝내 아버지를 향해 눈을 들지는 않았다. 빠벨 빠블로비치는 안색이 창백해진 것 같았고, 그의 두 손은 떨리고 있었다. 이것을 벨차니노프는 똑똑히 보았다. 그는 온 힘을 다해 빠벨 빠블로비치를 쳐다보지 않으려고 애를 쓰고 있었고 오직 한 가지, 한시 바삐 출발하고 싶다는 생각뿐이었다. 〈그런데 도대체, 내가 뭘 잘못했단 말인가? 결국 이렇게 되어야만 했단 말이지.〉 그는 생각했다. 그들은 아래로 내려왔고, 거기서 마리야 시소예브나가 리자에게 작별의 키스를 했다. 이미 마차에 올라탄 리자는 아버지를 향해 눈을 들었다. 그러자 그녀는 갑자기 손뼉을 치며 소리를 지르기 시작했다. 조금만 더 지체했으면 그녀가 마차에서 뛰어내려 그에게로 달려갔을 테지만, 말은 벌써 앞을 향해 달려가고 있었다.

6. 한가한 사람의 새로운 환상

「기분이 나쁘니?」 벨차니노프는 깜짝 놀랐다. 「마차를 멈추고, 물을 가져오라고 할까……」

아이는 그를 향해 눈을 쳐들더니 타는 듯한, 원망하는 듯한 눈초리로 그를 올려다보았다.

「아저씨는 나를 어디로 데려가시는 거예요?」 그녀는 날카롭게 띄엄띄엄 말을 이었다.

「거기는 근사한 집이란다, 리자야. 그 집 식구들은 지금 아주 멋진 별장에 머물고 계셔. 그 집엔 아이들도 많지, 그 애들은 너를 사랑해 줄 거다. 착한 아이들이거든……. 나한테 화를 내진 말아라, 리자. 나는 너에게 좋은 일을 해주려는 거야……」

만일에 그를 알고 있는 사람들 중 어느 누가 이때의 그를 볼 수 있었다면, 바로 이 순간의 그는 이상하게 보였을 것이다.

「어떻게 아저씨가, 어떻게 아저씨가, 어떻게…… 아저씨는 참 나쁜 사람이에요!」 적의에 찬 아름다운 두 눈을 반짝이며 눈물을 참느라 숨을 헐떡거리면서 리자는 이렇게 말했다.

「리자야, 나는……」

「아저씨는 나빠요, 나빠요, 나쁘단 말이에요!」 그녀는 자신의 두 손을 비틀었다. 벨차니노프는 어찌할 바를 몰랐다.

「리자, 착하지, 네가 내 마음을 알아 준다면 좋겠구나!」

「내일 아빠가 오신다는 게 정말인가요? 정말이에요?」 그녀는 명령하는 듯한 어조로 물었다.

「그럼, 정말이고말고! 내가 직접 아빠를 모시고 갈게. 내가 아빠를 마차에 태워서 모셔 갈게.」

「아빠가 속이면요.」 두 눈을 내리깔며 리자는 속삭이듯이 말했다.

「아빠가 너를 사랑하지 않으시니, 리자?」

「사랑하지 않아요.」

「아빠가 너를 화나게 했니? 화나게 했어?」

리자는 어두운 표정으로 그를 바라보더니 아무 말도 하지 않았다. 그녀는 다시 그에게서 얼굴을 돌리고 고집스레 시선을 떨구고 앉아 있었다. 그는 그녀를 달래기 시작했다. 그는 그녀에게 열정적으로 말했고, 그러는 동안 정말 열병을 앓는 듯한 상태가 되었다. 리자는 믿지 못하겠다는 듯이 적의를 품은 표정으로 귀를 기울여 그의 말을 듣고 있었다. 아이가 보이는 주의력은 그를 몹시 기쁘게 했다. 그는 심지어 사람이 술에 취하면 어떻게 되는가에 관해서도 설명을 하기 시작했다. 그는 자기가 리자를 사랑하고 있으므로, 아빠를 잘 감시하게 될 거라는 말도 하였다. 리자는 마침내 두 눈을 들어 그를 빤히 응시하였다. 그는 자기가 리자의 엄마를 옛날부터 잘 알고 있었다는 이야기를 했는데, 그 이야기가 리자의 흥미를 끈다는 사실을 이내 알아차렸다. 차츰 리자는 그의 질문에 대하여 조금씩, 그러나 조심스럽게 한마디씩, 그리고 완강한 태도로 대답을 하기 시작했다. 그러나 중요한 질문에 대해서는 아무 대답도 하지 않았다. 예를 들어 리자는 자기와 아버지 사이의 관계가 예전에 어떠했는가에 관한 질문에 대해서는 완강하게 침묵을 지켰던 것이다. 그녀와 이야기를 하는 동안, 벨차니노프는 아까처럼 그녀의 한 손을 자기 손에다 꼭 쥐고 놓지 않았다. 그녀도 굳이 손을 빼지는 않았다. 하지만 소녀가 내내 침묵을 지킨 것은 아니었다. 전에는 언제나 아버지가 자기를 더 많이 사랑해 주고 엄마는 덜 사랑해 주었기 때문에, 자기는 아버지를 더 많이 좋아했다는 말을 리자는 분명치 않은 대답 가운데 말한 것이다. 그렇지만 엄마가 임종하게 되었을 때, 다른 사람들은 모두 방에서 다 나가고 그들 두 사람만이 남게 되었을 때, 엄마가 울면서 자기에게 입맞춤해 주었다는 것…… 그리고 이제 자기는 그 누구보다도, 이 세상의 그 어떤 사람보다도 엄마를 가장 많이 사랑한다는 것, 그래서 매일 밤 누구보다도 엄마를 그리워하고 있다는 이야기를 들려주었다. 그러나 소녀는 자존심이 강했다. 자기가 속마음을 털어놓았다는 사실을 깨닫자, 갑자기 또다시 마음의 문을 닫고 침묵에 들어갔다. 심지어 그녀로 하여금 속마음을 털어놓게 한 벨차니노프를 미워하는 듯한 시선으로 바라보기까지 했다. 목적지가 가까워지자 그녀의 히스테릭한 상태는 거의 가라앉았지만, 그녀는 아주 깊은 생각에 잠겨 마치 사람을 몹시 싫어하는 사람처럼 음울하게 어둡고 아주 고집 센 완고한 태도로 앞을 향해 시선을 붙박고 있었다. 여태 한번도 가본 적이 없는 낯선 집으로 자기가 지금 가고 있다는 사실은 그녀를 그렇게까지 괴롭히지는 않는 것 같았다. 다른 것이 그녀를 괴롭히고 있었는데, 벨차니노프는 그게 무엇인지 알 수 있었다. 그는 그녀가 하나의 사실,

즉 아버지가 마치 그녀를 내동댕이치듯이 그처럼 쉽사리 자기를 벨차니노프와 함께 가도록 내보냈다는 사실에 대하여 부끄러워하고 있다고 충분히 짐작할 수 있었다. 그는 생각했다.

〈이 아이는 병들어 있다. 어쩌면 아주 많이 아픈 건지도 몰라. 저 아이를 그토록 못살게 괴롭혔으니……. 오, 몹쓸 주정뱅이 녀석! 이제야 그자가 어떤 작자인지 똑똑히 알겠다!〉 그는 마부를 재촉했다. 그는 별장과 신선한 공기, 정원과 아이들, 리자에게는 새롭고 낯선 생활, 그리고 거기서는, 그 다음에는…… 이런 것에 대해 부푼 기대를 하고 있었다. 그리고 그 후에 있게 될 일에 대해서는 그는 아주 낙관적이었다. 거기엔 완벽하고 밝은 희망이 있었다. 한 가지 사실에 대해서 그가 분명히 알고 있는 것이 있었는데, 그것은 지금 자신이 느끼는 이러한 기분이란 여태껏 평생 한번도 경험하지 못했던 것이며, 앞으로도 이 기분은 일생토록 그를 떠나지 않으리라는 것이었다!〈이것이 인생의 목적이고, 이것이 바로 삶이라는 것이다!〉 그는 환희에 차 이런 생각을 하고 있었다.

지금 그의 머릿속에는 여러 가지 상념이 스쳐 지나갔지만, 그는 그 상념에 머무르지 않고 상세하고 세부적인 것들은 일부러 피해 갔다. 세부적인 것들을 빼면 모든 일은 명백하고 확실해졌다. 그의 중요한 계획은 저절로 구성이 되었다. 그는 저 못난 위인을 어떻게든 설득할 방법이 있을 것이라고 생각했다. 〈모두가 힘을 합친다면 말이야. 그러면 그자는 뻬쩨르부르그의 뽀고렐리세프 네 집에 리자를 맡겨 두게 될 거다. 처음에는 그저 잠시, 시한부로 맡긴다고 해놓고는, 아무튼 그자를 혼자 떠나게 한다. 그러면 리자는 결국 나에게 남게 된다, 그럼 됐지, 거기서 더 무엇을 바라겠는가? 그리고…… 그리고 말이야, 물론 그자 자신이 원하고 있는 건 바로 이것이다. 그렇지 않다면 왜 그자가 저 아이를 못살게 굴었겠는가 말이다.〉 마침내 그들은 도착했다. 뽀고렐리세프의 별장은 정말 훌륭한 장소에 위치해 있었다. 누구보다도 먼저 별장 현관으로 뛰어나온 떠들썩한 한 무리의 아이들이 그들을 맞이했다. 벨차니노프는 벌써 꽤 오랫동안 이곳에 오지 않았으므로 아이들의 기쁨이란 굉장했다. 아이들은 그를 좋아하고 있었던 것이다. 그 중에서도 나이가 좀 더 든 아이들은 그가 마차에서 미처 내리기도 전에 그를 향하여 이렇게 소리치기 시작했다.

「재판은 어떻게 되었어요. 아저씨의 재판 사건이오?」 그러자 아주 작은 아이들까지도 큰 아이들의 흉내를 내어 웃으면서 떠들어 댔다. 이곳에서는 늘상 재판 건으로 그를 놀리게 마련이었다. 그러나 아이들은 리자를 발견하자, 즉시 그녀를 둘러싸고 아이들 특유의 호기심 어린 눈길로 말없이 그녀를 살펴보기 시작했다. 끌라브지야 뻬뜨로브나와 그 뒤로 그녀의 남편이 따라 나왔다. 그녀와 그녀의 남편은 미소를 지으면서 역시 첫마디부터 소송 사건에 관한 질문을 던지기 시작했다.

끌라브지야 뻬뜨로브나는 서른일곱 살쯤 된 몸집이 둥글고 아직 아름다운 갈색 머리의 부인으로, 신선하고 발그스레 홍조를 띤 얼굴을 하고 있었다. 그녀의 남편은 쉰다섯 살 정도 되어 보이는 영리하고 노련한 사람이었지만 누구보다도 선량한 호인이었다. 그들의 집은 벨차니노프가 말한 것처럼 정말 그에겐 〈고향집〉이나 다름없었다. 그러나 여기에는 한 가지 특별한 사연이 숨겨져 있었다. 20여 년 전 이 끌라브지야 뻬뜨로브나가 그 당시 아직 소년이나 다름없는 대학생이었던 벨차니노프에게 하마터면 시집을 갈 뻔한 일이 있었다. 그것은 열렬하고 아름답지만, 우스꽝스럽기도 한 구석이 있는 첫사랑이었다. 하지만 그 일은 그녀가 뽀고렐리세프에게 출가하는 것으로 일단락이 지어졌다. 그 후 5년쯤 지나서 그들이 다시 만났을 때, 모든 옛일은 맑고 조용한 우정으로 귀착되었다. 그들 두 사람 사이에는 일종의 따뜻한 감정이 영원히 남아 있었고, 어떤 특별한 빛이 그들 사이를 비쳐 주고 있었다. 이러한 점에서 벨차니노프의 기억에는 모든 것이 깨끗했고 양심에 거리끼는 바가 전혀 없었다. 그렇기 때문에 이렇게 아름답게 남은 추억이 그에게는 더욱 소중해졌는지 모른다. 이 집 식구들 사이에 들어오면 그는 솔직하고 순박하고 친절해졌으며, 아이들과 잘 놀고, 결코 변덕을 부리지도 않으며 모든 이야기를 다 털어놓고, 온갖 일에 대하여 자신의 속마음을 고백하곤 하였다. 그는 세상의 삶을 좀 더 살다가 그곳, 그들의 가정으로 아주 들어와 헤어지지 않고 함께 살겠노라고 몇 번이나 뽀고렐리세프 가족에게 서약을 한 바 있었다. 그는 이 계획을 마음속으로 정말 진지하게 생각하고 있었다.

그는 무척이나 상세하게 리자에 관해 필요한 모든 이야기를 그들 부부에게 해주었다. 그러나 일체의 특별한 설명을 늘어놓을 필요 없이 그저 부탁한다는 말 한마디면 충분했다. 끌라브지야 뻬뜨로브나는 〈고아〉 아이에게 키스를 퍼붓더니, 자기가 할 수 있는 모든 일을 다 해주겠노라는 약속을 했다. 아이들은 리자를 잡아끌다시피 하며 정원으로 놀러 데리고 나갔다. 활기 차게 반 시간쯤 이야기를 나누던 벨차니노프는 자리에서 일어나 작별 인사를 건네기 시작했다. 그는 모두가 알아챌 수 있을 만큼 뚜렷하게 초조한 기색을 보이고 있었다. 3주일 만에 와서 반 시간만에 떠나겠다니, 모든 사람이 놀라워했다. 그는 미소를 지으며 내일 꼭 다시 오겠노라는 약속을 했다. 사람들은 그가 몹시 흥분한 상태에 있다는 것을 눈치 챌 수 있었다. 그는 갑자기 끌라브지야 뻬뜨로브나의 손을 잡더니, 무엇인가 아주 중요한 이야기를 하는 것을 잊었다는 핑계로 그녀를 다른 방으로 데리고 들어갔다.

「기억하시지요, 제가 당신께 말씀드렸던, 당신 혼자에게만, 당신의 남편께서도 알지 못하는, 저의 T시에서의 생활 말씀이에요?」

「잘 알고 있어요, 그 일에 관해 벌써 여러 차례 말씀하셨잖아요.」

「전 이야기를 한 것이 아니라 참회의 고백을 했던 겁니다. 당신, 오로지 당신 한 사람한테만! 그런데 전 여태껏 그 여자의 이름을 당신한테 밝힌 적이 없습니다. 그 여자는 뜨루소스까야 부인이라고 하는데, 바로 그 뜨루소스끼 씨의 부인이지요. 그런데 그 여자는 죽었고, 리자는 바로 그 여자의 딸인데, 말하자면 나의 딸이 되는 셈이지요!」

「그게 확실해요? 당신이 잘못 알고 있는 건 아닌가요?」 끌라브지야 뻬뜨로브나는 약간 흥분한 빛을 띠며 이렇게 물었다.

「확실합니다. 절대 잘못 알고 있는 게 아닙니다!」 벨차니노프는 열에 들뜬 듯이 말했다.

그는 극도로 흥분한 상태에서 서둘러 가능한 한 간단하게 그 모든 이야기의 전후 사정을 털어놓았다. 끌라브지야 뻬뜨로브나는 전부터 그 이야기를 알고 있었지만, 그 여인의 이름만은 모르고 있었다. 벨차니노프는 자기를 아는 사람들 중에 누가 아무 때고 뜨루소스까야 부인을 만나 보고 〈그가〉 어떻게 해서 그런 여인을 〈그처럼〉 사랑할 수 있었을까 하고 의아해 할 것이라는 생각만 해도 언제나 부끄러웠으므로, 단 하나뿐인 절친한 벗인 끌라브지야 뻬뜨로브나에게조차 여태껏 감히 〈그 여인〉의 이름을 공개할 엄두를 내지 못했던 것이다.

「그러면 그 아이의 아버지는 아무것도 모르고 있나요?」 이야기를 다 듣고 난 부인은 이렇게 물었다.

「아, 아니요, 그 사람은 알고 있습니다…… 그런데 문제는 그 사건의 전후 곡절을 내가 다 알지 못하는 상황이라 골치가 아픈 상태라는 겁니다!」 벨차니노프는 열을 올리며 말을 계속해 나갔다. 「그는 알고 있습니다, 알고 있어요. 난 그걸 오늘도 어제도 눈치 챌 수 있었어요. 그렇지만 그 사람이 도대체 어느 정도까지 알고 있는가를 알아내야만 합니다. 그래서 나는 지금 그 사람을 만나러 서둘러 가보려고 하는 겁니다. 그가 오늘 저녁 저희 집에 오기로 되어 있습니다. 그런데 그 사람이 어디에서, 그러니까 〈모든 것〉을 알게 되었는지 그건 알 수가 없습니다. 바가우또프에 관한 일이라면 그 사람이 모든 것을 알고 있고, 여기에 관해서는 의심의 여지가 없지요. 그렇지만 나에 관한 일은? 당신도 아시겠지만, 이런 경우 여자들이란 자신의 남편들을 얼마나 잘 납득시킵니까! 하늘에서 천사가 몸소 내려와 하는 말도 곧이듣지 않는 남편도 여편네 말이라면 곧이듣지 않습니까! 그렇게 머리를 흔들면서 나를 꾸짖지 마십시오. 나도 나 스스로를 꾸짖고 있으니까요. 이 모든 일에 대해 이미 오래전부터 자책하고 있는 중입니다……! 글쎄, 아까 전에는 그 사람의 거처에서 이 사람이 모든 사실을 다 알고 있구나 하는 확신을 하고서, 그 여부를 알아보려고 내 쪽에서 먼저 넌지시 말을 비쳐 보기까지 했습니다. 믿으실 수 있겠어요, 난 하도 부끄럽고 마음이 무거워 어제는 그 사람을 몹시도 거칠게 대했답니다. 나중에 좀 더 상세하게 이야기의 전말을 당신께 들려드리기로 하지요! 그 사람이 어제 내 집에 찾아온 것은, 그가 자신이 모욕받았다는 사실과 그 모욕을 준 사람이 누구인지도 안다는 것을 나에게 알려 주려는, 참을 수 없는 못된 욕망 때문이었어요! 그것이 술에 취해 엉뚱하기 짝이 없는 시간에 나타나게 된 이유의 전부입니다. 하지만 그 사람에게는 이것이 당연한 일이겠지요! 말하자면 그는 분풀이를 하러 찾아왔던 겁니다! 대체적으로 보아 오늘과 어제 나는 너무 들뜬 태도를 보였습니다. 신중하지 못하고 어리석게 행동한 거죠. 나 스스로가 그 사람에게 항복 선언을 할 뻔했단 말입니다! 어째서 그 사람은 그처럼 엉망진창이 된 순간에 나를 찾아왔을까요? 당신께 하는 말이지만, 그 사람은 심지어 리자까지도 못살게 했답니다. 어린아이를 괴롭혔단 말씀이에요. 틀림없이 어린애한테라도 화풀이를 해볼 심산이겠지요! 그래요, 그자는 원한을 품고 있어요. 그자가 아무것도 아니라 할지라도,

어쨌든 원한은 품고 있습니다. 그것도 아주 많이요. 전에는 그래도 온갖 노력으로 점잖은 신사인 척했습니다만, 지금은 그저 우스꽝스러운 작자에 불과합니다. 하기야 그자가 제정신이 아니게 된 것도 당연한 일이겠지만! 보세요, 부인, 서로 기독교적인 입장에서 바라보아야만 할 필요가 있습니다! 아시겠어요, 나의 다정하고 친절한 부인, 난 이제 그자에 대한 태도를 완전히 바꿔 볼까 합니다. 그 사람을 위로해 줄까 하는 거지요. 그것이 나로서는 〈선행〉이 되겠지요. 어찌 되었든 간에 나는 그 사람 앞에 죄를 지은 사람이니까요! 제 말씀 좀 들어 보세요, 아시겠습니까, 여기서 더 말씀드릴 것이 있습니다. 제가 T시에 있을 때 어느 날 갑자기 4천 루블의 돈이 필요하게 되었습니다. 그러나 그 사람은 차용 증서도 없이, 나에게 도움을 줄 수 있는 것이 진심으로 기쁘다며 당장 돈을 마련해 주었죠. 그리고 저는 그때 그걸 받았습니다. 그의 손에서 돈을 받았다 이 말씀입니다. 아시겠어요. 친구한테 빌리는 것처럼 그 사람에게 천연덕스레 돈을 빌렸단 말이에요!」

「제발, 진정하세요.」 끌라브지야 뻬뜨로브나는 이 모든 말에 대하여 불안해 하며 주의를 주었다. 「당신께서 그렇게 흥분하고 계시는 것이, 솔직히 저로서는 걱정돼요! 물론 리자는 지금 내 딸이나 다름이 없지만, 여기에는 아직 해결되지 않은 일들이 너무, 너무나 많이 있어요! 어쨌든 중요한 건, 지금 좀 더 신중해지셔야 한다는 거예요. 당신이 행복하거나 굉장한 환희의 순간에 계실 때면, 더 한층 신중해지실 필요가 있다는 거지요. 당신은 행복할 때면 지나치게 관대해지시는 경향이 있거든요.」 미소를 지으며 그녀는 이렇게 덧붙였다.

모두가 벨차니노프를 전송하러 나왔다. 정원에서 함께 놀고 있던 아이들이 리자를 데려왔다. 그들은 지금 아까보다도 더 궁금증이 가득한 눈초리로 그녀를 바라보고 있는 것 같았다. 벨차니노프가 작별 인사를 하면서 모두가 보는 데에서 그녀에게 키스를 하고, 내일은 아버지와 함께 오겠다는 약속을 다정하게 되풀이하자, 리자는 완전히 겁에 질린 표정을 보였다. 마지막 순간까지 그녀는 말없이 그를 바라보지 않고 있다가 갑자기 그의 옷소매를 움켜쥐더니, 애원하는 듯한 눈초리로 그를 쳐다보며 한쪽 구석으로 그를 끌고 갔다. 그에게 무슨 말인가를 하고 싶어하는 눈치였다. 그는 즉시 그녀를 다른 방으로 데리고 갔다.

「무슨 일이지, 리자?」 용기를 북돋아 주는 듯한 다정한 어조로 그가 물었다. 그러나 그녀는 줄곧 머뭇거리며 주위를 살피면서 그를 더욱 구석 쪽으로 몰고 갔다. 그녀는 모든 사람으로부터 몸을 감추고 싶어하는 것 같았다.

「무슨 일이지, 리자, 무슨 일이냐니까?」

아이는 말이 없는 가운데 마음을 정하지 못하고 있었다. 그녀는 자신의 푸른 두 눈으로 그의 두 눈을 꼼짝도 하지 않고 바라보고 있었는데, 그녀의 조그마한 얼굴 전체에는 한 줄기 알 수 없는 공포의 빛이 서려 있었다.

「아빠는…… 목을 맬 거예요!」 그녀는 잠꼬대라도 하듯이 속삭였다.

「누가 목을 맨다고?」 벨차니노프는 깜짝 놀라 이렇게 물었다.

「아빠, 아빠가 말이에요! 아빠는 밤중에 올가미로 목을 매려고 했어요!」 어린 소녀는 서둘러 숨을 가쁘게 몰아쉬며 이렇게 말했다. 「내가 봤어요! 아빠는 올가미에 목을 매달려고 했어요. 아빠가 나한테 말했어요, 말했어요! 아빠는 그전에도 그러려고 했고, 언제나 그러려고 해요…… 내가 밤에 봤어……」

「그럴 리가 있겠니!」 벨차니노프는 못 믿겠다는 듯이 속삭였다. 그녀는 갑자기 몸을 던져 그의 손에 키스를 했다. 그녀는 울면서, 흐느끼느라 숨도 제대로 못 쉬면서 그에게 부탁하고 빌고 했지만, 그는 그녀의 히스테릭한 더듬거리는 말소리를 아무것도 이해할 수가 없었다. 이 학대받은 어린아이가 광적인 공포에 휩싸인 채, 마지막 희망의 눈빛으로 바라보던 그 괴로운 눈초리는, 그 후 영원히 그의 기억에 남아 생시에나 꿈속에서나 언제나 나타나곤 했다.

〈그런데 정말, 정말로 이 아이는 그자를 그토록 사랑하는 것일까?〉 시내로 돌아가면서 그는 열병을 앓는 것 같은 초조함에 휩싸여 질투와 부러워하는 마음으로 이런 생각에 잠겼다. 〈아까 그 애는 엄마를 더 많이 사랑한다고 직접 말했어……. 아마도 그 애는 그를 미워하고, 전혀 사랑하고 있지 않을 거야…….〉

그런데 목을 매달 것이라니? 왜 그런 말을 했을까? 그자가, 그 바보 같은 작자가 목을 맨다고……? 알아봐야겠어. 꼭 알아봐야 되겠어! 가능한 한 빨리 모든 일을 해결해야 되겠어, 완전히 이 일의 끝장을 봐야겠어!〉

7. 남편과 정부가 서로 키스하다

그는 모든 사정을 알아보기 위해 무섭게 서둘렀다. 〈아까 나는 너무 놀라서 정신이 없었다. 오늘 아침엔 정말 이것저것 잘 헤아려 볼 시간조차 없었어.〉 그는 리자를 처음 만나던 때를 회상하며 이렇게 생각에 잠겼다. 〈이제야말로 모든 걸 알아봐야겠어.〉 한시라도 빨리 알아보고 싶은 생각에 그는 마부에게 곧장 뜨루소스끼의 거처로 데려다 달라고 성급히 명령할 뻔했으나, 다음 순간 마음을 고쳐먹었다. 〈아니다, 차라리 그자가 내 집으로 찾아오게 하는 것이 나을 거다. 그리고 나는 그동안에 한시 바삐 이 빌어먹을 소송 사건을 마무리지어야겠어.〉

그는 열병을 앓는 사람처럼 일에 착수하였다. 그러나 얼마 안 가서 오늘처럼 초조한 기분으로는 도저히 이런 종류의 일을 해낼 수 없다는 것을 깨달았다. 다섯 시에 식사를 하러 나설 때 갑자기 그의 머리에는 처음으로 한 가지 우스운 생각이 떠올랐다. 지금 그는 직접 이 소송 사건에 관여를 하고 혼자서 애를 태우며 몸소 재판소를 뛰어다니며, 지금은 그를 피해 다니기까지 하는 변호사를 잡으려고 애쓰고 있지만, 사실 어쩌면 이런 것이야말로 일을 더욱 방해하는 행위일지도 모른다는 생각이 문득 들었던 것이다. 그는 자신의 이런 생각에 대하여 경쾌하게 웃기 시작했다. 〈만일 이 생각이 어제 내 머리에 떠올랐다면, 나는 무섭도록 낙심했겠지.〉 그는 점점 기분이 유쾌해져 그런 생각까지 했다. 그러나 유쾌한 기분에도 불구하고 그는 점점 더 초조하고 조급한 기분에 빠져 들었다. 마침내 그는 깊은 생각에 잠겨 버렸다. 그는 불안한 마음으로 이것저것 여러 가지 일에 매달려 보았으나, 결국 필요한 것은 아무것도 손에 넣지 못했다.

〈나한테는 그자가, 그 사나이가 필요하다!〉 마침내 그는 결론에 이르렀다. 〈그자의 정체를 밝히고, 그 다음에 문제를 해결지어야 한다. 경우에 따라 결투도 있을 수 있겠지!〉

일곱 시에 집으로 돌아온 그는 자신의 집에서 빠벨 빠블로비치를 발견하지 못하자, 그로 인해 극도로 놀랐다. 그 다음엔 분노를 느끼다 더 나아가서 맥이 풀리더니 급기야 걱정이 되기까지 했다. 〈하느님만 아실 일이다. 이 일이 대체 어떻게 끝장이 날지는 하느님만이 아실 일이다!〉 그는 방 안을 왔다 갔다 하다가, 혹은 소파에 길게 누워 줄곧 시계만 쳐다보다가 이렇게 되풀이 해서 말했다. 드디어 아홉 시가 다 되어 빠벨 빠블로비치가 그 모습을 나타냈다. 〈만일에 저 사나이가 음흉한 짓을 하려 든다면, 나를 골탕 먹이기에 지금보다 더 좋은 기회는 없을 것이다. 바로 이 순간 내 마음이 이토록 혼란스러우니 말이다.〉 그는 갑자기 기운이 솟고 명랑해지는 가운데 이런 생각을 잠깐 했다.

힘차고 명랑한 목소리로 왜 이렇게 늦게 왔느냐고 묻자, 빠벨 빠블로비치는 억지로 웃어 보이며 어제와는 달리 아무렇게나 자리를 잡고 앉더니, 어딘가 거친 태도로 상장이 달린 자신의 모자를 다른 의자 위로 휙 집어던졌다. 벨차니노프는 이 무례한 행동을 즉시 눈여겨보고, 마음속에 담아 두었다.

조금 전까지 있었던 흥분을 가라앉히고 쓸데없는 말은 생략한 채, 그는 마치 보고하는 듯한 말씨로 리자를 데려다 준 일, 그곳에서 사람들이 그 아이를 다정하게 맞아 주었다는 것, 거기 있는 것이 그 아이에게 득이 될 것이라는 등의 이야기를 조용히 들려주었다. 그러고는 차츰차츰 리자에 관한 일은 아주 잊어버리기라도 한 듯이 조심스럽게 화제를 뽀고렐리세프 가정의 이야기로만 이끌어 나갔다. 이를테면 그 가족은 아주 좋은 사람들이며, 그들과는 오래전부터 잘 알고 지내는 사이이고, 뽀고렐리세프라는 사람이 얼마나 선량하고 또 사회적 영향력이 큰 사람인가 등등의 이야기였다. 빠벨 빠블로비치는 무심히 귀를 기울이다 가끔 까탈스럽고 교활한 조소 어린 웃음을 지으며 열심히 이야기하는 그를 쳐다보았다.

「당신은 정열적인 분이시군요.」 어딘가 매우 싫증을 내는 듯한 웃음을 지으며 그가 중얼거렸다. 「그런데 오늘 당신은 어쩐지 심기가 좀 불편하신 것처럼 보입니다.」 벨차니노프는 약간 짜증을 내며 이렇게 말했다.

「나라고 해서 다른 사람들처럼 심기가 불편하지 말라는 법이 있습니까?」 이렇게 갑자기 소리를 치는 빠벨 빠블로비치는 금방이라도 구석에서 뛰쳐나올 것만 같았다. 아니, 마치 튀어나올 때를 기다리고 있었던 것만 같은 태세였다.

「그거야 당신 마음대로지요.」 벨차니노프는 웃어 보이기까지 했다. 「난 당신께 무슨 일이 일어나지 않았나 생각했는데요?」

「무슨 일이 일어났지요!」 무슨 일이 있었던 것을 자랑이라도 하는 것처럼, 그는 소리를 꽥 질렀다.

「무슨 일입니까?」

빠벨 빠블로비치는 잠시 대답을 미루었다.

「우리의 스쩨빤 미하일로비치가 이상한 짓을 했어요……. 상류사회 출신으로 뻬쩨르부르그의 으뜸가는 멋쟁이 바가우또프가 말입니다.」

「당신을 또 만나 주지 않던가요?」

「아, 아니오, 이번에야말로 맞아 주어서 처음으로 안에까지 들어갔지요. 그래서 만나 뵙기는 했는데…… 글쎄 죽은 사람을 알현했다 이 말입니다!」

「뭐라고요……! 바가우또프가 죽었다고요?」 그렇게 놀랄 만한 까닭이 없을 텐데, 벨차니노프는 그만 깜짝 놀라고 말았다.

「그 사람이 말이에요! 변함없는 6년 세월의 친구였는데 말이에요! 어제 정오쯤 죽었다는데, 난 그것도 몰랐지 뭡니까! 내가 건강을 기원하기 위해 들렀던 때가 바로 임종의 순간이었나 봅니다. 내일 발인해 매장한다고 하고, 벌써 입관이 되어 있는 상태랍니다. 관은 진홍색 벨벳으로 덮여 있고, 깃은 금줄로 장식이 되어 있습니다……. 신경성 열병으로 죽었다고 하더군요. 나를 안으로 안내해 주기에 들어가 알현을 했지요! 입구에서 절친한 친구라고 했더니 안으로 들어가게 해주었던 겁니다. 6년 간의 절친한 친구가 어쩌자고 지금 이렇게 죽어 버린단 말입니까? 당신께 여쭤 봅니다만, 난, 어쩌면 오로지 그 한 사람 때문에 뻬쩨르부르그에 온 것인지도 모르는데 말입니다!」

「그렇지만 당신은 무엇 때문에 그에게 화를 내시는 겁니까?」 벨차니노프는 웃음을 지어 보였다. 「그가 고의로 죽은 건 아니지 않습니까!」

「그러니까 나도 이렇게 애석해 하며 이야기하는 것이 아니겠어요. 정말 소중하기 이를 데 없는 친구였습니다. 그 사람은 나에게 이걸 의미했거든요.」

그러더니 빠벨 빠블로비치는 갑자기, 뜻밖에도 두 손가락으로 자신의 훤히 벗겨진 이마 위에 뿔 모양을 만들어 보이고는 나직하게 히히히 웃어 대기 시작했다. 그는 30초 동안 뿔 모양[9]을 한 채 히히거리며, 자신의 표독스러운 뻔뻔한 태도에 도취된 것 같은 시선으로 벨차니노프의 두 눈을 바라보며 앉아 있었다. 벨차니노프는 마치 도깨비를 만난 것처럼 어리둥절했다. 그러나 그의 어리둥절함은 단지 아주 짧은 순간이었을 뿐이다. 벨차니노프의 입술에는 비웃는 것 같으면서 대담하리만큼 조용한 미소가 천천히 떠올랐다.

「그건 도대체 무엇을 뜻합니까?」 그는 말을 길게 늘이면서 태연하게 물었다.

「이건 뿔이라는 뜻이지요.」 마침내 손가락을 이마에서 내리며 빠벨 빠블로비치는 잘라 말했다.

「그렇다면…… 당신의 뿔이란 말인가요?」

「나만의, 귀한 것이죠!」 빠벨 빠블로비치는 다시 한번 몹시 얼굴을 찡그렸다.

두 사람은 잠시 아무 말도 하지 않았다.

「그런데 당신은, 용감한 사람이군요!」 벨차니노프가 이렇게 말했다.

「그건, 내가 당신께 뿔을 만들어 보여 줬기 때문입니까? 한데, 그건 그렇고 알렉세이 이바노비치, 어때요, 나에게 뭔가 대접을 해야 되지 않겠습니까! 나는 T시에서 당신을 허구한 날 1년 동안 대접해 드리지 않았습니까……. 술이라도 사오라고 누굴 보내시면 어떻겠습니까, 전 목이 무척이나 마릅니다.」

「좋습니다. 진작 말씀해 주시지 그랬습니까. 당신은 뭘 드시겠습니까?」

「당신이라니, 우리라고 말씀하세요. 같이 마십시다, 안 마시겠

---

[9] 간통한 아내를 가리키는 제스처.

습니까?」 빠벨 빠블로비치는 도전적이며 동시에 어떤 이상한 불안함이 깃들인 얼굴로 그의 두 눈을 쳐다보기 시작했다.

「샴페인이 어떻겠습니까?」

「그것 말고 또 무엇이 있겠습니까? 보드까가 나올 때는 아직 안 되었죠……」

벨차니노프는 천천히 일어나 아래층의 마브라에게 초인종을 눌러 준비 사항을 일렀다.

「즐거운 재회의 기쁨을 위해서라고나 할까요. 9년 동안 헤어져 있던 끝에 만났으니 말씀입니다.」 빠벨 빠블로비치는 쓸데없이 어색하게 히히거렸다. 「이제 당신은, 나의 하나밖에 없는 절친한 친구가 되었습니다요! 스쩨빤 미하일로비치 바가우또프는 이미 이 세상 사람이 아니니까요! 시인같이 말한다면, 이렇게 되겠지요. 〈위대한 파트로클로스[10]는 존재하지 않고, 용렬한 테르시테스[11]는 살아 있노라!〉」

그리고 이 〈테르시테스〉라는 단어를 말하면서 그는 손가락으로 자신의 가슴을 콕 찔렀다.

벨차니노프는 속으로 생각했다. 〈이 돼지 같은 녀석아, 어서 빨리 네놈의 속을 털어놓아라. 난 빈정대는 걸 제일 싫어해.〉 미운 감정이 속에서 부글부글 끓고 있었지만, 그는 아까부터 그것을 간신히 억제하고 있는 중이었다.

그는 화가 난 듯이 말을 시작했다. 「한 가지만 말씀해 주시겠습니까. 당신께서 그처럼 노골적으로 스쩨빤 미하일로비치를(그는 지금 그를 간단히 바가우또프라고 부르지 않고 있었다) 원망하신다면, 당신에게 모욕을 준 사람이 죽었다는 사실이 당신한테는

---

10 그리스의 용맹한 전사. 아킬레우스의 둘도 없이 절친한 친구로도 유명하다.
11 『일리아드』에 등장하는 그리스 인 중 유일하게 비천한 신분을 소유한 자. 기형적인 외모를 지녔으며 오만한 행동을 일삼았다.

기쁠 것 아닙니까. 그런데 왜 당신은 화를 내시는 겁니까?」
「기쁘다니오? 그게 왜 기뻐할 일입니까?」
「저는 당신의 감정으로 판단해 본 것입니다.」
「헤, 헤, 그 점에서 당신은 제 감정을 잘못 짚으셨군요. 옛날 현인이 하신 이런 말씀이 있지 않습니까, 〈죽은 적은 좋다. 그렇지만 살아 있는 적은 더욱 좋다〉라고요. 히힛!」
「내 생각에, 당신은 살아 있는 적을 5년 동안이나 매일이다시피 실컷 보셨을 텐데요.」 벨차니노프는 이렇게 대담하고 악의에 찬 말을 내뱉었다.
「하지만 그때…… 그 당시에 내가 그걸 알고 있었단 말입니까?」 빠벨 빠블로비치는 또다시 구석에서 튀어나올 것처럼 느닷없이 큰 소리를 질렀다. 그는 오랫동안 기다리던 질문을 마침내 해주어서 반갑기라도 한 듯한 기세였다. 「당신은, 알렉세이 이바노비치, 나를 도대체 어떤 사람이라 생각하고 있습니까?」
그의 시선에는 갑자기 무엇인가 전혀 새롭고 예기치 못한 표정이 반짝하고 나타났다. 그것은 지금까지의 싫증난 듯한, 찡그린 표정의 악의에 찬 그의 얼굴 모습을 전혀 다른 모습으로 보이게 할 만큼 힘찬 것이었다.
「정말 당신은 아무것도 모르셨단 말입니까!」 돌발적인 놀라움으로 인해 당황한 벨차니노프는 그렇게 중얼거렸다.
「알 수가 있었겠습니까? 알 수가 있어야죠! 오, 우리의 유피테르[12] 족속이여! 당신은 사람과 개를 마찬가지로 여기고, 모든 것을 당신 혼자만의 좁은 소견으로 판단을 합니다! 자, 옛다! 이것을 꿀꺽 삼켜 보아라 하는 식이죠.」 그는 미친 듯이 주먹으로 테이블을 쾅 하고 치더니, 그 소리에 자기가 깜짝 놀라 지레 겁먹은 듯한 표정으로 잠시 앞을 쳐다보았다.

12 자신을 전지전능한 자로 착각하고 있는 오만한 사람들을 가리키는 말이다.

벨차니노프는 점잖은 태도를 취해 보였다.

「제 말씀 좀 들어 보십시오, 빠벨 빠블로비치, 당신이 그때 그 사실을 알고 있었든, 아니면 알지 못하고 있었든 그건 나와 아무 상관이 없다는 건 아시겠지요? 만일에 당신이 모르고 있었다면, 그것은 어떤 경우라 해도 당신을 명예롭게 하는 일이 되겠지요. 그런데…… 그런데 말입니다. 무엇 때문에 당신이 하필 저를 자신의 모든 이야기를 털어놓을 상대로 선택했는지, 그 까닭을 저로서는 전혀 모르겠습니다……」

「나는 당신에 관해서는…… 그렇다고 화를 내지는 마십시오. 이건 당신에 관한 이야기가 아닙니다……」 빠벨 빠블로비치는 방바닥을 내려다보며 그렇게 중얼거렸다.

마브라가 샴페인을 가지고 들어왔다.

「드디어 술이 왔군!」 빠벨 빠블로비치는 분위기가 전환되는 것을 기뻐하는 듯이 소리를 꽥 질렀다. 「술잔, 아주머니, 술잔은요. 좋습니다! 이제 당신에게는 아무것도 더 바랄 것이 없습니다. 벌써 병마개도 땄나요? 와, 굉장한데요! 자, 이젠 가봐도 됩니다!」

그러면서 다시금 기운을 차린 그는 또다시 대담하게 벨차니노프를 주시했다.

「솔직히 말씀해 보시지요.」 갑자기 그는 히히 웃었다. 「이 이야기는 사실 당신한테 매우 흥미가 있는 일이지, 당신이 말씀하시는 것처럼 〈아무 관계가 없는〉 것은 아니겠지요. 만일에 내가 지금 당장 아무 말도 하지 않은 채 일어나 가버린다면, 당신은 아주 낙심하게 되지 않겠습니까.」

「별 말씀을. 낙심하지 않을걸요.」

〈허허, 넌 거짓말을 하고 있어!〉 빠벨 빠블로비치의 미소는 그렇게 말하고 있었다.

「자, 시작해 봅시다!」 그러면서 그는 두 개의 술잔에 술을 가득 따랐다.

「축배를 듭시다.」 그는 술잔을 쳐들며 선언하듯이 말했다. 「천국에서 잠자고 있는 친구 스쩨빤 미하일로비치의 건강을 위하여!」

그는 술잔을 들어 단숨에 비웠다.

「그런 축배는 들지 않겠습니다.」 벨차니노프는 자신의 술잔을 그대로 내려놓았다.

「왜요? 즐거운 축배인데요.」

「그런데, 당신은 지금 내 집에 들어올 때 취해 있지 않으셨습니까?」

「조금 마셨지요. 그런데요?」

「별것 아닙니다. 그런데 어제와 특히 오늘 아침에, 당신은 돌아간 나딸리야 바실리예브나에 대하여 진심으로 슬퍼하시는 것처럼 보였습니다.」

「아니 그렇다면, 누가 당신더러 내가 지금 그녀의 일을 진심으로 슬퍼하지 않는다는 따위의 말이라도 했습니까?」 빠벨 빠블로비치는 스프링에서 튀어나온 것처럼 또다시 펄쩍 뛰었다.

「그런 뜻으로 말한 건 아닙니다. 하지만 스쩨빤 미하일로비치에 관한 일은 당신께서 잘못 아셨을 수도 있다는 말입니다. 그리고 이것은 매우 중요한 일이고요.」

빠벨 빠블로비치는 교활한 웃음을 지으며 눈을 깜박거렸다.

「내가 스쩨빤 미하일로비치에 관한 일을 어떻게 알아냈는지, 당신께서는 그것이 알고 싶으시겠지요!」

벨차니노프의 얼굴빛이 붉게 변하였다.

「당신께 다시 반복해 말하지만 그건 나와는 아무 상관이 없는 일입니다.」 그는 매우 화가 나서 잠깐 생각에 잠겼고, 그러자 그의 얼굴은 한층 더 빨갛게 되었다. 〈지금 당장 저자를 이 술병과 함께 밖으로 쫓아내 버려야 하지 않을까?〉

「아무래도 좋습니다!」 마치 그를 격려하는 것처럼 이렇게 말하면서 빠벨 빠블로비치는 자신의 잔에 술을 더 부었다.

「내가 〈그 모든 사건〉을 어떻게 알게 되었는지를 지금부터 당신께 설명해 드리지요. 그렇게 해서 당신의 그 불꽃 같은 욕망을 만족시켜 드리지요……. 알렉세이 이바노비치, 당신은 불꽃과 같은 사람이니까요. 아주 정열적인 사람이란 말이지요! 헤, 헤! 그런데 담배 한 대만 주시겠어요, 나는 지난 3월부터…….」

「여기 담배 있습니다.」

「3월부터 나는 타락하기 시작했습니다. 알렉세이 이바노비치, 어떻게 그리 되었는가는, 제 말을 한번 들어 보십시오. 당신도 아시겠지만, 폐결핵이란 병은, 자, 들어 보세요.」 그는 점점 더 상냥한 말씨로 말했다. 「재미있는 병이지요. 폐결핵 환자는 자기가 내일 죽을지도 모른다는 것을 꿈에도 모른 채 서서히 죽어 갑니다. 당신께 말씀드리지만, 나딸리야 바실리예브나는 죽기 불과 다섯 시간 전까지도 2주일 후쯤 40베르스따 가량 떨어진 자기 숙모의 집을 방문하겠다는 생각을 하고 있었어요. 그런데 많은 부인네들, 어쩌면 그녀들 주변의 남자들도 마찬가지이겠지만, 그네들에게는 한 가지의 공통된 습관이, 아니 차라리 이상한 버릇이라고 하는 것이 낫겠지요, 그런 게 있다는 건 당신도 아시겠지요. 오래된 쓸데없는 연애 편지를 잘 간수해 두는 버릇 말입니다. 안심하려면 그런 거야 무엇보다도 난로 속에 집어넣어야 마땅할 것입니다만, 안 그래요? 그런데 그 사람들은 아무 하잘것없는 종잇조각조차 서랍이나 화장품 케이스 속에 소중히 간직해 둔다 이 말씀입니다. 심지어 연도와 날짜와 종류별로 번호까지 매겨 놓고서 말이에요. 그런 일이 마음의 위안이 되는지 어떤지 나야 모르지만, 본인들이야 즐거운 추억을 위해 그러는 것이 틀림없겠지요. 죽기 다섯 시간 전까지도 명절에 숙모 댁에 놀러 가야겠다는 생각을 하고 있던 나딸리야 바실리예브나였으니까 당연히 죽는다는 생각은 꿈에도 못하고, 마지막 순간까지도 그저 내내 꼬흐 선생만을 기다리고 있었습니다. 그러던 나딸리야 바실리예브나가 죽고 나니 자개와 은을 박아 넣은 조그마한 흑단함이 그녀의 책상 서랍 속에 남게 되었죠. 그것은 자물쇠까지 달린 예쁘장한 함이었는데 할머니에게서 그녀가 물려받은, 집안에서 대대로 대물림이 되던 물건이었습니다. 그런데 바로 이 상자 속에서 모든 사건이 밝혀지게 되었지요. 다시 말해 하나도 빠짐없이 날짜와 연대순으로 정리된 20년 동안의 모든 사연이 말입니다. 게다가 스쩨빤 미하일로비치는 문학에 대해 대단한 취미를 지니고 있어, 어떤 잡지에 한 편의 정열적인 중편 작품을 투고한 적도 있었으니, 그 상자 속에 간직된 그의 작품 수는 거의 1백여 편이나 된다는 사실이 만천하에 밝혀지게 되었죠. 하기야 5년이라는 긴 기간에 걸친 것이니까요. 그 중에는 나딸리야 바실리예브나가 손수 번호를 매겨 놓은 것도 있더군요. 대관절 이런 일이 남편에게 유쾌하겠습니까, 어떻겠습니까, 선생은 어떻게 생각하시는지요?」

벨차니노프는 자신이 나딸리야 바실리예브나에게 단 한 번도 편지나 메모지 따위를 써 보낸 적이 없다는 사실을, 기억을 더듬으며 재빨리 확인했다. 뻬쩨르부르그에서 두 차례 편지를 쓴 적이 있었지만, 그것은 미리 약속을 한 대로 두 내외의 이름으로 보낸 것이었다. 그리고 그는 절교를 선언하는 나딸리야 바실리예브나의 마지막 편지에 대해서는 아예 답장도 쓰지 않았던 터였다.

이야기를 마친 빠벨 빠블로비치는 1분 동안 아무 말 없이 집요하게 대답을 재촉하는 듯한 표정으로 웃어 보였다.

「어째서 내 질문에 대하여 대답을 하지 않으시는 거죠?」 마침내 그는 뚜렷한 괴로움이 서린 표정으로 말문을 열었다.

「어떤 질문에 대해서 말입니까?」

「그 상자를 열어 본 남편의 기분이 유쾌할지 어떨지에 관해서 말입니다.」

「뭐요? 그게 나와 무슨 상관이 있단 말이오!」 화가 난 듯이 벨차니노프는 한 손을 흔들며 벌떡 일어나 방 안을 왔다 갔다 하기 시작했다.

「지금 당신께서는 〈행실이 바르지 못한 마누라 이야기를 제 스스로 공개하다니, 넌 돼지 같은 놈이다〉라는 생각을 하고 있겠지요, 내기를 해도 좋습니다. 헤헤! 까탈스러운 사람이군요……, 당신이란 사람은.」

「거기에 관해서 나는 아무 생각이 없습니다. 반대로, 당신이야말로 당신을 모욕한 사람의 죽음으로 인해 지나치게 화가 나 있는 것 같습니다. 게다가 술도 너무 많이 마셨고요. 하지만 나로서는 이 모든 일에서 아무 이상한 것도 발견할 수 없습니다. 무엇 때문에 당신한테 살아 있는 바가우또프가 필요한지 너무나도 잘 이해가 가고, 당신의 분한 마음도 납득할 수 있습니다. 하지만…….」

「당신 생각에는 무엇 때문에 나에게 바가우또프가 필요한 것 같습니까?」

「그거야 당신의 일이지요.」

「내기를 해도 좋습니다만, 당신은 결투를 생각하고 계시는 것이겠지요?」

「무슨 소릴 하는 거요!」 벨차니노프는 점점 더 화를 억누를 수 없었다. 「내가 생각한 것은, 점잖은 신사라면…… 그와 같은 경우에 거짓말이나 어리석은 행동거지나 아니면 우스꽝스러운 넋두리나 속이 느글거리는 비꼬기로 자신의 품위를 떨어뜨리지는 않을 거라는 겁니다. 그러면 그럴수록 자신의 얼굴에 스스로 먹칠을 하는 것밖에 되지 않으니까요. 신사라면 체통을 지켜 정정당당하게 마음에 거리낌 없이 행동해야 되지 않겠습니까!」

「헤헤, 네, 그럴지도 모르지요. 하지만 내가 신사가 못 되는 인간이라면요?」

「그야 그건 또다시 당신의 문제지요……. 그런데 그 일이 있은 후 무엇 때문에 당신에게는 살아 있는 바가우또프가 필요했단 말입니까?」

「그저 친구를 보고 싶어서였다고나 할까요. 술이나 한 병 차고 가서 같이 마셨으면 했던 것이죠.」

「그 사람은 당신과 함께 술을 마시지는 않았을 걸요.」

「왜요? 귀족답게 처신해야 하는 것 아닙니까 Noblesse oblige? 당신도 나와 함께 마시고 있지 않습니까. 그 사람이 당신보다 뭐가 더 낫단 말입니까?」

「나는 당신과 함께 술을 마신 적이 없습니다.」

「갑자기 왜 그리 거만해지는 거죠?」

벨차니노프는 갑작스레 신경질적이며 초조한 웃음을 터뜨렸다.

「허어, 이런 제길! 당신은 진짜 일종의 〈맹수 타입〉입니다그려! 나는 당신이 그저 〈영원한 남편〉이지 그 이상은 아무것도 아니라는 생각을 했는데 말입니다!」

「〈영원한 남편〉이라니, 그게 뭡니까?」 빠벨 빠블로비치는 갑자기 두 귀를 쫑긋했다.

「뭐랄까, 남편의 한 유형이죠……. 설명을 하자면 한참 걸립니다. 그런데 이쯤 해서 그만 돌아가시는 편이 낫지 않겠습니까, 가실 시간이 되었으니까요. 당신은 나를 몹시 힘들게 합니다!」

「그런데 맹수라는 건 뭡니까? 당신이 방금 맹수라는 말씀을 하지 않으셨습니까?」

「당신 보고 〈맹수 타입의 인간〉이라고 말했죠. 비웃느라고 한 말입니다.」

「맹수 타입의 인간이 대체 뭐냐니까요? 말씀해 주세요, 알렉세이 이바노비치, 제발 부탁입니다.」

「이제 됐습니다, 됐어요!」 갑자기 또다시 버럭 화를 내며 벨차니노프는 무섭게 소리를 지르기 시작했다. 「이젠 가실 시간입니다, 나가 주세요!」

「아니, 아직 안 됐습니다!」 빠벨 빠블로비치 역시 펄쩍 뛰며 일어났다. 「내가 당신을 지치게 했다 하더라도 여기서 그만둘 수는 없습니다. 왜냐하면 우리는 진작에 함께 술을 마시며 술잔을 마주쳐야 했기 때문이죠! 같이 한잔 마십시다. 그러면 가겠습니다. 그렇지만 지금은 안 됩니다!」

「빠벨 빠블로비치, 당신은 지금 가시겠다는 거요, 못 가시겠다는 거요?」

「나야 빨리 갈 수 있죠, 그렇지만 먼저 함께 술을 한잔 마셔야 한다는 거죠! 당신은 저와 함께 마시는 것을 원치 않노라고 말씀하셨습니다. 하지만 나로서는 당신이 나와 함께 한잔 쭉 들이켜기를 원하거든요!」

그는 이미 더 이상 얼굴을 찡그리지 않고 히히거리며 웃지 않았다. 그의 모습은 일순간 또다시 완전히 딴판으로 변했고 지금까지의 빠벨 빠블로비치의 모습이나 말투와는 전혀 다른 양상을 띠었다. 벨차니노프는 그만 어리둥절해지고 말았다.

「자, 알렉세이 이바노비치, 같이 한잔합시다. 거절하지 마세요!」 그의 손을 꽉 잡아 쥐고 괴상스러운 눈초리로 그의 얼굴을 쳐다보며 빠벨 빠블로비치는 이야기를 계속했다. 문제는 단순히 술을 한잔 같이 마시려는 데 있는 것이 아니라는 게 분명했다.

「자, 자.」 그는 중얼거렸다. 「어디 보자……. 여기 찌꺼기가 있네…….」

「꼭 두 잔이 남아 있군요. 찌꺼기지만 맑으니까 우리 함께 마시면서 잔을 부딪쳐 봅시다! 자, 당신의 잔을 받으시지요.」

그들은 잔을 부딪치고는 쭉 들이켰다.

「자, 이렇게 되었으니, 이렇게까지 되었으니…… 아!」 빠벨 빠블로비치는 느닷없이 한손으로 이마를 움켜쥐더니 잠시 동안 그런 자세로 있었다. 벨차니노프에게는 이제야말로 드디어 그 사나이가 마지막 최후의 말을 내뱉을 것이라는 생각이 들었다. 그러나 빠벨 빠블로비치는 그에게 아무 말도 하지 않았다. 그는 단지 그를 한번 쳐다보고 나서 조용히, 온 입 가득히 아까와 같이 교활한 눈을 깜빡이는 미소를 또다시 지어 보였을 뿐이다.

「당신은 도대체 나한테서 뭘 원하는 거요, 당신은 취했어요! 당신은 나를 놀리고 있다고요!」 벨차니노프는 두 발을 구르며 미친 사람처럼 이렇게 고함을 질렀다.

「소리치지 마세요, 소리치지 마세요. 무엇 때문에 소리를 지르십니까?」 빠벨 빠블로비치는 황급히 손을 저었다. 「난 당신을 놀리고 있는 게 아닙니다. 놀리지 않아요! 당신은 당신이 지금 나에게 어떤 존재가 되었는지 알기나 하십니까?」

그러면서 그는 갑자기 벨차니노프의 한 손을 쥐고서 입맞춤했다. 벨차니노프는 일순 정신이 아득해졌다.

「당신은 지금 내게 이런 사람이 되었답니다! 자, 이젠 물러가겠습니다요!」

「기다리시오, 거기 서요!」 정신을 차린 벨차니노프는 이렇게 소리쳤다. 「당신에게 하려던 말을 잊어버렸어요……」

빠벨 빠블로비치는 문간에서 휙 뒤돌아보았다.

「보세요.」 벨차니노프는 얼굴이 붉어져 그를 외면한 채 매우 빠르게 중얼거렸다. 「당신은 내일 꼭 뽀고렐리세프 씨의 집에 들르셔야 할 겁니다……. 인사를 하고 고맙다는 말씀을 하셔야죠. 반드시 가셔야 합니다……」

「가지요, 꼭 가겠습니다. 그만한 걸 모르겠습니까!」 빠벨 빠블로비치는 그렇게까지 주지시킬 필요는 없다는 표시로 한 손을 재빨리 흔들면서 매우 선선히 대꾸했다.

「그리고 리자가 당신을 몹시 기다리고 있으니까요. 나는 약속을 했습니다……」

「리자,」 빠벨 빠블로비치는 또다시 갑자기 몸을 돌렸다. 「리자라고요? 당신은 아십니까, 도대체 리자가 나에게 어떤 존재였는지, 예전과 현재에 말입니다? 예전과 현재에 말입니다!」 그는 느닷없이 거의 정신이 없는 사람처럼 이렇게 소리를 질러 대기 시작했다. 「그렇지만…… 헷! 그건 나중에 말씀드리죠. 모든 건 나중에 말하기로 하지요……. 그런데 지금 당신과 술 한 잔 마신 거로는 부족합니다. 알렉세이 이바노비치, 제게는 또 한 가지의 다른 소원이 있습니다……!」

그는 의자 위에 모자를 놓더니 아까처럼 숨을 약간 몰아쉬며 그를 뚫어져라 쳐다보았다.

「나에게 키스해 주시오, 알렉세이 이바노비치.」 그는 불쑥 이런 제안을 했다.

「당신 취했군요?」 벨차니노프는 소리를 지르며 뒷걸음질 쳤다.

「취했죠. 하지만 어쨌거나 나에게 키스해 주시오, 알렉세이 이바노비치, 자, 키스해 봐요! 나도 방금 당신 손에 키스하지 않았느냐 말이오!」

알렉세이 이바노비치는 마치 방망이로 이마를 얻어맞기라도 한 것처럼 잠시 동안 아무 말도 하지 못했다. 그러더니 갑자기 그는 자신의 어깨 정도까지 오는 빠벨 빠블로비치에게 몸을 굽혀 술 냄새가 진동하는 그의 입술에 입을 맞추었다. 하지만 그는 자신이 그에게 키스를 했는지 어땠는지 전연 확신을 할 수 없었다.

「자, 이제는. 이젠 됐어요…….」 빠벨 빠블로비치는 자신의 술 취한 두 눈을 부라리더니 또다시 취기로 몽롱한 상태에서 이렇게 소리를 질렀다. 「지금 하는 말이지만, 난 그때 이런 생각을 했죠. 〈정말 이 사람은 어떨까? 이 사람이 만일, 이 사람도 만일 그렇다면, 그 다음엔 대체 이 세상의 어느 누구를 믿을 수 있을까?〉 하는 생각을 했죠.」

빠벨 빠블로비치는 갑자기 눈물을 흘리기 시작했다.

「그러니 당신이야말로 지금의 나에게 어떤 친구가 되었는지 아시겠습니까?」

그러고 나서 그는 자신의 모자를 집어 들고 방에서 달려 나갔다. 벨차니노프는 또다시 빠벨 빠블로비치가 처음 왔다 돌아갔을 때처럼 한자리에 우뚝 멈추어 선 채 한동안 그대로 서 있었다.

〈에잇, 저자는 술 취한 광대 녀석이다. 그리고 그 이상 아무것도 아니다!〉 그는 한 손을 내저었다.

〈정말 아무것도 아니다!〉 이미 옷을 벗고 침대 속에 누운 그는 힘차게 이 말을 되풀이했다.

8. 리자, 병나다

다음날 아침, 뽀고렐리세프 댁을 방문하기 위해 늦지 않게 오겠노라는 약속을 한 빠벨 빠블로비치를 기다리면서 벨차니노프는 방 안을 왔다 갔다 하고 있었다. 그러면서 커피를 한 모금 마시고 담배를 피우기도 했는데, 그는 자기가 마치 아침에 잠을 깨어 전날 밤 얻어맞은 뺨따귀 생각을 계속 하고 있는 사나이와 비슷하다는 느낌을 내내 떨칠 수가 없었다. 〈흠…… 그자는 사건의 곡절을 너무나 잘 알고 있어. 그래서 리자를 내세워 나에게 복수하려는 거야!〉 그는 일말의 두려운 느낌을 가지고 그런 생각을 했다.

가엾은 어린아이의 사랑스러운 모습이 애처롭게 그의 눈앞을 반짝이며 스쳐 갔다. 그러자 그의 가슴은 바로 오늘, 얼마 안 있으면, 두 시간 후면 자신의 리자를 다시 만나게 된다는 생각으로 가슴은 세차게 뛰기 시작했다. 그는 열을 내며 결론을 내렸다. 〈이런, 무슨 말을 하는 거야! 이제 여기에 모든 삶과 나의 모든 목적이 있다! 여기에 따귀니 옛 추억이니 하는 것 따위가 무슨 상관 있어……! 지금껏 나는 무엇을 위해 살아왔는가? 무질서와 서글픈 일들만 있었다……. 그렇지만 지금은 모든 것이 달라졌다. 모든 것이 다르게 되었단 말이다!〉

그러나 그러한 환희의 감정에도 불구하고 그는 점점 더 침울한 감정을 느꼈다.

〈그자는 리자를 이용하여 나를 괴롭히고 있다. 이건 확실하다! 그러면서도 리자를 괴롭힌다. 이렇게 해서 그자는 지난 모든 일에 대한 복수를 나에게 하려는 거다. 흠…… 의심할 여지도 없이 나는 어제 그자가 보인 적대적인 짓거리를 용서할 수 없다.〉 그는 갑자기 얼굴을 붉혔다. 〈그런데…… 그자가 오지 않는군. 벌써 열두 시인데 말이야!〉

그는 열두 시 반이 되도록 한참동안 기다렸다. 그의 비애의 감정은 점점 더 증폭되어 갔다. 빠벨 빠블로비치는 모습을 나타내지 않았다. 마침내, 그 사나이가 어젯밤처럼 적대적인 짓거리를 하기 위하여 일부러 오지 않는 것이라는, 이미 오래전부터 마음속에 꿈틀거리고 있던 생각이 그를 극도로 초조하게 짓누르기 시작했다. 〈그 녀석은 내가 지금 자기에게 잡혀 있다는 사실을 알고 있다. 그리고 지금은 리자에게 무슨 일이 일어나게 될 거라는 것도 말이다! 내가 어떻게 그자 없이 그 아이에게 갈 수 있겠는가 말이다!〉

마침내 그는 더 이상 견디지 못하고 정각 한 시에 뽀끄로프스끼 호텔로 직접 달려갔다. 거기서 그는, 빠벨 빠블로비치가 어젯밤 호텔에서 자지 않았다는 것과, 아침에 여덟 시가 넘어 숙소로 돌아오긴 했지만 15분 정도 머물러 있다가 어디론가 다시 나갔다는 말을 들었다. 벨차니노프는 빠벨 빠블로비치 숙소의 문 옆에 서서, 그에게 소식을 전해 주는 하녀의 이야기에 귀를 기울이며 자물쇠를 채운 문의 손잡이를 기계적으로 밀었다 잡아당겼다 빙빙 돌려 보기도 했다. 잠시 후 정신을 차린 그는 침을 한 번 탁 뱉고 자물쇠를 놓고는 마리야 시소예브나에게 안내해 줄 것을 부탁했다. 그러나 그가 왔다는 이야기를 들은 그녀는 기뻐하며 스스로 모습을 나타냈다.

그녀는 친절한 아낙네였다. 나중에 벨차니노프가 그녀와 나눈 대화를 끌라브지야 뻬뜨로브나에게 전했을 때, 그녀의 표현에 의

하면 그녀는 〈고상한 감정을 지닌 아낙네〉였다. 그가 어제 〈소녀 아이〉를 어떻게 데려갔는지에 관해 간단히 물어본 마리야 시소예브나는 즉시 화제를 빠벨 빠블로비치에 관한 이야기로 돌렸다. 그녀는 그 어린아이만 아니었으면 자기는 진작에 그를 이곳에서 쫓아냈을 거라고 했다. 그를 호텔에서 이 별채 쪽으로 쫓아낸 것도, 그가 몹시 이상한 짓을 했기 때문이라는 것이다. 「글쎄, 그 사람은 세상일을 알 만한 아이가 이곳에 있는데도 한밤중에 거리의 여인을 끌고 온 적도 있다니까요! 그러면서 소리치기를, 〈이 사람은 내가 마음만 먹으면 너의 엄마가 될 수도 있어!〉 하잖겠어요. 그런데 어떻게 된 줄 아세요. 그 여자는 그의 얼굴에 침을 탁 뱉으면서 이렇게 소리치더군요. 〈애가 내 딸이라고, 아니 이런 꼬맹이가 말이야……?〉」

「뭐라고요?」 벨차니노프는 깜짝 놀라고 말았다.

「내가 직접 들은걸요. 아무리 술에 취해 정신이 없어도 어린아이 앞에서 그럴 수야 없는 법이지요. 아무리 어려도 이젠 세상 만사를 다 아는데요! 난 그 아이가 울면서 괴로워하는 것을 봤어요. 그런데 얼마 전 이곳 우리 집에서 큰 변고가 있었어요. 무슨 위원이라는 사람이 저녁 무렵 호텔 객실에 들었는데, 아침에 보니 목을 매고 죽어 있지 않겠어요. 돈을 다 탕진해 버린 사람이었다나요. 사람들은 몰려드는데, 빠벨 빠블로비치가 마침 집에 없어서 어린아이는 아무도 돌보는 사람 없이 이리저리 왔다 갔다 하더군요. 내가 보니까, 그 아이는 저기 복도에서 사람들 틈에 끼어 신기하다는 듯이 목매 죽은 사람을 쳐다보며 구경하고 있더라니까요. 그래서 난 그 아이를 서둘러 이리로 데려왔어요. 그런데 말이에요, 어땠는지 아세요? 애가 온몸을 바들바들 떨고 핏기가 하나도 없어지더니만 이리로 데려오자마자 그만 정신을 잃어버리는 거예요. 몸을 몹시 뒤틀면서 고통스러워하더군요. 경기를 일으켰는지 그때부터 앓기 시작했어요. 이 소식을 듣고 온 아버지라는 위인은 집에 오더니만 아이를 온통 꼬집어 대는 게 아니겠어요. 그 사람은 아이를 때리지는 않지만 마구 꼬집는 버릇이 있거든요. 그리고 그 후엔 잔뜩 술을 마시고 와서 그 아이를 위협하더군요. 〈나도 역시 목을 매달아 죽어야겠다. 너 때문에 목을 달아매겠단 말이야. 이 줄을 저 커튼에 걸어서 목매 죽겠단 말이다.〉 그러면서 아이 보는 데서 올가미를 만들어 보이기까지 하더군요. 그러니까 그 애는 정신없이 소리를 지르면서 조그만 두 손으로 그 사람을 부둥켜안더라고요. 〈안 그럴게요, 다시는 안 그럴게요〉라고 소리치면서 말이에요. 얼마나 가엾던지!」

벨차니노프는 이미 모종의 몹시 괴이한 이야기가 나오리라는 것을 어느 정도 예상하고 있었지만, 정작 들은 이야기가 어찌나 어이가 없던지, 오히려 믿어지지 않을 정도였다. 마리야 시소예브나는 더 많은 이야기를 털어놓았다. 예를 들어 마리야 시소예브나가 없었더라면, 리자가 창문에서 몸을 던졌을지도 모르는 사건도 있었다는 것이다. 그는 마치 술에 취한 듯한 기분이 되어 그 숙소를 나왔다. 〈난 그자를 개 패듯이 머리를 두들겨 패주고 말테다.〉 이런 생각이 그의 뇌리를 스쳤다. 그는 오랫동안 이 생각을 곰곰이 되풀이했다.

그는 마차를 대절해 뽀고렐리세프의 집을 향해 출발했다. 미처 시내를 벗어나지 못하고, 마차는 어떤 운하 위에 걸려 있는 조그마한 다리 옆의 네거리에 멈춰 서게 되었다. 성대한 장례 행렬이 다리를 건너고 있는 중이었다. 다리의 이쪽과 저쪽에서는 행렬이 지나가기를 기다리는 여러 대의 마차가 줄을 잇고 있었고, 사람들도 발걸음을 멈추고 서 있었다. 그 장례식은 매우 호사스러웠고, 관을 따르는 마차의 행렬은 몹시 길게 이어지고 있었다. 그런데 이 늘어선 마차 행렬 중의 어느 한 마차의 창문 안에서 느닷없이 빠벨 빠블로비치의 얼굴이 벨차니노프 앞에 번쩍하고 모습을 나타냈다. 만일 빠벨 빠블로비치가 몸소 창문에서 얼굴을 내밀고 미소를 띤 얼굴로 그에게 머리를 끄덕이지 않았다면 그는 아마 잘못 보았으려니 했을 것이다. 보아하니 그는 벨차니노프를 알아본 것이 말할 수 없이 기쁜 모양이었다. 그는 마차에서 손짓까지 했다. 벨차니노프는 마차에서 뛰어내려 사람들의 혼잡과 경관의 제지에도 아랑곳하지 않고, 빠벨 빠블로비치의 마차가 벌써 다리로 진입했음에도 불구하고 그의 창문 쪽으로 가까이 뛰어갔다. 빠벨 빠블로비치는 마차 안에 혼자 앉아 있었다.

「어떻게 된 일이오?」 벨차니노프는 소리치기 시작했다. 「어째서 내 집에 오지 않으셨소? 여기서 뭘 하는 거요?」

「빚을 갚고 있는 중이지요. 소리 지르지 마세요. 소리치지 마시라니까요. 난 빚을 갚고 있는 중이다, 이 말씀이에요.」 빠벨 빠블로비치는 재미있다는 듯이 눈을 가늘게 뜬 채 히히히 웃기 시작했다. 「난 지금 진실한 벗 스쩨빤 미하일로비치의 유해를 전송하고 있는 중이랍니다.」

「이런 터무니없는 짓이 어디 있소. 당신 술에 취해 정신이 없나 보군요!」 벨차니노프는 한순간 어리둥절해 하다가 더욱 큰 소리로 소리를 질렀다. 「당장 내려와 내 마차로 옮겨 타도록 하시오. 어서 빨리요!」

「그럴 수는 없습니다. 빚이 있어서……」

「당신을 끌어내리겠소!」 벨차니노프는 한층 목소리를 높였다.

「그럼, 난 소리를 치겠어요! 소리를 친다고요!」 빠벨 빠블로비치는 여전히 명랑한 어조로 킬킬거렸다. 마치 장난을 하는 듯한 투였지만, 그는 마차의 뒤편 구석으로 단단히 몸을 도사리고 앉았다.

「비켜요, 비켜, 차에 치입니다!」 순경이 소리를 쳤다. 실제로 다리의 저쪽 편에서는 누군가의 어떤 외부 차량이 장례 행렬을 뚫고 지나가며 소동을 일으키고 있는 중이었다. 벨차니노프는 어쩔 수 없이 물러서야만 했다. 그러자 다른 마차들과 사람들이 즉시 그를 더 멀리 안쪽으로 밀쳐냈다. 그는 침을 탁 뱉고는 자기가 타고 왔던 마차로 돌아갔다.

〈어차피 피차 매일반이다. 어쨌거나 저런 자식을 데리고 갈 수는 없는 노릇이다.〉 그는 끊임없이 계속되는 불안한 경악의 심정에 빠져 이런 생각을 했다.

그가 끌라브지야 뻬뜨로브나에게 마리야 시소예브나의 이야기와 장례 행렬 속의 그 이상스러운 해후에 관한 설명을 전해 주자, 그녀는 매우 심각하게 어떤 생각에 잠겼다. 그녀는 그에게 말했다. 「저는 당신이 걱정되는군요. 당신은 그 사람과의 모든 관계를 끊어야 합니다. 그것도 빠르면 빠를수록 좋아요.」

「그자는 술 취한 어릿광대일 뿐 그 이상 아무것도 아닙니다!」 벨차니노프는 화를 내듯이 소리를 버럭 질렀다. 「내가 그자를 두려워하다니오! 여기 리자가 있는데, 어떻게 내가 관계를 끊을 수 있겠습니까. 리자를 생각해 보세요!」

그러는 동안 리자는 병이 나 누워 있었다. 어제 저녁부터 그 아이는 높은 열이 나기 시작하여, 날이 채 밝기도 전에 일부러 사람을 보내 시내에서 유명한 의사를 집으로 모셔 오게 되었다. 이 모든 일은 벨차니노프의 마음을 극도로 불안하게 했다. 끌라브지야 뻬뜨로브나는 그를 아픈 아이에게 데리고 갔다.

「내가 어제 저 애를 잘 살펴보았는데 말이에요.」 그녀는 리자의 방 앞에 멈추어 서더니 이렇게 말했다. 「저 애는 자존심이 강하고 우울한 성격의 아이예요. 저 애는 자기가 우리 집에 와 있다는 사실, 그리고 아버지가 자기를 이런 식으로 버린 것에 대해 수치스럽게 여기고 있어요. 내 생각엔 이것 때문에 병이 났다고 여겨지는군요.」

「버리다니오? 어째서 당신은 그 사람이 저 아이를 버렸다고 생각하시는 겁니까?」

「그건 그 사람이 전연 안면도 없는 집에 애를 보냈다는 사실 한

가지만으로도 충분하지요. 그리고 또 거의 알지도 못하는 데다 그런 관계에 놓여 있는 사람에게 딸려서 보낸 것 자체가 말이에요……」

「하지만 바로 내가 직접 저 애를 데려온 겁니다. 억지로 데려온 셈이지요. 나는 달리 이렇다 할……」

「아이, 무슨 말씀, 리자는 어린아이지만 모든 걸 다 안다니까요! 내 생각에 그 사람은 어쨌든 결코 찾아오지 않을 겁니다.」

벨차니노프가 혼자 온 것을 보고도 리자는 놀라지 않았다. 아이는 단지 애달픈 미소를 지어 보이고, 열이 올라 펄펄 끓는 머리를 벽 쪽을 향해 돌렸을 따름이다. 아이는 벨차니노프의 조심스러운 위로의 말과, 내일은 반드시 꼭 아버지를 데려오겠노라는 굳은 약속에 대하여 아무 대답도 하지 않았다. 아이에게서 물러나온 그는 갑자기 터져 나오는 울음을 주체하지 못했다.

의사는 저녁 때가 다 되어서 도착했다. 환자를 진찰한 그는 왜 진작 자기를 부르지 않았느냐고 말함으로써, 첫마디부터 사람들을 모두 놀라게 했다. 환자가 병이 난 것은 바로 어제 저녁부터였다는 설명을 듣자, 그는 처음에 그 말을 곧이들으려고도 하지 않았다. 의사는 이렇게 결론을 내렸다. 「모든 것은 오늘 밤을 어떻게 넘기느냐에 달려 있습니다.」 그는 자기가 해야 할 처치를 한 다음, 내일 가능한 한 일찍 오겠다는 약속을 하고 돌아갔다. 벨차니노프는 무조건 하룻밤 머물기를 원했지만, 그러나 끌라브지야 뻬뜨로브나는 그에게 〈다시 한번 그 악당을 이곳으로 데려오도록 노력해 볼 것〉을 요청했다.

「다시 한번이라고요?」 벨차니노프는 극도로 흥분하며 중얼거렸다. 「그렇다면 이제 그자를 옭아매고 두 팔로 잡아 끌어서라도 데려오지요!」

빠벨 빠블로비치를 묶어서 양팔로 끌고 온다는 생각은 그를 갑자기 극도로 초조한 상태로 몰아넣었다. 「이제는 그자 앞에서 죄를 지었다는 생각이 들지 않습니다. 절대 안 듭니다!」 그는 끌라브지야 뻬뜨로브나와 작별 인사를 하면서 이렇게 말했다. 「어제 여기서 말했던 천박하고 눈물 날 것 같은 제 이야기는 모두 취소하겠습니다!」 그는 분개하여 이 말을 덧붙였다.

리자는 눈을 감고 누워 있었는데 자고 있는 것 같았다. 그 아이의 상태는 아까보다 약간 나아진 것 같았다. 벨차니노프가 작별 인사로 그녀 옷자락의 한 귀퉁이에 입을 맞추려고 머리 쪽을 향하여 조심스럽게 몸을 굽혔을 때, 그녀는 마치 그것을 기다리고 있었던 것처럼 갑자기 두 눈을 뜨면서 이렇게 속삭였다. 「저를 데려가 주세요.」

그것은 어제 같은 초조한 기색이 조금도 없는 조용하고 애처로운 부탁의 말이었다. 그러나 동시에 거기에는 자기의 부탁이 결코 받아들여지지 않으리라는 것을 그 아이 자신이 분명히 확신하고 있는 것과 같은 어떤 이상한 울림이 깃들어 있었다. 벨차니노프가 절망감에 빠져 그것은 불가능한 일이라는 것을 타이르기 시작하자, 아이는 말없이 두 눈을 감은 채 더 이상 한마디도 하지 않았다. 마치 아무 소리도 못 듣고 그가 보이지 않기라도 하는 것처럼.

시내로 들어서자 그는 곧장 마부에게 뽀끄로프 쪽으로 달리라고 명령했다. 벌써 시간은 열 시를 가리키고 있었다. 빠벨 빠블로비치는 숙소에 없었다. 벨차니노프는 병적인 초조감에 휩싸여 복도를 왔다 갔다 하면서 꼬박 30분 동안 그를 기다렸다. 마침내 마리야 시소예브나는 빠벨 빠블로비치가 아침이 다 되어야 돌아올 거라고 자신 있게 말했다. 〈그렇다면 새벽녘에 다시 오기로 하자.〉 이렇게 결정한 벨차니노프는 정신없이 집으로 돌아갔다.

그런데 그가 미처 자신의 방에 들어서기도 전에, 어제 왔던 그 손님이 벌써 아홉 시부터 그를 기다리고 있다는 이야기를 마브라로부터 전해 들었을 때 그의 놀라움은 대단히 컸다.

「우리 집에서 차를 드시고, 또다시 포도주를 사오라고 보내셨어요. 어제와 같은 것으로 말이에요. 그러면서 푸른 지폐를 한 장 내주셨어요.」

9. 환영

빠벨 빠블로비치는 지극히 편안한 자세를 취하고 있었다. 그는 어제의 그 의자에 앉아서 담배를 피우고 있었고, 이제 막 병에 남은 마지막 술을 네 번째 잔에 따라 낸 참이었다. 주전자와 다 마시지 않은 차가 들어 있는 찻잔은 그의 옆에 있는 테이블에 놓여 있었다. 그의 붉게 상기된 얼굴은 기분좋게 빛나고 있었다. 그는 아예 웃옷을 벗고 한여름처럼 조끼 바람으로 앉아 있었다.

「용서하십시오, 나의 가장 충실한 벗이여!」 그는 벨차니노프를 보자 웃옷을 입으려고 자리에서 일어서며 이렇게 외쳤다. 「잠시 더 기분을 내느라 옷을 벗었습니다……」

벨차니노프는 위협하듯이 그를 향해 가까이 다가갔다.

「당신 아직 완전히 취한 것은 아니겠죠? 아직은 잠깐 이야기를 할 수 있는 상태겠죠?」

빠벨 빠블로비치는 약간 어리둥절해 했다.

「아닙니다, 아주 취하진 않았습니다……. 죽은 사람을 잠시 추모하긴 했지만, 그래도…… 아주 취한 건 아니란 말씀입니다…….」

「내 말을 알아듣겠습니까?」

「알아들으니까 이렇게 나타난 것 아니겠습니까.」

「그렇다면 당신에게 먼저 이 말부터 하겠는데, 당신은…… 몹쓸 인간이오!」 벨차니노프는 찢어지는 듯한 목소리로 냅다 이렇게 소리를 질렀다.

「이렇게 시작하시면 끝은 어떻게 되는 겁니까?」 빠벨 빠블로비치는 상당히 겁이 나는 듯 조금은 항의를 하려는 것 같았으나, 벨차니노프는 그의 말은 귀담아듣지도 않으며 이렇게 소리쳤다.

「당신 딸이 죽어 가고 있소. 그 애가 병이 들었단 말이오. 당신은 도대체 그 아이를 내던져 버린 겁니까, 아닙니까?」

「설마, 죽어 가다니오?」

「그 아이는 병이, 병이 들었어요. 아주 위중한 병이 들었단 말이오!」

「발작을 일으킨 거겠죠……」

「말도 안 되는 소리 하지도 마시오! 그 아이는 아주 위급한 상태라니까요? 그게 아니더라도 당신은 마땅히 가보아야 했잖습니까……」

「감사의 인사를 드리러, 잘 대접해 주시는 데 대한 감사의 인사를 드리러 말씀이지요! 너무나 잘 알고 있습니다! 알렉세이 이바노비치, 소중하고도 소중한 분이시여.」 그는 느닷없이 벨차니노프의 손을 자신의 두 손으로 꽉 쥐고 거의 눈물이라도 흘릴 듯이 취기가 잔뜩 오른 기분으로, 마치 용서를 구하는 것처럼 이렇게 소리를 질렀다. 「알렉세이 이바노비치, 그렇게 소리 지르지 마세요. 소리 지르지 마세요! 내가 죽든, 내가 지금 술 취한 채 네바 강에 떨어지든 간에 지금 상황에서 별일이야 있겠습니까? 그리고 뽀고렐리세프 씨 댁에야 언제고 갈 수 있지 않습니까……」

벨차니노프는 정신을 가다듬으며 치미는 분노를 억지로 진정시켰다.

「당신은 취했습니다. 그러니 당신이 어떤 의미로 그렇게 말하는 건지 나로서는 전혀 이해를 못하겠습니다.」 그는 엄격한 어조로 말했다. 「나는 언제라도 당신과 이야기할 준비가 되어 있습니다. 빠르면 빠를수록 기쁠 것입니다……. 그래서 내가 간 것입니다……. 그건 그렇고 무엇보다 이젠 내가 모종의 방도를 취하겠다는 걸 알아두십시오! 당신은 오늘 밤 우리 집에서 주무셔야만 합니다. 내일 아침 나는 당신과 함께 그 댁을 방문해야겠습니다. 절대 당신을 놓치지 않겠습니다!」그는 또다시 목소리를 높였다. 「나는 당신을 묶어서 두 손으로 잡아 끌고라도 데리고 가겠단 말이오……! 자, 이 소파가 편하겠지요?」그는 숨을 헐떡이면서 자신이 잠을 자는 소파의 맞은편에 있는 반대편 벽의 폭이 넓고 부드러운 소파를 가리켰다.

「무슨 말씀, 나야 아무데서고…….」

「아무데가 아니고 이 소파 위여야만 합니다! 받으세요. 여기 당신이 쓰실 시트와 이불, 베개가 있어요. (이 모든 물건을 벨차니노프는 장롱에서 꺼내어 서둘러 얌전히 손을 내밀고 있는 빠벨 빠블로비치에게 내던졌다) 어서 하세요, 하 —시 — 라 — 니 — 까 — 요!」

이부자리를 안은 빠벨 빠블로비치는 갈피를 못 잡겠다는 듯이, 술 취한 얼굴에 길고 취기 어린 웃음을 띤 채 방 안 한가운데에 서 있었다. 그러다 벨차니노프의 거듭되는 벽력 같은 고함소리에 놀라 갑자기 매우 빠른 속도로 일에 착수했다. 그는 테이블을 옆으로 치우고 씨근덕거리면서 이부자리를 펴고 시트를 깔았다. 벨차니노프는 그를 도와주려고 가까이 다가갔다. 그는 자신의 손님을 놀래키고 온순하게 한 것에 대해 어느 정도의 만족감을 느끼고 있었다.

「당신의 잔을 어서 비우고, 누우시죠.」그는 또다시 명령을 내렸다. 그는 명령을 하지 않고는 견딜 수 없는 기분에 휩싸여 있었다. 「이건 당신이 사오게 한 술인가요?」

「내가 술을 사오라고 보냈습니다……. 네, 알렉세이 이바노비치, 당신이 이제는 술을 사러 보내지 않을 거라는 것을 진작에 알았거든요.」

「당신이 그걸 아셨다니 다행입니다. 하지만 더 아셔야만 할 것이 있습니다. 당신한테 다시 한번 말씀드리지만, 나는 이제 모종의 방도를 취하기로 했습니다. 당신의 연극 같은 행동은 더 이상 참지 않겠습니다. 어젯밤처럼 술 취해서 하는 키스 따위는 더 이상 참지 않을 거라 이 말씀입니다!」

「알렉세이 이바노비치, 그런 일은 딱 한 번밖에 있을 수 없다는 것을, 나 자신도 잘 알고 있습니다.」 빠벨 빠블로비치는 싱글거리며 웃었다.

이 대답을 듣자 방 안을 왔다 갔다 하고 있던 벨차니노프는 거의 장엄한 태도로 빠벨 빠블로비치의 앞에 갑자기 멈추어 섰다.

「빠벨 빠블로비치, 바른 대로 말해 보시오! 당신은 현명한 사람입니다. 나는 이 점을 거듭 강조합니다. 그렇지만 난 당신께서 잘못된 길을 가고 있다고 확실히 말할 수 있습니다! 바른 대로 말씀하고 바르게 행동하십시오, 그러면 당신께 맹세하건대, 당신이 원하시는 것은 무엇이든 대답을 해드리겠습니다!」

빠벨 빠블로비치는 싱글거리며 벨차니노프를 화나게 하는 예의 그 긴 웃음을 지었다.

「그만두세요!」 그가 소리쳤다. 「가면을 쓰지 말란 말이오. 난 당신 뱃속이 훤히 들여다보입니다! 다시 말합니다. 나는 모든 일에 대한 대답을 당신께 해드릴 용의가 있다는 것을 약속합니다. 그러면 당신께서도 모든 종류의 가능한 만족을 얻을 수 있을 것입니다, 말하자면 모든 종류의, 아니 불가능한 것에 관해서까지도 말입니다! 오, 당신이 내 말을 이해하신다면 얼마나 좋을까……!」

「그렇게까지 당신이 친절하시다면,」 빠벨 빠블로비치는 조심스럽게 그의 옆으로 다가왔다. 「그래서 하는 말씀이지만, 어젯밤 당신이 맹수 타입에 관해서 하신 말씀이 나의 흥미를 몹시 끌었습니다……」

벨차니노프는 침을 한번 탁 뱉고, 아까보다 더 빨리 방 안을 왔다 갔다 하기 시작했다.

「안 됩니다, 알렉세이 이바노비치, 침을 뱉으시면 안 됩니다.

사실인즉 그게 워낙 궁금증이 나서 그걸 알아보려고 그 때문에 여기까지 온 것인데요……. 저는 워낙 말주변이 없으니까, 당신께서 그 점 이해해 주시기 바랍니다. 나 역시 그 〈맹수형〉과 〈온순형〉에 관한 이야기를 어느 잡지의 평론란에서 읽은 적이 있습니다. 오늘 아침에서야 그 생각이 났어요……. 단지 잊어버리고 있었던 것이지요. 하지만 사실 그 당시엔 그 말을 이해하지 못하고 있었습니다. 그런데 지금 한 가지 밝혀 보고 싶은 게 있는데요. 고인이 된 스쩨빤 미하일로비치 바가우또프, 그 사람은 〈맹수형〉이었을까요, 아니면 〈온순형〉이었을까요? 어떻게 분류해야 할까요?」

벨차니노프는 발걸음을 멈추지 않은 채 아무런 대답도 하지 않았다.

갑자기 그는 화를 내며 멈추어 섰다. 「맹수형이란, 어제 저녁 당신이 나와 한잔 마신 것처럼 바가우또프와 반가이 만난 자리에서 〈샴페인을 마시면서〉 그의 술잔에 독약 넣는 일을 손쉽게 할 수 있는 사람을 가리킵니다. 그런 사람은 당신이 아까 하셨던 것처럼 묘지까지 그의 관을 따라가지도 않을 겁니다. 악마만이 당신이 얼마나 은닉된 마루 밑창 같은 지저분한 심보로 그런 행위를 저질렀는지 알 겁니다. 그런 행위는 당신의 얼굴을 더럽히는 일입니다. 바로 당신 자신의!」

「그건 맞는 말씀입니다. 거기까지 갈 필요는 없었는데…….」 빠벨 빠블로비치는 맞장구를 쳤다. 「그런데 왜 당신께서는 나를 그렇게…….」

「그 타입은 그런 사람을 말하는 게 아닙니다.」 벨차니노프는 상대방의 말을 귀담아듣지 않으면서 열을 내어 소리쳤다. 「까닭도 없는 여러 가지 상상을 하고, 정의와 사법 제도의 결론을 내보고 자신이 받은 모욕을 마치 공부하듯이 외우며 되풀이하고, 항상 불평을 늘어놓고 온갖 인상을 쓰며 변덕을 부리는가 하면 사람들의 목에 매달리며 자신의 귀한 시간을 낭비하지 않는 사람이란 말입니다! 그런데 당신께서 목을 매려고 했다는 것이 사실입니까? 그 이야기가 정말입니까?」

「혹시 술에 취해 그런 실수를 했는지 모르지만, 기억이 안 납니다. 그런데 알렉세이 이바노비치, 독약을 넣는다는 이야기는 어쩐지 우리에게는 좀 예의에 어긋난 것 같습니다. 상당한 지위의 관리라는 것을 빼고도 나에게는 재산도 꽤 있고, 어쩌면 또다시 결혼하고 싶어질지도 모르니까 말입니다.」

「감옥살이도 생각해 보아야 하니까.」

「네, 그렇습니다. 요즈음 재판에서 정상 참작이라는 것도 많이 해주기는 하지만, 그거 역시 불유쾌한 일이니까요. 그런데 알렉세이 이바노비치, 당신께 아주 우스운 일화 한 가지를 소개해 드리겠습니다. 아까 마차 안에서 생각이 났던 것인데, 지금 이야기해 드리고 싶어요. 당신은 방금 〈사람들 목에 매달린다〉고 말씀하셨습니다. 세몬 뻬뜨로비치 리브쪼프라고 기억하시겠지요, 당신이 T시에 계실 때 우리 집에 자주 왔던 사람 말씀입니다. 그런데 말이에요, 그 사람의 막내 동생 역시 뻬쩨르부르그의 젊은 신사로, B시에서 주지사 밑에서 근무했고, 여러 가지로 뛰어난 점을 보이던 사람이었습니다. 어느 날 그는 어떤 모임에서 부인들과 자기가 좋아하는 마음속의 여인이 있는 곳에서 골루벤꼬 대령과 언쟁을 벌이게 되었답니다. 그는 상대방에게서 모욕을 당했다고 생각했지만, 그것을 꿀꺽 참고 내색도 안 했습니다. 그런데 골루벤꼬는 그러는 사이 그가 좋아하는 여인을 가로채서 그녀에게 청혼을 했답니다. 어떻게 생각하세요? 그 리브쪼프는 골루벤꼬와 진심 어린 우정을 맺고 화해를 했습니다. 그뿐만 아니라 자진하여 신랑의 들러리가 되어 결혼식의 화관을 드는 역할을 맡았습니다. 그리고 신랑 신부가 식장으로 들어서서 축사와 입맞춤을 하는 순서가 되자 골루벤꼬의 옆으로 다가갔습니다. 거기에는 주지

사를 필두로 하여 굉장한 손님들이 참석해 있었고, 그 친구 자신도 프록코트에 머리를 잘 손질한 차림이었지요. 그런데 글쎄, 신랑의 배를 느닷없이 칼로 찔렀다 이 말입니다. 그래서 골루벤꼬는 쓰러졌지요! 이런 짓을 바로 들러리가 했으니 이 얼마나 창피한 일입니까! 그런데 그뿐이 아니었어요! 중요한 건, 칼로 찌르고 나서는 사방을 뛰어다니면서, 〈오, 내가 무슨 짓을 했나! 오, 내가 무슨 짓을 저질렀나!〉 하고 울고불고 몸을 떨면서 아무의 목에나, 심지어 부인네들한테까지 매달리는 것이었어요. 〈오, 내가 무슨 짓을 했나! 오, 내가 지금 엄청난 일을 저질렀구나!〉 하면서 말이에요. 헤헤헤! 우스워서 혼났지요. 거기서 결국 골루벤꼬만 가엾은 사람이 되었는데, 그 사람도 나중에는 건강이 회복되었지요.」

「무엇 때문에 당신이 나한테 그 따위 얘기를 하는지 모르겠소.」 벨차니노프는 엄하게 표정을 찡그렸다.

「그저 칼로 쿡 찔렀다는 것, 그뿐입니다.」 빠벨 빠블로비치는 히히히 웃기 시작했다. 「어쨌건 겁에 질린 나머지 예의범절이고 뭐고 다 잊어버린 채, 주지사가 보는 데에서 부인네들의 목에 매달린 사나이니까 무슨 타입이라고 할 것도 없이 그저 철부지 사나이였다고나 할까요. 하지만 어찌 되었든 간에 칼로 찌르고 자신의 목적은 달성했단 말씀이지요! 내가 이야기하고자 했던 것은 단지 이것이었답니다.」

「악마한테나 꺼지시오.」 벨차니노프는 마치 가슴속에서 무엇이 찢어지기라도 하는 듯이 평상시와는 다른 목소리로 갑자기 소리쳤다. 「당신의 그 마루 밑창 같은 더러움과 함께 꺼져 버리시오! 당신은 바로 마루 밑창과 같은 더러움 그 자체야. 나를 놀래 키려고 꾸며 낸 이야기지. 어린아이를 괴롭히는 인간, 저열한 인간, 비열한, 비열한, 비열한 놈!」 그는 정신을 못 차리고 한마디 할 때마다 숨을 헐떡이며 고래고래 소리를 질렀다.

빠벨 빠블로비치는 온몸을 떨며 취기에서도 깨어 버렸다. 그의 두 입술은 몹시 떨렸다.

「알렉세이 이바노비치, 당신이 나를 비열한 놈이라 불렀습니까, 당신이 나를?」

그러나 벨차니노프는 벌써 정신을 가다듬고 있었다.

「난 사과할 준비가 되어 있습니다.」 그는 음울한 생각에 잠겨서 잠시 아무 말이 없다가 이렇게 대답했다. 「그렇지만, 당신이 지금 당장이라도 솔직하게 행동하기를 원하는 경우에만 그렇습니다.」

「내가 당신의 입장이라면 어떠한 경우를 막론하고 무조건 사과할 것 같은데요, 알렉세이 이바노비치?」

「좋아요, 그럼 그렇게 해둡시다.」 벨차니노프는 잠시 더 침묵을 지켰다. 「당신 앞에서 사과드리겠습니다. 그런데 양해해 주실 것이 있는데, 빠벨 빠블로비치, 이렇게 되면 앞으로 나는 더 이상 당신한테 아무런 의무감도 느끼지 않게 되는 겁니다. 말하자면 오늘의 사건에 대해서뿐만이 아니라, 이전의 모든 일에 대해서도 말입니다.」

「상관없습니다. 뭐 그렇게 따질 게 있습니까?」 빠벨 빠블로비치는 코웃음을 쳤으나, 시선은 아래쪽으로 떨구고 있었다.

「그렇다면 좋습니다, 더욱 좋아요! 당신의 포도주를 다 비우시고 자리에 누우세요. 어쨌거나 난 오늘 당신을 놓아드리지 않을 테니까요……」

「그런데 무슨 술을…….」 빠벨 빠블로비치는 다소 당황하는 기색을 보이는 것 같았지만, 테이블로 다가가 벌써 아까 따라 놓은 마지막 술잔을 비우기 시작했다. 어쩌면 그는 그전에 퍽 많은 술을 마셨는지도 몰랐다. 왜냐하면 그의 손이 떨리고 있었고, 그래서 포도주를 약간 마룻바닥과 셔츠 그리고 조끼에다 흘렸기 때문이다. 하지만 어쨌거나 그는 술을 다 마시지 않은 채 남겨 둘 수는 없다는 듯이 맨 밑바닥까지 깨끗이 잔을 비웠다. 그러고 나서 그는 빈 술잔을 얌전히 테이블 위에 놓은 다음, 조심스럽게 옷을 벗으러 침대 쪽으로 다가갔다.

「하지만 자고 가지 않는 것이…… 차라리 낫지 않을까요?」 웬일인지 그는 이미 장화 한 짝을 벗어서 두 손에 잡아 쥔 상태로 느닷없이 이렇게 말했다.

「아니오, 그렇지 않습니다!」 그를 쳐다보지 않은 채 끊임없이 방 안을 왔다 갔다 하던 벨차니노프는 화를 벌컥 내며 대답했다. 그 사나이는 옷을 벗고 잠자리에 누웠다. 15분 후에 벨차니노프도 잠자리에 몸을 눕히고 촛불을 껐다.

그는 불안하게 잠이 들었다. 무엇인가 새로운, 더욱 복잡한 일이 느닷없이 떠올라 그의 마음을 불안하게 했고, 그 순간 어째선지 이 불안감이 부끄럽다는 느낌이 들었다. 그는 막 잠이 드는 순간, 부스럭대는 소리에 갑자기 깨고 말았다. 그는 즉시 빠벨 빠블로비치의 침대 쪽을 둘러보았다. 방 안은 캄캄했지만(커튼이 모두 내려져 있었다), 빠벨 빠블로비치가 누워 있지 않고 일어나 침대에 걸터앉아 있는 것처럼 생각됐다.

「무슨 일입니까!」 벨차니노프는 큰 소리로 물었다.

「그림자가……」 잠깐 기다린 끝에 빠벨 빠블로비치는 간신히 들릴락 말락한 작은 소리로 이렇게 말했다.

「뭐라고, 무슨 그림자 말이오?」

「저기, 저 방문에서 그림자를 본 것 같아요.」

「무슨 그림자를?」 잠시 아무 말이 없던 벨차니노프가 이렇게 질문을 던졌다.

「나딸리야 바실리예브나의 그림자.」

벨차니노프는 양탄자 위로 내려서서 현관방 건너의 옆방, 항상 문이 열려 있는 그 방을 직접 살펴보았다. 그 방의 창문에는 겉 커튼은 없고 속 커튼만 있었으므로, 이쪽 방보다 훨씬 환해 보였다.

「저 방에는 아무것도 없어요. 당신이 술이 취해 그런 것이니까,

누워 잠이나 자도록 하세요!」 이렇게 말한 벨차니노프는 잠자리에 누워 이불을 뒤집어썼다. 빠벨 빠블로비치는 아무 말도 하지 않더니 그 역시 잠자리에 몸을 눕혔다.

「그런데 전에는 그림자를 한번도 본 적이 없었나요?」 15분쯤 시간이 지난 후 벨차니노프는 느닷없이 이렇게 물었다.

「언젠가 한번 본 적이 있는 것 같습니다.」 작은 소리로 그리고 조금 망설이던 끝에 빠벨 빠블로비치가 대답을 해왔다. 그러고 나서는 또다시 침묵이 흘렀다.

벨차니노프는 자신이 잠을 자고 있는 것인지 아닌지 확실하게 말할 수 없는 상태에 빠져 있었다. 그러다 한 시간쯤이 지나서 그는 갑자기 또다시 뒤를 살펴보았다. 무슨 바스락거리는 소리가 이번에도 다시 그를 깨운 건지, 어쨌든지는 그 역시 알 수 없었다. 하지만 그에게는 칠흑 같은 어둠 속에 무엇인가 허연 것이 그의 위쪽을 향하여 서 있는 것같이 여겨졌다. 그것은 아직 그에게 전부 다가오지는 못했지만, 벌써 방의 한가운데쯤 와 있는 것 같았다. 그는 침대에 일어나 앉아 꼬박 1분 동안 앞을 주시했다.

「당신인가요, 빠벨 빠블로비치?」 그는 아주 힘없는 목소리로 이렇게 물었다. 어둠과 고요 속에 갑자기 울려 퍼진 그의 목소리는 그 자신에게도 어딘가 섬뜩한 느낌을 주었다.

대답은 없었지만 누군가 서 있다는 사실에는 의심의 여지가 없었다.

「당신…… 빠벨 빠블로비치요?」 그는 더 한층 큰 소리로 되풀이해 물었는데, 그것은 빠벨 빠블로비치가 설혹 자신의 침대에서 고요히 자고 있었다 할지라도 틀림없이 잠을 깨어 답을 하지 않을 수 없을 만큼 큰 소리였다.

그러나 역시 아무런 대답이 없었고, 그 대신 이 허옇고 간신히 분간이 되는 자태는 더 한층 그에게 다가서는 듯한 느낌을 주었다. 그 다음에 어떤 이상한 일이 생겼다. 아까와 마찬가지로 갑작스레 마음속에서 무엇이 파열되기라도 하는 것처럼, 벨차니노프는 있는 힘을 다해 거의 한 단어마다 숨을 거칠게 몰아쉬며 마치 미친 사람처럼 소리치기 시작했던 것이다.

「이것 봐, 이 술 취한 광대 같은 인간아, 그 따위로 날 놀라게 할 수 있다고 생각한다면, 나는 벽을 보고 누워 머리끝까지 이불을 쓰고 밤새도록 한번도 뒤돌아보지 않을 거다. 그래서 내가 너 같은 인간을 어떻게 생각하는지 보여 줄 테다……. 네가 그렇게 어릿광대같이 아침까지 서 있어도…… 상판에 침이나 퉤 뱉어 줄 거다!」

그러면서 그는 빠벨 빠블로비치가 서 있으리라고 생각되는 쪽을 향하여 미친 듯이 침을 탁 하고 뱉더니, 갑자기 벽 쪽을 향하여 몸을 틀고 방금 말한 것처럼 이불을 뒤집어쓰고 꼼짝도 하지 않은 채 그대로 가만히 있었다. 죽음과 같은 고요가 엄습했다. 그림자 같은 것이 가까이 다가왔는지, 아니면 그 자리에 그대로 서 있는지 그것은 알 수 없었지만 그의 가슴은 점점 더 쿵쿵 뛰기 시작했다……. 적어도 5분의 시간이 족히 흘러갔다. 그리고 갑자기 그에게서 두 걸음쯤 떨어진 곳에서 가냘프고 불쌍한 듯한 빠벨 빠블로비치의 목소리가 울려 퍼졌다.

「나는, 알렉세이 이바노비치, 그걸 찾으려고 일어난 겁니다……. (그러면서 그는 가정 필수품[13] 하나를 말했다.) 난 저기 내 곁에서는 찾을 수가 없어서…… 당신 침대 옆을 가만히 살펴보려고 했던 것입니다.」

「그럼 내가 소리칠 때 왜 가만히 있었던 거요!」 30초 가량 기색을 살피던 벨차니노프는 간신히 이어지는 목소리로 이렇게 물었다.

「놀랐어요. 당신이 그렇게 큰 소리를 치셔서…… 놀랐던 겁니다.」

---

13 요강을 가리킨다.

「저기 왼편 구석, 문께에 있는 작은 서랍장 안에[14] 있어요. 촛불을 켜보시오……」

「촛불은 안 켜도 됩니다……」 구석 쪽으로 가며 빠벨 빠블로비치는 아주 고분고분하게 말하였다. 「죄송합니다, 알렉세이 이바노비치, 이렇게 폐를 끼쳐서 말이에요……. 갑자기 이렇게 몹시 취하게 되어서요……」

그러나 그는 이미 아무 대답도 하지 않았다. 그는 더 이상 한번도 뒤돌아보지 않고 줄곧 벽 쪽으로 얼굴을 향한 채 밤새껏 누워 있었다. 그는 그렇게 함으로써 자신의 약속을 지키고, 경멸의 빛을 나타내 보이려고 했던 것일까? 그는 그 자신이 어떻게 되었는지 모르고 있었다. 신경의 혼란 상태는 점점 더 심해져, 마침내는 거의 몽환 상태가 되었고, 오랫동안 잠을 이루지 못하고 있었다. 다음날 아침, 아홉 시가 넘어 잠을 깬 그는 누가 등을 떠다민 것처럼 갑자기 벌떡 일어나 침대 위에 쪼그려 앉았다. 그러나 빠벨 빠블로비치는 이미 방 안에 없었다! 정돈하지 않은 빈 침대가 덩그러니 남아 있을 뿐, 그는 날이 채 밝기도 전에 자취를 감춘 것이었다.

「내 이럴 줄 알았지!」 벨차니노프는 자신의 이마를 철썩 때렸다.

10. 묘지에서

의사의 염려가 사실로 나타나, 리자의 병세가 갑작스레 악화되었다. 전날 밤 벨차니노프와 끌라브지야 뻬뜨로브나가 미처 상상도 하지 못했을 정도로 그렇게 병세가 몹시 나빠졌던 것이다. 아침 무렵 벨차니노프가 왔을 때, 환자는 온몸이 불덩이가 된 상태

---

14 요강은 침실의 서랍장 안에 넣어 두는 것이 관례였다.

였으나 아직 의식은 남아 있었다. 후일 그는 그때 그 아이가 자기에게 미소를 지어 보였으며, 자신의 타는 듯한 작은 손을 내밀기까지 했노라고 말했다. 그것이 과연 사실이었는지, 아니면 스스로 마음을 달래기 위해 마음대로 상상해 낸 이야기였는지 그것을 확인할 겨를은 없다. 어쨌든 밤이 가까워졌을 때 환자는 벌써 의식이 없었고, 그런 상태가 병을 앓는 기간 내내 계속되었다. 그리고 별장으로 옮겨 간 지 열흘째 되는 날, 그녀는 숨을 거두고 말았다.

그것은 벨차니노프에게 견딜 수 없는 시간이었다. 뽀고렐리세프 씨 가족은 그를 걱정하기까지 했다. 이 고통스러운 나날의 많은 부분을 그는 그들의 집에서 머물렀다. 리자가 병을 앓는 마지막 며칠 동안 그는 몇 시간씩 방구석 어딘가에 혼자 앉아 있는 일이 많았고, 그럴 때의 그는 아주 얼빠진 사람처럼 보였다. 끌라브지야 뻬뜨로브나가 그의 기분을 바꿔 주려고 가까이 다가갈 때도 있었지만, 그는 대답도 거의 하지 않고 때로는 그녀와 대화하는 것조차 괴로워하는 것 같았다. 끌라브지야 뻬뜨로브나는 〈이 같은 일이 그에게 그토록 깊은 인상을〉 줄 것이라는 예상은 미처 하지 못하고 있었다. 무엇보다도 아이들이 그의 마음을 풀어 주었으며, 애들과 함께 있을 때면 그는 가끔 미소를 지어 보이기도 했다. 그러나 그러는 와중에도 거의 한 시간에 한 번씩 의자에서 일어나 까치걸음으로 조심조심 아픈 아이를 살펴보러 가곤 하였다. 때로는 그 아이가 자기를 알아보는 것처럼 여겨지기도 했다. 다른 사람과 마찬가지로 건강이 회복되리라는 기대를 할 수는 없었지만, 그는 리자가 죽어 가고 있는 그 방을 떠나지 않고 대부분 그 옆방에 앉아 있었다.

그렇지만 그 기간 중 두어 번쯤 그는 갑작스레 왕성한 활동력을 보이기도 했다. 느닷없이 몸을 일으켜 뻬쩨르부르그의 의사들에게 달려가, 제일 유명하다는 의사 몇 사람에게 왕진을 부탁했던 것이다. 두 번째이자 마지막이 된 왕진 진찰은 환자가 죽기 전날 밤에 있었다. 이 일이 있기 사흘 전쯤, 끌라브지야 뻬뜨로브나는 어디서든 뜨루소스끼 씨를 기필코 찾아와야만 한다는 당위성에 대하여 벨차니노프에게 간곡한 말을 하기 시작했다. 〈불행한 일을 당할 경우, 그 사람 없이는 리자를 매장할 수도 없다〉는 것이었다. 벨차니노프는 그에게 편지를 써보겠노라고 어물쩍 대답했다. 그러자 뽀고렐리세프 노인이 자신이 직접 경찰을 통해 그를 찾아보겠다는 의사를 표명해 왔다. 결국 벨차니노프는 두어 줄의 메모를 적어서 뽀끄로프스끼 호텔로 가지고 갔다. 빠벨 빠블로비치는 여느때와 마찬가지로 집에 없었으므로, 그는 마리야 시소예브나에게 편지를 전해 줄 것을 부탁했다.

마침내 리자는 어느 아름다운 여름날 저녁 해가 지는 것과 때를 맞춰 숨을 거두었다. 그제서야 비로소 벨차니노프는 정신이 번쩍 드는 것 같았다. 끌라브지야 뻬뜨로브나가 딸들 중 한 아이의 하얀 명절 옷을 수의로 하고, 단정히 모은 두 손에 꽃을 쥐어 주어 넓은 홀의 테이블에 시신을 안치해 두자,[15] 그는 끌라브지야 뻬뜨로브나에게 다가가 두 눈을 부라리며 지금 당장 그〈살인자〉를 잡아 오겠노라는 선언을 하였다. 내일까지 기다리라는 충고도 귀 기울이지 않고, 그는 즉시 시내를 향해 출발했다.

그는 빠벨 빠블로비치를 어디에서 만날 수 있을지 알고 있었다. 그는 단지 의사들만 부르러 뻬쩨르부르그로 나갔던 게 아니었다. 그 무렵 그에게는 죽어 가는 리자에게 아버지를 데리고 오면, 그 아이가 아버지의 목소리를 듣고서 정신을 차릴 것 같다는 생각이 들곤 했다. 그래서 그는 마치 미친 사람처럼 그를 찾으러 달려나갔던 것이다. 빠벨 빠블로비치는 여전히 그 호텔 방에 유숙하고 있었지만, 거기서는 소식을 물어볼 필요도 없었다. 「벌써

---

15 러시아에서는 입관된 시신을 뚜껑을 연 채 홀의 테이블 위에 올려놓는 관습이 있다.

사흘째 여기선 잠도 안 잤고, 아예 들어오지도 않았어요.」마리야 시소예브나가 자세히 가르쳐 주었다.「술이 잔뜩 취해 갑자기 들어오기도 하는데, 한 시간도 채 안 있다가 또다시 비틀거리며 나갑니다. 아주 엉망진창이죠.」그런데 뽀끄로프스끼 호텔의 급사가 벨차니노프에게 일러 주기를, 빠벨 빠블로비치가 전부터 보즈네센스끼 대로에 있는 어떤 밤거리의 여인들에게 잘 놀러 간다는 것이었다. 벨차니노프는 당장 그 여자들을 찾아냈다. 돈도 받고 대접도 잘 받은 여인들은 금방 그 손님을 기억해 냈는데, 그것은 주로 그의 모자에 달린 상장 때문이었다. 여기서 그녀들은 그를 몹시 욕했는데, 그것은 물론 그가 더 이상 그들에게 찾아오지 않기 때문이었다. 그들 중 까쨔라는 여인은 이렇게 말했다.「그 빠벨 빠블로비치라면 언제든지 찾아 드리겠어요. 왜냐하면 그 사람은 요즈음 마쉬까 쁘로스따꼬바 네 집에서 떠나지 않고, 거기 늘 어붙어 살고 있으니까 말이에요. 그 사람은 돈을 펑펑 쓰는 사람은 아니지만, 그런데 참 이 마쉬까는 쁘로스따꼬바[16]가 아니라 쁘로흐보스또바[17]라고 해야 하는데, 지금 마침 병원에 입원해 있단 말씀이에요. 그런 여자야 이 까쨔가 마음만 먹으면 지금 당장이라도 시베리아 행이죠. 딱 한마디만 하면 말이에요.」이렇게 큰 소리를 쳤지만 까쨔도 이날은 그를 찾지 못했고, 다음날 찾아 주겠다는 약속을 굳게 해주었다. 벨차니노프는 이제 그녀의 도움에 희망을 걸게 되었다.

시내에 도착하니 벌써 열 시였으므로 그는 지체 없이 까쨔를 불러내어, 포주에게 그녀가 외출하는 동안의 화대를 지불하고서 그녀와 함께 수색에 나섰다. 그는 지금 빠벨 빠블로비치를 찾으면, 무엇인가 시비를 걸어 그를 죽여 버릴 것인지 아니면 단지 딸의 죽음에 대한 소식을 전하고 꼭 장례식에 참석하여 도와달라고

16 멍청하다는 뜻.
17 성질이 사납다는 뜻.

할 것인지, 자기 자신도 아직 확실히 모르고 있었다. 그런데 그 첫번째의 수색 작업은 성과가 없었다. 알고 보니 마쉬까 쁘로호보스또바는 벌써 그저께 빠벨 빠블로비치와 대판 싸움을 벌였고, 어떤 건달 녀석이 〈빠벨 빠블로비치의 머리통을 벤치 의자로 두들겨 부쉈다〉는 것이다. 한마디로 그는 오랫동안 빠벨 빠블로비치를 찾아낼 수 없었다. 그러다 마침내 밤 두 시가 되어 누가 일러준 대로 어떤 창녀의 집에 갔다 나오던 그는 뜻밖에도 당사자를 외나무 다리에서 만나듯 맞닥뜨리게 되었다.

술에 만취한 빠벨 빠블로비치는 두 여인의 부축을 받으며 그 집 안으로 막 들어서고 있는 중이었다. 그 중 한 여인은 그의 팔을 껴안고 있었는데, 그 뒤로는 키가 크고 험상궂게 생긴 건달이 따라오며 목이 찢어져라 큰 소리를 지르며 무엇인가 협박을 하면서 빠벨 빠블로비치를 으르고 있었다. 그가 외치는 소리를 들으니, 〈사람을 실컷 부려먹고, 요 모양으로 만들었다〉는 말도 들어 있었다. 보아하니 문제는 금전에 관한 일 같았다. 여인들은 몹시 겁을 내며 걸음을 재촉하고 있었다. 벨차니노프를 보자 빠벨 빠블로비치는 두 팔을 활짝 벌리고 그에게 뛰어오면서, 마치 누가 그를 잡기라도 하는 것처럼 소리치기 시작했다.

「이거 보시오, 나 좀 살려 주시오!」

힘깨나 있어 보이는 벨차니노프의 모습을 보자 그 건달은 삽시간에 꽁무니를 감추었다. 의기양양해진 빠벨 빠블로비치는 그의 뒷모습을 향해 주먹질을 하며, 승리의 표시로 고함을 마구 질러대기 시작했다. 그러자 벨차니노프는 거칠게 그의 어깨를 움켜쥐더니 자신도 왜 그러는지 모른 채, 상대방의 이가 부딪혀 딱딱 소리를 낼 만큼 두 손으로 심하게 그를 흔들기 시작했다. 빠벨 빠블로비치는 즉각 고함치기를 멈추고, 술 취한 사람 특유의 멍청한 놀란 표정을 하고서 자신을 괴롭히는 자를 뚫어져라 쳐다보았다. 벨차니노프는 더 이상 어떻게 해야 할지 몰라서인지, 그를 힘껏 밀어서 보도의 말뚝 위에다 앉혔다.

「리자가 죽었소!」 그는 그에게 이렇게 말했다.

빠벨 빠블로비치는 여자들 중 한 사람의 부축을 받으면서 여전히 그에게서 눈을 떼지 않은 채 말뚝 위에 앉아 있었다. 마침내 그는 말귀를 알아들었는지 얼굴이 어딘가 모르게 갑자기 새하얗게 변했다.

「죽었다고……」 그는 어쩐지 이상스러운 어조로 이렇게 중얼거렸다. 술이 취했을 때의 습관으로 이전의 그 혐오스러운 웃음을 지었는지, 아니면 얼굴의 일부분이 일그러졌는지 벨차니노프는 분간할 수 없었다. 그러나 다음 순간 빠벨 빠블로비치는 성호를 그으려고 떨리는 오른쪽 손을 간신히 들었다. 하지만 채 다 긋지 못하고 손이 아래로 떨어지고 말았다. 잠시 후 그는 천천히 말뚝에서 일어나 옆의 여인을 붙들고 몸을 지탱하면서, 정신이 없는 것처럼 마치 벨차니노프가 그 자리에 있다는 것도 아랑곳하지 않는 것처럼 가던 걸음을 계속 옮기기 시작했다. 그러나 벨차니노프는 다시금 그의 어깨를 잡아챘다.

「못 알아듣겠어? 이 못된 주정뱅이야, 네가 없으면 그 아이 장례도 못 치른단 말이다!」 그는 숨을 헐떡이면서 이렇게 소리쳤다.

상대방은 그를 향해 머리를 돌렸다.

「포병…… 소위 후보생을…… 기억하시겠죠?」 그는 제대로 돌아가지도 않는 혀로 중얼거렸다.

「뭐라고?」 벨차니노프는 병적으로 몸을 떨고 나서 이렇게 소리쳤다.

「그 사람이 그 애 아버지란 말이오! 그를 찾아야 돼……. 장례식을 치르려면…….」

「거짓말!」 어쩔 줄 모르겠다는 듯이 벨차니노프는 이렇게 소리쳤다. 「미워서 그러는 거지……. 네가 그 따위 말이나 준비해 놓고 있는 줄 진작에 알고 있었어!」

이성을 잃은 채 그는 자신의 무시무시한 주먹을 빠벨 빠블로비치의 머리 위를 향해 들이댔다. 이제 한순간이면, 그가 상대방을 한 주먹에 죽여 버릴지도 모른다. 여인들은 비명을 지르며 한 걸음 물러섰다. 하지만 빠벨 빠블로비치는 눈 하나 깜짝하지 않았다. 어떤 동물적인 증오심에서 오는 흉칙함이 그의 온 얼굴을 일그러뜨렸다.

「넌 알고 있지?」 그는 거의 술에 취하지 않은 사람처럼 아까보다 훨씬 단호하게 내뱉었다. 「우리 러시아의 ……을? (그는 지면상 도저히 불가능한 말을 내뱉었다.) 거기로 달려가 보시지!」 그러고 나서 힘껏 벨차니노프의 손을 뿌리치고 뒤로 물러서다 하마터면 넘어질 뻔했다. 여인들은 그의 몸을 받아 안고 비명을 지르며 거의 빠벨 빠블로비치를 끌다시피 하면서 이번에는 뛰어가기 시작했다. 벨차니노프는 뒤따라가지 않았다.

다음날 오후 한 시 뽀고렐리세프의 별장에는 제복 차림의 아주 단정한 모습의 중년 관리 한 사람이 모습을 나타내어, 빠벨 빠블로비치 뜨루소스끼의 부탁으로 왔다며 끌라브지야 뻬뜨로브나 앞으로 되어 있는 한 통의 봉투를 정중히 전달했다. 봉투 안에는 3백 루블이 첨부된 편지와 리자에 대한 필수적인 여러 가지의 증명서들이 들어 있었다. 빠벨 빠블로비치는 간단하게, 그렇지만 극도로 공손하고 정중하게 편지를 적고 있었다. 그는 끌라브지야 뻬뜨로브나에게, 그녀가 가엾은 고아에게 베풀어 준 깊은 동정심에 대하여 진심으로 감사드리며, 그에 대해서는 오직 하느님만이 보답을 하실 수 있으리라고 쓰고 있었다. 그리고 불분명하게 언급하기를, 자신은 현재 건강이 매우 좋지 못해서 진심으로 사랑하는 가엾은 딸의 장례식에 직접 참여할 수가 없으니, 이 점에 대해서는 그녀의 천사와 같은 선량한 마음에 의지할 수 밖에 없노라고 쓰고 있었다. 그리고 3백 루블의 돈은 그가 계속해서 편지에서 밝히고 있듯이 장례식 비용과 병을 앓는 동안 나간 여러 가지 비용에 써달라는 것이었다. 만일에 그 금액에서 얼마간의 액수가 남는다면 그것은 죽은 리자의 영혼이 편안히 잠들도록 기도를 드리는 데 써달라는 간곡한 부탁도 씌어 있었다. 편지를 가져온 관리는 그 이상 아무 말도 하지 않았다. 그의 몇 마디로 미루어, 그는 단지 빠벨 빠블로비치의 간곡한 부탁에 못 이겨 어쩔 수 없이 편지를 그녀에게 전달하는 역할을 맡았을 뿐이라는 것이 분명했다. 뽀고렐리세프는 〈병을 앓는 동안 나간 여러 가지 비용〉이라는 표현에 거의 화가 나기까지 했지만, 50루블만 매장 비용으로 남겨 두고 ─ 왜냐하면 아버지가 자기 자식을 장사지내는 것을 말릴 수는 없기 때문에 ─ 나머지 2백50루블은 즉각 뜨루소스끼 씨에게 돌려보내라는 결정을 내렸다. 그렇지만 끌라브지야 뻬뜨로브나는 결국 그 2백50루블을 돌려보내지 않고, 그 대신 죽은 엘리자베따[18]의 영혼을 위한 기도 비용으로 납부하고, 묘지 부속 교회의 영수증을 보내 주겠다는 결정을 내렸다. 그 영수증은 그 후 얼마 안 있어 상대방에게 전달해 달라고 벨차니노프에게 맡겨졌다. 그는 그것을 호텔 주소로 발송했다.

장례식이 끝난 후 벨차니노프는 별장에서 모습을 감추었다. 꼬박 두 주일 동안 그는 혼자서 아무런 목적도 없이 시내를 쏘다녔고, 정신없이 생각에 잠겨 사람들과 부딪치곤 하였다. 때로는 며칠 동안 자신의 방 소파에 몸을 뻗고 누워 가장 사소한 일까지도 잊어버린 채 그대로 있기도 했다. 뽀고렐리세프 네 가족은 몇 차례나 자신들의 집에 놀러 오라고 그를 부르러 사람을 보냈다. 그러면 그는 그러겠노라는 약속을 해놓고, 그 즉시로 잊어버리는 것이었다. 심지어 끌라브지야 뻬뜨로브나가 직접 그를 찾아오기도 했으나, 마침 그때 그는 집에 없었다. 그의 변호사도 그와 똑같은 일을 당했다. 그런데 그동안에 변호사한테는 그에게 알려

---

[18] 리자의 본래 이름. 리자는 엘리자베따라는 이름의 애칭.

줘야 할 용건이 새롭게 생겼다. 그 소송 사건이 매우 순조롭게 진행되어, 상대편에서 문제가 된 유산의 극히 일부만을 보상받고 화해하겠노라는 동의 의사를 밝혔던 것이다. 그래서 이제는 벨차니노프의 동의를 얻는 일만 남아 있었다. 마침내 그의 집에서 그를 만난 변호사는 바로 얼마 전까지만 해도 그토록 마음을 졸이던 의뢰인이었던 이 사람이 극도로 맥이 빠진, 무관심한 태도로 시큰둥하게 자신의 이야기에 귀를 기울이는 것에 대해 깜짝 놀라지 않을 수 없었다.

가장 무더운 7월의 나날이 시작되었지만 벨차니노프는 계절 감각마저 잊어버리고 있었다. 그의 슬픔은 그의 영혼 속에서 마치 다 곪은 종기처럼 아파 왔다. 그리고 그것은 시시각각 괴로우리만치 또렷한 의식 속에 모습을 드러내는 것이었다. 그의 가장 큰 괴로움은 리자가 벨차니노프라는 인간이 누구인지 미처 알지도 못하고, 또 그가 얼마나 고통스러울 만큼 자기를 사랑했는지 알지도 못한 채 죽었다는 사실에 있었다! 그렇게도 기쁜 빛에 싸여 그의 앞에서 찬란한 빛을 발하던 그의 전 인생의 목적이 느닷없이 영원한 어둠 속으로 사라져 버렸던 것이다. 그 목적이란 다름이 아니라 — 그는 지금 이것에 대해 끊임없이 생각하고 있었다 — 리자가 매일매일, 매 시간 그리고 전 생애에 걸쳐 쉴 새 없이 그의 사랑을 자신 속에 느끼게 해주는 일이었으리라. 〈어느 누구에게라도 이보다 고상한 목적은 없을 것이며, 있을 수도 없을 것이다!〉 가끔 그는 이렇게 우울한 감동에 싸인 채 침묵에 잠겼다. 〈설령 다른 목적이 있을 수 있다손 치더라도, 그 중의 어느 한 가지도 이보다 더 성스러울 수는 없을 것이다!〉 그는 상상의 나래를 폈다. 〈리자에 대한 사랑으로 인하여 나의 모든 지난날의 추악하고 무익한 생활은 정화가 되고, 속죄를 받을 수 있었을 것이다. 나처럼 무위도식과 악행을 일삼고 삶을 낭비한 인간 대신에, 그 순결하고 아름다운 존재를 사랑으로써 어루만져 줄 생각이었다.

그렇게 함으로써 그 존재 때문에 내가 저지른 모든 일은 용서를 받고, 나도 나 자신에 대하여 모든 일을 용서해 줄 수도 있었는데 말이다.〉

이 모든 의식적인 상념들은 항상 반드시 죽은 아이에 대한 또렷한 추억과 혼연 일체가 되어 떠올랐으며, 그 추억은 언제나 친근감과 함께 가슴을 뒤흔들었다. 그는 그녀의 창백하고 조그마한 얼굴을 떠올려 보고, 그 얼굴의 표정 하나하나를 되새겨 보았다. 그는 그녀의, 관 속에 누워 꽃에 둘러싸여 있던 모습과 그 이전에 열에 들떠 의식 없이 움직이지 않는 두 눈을 커다랗게 뜨고 있던 모습을 상기해 보았다. 그는 갑자기 그녀가 테이블 위에 안치되었을 때 무슨 까닭인지 모르지만 그녀의 손가락 중 하나가 병중에 까맣게 변색한 것을 알아보았던 일이 생각났다. 그때 이 사실은 그를 몹시 놀라게 했고, 그 가엾은 손가락이 얼마나 안돼 보였던지, 비로소 처음으로 지금 당장 빠벨 빠블로비치를 찾아내어 죽여 버려야겠다는 생각을 하게 되었다. 그 이전까지 그는 〈마치 아무런 감각이 없는 듯한〉 상태에 있었던 것이다. 그 순진 무구한 어린아이의 마음을 괴롭힌 것은 상처 입은 자존심이었을까, 아니면 지금까지의 사랑을 갑작스러운 미움으로 바꾸고, 추악한 말로써 그녀를 모욕하고, 그 어쩔 줄 모르는 모습을 조롱하며, 마침내는 낯선 사람들에게 내동댕이친 아버지와 지낸 3개월 동안의 고통스러운 생활이었을까? 이 모든 것을 그는 끊임없이 마음속에 그려 보며 1천 가지의 모양으로 바꾸어 보는 것이었다.「나에게서 리자가 과연 어떠한 존재였는지 당신은 아십니까?」 그는 문득 이와 같은 술 취한 뜨루소스끼의 절규를 회상하고, 그 절규는 이미 꾸민 것이 아닌 진실한 것이며, 거기엔 사랑이 깃들어 있었다는 생각이 들었다. 〈그 몹쓸 인간은 자기가 그토록 사랑하던 아이에게 어떻게 그리도 못되게 굴 수 있었을까, 그런 일이 대체 가능하단 말인가?〉 그러나 그는 이 의문이 생길 때마다 그것을 피하듯이 얼른 생각을 떨쳐 버렸다. 이 질문 속에는 무엇인가 무시무시하고 그로서는 견딜 수 없고, 풀리지 않는 무엇인가가 있었던 것이다.

어느 날 하루는 자신도 모르게 리자가 매장되어 있는 묘지를 찾아가 그녀의 묘를 찾아보았다. 장례식을 치른 이후, 그는 한번도 묘지를 찾아온 적이 없었다. 괴로움이 너무나 커 차마 찾아올 수 없으리라는 생각이 내내 들었던 것이다. 그러나 이상하게도 그녀의 묘에 몸을 구부려 입맞춤했을 때, 그의 마음은 갑자기 가벼워졌다. 때는 맑게 갠 저녁 무렵이었으며, 해는 서산으로 넘어가고 있었다. 묘지 주위로는 물기를 머금은 초록빛 풀이 자라고 있었다. 멀지 않은 곳에 피어 있는 들장미 떨기 속에서는 꿀벌 한 마리가 윙윙 날고 있었다. 매장이 끝난 후 아이들과 끌라브르야 뻬뜨로브나가 리자의 묘에 놓고 간 꽃과 화환은 반쯤 잎사귀를 떨군 채, 그 자리에 그대로 놓여 있었다. 오랫만에 처음으로 어떤 희망과 같은 감정이 그의 마음을 새롭게 해주었다. 〈얼마나 홀가분한 마음인가!〉 묘지의 적막함을 느끼고, 맑게 갠 조용한 하늘을 쳐다보면서 그는 잠깐 이런 생각을 했다. 그 무엇인가에 대한 맑고 평화로운 믿음이, 밀려드는 밀물처럼 그의 영혼을 채워 주고 있었다. 〈이런 기분은 리자가 나에게 선사한 것이다. 그 아이는 지금 나와 이야기를 나누고 있구나.〉 그에게는 이런 생각이 들었다.

그가 묘지를 나와 집을 향해 떠났을 때는 벌써 날이 완전히 저물어 있었다. 묘지의 정문에서 그리 멀지 않은 곳, 길가의 야트막한 목조 가옥에는 음식점 아니면 술집 비슷한 것이 자리 잡고 있었다. 열린 창문으로는 테이블에 앉아 있는 손님들의 모습이 보였다. 그런데 갑자기 그 중의 한 사람, 바로 창문 옆에 앉아 있는 사람이 빠벨 빠블로비치이며, 그 역시 자기를 보고 호기심 어린 눈으로 창밖을 내다보고 있다는 느낌이 문득 들었다. 그는 앞으로 계속 걸음을 옮겼고, 얼마 안 있어 그의 뒤를 쫓아오는 소리가 들려왔다. 그의 뒤에서는 정말 빠벨 빠블로비치가 뛰어오고 있었다. 틀림없이 아까 창문 밖을 내다보고 있을 때, 벨차니노프의 얼굴에 떠올라 있던 타협하는 듯한 표정이 그의 마음을 끌고 그에게 용기를 주었으리라. 어깨를 나란히 할 만큼 가까이 다가오자, 그는 멈칫거리며 미소를 지어 보였다. 그러나 그것은 이미 이전의 술 취한 미소가 아니었다. 그는 오늘 전혀 술에 취해 있지 않았다.

「안녕하십니까.」 그가 말했다.
「안녕하십니까.」 벨차니노프는 대답했다.

11. 빠벨 빠블로비치, 결혼하다

〈안녕하십니까〉라는 대답을 하고 난 그는 스스로 놀랐다. 지금 이 사나이를 전혀 아무런 미움의 감정 없이 만나고 있으며, 이 순간 그에 대한 자신의 감정 속에는 무엇인가 지금까지와는 다른 그 어떤 것이 내재해 있고, 심지어 새로운 그 무엇인가를 지향하는 듯한 충동까지 느껴지는 것이 매우 이상스럽게 여겨졌던 것이다.

「매우 유쾌한 저녁입니다그려.」 빠벨 빠블로비치는 그의 두 눈을 들여다보며 말문을 열었다.

「아직도 이곳을 떠나지 않으셨습니까?」 이렇게 중얼거리는 벨차니노프는 질문을 한다기보다는 그저 생각에 잠겨 계속 걸어가는 듯한 태도를 보였다.

「어쩌다 늦어지게 됐습니다. 하지만 자리는 얻었습니다. 승진도 하고 말입니다. 내일 모레쯤 틀림없이 떠나려고 합니다.」

「자리를 얻었다고요?」 이번에는 그가 질문을 던졌다.

「왜, 그러지 말라는 법이라도 있습니까?」 빠벨 빠블로비치는 갑자기 얼굴을 찡그렸다.

「아니, 난 그냥 그렇게 말해 본 것뿐입니다……」 벨차니노프는 슬며시 말머리를 돌리며 얼굴을 찌푸리더니 빠벨 빠블로비치를 흘긋 쳐다보았다. 놀랍게도 옷과 상장을 단 모자, 그리고 뜨루소스끼 씨의 모든 차림새가 2주일 전과는 비교도 할 수 없을 만큼 단정했다. 〈무엇 때문에 이 사람이 그 술집에 앉아 있었을까?〉 내내 이런 생각이 그의 머리에 떠올랐다.

「전 당신, 알렉세이 이바노비치께 한 가지 다른, 기쁜 소식을 전해 드릴 게 있습니다.」 이렇게 빠벨 빠블로비치는 다시 말문을 열었다.

「기쁜 소식이라니오?」

「결혼을 하게 되었습니다.」

「뭐라고요?」

「슬픈 일이 있으면 기쁜 일이 있게 마련이지요. 인생이란 항상 그런 게 아니겠습니까. 알렉세이 이바노비치, 한 가지 부탁드리고 싶습니다만…… 그런데 모르겠군요. 글쎄, 지금 바쁘신가요? 어쩐지 그러신 것 같군요…….」

「네, 바쁩니다. 그리고…… 네, 몸도 좋지 않습니다.」

벨차니노프는 불현듯 얼른 그와 헤어지고 싶은 생각이 간절했다. 무엇인가 새로운 감정에 대한 준비가 순식간에 자취를 감추어 버렸다.

「한 가지 부탁을 드리고 싶습니다만…….」

빠벨 빠블로비치는 그가 부탁하고자 하는 것이 무엇인지 말을 맺지는 못하였다. 벨차니노프는 아무 말도 하지 않았다.

「그런 사정이라면 후일, 다시 만났을 때에…….」

「그럼, 그럼요. 나중에, 나중에요.」 벨차니노프는 그를 쳐다보지도 않고 발걸음을 멈추지도 않으면서 빠른 말씨로 중얼거렸다. 잠시 아무 말도 없었다. 빠벨 빠블로비치는 여전히 그의 옆을 나란히 걸어가고 있었다.

「그럼 또 만날 때까지 안녕히 가세요.」 마침내 그는 이렇게 말했다.

「바라건대 안녕히……」

벨차니노프는 또다시 매우 헝클어진 마음으로 집에 돌아왔다. 〈그 사나이〉와의 만남은 그에게 버거운 일이었다. 잠자리에 누우면서 그는 다시금 이런 생각을 했다. 〈무엇 때문에 그자가 묘지 부근에 와 있었던 것일까?〉

다음날 아침 그는 마침내 뽀고렐리세프 네 집을 찾아가 보리라 결심을 했다. 하지만 썩 내키지는 않는 결정이었다. 현재 그에게는 누군가의 동정을, 설령 그것이 뽀고렐리세프 가족의 것이라 할지라도, 동정을 받는다는 것 자체가 너무나도 고통스러운 일이었다. 그렇지만 그들이 그토록 그에 대한 걱정을 하고 있으니 어쨌거나 한번 가보기는 해야 할 것이다. 그에게는 문득 그들과 처음 만나게 될 때 어째선지 몹시 부끄러운 생각이 들 것 같았다. 〈갈까, 말까?〉 이런 생각을 하며 아침 식사를 끝마치려 서두르는데, 그를 매우 놀래키면서 빠벨 빠블로비치가 갑자기 그의 방으로 들어섰다.

어제 만났음에도 불구하고 벨차니노프는 이 사나이가 언젠가 또다시 자기를 찾아올 것이라는 생각을 하지 못했기에, 그저 어리둥절하여 그를 쳐다볼 뿐 무슨 말을 해야 할지 모르고 있었다. 그러나 빠벨 빠블로비치는 스스로 분위기를 조절하며 인사말을 한 후, 3주일 전 마지막으로 찾아왔을 때 앉았던 바로 그 의자에 자리를 잡고 앉았다. 벨차니노프는 그때의 방문을 유달리 생생하게 기억하고 있었다. 불안하게 그리고 혐오의 빛을 띠면서 그는 손님을 주시했다.

「놀라셨지요?」 빠벨 빠블로비치는 벨차니노프의 안색을 살피면서 이렇게 말문을 열었다.

대체적으로 보아 그는 어제보다 훨씬 허물없는 태도를 취하는 것 같았고, 그와 동시에 어제보다 더 겁을 내는 듯한 눈치를 보이고 있었다. 그의 옷차림새는 오늘 따라 유난스럽게 이상스러워 보였다. 뜨루소스끼 씨는 단정할 뿐만 아니라 멋지기까지 한 옷 — 가벼운 여름 재킷과 잘 어울리는 밝은 색 바지에 밝은 색 조끼를 입고, 장갑에다 어디에서 구했는지 갑자기 생긴 금테 로르네트[19]와 와이셔츠 — 을 입고 있었는데 그 모든 것이 한 점 흠잡을 데 없이 훌륭한 차림이었다. 그에게서는 심지어 향수 냄새까지 풍겼다. 그의 모습 전체에는 우스꽝스럽고 어쩐지 이상하고, 불유쾌한 생각을 불러일으키는 그 무엇인가가 깃들어 있었다.

「물론입니다, 알렉세이 이바노비치.」 그는 몸을 웅크리며 말을 계속했다. 「불쑥 찾아와 당신을 놀라게 했겠지요. 짐작이 갑니다. 그렇지만 저는 인간 사이에는 언제나 그 무엇인가 고상한 것이 보존되고 있다고 생각합니다. 그리고 제 생각엔 그런 것이 반드시 보존되어야만 하고요. 그렇지 않겠습니까? 이를테면 고상함이란 모든 생활의 조건과 언제 일어날지 모르는 불쾌한 일에 관해서 말하는 것입니다……. 그렇지 않습니까?」

「빠벨 빠블로비치, 그렇게 체면 차리지 마시고 어서 하실 말씀을 해보시지요.」 벨차니노프는 이마를 찌푸렸다.

「간단히 말씀드려서,」 빠벨 빠블로비치는 서두르기 시작했다. 「저는 결혼을 할 몸이고 지금 신붓감한테 가보려는 참입니다. 지금 말씀예요. 그 집 식구들 역시 별장에 머물고 있거든요. 그래서 만일에 당신께서 그 집안과 알음알이가 되어 주신다면 이보다 더 큰 영광이 없겠다는 생각을 하고, 이렇게 특별한 부탁을(빠벨 빠블로비치는 공손하게 머리를 조아렸다), 다시 말해 저와 함께 가주시기를 부탁드리고자 찾아온 것입니다.」

「어디를 같이 가자고요?」 벨차니노프는 두 눈을 크게 부라렸다.

---

19 접을 수 있는 오페라 안경.

「그 사람들한테요. 별장으로 말입니다. 용서하십시오, 제가 마치 열병에 걸린 사람처럼 말을 해서 어쩌면 두서가 없을지도 모르겠습니다. 그렇지만 저는 당신께서 거절하실까 봐 벌써부터 겁이 납니다……」

그러면서 그는 우는 듯한 표정으로 벨차니노프를 바라보는 것이었다.

「당신께서는 내가 지금 당신과 함께 당신의 신붓감에게 가주기를 바라신다고요?」 벨차니노프는 자신의 귀와 눈을 믿을 수 없다는 듯이 재빨리 그를 훑어보며 물었다.

「그렇습니다.」 빠벨 빠블로비치는 갑자기 극도로 겁을 내기 시작했다. 「화내지 마십시오, 알렉세이 이바노비치, 이건 제가 뻔뻔해서 드리는 말씀이 아닙니다. 저는 오로지 간청하며 부탁드리는 것입니다. 저는 당신께서 이 일을 거절하지 않으실지도 모른다는 생각을 했거든요……」

「이 일은 절대 불가능합니다.」 벨차니노프는 불안스럽게 약간 비틀거렸다.

「이건 다만 제 간절한 소망일 뿐, 그 이상은 아무것도 아닙니다.」 상대방은 애원을 계속했다. 「그리고 여기엔 그럴 만한 이유가 있다는 것도 숨기지 않겠습니다. 그렇지만 그 이유에 관한 이야기는 나중에 말씀드리고 싶고, 지금은 그저 이렇게 간절히 부탁을 드립니다……」

그러면서 그는 경의의 뜻으로 의자에서 일어나기까지 했다.

「그러나 어쨌든 간에 그건 불가능합니다. 그 점은 이해해 주시겠죠……?」 벨차니노프 역시 자리에서 일어났다.

「가능한 일입니다, 알렉세이 이바노비치. 전 이 기회에 당신을 친구로서 소개시키려고 했습니다. 그리고 둘째로, 당신께서는 그렇지 않아도 저쪽 사람들과 안면이 있는 사이입니다. 지금 가려는 곳이 자홀레비닌의 별장이니까요. 5등관 자홀레비닌 말이에요.」

「뭐라고요?」 벨차니노프는 소리를 지르고 말았다. 그 사람은, 그가 한 달 전부터 줄곧 찾았지만 한번도 집에서 만나지 못한 바로 그 5등관이었다. 그 사람은 그의 소송 사건에서 상대편의 이익을 도모하는 것이 분명했다.

「그래요, 바로 그렇습니다.」 대경 실색을 한 벨차니노프의 모습에 힘을 얻었다는 듯이 빠벨 빠블로비치는 미소를 지어 보였다. 「바로 그 사람이에요. 지금도 기억하시죠. 언젠가 당신께서는 그분과 같이 걸으시며 이야기를 나누시지 않았습니까. 그때 저는 당신을 바라보면서 반대편 길가에 서 있었죠. 저는 그때 당신과 이야기가 끝나면 그분에게 다가가려고 기다리고 있었습니다. 한 20년 전쯤에 우리는 함께 근무를 한 적이 있거든요. 당신과 얘기가 끝나면 다가가려고 했던 그때만 해도, 저에게는 그럴 생각이 없었습니다. 아주 최근에, 한 일주일 전쯤에야 그런 생각이 떠오르게 된 것입니다.」

「그렇지만 이보세요, 그 집은 꽤 상당한 집안인 것 같던데요?」 벨차니노프는 순진하게 자신의 놀라움을 표했다.

「상당한 집안이면 그게 어때서요?」 빠벨 빠블로비치는 얼굴을 찌푸렸다.

「아니, 물론 그런 뜻이 아니고요……. 그렇지만 내가 그 집에 가본 바에 의하면……」

「그들은 기억하고 있습니다. 당신이 오셨던 사실을 기억하고 있어요.」 빠벨 빠블로비치는 기쁜 표정으로 그의 말을 받았다. 「다만 당신은 그때 식구들을 보시지는 못했을 겁니다. 그렇지만 그는 당신을 기억하고 존경해 마지 않고 있습니다. 저는 그 집 식구들에게 당신에 관한 이야기를 이미 그럴듯하게 해두었습니다.」

「그렇지만 당신은 상처한 지 이제 겨우 석 달밖에 안 되었는데, 어떻게 된 셈입니까?」

「물론 지금 당장 결혼식을 올리겠다는 게 아닙니다. 결혼식은 아홉 달이나 열 달 후에 있게 될 겁니다. 그러면 꼭 1년 만에 상을 벗는 셈이죠. 모든 일이 다 잘될 겁니다. 페도세이 뻬뜨로비치는 저를 어려서부터 잘 알고 있고, 나의 죽은 아내도 알고 있으며, 내가 어떻게 살아왔고 어떤 평가를 받고 있는 사람인지도 잘 알고 있지요. 그리고 나아가서는 나에게 재산도 있고, 이번에 승진한 직장이 있다는 것도 알고 있어요. 말하자면 이 모든 것이 저울질된 셈이지요.」

「그렇다면 그분의 따님과?」

빠벨 빠블로비치는 자못 유쾌하게 몸을 움츠렸다. 「당신께 이 모든 이야기를 상세하게 말씀드리겠습니다. 실례지만 담배 한 대 피우겠습니다. 어쨌거나 오늘 직접 보시게 될 겁니다. 페도세이 뻬뜨로비치와 같은 수단꾼은 이곳, 뻬쩨르부르그에서 일단 사람들의 시선을 끄는 데 성공하기만 하면 직장에서도 왕왕 크게 평가를 받습니다. 하지만 일정한 급여와 그 외의 특별 지급금, 보너스라든가 추가 수당, 양곡 대금 혹은 일시 연금이라든가 하는 것을 빼놓으면 아무것도 가진 것이 없는 사람이지요. 말하자면 생활의 기반이 될 정도의 큰돈은 없단 말씀입니다. 제법 잘살기는 하지만 가족이 딸리면 재산을 모은다는 건 불가능하죠. 생각을 좀 해보세요. 페도세이 뻬뜨로비치에게는 딸이 여덟이나 되지만, 하나밖에 없는 아들은 아직 어린아이입니다. 그분이 지금 죽기라도 하면 겨우 쥐꼬리만한 연금만이 남겨질 뿐입니다. 그런데 딸이 여덟이나 되니, 아니 상상을, 그냥 상상을 한번 해보세요. 한 사람 앞에 신발을 한 켤레씩 사준다면, 그것이 얼마나 되겠습니까! 딸 여덟 중에서 다섯은 벌써 결혼할 나이가 되었고, 맏딸이 스물넷입니다. 굉장한 아가씨입니다. 직접 보시게 될 겁니다! 여섯째 딸은 열다섯인데 아직 여학교에 재학 중이지요. 그런데 위의 다섯 딸들은 신랑감을 구해서 가능한 한 혼인을 서둘러야 하거든요. 아버지로서는 딸들을 치장시켜 사교계에도 내보내야 하고요. 그러니 그 비용이 얼마나 들겠습니까, 그렇지 않겠습니까? 그런데 제가 갑자기 돌연 모습을 나타낸 겁니다. 그 집 최초의 신랑감으로서 말입니다. 그리고 그쪽에서는 이미 잘 알고 있지요, 말하자면 제가 상당한 재산을 갖고 있다는 것을 말이에요. 이야기가 바로 이렇게 되었다 이 말씀입니다.」

빠벨 빠블로비치는 열중하여 이런 설명을 늘어놓았다.

「당신은 맏딸에게 청혼을 하셨겠지요?」

「아, 아니오, 저는…… 맏딸한테가 아니고요. 아직 여학교에 다니고 있는 여섯째 딸에게 청혼을 했습니다.」

「뭐라고요?」 벨차니노프는 자신도 모르게 웃음을 터뜨리고 말았다. 「당신 말씀이 그 아이는 열다섯 살이라고 하지 않았습니까!」

「지금은 열다섯입니다. 그렇지만 아홉 달 후면 그녀는 열여섯이 됩니다. 열여섯 살 3개월이니 뭐 어떻습니까? 그래도 지금 당장 모든 이야기를 꺼내는 것은 좀 뭐하기 때문에 우선은 상세한 이야기는 하지 않고 있습니다. 단지 부모들하고만 이야기한 것이죠……. 이 한마디로 모든 일이 잘되고 있습니다!」

「그렇다면, 아직 결정이 되지는 않은 것이로군요?」

「아닙니다, 결정이 되었습니다. 모든 것이 결정된 상태입니다. 만사가 다 잘 되어 가고 있는 중이라고 할 수 있지요.」

「그녀도 이 일을 알고 있나요?」

「그야 체면상 아무 말도 못 들은 것처럼 하고 있는 것뿐이지, 어떻게 모른다고 할 수 있겠습니까?」 이렇게 말하면서 빠벨 빠블로비치는 유쾌하게 눈을 거슴츠레 떴다. 「어떻습니까, 제 소원을 들어주시겠습니까, 알렉세이 이바노비치?」 그는 몹시 머뭇거리면서 말을 마쳤다.

「무엇 때문에 제가 그 집엘 가야 한다는 겁니까?」 그는 서둘러 말을 덧붙였다. 「하지만 무슨 일이 있어도 난 가지 않을 거니까,

이런 저런 사정 이야기일랑은 하지 마십시오.」

「알렉세이 이바노비치……」

「대관절 내가 어떻게 정말 당신과 어깨를 나란히 하고 앉아 마차를 타고 갈 수 있을지, 생각을 한번 해보시란 말씀입니다!」

빠벨 빠블로비치의 신부 이야기 때문에 한참 동안 시간 가는 줄도 모르던 그에게 상대방에 대한 이전의 혐오감과 적의의 감정이 다시금 되살아났다. 1분만 더 있었어도 벨차니노프는 그를 쫓아냈을지 모른다. 어째서인지 그는 자기 자신에 대해서까지 화가 났다.

「앉으세요, 알렉세이 이바노비치, 나란히 같이 앉아 가시면 후회하지 않으실 겁니다!」 빠벨 빠블로비치는 가슴을 찌르는 듯한 목소리로 사정을 했다. 「아니, 안 됩니다. 안 돼요!」 그는 벨차니노프의 초조한 듯하면서도 단호한 제스처를 알아보고 두 손을 흔들었다. 「알렉세이 이바노비치, 알렉세이 이바노비치, 천천히 결정하세요! 아마 당신께선 저를 오해하고 계신 것 같습니다. 나는, 당신과 나, 나와 당신, 즉 우리가 친구가 아니라는 것을 너무나 잘 알고 있어요. 그것도 모를 만큼 눈이 멀어 있지는 않습니다. 그리고 지금 내가 부탁드리는 이 청은 나중에까지 폐가 되는 그런 일이 아닙니다. 그리고 저야 내일 모레 아주 완전히 떠나게 되니까, 아무 일도 없었던 것처럼 되는 것이 아니겠습니까. 다만 오늘 하루만 예외가 되어 달라 이 말씀입니다. 나는 당신 마음속의 한없이 인자한 감정에 희망을 걸고 이렇게 찾아온 것입니다. 알렉세이 이바노비치, 최근 당신의 마음속에서 눈 뜨기 시작한 바로 그 감정 말씀예요……. 저는 분명하게 말씀드리고 있다고 생각하는데, 아직 아니란 말씀인가요!」

빠벨 빠블로비치의 흥분은 최고조에 이르렀다. 벨차니노프는 이상하다는 눈초리로 그를 바라보았다.

「당신은 나에게서 어떤 친절을 원하는 겁니까?」 그는 생각에 잠긴 채 질문을 던졌다. 「끈질기게 고집을 부리시는데 그게 나한테는 석연치 않습니다. 좀 더 상세한 사정을 알고 싶군요.」

「부탁이란 것이 그저 저와 함께 한번 가주십사 하는 것뿐입니다. 그리고 나서 나중에, 우리가 다시 돌아오면 고백 성사를 하는 것처럼 당신께 모든 이야기를 다 해드리겠습니다. 알렉세이 이바노비치, 믿어 주십시오!」

그러나 벨차니노프는 여전히 거절을 했는데, 자신의 마음속에 일종의 무겁고 짓궂은 어떤 상념을 느끼고 있었기 때문에 더욱더 완강하게 거절을 했던 것이다. 이 짓궂은 상념은 아까 빠벨 빠블로비치가 신부에 관한 이야기를 꺼냈던 바로 그 순간부터 그의 마음속에 꿈틀거리기 시작한 것이었다. 그것이 단순한 호기심인지, 아니면 막연하기 이를 데 없는 모종의 유혹인지 알 수 없지만, 승낙을 할까 하는 생각이 들기도 했다. 그런데 그런 생각이 들면 들수록 더욱더 그는 고집을 부렸다. 그는 팔꿈치를 괴고 앉아서 여러 가지 상념에 잠겨 있었다. 빠벨 빠블로비치는 그의 주변을 뱅뱅 돌면서 부탁을 거듭하였다.

「좋아요, 가겠습니다.」 벨차니노프는 자리에서 일어서면서 침착하지 못하고 오히려 불안한 듯한 목소리로 느닷없이 승낙의 말을 했다. 빠벨 빠블로비치는 몹시 기뻐했다.

「잘 생각하셨습니다, 알렉세이 이바노비치, 이제 옷을 잘 차려 입으셔야지요.」 그는 기뻐하며 옷을 차려입은 벨차니노프의 주위를 돌았다. 「좀 더 멋있게, 당신께 어울리는 옷을 입으세요.」

〈무엇 때문에 이런 데까지 간섭을 하는 걸까, 참 이상한 사나이로군.〉 이렇게 벨차니노프는 속으로 혼자 생각했다.

「그런데 저는 이 부탁 한 가지만을 당신에게 기대한 것이 아니랍니다. 알렉세이 이비노비치. 일단 승낙을 하셨으니까 저를 지도하는 일도 맡아 주시지요.」

「예를 들면요?」

「예를 들어, 큰 문제가 있어요. 상장 말씀인데요? 상장을 떼는 것과 그대로 달고 다니는 것, 어느 쪽이 더 예의 범절에 맞을까요?」

「하고 싶은 대로 하시죠.」

「아니오. 전 당신의 해답을 듣고 싶어요. 예를 들어 당신께서 상장을 달고 계시다면 어떻게 하시겠습니까? 저의 개인적인 생각으로는, 그것을 달고 있으면 마음의 절개가 있다는 것을 보이는 것이므로, 저쪽에 좋은 인상을 줄 것 같은데요.」

「물론 말할 것도 없이 떼내셔야 합니다.」

「말할 것도 없다고요?」 빠벨 빠블로비치는 생각에 잠겼다. 「아니오, 달고 있는 것이 오히려 낫겠어요…….」

「마음대로 하세요.」 〈어쨌든 이 사람은 나를 믿지 않는군, 그건 좋은 일이야.〉 벨차니노프는 이런 생각을 했다.

그들은 집을 나왔다. 빠벨 빠블로비치는 만족한 눈빛으로 잘 차려입은 벨차니노프를 훑어보았다. 그의 얼굴에는 전보다 더 많은 경의와 오만함까지 깃들어 있는 것 같았다. 벨차니노프는 그를 보고 놀랐지만 자기 자신에 대해서는 더 한층 놀라움을 감추지 못했다. 문 앞에는 상당히 호화로운 마차가 그들을 기다리고 서 있었다.

「벌써 마차까지 준비하셨군요? 그렇다면 당신은, 내가 같이 가게 되리라는 확신을 갖고 있었군요?」

「마차야 제가 필요해서 부른 것이지만, 당신이 동행을 허락해 주실 거라고 거의 믿고는 있었습니다.」 빠벨 빠블로비치는 지극히 행복한 표정을 지으며 이렇게 대답했다.

「허허, 이봐요. 빠벨 빠블로비치.」 벌써 자리에 앉아 마차가 움직이기 시작했을 때, 벨차니노프는 어쩐지 초조한 듯이 웃기 시작했다. 「당신은 지나치게 나를 믿으셨던 게 아닙니까?」

「그렇지만 당신께서는, 알렉세이 이바노비치, 바로 그 일 때문에 제가 바보라는 말씀을 하시지는 않을 테지요?」 빠벨 빠블로비치는 단호하고 가슴을 찌르는 듯한 목소리로 대답했다.

〈그런데 리자는……?〉 이런 생각에 잠겼던 벨차니노프는 마치 어떤 성스러운 존재를 모독하는 일에 놀라기라도 한 듯이 그에 대한 생각을 즉시 떨쳐 버렸다. 그러면서 그에게는 갑자기 이 순간 자기 자신이 몹시 보잘것없고 아무 쓸데없는 존재라는 생각이 들었다. 자기를 유혹하는 상념이 정말 사소하며 깨끗하지 못한 것처럼 여겨졌다……. 또한 무슨 일이 있어도 모든 것을 팽개치고 당장 이 마차에서 뛰어내리고 싶다는 생각이 울컥 솟아올랐다. 그러기 위해서 필요하다면 빠벨 빠블로비치를 때려눕히는 일도 불사하리라는 각오였다. 그러나 상대방이 마침 말을 꺼내기 시작했으므로, 유혹이 또다시 그의 마음을 사로잡기 시작했다.

「알렉세이 이바노비치, 보석 감정을 할 줄 아십니까?」

「어떤 보석 말입니까?」

「다이아몬드요.」

「압니다.」

「자그마한 선물을 하나 가져가고 싶습니다. 말씀해 주세요. 그럴 필요가 있을까요, 없을까요?」

「내 생각엔 그럴 필요 없습니다.」

「그렇지만 전 몹시 하고 싶거든요.」 빠벨 빠블로비치가 몸을 움직였다. 「다만 〈무엇을 살 것인가〉가 문제죠. 세트로, 그러니까 브로치, 귀고리, 팔찌로 할 것이냐 아니면 한 가지만 할 것이냐 이 말입니다.」

「얼마나 비용을 쓰실 작정인데요?」

「4백 아니면 5백 루블쯤.」

「우와!」

「많습니까?」 빠벨 빠블로비치가 몸을 떨었다.

「팔찌 하나만 사시지요, 1백 루블 주고.」

빠벨 빠블로비치는 풀이 죽기까지 했다. 그는 좀 더 많은 돈을 주고 〈온전히〉 한 세트를 사고 싶었던 것이다. 그는 고집을 부렸다. 그들은 어느 상점에 들어갔다. 어쨌거나 그 일은 팔찌 한 가지만 사는 것으로 결정이 되었고, 그것도 빠벨 빠블로비치가 원하던 것이 아니라 벨차니노프가 지정한 것으로 샀다. 빠벨 빠블로비치는 두 가지를 모두 사고 싶어했다. 팔찌 값으로 1백75루블을 불렀던 상점 주인이 1백50루블로 깎아 주자, 그는 화를 내기까지 했다. 그는 저쪽에서 부르기만 하면 2백 루블이라도 기꺼운 마음으로 지불했을 터였다. 그만큼 그는 조금이라도 더 비싼 것을 사고 싶어했던 것이다.

「내가 이렇게 선물을 서두르는 건 아무것도 아닙니다.」 다시 마차가 출발하자 그는 황홀한 기분으로 자신의 감정을 밝혔다. 「거기는 상류 사교계가 아니라 평범한 가정이란 말씀이죠. 순진한 아가씨는 선물을 좋아하는 법이고요.」 그는 교활하면서도 명랑한 미소를 띠었다. 「알렉세이 이바노비치, 열다섯이란 말에 당신은 아까 웃으셨지만, 그렇지만 저는 바로 그 점에 반했습니다. 말하자면, 노트니 펜 같은 것을 넣은 조그만 손가방을 들고 아직도 여학교에 다닌다는 점 말이에요, 헤헤! 그 조그만 손가방이 내 마음을 사로잡은 거지요! 사실은 그 순진 무구함이 좋은 겁니다, 알렉세이 이바노비치, 이런 것에 비하면 예쁘게 생긴 얼굴 같은 건 나한테는 문제가 되지 않아요. 친구와 같이 저쪽 구석에서 킬킬거리는데, 아휴, 그 웃는 모습이란! 그 웃는 이유가 뭔지 아십니까. 고양이란 놈이 서랍장에서 침대 위로 깡충 뛰어내려 동그랗게 몸을 말았다는 것뿐이랍니다...... 그렇게 그런 식으로 거기서는 신선한 사과 향기가 풍겨난단 말씀이죠! 그런데 상장을 뗄까요?」

「마음대로 하세요.」

「떼겠습니다!」 그는 모자를 벗어 상장을 떼더니 길가를 향해 힘껏 내던졌다. 그가 자신의 벗어진 머리에 또다시 모자를 얹을 때, 그의 얼굴이 지극히 밝은 희망의 빛으로 가득 차는 것을 벨차니노프는 보았다.

〈도대체 저자는 정말로 저 따위 인간밖에 안 되는 것일까?〉그는 깊은 증오심을 느끼며 잠시 생각에 잠겼다.〈그가 나를 끌고 가는 데에 정말 아무런 농간도 없는 것일까? 과연 진짜 나의 호의를 기대하고 있는 것일까?〉그는 이 나중의 가정에는 거의 화까지 내면서 생각을 계속 더듬었다.〈도대체 이자는 무엇일까, 어릿광대, 바보 천치 아니면 영원한 남편? 어쨌거나 이런 건 있을 수 없는 일이다……!〉

12. 자흘레비닌의 집에서

자흘레비닌 가족은 아까 벨차니노프가 말했던 것처럼 정말〈꽤 상당한 집안〉이었다. 자흘레비닌 자신은 사회적 지위도 확실하다고 알려진 견실한 관리였다. 그러나 빠벨 빠블로비치가 그들의 수입에 관하여〈겉보기엔 잘살고 있지만, 당사자가 죽으면 아무것도 남을 것이 없다〉고 말했던 것도 모두 사실이었다.

자흘레비닌 노인은 반갑고 다정하게 벨차니노프를 맞이하며, 이전의〈적〉을 완벽한 친구로 바꾸어 대하였다.

「축하드립니다, 일이 잘되어서 말입니다.」그는 첫마디부터 이렇게 유쾌하고 근엄한 표정으로 말문을 열었다.「저 자신도 화해할 것을 주장했지만, 뾰뜨르 까를로비치(벨차니노프의 변호사)야말로 이런 일에 더없이 귀중한 분이지요. 어떻습니까? 6만여 루블이란 돈을 성가신 일도 없이, 오래 끌 것도 없고 싸우는 일도 없이 받으시게 되지 않았습니까! 3년 정도는 충분히 끌 수 있는 사건이었는데 말씀이에요!」

벨차니노프는 곧 이어 자흘레비닌 부인에게도 소개되었는데, 그녀는 몹시 뚱뚱한 중년 부인으로 사람은 좋아 보이지만 피곤한 기색을 하고 있었다. 처녀 아이들도 한 사람씩 혹은 짝을 지어 모습을 나타냈다. 그런데 어째 무척이나 많은 아가씨들이 모습을 나타내더니, 차츰 그 수가 열을 넘어서자 급기야 벨차니노프는 숫자를 헤아릴 수 없게 되었다. 한쪽에선 들어오고, 다른 한쪽에서는 나가고 있었기 때문이다. 그러나 그 속에는 이웃 별장의 친구 아가씨들도 여러 명 섞여 있었다. 자흘레비닌의 별장은 그 양식을 알 수 없는 기묘한 스타일로 건축된 커다란 목조 건물이었는데, 조금씩 증축이 된 건물이었고, 크고 널찍한 정원이 딸려 있었다. 그런데 이 정원으로는 서너 채의 다른 별장이 여러 방향으로 얼굴을 내밀고 있었고, 그래서 이 커다란 정원은 공용의 정원이 되어 자연히 이웃 별장의 처녀들과 친하게 만드는 역할을 하고 있었다. 벨차니노프는 이야기의 초반부터, 이곳 사람들이 자신을 벌써부터 기다리고 있었으며, 빠벨 빠블로비치의 친구 자격으로 이 집안과 교제를 맺기 위해 온다는 그의 방문이 매우 중요한 사건처럼 알려져 있다는 사실을 간파했다. 그리고 이 같은 일에 경험이 풍부하고 감각이 예민한 그의 시선은, 곧바로 그곳에 내재해 있는 무엇인가 특별한 분위기를 놓치지 않았다. 지나치게 친절한 부모의 영접이라든가, 어딘가 특별해 보이는 처녀들의 외관과 그들의 화려한 옷차림(하기야 그날은 명절이기도 했지만)으로 미루어 보건대 한 가지 의구심이 그의 머리를 스쳐 갔다. 그것은 말하자면 빠벨 빠블로비치가 머리를 써서 자기를 이 집 사람들에게 선전한 눈치가 확연했던 것이다. 물론 곧이곧대로는 말하지 않았겠지만, 〈좋은 집안〉 출신의 상당한 재산을 소유한 신사가 고독한 독신 생활을 해오다 이제는 아마 모르긴 해도 갑자기 그 생활을 〈청산하고〉, 가정을 가질 결심을 하게 됐다느니, 〈게다가 유산까지 받게 되었다〉는 등의 말을 하면서 말이다. 그러고 보니 제일 손위의 자홀레비니나 양, 즉 빠벨 빠블로비치가 굉장한 미인이라고 말했던 금년 24세의 까쩨리나 페도세예브나는 어느 정도 그런 분위기에 맞춰져 있는 것 같았다. 다른 여동생들에 비하여 옷차림이며 어딘가 독특하고 색다르게 틀어 올린 머리 스타일 등이 특히 눈에 띄었다. 여동생들과 다른 모든 처녀들은 벨차니노프가 〈까쨔〉[20] 때문에 소개가 되는 것이며, 그녀를 〈선보러〉 왔다는 사실을 이미 확실하게 알고 있다는 듯이, 그런 눈초리로 그를 바라보고 있었다. 그들의 시선과 그날 하루 동안 틈틈이 얻어들은 몇 마디 말 따위가 그러한 추측이 전혀 터무니없는 것이 아니라는 것을 그에게 확신시켜 주었다. 까쩨리나 페도세예브나는 키가 크고 통통하게 살찐 금발의 아가씨로서 지극히 상냥한 얼굴을 하고 있었다. 성격은 얼른 보아 조용하고 활기가 없는 것 같았는데, 어쩐지 약간 멍해 보이는 구석이 있었다. 〈저런 아가씨가 아직도 임자를 못 만났다니 이상한 일이로군.〉 벨차니노프는 만족한 기분으로 그녀를 바라보면서 자기도 모르게 이런 생각을 했다. 〈지참금이 없고 얼마 안 가서 완전히 뚱뚱하게 변한다 하더라도, 이만하면 아직은 좋아할 만한 사람이 얼마든지 있을 법한데…….〉 나머지 다른 여동생들도 모두 인물이 과히 빠지지는 않았다. 그리고 이웃의 친구들도 몇 사람은 흥미롭고, 예쁘기까지 한 얼굴을 가지고 있었다. 이런 것이 그의 마음을 즐겁게 해주었다. 하지만 그는 다른 특별한 생각을 지니고 이 집을 찾아온 것이다.

여섯째 딸이며 여학교 학생으로서 빠벨 빠블로비치가 신붓감으로 마음에 두고 있는 나제쥐다 페도세예브나는 아직 모습을 보이지 않고 있었다. 벨차니노프는 스스로도 놀랄 만큼 몹시 초조하게 그녀를 기다리다, 그런 자신의 모습을 보고 웃음을 짓고 말았다. 마침내 그녀가 모습을 나타내자 방 안의 분위기가 바뀌었

---

[20] 까쩨리나의 애칭.

다. 그녀는 우습게 생긴 얼굴에 어두운 빛깔의 머리칼을 가진, 명랑하고 말하는 태도가 약간 좋지 않은 마리야 니끼찌쉬나라는 처녀와 손을 잡고 들어왔는데, 빠벨 빠블로비치가 이 처녀를 매우 두려워하고 있다는 눈치가 대번에 나타났다. 이 마리야 니끼찌쉬나는 벌써 스물세 살이나 된 익살스럽고 영리한 아가씨로서 이웃의 아는 가정에서 어린아이들의 가정교사로 있는 처녀였다. 그녀는 벌써 오래전부터 자흘레비닌 집안에서 친척과 같은 대접을 받으며 처녀 아이들의 사랑을 한 몸에 받고 있었다. 지금 나쟈[21]에게 특히나 그녀가 필요한 사람이라는 것이 한눈에 역력했다. 첫눈에 벨차니노프는 처녀 아이들이, 친구 아이들까지 모두 빠벨 빠블로비치를 싫어한다는 것을 알아챘다. 그리고 나쟈가 들어온 다음 순간 그는 그녀 역시 그를 미워한다는 결론을 내릴 수 있었다. 또한 그는 빠벨 빠블로비치가 이 사실을 전혀 모르고 있거나, 아니면 알기를 원하지 않고 있다는 사실을 간파했다. 확실히 나쟈는 여러 자매들 중 가장 예쁘게 생긴 아가씨였다. 야생의 처녀 같은 외모와 허무주의자 같은 대담함을 풍기는 작은 체구의 갈색 머리 아가씨였다. 그녀는 별처럼 빛나는 두 눈과 자주 짓궂은 빛을 띠는 매혹적인 미소와 놀라운 입술과 치아를 지녔으며, 날씬하고 균형이 잘 잡힌 몸매에 어딘가 모르게 교활한 장난꾸러기 같다는 느낌을 주고 있었다. 그리고 아직도 어린아이 같은 얼굴이지만, 타오르는 듯한 그 표정에는 청춘의 빛이 떠오르는 게 엿보였다. 그녀의 걸음걸이와 한 마디 한 마디의 말에는 열여섯이라는 나이가 또렷이 드러나고 있었다. 나중에 알게 된 사실이지만, 빠벨 빠블로비치가 그녀를 처음 보았을 때, 그녀는 정말로 기름 먹인 헝겊으로 만든 조그만 손가방을 손에 들고 있었다고 한다. 그러나 지금 그녀는 그런 가방 같은 걸 들고 있지는 않았다.

21 나제쥐다의 애칭.

그런데 팔찌 선물 건은 완전히 실패로 돌아갔으며 심지어 유쾌하지 못한 인상까지 주고 말았다. 빠벨 빠블로비치는 방 안에 들어선 신부 후보를 보자마자 즉시 싱글거리며 그녀에게 가까이 다가갔다. 그는 〈지난번 나제쥐다 페도세예브나가 피아노를 치며 멋진 로망스를 들려주셔서 덕분에 즐거웠습니다. 그에 대한 답례로……〉라는 핑계를 대며 선물을 주었다. 그런데 그는 중간에서 당황하여 끝까지 말을 다 마치지도 못하고, 팔찌가 들어 있는 케이스를 내밀어 나제쥐다 페도세예브나의 손에 들이밀며, 마치 정신없는 사람처럼 얼떨떨한 모습으로 엉거주춤 서버렸다. 처녀는 그것을 받으려고 하지 않았고 부끄러움과 노여움 때문에 얼굴이 빨개진 채, 자신의 두 손을 얼른 뒤로 감추어 버렸다. 그녀는 얼굴에 낭패한 표정을 짓고 있는 어머니 쪽을 대담하게 돌아보며 큰 소리로 이렇게 외쳤다.

「전 받지 않겠어요, 엄마!」

「받고 고맙다고 인사드려라.」 아버지가 부드러우면서 엄격한 어조로 말했으나, 그 역시 만족한 표정이 아니었다. 「이것 참 난처합니다!」 그는 타이르는 듯이 빠벨 빠블로비치를 향해 중얼거렸다. 나쟈는 어쩔 수 없이 케이스를 받아들고, 두 눈을 내리깐 채 어린 여자아이들이 하는 것처럼 무릎을 굽혀 절을 했다. 말하자면 스프링이 달린 것처럼 얼른 무릎을 굽혔다가 깡충 몸을 일으켰던 것이다. 자매들 중의 하나가 구경을 하려고 다가서자 나쟈는 그녀에게 아직 개봉도 하지 않은 케이스를 넘겨주고는, 그로써 자신은 그것을 보고 싶지도 않다는 표시를 해보였다. 팔찌가 나오자 그것은 이 사람 저 사람의 손을 거쳐 돌기 시작했다. 그러나 모두가 아무 소리 없이 보기만 했고, 그 중의 어떤 사람은 비웃는 표정을 짓기까지 했다. 단지 어머니 한 사람만이 팔찌가 매우 멋있다는 말을 조그맣게 중얼거리고 있었다. 빠벨 빠블로비치는 땅속으로라도 꺼지고 싶은 심정이었다.

벨차니노프가 이 곤혹스러운 상황을 해결하러 나섰다.

그는 갑자기 맨 처음 머리에 떠오르는 어떤 생각을 화제로 삼아 큰 소리로 열심히 이야기를 하기 시작했다. 그러고 나서 5분이 채 지나지 않아 그는 거실에 있는 모든 사람들의 주의를 한 몸에 끌어 모을 수 있었다. 그는 사교 모임에서 대화하는 솜씨를 매우 탁월하게 익히고 있었다. 즉 그것은 자기를 완전히 소박한 사람인 것처럼 보이게 하는 동시에, 이야기를 듣고 있는 사람들을 자기와 같이 소박한 사람들로 생각하고 있다는 느낌을 주는 특별한 재주였다. 그는 지극히 자연스럽게, 필요에 따라서는 세상에서 가장 명랑하고 행복한 인간이 될 수도 있었다. 그리고 또 이러한 이야기 중간중간에 신랄한 경구와 유쾌한 풍자와 우스운 농담을 집어넣는 훌륭한 재능을 지니고 있었다. 그런데 이러한 따끔하고 쓰디쓴 말이나 농담, 경우에 따라서는 이야기 전부를, 모르긴 해도 이미 옛날에 준비를 하여 암기할 만큼 공부를 하고 벌써 여러 차례 사용한 것일 텐데도, 그런 것들을 자기도 모르는 사이에 우연하게 말하게 되는 것처럼 이야기하는 것이다. 그런데 지금의 경우에는 그의 이러한 재주에다 자연스러운 감정까지 곁들여지고 있었다. 그는 기분이 좋다는 것, 무엇인가가 그를 이끌고 있다는 것을 감지하고 있었다. 그는 몇 분만 지나면 좌중의 모든 시선이 자기를 향할 것이며, 모든 사람들이 오로지 자기 한 사람만의 이야기에 귀를 기울이고, 자기와 더불어 이야기를 나누는가 하면, 단지 자기가 말하는 것 때문에 웃음을 짓게 되리라는 것을 절대적이면서도 승리감과 비슷한 감정으로 확신할 수 있었다. 그리고 실제로 얼마 안 있어 웃음소리가 들리기 시작하더니, 조금씩 다른 사람들도 이야기에 끼어들기 시작했고 — 그는 다른 사람들을 이야기에 끌어들이는 데에 완벽한 재주를 지니고 있었다 — 벌써 셋 아니면 넷씩 한꺼번에 말하는 소리가 울려 퍼지기 시작했다. 자홀레비나 부인의 지루하고 피곤한 듯한 얼굴도 거의 기쁨의 빛으로 가득해 보였다. 황홀한 듯이 귀를 기울이며 바라보고 있던 까쩨리나 뻬도세예브나의 표정도 마찬가지였다. 나쟈는 반짝이는 눈초리로 위쪽을 쳐다보며 그를 주시하고 있었다. 그에 대하여 무엇인가 이미 모종의 선입견을 가지고 있다는 눈치가 엿보였다. 이것은 벨차니노프를 더욱 부추기는 일이 되었다. 〈심술궂은〉 마리야 니끼찌쉬나는 이야기 도중에 그를 비꼬는 듯한, 꽤 따끔한 말 한마디를 쏘아 붙였다. 그녀는 엉뚱한 말을 지어서, 어제 빠벨 빠블로비치가 그를 어릴 때부터의 절친한 친구라 하며 이 댁에 소개했다고 주장하면서, 그것을 핑계삼아 그의 나이가 일곱 살은 더 많아 보이는 것 같다는 말을 은근히 했다. 그렇지만 그는 이 심술궂은 마리야 니끼찌쉬나의 마음에도 호감을 주고 있었다. 빠벨 빠블로비치는 그만 완전히 어리둥절한 상태가 되고 말았다. 물론 그도 자신의 친구가 가지고 있는 솜씨에 관해서는 잘 알고 있었으므로, 처음에는 그의 성공을 기뻐하며 같이 따라 웃기도 하고 이야기에 끼어들기도 했다. 그런데 어째서인지 차츰차츰 생각에 잠기는 것 같더니, 나중에는 아예 침울한 상태가 되고 말았다. 그의 얼굴에는 불안해 하는 듯한 표정이 뚜렷이 드러나고 있었다.

「그러고 보니 당신은 특별히 신경을 쓰지 않아도 되는, 그런 편안한 손님이시로군요.」 마침내 자흘레비닌 노인은 위층의 자기 방으로 올라가려고 의자에서 일어서며 명랑한 어조로 결론삼아 말했다. 명절이긴 했지만 검열해야 할 몇 통의 서류가 준비되어 있었던 것이다. 「그런데, 생각을 해보십시오. 나는 당신을 여태 요즈음 젊은이들 중에서도 가장 음울한 우울증을 앓고 있는 사람인 줄로만 알았지 뭡니까. 이런 잘못된 일이 어디 있겠습니까!」

홀에는 그랜드 피아노가 한 대 놓여 있었다. 벨차니노프는 누가 음악을 공부하느냐고 묻더니, 갑자기 나쟈 쪽을 돌아다보았다.

「성악을 하신다고 들은 것 같은데요?」

「누가 그런 말을 하셨죠?」 나쟈는 시치미를 뗐다.

「빠벨 빠블로비치가 좀 전에 말씀하셨잖습니까.」

「그렇지 않아요. 전 그냥 장난삼아 노래하는 것뿐이에요. 제 목소리는 좋지가 않아요.」

「저 역시 목소리는 좋지 않습니다만, 노래는 하지요.」

「그렇다면 저희들에게 노래를 불러 주시겠어요? 그러면 저도 당신께 노래를 해드릴게요.」 나쟈의 두 눈이 반짝였다. 「지금 말고 저녁 식사 후에 말이에요. 지금은 노래를 할 수 없을 것 같아요.」 그녀는 이렇게 덧붙여 말했다. 「이런 피아노에는 질렸거든요. 우리 집에서는 아침부터 밤까지 모두가 피아노를 치고 노래를 부르고 야단법석이에요. 그런데 까쨔 언니만이 들어 줄 만한 솜씨죠.」

벨차니노프는 즉시 말꼬리를 잡아 이것저것 물어보았고, 그로써 여러 자매들 중에서도 까쩨리나 페도세예브나 혼자만이 진지하게 피아노 공부를 했다는 사실을 알게 되었다. 그는 당장에 그녀를 향하여 한 곡 연주해 달라는 부탁을 했다. 일동은 그가 까쨔를 향해 말을 건네는 것을 보고 기뻐하는 것 같았다. 특히 어머니는 흐뭇한 나머지 얼굴을 붉게 물들였을 정도였다. 까쩨리나 페도세예브나는 미소를 지으며 자리에서 일어나 피아노 쪽을 향해 걸음을 옮겼는데, 본인도 예기치 않아서인지 얼굴이 갑자기 온통 빨개지고 말았다. 그녀는 자기가 지금 스물넷이나 된 큰 어른이고, 이렇게 커다란 몸집을 하고 있으면서도 조그만 소녀 아이처럼 얼굴을 붉힌다는 사실이 갑자기 말할 수 없이 부끄럽게 느껴졌다. 그녀가 연주를 위해 자리에 앉았을 때, 이 모든 것이 그녀의 얼굴에 똑똑히 나타나 있었다. 그녀는 하이든의 작품 중 어느 곡인가를 연주했는데, 풍부한 표현력은 없어도 정확하게 연주를 했다. 그러면서 그녀는 마음을 졸이고 있었다. 그녀가 연주를 끝마치자, 벨차니노프는 그녀가 아닌 하이든을, 그 중에서도 특히 그녀가 연주를 한 그 소품을 극구 칭찬하기 시작했다. 그러자 그녀는 기뻐서 어쩔 줄 모르는 표정이 되었고, 자기가 아닌 하이든을 칭찬하는 찬사의 말을 얼마나 고맙고 행복한 표정으로 듣는지, 벨차니노프는 자기도 모르게 더욱 상냥하고 주의 깊은 시선으로 그녀를 쳐다보지 않을 수 없게 되었다. 그의 두 눈은 〈그것 참, 귀여운 아가씨인데?〉하고 말하고 있었다. 그리고 보아하니 당장에 일동은 그 눈초리를 알아차린 것 같았는데, 특히 까쩨리나 페도세예브나 자신이 그런 것 같았다.

「정원이 훌륭하군요.」 그는 발코니의 유리창을 바라보며 갑자기 일동을 향해 이렇게 말했다. 「어때요, 모두 정원으로 나가 보실까요!」

「나가요, 나가요!」 기쁨에 찬 처녀들의 목소리가 울려 퍼졌다. 마치 그가 일동의 가장 중요한 소망을 알아맞힌 것 같았다.

사람들은 정찬 시간이 될 때까지 정원을 거닐었다. 아까부터 잠깐 눈을 붙이러 들어가려던 자홀레비니나 부인도 역시 참지 못하고 모두와 함께 산책을 하러 나왔으나, 생각을 바꾸어 발코니에 남아서 바로 졸기 시작했다. 정원에서 벨차니노프와 처녀들이 서로 상대방을 대하는 태도는 더욱더 친숙하게 되었다. 그는 무리 속에 이웃 별장에서 온 두세 명의 젊은 청년들이 끼어든 것을 알아보았다. 한 사람은 대학생이고, 또 한 사람은 김나지움 학생이었다. 그들은 즉시 각자의 처녀에게 달려갔는데, 그녀들 때문에 일부러 여기에 나온 것이 분명하였다. 세 번째의 〈젊은이〉는 무척이나 음울하고 머리칼이 헝클어진 스무 살쯤 된 청년이었는데, 큼직한 푸른색 안경을 쓰고 있었다. 그는 마리야 니끼찌쉬나와 나자를 붙잡고서 얼굴을 찡그린 채, 바쁘게 무슨 말인가 귓속말을 하기 시작했다. 그는 아주 엄격한 눈초리로 벨차니노프를 훑어보았는데, 모르긴 해도 벨차니노프에게 대단히 멸시하는 태도를 취하는 것이 자신의 의무라고 생각하고 있는 듯했다. 처녀들 몇 사람이 어서 빨리 놀이를 시작하자는 제의를 했다. 무슨 놀이를 하며 노느냐는 벨차니노프의 물음에 대하여 그녀들은 숨바꼭질을 필두로 하여 온갖 종류의 놀이를 다 한다는 대답을 하였다. 그리고 저녁에는 속담 놀이를 한다고 했다. 이 속담 놀이라는 것은 다음과 같은 식으로 한다. 모두가 앉아 있고 한 사람이 자리를 비우게 된다. 그러면 앉아 있는 사람들이 어떤 속담 하나를, 예를 들어 〈하늘이 무너져도 솟아날 구멍이 있다〉를 선택한다. 그러고 나서 술래를 불러서는 각자 한 사람씩 차례대로 한마디씩 술래에게 무슨 말인가를 생각해서 말해 준다. 맨 처음 사람은 〈하늘〉이라는 단어가 들어 있는 말을 들려주고, 두 번째 사람은 〈무너지다〉라는 단어가 든 말을 하는 식으로 진행한다. 그러면 술래는 이 모든 말의 꼬리를 잡아서 그 속담을 알아맞혀야 하는 것이다.

「그거 참 재미있겠군요.」 벨차니노프가 말했다.

「아휴, 아니에요. 굉장히 지루해요.」 두세 사람의 목소리가 한꺼번에 합창을 했다.

「그렇지 않으면 극장 놀이를 해요.」 나쟈는 그를 돌아보면서 말했다. 「저기 있는 둥치가 굵은 나무를 보세요. 그 주변에 돌아가며 벤치가 놓여 있잖아요. 그곳, 나무 뒤가 말하자면 무대 뒤가 되어 배우들이 자리를 잡고 앉게 되지요. 거기서 왕, 여왕, 공주, 젊은 청년, 원하는 역을 맡아서 각자 무대로 나와서는 머릿속에 떠오르는 대사를 말하는 거지요. 그래도 그런대로 연극 비슷한 것이 된답니다.」

「그것 굉장하겠는데요!」 벨차니노프는 다시 한번 찬사의 말을 던졌다.

「전혀 그렇지 않아요. 무척이나 지루해요! 처음에는 언제나 즐겁게 진행되지만, 마지막에는 항상 엉망이 되죠. 왜냐하면 아무도 끝을 맺을 수가 없기 때문에 그래요. 당신께서 함께 하신다면 좀 더 재미가 있겠지만요. 그런데 우리는 당신을 그저 빠벨 빠블로비치의 친구로만 알고 있었어요. 그런데 알고 보니 그건 단지 그 사람이 쓸데없는 소리를 한 것뿐이라는 것을 알겠군요. 전 당신이 이렇게 와주셔서 몹시 기뻐요……. 그럴 만한 까닭이 있거든요.」 그녀는 무척이나 진지하고 무언가 암시를 주는 듯한 시선으로 벨차니노프를 쳐다보더니, 곧바로 마리야 니끼찌쉬나가 있는 쪽으로 가버렸다.

「오늘 저녁에는 속담 놀이를 하게 될 거예요.」 지금까지 벨차니노프가 한번도 주의를 기울이지 않고, 한마디도 말을 건네 보지 않은 이웃의 어느 소녀가 갑자기 이렇게 무슨 비밀 이야기라도 하는 것처럼 그의 귀에다 대고 속삭였다. 「오늘 저녁엔 모두 빠벨 빠블로비치를 놀려 줄 거예요. 당신도 한몫 거드셔야 해요.」

「아, 당신이 와주셔서 얼마나 좋은지 몰라요. 우리는 언제나 심심하거든요.」 또 다른 이웃 아가씨가 친절하게 그에게 말을 건넸다. 그는 이 아가씨를 여태 한번도 눈여겨보지 않았기 때문에, 그녀는 난데없이 갑자기 튀어나온 사람처럼 여겨졌다. 그녀의 머리칼은 홍당무처럼 붉은 빛깔이었고, 주근깨가 많은 얼굴은 산책과 더위로 인하여 우스울 만큼 빨갛게 상기되어 있었다.

빠벨 빠블로비치의 불안은 점점 더 커져 갔다. 정원에서 벨차니노프는 마침내 나쨔와 아주 친한 사이가 될 수 있었다. 그녀는 아까처럼 눈을 치뜨고 바라보지 않았다. 보아하니 그를 좀 더 자세히 쳐다보겠다는 생각은 이미 포기를 한 것 같았으며, 호호 웃고 뛰며 꺅꺅 소리를 치는가 하면 심지어 두어 번쯤 그의 손을 잡기까지 하였다. 그녀는 지극히 행복해 했고, 빠벨 빠블로비치에게는 최소한의 주의를 돌리지도 않는 것이, 마치 그는 안중에도 없다는 듯한 태도였다. 벨차니노프는 빠벨 빠블로비치에 대한 모종의 음모가 꾸며지고 있다는 것을 알아챘다. 나쨔와 한 무리의 처녀들은 벨차니노프를 한쪽으로 데려갔고, 다른 처녀들은 온갖 구실을 대며 빠벨 빠블로비치를 다른 편으로 몰아갔다. 그러나 빠벨 빠블로비치는 처녀들의 손을 뿌리치며 즉시 똑바로 반대쪽, 즉 벨차니노프와 나쟈가 있는 쪽으로 뛰어와서는 두 귀를 쫑긋거리며 자신의 대머리를 두 사람 사이에 냅다 들이밀었다. 나중에 가서는 그는 아예 체면도 접어 두기 시작했다. 그의 제스처와 몸짓은 때때로 놀라울 정도로 어린아이처럼 유치하기까지 했다. 그런데 벨차니노프는 까쩨리나 페도세예브나에게 다시 한번 특별한 관심을 돌리지 않을 수 없었다. 이젠 그녀도 물론 그가 자기 때문에 이곳을 찾아온 것이 아니고, 나쟈에게 온통 관심이 있다는 것을 명백히 알고 있었다. 그렇지만 그녀의 표정은 아까와 마찬가지로 상냥하고 온순한 빛을 그대로 띠고 있었다. 보아하니 그녀는 자기도 다른 사람들과 함께 자리를 같이하여 새 손님의 이야기를 듣고 있다는 것 하나만으로도 행복해 하고 있는 것 같았다. 안타깝게도 그녀 자신은 대화에 재치 있게 끼어들 만한 재주가 없었다.

「당신의 언니 까쩨리나 페도세예브나는 정말 훌륭한 아가씨로군요!」 벨차니노프는 갑자기 나쟈에게 나지막하게 말했다.

「까쨔 말씀이죠! 저 언니처럼 착한 사람이 또 있을 수 있을까요? 우리 모두의 천사죠. 전 큰언니를 너무너무 좋아한답니다.」 나쟈는 감격하는 듯한 어조로 말했다.

마침내 다섯 시 정찬 시간이 되었다. 그리고 이 식사는 평상적인 것이 아니라 손님을 위하여 일부러 차렸다는 것을 한눈에 알 수 있었다. 아무래도 평상시의 상차림에 덧붙인 것이 틀림없을 것 같은 요리가 두세 가지 더 나왔는데, 그 중의 하나는 뭐라고 이름을 불러야 할지 아는 사람이 하나도 없을 만큼 아주 이색적인 요리였다. 보통의 식탁에 나오는 포도주 외에, 역시 귀한 손님을 위한 것이 틀림없는 또까이 포도주가 한 병 있었고, 식사가 끝나갈 무렵에는 무엇 때문인지 샴페인까지 나왔다. 자흘레비닌 노인은 술이 조금 지나쳐 퍽 거나한 기분이 되었으므로, 벨차니노프가 하는 말 한 마디마다 껄껄 웃음을 터뜨리곤 했다. 마침내 빠벨 빠블로비치는 경쟁심을 못 이기고, 갑자기 자기도 농담을 한 마디해 보겠다는 생각으로 어떤 말 한 마디를 입으로 옮겼다. 그와 자흘레비니나 부인이 나란히 앉아 있는 식탁의 한쪽 끝머리에서 갑자기 즐거워하는 아가씨들의 높은 웃음소리가 울려 퍼졌다.

「아빠, 아빠! 빠벨 빠블로비치께서도 농담을 했어요.」 자흘레비닌의 가운데 두 딸이 한 목소리로 외쳤다. 「이분 말씀이 우리가 〈경탄하지 않을 수 없는 처녀들……〉이래요.」

「아, 그 양반이 농담을 하셨다고! 그래, 어떤 농담을 하시더냐?」 노인은 빠벨 빠블로비치를 감싸는 듯한 시선으로 바라보고는, 곧 듣게 될 농담에 대해 미리 웃음을 지으며 차분한 목소리로 물었다.

「글쎄, 우리 보고 〈경탄하지 않을 수 없는 처녀들〉이라고 했다니까요.」

「그래? 그게 어떻단 말이냐?」 노인은 여전히 말귀를 알아듣지 못하고 재미있는 말이 나오기를 기다리며 아까보다도 더 호인 같은 미소를 지었다.

「아이, 아빠는, 무슨 말인지 모르시겠어요! 처녀들이라 하고, 그 다음에 경탄이라고 하잖았어요. 처녀들은 경탄하고 비슷하니까,[22] 경탄하지 않을 수 없는 처녀들이란 거죠…….」

「아하, 그렇구나!」 노인은 얼떨결에 길게 말꼬리를 늘였다. 「흠! 좋아, 그 양반 다음번엔 좀 더 멋진 말을 하게 되겠지!」 그러면서 노인은 즐거운 듯이 껄껄 소리를 내어 웃었다.

「빠벨 빠블로비치, 무엇이든지 한꺼번에 다 잘할 수는 없는 거예요.」 이렇게 마리야 니끼찌쉬나가 큰 소리로 그를 놀렸다. 「오, 맙소사, 이분 생선 가시를 삼켰어요!」 갑자기 그녀가 꽥 소리를

---

22 러시아 어로 〈처녀들〉과 〈경탄하다〉라는 단어는 그 발음이 서로 비슷하다.

지르며 의자에서 벌떡 일어났다.

당장에 큰 소동이 벌어졌는데, 이것이야말로 마리아 니끼찌쉬나가 의도한 바였다. 빠벨 빠블로비치는 당황한 빛을 감추기 위해 서둘러 포도주를 들이켰는데 잘못 삼켜 사레가 들린 것이었다. 그런데 마리야 니끼찌쉬나는 사방의 사람들을 쳐다보며, 〈그건 생선 가시인데 내 눈으로 분명히 봤어요. 생선 가시 때문에 사람이 죽을 수도 있다잖아요〉 하며 박박 우겨대기 시작했다.

「뒤통수를 두드려 봐!」 누군가가 이렇게 소리쳤다.

「정말 그게 제일 낫겠어!」 자흘레비닌이 큰 소리로 맞장구를 쳤다. 그러자 벌써 그 일을 하겠다고 나선 지원자가 여럿이나 되었다. 마리야 니끼찌쉬나, 붉은 머리의 이웃집 아가씨(그녀 역시 식사에 초대되었다)와 마침내는 이 소동에 깜짝 놀란 이 집의 어머니까지, 모두가 빠벨 빠블로비치의 뒤통수를 두드려 주겠노라고 나선 것이었다. 테이블에서 튀어오른 빠벨 빠블로비치는 이러저리 몸을 피하면서, 사람들이 마침내는 이 모든 일이 마리야 니끼찌쉬나의 장난이라는 것을 알아챌 때까지, 자신은 단지 포도주를 잘못 마신 것뿐이며, 기침이 곧 멈추리라는 것을 한참 동안이나 납득을 시켜야 했다.

「도대체 넌 정말 장난꾸러기로구나!」 자흘레비니나 부인은 엄한 목소리로 마리야 니끼찌쉬나에게 한마디했으나, 곧바로 더 이상 참지 못하고 소리를 내며 웃고 말았다. 그녀가 소리를 내며 웃는 일은 좀체로 없는 일이었기 때문에, 이 일 역시 일종의 무대 효과와 같은 효과를 냈다. 식사를 마친 후 일동은 커피를 마시러 발코니로 나갔다.

「정말 좋은 날씨가 계속됩니다그려!」 정원을 만족스러운 시선으로 쳐다보며 노인은 상냥한 목소리로 자연을 칭송했다. 「비가 좀 내리면 좋겠지만……. 자, 난 좀 쉬러 들어가겠습니다. 모두모두 부디 즐겁게 놀아요! 당신도 즐겁게 노시고!」 그는 집 안으로 들어가며 빠벨 빠블로비치의 어깨를 툭 쳤다.

일동이 모두 다시 정원으로 나왔을 때, 빠벨 빠블로비치가 갑자기 벨차니노프 쪽으로 다가가더니 그의 옷소매를 잡아당겼다.

「잠깐만요.」 그는 초조한 듯이 속삭였다.

그들은 인적이 없는 정원의 샛길로 나갔다.

「아니, 여기서는 미안하지만 안 됩니다. 여기서 난 그냥 넘어가지 않겠습니다······.」 그는 벨차니노프의 옷소매를 쥐고서, 분노에 찬 숨을 씨근거리며 작은 소리로 이렇게 속삭였다.

「뭐라고요? 무슨 말씀이신가요?」 벨차니노프는 두 눈을 크게 뜨며 물었다. 빠벨 빠블로비치는 말없이 그를 쳐다보며 입술을 달싹달싹하더니 분노에 찬 미소를 지었다.

「어디 가시는 거예요? 거기서 뭐 하시는 거예요? 이제 준비가 다 되었어요!」 처녀 아이들이 이렇게 부르며 서두르는 목소리가 들려왔다. 벨차니노프는 어깨를 으쓱해 보이고는 처녀들이 있는 곳으로 갔다. 빠벨 빠블로비치 역시 그의 뒤를 따라 뛰어갔다.

「알아맞혀 볼까요? 저분께서 당신께 콧수건을 빌려 달라고 하시지 않던가요?」 마리야 니끼찌쉬나가 말했다. 「지난번에도 잊어 먹고 오셨다나요.」

「언제나 잊어버리죠!」 자홀레비닌의 가운데 딸이 맞장구를 쳤다.

「손수건을 잊었대요! 빠벨 빠블로비치가 손수건을 잊으셨대요! 엄마, 빠벨 빠블로비치가 또 콧수건을 잊으셨대요. 엄마, 빠벨 빠블로비치가 또다시 코감기에 걸리셨대요!」 여러 사람의 목소리가 이렇게 높이 울려 퍼졌다.

「왜 그럼 진작 말씀을 안 하셨을까! 빠벨 빠블로비치, 당신은 체면을 꽤나 차리시는군요!」 마담 자홀레비니나는 마치 노래를 하는 것처럼 말꼬리를 길게 늘였다. 「코감기쯤이야 하고 예사로이 생각하시면 큰일 난답니다. 제가 곧 손수건을 내드리지요. 그런데 저분은 왜 항상 코감기에 걸리시는 걸까!」 집으로 돌아갈 기회를 잡은 것을 기뻐하며 그 자리를 떠나면서 그녀는 혼잣말처럼 이렇게 덧붙였다.

「전 손수건을 두 장 가지고 있습니다. 코감기 같은 건 걸리지도 않았고요!」 빠벨 빠블로비치는 그녀의 뒤에다 대고 이렇게 소리쳤으나, 부인은 그 말을 알아듣지 못한 것 같았다. 1분쯤 지나서 빠벨 빠블로비치가 두려운 듯이 모두의 뒤를 따라가며, 나쟈와 벨차니노프의 옆으로 접근하려 할 때, 심부름하는 여자아이가 숨을 헐떡이며 그에게 따라붙더니 억지로 손수건을 건네주었다.

「놀아요, 놀아. 속담 놀이를 하고 놀아요!」〈속담 놀이〉를 하면 마치 무슨 좋은 일이나 생기기라도 할 듯이 처녀들이 사방에서 소리치기 시작했다.

자리를 정하고 일동은 벤치 위에 나누어 앉았다. 마리야 니끼찌쉬나가 술래가 되었다. 일동은 가능한 한 그녀를 멀리 가도록 해 이야기를 엿듣지 못하고 해놓고서는, 그녀가 없는 동안 속담을 골라 각자 자기가 해야 할 말을 정했다. 마리야 니끼찌쉬나는 되돌아와서 눈 깜짝할 사이에 답을 알아맞히고 말았다. 원래 주어진 속담은 〈모진 세상의 풍파에 하느님의 자비심〉이라는 것이었다.

마리야 니끼찌쉬나 다음으로 술래가 된 사람은 푸른빛 안경을 쓴 더벅머리 청년이었다. 그에게는 아까보다 더 엄격한 방책이 요구되었다. 즉 그는 정자 옆으로 가서 얼굴을 아예 울타리 쪽을 향해 돌리고 있어야 했다. 음울한 낯빛의 젊은이는 내키지 않는다는 투로 자신의 의무를 수행하기는 했지만 어느 정도 정신적인 모욕감을 느끼는 것 같았다. 잠시 후 그를 불러들였을 때, 그는 아무것도 알아맞히지 못했다. 그래서 그는 다시 한번 일동의 앞을 빙 돌며 각자가 하는 말을 두 번씩 듣고, 오랫동안 우울한 표정으로 생각에 잠겼다. 그러나 결국 그것도 아무런 성과가 없었다. 모두가 그를 놀려댔다. 그 속담은 〈하느님께 기도하고, 황제에게 충성하면, 헛될 일이 있으로리오!)라는 것이었다.

「그 속담 한번 돼먹지 않았군!」기분이 몹시 상한 청년은 자기 자리로 물러가며 분개한 듯이 이렇게 중얼거렸다.

「아이, 지루하다!」이런 목소리가 들려왔다.

벨차니노프 차례가 되었다. 그는 제일 멀리 쫓겨 갔다. 그 역시 속담을 알아맞히지는 못했다.

「아이, 심심하다!」아까보다 더 많은 목소리가 들려왔다.

「자, 이젠 내가 갈게.」나쟈가 말했다.

「아냐, 아냐. 이젠 빠벨 빠블로비치가 가셔야 돼. 빠벨 빠블로비치의 차례가 됐어.」모두가 이렇게 외치고 나자 일동은 약간 활기를 되찾았다.

빠벨 빠블로비치는 바로 울타리 옆까지 끌려가 한쪽 구석에 얼굴을 돌린 채 서 있었는데, 뒤를 돌아보지 못하도록 홍당무 빛깔의 처녀가 보초처럼 옆에 서 있기까지 했다. 빠벨 빠블로비치는 이때 활기를 회복하고, 조금 전과 거의 마찬가지로 유쾌한 기분에 도달해 있었다. 그래서 그는 자신의 의무를 똑똑히 수행할 생각으로 울타리를 마주보며 뒤는 돌아볼 생각도 않은 채, 마치 나무 그루터기처럼 서 있었다. 홍당무 빛깔의 처녀는 그로부터 스무 발자국쯤 뒤로 물러나와 일동과 가까운 정자 옆에서 망을 보다가, 어쩐지 몹시 안절부절못하는 태도로 다른 처녀 아이들과 무엇인가 눈짓을 교환하였다. 모두가 약간 불안한 마음과 함께 무슨 일이 일어날 것이라는 추측을 하고 있는 듯한 눈치가 뚜렷했다. 모종의 장난이 꾸며지고 있는 것이었다. 문득 홍당무 빛깔의 처녀가 정자 뒤에서 손을 흔들어 보였다. 그것이 신호인 듯이 모두는 단번에 벌떡 자리를 박차고 일어나 어디론가 냅다 뛰어가기 시작했다.

「뛰세요, 당신도 뛰세요!」열 사람쯤 되는 목소리가, 그가 뛰지 않으면 큰일이라는 것처럼 벨차니노프에게 속삭였다.

「뭡니까? 무슨 일이 일어났습니까?」 모두의 뒤를 서둘러 따라가며 그가 물었다.

「조용히! 아무 말 하지 마세요! 저분을 저기 서서 울타리를 마냥 쳐다보게 하고, 우리는 몽땅 도망치는 거예요. 보세요, 나스쨔도 달려오고 있잖아요.」

홍당무 빛깔의 아가씨(나스쨔)는 마치 천지가 뒤집어지기라도 하듯, 큰일이 나기라도 한 듯 두 손을 홰홰 저으며 전속력으로 뛰어오고 있었다. 마침내 일동은 정원의 반대편 구석에 있는 연못의 건너편까지 뛰어왔다. 벨차니노프가 그녀들이 있는 곳까지 도착했을 때, 까쨔 페도세예브나는 처녀 아이들 모두와, 특히 나쨔와 마리야 니끼찌쉬나와 심한 말다툼을 하는 광경이 눈에 띄었다.

「까쨔 언니, 화 좀 내지 마!」 나쨔가 그녀에게 입맞춤을 했다.

「좋아, 엄마에게 이르진 않겠지만, 난 갈 테야. 이런 일은 아주 좋지 못하니까 말이야. 그분은, 가엾게도 울타리 옆에서 어떤 기분이 되시겠니!」

그녀는 동정하는 마음 때문에 그 자리를 떴다. 그렇지만 남아 있는 다른 모든 처녀 아이들은 동정심이란 조금도 모르는 채, 자기들 하고 싶은 대로 하려 했다. 그들은 벨차니노프에게, 빠벨 빠블로비치가 오더라도 그 역시 아무 일 없었던 것처럼, 아무런 주의도 새삼스럽게 기울이지 말아 달라는 부탁을 거듭거듭 했다. 「그럼 우리 모두 술래잡기를 하고 놀자!」 홍당무 빛깔의 처녀는 즐거워 죽겠다는 듯이 이렇게 큰 소리로 외쳤다.

빠벨 빠블로비치는 적어도 15분이 지나서야 일동과 합류를 했다. 그 시간의 3분의 2 가량을 그는 틀림없이 울타리 옆에 서 있었을 것이다. 술래잡기는 점점 더 무르익어 아주 대성공에 이르렀고 급기야 일동은 꽥꽥 소리를 치며 모두 즐거워하고 있었다. 미칠 듯이 화가 난 빠벨 빠블로비치는 똑바로 벨차니노프 쪽으로 달려오더니, 또다시 그의 옷소매를 낚아챘다.

「잠깐만요!」

「오, 맙소사, 저분께선 계속 잠깐만, 잠깐만 하시네요!」

「또 손수건을 빌려 달라고 하시나 봐요.」 일동은 그들의 등 뒤에서 이런 소리를 쳐댔다.

「자, 이번은 당신 짓이군요. 이번에야말로 당신 소행이에요. 당신이 이런 못된 장난의 두목이란 말이오……!」 빠벨 빠블로비치는 이 말을 하면서 심지어 이빨까지 딱딱 마주쳤다.

벨차니노프는 그의 말을 가로채며, 좀 더 유쾌한 마음가짐을 지니는 것이 좋겠다는 것과, 그렇지 않으면 완전히 웃음거리가 될 거라는 이야기를 상냥한 어투로 충고했다. 「모두가 즐겁게 노는데 화를 내시니, 그것 때문에 당신을 놀리는 겁니다.」 놀랍게도 그의 이러한 말과 충고는 빠벨 빠블로비치를 무척이나 감동시켰다. 그는 즉시 마음을 가라앉히고, 마치 죄인이기라도 한 듯 모두가 있는 곳으로 되돌아와서, 얌전하게 모두가 노는 데 같이 끼어들었던 것이다. 그 후 얼마 동안은 아무도 그를 귀찮게 하지 않고 모두 함께 잘 놀았으므로 반 시간이 지나지 않아서 그는 또다시 거의 아까와 같은 즐거운 기분을 가지게 되었다. 이런 저런 놀이를 하면서 짝을 찾아야 할 때면, 그는 주로 자기를 배반한 홍당무 빛깔의 처녀가 아니면, 자홀레비닌 자매들 중의 한 사람에게 짝이 되어 달라고 청했다. 그런데 벨차니노프가 그보다 더욱 놀랍게 여긴 것은 빠벨 빠블로비치가 끊임없이 나쟈의 바로 옆, 아니면 그녀로부터 그리 멀리 떨어지지 않은 곳에 위치해 있으면서도 거의 한번도 자기 편에서 스스로 그녀에게 말을 건네려 하지 않는다는 사실이었다. 그는 적어도 그녀로부터 무시와 멸시를 당하는 자신의 처지를 어쩌면 당연하고 자연스러운 것으로 감수하고 있었는지 모른다. 하지만 놀이가 끝나갈 무렵 그는 다시 한번 놀림의 대상이 되고 말았다.

그 놀이는 〈숨기 놀이〉라는 것이었다. 숨는 사람은 허용이 된 장소 내에서는 얼마든지 자리를 바꾸어 가며 숨어도 된다는 규칙이었다. 우거진 관목 속에 기어들어가 몸을 감추는 데 성공한 빠벨 빠블로비치는, 갑자기 집 안으로 뛰어 들어가야겠다는 생각을 하게 되었다. 요란하게 외치는 소리가 나며 그는 사람들의 눈에 띄었다. 그러자 위층 서랍장 뒤편에 몸을 숨기기에 알맞은 장소가 있다는 것을 알고 있는 그는 재빨리 계단을 뛰어올라갔다. 그러니까 홍당무 빛깔의 처녀가 그의 뒤를 따라 달려가더니, 발뒤꿈치를 들고 방문께로 살살 다가가서 그만 방문의 자물쇠를 찰칵하고 잠가 버렸다. 일동은 즉시 아까처럼 놀이를 중단하고 다시 정원의 반대편인 연못 건너쪽으로 뛰어갔다. 10여 분쯤 지나자 빠벨 빠블로비치는 아무도 자기를 찾지 않고 있다는 낌새를 채고, 비로소 작은 창으로 밖의 동정을 살펴보았다. 아무도 없었다. 낮잠을 자고 있는 양친 내외를 깨울까 봐 소리칠 수도 없었다. 심부름하는 아이와 하녀에게는 빠벨 빠블로비치가 부르더라도 대답을 하거나 모습을 나타내면 절대 안 된다는 엄중한 명령이 내려져 있었다. 까쩨리나 페도세예브나가 그에게 문을 열어 줄 수도 있었겠지만, 자기 방으로 돌아와 이런 저런 생각을 하며 잠시 앉아 있던 그녀는 역시 뜻하지 않게 깜빡 잠이 들고 만 상태였다. 일이 이렇게 되고 보니, 그는 거의 한 시간 가량을 거기에 그렇게 앉아 있어야만 했다. 그러다가 마침내 우연히 옆을 지나는 척하면서, 처녀 아이들이 둘씩 셋씩 나타나기 시작했다.

「빠벨 빠블로비치, 왜 저희들한테 안 오셨어요? 밖에서 얼마나 재미가 있었는데요! 우리는 극장 놀이를 했어요. 알렉세이 이바노비치는 〈젊은 청년〉 역을 맡았어요.」

「빠벨 빠블로비치, 왜 안 나오시는 거예요? 당신이야말로 경탄할 만한 분이에요!」 지나가던 다른 처녀 아이들이 이렇게 한마디씩 떠들었다.

「또 뭐가 경탄할 만하다는 거냐?」 뜻밖에 갑자기 자흘레비니나 부인의 목소리가 들려왔다. 그녀는 이제 막 잠이 깨어서 차를 기다리는 동안, 드디어 정원으로 나가서 〈아이들이〉 어떻게 노는지 살펴보아야겠다는 생각을 한 참이었다.

「저기 빠벨 빠블로비치가 계세요.」 처녀 아이들은 그녀에게 창문을 가리켰다. 거기에는 화가 잔뜩 나서 창백한 낯빛의 빠벨 빠블로비치의 얼굴이 일그러진 미소를 띠면서 밖을 내다보고 있었다.

「별 이상한 양반이 다 있네. 모두 저렇게 흥겹게 노는데, 자기 혼자 우두커니 방에 들어가 있다니!」 어머니는 머리를 갸우뚱했다.

그러는 동안에 벨차니노프는 마침내 아까 나쟈가 했던 〈당신이 와주셔서 기쁘다. 거기엔 그럴 만한 까닭이 있다〉는 말에 대한 설명을 들을 수 있었다. 그 설명은 사람이 지나 다니지 않는 가로수길에서 이루어졌다. 어떤 놀이에 끼었다가 마침 지루함을 느끼기 시작한 벨차니노프를 마리야 니끼찌쉬나가 일부러 불러다가 이곳 가로수 길로 데리고 와서, 그를 나쟈와 단둘이 있게 해놓았던 것이다.

「전 이제 확실하게 알았어요.」 그녀는 당당하고 빠른 말씨로 이렇게 말을 꺼냈다. 「빠벨 빠블로비치가 당신에 대해 허풍을 떨며 말한 것처럼, 당신이 그의 그런 친구가 아니라는 것을요. 그래서 전 당신만이 저의 아주 중요한 한 가지 소원을 해결해 주실 수 있다는 생각을 하게 되었어요. 이게 아까 그 사람이 준 망측한 팔찌인데요.」 그녀는 작은 호주머니에서 케이스를 꺼냈다. 「이것을 그 사람에게 당장 돌려주시기를 부탁드리겠어요. 왜냐하면 저는 지금부터 죽을 때까지 무슨 일이 있어도 절대 그 사람과는 아무 말도 하지 않을 거니까요. 그리고 이건 저의 부탁이었다고 이름을 말씀하셔도 괜찮아요. 그리고 또 앞으로 다시는 선물 같은 걸 하겠다는 생각 같은 건 아예 하지도 말라고 덧붙여 말씀해 주세요. 그 밖의 다른 일에 대해서는 제가 다른 사람을 통해서 알려주도록 하겠어요. 어때요, 저의 부탁을 들어주시겠지요, 제 소원을 들어주시겠죠?」

「오, 맙소사. 이거 참 실례입니다!」 벨차니노프는 두 손을 흔들며 거의 외치다시피 말했다.

「뭐라고요! 실례라고요?」 나쟈는 그의 거절을 못 믿겠다는 듯이 놀라며 커다란 눈으로 그의 눈을 바라보았다. 미리 준비한 것 같은 그녀의 목소리는 한순간에 사라지고 그녀는 거의 울상이 되고 말았다. 벨차니노프는 웃음을 지었다.

「나야 뭐……. 해드리면 좋겠지만…… 하지만 그 사람과는 복잡한 사정이 있어서 말이에요…….」

「전 알고 있었어요. 당신이 그 사람의 친구가 아니라는 걸, 그 사람이 아무렇게나 거짓말을 했다는 것을 말이에요!」 나쟈는 흥분하며 재빨리 그의 말을 가로막았다. 「전 무슨 일이 있어도 결코 그 사람에게 시집가지는 않을 거예요, 아시겠어요? 절대로 말이에요! 어째서 그 사람이 그런 웃기는 생각을 하게 되었는지 저로서는 도대체 이해조차 할 수 없어요……. 어쨌거나 당신께서는 그 사람에게 이 흉물스러운 팔찌를 전해 주셔야만 해요. 그렇지 않으면 제가 어떻게 되겠어요? 전 꼭 무슨 일이 있더라도 저 사람이 오늘, 바로 오늘 팔찌를 되돌려 받고 낭패를 맛보게 하고 싶어요. 만일에 그 사람이 아빠에게 고자질이라도 한다면, 그땐 어떻게 되는지 알게 될 거예요.」

이때 전혀 뜻밖에도 관목 뒤편에서 푸른 안경의 더벅머리 청년이 난데없이 뛰어나왔다.

「당신은 그 팔찌를 전해 주셔야만 해요.」 그는 엄청난 기세로 벨차니노프에게 대들었다. 「단지 여성의 권리를 옹호한다는 명분만으로도 그렇습니다. 만일 당신이 이 문제의 정점에 계신 분이라면…….」

하지만 그는 자신의 말을 다 끝맺음할 수가 없었다. 나쟈가 있는 힘을 다해 그의 소맷자락을 잡아당기며 벨차니노프로부터 그를 떼어 놓았던 것이다.

「오, 하느님, 이게 무슨 엉뚱한 짓이에요, 쁘레드뽀실로프!」그녀는 소리쳤다.「저리 가요! 저리로 가서, 엿듣지 말아요. 저기 멀리 가 있으라고 말하지 않았어요!」그녀는 두 발을 구르며 청년을 쫓아냈다. 그가 다시 관목 사이로 기어들어간 다음에도, 냐샤는 여전히 눈을 부릅뜨고 두 손을 앞으로 모은 다음, 마치 정신 나간 사람처럼 정원의 길을 줄곧 이리저리 왔다 갔다 했다.

「저 사람들이 얼마나 어리석은지, 당신은 상상도 못하실 거예요!」그녀는 문득 벨차니노프 앞에서 발걸음을 멈추었다.「당신은 우스워 보이겠지만, 제가 얼마나 답답할지 생각 좀 해보세요!」

「어리석다는 건 지금 그 사람이 아니지요, 그 사람이 아니죠?」벨차니노프는 웃음을 지었다.

「물론, 그 사람이 아니에요. 당신께선 어쩜 그렇게 잘 알아맞히시죠!」냐샤는 방그레 웃으며 양볼을 붉게 물들였다.「단지 그 사람의 친구가 그렇다는 거죠. 그런데 그이는 정말 이상한 친구들만 골라 사귀어요. 전 모르겠어요. 친구들은 모두 그이가 〈장차 이 사회를 움직이게 될 인물〉이라고 말하는데, 전 아무것도 이해하지 못하겠어요……. 알렉세이 이바노비치, 전 아무도 의지할 데가 없어요. 마지막으로 말씀해 주세요. 이걸 돌려주시겠어요, 아니면 안 되겠지요?」

「좋아요, 전해 드리죠. 이리 주십시오.」

「아이, 당신은 친절하시고 좋으신 분이에요. 아이 좋아라!」그녀는 그에게 케이스를 건네주면서 갑자기 몹시 기쁜 빛을 띠었다.「보답으로 저녁 내내 당신께 노래를 불러 드리겠어요. 사실 전 노래를 굉장히 잘 부르거든요. 아까는 제가 음악을 좋아하지 않는다고 했지만, 그건 거짓말이에요. 아시겠어요? 아, 당신이 한번만 더 방문을 해주신다면 전 정말 기쁠 거예요. 그러면 전 모든 이야기를 하나도 빼지 않고 많이 들려드릴게요. 당신은 마치 우리 까쨔 언니처럼 착하고 좋은 분이니까요!」

  그리고 정말 그녀는 모두가 차를 마시러 집으로 돌아왔을 때 그에게 두 개의 로망스[23]를 불러 주었다. 그녀의 목소리는 아직 세련되게 닦이지 않은 초급 단계의 것이기는 했지만, 듣기에 꽤 유쾌하고 힘이 들어 있는 목소리였다. 일동이 정원에서 돌아왔을 때, 빠벨 빠블로비치는 차 마시는 테이블에 아가씨들의 양친과 더불어 점잖게 앉아 있었다. 테이블 위에는 커다란 가정용 사모바르[24]가 끓고 있었고, 세브르[25] 산의 가정용 찻잔 세트가 차려져 있었다. 아마도 그는 노인 부부를 상대로 뭔가 아주 중요한 문제들을 의논하고 있었던 것 같다. 왜냐하면 내일 모레면 그는 꼬박 아홉 달을 떠나 있어야 하니까. 정원에서 들어온 사람들, 그 중에서도 특히 벨차니노프에게 그는 눈길 한번 주지 않았다. 얼른 보니 그는 고자질을 하진 않은 것 같았으며, 아직은 모든 일이 평화로운 상태에 있다는 것이 명백했다.

  나쨔가 노래를 부르기 시작하자 그는 즉각 모습을 나타냈다. 나쨔는 일부러 그가 직접 묻는 말에 아무런 대답도 하지 않았지만, 빠벨 빠블로비치는 전혀 당황하는 기색도 없이 짐짓 태연한 표정을 짓고 있었다. 그는 그녀가 앉은 의자의 등 뒤에 서 있었는데, 그의 표정은 이곳이야말로 자기가 서 있을 자리이며, 그것은 아무에게도 양보해 줄 수 없다는 것을 똑똑히 드러내고 있었다.

  「알렉세이 이바노비치가 노래하시겠대요, 엄마, 알렉세이 이바노비치가 노래하고 싶으시대요!」 처녀 아이들의 거의 대다수는 벨차니노프가 자신의 노래를 반주할 생각으로 자신 있게 자리를

---

23 시를 작곡하여 만든 성악곡.
24 차를 끓이는 기구로 옛날에는 숯불로 물을 데웠으나 지금은 전기를 사용한다.
25 세브르는 프랑스 파리 근교에 위치한 도시로서 도자기 생산지로 유명하다.

잡은 피아노 쪽으로 다가서며 이렇게 소리를 쳤다. 두 노인 부부와 그들과 같이 앉아서 차를 따르고 있던 까쩨리나 페도세예브나도 나왔다.

벨차니노프는 지금은 거의 아는 사람이 없는 글린까의 소곡을 하나 선택했다.

즐거운 시간 당신이 입술을 열어 비둘기보다 더 상냥하게 나에게 속삭이시면……

그는 자기의 팔꿈치 바로 옆, 아주 가까이 서 있는 나쨔 하나만을 바라보며 그 노래를 불렀다. 그의 목소리는 이미 썩 좋은 것은 아니었지만, 지금의 노랫소리로 보아 예전에는 꽤 좋았음이 분명했다. 이 소곡을 벨차니노프는 한 20년 전쯤, 그가 아직 대학생이었을 때, 글린까 자신이 직접 노래하는 것을 처음 들어 볼 기회가 있었다. 그것은 이미 작고한 이 작곡가의 어느 친구 집에서 열렸던, 여성들은 참석하지 않는 문인과 예술가들의 조그만 파티 모임에서였다. 흥이 난 글린까는 자신의 작품 중에서 좋아하는 곡들을 연주도 하고 노래도 불렀는데, 이 소곡도 그 중의 하나였다. 그 당시 그의 목소리도 좋은 것은 아니었지만, 벨차니노프는 그때 자신이 바로 이 소곡으로부터 받은 특별한 인상을 오랫동안 잊을 수 없었다. 그 어떤 유명한 가수라든가 살롱 가수도 결코 그와 같은 효과를 내지 못하리라. 그 소곡에는 어떤 긴장된 정열의 감정이 충만해 있으면서 그것이 한 구절 한 구절, 한 마디 한 마디마다 더 크고 높아지는 것이 있었다. 바로 이런 긴장감 때문에 아무리 사소한 조화의 불균형일지라도, 아무리 사소한 거짓과 부정이라 할지라도, 오페라에서는 쉽사리 지나가 버리는 것이지만, 곡 전체의 뜻을 금방 망치고 왜곡시킬 가능성이 내포되어 있는 것이다. 이 별것 아닌 것 같은, 그렇지만 뛰어난 소곡을 부르기 위해서는 무엇보다 진실을 필요로 했다. 반드시 꾸밈이 없는 풍부한 감흥이 필요했던 것이다. 진정한 열정, 그것을 완전하게 시적으로 소화시켜야 했다. 그렇지 않으면 이 소곡은 아주 실패작이 되고 말 뿐 아니라, 혐오스럽고 거의 뻔뻔스럽기 짝이 없는 것에 가까워지고 말 것이다. 이러한 열정의 에너지는 혐오의 감정을 불러일으키지 않고서는 표현되기 어려운 것이지만, 그러나 진실과 허심 탄회한 기분은 전체를 구원해 주고 있었다. 벨차니노프는 언젠가 이 소곡을 아주 멋지게 불렀던 일을 기억하고 있었다. 그는 글린까의 창법을 거의 완벽하게 소화하고 있었던 것이다. 그런데 지금 그의 영혼 속에서는 진정한 감흥이 솟아나 그의 목소리는 최초의 음, 최초의 구절부터 떨려 나오기 시작했다. 소곡의 마디마디와 더불어 감정이 더욱 강렬하고 대담하게 폭발하며 노출되더니, 급기야 마지막 몇 구절에 이르러서는 정열의 절규가 들릴 정도가 되었다. 그리고 그는 반짝이는 시선으로 나쟈를 바라보며 소곡의 마지막 가사를 다 불렀다.

이제는 더욱 용감하게 그대의 눈을 바라보며,
그대의 소리 들을 수도 없어 입술을 내밀며,
입맞춤을 원하노라, 입맞춤, 입맞춤!
입맞춤을 원하노라, 입맞춤, 입맞춤!

나쟈는 거의 놀라움에 차 몸을 떨며 약간 비틀거리면서 뒷걸음질 쳤다. 그녀의 두 뺨에는 홍조가 피어 올랐고, 그와 동시에 부끄러우면서도 거의 겁먹은 듯한 작은 얼굴에 일순 무엇인가 공감과 비슷한 것이 번쩍하며 스쳐 지나간 것처럼 벨차니노프에게는 느껴졌다. 경청을 하고 있던 모든 처녀들의 얼굴에도 황홀하면서도 동시에 의혹에 찬 빛이 떠올라 있었다. 일동은 그런 식으로 노래하는 것은 안 될 일이며, 부끄러운 일이라고 생각하는 것 같았다. 그러면서도 동시에 모든 얼굴과 눈동자는 무슨 일이 더 있기를 고대하는 것처럼 빛을 내며 불타오르고 있었다. 그러한 얼굴들 사이에서 유난스레 벨차니노프의 눈에 띈 것은 발그레하니 상기된 까쩨리나 페도세예브나의 얼굴이었다.

「굉장한 로망스로구먼!」 약간 얼떨떨해진 자흘레비닌 노인이 이렇게 중얼거렸다. 「한데…… 좀 너무 강렬한 거 아닙니까? 좋기는 합니다만, 약간 지나친 것 같습니다그려…….」

「강렬하군요…….」 자흘레비니나 부인이 이렇게 대꾸하려는데, 빠벨 빠블로비치는 그녀의 말이 끝나기를 기다리지 못했다. 그는 느닷없이 앞으로 뛰어나와 미친 사람처럼 정신없이 나쟈의 손을 덥석 잡아 쥐더니, 그녀를 벨차니노프로부터 떼어 놓고 나서, 그의 옆으로 다가가 떨리는 입술을 움직이며 멍한 시선으로 그를 똑바로 쳐다보았다.

「잠깐만.」 마침내 그는 간신히 이 말을 내뱉었다.

벨차니노프는 1분만 더 있어도 이 남자가 열 갑절이나 더 무모한 짓을 저지를 수도 있다는 것을 분명히 깨달았다. 빠벨 빠블로비치는 얼른 그의 손을 잡고 그 자리에 있던 모든 사람들의 어리둥절한 모습에는 아랑곳하지도 않고 그를 발코니로 데리고 나갔다. 그러고 나서는 벌써 거의 어두워진 정원으로 몇 걸음 더 내려서기까지 했다.

「아시겠지요, 당신은 지금, 당장 나와 이곳을 떠나야만 합니다!」 빠벨 빠블로비치가 이렇게 말문을 열었다.

「아니오, 무슨 말씀인지 못 알아듣겠는데요…….」

「생각해 보세요.」 빠벨 빠블로비치는 극도로 흥분한 목소리로 계속 속삭였다. 「기억하시죠. 그때 당신은 나더러 하나도 빼지 말고 모든 것을 솔직하게 〈최후의 한마디〉까지 이야기해 달라고 요구하셨죠? 자, 이제 그 모든 이야기를 들려드릴 때가 됐습니다……. 지금 같이 이곳을 떠납시다!」

벨차니노프는 잠깐 생각에 잠겼다. 그리고 다시 한번 빠벨 빠블로비치의 얼굴을 쳐다보더니 같이 떠나는 데 동의를 했다.

갑자기 두 사람이 떠나겠다는 말에 양친이 놀란 것은 물론이거니와, 모든 처녀 아이들의 분개는 굉장했다.

「그러시더라도 차 한 잔씩만 더 드시고요……」 자흘레비니나 부인은 사뭇 애처롭게 신음하듯 말했다.

「글쎄 무엇 때문에 이리 야단이시오?」 노인은 싱글거리며, 아무 말 없이 있는 빠벨 빠블로비치를 향하여 엄하고 못마땅하다는 투로 이렇게 말했다.

「빠벨 빠블로비치, 뭣 때문에 알렉세이 이바노비치를 데려가시려는 거예요?」 처녀 아이들은 애닯게 입을 모아 말하며, 동시에 화가 잔뜩 난 눈초리로 그를 노려보았다. 나쟈가 적개심에 가득 찬 눈으로 그를 쏘아보았으므로, 그는 온통 얼굴을 찌푸렸다. 하지만 항복을 하지는 않았다.

「그런데 사실은, 빠벨 빠블로비치에게 사의를 표해야 합니다. 제가 깜빡 잊을 뻔한 아주 중요한 문제에 대해 이분께서 방금 기억을 환기시켜 주셨거든요.」 벨차니노프는 미소를 지으며 주인과 악수를 나누었다. 그러면서 부인과 처녀들에게 인사를 했는데, 그 중에서도 특히 까쩨리나 페도세예브나에게 정중히 절을 했으므로 이것이 또다시 모든 사람들의 눈에 띄었다.

「찾아와 주셔서 우리 모두는 고맙게 생각하고, 또 오시면 언제든지 환영합니다.」 자흘레비닌은 무게 있게 말을 맺었다.

「아이, 우리 모두는 굉장히 기쁠 거예요……」 이 집의 어머니는 진심으로 그 말을 받았다.

「놀러 오세요, 알렉세이 이바노비치! 또 오셔야 해요!」 그가 빠벨 빠블로비치와 함께 마차에 올라 앉자, 발코니에서는 여러 명이 합창하는 목소리가 울려 퍼졌다. 그 중에는 누구보다도 더 낮게 말하는 한 사람의 목소리가 섞여 있는 듯했다. 「또 와요, 그리운, 그리운 알렉세이 이바노비치!」

〈저건 홍당무 빛깔 아가씨로군!〉하고 벨차니노프는 언뜻 생각했다.

13. 어느 쪽이 더 큰가

그는 홍당무 빛깔의 처녀에 관한 생각을 잠간 할 수도 있었지만, 그러는 사이에도 유감과 후회의 감정이 벌써 한참 전부터 마음을 괴롭히고 있었다. 그러고 보면 얼른 보기에 오늘은 하루 종일 그렇게도 즐겁게 지나갔건만 우수의 감정이 거의 한시도 그를 떠나지 않았다. 그 로망스를 부르기 전에는, 그 우수의 감정으로부터 어떻게 피해야 할지 알 수 없을 정도였다. 어쩌면 그것 때문에 그렇게 열중하여 노래를 부를 수 있었던 건지도 모른다.

〈그런데 내가 그렇게까지 비굴해질 수 있었다니……. 모든 걸 다 내팽개치고서!〉 그는 자기 자신을 꾸짖기 시작했으나, 서둘러 자신의 상념을 중단했다. 넋두리를 한다는 것 자체가 굴욕스럽게 여겨졌던 것이다. 한시라도 빨리 누군가에게 화라도 내면 훨씬 속이 편해질 것 같았다.

「바 ─ 보 같은 놈!」 그는 자기와 나란히 마차에 앉아서 아무 말도 않고 있는 빠벨 빠블로비치를 곁눈질하며 심술궂게 작은 소리로 이렇게 뇌까렸다.

빠벨 빠블로비치는 아마도 어떤 생각에 잠겨서 마음의 준비를 하는 것처럼 완강하게 침묵을 지키고 있었다. 이따금 그는 초조한 듯한 몸짓으로 모자를 벗어서 손수건으로 이마의 땀을 닦아냈다.

「땀을 흘리고 있군!」 벨차니노프는 독기 어린 말을 했다.

빠벨 빠블로비치는 단 한 번 마부에게 이런 질문을 던졌다. 「비가 오겠나, 안 오겠나?」

「굉장한 비가 올 겁니다요! 꼭 한바탕 쏟아지고야 말 겁니다. 온종일 무더웠잖습니까.」 아닌 게 아니라 하늘은 시커멓고, 먼 곳에서 번개의 섬광이 번쩍 하고 스쳤다. 그들은 열 시 반이 되어서야 시내로 들어왔다.

「댁에 들렀으면 하는데요.」 빠벨 빠블로비치는 벨차니노프의 숙소에서 멀지 않은 곳에 이르자 미리 예고하듯이 이렇게 말했다.

「좋습니다. 하지만 미리 말씀드리지만 난 지금 몸이 꽤 좋지 않은데요…….」

「오래 있지는 않겠습니다, 오래 있지 않겠어요!」

그들이 대문 안으로 들어서자, 빠벨 빠블로비치는 잠깐 현관방에 있는 마브라에게 뛰어갔다.

「거긴 뭣 때문에 가셨습니까?」 벨차니노프는 그가 뒤쫓아와 둘이 방으로 들어서게 되자 엄한 말투로 물었다.

「아무것도 아닙니다, 그저 좀…… 마부가…….」

「당신한테 술을 내주진 않겠습니다!」

아무 대답이 없었다. 벨차니노프는 촛불을 켰고, 빠벨 빠블로비치는 즉시 안락의자에 자리를 잡았다. 벨차니노프는 이마를 찡그리고 그의 앞에 멈추어 섰다.

「나 역시 당신한테 나의 〈마지막〉 말 한마디를 하겠다고 약속한 바 있습니다.」 그는 마음속에 들어 있는, 그러나 아직 억제되어 있는 초조감을 느끼며 이렇게 말문을 열었다. 「이것이 그 말인데, 내 양심에 비춰 보더라도 우리들 사이의 일은 이제 모두 끝장이 났다고 생각됩니다. 따라서 우리는 더 이상 아무것도 이야기할 것이 없습니다. 아시겠습니까, 아무것도 없단 말입니다. 그러니 이제는 돌아가시는 것이 좋지 않겠습니까. 그러면 나는 당신이 나가신 다음 문을 잠그겠습니다.」

「그러면 이제 총결산을 하십시다, 알렉세이 이바노비치!」 어딘가 매우 겸손한 시선으로 그의 눈을 바라보며 빠벨 빠블로비치가 이렇게 말했다.

「총 — 결 — 산이라니오?」 벨차니노프는 깜짝 놀랐다. 「이상한 말씀을 하시는군요! 대체 무슨 〈총결산〉을 한단 말입니까? 허참! 그럼 이것이 아까 당신이 내게 털어놓겠다고…… 약속한 당신의 〈최후의 한마디〉입니까?」

「바로 그렇습니다.」

「우리가 무엇을 더 이상 결산할 것이 있습니까, 우리는 이미 오래전에 모든 것을 다 청산했는데요!」 벨차니노프는 오만하게 이 말을 내뱉었다.

「당신은 진정 그렇게 생각하십니까?」 빠벨 빠블로비치는 조금 이상하게 손을 모으고 손가락과 손가락이 교차되게 하여 가슴 앞에 갖다 대며 이렇게 가슴을 찌르는 듯한 목소리로 말했다. 벨차니노프는 아무 대답도 하지 않고, 방 안을 왔다 갔다 하기 시작했다. 〈리자는? 리자는?〉 그의 가슴속에서는 이런 소리가 울려 나왔다.

「그러면 어떻게 총결산을 하실 작정이신가요?」 그는 꽤 오랫동안 침묵을 지킨 끝에 이마를 찡그리며 상대방을 향해 이렇게 말했다. 상대방은 두 손을 가슴에 모은 채 줄곧 그의 뒤를 눈으로 쫓고 있었다.

「더 이상 그곳엔 가지 말아 주십시오.」 빠벨 빠블로비치는 거의 애원하다시피 하는 목소리로 나직이 속삭이더니, 갑자기 자리에서 일어났다.

「뭐라고요? 겨우 그 말을 하려고 하셨습니까?」 벨차니노프는 짓궂은 웃음을 터뜨렸다. 「어쨌든 당신은 오늘 하루 종일 날 놀래키는군요!」 그는 독살스럽게 이야기를 시작했다. 하지만 순간적으로 그의 얼굴이 홱 바뀌었다.

「내 말 좀 들어 보세요.」 그는 침울하게, 그리고 마음속 깊은 데서 우러나온 솔직한 감정을 담아 이렇게 말문을 열었다. 「내 생각에, 오늘처럼 이렇게 나 자신을 낮추어 본 적이 없었던 것 같습니다. 우선 당신과 같이 그 집을 방문하겠다고 했던 것이 잘못이었고, 그 다음 거기서 있었던 일도 그랬습니다……. 그건 모두 하잘것없고 유감스러운 일뿐이었어요……. 난 공연히 남의 일에 끼어들어 나 자신의 위신을 떨어뜨리고 스타일을 구기는 일을 했거든요……. 그리고 그것도 잊고서…… 아니 뭐, 그렇단 말씀이죠!」그는 갑자기 정신을 가다듬기 시작했다. 「내 말 좀 들어 보세요. 당신은 오늘 내가 초조하고 병적인 상태에 놓여 있을 때 내게 달려들었습니다……. 아니, 변명을 할 건 없습니다! 난 이제 더 이상 그 집엔 가지 않을 겁니다. 그리고 그쪽엔 아무 관심도 갖고 있지 않다는 것을 확실하게 말씀드리지요.」그는 단호하게 말을 맺었다.

「정말입니까, 정말?」기쁨에 찬 흥분을 감추려 하지 않으며 빠벨 빠블로비치가 소리쳤다. 벨차니노프는 경멸하는 듯한 시선으로 잠시 그를 쳐다보더니 다시금 방 안을 왔다 갔다 하기 시작했다.

「보아하니 당신은, 무슨 일이 있어도 한번 확실하게 행복해지겠다는 결심을 하신 모양이지요?」마침내 그는 더 이상 참지 못하고 이렇게 말했다.

「그렇습니다.」빠벨 빠블로비치가 낮게 그리고 순진한 태도로 대답을 했다.

〈그게 나와 무슨 상관이란 말인가?〉벨차니노프는 생각에 잠겼다. 〈저 인간이 광대 녀석에다 머리가 모자라 저 따위 발광을 한다 해도? 나야 어쨌든 저 인간을 미워하지 않을래야 않을 수 없지 않는가, 저 인간이 그럴 만한 가치도 없다 하더라도 말이야!〉

「나는 〈영원한 남편〉입니다!」빠벨 빠블로비치는 자기 자신을 비웃는 듯한 비굴한 미소를 띠며 이렇게 말했다. 「나는 이 단어를 옛날에 당신한테 들어 알게 되었습니다, 알렉세이 이바노비치, 당신이 아직 우리와 함께 거기서 살고 있을 때 말이에요. 난 그때, 그 1년 동안 당신이 하신 많은 말을 기억하고 있었습니다. 지난번 당신이 여기서 〈영원한 남편〉이라는 말을 하셨을 때 깨닫게 됐지요.」

마브라가 샴페인 한 병과 글라스 두 개를 가지고 들어왔다.

「미안합니다, 알렉세이 이바노비치, 이걸 마시지 않으면 안 되겠습니다. 뻔뻔스럽다고 생각지 마시고, 상대도 안 되고 인연도 없는 사람이라 여겨 주십시오……」

「알겠습니다……」 벨차니노프는 혐오의 빛을 띠며 승낙했다. 「그렇지만 전 지금 컨디션이 좋지 않다는 걸 다시 한번 주지시켜 드려야만 하겠습니다……」

「지금 곧, 곧바로, 1분만요!」 빠벨 빠블로비치가 서둘러 말했다. 「딱 한 잔만요, 목이 말라서 말씀이에요……」

그는 갈증이 난 듯이 단숨에 잔을 비우고는 자리에 앉았다. 그는 거의 상냥한 시선으로 벨차니노프를 바라보았고, 마브라는 방을 나갔다.

「이런 한심한 인간이 있나!」 벨차니노프는 입 속으로 중얼거렸다.

「그건 단지 그 여자 친구 때문입니다.」 이제 아주 생생하게 활기를 찾은 빠벨 빠블로비치가 갑자기 몹시 활기를 띠며 이렇게 말했다.

「뭐라고요! 뭐라고 하셨습니까? 오, 아니, 당신은 여태 그 일을 생각……」

「그 여자 친구 아이 때문이라니까요! 당사자는 아직 나이가 어리니까 점잖게만 보이려고 애를 쓰고요, 그렇지 않습니까! 오히려 귀엽다고나 할까요. 그런데 말이죠, 그런데 아시겠어요. 전 앞으로 그녀의 노예가 될 작정입니다. 사교계에 나가서 사람들의 입에 오르내리게 되면, 인품이 아주 변해 버리겠지요.」

〈그런데 저자에게 팔찌를 돌려줘야겠군!〉 벨차니노프는 자신의 외투 호주머니에서 케이스를 더듬어 찾으면서 이맛살을 찌푸렸다.

「당신은 내가 행복하게 되어 보기로 작심을 했다는 말씀을 하셨지요? 전 장가를 들어야 합니다. 알렉세이 이바노비치.」빠벨 빠블로비치는 비밀 이야기를 털어놓듯이, 거의 흉금을 터놓는 듯한 어조로 이야기를 계속했다.「그렇지 않으면 내가 뭐가 되겠습니까? 당신이 직접 보시다시피 말이죠!」그는 술병을 가리켰다. 「이건 백 가지 버릇 중의 하나에 불과합니다. 전 도대체 혼자서는 살 수가 없습니다. 새로운 믿음 없이는요. 새로운 믿음을 잡아서 새로운 인간이 될 겁니다.」

「그런데 무엇 때문에 당신은 나한테 그런 이야기를 하는 거죠?」벨차니노프는 하마터면 웃음보를 터뜨릴 뻔했다. 그렇지만 이 모든 일이 그에게는 이상한 것으로 생각되었다.

「자, 이제 드디어 말씀해 보시죠.」그는 소리쳤다.「무엇 때문에 당신은 나를 그 집에 끌고 갔던 겁니까? 거기서 대체 내가 무엇에 필요했단 말입니까?」

「시험을 해보려고요……」웬일인지 빠벨 빠블로비치는 갑자기 당황하기 시작했다.

「뭘 시험한다는 거죠?」

「효과를 말입니다……. 아시겠어요, 알렉세이 이바노비치, 내가 거기서 혼담을 꺼낸 것은 겨우 일주일밖에 안 되는데 말이에요(그는 점점 더 당황한 빛을 띠었다). 어제 당신을 만나자 난 이런 생각을 잠시 하게 되었죠. 나는 아직 한번도 그녀가 다른 사람, 말하자면 나 이외의 다른 남자와 같이 있는 모습을 본 적이 없다 하는 생각을요. 지금 생각해 보니 어리석고 쓸데없는 생각이었다는 걸 알겠습니다. 내 성격이 못되어 너무나 그게 보고 싶었던 겁니다…….」갑자기 그는 머리를 쳐들고 얼굴을 붉혔다.

〈이자가 정말 진실된 말을 하고 있는 것일까?〉벨차니노프는 놀라서 멈칫 서버리고 말았다.

「그래서요?」 그는 물었다.

빠벨 빠블로비치는 달콤하고도 어딘가 교활한 미소를 지었다.

「그저 귀여운 어린아이에 지나지 않더군요! 모두가 그 여자 친구 아이 탓이죠! 오늘 당신 앞에서 보인 나의 어리석은 행동은 용서를 해주시죠, 알렉세이 이바노비치, 다시는 안 그러겠습니다. 앞으로 다시는 그런 일이 없을 겁니다.」

「나도 그 집에 가는 일은 없을 겁니다.」 벨차니노프는 웃음을 지어 보였다.

「나도 어느 만큼은 그런 뜻으로 말하는 겁니다.」

벨차니노프는 약간 기분이 언짢아졌다.

「하지만 세상에 남자가 나만 있는 건 아니니까요.」 그는 초조한 듯이 말했다.

빠벨 빠블로비치는 또다시 얼굴을 붉혔다.

「그런 말씀을 들으니 서글퍼지는군요, 알렉세이 이바노비치, 그런데 아시겠어요, 난 나제쥐다 페도세예브나를 존경하고 있습니다……」

「미안합니다. 미안해요. 난 그런 뜻이 아니었습니다. 다만 나로서는 당신이 나의 솜씨를 지나치게 높이 평가한 것이 약간 이상할 따름입니다……. 그리고…… 나에게 그렇게 진심으로 의지를 하셨다니 말입니다…….」

「내가 당신을 의지하게 된 것은 벌써 예전에도…… 여러 가지의 일이 있었기 때문입니다.」

「그렇다면, 당신은 지금도 나를 고상하기 짝이 없는 인간으로 생각하고 있단 말씀입니까?」 벨차니노프는 갑자기 발걸음을 멈추었다. 다른 때 같았으면 그는 자기가 던진 당돌한 질문의 순진함 때문에 깜짝 놀랐을 것이다.

「언제나 그렇게 생각해 왔지요.」 빠벨 빠블로비치는 두 눈을 내리깔았다.

「네, 그거야 물론 그렇지만…… 나는 그것을, 글쎄 그런 뜻으로 그런 게 아니라, 내가 말하고 싶은 것은, 어떤…… 편견이 있다 하더라도…….」

「네, 어떤 편견이 있더라도 말입니다.」

「그러면 당신이 뻬쩨르부르그로 오실 때요?」 벨차니노프는 자신의 호기심이 기이하리만큼 강력해지는 것을 더 이상 억제할 수가 없었다.

「제가 뻬쩨르부르그로 올 때도 당신을 지극히 고상한 인간으로 생각하고 있었죠. 난 언제나 당신을 존경하고 있습니다, 알렉세이 이바노비치.」 빠벨 빠블로비치는 두 눈을 들어, 이제는 조금도 당황하는 기색 없이 똑똑히 자신의 적수를 응시했다. 벨차니노프는 갑자기 겁이 덜컥 났다. 그는 무슨 일이 일어나거나, 아니면 어떤 일이 한계선을 넘어가는 것을 전혀 원치 않았다. 더구나 자신이 유도를 한 것이고 보니 더욱 그랬다.

「난 당신을 좋아했습니다, 알렉세이 이바노비치.」 빠벨 빠블로비치는 갑자기 무슨 결심이라도 한 듯이 말했다. 「T시에 있던 그 해 내내 당신을 좋아했습니다. 당신은 눈치 채지 못하셨겠지만.」 그는 약간 떨리는 목소리로 말을 이어 갔는데, 이것이 벨차니노프를 극도로 두렵게 했다. 「당신의 주의를 끌기에는 나라는 존재가, 당신에 비해 너무나 하찮았거든요. 또 어쩌면 그럴 필요가 없었는지도 모르지요. 어쨌든 9년이란 세월 동안 나는 당신 생각을 했습니다. 내 일생을 통해 그 해와 같은 해는 없었으니까요(빠벨 빠블로비치의 두 눈은 웬일인지 특별한 빛을 냈다). 나는 당신의 수없이 많은 말과 격언, 그러니까 당신의 속생각을 기억하고 있었습니다. 나는 당신을 훌륭한 감정으로 고양되어 있는 학문이 높은 분으로서 늘상 기억하고 있었죠. 높은 교양과 깊은 생각을 갖춘 분으로 말입니다. 〈위대한 사상은 위대한 지혜에서가 아니라 위대한 감정에서 출발한다.〉 이 말은 당신께서 직접 하신 건데, 아마 잊어버리셨겠죠. 하지만 난 기억하고 있었다 이 말입니다. 나는 언제나 당신을 위대한 감정을 지닌 사람이라 생각하고 있었고…… 그래서 믿었던 겁니다. 설령 무슨 일이 있더라도 말이에요…….」 그의 아래턱이 갑자기 떨리기 시작했다. 벨차니노프는 깜짝 놀라고 말았다. 이 예기치 않은 어조는 무슨 일이 있어도 중단이 되어야만 했다.

「자, 이제 됐습니다, 빠벨 빠블로비치.」 그는 볼이 상기되고 초조함을 느끼는 가운데 이렇게 중얼거렸다. 그는 갑자기 소리쳤다. 「그런데 뭣 때문에, 뭣 때문에. 무엇 때문에 당신은, 신경이 날카로워 헛소리라도 할 것 같은 환자에게 달려들어 어두컴컴한 암흑 속으로 끌고 가려고 하십니까……. 어쨌거나 세상 모든 일이란 것이 환영이며 신기루 아니겠습니까, 아니면 거짓이며 수치이고 엄청난 가식이지요. 그리고 이것이야말로 가장 중요한 일인데, 이 엄청나다는 것이 가장 부끄러운 일이지요! 결국 모든 것이 부질없는 일이었습니다. 우리 두 사람 모두 죄가 많고, 마루 밑창처럼 추악한 사람들입니다……. 그리고 원하신다면, 당신이 원하신다면, 나는 지금 당장이라도, 당신이 나를 좋아하지 않을 뿐만 아니라 온 힘을 다해 나를 증오하고 있다는 것, 그리고 당신 자신도 그 사실을 모르면서 거짓말을 하고 있다는 것을 당신한테 증명해 드릴 수 있습니다. 당신이 나를 그 집에까지 끌고 간 것은 신부를 시험해 보겠다는 웃기지도 않는 목적 때문이 아닙니다. 생각이 나는군요. 당신은 어제 나를 만나자 오직 원한의 감정이 솟아나 〈어떤지 좀 봐! 이 아가씬 내 것이 될 거야. 자, 여기서 또 집적거리겠으면 해보시지!〉라는 말을 떠들어 보려고 나를 끌고 간 것입니다. 당신은 나에게 도전을 한 것이었죠! 아마 어쩌면 당신 자신도 그것을 모르고 있는지 모르지만, 내 말이 틀림없을 겁니다. 왜냐하면 당신은 줄곧 그런 느낌을 가지고 있었으니까 말입니다…….

만일에 증오하는 마음이 없었다면, 그런 식의 도전은 할 수 없는 법입니다. 그러니까 당신은 처음부터 나를 증오하고 있었단 말입니다!」 그는 이렇게 외치면서 방 안을 뛰다시피 왔다 갔다 했다. 무엇보다 자기 자신을 빠벨 빠블로비치와 같은 인간의 수준으로 낮추고 있다는 굴욕감이 그를 고통스럽고 화나게 했다.

「나는 당신과 화해하기를 원했습니다, 알렉세이 이바노비치!」 갑자기 상대방은 급히 속삭이는 목소리로 단호하게 말했다. 그러자 그의 아래턱은 또다시 떨리기 시작했다. 미칠 것만 같은 울화가 벨차니노프를 엄습했다. 마치 오늘날까지 어느 누구도 이런 식으로 그를 모욕한 적이 없는 것만 같았다.

「다시 한번 당신한테 말해 두겠습니다.」 그는 울부짖다시피 했다. 「당신은 병들고 신경이 날카로운 사람에게…… 매달려서 상대가 정신이 없는 틈을 이용해 마음에도 없는 말을 시키려고 했습니다! 우리는…… 그래요, 우리는 서로 다른 세계의 사람들입니다. 이것을 이해하셔야 합니다. 그리고…… 그리고…… 우리들 사이에는 어떤 무덤이 하나 가로놓여 있단 말입니다!」 그는 이렇게 미친 듯 속삭이더니 갑자기 정신을 가다듬었다…….

「그런데 당신이 어찌 그걸 안단 말입니까.」 갑자기 빠벨 빠블로비치의 얼굴이 일그러지며 창백하게 안색이 변했다. 「어찌 당신이 안단 말입니까, 그 조그만 무덤이 여기…… 나에게 무슨 의미가 있는지를!」 그는 벨차니노프 앞으로 바짝 다가서서, 우스꽝스러우며 섬뜩한 제스처로 주먹을 쥐어 자신의 가슴을 쾅 치면서 소리쳤다. 「나는 여기 있는 작은 무덤을 알고 있어요. 그리고 우리 두 사람은 이 무덤의 양쪽에 서 있는데, 단지 내 쪽이 당신 쪽보다 더 커요, 훨씬 더 크단 이 말입니다…….」 그는 연달아 자신의 가슴을 치면서 헛소리를 하는 것처럼 속삭였다. 「더 커요, 더 — 크단 말이에요…….」 그런데 이때 느닷없이 요란한 초인종소리가 두 사람의 정신을 번쩍 들게 했다. 얼마나 요란하게 초인종을 누르던지 마치 누군가 단숨에 초인종을 부숴 버릴 결심을 한 것처럼 여겨질 지경이었다.

「저렇게 초인종을 울려 날 찾아올 사람은 없는데.」 벨차니노프는 당혹해 하며 이렇게 말했다.

「그렇다고 날 찾아온 것은 아닐 텐데요.」 빠벨 빠블로비치가 머뭇거리면서 속삭였다. 그 역시 정신을 차리고 삽시간에 평소와 다름없는 이전의 빠벨 빠블로비치로 돌아가 있었다. 벨차니노프는 얼굴을 찌푸리며 문을 열러 나갔다.

「제가 잘못 찾은 게 아니라면, 벨차니노프 씨죠?」 현관에서 울림이 좋고 유난스레 자신감에 찬 젊은 사람의 목소리가 들려왔다.

「무슨 일이오?」

「확실히 알고 왔는데요.」 잘 울리는 목소리가 이어졌다. 「뜨루소스끼라는 사람이 지금 댁에 와 있지요. 저는 지금 당장 그 사람을 꼭 만나 봐야만 합니다.」 물론 벨차니노프는 이 자신만만한 젊은이를 계단 쪽으로 멋지게 걷어차 주면 유쾌했으리라. 하지만 그는 잠시 생각에 잠겼다가 옆으로 몸을 비켜서 그를 안으로 들어오게 했다.

「여기 뜨루소스끼 씨가 계십니다. 들어오시죠……..」

14. 사쎈까와 나젠까

방 안으로 매우 젊은, 열아홉 아니면 혹시 그보다 더 어릴지도 모르는 청년이 들어왔다. 그의 자신 있게 치켜든 잘생긴 얼굴은 앳되어 보였다. 그의 옷차림은 꽤 괜찮았고, 적어도 모든 것이 그에게 썩 잘 어울렸다. 키는 보통보다 약간 컸고, 사방으로 흩어진 검고 숱이 많은 머리카락, 그리고 씩씩하고 검은 눈동자, 이것이 그의 용모 중에 특히 두드러져 보였다. 다만 코가 약간 낮았으며 하늘을 향해 쳐들려 있었다. 이것만 아니라면 굉장한 미남이었으리라. 그는 우쭐대면서 들어왔다.

「제가 뜨루소스끼 씨와 이야기할 기회를 가지게 됐나 보군요.」 그는 침착한 어조로 의기양양하게 〈기회〉라는 단어를 강조하면서 말문을 열었다. 말하자면 그런 식으로 뜨루소스끼 씨와의 대화가 자신에게는 아무런 명예도 만족도 될 수 없다는 것을 미리 알리려는 것 같았다.

벨차니노프는 어찌 된 영문인지 이해가 가기 시작했다. 보아하니 빠벨 빠블로비치에게도 이미 무엇인가 머리에 짚이는 것이 있는 것 같았다. 그의 얼굴에 불안한 기색이 나타났다. 그렇지만 그는 자신을 지탱하려 하고 있었다.

그는 위엄 있게 대답했다. 「당신을 아는 영광을 갖지 못한 나로서는…… 당신과 아무 용건도 갖고 있지 않다고 생각하는데요.」

「먼저 내 말씀을 들어 보시고, 그 다음에 당신의 의견을 말씀하시지요.」 자신만만하게, 그리고 훈계하는 듯한 태도로 청년은 말했다. 그러고 나서 그는 가슴에 끈으로 매달고 있던 거북이 등 껍질로 테를 두른 로르네트를 꺼내어 테이블 위에 있는 샴페인 병을 자세히 들여다보기 시작했다. 술병의 검사를 태연스레 마친 그는 로르네트를 접고 나서, 다시금 빠벨 빠블로비치를 향하여 말문을 열었다.

「알렉산드르 로보프.」

「알렉산드르 로보프라는 게 대체 뭐요?」

「그게 접니다. 들어 본 적이 없습니까?」

「없소이다.」

「모를 수도 있겠지요. 나는 당신과 관련된 중대한 용건을 가지고 왔습니다. 그런데, 미안하지만 좀 앉아야겠습니다. 피곤해서 말입니다……」

「앉으시지요.」 벨차니노프가 자리를 권했다. 그런데 청년은 권하는 말이 채 끝나기도 전에 이미 털썩 앉아 버렸다. 가슴의 통증이 점점 더 커짐에도 불구하고 벨차니노프는 이 당돌한 청년에 대해 흥미를 느꼈다. 그의 잘생기고 어린아이같이 홍조를 띤 얼굴에는 어딘가 모르게 나쟈와 비슷한 점이 있는 것처럼 여겨졌다.

「당신도 앉으시지요.」 청년은 빠벨 빠블로비치에게 맞은편 자리를 고갯짓으로 가리키며 권하였다.

「괜찮아요. 난 서 있겠어요.」

「피곤하지 않습니까. 벨차니노프 씨, 당신은 자리를 비키지 않으셔도 됩니다.」

「난 비킬 데가 없습니다. 난 지금 내 집에 있으니까.」

「좋을 대로 하십시오. 솔직히 말씀드리자면, 저는 제가 이 신사 분과 문제를 해명하는 자리에 당신께서 입회해 주시기를 바라고 있습니다. 나제쥐다 페도세예브나는 당신을 퍽 칭찬하면서 나에게 추천해 주었습니다.」

「뭐라고요! 그녀가 언제 그런 말을 할 시간이 있었죠?」

「당신이 떠나신 직후에요. 저 역시 거기에서 오는 길입니다. 그런데 말입니다. 뜨루소스끼 씨.」 그는 서 있는 빠벨 빠블로비치를 돌아보았다. 그는 안락의자에서 제멋대로 우쭐거리며 모호하게 입속말을 내뱉었다. 「우리, 그러니까 나와 나제쥐다 페도세예브나는 벌써 오래전부터 서로 사랑하는 사이이고, 서로에게 약속을 한 상태입니다. 그런데 지금 당신께서 우리 사이를 방해하고 있습니다. 그래서 자리를 비켜 주셔야겠다는 말씀을 드리러 당신께 찾아온 것입니다. 나의 이 제의를 당신께선 흔쾌히 동의해 주시겠습니까?」

빠벨 빠블로비치는 잠깐 휘청거리기까지 했다. 그의 안색이 일순 창백해졌으나, 곧 그의 입술에는 짓궂은 미소가 떠올랐다.

「아니, 도저히 안 되겠는데요.」 그는 딱 부러지게 거절했다.

「그래요!」 다리를 포개 앉은 청년은 안락의자에서 몸을 돌렸다.

「난 도대체 내가 누구와 얘기를 하고 있는지도 모르겠어요. 우리는 더 이상 이야기를 계속할 필요도 없다고 생각합니다.」 빠벨 빠블로비치가 말했다.

이렇게 말한 다음, 그 역시 앉아야 할 필요성을 느꼈다.

「피곤할 거라고 말하지 않았습니까.」 청년은 아무렇게나 이 말을 내뱉었다. 「방금 저는, 내 이름은 로보프이고 나와 나제쥐다 페도세예브나, 우리 두 사람은 서로 약속을 한 사이라는 것을 당신에게 알려 드릴 기회를 가졌습니다. 그러니까 당신은 지금 말한 것처럼 누구와 얘기를 하고 있는지 모르겠다고 말할 수는 없습니다. 그리고 나와 당신이 더 이상 대화를 계속할 필요가 없다고 생각해서도 안 됩니다. 내 이야기는 그만두더라도 문제는 당신이 그렇게 철면피처럼 쫓아다니는 나제쥐다 페도세예브나와 관계가 있는 것이니까요. 이 한 가지 사실만으로도 해명을 해야 할 충분한 이유가 성립되는 게 아니겠습니까.」

그는 이 모든 이야기를 으스대는 것처럼 입 속으로 불분명하게 중얼거렸다. 심지어 분명하게 이야기를 해줄 만한 가치도 없다는 듯한 태도였다. 그는 또다시 로르네트를 꺼내어, 말을 하는 도중에 무엇인가를 잠시 들여다보기까지 했다.

「실례입니다만, 젊은 양반······.」 빠벨 빠블로비치는 신경질적으로 소리를 지르려고 했으나, 그 〈젊은 양반〉이 그를 즉각 압도해 버렸다.

「다른 때 같았으면 난 물론 당신이 나를 〈젊은 양반〉이라고 부르는 것을 내버려 두지는 않았을 겁니다. 하지만 지금은, 나의 젊음이 당신 앞에서 나의 중요한 특권이라는 것, 그리고 예컨대 오늘 당신이 그녀에게 팔찌를 선사할 때, 자신이 조금만이라도 더 젊었기를 굉장히 원했다는 것쯤은 스스로도 인정하시겠죠?」

「거 참, 말도 많은 녀석이로군!」 벨차니노프가 입속말로 중얼거렸다.

빠벨 빠블로비치가 정색을 하고 말했다. 「어쨌든 이것 봐요. 난 도대체가 당신이 열거한 이유들, 무례하고 전연 수긍이 가지도 않는 이유 말이에요, 더 이상 거기에 대해서는 토의를 계속할 가치도 없다고 생각합니다. 내 생각에 이 모든 일은 유치하고 아무 쓸데없는 것입니다. 내일이라도 존경하는 페도세이 세묘노비치에게 물어보기로 하고, 지금은 당신께 이만 실례하겠습니다.」

「이 사람의 성격이 어떤지 보셨죠!」 말투를 자제하지 못하고 젊은이는 벨차니노프를 돌아보며 단박에 소리쳤다. 「자기에게 혀를 내밀고 내쫓기는 것도 모자라서, 저 사람은 내일, 우리 일을 영감님한테 가서 고자질하겠답니다! 고집불통이로군요. 이거야말로 강제로 처녀를 빼앗아 오겠다는 심보를 만천하에 증명해 보이는 일이 아니겠습니까. 우리 사회에 아직 남아 있는 야만적 관습에 따라 딸에 대해 권력을 휘두르는 정신 상태가 흐릿한 부모로부터 그 처녀를 돈으로 사보겠다는 수작이 아닙니까? 그녀가 당신을 경멸하고 있다는 것을, 그만큼 보여 주었으면 이젠 알아차릴 법하지 않습니까. 오늘 당신이 선물한 그 해괴한 팔찌도 돌려주지 않았습니까? 뭐가 더 필요하단 말입니까?」

「어떤 팔찌건 어느 누구도 나에게 돌려준 일이 없소이다. 그리고 그런 일은 있을 수도 없고.」 빠벨 빠블로비치는 치를 떨었다.

「있을 수 없다고요? 벨차니노프 씨께서 당신에게 전해 주지 않던가요?」

〈오, 저런, 빌어먹을 자식!〉 벨차니노프는 이런 생각을 잠시 했다.

「사실은,」 그는 얼굴을 찌푸리며 말했다. 「아까 나제쥐다 페도세예브나가 당신에게 이 케이스를 전해 달라고 나한테 맡겼습니다, 빠벨 빠블로비치, 난 안 맡으려 했지만 그녀가 하도 부탁을 해서…… 여기 있습니다……. 나도 난처합니다…….」

그는 케이스를 꺼내어 머뭇거리며, 정신없이 멍하게 있는 빠벨 빠블로비치의 앞에 놓았다.

「어째서 여태까지 전하지 않으셨던 거지요?」 젊은이는 벨차니노프에게 사뭇 서슬이 퍼렇게 대들었다.

「그럴 사이가 없었어요, 말하자면.」 그는 이맛살을 찌푸렸다.

「이상하군요.」

「뭐 — 가 — 요?」

「어쩐지 좀 이상해요. 그렇지 않아요? 그렇지만 어쩌다 일이 어긋날 때가 있다는 것쯤 나도 인정할 수 있습니다.」

벨차니노프는 당장 자리를 박차고 일어나 이 젊은 녀석의 양쪽 귀를 잡아당겨 주고 싶은 생각이 간절했지만, 더 이상 참지 못하고 그를 쳐다보며 느닷없이 큭 웃고 말았다. 청년도 단박에 웃음을 터뜨렸다. 빠벨 빠블로비치는 그럴 수 없었다. 만일 벨차니노프가 로보프와 웃음을 터뜨리고 있을 때, 자기를 바라보고 있는 그의 무시무시한 눈초리를 보았더라면, 이 사람이 이 순간 운명을 좌우하는 경계의 선을 넘고 있다는 것을 알아챌 수도 있었을 것이다……. 그렇지만 비록 그 눈초리를 보진 않았어도 벨차니노프는 빠벨 빠블로비치를 지지해 주어야 할 필요가 있다는 것을 깨달았다.

「이것 봐요, 로보프 씨.」 그는 다정한 말씨로 이야기를 꺼냈다. 「이 문제에 관해서는 다른 여러 가지의 이유가 있으리라 생각이 되지만, 나로서는 그런 것에 대해 굳이 언급하고 싶지는 않기 때문에 여러 말 하지 않기로 하고, 다만 이 한 가지에 대해서는 당신에게 주의를 주고 싶어요. 어쨌거나 빠벨 빠블로비치는 나제쮜다 페도세예브나에게 청혼함에 있어 역시 그럴 만한 자격을 갖추고 있다는 점이죠. 첫째, 이분에 관한 것은 모든 것이 낱낱이 그 훌륭한 집안에 다 알려져 있는 상태이고, 둘째, 존경을 받아 마땅한 좋은 사회적 지위가 있고, 마지막으로 재산이 있습니다. 그러니 당신 같은 경쟁자를 보고 이분이 놀라는 것은 매우 당연한 일이지요. 그야 어쩌면 당신도 많은 장점을 가지고 있겠죠. 하지만 나이가 너무 어리니 진지한 경쟁 상대로 받아들일 수가 없지 않겠습니까……. 그렇지만 어쨌든 이런 이야기는 그만두자고 하는 편이 옳다고 생각되는군요.」

「〈나이가 너무 어리다〉는 게 도대체 무슨 뜻입니까? 난 만 열아홉 살이 된 지 한 달이나 지났습니다. 법적으로 봐도 나는 오래 전부터 결혼을 해도 괜찮습니다. 당신과는 더 이상 일이 없어요.」

「그렇지만 어떤 아버지가 지금 당신에게 자기 딸을 내줄 생각을 하겠습니까? 아무리 당신이 미래의 백만장자이고, 미래 인류의 은인이라 하더라도 말씀입니다. 열아홉 살밖에 안 되고, 자기 자신에 대한 책임도 지지 못할 텐데, 당신은 다른 사람의 장래까지, 그러니까 당신과 같은 어린아이나 다름없는 처녀의 미래까지 짊어지겠다는 엄청난 생각을 하고 있어요! 이건 그다지 신사다운 생각이 아니라 할 수 있겠죠? 내가 감히 이런 말을 하는 것은, 당신이 아까 나를 당신과 빠벨 빠블로비치 두 사람 사이의 중재자처럼 대해 주었기 때문이지요.」

「아, 그래요. 그런데 저 사람 이름이 빠벨 빠블로비치로군요!」 젊은이가 말했다. 「어떻게 된 건지 난 여태 바실리 뻬뜨로비치로 알고 있었지 뭡니까? 그런데 말이에요.」 그는 벨차니노프를 향해 돌아섰다. 「당신은 나를 조금도 놀라게 하지 않으셨어요. 난 당신들이 어차피 모두 그렇고 그런 사람들이라는 걸 알고 있었으니까요! 한데, 이상한 건 모두가 당신에 대해 약간 새로운 데가 있는 사람인 것처럼 말했다는 점이에요. 하지만 그거야 모두 별것 아닌 것이고, 문제는 내 편에서 당신이 지금 말씀하신 것처럼 신사답지 못한 점이 조금도 없을 뿐만 아니라, 오히려 그 반대라는 사실입니다. 난 그 점에 대해 당신께 분명히 설명해 드리려고 합니다. 우리는 첫째, 굳은 약속을 한 사이입니다. 그뿐이 아니라 나는 두 사람의 증인이 있는 자리에서, 그녀가 만일 다른 사람을 사랑하게 된다든가 아니면 나와 결혼한 것을 후회하여 이혼하기를 원하게 된다면, 그땐 내가 즉시 간통했다는 서류를 만들어서 그녀에게 주고, 그렇게 함으로써 이를테면 갈 데까지 가서 그녀가 이혼하고 싶어하는 소망을 뒷받침해 주겠노라는 약속을 해주었습니다. 그뿐이 아닙니다. 만일에 내가 나중에 이 약속을 어기고 방금 이야기한 서류의 교부를 거절하는 일이 있을지도 모르니까, 그런 경우를 대비하여 우리가 결혼하는 바로 그날 나는 그녀에게 10만 루블짜리 약속 어음을 한 장 발행해 줍니다. 그렇게 하면 만일에 내가 그 서류의 교부를 안 해줄 경우, 그녀는 당장 그 약속 어음을 다른 사람에게 넘겨서 나를 꼼짝없이 골탕먹게 할 수 있는 것입니다! 이런 식으로 모든 것이 보증되어 있으므로, 나는 어느 누구의 장래도 위험에 빠뜨리게 되지 않습니다. 자, 이것이 첫째 사항입니다.」

「내기를 걸어도 좋습니다만, 이건 그 사람, 이름이 뭐더라, 쁘레드뽀실로프가 생각해 내어 당신에게 가르쳐 준 것이겠죠?」 벨차니노프가 소리를 쳤다.

「히 — 히 — 힛!」 빠벨 빠블로비치가 독살스럽게 킬킬거렸다.

「저 양반은 뭣 때문에 낄낄거리는 겁니까? 당신 말이 맞아요. 그건 쁘레드뽀실로프의 생각이었습니다. 어때요, 무척 교묘하지요. 시시한 법률쯤이야 꼼짝도 못해요. 물론 난 그녀를 영원히 사랑할 것이고, 그녀는 굉장히 웃어 대고 있지만, 어쨌든 이런 생각이 멋지지 않습니까. 그리고 이건 아무나 쉽게 실천할 수 없는 훌륭한 태도라는 것은 당신도 인정하시겠죠?」

「내 생각에 그건 훌륭하지 않을 뿐더러 지저분하기까지 하군요.」

이 말에 젊은 청년은 어깨를 으쓱했다.

「그런 말을 한다고 해서 내가 놀라진 않습니다.」 그는 잠깐 가만히 있더니 이렇게 말했다. 「나는 벌써 오래전부터 어떤 일에도 놀라지 않습니다. 쁘레드뽀실로프가 여기 있었다면 당신을 정면으로 공격했을 겁니다. 이 같이 자명한 이치를 이해하지 않으려고 하는 태도는 이를테면 첫째, 오랜 세월에 걸친 불합리한 생활과 둘째, 오랜 세월에 걸친 무위도식으로 인한 가장 평범한 감정과 상식의 왜곡 현상 때문에 생기는 거라고 말입니다. 그런데 그러고 보니 우리는 아직 서로가 이해를 못하고 있는 것인지도 모르겠습니다. 좌우지간 나는 사람들이 당신에 대해 좋게 말하는 소리를 들었어요……. 당신은, 글쎄, 벌써 한 오십쯤 되었겠죠?」

「용건에 대해서만 말하기로 합시다.」

「무례한 말씀을 드려 죄송합니다. 화를 내지는 말아 주십시오. 다른 뜻이 있는 것은 아닙니다. 그럼 얘기를 계속하지요. 난 결코 당신 말씀마따나 미래의 억만장자는 아닙니다. 무슨 그런 얼토당토않은 생각을 하십니까! 나는 당신이 보시는 것과 같은 사람이지만, 그 대신 나의 미래에 대해서는 확고한 믿음을 가지고 있습니다. 나는 영웅이나 어느 누구에게 은혜를 베푸는 사람이 되지는 않겠지만, 나 자신과 아내는 충분히 먹여 살릴 수 있습니다. 물론 지금 당장은 무일푼입니다. 그들의 집에서 양육되기까지 했지만 말입니다. 아주 어릴 때부터……」

「그건 무슨 말이오?」

「그건, 내가 자흘레비니나 부인의 먼 친척 되는 사람의 아들이란 말씀이죠. 가족 모두가 세상을 떠나고 여덟 살 된 내가 홀로 남게 되자, 그 노인이 나를 자기 집으로 데려갔고 나중에는 김나지움에 보내 주었죠. 그 양반은 무척이나 선량한 사람입니다. 아실지 모르겠지만……」

「알고 있소이다…….」

「그래요. 하지만 지나치게 고리타분한 사고 방식을 갖고 있죠. 그렇지만 좌우지간 선량한 사람인 건 틀림없어요. 지금은 물론, 오래전에 나는 그분의 보호에서 벗어났습니다. 남에게 폐를 끼치지 않고 경제적으로 독립된 생활을 하고 싶으니까요.」

「그럼 언제부터 독립을 했나요?」 벨차니노프가 호기심 어린 질문을 했다.

「벌써 넉 달째 되어갑니다.」

「아, 이제야 모든 사정을 다 알겠습니다. 어릴 때부터의 친구 사이라 이 말씀이죠! 그래, 당신은 직장이 있습니까?」

「네, 관리는 아니고 어떤 공증인의 사무실에서 일하고 있는데, 월급은 한 달에 25루블입니다. 물론 임시로 하고 있지만, 내가 그 집에 가서 청혼을 했을 때는 이런 것도 없었습니다. 그때 나는 철도에서 일하고 있었는데, 10루블을 받고 있었죠. 그렇지만 이 모든 것은 단지 일시적인 것일 뿐입니다.」

「당신은 청혼까지 했다고요?」

「정식 청혼을 했지요. 벌써 한참 되었어요. 한 3주일 되었을 겁니다.」

「그래서 어떻게 되었죠?」

「노인은 한바탕 껄껄 웃어 대더니 그 다음엔 왈칵 화를 내고, 그러고 나서 그녀를 2층에다 가두어 버렸습니다. 그렇지만 나쟈는 꿋꿋하게 그걸 참아 내었죠. 이런 불상사도 사실은 그 원인이 있습니다. 그건 넉 달 전 내가 철도에 들어가기 전 노인이 나를 자기가 근무하는 관청에 취직시켜 주었죠. 그런데 내가 그 자리를 박차고 나왔기 때문에 노인이 나를 오래전부터 괘씸하게 여겼던 것입니다. 거듭 말씀드리지만, 그는 호인이고 집에서는 꾸밈이 없고 명랑한 분인데, 관청에서는 어떤 사람으로 변하는지 당신은 상상도 할 수 없을 겁니다! 꼭 무슨 주피터처럼 버티고 앉아 있다니까요! 그래서 난 당연히, 그의 태도가 마음에 들지 않는다는 것을 당사자에게 알려 주게 되었죠. 그런데 이 모든 일의 발단은 그 과장이란 자 때문에 시작되었습니다. 그 사람은 내가 자기에게 〈폭언을 했다〉고 떠들어 대기 시작했던 거죠. 내가 한 말은 그저 머리가 좀 모자란다고 했을 뿐인데. 그래서 난 그 사람들 모두를 팽개치고 나와 지금은 공증인 사무실에 있게 된 겁니다.」

「그런데 관청에서는 급여를 많이 받았습니까?」

「아니오, 임시직이었는걸요! 노인이 급료를 주고 있었어요. 그래서 그분이 호인이라고 말씀드리는 겁니다. 그렇지만 어쨌든 우리는 물러서지 않을 겁니다. 물론 25루블로는 충분한 생계비가 안 되지만, 조만간 나도 파산에 처하게 된 자빌레이스끼 백작의 소유지 관리에 한몫 거들게 될 희망이 있습니다. 그렇게 되면 한번에 3천 루블이 생기게 되죠. 일이 그렇게 되지 않으면 변호사가 되겠습니다. 요즈음은 사람이 귀해서요······. 야! 웬 천둥이지, 소낙비가 오겠네. 비가 쏟아지기 전에 오게 돼서 다행이군. 거기서부터 난 걸어서, 거의 뛰다시피 해서 여기까지 왔어요.」

「한데 실례지만, 지금 형편이 그렇다면 당신은 언제 나제쥐다 페도세예브나와 이야기를 할 새가 있었나요? 그리고 그 집에 출입이 금지되어 있다면?」

「아휴, 그야 울타리 너머로 할 수 있지 않아요! 아까 홍당무 색 머리를 한 아가씨를 본 적이 있으시죠?」 그는 웃기 시작했다. 「말하자면 거기서 그녀가 주선을 하기로 하고, 마리야 니끼찌쉬나도 도와주죠. 다만 이 마리야 니끼찌쉬나는 뱀 같은 사람이죠······! 왜 찡그리십니까? 천둥을 무서워하시는 거 아닙니까?」

「아니오, 난 지금 몸이 아픕니다. 몹시 아파요······.」 벨차니노프는 정말 갑작스레 가슴이 아프기 시작했으므로, 그 괴로움 때문에 의자에서 벌떡 일어나 방 안을 왔다 갔다 해보려고 했다.

「저런, 그렇다면 내가 당신을 방해하고 있는 거로군요. 걱정하지 마세요, 이제 가보도록 하지요!」 그러면서 청년은 자리에서 일어났다.

「방해하고 있지 않습니다, 전혀.」 벨차니노프는 점잖게 말했다.

「전혀라니오, 〈꼬빌리니꼬프의 배가 아플〉 때인데요. 쉬체드린[26]의 이 구절을 기억하십니까? 당신은 쉬체드린을 좋아하시나요?」

「좋아해요······.」

「나도 그래요. 자, 바실리······. 오, 이런 실수가, 빠벨 빠블로비치, 끝맺음을 해봅시다!」 그는 거의 웃음에 가까운 표정을 지으며 빠벨 빠블로비치를 향해 말했다. 「당신의 이해를 위해 다시 한번 문제를 정리하겠습니다. 당신은 내일이라도 내가 입회한 자리에서 노인 부부 앞에서 나제쥐다 페도세예브나에 관한 일체의 요구 사항을 공식적으로 철회한다는 데에 동의하십니까?」

「절대 동의할 수 없습니다.」 초조하면서도 대단히 화가 난 표정으로 빠벨 빠블로비치가 자리에서 일어섰다. 「그리고 다시 한번 부탁하겠는데, 나를 내버려 두세요······. 이 모든 얘기는 유치하고 어리석기 짝이 없는 것이니까······.」

청년은 오만한 미소를 지으며 손가락으로 그를 위협했다. 「보세요! 계산을 잘하세요! 계산을 틀리게 하면 어떤 결과가 오는지 아시겠죠? 그래서 미리 경고합니다만, 아홉 달 뒤 당신은 거기서 재산을 다 날리고 기진맥진하여 이곳으로 돌아오게 될 겁니다. 그러면 좋든 싫든 간에 당신 스스로 나제쥐다 페도세예브나를 단념하게 될 겁니다. 그래도 단념하지 않는다면 그땐 당신의 상황이 더욱 나빠질 겁니다. 갈 데까지 가는 거죠! 미리 말씀드립니다만, 현재의 당신은 마치 마른 건초 위에서 뒹구는 개와 같아요. 이거 죄송합니다. 단지 비유일 뿐입니다. 자신한테건 다른 사람한테건 도움이 안 된다는 말이죠. 인간적으로 다시 한번 반복해 말씀드립니다. 잘 생각해 보세요. 일생에 단 한 번이라도 좋으니까 근본적으로 잘 생각해 보시란 말씀입니다.」

「부탁하건대 그런 설교 따위는 집어치우시오.」 빠벨 빠블로비치가 격노하여 소리를 질렀다. 「당신의 그 흉악한 암시에 대해서는 내일이라도 당장 대책을 강구하겠소이다. 강력한 대책을 말이오!」

26 M. E. 살띠꼬프 쉬체드린(1826~1889). 소설가이자 풍자 작가. 대표작으로는 『어느 도시의 역사』, 『골로블료프 가의 사람들』 등이 있다.

「흉악한 암시라니오? 무슨 말씀을 그렇게 하시는 거죠? 그런 생각을 머릿속에 갖고 있다면 당신이야말로 흉악한 사람이 아닌가요. 어쨌든, 내일까지 기다리라는 데는 동의합니다. 하지만 만일…… 이런, 또 천둥이 치네! 그럼 안녕히 계십시오, 알게 되어 아주 기쁩니다.」 그는 벨차니노프에게 끄떡 인사하고 뛰어가기 시작했다. 보아하니 천둥이 심해지기 전에, 비를 맞지 않고 돌아가려고 서두르는 모양이었다.

15. 총결산을 하다

「보셨지요? 보셨지요?」 청년이 바깥으로 나가자마자 빠벨 빠블로비치는 벨차니노프에게 껑충 달려왔다.
「그래요. 당신한테 유리하지 않군요!」 벨차니노프는 무심결에 이 말을 하고 말았다. 점점 더 심해지는 가슴의 통증이 그를 그처럼 괴롭히고 짜증나게 하지 않았다면, 그는 그런 말을 입밖에 내지는 않았을 터였다. 빠벨 빠블로비치는 불에 데기라도 한 것처럼 몸을 떨었다.
「그러고 보니, 당신은…… 이를테면 나를 동정해서 팔찌를 돌려주지 않은 거로군요, 예?」
「그럴 틈이 없었습니다…….」
「진정한 친구로서, 진정한 친구의 가슴에서 우러나오는 동정심 때문에 말이에요?」
「그래요, 동정했습니다.」 벨차니노프는 짓궂게 말했다.
하지만 그는, 아까 팔찌를 돌려주라고 부탁받았던 일과 나제쥐다 페도세예브나가 거의 억지로 자기를 이 일에 끌어넣게 된 일을 간단하게 설명해 주었다…….
「아시겠어요, 난 추호도 받고 싶은 생각이 없었다는걸. 그 일이 아니더라도 유쾌하지 못한 일이 얼마나 많습니까!」

「반한 나머지 받으셨겠지요!」 빠벨 빠블로비치가 히히거리며 웃었다.

「무슨 그런 어리석은 말씀을 하는 겁니까. 하지만 그것도 너그러이 봐드려야 하겠지요. 당신 자신이 방금 직접 보시지 않았습니까, 문제의 주인공은 내가 아니고 다른 사람들이라는 것을!」

「어쨌든 반한 건 틀림이 없어요.」

빠벨 빠블로비치는 자리에 앉아 자신의 술잔을 채웠다.

「당신은 내가 그 꼬마 녀석에게 양보할 거라고 생각하십니까? 단단히 혼을 내주겠어요! 내일이라도 달려가 혼구멍을 내줄 겁니다. 우린 그 녀석을 아이들 방에서 쫓아내 버리고 말겠어요……」

그는 거의 단숨에 잔을 비우고 나서 또다시 술을 채웠다. 그러고 나서 그는 대체적으로 지금까지 보지 못하던 오만불손한 태도를 보이기 시작했다.

「자, 나젠까와 사셴까[27]라, 귀여운 아이들이로군, 히히힛!」

그는 화가 나서 거의 정신이 없는 상태에 있었다. 다시 한번 엄청난 천둥의 굉음이 울려 퍼졌다. 눈이 부시게 번갯불이 번쩍이더니 소낙비가 마치 양동이로 쏟아 내듯이 퍼붓기 시작했다. 빠벨 빠블로비치는 일어나 열려 있던 창문을 닫았다.

「아까 그 녀석이 당신에게 물었죠, 〈천둥을 무서워하지 않으세요〉라고요. 히힛! 벨차니노프가 천둥을 무서워하다니! 꼬빌리니꼬프의, 뭐라고 하더라, 꼬빌리니꼬프의…… 그리고 쉰 살이라고 한 건 어때요, 네? 생각나시죠?」 빠벨 빠블로비치는 욕설을 퍼부었다.

「그런데 당신은 여기 아주 눌러앉을 작정을 하셨군요.」 통증 때문에 간신히 말을 내뱉으며 벨차니노프가 이렇게 한마디했다.

---

27 나쟈와 알렉산드르를 부르는 애칭.

「난 좀 눕겠습니다……. 당신은 좋으실 대로 하세요.」

「이런 날씨엔 개도 쫓아내지 않는 법이죠!」 빠벨 빠블로비치는 화가 난 듯이 말꼬리를 잡았다. 그렇지만 화를 낼 권리를 갖게 된 것이 거의 즐거운 듯한 눈치였다.

「그럼 좋아요. 앉아서 계속 드세요……. 주무시고 가셔도 됩니다!」 벨차니노프는 이렇게 중얼거리더니 소파에 길게 뻗고 누워서는 가볍게 신음소리를 내기 시작했다.

「자고 가라고요? 그럼 당신은…… 무섭지 않으신가요?」

「뭐라고요?」 벨차니노프는 갑자기 머리를 쳐들었다.

「아무것도 아닙니다. 그냥 해본 소리예요. 지난번엔 당신이 놀란 것 같았는데, 그건 내가 혹시 잘못 본 건지도 모르지요…….」

「무슨 어리석은 말입니까!」 벨차니노프는 참지 못하고 벽을 향하여 홱 돌아누웠다.

「상관없습니다.」 빠벨 빠블로비치가 응수했다.

벨차니노프는 자리에 눕자 1분 만에 어느새 잠이 들었다. 그렇지 않아도 요즈음 건강이 몹시 약해진 데다, 오늘 하루 종일 부자연스럽게 긴장하고 있던 것이 갑작스레 풀렸으므로 마치 어린아이처럼 맥이 탁 풀리게 된 것이었다. 그러나 통증이 다시 찾아와 피곤함과 잠을 억눌렀다. 한 시간 후 잠이 깬 그는 고통스러워하며 소파에서 일어났다. 소나기는 잠잠해져 있었다. 방 안에는 담배 연기가 자욱하고, 술병이 빈 채로 놓여 있었으며 빠벨 빠블로비치는 다른 쪽의 소파 위에서 자고 있었다. 그는 소파의 쿠션에 머리를 얹고서 엎드린 자세로 있었는데, 옷도 벗지 않고 장화도 신은 그대로였다. 아까 만지작거리던 로르네트는 주머니에서 빠져나와 거의 마룻바닥에 닿을 것처럼 줄에 대롱대롱 매달려 있었고, 모자는 그 아래의 마룻바닥 위에서 뒹굴고 있었다. 벨차니노프는 음울한 표정으로 그를 바라보았으나 깨우려고는 하지 않았다. 가만히 자리에 누워 있을 수가 없으므로 그는 상반신을 구부정하게 굽히고 방 안을 왔다 갔다 하면서 신음소리를 내었다. 그러면서 자신의 통증에 관해 곰곰이 생각하기 시작했다.

그는 가슴의 이러한 통증을 두려워하고 있었는데, 그것은 이유가 있어서였다. 이러한 발작은 이미 오래전부터 그 증세가 시작되었지만, 실제로 발작이 오는 일은 지극히 드물어서 1, 2년에 한 번쯤 있는 일이었다. 그는 이것이 간 때문이라는 것을 알고 있었다. 처음에는 가슴의 어떤 부위, 예를 들어 배의 윗부분, 혹은 더 위의 지점에서 그리 강하진 않아도 신경을 자극하는 둔탁한 압박감을 느끼게 된다. 이것이 때로는 열 시간쯤 지속적으로 점점 더 심해지다 마침내는 환자가 죽음을 연상하게 될 만큼 통증이 극에 달하고 압박감이 도저히 참을 수 없을 만큼 심해지는 것이다. 약 1년 전쯤 가장 최근의 발작이 일어났을 때는, 열 시간이나 지속된 통증이 간신히 누그러진 다음, 그는 갑자기 탈진하여 침대에 누운 채 손 하나를 움직이기 어려운 상태에 빠졌다. 그래서 의사는 만 하루 동안을 마치 젖먹이 어린아이에게 하듯 다만 연하게 끓인 차 몇 숟가락과 고기 수프에 적신 빵 조각 조금 이외에는 아무것도 주지 못하게 했다. 이 통증은 여러 가지 이유로 인하여 나타나는 것이기는 했지만, 언제나 머리의 신경이 극도의 혼란 상태에 빠져 있을 때 나타나는 것으로 알려져 있었다. 그런데 그 통증이 지나가는 절차도 기이했다. 이따금 그것은 발작이 시작된 지 30분 이내에 젖은 수건으로 하는 보통의 습포를 함으로써 즉시 가라앉기도 했다. 그런가 하면 또 어떤 때는 지난번의 마지막 발작 때처럼 어떤 처치를 해도 효과가 없고, 구토제를 조금씩 여러 차례 복용함으로써 간신히 통증이 가라앉는 경우도 있었다. 의사는 나중에 이에 대해 말하면서 틀림없이 독약을 먹은 것으로 확신했다는 고백을 하기도 했다. 지금은 날이 밝으려면 아직 한참 멀었고, 밤에 의사를 부르러 사람을 보내기도 싫었다. 그리고 그는 의사란 존재를 좋아하지 않았다. 마침내 그는 더 이상 참지 못하고 큰 소리로 끙끙 신음소리를 내기 시작했다. 신음소리가 빠벨 빠블로비치를 깨웠다. 그는 소파에서 일어나 공포의 빛을 띠고 귀를 쫑긋 기울이며, 양쪽의 두 방을 거의 뛰다시피 돌아다니는 벨차니노프를 의심이 가득한 눈초리로 뒤쫓으면서 잠시 동안 앉아 있었다. 보아하니 평소의 주량을 넘겨 들이켠 술 한 병이 매우 지독하게 취기를 불러일으켜서 한참 동안 정신을 차리지 못하는 것 같았다. 드디어 그는 전후 사정을 깨닫고 벨차니노프에게 달려갔다. 상대방은 대답으로 무슨 말인가를 입 속에서 중얼거렸다.

「이건 간 때문이에요, 난 이 병을 알아요!」 빠벨 빠블로비치가 갑자기 대단한 활기를 띠었다. 「그건 뾰뜨르 꾸지미치나 뽈로수힌한테서도 똑같았어요. 간 때문이라니까요. 여기엔 습포가 좋아요. 뾰뜨르 꾸지미치는 항상 습포를 하고 있었죠……. 죽을 수도 있는 거예요! 마브라한테 내가 뛰어갔다 오겠어요. 어때요?」

「그럴 필요 없습니다, 없어요.」 벨차니노프는 초조하게 손을 흔들었다. 「아무것도 필요 없어요.」

그러나 빠벨 빠블로비치는 어찌 된 까닭인지 마치 사랑하는 아들이 위험한 지경에 빠진 것처럼 거의 넋을 잃고 있는 상태였다. 그는 상대편의 말은 듣지도 않으며, 무슨 일이 있어도 습포를 해야 한다는 것, 그 밖에 연하게 끓인 차를 두세 잔, 그것도 〈그저 뜨거운 것이 아니라 펄펄 끓는 것을〉 단숨에 들이켜야 한다고 열심히 주장했다. 그러고 나서 그는 허락을 기다리지 않고 마브라에게 달려가서, 언제나 텅 비어 있는 부엌에서 그녀와 함께 불을 피우고 사모바르를 끓이기 시작했다. 그러는 동안 그는 환자의 겉옷을 벗기고, 그를 이불에 싸서 자리에 눕혔다. 그리고 채 20분도 되기 전에 차와 첫번째 습포를 대령시켰다.

「이건 데운 접시예요, 아주 뜨겁게 달궈져 있어요!」 그는 뜨겁게 데워서 냅킨에 잘 싼 접시를 벨차니노프의 아픈 가슴에 올려놓으며 거의 기쁨에 찬 어조로 말했다. 「달리 습포 재료가 없어서 말이에요. 그리고 시간이 오래 걸리니까요. 그런데 접시는, 당신께 명예를 걸고 맹세할 수 있습니다만, 무엇보다 제일 나을 겁니다. 뾰뜨르 꾸지미치에게 시험을 해봤어요. 이 눈과 손으로 말씀이죠. 생명이 위험할 수도 있어요. 차를 마셔 보세요, 꿀꺽 삼켜요. 좀 데면 어떻습니까. 목숨이 더 중하지…… 체면 차릴 거 없습니다…….」

그는 아직 완전히 잠을 깨지 못한 마브라를 닦달하였다. 접시가 3, 4분마다 새로 바뀌었다. 세 번째의 접시를 갈고 두 잔의 펄펄 끓는 차를 단숨에 마시고 난 벨차니노프는 홀연히 가슴이 가벼워지는 것을 느꼈다.

「이렇게 일단 통증이 꺾이게 되면 안심이에요. 이건 좋은 징조입니다!」 이렇게 외치더니 빠벨 빠블로비치는 새 접시와 새 차를 가지러 기쁜 듯이 달려가는 것이었다.

「다만 통증만이라도 없애면 얼마나 좋아요! 통증만이라도 물러나게 하면요!」 그는 쉴 새 없이 거듭해 말했다.

30분 후 통증은 완전히 가라앉았으나, 환자는 온통 기력이 다 빠져 빠벨 빠블로비치가 아무리 애원해도 〈접시 하나를 더〉 참아보려고 하지 않았다. 기운이 빠진 그의 두 눈은 자꾸 감겨들었다.

「자야지, 자야지.」 그는 약한 목소리로 거듭 말했다.

「그렇게 하세요!」 빠벨 빠블로비치가 동의했다.

「당신은 주무시고 가세요……. 몇 시나 됐죠?」

「곧 두 시예요. 15분 전이니까.」

「주무시고 가세요.」

「그러겠어요. 자고 갈게요.」

1분이 지나자 환자는 또다시 빠벨 빠블로비치를 소리쳐 불렀다.

「당신은, 당신은,」 상대방이 뛰어와서 그의 위로 몸을 굽히자 그는 이렇게 중얼거렸다. 「당신은 나보다 좋은 분이시군요! 난 이제 모든 걸 알겠어요, 전부 다……. 고맙소이다.」

「주무세요, 주무세요.」 빠벨 빠블로비치는 이렇게 속삭이고 나서 잽싸게 발뒤꿈치를 들고 자신의 소파를 향해 걸어갔다.

환자는 잠을 청하면서 한참 동안 빠벨 빠블로비치가 잽싼 솜씨로 침구를 깔고 옷을 벗은 다음, 끝으로 촛불을 끄고 소리를 내지 않으려 숨소리를 죽이며 소파 위에 몸을 눕히는 기척소리를 들었다.

의심할 나위도 없이 벨차니노프는 잠을 잤는데, 촛불이 꺼진 다음 곧바로 잠이 들었던 터였다. 나중에 이것을 똑똑하게 기억할 수 있었다. 그렇지만 잠을 자고 있던 내내, 그가 잠을 깨던 바로 그 순간까지, 그는 꿈결에서 자신이 조금도 잠을 자고 있지 않는 듯한 느낌이었다. 몸이 몹시 쇠약해져 있음에도 불구하고 도저히 잠을 이룰 수 없을 것만 같은 느낌이었다. 드디어 그는 꿈이 아닌 현실에서 악몽을 꾸고 있는 것 같은 느낌에 빠져 들었다. 그는 꿈속에서 이것은 단지 악몽에 불과하며 결코 현실이 아니라는 것을 충분히 의식하고 있었음에도 불구하고, 자기 주변을 무수히 둘러싸고 있는 환영을 쫓을 수가 없었다. 환영은 모두가 낯익은 것이었다. 그의 방은 온통 사람들로 가득 찬 것 같았고, 현관으로 나가는 문은 활짝 열려 있었다. 사람들은 무리를 지어 들어와 계단 위에서 서로 밀치며 웅성댔다. 방 한가운데에 내놓은 테이블에는, 한 달 전 이와 비슷한 꿈을 꾸었을 때 본 것과 똑같은 어떤 사나이가 앉아 있었다. 그때와 마찬가지로 그 사나이는 팔꿈치를 세워 턱을 괴고 앉은 채 아무 말도 하려고 하지 않았다. 그런데 그는 이제 보니 상장을 단 둥근 모자를 쓰고 있다. 〈이게 어떻게 된 일인가? 그럼 이 사람은 그때에도 빠벨 빠블로비치였단 말인가?〉 벨차니노프는 잠깐 생각에 잠겼다. 그런데 이 말 없는 사나이의 얼굴을 살펴보니, 이 사람은 누군가 전혀 다른 사람이라는 것을 깨달을 수 있었다. 〈그런데 왜 그는 상장을 달고 있을까?〉 벨차니노프는 의아하게 생각했다. 테이블 옆에서 웅성대는 사람들의 소음, 말소리와 외침소리는 끔찍했다. 이 사람들은 지난번 꿈속에서보다 벨차니노프에 대해 더욱 심한 증오심을 느끼고 있는 것 같았다. 그들은 두 팔로 그를 위협하고 무엇인가 힘껏 소리를 지르고 있었는데, 그것이 도대체 무슨 소리인가는 도저히 분간할 수 없었다. 이런 생각이 들었다. 〈어쨌든 이건 악몽이야, 난 알아! 난 알고 있어, 마음이 괴로우니까 누워 있을 수가 없어서 잠을 못 이루고 이제 일어나 앉은 거야……!〉 그러나 고함소리나 사람들의 모습, 그들의 동작이 모두 하나같이 너무나 뚜렷하고 너무나 현실과 같아서 이런 의구심이 그를 사로잡았다. 〈정말 이게 진짜 악몽일까? 오, 맙소사, 이 사람들은 나한테서 대체 무얼 원하는 것일까! 만일 이것이 악몽이 아니라면, 저런 외침소리가 여태까지 빠벨 빠블로비치를 깨우지 않을 수 있는 것인가? 그는 저기, 바로 저 소파 위에서 자고 있지 않은가 말이야?〉 마침내는 지난번 꿈에서와 마찬가지로 또다시 어떤 일이 갑작스레 발생했다. 일동은 계단을 향해 달려가더니 문턱에서 엎치락뒤치락 서로 밀어내기 시작했다. 그것은 계단 쪽에서 새로 한 무리의 사람들이 밀려 들어왔기 때문이다. 이 사람들은 무엇인가를 나르고 있었는데, 그것은 아주 크고 무거운 물건이었다. 그것을 나르고 있는 사람들이 육중하게 계단을 밟는 소리와 황급히 숨을 몰아쉬며 서로 주고받는 외침소리가 들려왔다. 방 안에 있던 모든 사람들은 일제히 소리쳤다. 〈가지고 오는군, 가지고 와!〉 모든 눈동자가 빛을 발하며 벨차니노프를 주목했다. 일동은 위협하는 것 같기도 하며, 의기양양한 듯한 표정으로 그에게 계단을 가리켜 보였다. 그는 이제는 이 모든 것이 꿈이 아니라 현실이라는 것에 털끝만한 의심도 더 이상 품지 않고, 도대체 그들이 무슨 물건을 가지고 오고 있는지를 어서 보려고 사람들 머리 위로 발뒤꿈치를 들고 섰다. 그의 심장이 뛰고 뛰고 또 뛰었다. 그러더니 갑자기 바로 지난 꿈속에서와 꼭 마찬가지로 현관의 초인종을 세 번 요란하게 누르는 소리가 울려 퍼졌다. 그런데 또다시 그 소리는 도저히 꿈속이라고는 생각할 수 없으리만치 선명하고 실감나게 울리는 것이었다……! 그는 소리를 지르면서 잠이 퍼뜩 깼다.

그러나 그는 지난번처럼 현관을 향해 달려나가진 않았다. 도대체 어떤 생각이 그의 최초의 행동을 유도했는지, 또 그 순간에 조금이라도 생각이라는 것이 그의 머릿속에 있었는지 어땠는지는 알 수 없지만 어쨌든 그 누군가가 그에게 그가 해야 할 일을 알려 준 것만 같았다. 그는 침대에서 벌떡 일어나 마치 자기 몸을 보호하고 습격을 저지하려는 것처럼 두 손을 앞으로 뻗으며 빠벨 빠블로비치가 자고 있는 쪽을 향하여 똑바로 달려가려고 했다. 그런데 그의 두 손은 금세 그의 머리 위에 뻗쳐 있는 또 다른 어떤 사람의 손에 부딪혔다. 그래서 그는 그 두 손을 힘차게 꽉 붙들었다. 그러고 보니 누군가 몸을 구부리고 진작에 그의 머리맡에 서 있었던 것임에 틀림없었다. 커튼은 내려져 있었지만, 이런 커튼이 없는 옆방으로부터 희미한 빛이 새어 들어오고 있었기 때문에 아주 캄캄한 것은 아니었다. 그때 느닷없이 무엇인가 몹시 아프게 그의 왼쪽 손바닥과 손가락에 상처를 입혔다. 순간적으로 그는 자신이 칼이나 면도칼의 칼날을 잡아서 그것을 꽉 쥐었다는 사실을 깨달았다. 그 순간 무엇인가가 쿵 하고 무거우면서도 단조로운 소리를 내며 마룻바닥으로 떨어졌다.

벨차니노프는, 모르긴 해도 아마 빠벨 빠블로비치보다 세 배는 힘이 셀 것이다. 그런데도 그들 두 사람의 싸움은 2, 3분쯤, 오래도록 계속되었다. 얼마 안 있어 그는 상대방을 마룻바닥에 쓰러뜨리고 두 팔을 뒤로 비틀어 두게 되었는데, 어찌 된 까닭인지 그는 그 비틀린 두 팔을 꽉 묶어 두고 싶은 생각이 들었다. 그는 상처를 입은 왼손으로는 가해자를 누르고, 오른쪽 손으로는 더듬더듬 커튼의 줄을 찾기 시작했으나, 한참동안 찾을 수가 없었다. 하지만 마침내 그는 그것을 잡아 쥐고 창문에서 잡아챘다. 그렇게 하기 위해서는 굉장히 많은 힘이 들었는데, 거기에 대해 나중에 그 스스로가 놀랐을 지경이었다. 이 일이 있은 3분 남짓 두 사람은 모두 단 한 마디의 말도 하지 않았다. 그저 그들의 무겁게 몰아쉬는 숨소리와 둔탁한 격투소리만이 들릴 뿐이었다. 벨차니노프는 마침내 빠벨 빠블로비치의 두 팔을 비틀어 올려 줄로 묶은 다음, 그를 마룻바닥에 쓰러뜨리고 일어나서 창문에서 커튼을 잡아당기고 블라인드를 걷어 올렸다. 인적이 없는 거리엔 벌써 날이 밝아 있었다. 창문을 열고 가슴 깊이 심호흡을 하면서 그는 잠시 그대로 서 있었다. 벌써 네 시가 조금 넘어 있었다. 창문을 닫고서 그는 서둘러 장으로 걸어가 깨끗한 타월을 꺼내어 흘러내리는 피를 지혈시키기 위해 왼쪽 손을 꽁꽁 동여맸다. 그의 발에 칼집에서 빠진 채 양탄자 위에 버려져 있던 면도칼이 툭 걸렸다. 그는 그것을 집어 들고 칼집에 넣어서 화장 케이스 안에 넣었다. 그것은 빠벨 빠블로비치가 자고 있던 소파의 바로 옆에 있는 작은 테이블 위에 그날 아침부터 잊어버리고 그냥 둔 채로 있던 것이었다. 그는 책상 안에 케이스를 넣고 자물쇠를 채웠다. 이 모든 일을 마친 다음, 그는 빠벨 빠블로비치에게 다가가 그를 자세히 바라보기 시작했다.

그러는 사이 빠벨 빠블로비치는 간신히 양탄자에서 몸을 일으켜 안락의자에 앉아 있었다. 그는 옷을 벗고 내의 하나만을 입고 있을 뿐, 신발도 신지 않고 있었다. 내의의 등과 소맷부리에는 피가 흥건히 묻어 있었다. 그러나 그 피는 그의 것이 아니라 벨차니노프의 부상을 입은 손에서 흘러내린 것이었다. 말할 것도 없이 그것은 빠벨 빠블로비치임에 틀림이 없었지만, 만일 이런 모습의 그를 예기치 않게 만났다고 한다면, 처음에는 도저히 그의 얼굴을 알아보지도 못했을 것이다. 그만큼 그의 모습은 변해 있었다. 그는 팔을 뒤로 묶인 채 거북하게 뻣뻣이 안락의자에 앉아 있었다. 얼굴은 이상하게 일그러지고 창백했으며 가끔씩 몸을 부르르 떨었다. 차분하기는 하지만 아직 모든 것을 구분하지 못하는 것 같은 어두운 시선으로 그는 벨차니노프를 바라보았다. 갑자기 그는 실룩실룩 미소를 지으며 턱으로 테이블 위의 물병을 가리키고, 속삭이는 것처럼 짤막하게 말했다.
「물 좀 주세요.」
벨차니노프는 물을 따라서 자기 손으로 그에게 먹이기 시작했다. 빠벨 빠블로비치는 갈증이 난 듯 물에 선뜻 달려들었다. 서너 모금 물을 마신 다음, 그는 머리를 들고 자기 앞에 컵을 들고 서 있는 벨차니노프를 빤히 쳐다보더니, 한 마디도 하지 않고 나머지 물을 다 마시기 시작했다. 물을 다 마신 그는 깊은 한숨을 내쉬었다. 벨차니노프는 자신의 베개를 집어 들고 겉옷을 움켜쥐고는 빠벨 빠블로비치를 첫번째 방에 자물쇠를 채워 가둔 다음, 옆방으로 건너갔다.
아까의 통증은 완전히 지나가 없어진 상태였고 순간적이기는 하지만 어디서 솟았는지 모를 신기한 힘의 긴장을 겪고 난 후였으므로 극도의 피로감이 새삼스레 밀려왔다. 그는 방금 일어났던 일을 골똘히 생각해 보려고 했지만, 생각이 헝클어져 있어서 잘 정리가 되지 않았다. 정신적인 충격이 너무나 컸던 것이다. 두 눈이 저절로 스르르 감긴 상태가 때로는 10분쯤 계속되기도 했고, 눈을 번쩍 뜨고 몸을 떨며 모든 일을 기억해 내기도 했다가, 피가 흥건히 배어 있는 타월로 칭칭 동여맨 자신의 아픈 손을 치켜들고, 열병에 걸린 듯 황급히 생각에 잠기기 시작했다. 그는 한 가지만은 확실하게 결론을 지을 수 있었다. 그것은 빠벨 빠블로비치가 진실로 자기를 찌르려 했다는 사실이었다. 그렇지만 15분 전까지만 하더라도 아마 그는 찌르겠다는 생각을 하지 않고 있었을지도 모른다. 화장품 케이스가 어제 저녁부터 눈에 띄었을지도 모르지만, 그때는 별다른 생각을 불러일으키지도 않았을 것이고, 그저 기억에 남아 있는 정도였을 것이다(면도칼은 언제나 책상 서랍 속에 자물쇠를 채워 두는 것이었는데, 어제 아침 벨차니노프는 가끔 하는 습관에 따라 입수염과 구레나룻 주변의 지저분한 털을 면도하느라 꺼냈다).

〈만일에 그가 오래전부터 나를 죽일 생각을 하고 있었더라면, 틀림없이 칼이나 피스톨을 사전에 준비했을 것이다. 엊저녁까지 한번도 본 적이 없는 내 면도칼을 생각했을 리는 없을 것이다.〉 이런 저런 생각 중에 또 다른 생각이 떠올랐다.

마침내 오전 여섯 시를 알리는 종소리가 울렸다. 벨차니노프는 정신을 가다듬고 옷을 챙겨 입은 다음 빠벨 빠블로비치에게 건너갔다. 문을 열면서, 그는 도대체 무엇 때문에 그때 바로 빠벨 빠블로비치를 집 밖으로 쫓아내지 않고 여기다 감금을 시켰는지 이해를 할 수 없었다. 놀랍게도 포로는 벌써 옷을 다 갖춰 입고 있었다. 아마도 줄을 풀 기회가 있었던 것이다. 그는 안락의자에 앉아 있다가 벨차니노프가 방 안에 들어서자 즉각 일어섰다. 그의 손에는 이미 모자가 들려 있었다. 그의 불안한 눈초리는 서둘러 이렇게 말하는 것만 같았다.

〈아무 말도 하지 마세요. 말을 꺼낼 필요가 없어요. 무슨 말을 할 게 있겠어요…….〉

「돌아가세요!」 벨차니노프가 말했다. 「당신의 케이스는 가지고 가세요.」 벨차니노프는 그의 등 뒤에다 대고 이 말을 덧붙였다.

빠벨 빠블로비치는 문간까지 갔다가 되돌아와서 팔찌가 든 케이스를 테이블에서 움켜잡아 호주머니에 넣고는 계단 쪽으로 나갔다. 벨차니노프는 그가 나가면 문을 잠그려고 현관에 서 있었다. 그들의 시선이 마지막으로 마주쳤다. 빠벨 빠블로비치가 갑자기 걸음을 멈추었고, 두 사람은 약 5초 가량 서로의 두 눈을 주시했다. 마치 무엇인가 주저하고 있는 것처럼. 마침내 벨차니노프는 그를 향해 한 손을 가볍게 흔들었다.

「자, 가세요!」 그는 작은 소리로 이렇게 말하고 문에 자물쇠를 달칵 채웠다.

16. 분석

 특별한, 아주 커다란 기쁨의 감정이 그를 엄습했다. 무엇인가 끝이 나고, 해결이 났다. 모종의 무겁디무거운 수심이 일시에 자취를 감추게 된 것이다. 그에게는 그렇게 생각되었다. 그 수심의 감정은 5주일 간이나 계속되었던 것이다. 그는 한 손을 쳐들어 피에 젖은 타월을 바라보면서 혼잣말을 중얼거렸다. 〈아냐, 이제야말로 모든 일이 완전히 끝장이 났어!〉 그리고 이날 오전 내내, 3주일 만에 처음으로 그는 리자에 관한 생각을 거의 하지 않았다. 마치 다친 손가락에서 나온 피가 그 수심의 감정까지도 〈총결산〉해 주는 것만 같았다.
 그는 무시무시하게 위험한 일은 이미 지나갔다는 것을 분명히 깨달았다. 그는 생각했다. 〈저런 인간들은, 1분 전까지만 해도 누구를 찌를 생각이 있는지 없는지를 모르는 바로 그런 인간들은, 일단 떨리는 손에 칼을 잡고 자기 손가락에 뜨거운 피가 처음으로 튀는 것을 느끼기만 해도, 벌써 누구를 찔러 죽이는 것쯤이야 문제도 아니고, 죄인들이 말하는 것처럼, 아예 목을 뎅겅 잘라 버리는 일도 예사로 할 수 있다. 그건 그렇다.〉
 그는 집에 그대로 머물러 있을 수가 없었다. 지금 당장 무슨 일인가를 꼭 하지 않으면 자신에게 무슨 일이 저절로 생기게 되리라는 확실한 예감이 드는 가운데 그는 거리로 나갔다. 그는 거리를 따라 걸으며 무엇인가를 기다렸다. 그는 그 누구라도 마주치고 싶다는, 모르는 사람이라 할지라도 누군가와 이야기를 나누어 보고 싶다는 생각을 몹시도 간절히 했다. 그러다가 이런 마음이 마침내 그로 하여금 의사를 연상하게 했으며, 손에 붕대를 제대로 감아야겠다는 생각에 이르게 했다. 전부터 그를 알고 있는 의사는 상처를 살펴보고 나서 호기심 어린 말투로 이렇게 물었다. 「어쩌다 이런 일이 일어나게 됐습니까?」 벨차니노프는 그저 농담으로 말을 돌려 한바탕 껄껄거리며 피해 갔지만, 사실 모든 것을 다 털어놓고 싶은 것을 간신히 참았다. 의사는 그의 맥박을 재야만 했다. 그리고 어젯밤에 있었던 발작을 알게 되자, 그는 마침 자기가 가지고 있던 일종의 진정제를 당장 복용해 볼 것을 권하였다. 상처에 관해서도 별로 나쁜 후유증은 없을 거라며 벨차니노프를 안심시켰다. 벨차니노프는 큰 소리로 웃으면서 벌써 대단히 훌륭한 결과가 나타났다고 주장하는 말까지 했다. 모든 것을 다 털어놓고 싶은 간절한 욕망은 이날 하루 동안 두 번이나 그의 마음속에서 반복되었다. 한번은 그날 처음으로 제과점에서 만나 이야기를 나누게 된 모르는 사람에게서였다. 그는 본래 그때까지, 공공의 장소에서 낯모르는 사람들과 이야기를 주고받는다는 것을 도저히 참지 못하는 사람이었다.

그는 여러 군데의 상점을 들러서 신문을 한 부 사고, 자기가 늘 상 다니는 양복점에 들러 옷을 한 벌 맞추었다. 뽀고렐리세프 씨네를 방문해 보겠다는 생각은 그에게 편안하게 여겨지지 않았다. 그는 그들에 대한 생각을 하지 않고 있었고, 별장으로 찾아가 볼 만한 형편도 아니었다. 그는 이곳 시내에서 무엇인가를 줄곧 기다리는 것만 같았다. 레스토랑에서는 유쾌한 기분으로 식사를 하고, 심부름하는 웨이터나 옆자리의 손님과도 이야기를 나누었으며 반 병의 포도주도 다 마셔 버렸다. 그는 어제 있었던 발작이 또다시 찾아올지도 모른다는 가능성에 대해서는 전혀 생각을 하지 않고 있었다. 그는, 그 지병은 어젯밤 그토록 기운이 온통 다 빠진 상태로 잠이 든 후 약 한 시간 반쯤 지나 침대에서 뛰어 일어나 자기를 죽이고자 한 자를 놀라운 힘으로 마룻바닥에 내동댕이친 바로 그 순간 완전히 사라졌다는 확신을 갖고 있었다. 그러나 저녁이 가까워지자 머리가 어지러워지더니, 간헐적으로 어젯밤의 악몽과 비슷한 기분이 밀려오기 시작했다. 그는 이미 어두워진 후에 집으로 돌아왔는데, 집에 발을 들여놓자 자신의 방에 대하여 거의 놀라움에 가까운 기분이 들었다. 자신의 집에 있다는 사실이 무서우면서도 불안하게 느껴졌다. 몇 번이나 집 안을 왔다 갔다 하고, 심지어 여태 거의 들러 본 적이 없는 부엌까지 들어가 보았다. 〈여기서 그들이 어젯밤 접시를 데웠단 말이지.〉 이런 생각이 떠올랐다. 그는 문마다 단단히 자물쇠를 채우고 다른 때보다 조금 일찍 촛불을 켰다. 문단속을 하면서 그는 반 시간 전에 자기가 현관방 옆을 지나다 마브라를 불러 〈내가 없는 동안 빠벨 빠블로비치가 오지 않았는가?〉 하며, 마치 실제로 그런 일이 있을 수 있는 것처럼 물었던 것을 기억해 냈다.

빈틈없이 단단히 문단속을 한 다음, 그는 책상 서랍에서 면도칼이 들어 있는 상자를 꺼내 〈엇저녁의〉 그 면도칼을 자세히 살펴보려고 펼쳐 보았다. 하얀 뼈로 만든 손잡이에는 희미하게 핏자국이 남아 있었다. 그는 면도칼을 다시 상자 안에 넣고 그것을 책상 서랍 속에 또다시 넣어 자물쇠를 채웠다. 그는 잠을 자고 싶었다. 그는 지금 곧 잠자리에 들어야 그렇지 않으면 내일 자신이 아무 소용에 닿지 않게 될 것이라는 느낌이 들었다. 내일이라는 날이 그에게는 어째서인지 숙명적이며 〈최종 결말〉을 지어 주는 날처럼 여겨졌다. 하지만 거리에서와 마찬가지로 오늘 종일토록 한순간도 그를 떠나지 않던 상념이 지금도 여전히 엄습하여 줄기차게 아픈 머리를 괴롭히고 있었다. 그렇게 그는 줄곧 이 생각 저 생각, 생각을 거듭하면서 오랫동안 잠을 이룰 수 없었다…….

그는 거듭 생각을 했다. 〈만일에 그 인간이 생각지도 않고 있다가 우연하게 나를 죽이려고 한 것이 확실하다면, 그렇다면 단 한 번만이라도 화가 몹시 났을 때, 공상이라는 형식으로라도 그런 생각을 해본 적이 없었을까?〉

그는 이 의문을 기이한 형태로 해결지었다. 빠벨 빠블로비치는 그를 죽이려고 했다. 하지만 살인에 대한 계획은 한번도 이 미래의 살인자의 머릿속에 떠오른 적은 없었다는 식이다. 다시 말해,

벨차니노프는 이렇게 생각했다. 〈빠벨 빠블로비치는 나를 죽이려고 했다. 그렇지만 그는 자신이 나를 죽이고 싶어한다는 사실을 인식하지 못하고 있었다. 이것은 말이 안 되는 소리이지만, 그러나 사실이 그렇게 되었다. 그가 여기에 온 것은 취직 자리를 알아보려는 것도 아니고, 바가우또프 때문도 아니다. 여기서 취직 자리도 알아보고, 바가우또프한테도 찾아갔다가 그가 죽었다고 요란하게 화를 내기도 했지만, 사실 그는 바가우또프쯤이야 아무것도 아닌 것으로 여기고 있었다. 그가 여기에 온 것은 나 때문이다. 그래서 리자도 데리고 왔던 것이다……〉

〈그런데 나는 그자가…… 나를 죽이려는 때를 기다리고 있었던 것일까?〉 그는 급기야 기다리고 있었다는 결론을 내렸다. 그것은 말하자면 빠벨 빠블로비치가 바가우또프의 관을 뒤따라 마차를 타고 가는 모습을 본 그 순간부터 예상하고 있었다고 할 수 있다. 〈나는 그때부터 무슨 일인가를 기다리기 시작했던 것 같다……. 그렇지만 물론 이런 건 아니었다. 말할 것도 없이 이렇게 찔러 죽이는 것 따위의 일은 아니었다……!〉

「그런데 과연, 정말 그 모든 게 진실이었을까!」 그는 갑자기 베개에서 머리를 들고 두 눈을 크게 뜨면서 다시 소리를 쳤다. 「그…… 미친 녀석이 어젯밤 아래턱을 떨고 주먹으로 가슴을 쾅쾅 치면서 나를 사랑한다고 떠들어 댔던 것 말이야.」

〈완벽한 진실이다!〉 끊임없이 심사숙고하고 분석하면서 그는 이와 같은 결론을 내렸다. 〈T시에서 온 이 콰시모도[28]가 20년 동안 꿈에라도 의심해 본 적이 없는 자기 마누라의 정부한테 반하는 것쯤은 충분히 있을 수 있는 일이고, 그만큼 그자는 어리석으면서도 고상한 인간이다! 그는 9년 동안 나를 존경했고, 나에 대

---

28 빅토르 위고의 소설 『파리의 노트르담』(일명 『노트르담의 꼽추』로 널리 알려져 있다)에 나오는 인물로서 외모는 추악하고 기형적이지만 그와 상반되는 아름다운 마음을 지닌 종지기.

한 추억을 잘 간직했고, 내가 말한 《격언》까지 기억하고 있었다. 그런데 오, 맙소사, 나는 그런 사실에 대해 전혀 모르고 있었단 말이다! 그는 어젯밤 거짓말을 할 수 없었을 것이다! 그런데 어젯밤 그자가 나에 대한 사랑을 고백하고, 총결산을 합시다라고 했을 때, 그는 과연 나를 사랑하고 있었을까? 그래, 미워했기 때문에 사랑했던 거야. 이런 사랑이야말로 가장 강한 사랑인 것이다…….

내가 T시에 있을 때 그자에게 굉장히 강한 인상을 주었다는 것은 있을 수 있는 일이다. 확실히 그랬을 것이다. 이를테면 굉장히 강하고, 《즐거운》 인상 말이다. 저런 콰지모도 같은 용모를 한 실러[29]와 같은 작자에게는 그런 일이 있을 수 있는 법이다! 철학자 같은 고독에 젖어 있는 그자에게 내가 너무나 큰 감동을 주었으니까, 그로 인해 나를 백 배쯤 과장하여 존경하게 되었겠지……. 그런데 도대체 뭣 때문에 그렇게 큰 감동을 받게 되었는지 그것이 알고 싶군. 어쩌면 깨끗한 새 장갑과 그걸 멋지게 낄 줄 안다는 데 매력을 느꼈던 것인지도 모르지. 콰지모도와 같은 자들은 아름다운 것을 좋아하지, 정말 좋아하는 법이지! 고상한 심성의 소유자이며, 게다가 《영원한 남편》 타입의 인간을 감동시키기엔 장갑 한 짝만으로도 충분한 것이다. 나머지 것은 그들이 알아서 1천 배쯤 더 부풀려 보충을 해주고, 이쪽에서 그걸 원하기만 한다면 좋아하는 사람을 위해 심지어 결투까지도 불사하거든. 그자는 여자를 유혹하는 나의 솜씨에 굉장히 감탄을 했지! 모르긴 해도 바로 여자를 유혹하는 솜씨가 무엇보다 가장 그에게 큰 매력을 느끼게 했는지도 몰라. 그때 그자가 외친 소리가 《이 사람마저 그렇다면 그 다음엔 누구를 믿어야 하나!》였지. 그런 식의 절규를 외치고 난 다음이면 사람은 누구나 야수가 되게 마련이다……!

흠! 그자는, 그자가 너절하게 표현한 대로라면 《나와 포옹을 하

---

[29] Friedrich von Schiller(1759~1805). 독일의 시인이며 극작가. 대표작으로 희곡 「군도」가 있다.

고 울어 보려는》목적으로 이곳에 왔단 말이지. 실상은 나를 죽이려고 왔으면서 말이야. 그런데도 《부둥켜안고 울어 보려고》 왔다고 생각하고 있었단 말이지……. 그자는 리자까지 데려왔어. 그런데 말이야, 만일에 내가 그자와 함께 울어 주기라도 했더라면, 아마 그자는 정말 나를 용서해 주었을지도 몰라. 그자는 미치도록 용서하고 싶은 마음이 굴뚝 같았을 테니까 말이야……! 그것이 모두 뒤엉켜, 처음 나와 부딪쳤을 때 술주정꾼의 광대놀음, 그리고 만화 같은 인간의 모습을 보이게 되었지, 모욕이 이러저러하다는 혐오스러운 여편네의 넋두리까지 늘어놓게 되고 말이야. 뿔, 제 머리 위에 뿔 모양을 만들어 보이기까지 하지 않았는가! 광대인 척하고 속에 있는 말을 털어놓으려는 심산으로 일부러 술취해 나타났던 거야. 술 취하지 않은 맨 정신으로는 도저히 못할 테니까 말이야……. 그런데 그자는 그런 광대놀음을 하기를 좋아했어, 참 좋아했어! 그래, 나를 자기와 억지로 입맞춤하게 하고서 얼마나 기뻐 날뛰었느냐 말이야! 단지 그 당시엔, 그자도 이 일을 어떤 식으로 끝맺음하게 될지를 모르고 있었던 거지. 포옹을 할 것이냐, 아니면 칼로 찌르게 될 것이냐를 말이지, 그런데 실제로는 그 두 가지가 모두 결과로 나타났으니, 그 이상 좋은 일은 없을 것이다. 그것이 가장 자연스러운 최상의 해결책이니까 말이야! 그래, 모름지기 자연은 덜 떨어진 자를 좋아하지 않으니까, 그들을 이런 《자연스러운 해결책》으로 박살 내는 거야. 덜 떨어진 자 중에서도 가장 못나게 덜 떨어진 인간이란, 고상한 감정을 갖추고 있는 덜 떨어진 인간이다. 난 그걸 경험을 통해 알고 있다, 빠벨 빠블로비치! 덜 떨어진 자에게 자연은 다정한 어머니가 아니라 일종의 계모가 되는 법이지. 자연은 덜 떨어진 자를 낳아서, 그를 불쌍하게 여기는 것이 아니라 오히려 벌을 주는데 그것도 당연한 일이라 하겠지. 요즈음 세상에서 모든 것을 다 용서하는 포옹이나 눈물이란, 의젓한 사람도 다다르기 어려운 일인데, 당신이나 나 같은 인간들이 그런 것을 원한다는 것은 도대체 처음부터 무리한 일이 아니겠소, 빠벨 빠블로비치!

그리고 말이야, 그자는 나를 새 신붓감한테 데리고 갈 만큼 지독히 어리석은 인간이지. 오, 하느님! 신붓감이라니! 오직 이런 콰지모도 같은 인간만이 마드무아젤 자흘레비니나의 순진 무구함에 매달려《새 생활에로의 부활》을 꾀하려는 생각을 가질 수 있는 법이지! 그렇지만 그건 당신 잘못이 아니군요, 빠벨 빠블로비치, 당신 잘못이 아니에요. 당신은 덜 떨어진 인간이니까, 당신의 모든 것, 당신의 꿈이나 희망까지도 덜 떨어지지 않을래야 않을 수 없다 이 말이외다. 그런데 당신은 덜 떨어진 인간으로서 자신의 꿈에 의혹을 품었기 때문에, 평소 존경하며 숭배하는 벨차니노프의 고상한 승인을 바랐던 것이오. 이를테면 당신은 이 벨차니노프의 동의를 필요로 했던 거지요. 즉 그 꿈이 단순한 꿈이 아니라 진실한 실체라는 나의 증언이 필요했던 거란 말이오. 그자가 나를 그 집에 데리고 간 것은 나에 대한 돈독한 존경심이 그 원인이었다. 나의 고상한 감정을 믿고 있었던 까닭이다. 어쩌면 내가 자기와 함께 그 집의 정원에서 그 순진 무구한 아가씨가 있는 곳으로부터 멀리 떨어지지 않은 관목 덤불 밑에서, 서로 포옹을 하며 눈물을 흘릴 것으로 믿고 있었는지도 모른다. 그렇다! 이《영원한 남편》은 결국 언젠가 한번은 모든 일에 대한 책임을 지고 자기 자신을 철저히 처벌해야 했던 것이다. 그렇지 않고는 견딜 수가 없었던 것이다. 그래서 그는 자기를 처벌하기 위해 면도칼을 잡았다. 아마도 우연히 그렇게 된 것이었겠지만, 어쨌든 손에 잡아 쥐었던 것이다!《어쨌든 간에 칼로 쿡 찔렀어요. 아무튼 주지사가 보고 있는 자리에서 칼로 쿡 찌르고 끝장을 냈다 이 말입니다!》이렇게 그자가 나에게 그 결혼식의 들러리 이야기를 했을 때, 무엇인가 이와 비슷한 생각을 이미 마음에 가지고 있었던 건 아닐까? 그리고 그가 침대에서 일어나 방 한가운데 떡 버티고 서 있던 그날 밤, 그때 무슨 일인가가 실제로 있었던 것은 아니었을까? 으흠, 아니야. 그때 당시 그자는 그저 장난으로 서 있을 뿐이었다. 그자는 볼일을 보느라 일어났던 것인데, 내가 겁을 내는 것을 보았으므로 일부러 10분 동안이나 대답을 하지 않았던 것이야. 내가 자기를 두려워하는 것이 몹시 통쾌했을 테니까 말이야……. 그때 어둠 속에 서 있으면서 비로소 처음으로 어떤 생각이 실제로 그자의 머릿속에 떠오르게 되었는지도 모른다…….

그런데 말이다, 내가 어제 그 면도칼을 테이블 위에 그대로 잊은 채 내버려 두지 않았다면 아무 일도 일어나지 않았을지도 모르지. 그랬을까? 과연 그랬을까? 전에 그자는 나를 피해서 2주일간이나 내게 발걸음을 뚝 끊지 않았던가. 나를 가엾게 여긴 나머지 나를 피해 다니지 않았던가 말이다! 애당초 그자는 내가 아닌 바가우또프를 선택하지 않았던가! 칼을 버리고 순진한 마음으로 전환되고 싶은 열망으로 한밤중에 접시를 데우느라 일어나기까지 하지 않았는가……! 그자는 자기 자신과 나를 구원하기를 원하고 있었어. 그 뜨거운 접시를 통해서 말이야……!〉

이처럼 한때 〈사교계〉에서 유명세를 날리던 사람이었던 그의 병이 난 두뇌는 이런 저런 쓸데없는 생각을 하며 오랫동안 그와 비슷한 생각에 잠겨 있다가, 얼마 안 있어 마음을 가라앉혔다. 다음날 아침 그는 여전히 머리가 아픈 상태로 잠이 깼다. 그런데 이번에는 아주 새로운, 그러면서 전혀 예기치도 못한 공포의 감정이 뒤이어 나타났다.

이 새로운 공포의 감정은 자기가, 말하자면 벨차니노프(사교계의 인물인)가 오늘 자진하여 빠벨 빠블로비치를 찾아가, 거기서 만사를 끝맺음하리라는 굳건한 신념이 예기치도 않게 마음속 깊은 데서 우러났기 때문에 발생한 것이었다. 그런데 왜? 도대체 무엇 때문에? 그 까닭은 그 자신도 알지 못했으며, 또 알고 싶어 하는 마음을 그는 혐오감마저 느끼며 일부러 피했다. 그렇지만 어째서인지 속절없이 그를 찾아가게 되리라는 사실만은 분명히 의식하고 있었다.

이 미친 생각은 — 그는 이것을 달리 부를 수도 없었다 — 차츰차츰 더 커져서, 어쨌든 나중에는 당당한 외모와 꽤나 합법적인 구실을 갖추게 되었다. 그것은 다름이 아니라 벌써 엊저녁부터 빠벨 빠블로비치가 자신의 숙소로 돌아가 문에 철컥 자물쇠를 잠그고는, 언젠가 마리야 시소예브나가 말한 그 회계원처럼 목을 맸을지도 모른다는 막연한 생각이 들었기 때문이다. 어젯밤부터 든 이러한 망상은 그의 마음속에서 조금씩 모양을 바꾸더니 마침내는 무의미하지만 그래도 도저히 부인할 수 없는 확신으로 변하였다. 〈도대체 뭣 때문에 그 바보 녀석이 목을 달아맨단 말인가?〉 그는 여러 차례 자신의 생각을 부정했다. 전에 리자가 한 말이 떠오르기도 했다....... 한번은 이런 생각이 들기도 했다. 〈그렇지만, 내가 만일 그의 입장에 있다면, 난 스스로 목을 맬지도 모른다.......〉

결국 그 일은 그가 점심 식사를 하러 가는 대신 빠벨 빠블로비치를 만나러 나가는 것으로 귀결됐다. 그는 결정했다. 〈난 그저 마리야 시소예브나에게 물어만 봐야겠다.〉 그러나 미처 거리로 나서기도 전, 그는 대문 앞에서 문득 느닷없이 멈추어 섰다.

「정말, 정말,」 그는 부끄러운 나머지 얼굴을 붉힌 채 소리쳤다. 「난 〈부둥켜안고 눈물이라도 흘리려고〉 그리로 굳이 찾아가려는 것인가? 그렇게 창피한 모습을 보이고도 모자라서 이런 어이없는 작태까지 연출하려고 하는 것인가?」

그러나 다행히도 모든 의젓하고 점잖은 사람들을 지켜주는 신의 섭리가 그를 이 〈어이없는 작태〉로부터 구원해 주었다. 그가 거리로 발을 내딛자마자 그는 느닷없이 알렉산드르 로보프와 정면으로 마주치게 되었던 것이다. 청년은 숨을 헐떡이며 흥분한 상태에 빠져 있었다.

「전 당신을 찾아뵈러 왔습니다! 당신의 친구 빠벨 빠블로비치는 어떻게 된 겁니까?」

「목이라도 맸습니까?」 벨차니노프는 거칠게 중얼거렸다.

「누가 목을 매요? 무엇 때문에요?」 로보프는 두 눈을 크게 떴다.

「아무것도 아닙니다……. 그냥 해본 소리예요. 이야기를 계속해 보시죠!」

「어휴, 저런, 그럴 수가! 아무튼 당신은 우습게 말머리를 돌리시는 것 같군요! 그 사람은 전혀 목을 매지 않았어요. 왜 목을 매겠습니까? 그 반대로 떠났습니다. 난 방금 그 사람을 기차에 태워서 전송을 하고 오는 길입니다. 그런데 당신에게 드리는 말씀이지만, 하, 그 사람 참 굉장한 술꾼이더군요! 우리는 술 세 병을 해치웠는데, 쁘레드뽀실로프도 같이 말입니다. 그런데 그 사람이 얼마나 마셔 대던지, 정말 놀랄 만큼 마십디다! 기차 안에서 노래를 부르다 당신 생각을 하고는, 손을 흔들어 인사를 하면서 당신에게 안부 좀 전해 달라고 부탁하더군요. 그렇지만 그 사람은 비열한 인간이에요. 어떻게 생각하시죠? 네?」

젊은 청년은 정말 거나하게 취해 있었다. 붉게 물든 얼굴, 반짝반짝 빛을 발하는 두 눈, 제대로 돌아가지 않는 혀가 그것을 확실하게 증명해 보이고 있었다. 벨차니노프는 목청껏 크게 껄껄 웃기 시작했다.

「당신들은 결국 그렇게 브루더샤프트[30]로 결말을 장식했군요! 핫핫! 부둥켜안고 눈물을 흘렸단 말이죠! 오, 실러 같은 시인들이시군요!」

「그렇게 흉보지는 마세요, 제발. 그런데 말이에요, 그 사람은 그 집에 가서 완전히 거절의 뜻을 밝혔어요. 어제도 거기 갔었고, 오늘도 갔더랬죠. 그러고는 온갖 것을 시시콜콜 다 일러바쳤죠. 그래서 나쟈가 감금을 당하고 2층에서 꼼짝 못하고 갇혀 있게 되었

---

30 Bruderschaft. 형제애를 의미하는 독일어. 형제애를 나누는 건배의 술잔을 뜻하기도 한다.

죠. 소리를 지르고 눈물을 흘리고 했어도, 눈 하나 까딱 안 했어요! 그런데 말이에요, 그 사람이 어찌나 술을 퍼 마시던지, 당신한테 드리는 말씀이지만, 굉장한 술고래더라 이 말씀입니다! 그리고 말이에요, 그 사람은 모베통[31] 같은 인간이에요, 아니 모베통이 아니고요, 뭐라고 하면 좋을까……? 그리고 연방 당신에 관한 추억을 떠들어 대고 있었지만 당신과는 차원이 달라요! 어쨌든 간에 당신은 점잖은 분이시고, 실제로 왕년에 상류 사회에 속했던 분이 아니시냔 말입니다. 다만 현재 그런 사회에서 약간 소원해지셨다뿐이지요. 경제적 어려움 때문이라 할지, 뭐라고 할지……알게 뭡니까, 난 그 사람 말을 확실히는 알아듣지 못했어요.」

「그렇다면 그 사람은 그런 말까지 해가면서 당신한테 내 이야기를 했단 말입니까?」

「네, 그래요. 그가 그랬어요. 화내지는 마세요. 한 사람의 시민이 되는 것이 상류 사회의 사람보다 더 나으니까 말이에요. 그리고 또 하고 싶은 말은, 오늘날 우리 러시아에서는 누구를 존경해야 할지 모른다는 사실입니다. 존경해야 할 인물이 없다는 것이 우리 시대의 심각한 병이라는 것엔 당신도 동감하시겠죠, 그렇지 않습니까?」

「옳은 말씀입니다, 옳아요. 그런데 그 사람이 뭐라고 했습니까?」

「그 사람이라뇨? 누구 말씀이죠? 아, 네, 알겠어요! 그런데 왜 그는 내내 〈오십줄에 들어섰고, 그런데 가산을 탕진한 벨차니노프〉라고 말하는지 모르겠어요. 어째서 〈그리고 가산을 탕진한〉이 아니고 〈그런데 가산을 탕진한〉이라고 하는 걸까요! 싱글싱글 웃어 가며 1천 번은 되풀이했답니다. 기차에 앉아서는 노래를 부르다 갑자기 울음을 터뜨렸어요. 한마디로 메스꺼워지더군요. 술이

---

31 mauvais ton. 질이 낮고 부도덕한 품성의 인간을 가리키는 프랑스 어.

엄청나게 취했다 생각하니 안됐기도 하고요. 아, 난 바보 같은 사람은 좋아하지 않아요! 그런데 엘리자베따의 명복을 빈다면서 거지들한테 돈을 던져 주었어요. 그의 아내인 모양이죠?」

「딸이오.」

「당신의 손은 왜 그렇습니까?」

「베었어요.」

「괜찮아요. 곧 괜찮아질 겁니다. 어때요, 그가 어떻게 되건 알바 아니지만, 그 사람이 떠난 건 잘된 일이지 않아요. 그런데 말이에요, 틀림없이 그 사람은 이번에 가는 곳, 거기서 당장 다시 결혼을 하게 될 겁니다. 내기를 해도 좋아요. 그렇게 생각하지 않으세요?」

「하지만 당신도 결혼하고 싶어하시지 않았습니까?」

「저요? 전 문제가 다르죠. 그래요, 당신 말씀이 맞아요! 당신이 오십줄에 들어섰다면, 그 사람은 틀림없이 육십줄에 들어섰어요. 그만한 것쯤이야 짚고 넘어가야 하지 않겠습니까, 선생님! 그런데 말이죠, 전에, 아주 오래 전부터 나는 신념상 순수한 슬라브주의자였는데, 지금 우리는 서구로부터의 서광을 기다리고 있어요……. 자, 그럼 안녕히 계세요. 댁에 들르기 전에 여기서 만나게 되어 잘되었습니다. 이젠 들르지도 않을 테니까 권하지도 마십시오, 그럴 시간이 없으니까요……!」

그러면서 그는 뛰어가려고 했다.

「아 참, 이게 무슨 짓이야.」 그는 갑자기 되돌아왔다. 「그 사람이 내 편에 당신께 편지를 전해 달라고 보냈거든요! 이게 그 편지입니다. 그런데 왜 당신은 전송을 하러 나오지 않으셨어요?」

벨차니노프는 집으로 돌아와 자기 앞으로 되어 있는 편지의 겉봉을 뜯었다.

편지 봉투 안에는 빠벨 빠블로비치가 쓴 글은 한 줄도 들어 있지 않고, 어떤 다른 편지가 한 통 들어 있었다. 벨차니노프는 그

필체를 알아보았다. 그 편지는 약 10년 전, 그가 T시를 떠난 지 두 달 후에 뻬쩨르부르그에 있는 그의 앞으로 씌어진 오래된 것이었다. 종이는 오랜 시간이 지나 이미 누렇게 변해 있었고, 핑크빛도 희미하게 바래 있었다. 그러나 이 편지는 그에게 전달되지 않았다. 그 당시 그는 이 편지 대신에 다른 편지를 받았던 것이다. 편지가 누렇게 빛이 바랜 것으로 보아 명백한 사실이었다. 이 편지에서 나딸리야 바실리예브나는 그에게 영원한 작별을 고하며 — 그 당시 도착된 다른 편지에서와 마찬가지로 — 다른 사람을 사랑하고 있다는 것을 고백하고 있었는데, 그러면서 자신의 임신에 관한 사실을 숨기지 않고 있었다. 한편 그를 위로할 생각으로, 장차 태어날 아이를 그에게 넘겨줄 기회를 찾아보겠노라고 약속하며, 이후로 그들 사이에는 새로운 책임이 있게 되었으니까 지금부터 그들 두 사람의 우정은 영원히 굳게 맺어지는 것이라고 강조하고 있었다. 한마디로 논리는 매우 빈약했지만, 목적은 매한가지로 그로 하여금 그녀에 대한 사랑을 단념해 달라는 것이었다. 심지어 그녀는 1년 후 아이를 보러 T시를 방문해도 좋다는 허락까지 내리고 있었다. 어째서 그녀가 생각을 바꾸어 이 편지 대신에 다른 편지를 발송하게 되었는지는 신만이 아실 일이었다.

벨차니노프는 편지를 읽어 내려가다 안색이 창백해졌으나, 그러면서도 선대로부터 전해 내려오는 진주조개를 박은 흑단의 열려진 문갑 앞에서 처음으로 이 편지를 발견하여 그것을 읽고 있는 빠벨 빠블로비치의 모습을 훤히 머릿속에 상상해 볼 수 있었다.

〈틀림없이 그 역시 죽은 사람처럼 창백해졌겠지.〉 그는 무심코 거울에 비친 자신의 모습을 보면서 이런 생각을 했다. 〈필경 읽다가 눈을 감고는, 이 편지가 보통의 하얀 종이로 변하기를 바라는 심정으로 두 눈을 번쩍 떴을 것이다……. 모르긴 해도 그 짓을 세 번은 되풀이했을 것이다……!〉

17. 영원한 남편

앞에서 서술된 사건이 있은 지 거의 만 2년의 시간이 지났다. 우리는 어느 멋진 여름날, 새로 개통한 어느 철도 노선 가운데 하나를 달리는 기차 안에서 벨차니노프를 다시 만나게 된다. 그는 기분 전환 겸 어떤 친구를 만나러 오데사[32]를 향해 가는 도중이었다. 그와 동시에 또 하나의 꽤 유쾌한 사정이 이번 여행의 동기가 되고 있었다. 그 친구를 통하여 이미 오래전부터 인사 나누기를 원하고 있던 어떤 아주 매력적인 부인과 비로소 만나 보게 되기를 기대하고 있었던 것이다. 상세한 부분까지는 언급하지 않기로 하고, 그는 지난 2년 동안 아주 알아보기 어려울 만큼 딴판으로 변했다기보다는, 오히려 완전히 건강을 회복하게 되었다고만 해 두기로 하자. 이전의 우울증은 아예 흔적도 남아 있지 않았다. 이제는 2년 전 소송 사건이 잘 안 풀리고 계속 꼬이는 동안 뻬쩨르부르그에서 그를 꼼짝 못하게 괴롭혔던 여러 가지 〈추억〉과 불안은 ─ 병의 결과로서 ─ 완전히 사라지고, 예전에 자기가 소심한 인간이었다는 의식에서 비롯된 수치의 감정만이 마음속에 약간 남아 있을 뿐이었다. 이제는 그런 일이 두 번 다시 일어나지도 않을 것이고, 또 그것을 어떤 사람에게 들킬 염려도 없다는 확신이 어느만큼 그의 정신적 고통을 덜어 주었다. 사실, 그는 그 당시 세상을 등지고, 옷차림마저 아무렇게나 하고 다니고, 세상 사람들로부터 피해 사는 것이나 다름없는 생활을 했던 것이지만 물론 이런 것은 세상 사람들 눈에 띄지 않을래야 않을 수 없는 일이었다. 그러나 그는 곧 얼마 안 있어 이러한 괴상한 행동을 뉘우치고 새롭게 거듭 태어난 것이나 다름없는 자신감 있는 태도로 그 모습을 나타냈으므로, 〈세상 사람들〉은 즉시 그의 일시적인 낙오

---

[32] 남부 러시아의 휴양 도시.

현상을 용서해 주게 되었다. 심지어 그들 중에는 그를 만났을 때 인사도 하지 않던 사람들까지도 그쪽에서 먼저 그를 알아보고 반갑게 악수를 청하게 되었다. 그리고 그들은 어떤 귀찮은 질문 따위는 아예 던지지도 않았으며, 마치 그가 타인에게는 전혀 아무런 관계가 없는 자신만의 가사일 때문에 어딘가 먼 곳에 가 있다가 방금 돌아온 사람인 것처럼 대해 주었다. 이렇게 모든 일이 유익하고 건전한 방향으로 변화하게 된 까닭은 말할 필요도 없이 그 소송 사건이 그의 승리로 끝이 났기 때문이었다. 벨차니노프는 총 6만 루블의 돈을 거머쥐게 되었다. 물론 말할 것도 없이 아주 큰 액수는 아니었지만, 그에게는 대단히 중요한 것이었다. 무엇보다 먼저, 그는 또다시 자신이 확고한 대지 위에 서 있다는 느낌을 가질 수 있었고, 그에 따라 정신적인 갈등에서 벗어나게 되었다. 이제 그는 이번에 마지막으로 입수한 돈을 앞서 재산을 탕진한 때와 마찬가지로 〈바보같이〉 탕진하지는 않으리라는 것을 확실하게 깨닫고 있었다. 그리고 그것만 있으면 평생 그가 먹고 사는 데에는 부족함이 없으리라는 것도 알고 있었다. 그는 자기 주변과 러시아 전국에서 일어나고 있는 모든 기이하고 믿기 어려운 일들을 보고 듣고 하면서 가끔 이런 생각을 했다. 〈아무리 이 나라의 사회 제도가 삐걱거리고 또 사람들이 떠들썩하게 소동을 부린다 해도, 또 사람들과 사상이 어떤 새로운 양태로 변화하더라도, 나는 언제나 변함없이 지금 내가 먹고 있는 것과 같은 이런 세련되고 맛있는 식사를 하게 될 것이다. 그러고 보면 나는 만사에 대한 준비가 다 되어 있는 셈이라고 할 수 있다.〉 이와 같이 음탕에 가까운 부끄럽기 짝이 없는 생각은 차츰차츰 그를 조금씩 파고들어, 그에게 있어 정신적인 면은 말할 것도 없이 육체적인 변화까지 일으키게 하였다. 현재의 그는 2년 전 우리가 묘사했던 〈게으름뱅이 인간〉에 비교해 볼 때, 또 그때처럼 거북한 사건이 자꾸만 거듭되던 시절과 비교한다면, 아주 딴 사람 같아 보였다.

한마디로 밝고 명랑하고 위엄 있어 보였다. 심지어 그 당시 눈가와 이마에 지기 시작했던 주름까지도 지금은 거의 다 펴진 상태였다. 얼굴의 안색까지도 변해서 그는 예전보다 더 뽀얗고 발그레한 홍조를 띤 얼굴빛을 하고 있었다. 지금 현재 그는 1등칸의 안락한 좌석에 자리를 잡고 앉아, 어떤 즐거운 상념에 잠겨 있는 중이었다. 그것은 다음 역이 철도의 분기점이 되어, 새로운 지선이 오른쪽으로 갈려 나간다는 사실이었다. 〈만일에 내가 잠시 동안 이 직행 열차를 버리고 오른쪽으로 갈 생각만 한다면, 두 정거장도 채 못 가서, 최근에 외국에서 돌아와 지금 시골에서 쓸쓸하게 혼자 살고 있는 어떤 아는 부인을 방문할 수 있을 것이다. 그녀로서는 지루한 생활이겠지만, 그것이야말로 바로 내가 노리는 점이다. 그러고 보면 이곳에서도 오데사에서보다 못하지 않게 즐겁게 지낼 수도 있을 것이다. 여기서 좀 논다고 해서 오데사가 없어지는 것도 아니니까……〉 그는 줄곧 망설이며 확실한 결정을 내리지 못하고 있었다. 그는 말하자면 〈핑계를 기다리는 중이었다〉. 그러는 사이 기차역은 점점 가까이 다가왔다. 그러면서 핑계 또한 지체하지 않고 다가오고 있었다.

 이 기차역에서 기차는 40분 동안 정차하게 되었는데, 그것은 승객들에게 점심 식사를 하라고 제공된 시간이었다. 1등칸과 2등칸 승객을 위한 대합실 입구에는 이러한 장소에서 흔히 볼 수 있는 것처럼, 조급히 서두르는 많은 사람들로 가득 차 있었다. 그리고 어쩌면 이런 장소에서는 으레 있게 마련인지 모르지만 한바탕의 소동이 벌어지고 있었다. 2등칸에서 내린 어떤 부인이 있었는데, 그녀는 눈에 띄게 매우 아름다웠지만, 여행하는 부인으로서는 약간 지나치게 화려한 옷차림을 하고 있었다. 그녀는 아주 젊고 잘생긴 창기병 장교를 거의 두 손으로 끌다시피 하며 뒤에서 붙들고 있었고, 젊은 장교는 그녀의 손에서 벗어나려고 무진 애를 쓰고 있었다. 젊은 장교는 술에 만취되어 있었는데, 보아하니 그의 손위 친척쯤 되는 것 같은 그 부인은 그를 놓아주려고 하지 않았다. 놓아주면 그대로 곧장 마실 것이 있는 식당으로 직행할까 봐 걱정하고 있는 것 같았다. 그러는 동안 엎치락뒤치락하는 혼잡함 속에서, 또 역시 술에 잔뜩 취해 거의 인사불성이 된 어떤 상인 비슷한 사나이가 이 창기병과 부딪치게 되었다. 이 상인은 벌써 이틀째 이 정거장에 눌러앉아 여러 종류의 친구들에게 둘러싸인 채 실컷 술을 퍼마시며 돈을 뿌리고 있는 중이었기 때문에, 앞으로 나가는 기차에 올라타지도 못하는 형편에 놓여 있었다. 싸움이 시작되었다. 장교는 고래고래 소리를 지르고, 상인은 욕설을 퍼부어 댔다. 부인은 혼비백산하여 창기병을 싸움판에서 떼어 놓으려 하며, 애원하는 듯한 목소리로 이렇게 외치고 있었다. 「미쩬까!33 미쩬까!」 그런데 이렇게 부르는 소리가 상인에게는 너무 우스꽝스러운 추태같이 여겨진 모양이었다. 실제로 주변에 있던 사람들은 모두 웃음을 터뜨렸고, 이것은 어째선지 그에게 부도덕한 것처럼 여겨졌고 그것으로 인해 상인은 더욱더 화를 냈다.

「이봐, 〈미쩨니까!〉라고?」 그는 꾸짖는 듯이 부인의 가느다란 목소리를 흉내 내었다. 「사람들 있는 데서 부끄럽지도 않단 말이야!」

그러면서 그는, 제일 가까이 있는 의자를 찾아 창기병을 자기 옆에 나란히 앉혀 놓은 부인 쪽으로 비틀거리며 다가가, 경멸하는 듯한 시선으로 그들 두 사람을 훑어보더니, 흥얼거리는 것처럼 말을 길게 늘이며 이런 욕설을 퍼부었다.

「에이 화냥년, 잡것. 꼬랑지가 죄다 흙투성이가 됐네!」

부인은 비명을 지르며 도와줄 사람을 찾는 듯이 가련한 눈초리로 주위를 살펴보았다. 그녀는 창피하기도 했고 겁이 나기도 했다. 그런데다 설상가상으로 장교는 화를 버럭 내며 상인에게 달

---

33 드미뜨리의 애칭형. 보통 쓰이는 미쨔라는 애칭형보다 더 다정한 느낌을 준다.

려들려고 의자에서 벌떡 일어나다 발이 미끄러져 그만 제자리에 도로 주저앉고 말았다. 주변의 웃음소리는 더욱 커져만 가는데, 아무도 도와줄 생각을 하지 않고 있었다. 그런데 바로 이때 벨차니노프가 도움을 주러 나섰다. 그는 대뜸 상인의 멱살을 쥐고 한 바퀴 빙 돌리더니, 놀라서 새파랗게 질린 부인으로부터 다섯 발자국 정도 떨어진 곳으로 휙 밀어 던지고 말았다. 그렇게 하여 그 소동은 마무리가 되었다. 상인이 그 일격과 벨차니노프의 위풍당당한 모습에 그만 정신을 잃어버렸던 것이다. 친구들이 당장 그를 어디론가 끌고 사라졌다. 세련된 옷차림을 한 이 위풍당당한 신사의 용모는 비웃고 있던 사람들에 대해서도 즉각적인 효과를 나타냈다. 일시에 웃음소리가 뚝 그치게 된 것이다. 부인은 얼굴을 붉히며 거의 눈물을 흘릴 듯이 감사의 말을 장황하게 늘어놓기 시작했다. 창기병은 〈고맙니다, 고맙니다!〉 하며 혀 꼬부라진 소리로 웅얼거렸다. 그러면서 벨차니노프에게 한 손을 내밀려고 하더니, 갑자기 마음을 바꾸어 의자 위에 누울 생각으로 옆의 의자에 두 발을 얹더니 길게 몸을 뻗고 아예 드러눕고 말았다.

「미쩨니까!」 부인은 손뼉을 치면서 꾸짖듯이 나직하게 소리쳤다.

벨차니노프는 이 예기치 않은 사건과 그것을 둘러싼 환경에 만족스러움을 느꼈다. 그 부인은 그의 관심을 끌었다. 얼른 보기에 그녀는 돈푼깨나 있는 시골의 부인이었다. 옷차림은 화려했지만 취향이 높은 것은 아니었고, 행동거지도 어딘가 약간 우스꽝스러운 데가 있었다. 한마디로 여성에 대하여 흑심을 품고 있는 도시 출신의 멋쟁이 남자가 접근하면 영락없이 성공을 거둘 수 있는 모든 조건을 한 몸에 갖추고 있는 그런 여인이었다. 이야기가 꽃을 피우기 시작했다. 그녀는 열을 올리며 이런 저런 이야기를 하면서, 자신의 남편에 대한 불평을 늘어놓았다. 「갑자기 기차에서 내려 어디론가 행방을 감추었어요. 그래서 이런 일까지 생겼어요. 그 사람은 언제나 있어야 할 때면 어디론가 사라져 버리곤 하거든요…….」

「소변 보러 갔어요…….」 창기병이 웅얼거렸다.

「아이, 미쩨니까!」 그녀는 또다시 두 손으로 손뼉을 쳤다.

〈글쎄, 남편이란 자가 혼쭐나게 생겼군!〉 이렇게 벨차니노프는 잠시 생각했다.

「남편의 성함이 어떻게 되시죠? 제가 가서 찾아보도록 하겠습니다.」 이렇게 그는 제안했다.

「빠 빨리치.」 창기병이 혀 꼬부라진 소리를 했다.

「당신의 부군 성함이 빠벨 빠블로비치 씨라고요?」 벨차니노프는 호기심 어린 말투로 이렇게 질문을 했다. 그런데 바로 그때 그에게 낯이 익은 대머리가 그와 부인의 사이를 비집고 느닷없이 튀어 들어왔다. 그 순간 그에게는 자홀레비닌 씨네의 정원과 천진난만한 처녀들의 놀이와, 끊임없이 그와 나제쥐다 페도세예브나의 사이로 끼어들던 그 성가신 대머리가 불쑥 떠올랐다.

「이제야 오셨군요!」 아내가 히스테릭하게 소리를 쳤다.

그것은 확실히 빠벨 빠블로비치였다. 그는 마치 유령을 만나기라도 한 것처럼 벨차니노프 앞에 우뚝 선 채, 놀라움과 공포가 뒤엉킨 시선으로 그를 바라보고 있었다. 완전히 넋이 나가 어리둥절해진 그는, 한참 동안이나 화가 잔뜩 난 아내가 성급히 종알거리는 말이 도대체 무슨 말인지 전연 귀에 들리지도 않는 모양이었다. 마침내 그는 몸을 한 번 부르르 떨더니, 자신이 직면하고 있는 무서운 상황을 단숨에 깨달았다. 자신의 잘못과 미쩨니까에 관한 일, 그리고 이 〈므슈〉에게 — 부인은 어째선지 벨차니노프를 그렇게 부르고 있었다 — 〈우리에게 천사이며 수호신, 그리고 구원자이셨는데, 당신은, 당신은 우리가 당신을 필요로 할 때면 언제나 어디론가 가버리고 없잖아요……〉라고 하는 아내의 말이 일시에 머리에 확 와 닿은 모양이었다.

벨차니노프는 느닷없이 호탕한 웃음을 터뜨렸다.

「저와 부군은 친구 사이입니다. 말하자면 어린 시절부터의 친구죠!」그는 창백한 얼굴에 간신히 미소를 띠고 서 있는 빠벨 빠블로비치의 어깨를 다정하게, 마치 그를 보호하려는 듯이 오른손으로 휘감으며 놀라 어리둥절해 하고 있는 부인에게 이렇게 소리쳤다. 「부군께서 벨차니노프에 관한 이야기를 부인께 하시지 않았던가요?」

「아니오, 그런 말씀 한 적 없어요.」아내는 약간 어리둥절해 하고 있었다.

「그렇다면 날 자네 어부인께 인사시켜 주게나, 무정한 친구야!」

「이봐, 리뽀치까,[34] 이분은 벨차니노프 씨라고 하는데 말이야, 저기……」 빠벨 빠블로비치는 이렇게 말을 시작했다가 부끄럽게도 중단하고 말았다. 아내는 발끈 화를 내며 남편을 쏘아보았는데, 그건 틀림없이 〈리뽀치까〉라고 부른 탓이었을 것이다.

「그러니 생각을 해보세요, 부인. 이 친구는 장가를 들면서도 아무 소식이 없었고, 결혼식에 날 부르지도 않았거든요. 그런데 당신은 올림삐아다……」

「세묘노브나라고 해요.」 빠벨 빠블로비치가 일러 주었다.

「세묘노브나라고 하지요!」 갑자기 졸고 있던 창기병이 맞장구를 쳤다.

「이 사람을 용서해 주세요, 올림삐아다 세묘노브나, 친구끼리 서로 만난 것을 보셔서라도 말씀이에요……. 그는 선량한 남편이니까요!」

그러면서 벨차니노프는 빠벨 빠블로비치의 어깨를 정답게 한 대 툭 쳤다.

---

34 올림삐아다의 애칭.

「여보, 난, 난 그저 잠깐⋯⋯. 저기에 있었을 뿐이에요⋯⋯.」 빠벨 빠블로비치는 이렇게 변명을 하려고 했다.

「아내는 창피를 당하게 내버려 두고서 말이에요!」 리뽀치까는 즉시로 말꼬리를 잡고 늘어졌다. 「필요할 때면 없고, 필요치 않은 곳에 당신은 늘 나타나죠⋯⋯.」

「필요치 않은 곳에 있고, 필요 없는 곳에⋯⋯ 필요 없는 곳에⋯⋯.」 창기병이 맞장구를 쳤다.

리뽀치까는 흥분한 나머지 거의 숨이 막힐 지경이었다. 벨차니노프가 있는 데에서 이런 행동을 보이는 것이 옳지 않다는 것을 그녀 자신이 잘 알고 있었고, 그래서 얼굴이 빨개졌지만, 그녀는 도저히 자신을 억제할 수 없었다.

「필요치 않은 곳에선, 당신은 너무나 조심을 하죠, 너무 조심을 한단 말이에요!」 그녀에게서 이런 말이 튀어나왔다.

「침대 밑에서⋯⋯ 아내의 정부를 수색한다네⋯⋯. 침대 밑에서 필요치 않은 곳에서⋯⋯ 필요 없는 곳에서 말이야⋯⋯.」 미쩨니까도 갑자기 굉장히 열을 올리기 시작했다.

하지만 이제 미쩨니까는 더 이상 어떻게 할 수가 없었다. 그렇지만 모든 일은 유쾌한 방향으로 끝맺음을 하게 되었다. 모두가 마음을 터놓고 친교를 맺기로 한 것이다. 빠벨 빠블로비치는 커피와 고기 수프를 사러 가게 되었다. 올림삐아다 세묘노브나는 이 정거장에서 불과 40베르스따[35] 떨어진 그들의 시골 마을에서 두 달 동안 지낼 예정으로 남편이 근무하고 있는 O시에서 떠나왔다는 이야기를 했다. 아울러 그곳에는 멋진 집과 정원이 있고, 그리로 손님들이 방문하기도 하고, 이웃 사람도 있다는 것을 설명해 주었다. 그리고 또 만약 알렉세이 이바노비치가 친절하게도 〈그들의 호젓한 은거지〉를 한번 방문할 생각이 있으시다면, 〈천사와

---

35 구러시아의 거리 단위로 1베르스따는 1.067킬로미터이다.

같은 수호신으로서〉 그를 맞아들일 것이며, 그 까닭은 당신이 없었더라면 무슨 일이 일어날 뻔했는지 끔찍하기 짝이 없기 때문이다…… 등등의 말을 하면서, 한마디로 〈천사 같은 수호신으로서〉 영접하겠다는 내용의 말을 했다.

「그리고 구원자로서, 구원자로 말이에요.」창기병은 열을 내며 주장했다.

벨차니노프는 정중하게 사의를 표한 다음, 자신은 언제든지 방문할 뜻이 있다는 것과, 자신은 아무 할 일도 없이 매우 한가한 사람이므로 올림삐아다 세묘노브나의 초대는 그에게 지나치게 과분한 것이라는 대답을 했다. 그러고 나서 그는 곧바로 재미있는 대화로 화제를 돌리고는, 그 안에 두세 개의 칭찬의 말을 교묘하게 섞어 넣었다. 리뽀치까는 만족한 나머지 얼굴을 붉게 물들였고, 빠벨 빠블로비치가 돌아오자마자 황홀한 표정으로 남편에게 설명하기를, 알렉세이 이바노비치는 너무나 친절해서 그들의 마을을 방문해 달라는 그녀의 초대를 받아들여 한 달간이나 있게 되었으며, 일주일 후에 찾아오겠다고 약속했노라는 말을 했다. 빠벨 빠블로비치는 낭패한 듯이 어정쩡한 미소를 띠고, 아무 말도 하지 않았다. 올림삐아다 세묘노브나는 그를 향해 어깨를 으쓱해 보이고 하늘을 향해 시선을 던졌다. 마침내 헤어질 시간이 되었다. 다시 한번 감사의 말이 전해지고, 또다시 〈천사, 수호신〉이니 〈미쩨니까〉라는 말이 들리자 빠벨 빠블로비치는 드디어 아내와 창기병을 객실 안으로 데리고 들어갔다. 벨차니노프는 시가를 피워 물고 정거장 앞의 회랑을 천천히 걸어가기 시작했다. 그는 빠벨 빠블로비치가 발차의 종이 울릴 때까지 무슨 말인가를 하러 지금 또다시 그에게 달려오게 되리라는 것을 알고 있었다. 예상 그대로였다. 빠벨 빠블로비치는 온 얼굴과 눈에 불안으로 가득한 의문을 잔뜩 담은 채, 그의 앞에 서둘러 모습을 나타낸 것이다. 벨차니노프는 웃기 시작했다. 그는 〈다정하게〉 그의 팔꿈치를 잡고 가장 가까이 있는 벤치로 데리고 가 자기도 앉고 자신의 옆에 그를 나란히 앉게 했다. 그는 말없이 가만히 있었는데, 그것은 빠벨 빠블로비치가 먼저 말을 꺼내기를 바라고 있었기 때문이다.

「그렇다면 당신은 우리 집에 오시겠다는 겁니까?」 그는 지극히 노골적으로 핵심을 짚어 황급히 말했다.

「그럴 줄 알았어요! 조금도 안 변하셨구먼요!」 벨차니노프가 껄껄 웃어 댔다. 그는 그의 어깨를 다시 한번 탁 쳤다. 「정말로 당신은, 내가 진짜 당신의 집을 방문할 거라고, 그것도 한 달씩이나 머물 수 있으리라고, 단 1분이라도 심각하게 생각해 보셨단 말입니까, 하핫!」

빠벨 빠블로비치는 온몸을 부르르 떨었다.

「그렇다면 당신은 오시지 않는 거지요!」 그는 자신의 기쁨을 조금도 감추려 하지 않으며 이렇게 외쳤다.

「안 갑니다, 안 가고말고요!」 벨차니노프는 만족스럽게 빙그레 웃었다. 그런데 뭐가 그렇게 유난스레 우스운지 그 까닭은 그 자신도 알 수 없었지만, 시간이 갈수록 그는 점점 더 우습다는 생각을 하게 되었다.

「정말…… 정말로 당신은 진심의 말씀을 하는 거겠죠?」 이 말을 하고 나서 빠벨 빠블로비치는 상대방의 대답을 불안하게 기다리며 자리에서 벌떡 일어서기까지 했다.

「안 간다고 벌써 말씀드리지 않았습니까, 당신은 정말 이상한 사람이로군요!」

「어떻게 하나……. 그렇다면 올림삐아다 세묘노브나에게는 뭐라고 하죠, 당신이 일주일 후에 오시지 않으면 그녀가 기다릴 텐데요?」

「그게 뭐 어려운 일입니까! 내가 다리를 하나 부러뜨렸다고 한다든지 아니면 그와 비슷한 말을 아무거나 둘러대시면 되잖습니까.」

「믿지 않겠지요.」 빠벨 빠블로비치는 가련한 듯한 목소리로 말을 길게 늘여서 말했다.

「그러면 당신이 잔소리를 듣게 되나요?」 벨차니노프는 시종일관 웃고 있었다. 「그런데 내가 보기엔, 가엾게도 당신은 당신의 아름다운 부인을 무척이나 무서워하시는 것 같던데, 안 그렇습니까?」

빠벨 빠블로비치는 웃어 보이려고 했지만 그렇게 되지는 않았다. 벨차니노프가 방문을 거절한 것은, 물론 좋은 일이지만, 그가 자기의 아내에 대해 아무렇게나 말하는 것은 벌써 유쾌하지 못한 일이었다. 빠벨 빠블로비치는 그만 삐치고 말았다. 벨차니노프는 이것을 간과하지 않았다. 그러는 사이 이미 두 번째 종소리[36]가 울렸다. 멀리 떨어져 있는 객차에서 걱정스레 빠벨 빠블로비치를 부르는 가느다란 목소리가 들려왔다. 그는 자리에 앉은 채 서두르기는 했지만, 부르는 소리에 응해 얼른 뛰어가지는 않았다. 보아하니 그는 벨차니노프에게서 아직도 무엇인가를 기다리고 있었는데, 물론 그것은 그가 그들을 찾아오지 않겠다는 다짐의 말을 다시 한번 들어 보겠다는 것이었다.

「부인의 친정 쪽 성은 어떻게 됩니까?」 벨차니노프는 짐짓 빠벨 빠블로비치의 불안한 마음을 전연 눈치 채지 못한 것처럼 이렇게 딴 질문을 던졌다.

「우리 교구 사제의 딸[37]을 얻었습니다.」 그는 정신없이 기차를 바라보고 귀를 기울이면서 대답했다.

「아, 그래요, 알겠습니다. 아름다운 얼굴을 보고 하셨다 이 말씀이구먼요.」

36 혁명 이전에는 종소리를 세 번 울리는 것으로 승객들에게 기차의 출발을 알렸는데, 세 번 울리고 나면 기관차는 다시 두 번 기적을 울린다.
37 러시아 정교회에서 사목 활동을 하는 사제는 결혼을 할 수 있다. 따라서 사제에게는 처자가 있을 수 있다.

빠벨 빠블로비치는 또다시 샐쭉했다.

「그런데 당신들께서 데리고 있는 이 미쩨니까라는 사람은 누굽니까?」

「아, 그 사람은 우리의 먼 친척뻘 되는 사람이에요. 그러니까 나의 돌아가신 사촌 누님의 아들인데 골루브치꼬프라 하지요. 전에 품행이 나빠서 졸병으로 강등된 적이 있는데, 지금은 다시 장교 임관이 됐어요. 우리 내외가 그를 보살펴 준 덕분이지요……. 운이 없는 젊은이랍니다…….」

〈그럼 그렇지, 모든 게 다 척척 맞아 들어가는군. 흠잡을 데 없이 모든 걸 다 갖춘 셈이야!〉 벨차니노프는 잠시 이런 생각을 했다.

「빠벨 빠블로비치!」 멀리 떨어진 객차에서 또다시 이렇게 부르는 소리가 들려왔는데, 그 목소리에는 너무나도 초조한 음색이 깃들어 있었다.

「빨 빨리치!」 또 다른 낮은 허스키한 목소리가 들려왔다.

빠벨 빠블로비치는 또다시 서두르며 안절부절못했으나, 벨차니노프는 그의 팔꿈치를 꽉 잡고서 그대로 놓아주지 않았다.

「어때요, 내가 지금 가서 당신 부인에게 당신이 나를 찔러 죽이려고 했다는 이야기를 해주면 어떨까요, 네?」

「무슨 소리, 무슨 소릴 하는 거요!」 빠벨 빠블로비치는 대경 실색을 했다. 「그것만은 참아 주세요.」

「빠벨 빠블로비치! 빠벨 빠블로비치!」 두 개의 목소리가 또다시 들려왔다.

「자, 이젠 가세요!」 벨차니노프는 줄곧 부드러운 미소를 지으면서 드디어 그를 놓아주었다.

「그럼 오시진 않는 거죠?」 빠벨 빠블로비치는 거의 절망적인 표정이 되어 마지막으로 이렇게 속삭이며, 옛날식으로 두 손바닥을 마주하고 비는 것과 같은 흉내를 냈다.

「당신께 맹세합니다. 가지 않겠습니다! 얼른 뛰어가세요. 그렇지 않으면 큰일납니다!」

그러면서 그는 힘차게 그에게 손을 내밀었다. 내밀고는 깜짝 놀라고 말았다. 빠벨 빠블로비치는 그 손을 잡지 않았고, 심지어 자신의 손을 뒤로 감추어 버리기까지 했던 것이다.

세 번째 종소리가 울렸다.[38]

그 순간 그들 두 사람에게 아주 이상한 일이 일어났다. 두 사람은 완전히 사람이 달라진 것만 같았다. 바로 1분 전까지만 해도 그렇게 웃고 있던 벨차니노프의 마음속에서 그 무엇인가가 몹시 동요하며 갑자기 울컥 터져 나오는 것만 같았다. 그는 빠벨 빠블로비치의 어깨를 화가 난 듯이 꽉 붙들었다.

「만일에 내가, 내가 바로 당신에게 이 손을 내민다면.」 그는 칼로 베인 커다란 상처 자국이 뚜렷하게 남아 있는 자신의 왼쪽 손바닥을 그에게 보여 주었다. 「그렇다면 당신은 이 손을 그냥 잡으시겠지요!」 그는 핏기가 가신 떨리는 입술로 속삭였다.

빠벨 빠블로비치 역시 얼굴의 핏기가 가시고, 그의 입술 또한 떨리고 있었다. 어떤 경련 같은 것이 갑자기 그의 얼굴을 스치고 지나갔다.

「그렇지만 리자는?」 그는 빠르게 속삭이는 소리로 어눌하게 말했다. 그러자 그의 입술과 두 뺨 그리고 아래턱이 갑자기 심하게 떨리면서 두 눈에서는 눈물이 주르르 솟아났다. 벨차니노프는 마치 화석처럼 그의 앞에 우뚝 서 있었다.

「빠벨 빠블로비치! 빠벨 빠블로비치!」 마치 누구를 난도질이라도 하는 듯이, 객차에서는 이런 소리가 일제히 큰 소리로 합창이 되어 울려 나왔다. 그러더니 기적소리가 갑자기 울려 퍼졌다.

빠벨 빠블로비치는 정신을 차리고 손뼉을 치더니 몸을 던져 엄청나게 빠른 속도로 뛰어가기 시작했다. 기차는 벌써 움직이고

---

38 세 번째 종소리가 울린 다음, 기차가 떠난다.

있었으나, 그는 간신히 기차에 올라타 자신의 차칸으로 뛰어들어 갈 수 있었다. 벨차니노프는 정거장에 그대로 남아 있다가, 저녁 무렵이 되어서야 새로 들어오는 기차를 타고 다음 여행길을 계속해 떠났다. 오른쪽 길의 시골에 사는 아는 부인한테는 가지 않았다. 그러기에는 너무나 기분이 언짢았던 것이다. 그 후 그것을 얼마나 애석히 여겼는지 모른다!

보보끄[*]

이번에는 〈어떤 사나이의 기록〉을 싣는다. 이 사나이는 내가 아니다. 전혀 다른 사람이다. 그 이상의 소개는 필요 없으리라 생각된다.

어떤 사나이의 기록

세몬 아르달리오노비치가 그저께 나에게 이렇게 물었다.
「그래 말 좀 해보게나, 이반 이바노비치, 자네 언제나 제정신이 들 건가?」
고약한 주문이다. 나는 화를 내지 않는다. 나는 소심한 인간이기 때문이다. 하지만 그렇다고 하더라도 이건 나를 미친놈으로 모는 소리가 아닌가. 어떤 화가가 우연히 내 초상화를 그린 적이 있다. 「어쨌든 자네는 작가가 아닌가.」 그가 그렇게 말하기에 난 모델이 되어 주었고, 그는 그림을 전시회에 내걸었다. 신문에 이렇

---

[*]「보보끄」는 1873년 『시민』지 6호에 발표된 작품. 「보보끄」 포함, 「예수의 크리스마스 트리에 초대된 아이」, 「농부 마레이」, 「백 살의 노파」, 「온순한 여자」, 「우스운 사람의 꿈」 6편의 단편들은 모두 『작가 일기』에 수록된 작품들. 박현섭 옮김.

게 나왔다. 〈광기의 문턱에 있는 이 환자의 얼굴을 가서 보시라.〉

설령 내 얼굴이 그렇다고 치자. 하지만 어떻게 그런 말을 신문에 싣는단 말인가? 신문에는 고상한 것만을 실어야 한다. 사상이라든가 하는. 그런데 이건 도무지······.

최소한 우회적으로라도 썼어야지. 그래서 문체라는 게 있지 않은가. 아니다, 그자는 당초에 우회적으로 쓸 마음이 없었다. 요즈음에는 유머나 훌륭한 문체가 사라지고 욕설이 풍자로 받아들여지고 있다. 나는 화를 내지 않는다. 내가 미칠 정도로 대단한 작가가 아니라는 사실은 신이 알고 있기 때문이다. 소설은 썼지만 출판을 해주지 않는다. 풍자 칼럼을 썼지만 거절당했다. 그 풍자 칼럼들을 별의별 편집자들에게 가져가 보았으나 모두 거절만 당했다. 그들이 말하더군.「당신 글에는 소금이 빠져 있소.」

「어떤 소금을 원하슈? 아티카의 소금[1] 말이오?」 나는 조롱을 담고 물어본다.

그들은 무슨 말인지 알아듣지도 못한다. 그래서 나는 서적상들에게 프랑스 어 번역을 해주고 있다. 또 장사치들에게는 광고 문구를 써준다. 〈드문 기회! 집에서 직접 재배한 홍차······〉. 고(故) 뾰뜨르 마뜨베예비치 각하에게 바친 조사는 짭짤한 벌이였다. 서적상의 주문으로『숙녀들이 좋아하는 예술』을 쓰기도 했다. 일생 동안 나는 이런 책을 여섯 권 펴냈다. 볼테르[2]의 경구들을 펴내고 싶지만 우리 독자들에게는 따분한 얘기로 비칠까 봐 걱정이다. 오늘날에 볼테르라니, 요즘 같아서는 볼테르가 아니라 얼간이지! 이 일 때문에 이빨이 몽땅 부서지도록 서로 싸워 댔다! 어쨌든 이것이 내 문학 활동의 전부이다. 내 서명을 붙여서 편집자들에게 대가 없이 보내는 편지들을 거기에 덧붙일 수도 있을 것이다. 그 편지들에서 나는 충고와 조언을 하고 비판하며 방향을 제시해 준

---

[1] 품위 있는 해학.
[2] 프랑스의 작가이자 대표적인 계몽 사상가.

다. 지난주에는 한 편집자에게 마흔 번째의 편지 — 2년 동안 해 온 짓이다 — 를 부쳤다. 우표 하나 사는 데 4루블이나 들었다. 보다시피 나라는 사람의 성격은 이처럼 치졸하다.

생각컨대 그 화가는 나의 문학 때문이 아니라 내 이마에 대칭형으로 자라난 두 개의 사마귀 때문에 초상화를 그렸을 것이다. 다시 말해 드문 구경거리라는 얘기지. 요새 사람들은 도무지 사상이란 없고 그저 구경거리만을 찾아다닌다. 어쨌거나 그 초상화에 사마귀는 성공적으로 그려져 있다. 살아 있는 것처럼! 사람들은 이런 것을 리얼리즘이라고 부른다.

광기에 대한 얘기가 나왔으니 말인데, 지난 세월 동안 숱한 사람들이 광인으로 묘사되어 왔다. 가령 〈그런 독창적인 재능을 지녔던…… 그러나 결국에는…… 하지만 그러한 최후는 벌써 예견되었어야만 했다……〉, 이런 식이다. 이 정도면 꽤나 교묘하다. 더욱이 순수 예술의 관점에서 본다면 칭찬할 만한 일이기도 하다. 그리하여 미친 사람들이 갑자기 현명한 사람으로 둔갑하는 것이다. 자, 그런데 그렇게 사람들을 정신병자로 내몰았지만 아직 아무도 현명해지지는 않았잖은가.

내가 보기에 가장 현명한 사람이란 한 달에 한 번 정도는 자신을 바보라고 부르는 자이다. 요즘에는 보기 드문 재능 아닌가! 예전에는 최소한 1년에 한 번씩은 바보가 자기 자신이 바보임을 깨달았지만 지금은 그런 게 없다. 그래서 바보와 현자를 구별할 수 없을 정도로 세상은 뒤죽박죽이 되어 버렸다. 이건 그자들의 고의적인 책동이다.

두 세기 반 전에 프랑스에서 최초로 광인 수용소가 만들어졌을 때 스페인 사람들이 했던 풍자가 생각난다. 〈그들은 자기들이 현명하다는 것을 증명하기 위해서 자기 나라의 모든 바보들을 특별한 건물에 가두어 놓았다.〉 그렇다, 다른 사람을 광인 수용소에 가둔다고 해서 자신의 현명함이 증명되지는 않는다. 〈K가 미쳐 버렸다. 따라서 이제 우리는 현명하다.〉 천만에, 달라진 것은 아무것도 없다.

그런데, 젠장...... 이 무슨 정신 나간 소리들인가, 주절거리는 꼴이라니. 이젠 하녀까지도 나에게 질려 버렸다. 어제는 친구가 들러서 이런 말을 했다. 「자네 문체는 변화가 지나쳐. 지리멸렬이라고. 자르고 또 자르고, 삽입문을 만들고, 그 삽입문 속에 또 삽입문. 그뿐인가, 괄호를 쳐서 거기다가 또 무언가를 집어넣지. 그러고는 또 자르고 자르니 이건 도대체가…….」

친구 말이 옳다. 나에게 무언가 이상한 일이 일어나고 있는 것이다. 성격이 변하고 있으며 머리도 아프다. 나는 뭔지 이상한 것들을 보거나 듣기 시작하고 있다. 딱히 목소리라고도 할 수 없는, 마치 누군가가 옆에서 속삭이는 듯한 소리. 〈보보끄,[3] 보보끄, 보보끄!〉 보보끄가 뭐지? 기분 전환을 해야겠다.

기분 전환을 위해 돌아다니던 나는 어떤 장례식에 끼어들게 되었다. 먼 친척의 장례식이다. 그는 당당한 6등관이었다. 미망인과 딸 다섯, 모두 처녀들이다. 구두 값 들어가는 것만 생각해도 그게 얼마인가! 고인이 살아 있을 때는 돈을 벌었지만 이제는 얼마 안 되는 연금밖에 없다. 꼬리 내린 강아지 꼴이 되겠지. 이들은 언제나 나를 못마땅하게 대했다. 이런 특별한 경우가 아니었더라면 지금도 내가 여기에 올 일이 없었을 것이다. 다른 사람들 틈에 끼여서 묘지까지 따라갔지만, 그들은 나를 피해 가면서 거만하게 굴었다. 내 양복이 사실 허름해 보이기는 하다. 묘지에 와본 지도 한 25년은 된 것 같다. 그런데 이곳은 정말!

첫째로, 냄새가 났다. 15구의 시체가 도착해 있었다. 수의(壽

---

3 보보끄는 러시아 어로 〈콩알〉이라는 뜻이다. 그러나 여기서는 이 단어가 마치 의성어처럼 쓰이고 있으므로(〈콩콩거리다〉, 〈버벅거리다〉를 연상하면 된다) 굳이 번역하지 않겠다.

衣)의 품질도 갖가지였는데, 그 중에는 영구차도 두 대 있었다. 하나는 장군을 위한 것, 다른 하나는 어떤 귀부인의 것이다. 많은 사람들의 슬픈 얼굴들, 꾸며 낸 슬픔, 한편에서는 드러내 놓고 즐거워하는 얼굴들이 있다. 교회 직원들로서는 아쉬울 일이 없다. 수입이 생기니까. 그러나 냄새, 이 냄새라니. 이곳에서 성직자로 일하고 싶은 생각은 추호도 없다.

별로 내키지 않았지만 나는 죽은 사람들의 얼굴을 찬찬히 둘러보았다. 부드러운 표정도 있고 불쾌한 표정도 있다. 대체로 그 미소들은 흉하고, 어떤 경우에는 끔찍할 지경이다. 꿈에 나올까 무섭다.

미사가 끝난 뒤에 교회를 나왔다. 날은 우중충했지만 그래도 건조했다. 그리고 쌀쌀했다. 그도 그럴 것이 10월이 아닌가. 무덤들 주변을 걸어다녔다. 무덤 자리도 여러 가지 종류가 있다. 3등급짜리는 30루블로, 쓸 만하고 가격도 그리 비싸지 않다. 1등급과 2등급은 교회 현관 밑에 있는데, 이건 지독하게 비싸다. 이번에 3등급짜리에는 장군과 귀부인을 포함해서 여섯 명이 묻혔다.

무덤 속을 흘끗 들여다보았는데, 끔찍해라, 물! 온통 물이다! 짙은 녹색의 물, 그리고…… 이런 걸 어떻게 얘기해야 할지! 묘지기가 끊임없이 바가지로 물을 퍼내고 있었다. 장례식이 진행되는 동안에는 교회 문을 나서서 돌아다녔다. 지금 여기에는 구호소가 있고 조금 떨어진 곳에 식당이 있다. 그리 나쁘지 않은 작은 식당이다. 식사말고도 모든 것이 있다. 식당은 꽉 차 있었는데 개중에는 장례식에 참석했던 사람들도 있었다. 유쾌함과 생기가 방 안 가득 느껴졌다. 나는 요기를 하고 술을 한잔했다.

그러고 나서 관을 교회에서 무덤으로 운구하는 일을 거들어 주었다. 어째서 관 속에 들어 있는 사자들은 그처럼 무거운 것일까? 무언가 관성 같은 것이 있어서 시체를 다루기 힘들다고들 하는데……. 혹은 역학과 상식에 모순되는 무언가가 있다는 헛소리도 있다. 나는 겨우 보통 교육만 받은 자들이 특별한 일을 주제넘게 해석하려 드는 것이 싫다. 하지만 우리 나라에서는 그런 일들이 다반사이다. 관리들이 군사적인 문제를, 심지어는 원수들이나 결정해야 할 문제를 논하기 좋아하고 기술 교육을 받은 사람들이 철학이나 정치 경제학을 논하려 한다.

추도 모임에는 가지 않았다. 나는 자존심이 있다. 만일 단지 초상을 당했다는 이유로 나를 초대한 것이라면 그들의 밥상머리에서 내가 얼쩡거릴 이유가 없지 않은가? 그게 설령 고인을 추모하는 자리일지라도 말이다. 왜 그랬는지는 모르겠지만 어쨌든 나는 묘지에 남았다. 그리고 비석 위에 앉아서 혼자 생각에 잠겼다.

모스끄바의 전람회에 관한 생각에서 시작하여 놀람에 대한 생각, 요컨대 놀람이라는 테마로 끝을 맺었다. 〈놀람〉에 대해 나는 이렇게 결론을 내렸다.

〈무슨 일에나 놀라는 것은 당연히 어리석고, 아무런 일에도 놀라지 않는 것이 훨씬 미덕이며 어쩐지 훌륭한 태도로 인정되고 있다. 하지만 사실은 그렇지 않다. 내 생각으로는 아무런 일에도 놀라지 않는 것이 무슨 일에나 놀라는 것보다 훨씬 어리석다. 게다가 아무런 일에도 놀라지 않는 것은 아무것도 존경하지 않는 것과 마찬가지이다. 그렇다. 어리석은 인간은 존경할 능력도 없는 것이다.〉

「그렇다, 무엇보다도 나는 존경하기를 바란다. 나는 존경하기를 갈구한다.」 내 친구 하나가 언젠가 나에게 이렇게 말한 적이 있다.

〈그는 존경하기를 갈구한다! 맙소사.〉 나는 생각했다. 〈만약 이런 얘기를 지금 글로 싣는다면 넌 어떻게 되겠는가!〉

그리고 그 일에 대해서는 생각을 떨쳐 버렸다. 나는 비문 읽는 일을 좋아하지 않는다. 영원히 그럴 것이다. 내 옆의 묘석 위에 먹다 남은 샌드위치가 놓여 있다. 참으로 어울리지 않는 일이다.

나는 그것을 땅바닥에 던져 버렸다. 왜냐하면 그것은 빵이 아니라 단지 샌드위치였기 때문이다. 그런데 땅바닥에 빵을 버리는 짓은 죄가 안 될 것 같다. 죄가 되는 짓은 마루에 버리는 것이다. 수보린의 달력[4]을 참고해 봐야겠다.

꽤나 오래 앉아 있었던 것 같다. 나는 심지어 대리석 관 모양을 한 길쭉한 돌 위에 눕기까지 했다. 그런데 갑자기 온갖 소리들이 들려오는 것은 어찌 된 영문일까? 처음에 나는 짐짓 무시해 버리고 주의를 기울이지 않았다. 그렇지만 웅성거리는 소리는 멈추지 않았다. 소리는 어렴풋이 들렸는데, 마치 베개로 입을 막고 말하는 듯했다. 그러다가 그것은 또렷해지면서 꽤 가까워졌다. 나는 정신을 차리고 일어나 앉아서 귀를 기울여 보았다.

「각하, 이러시면 어떻게 합니까. 하트라고 말씀하셔서 돈을 걸었는데, 각하께서는 다이아몬드 일곱 장을 갖고 계시잖아요. 처음부터 다이아몬드라고 하셨어야죠.」

「아니, 그럼, 서로 카드를 알고 노름을 하자는 건가? 그렇다면 무슨 재미야?」

「안 됩니다, 각하. 보장이 없이는 절대로 안 돼요. 그러려면 카드 돌리는 사람이 따로 있어야 해요. 그래야 서로 알 수가 없지요.」

「하지만 여기서 어떻게 그런 사람을 구하겠어.」

참으로 방자한 말투가 아닌가! 괴이하고도 놀라운 일이다. 한쪽은 묵직하고 당당한 목소리이고 다른 한쪽은 부드럽고 달콤한 목소리이다. 내 귀로 직접 듣지만 않았더라면 도저히 믿을 수 없었을 것이다. 내가 추도 모임에 참석한 게 아니라 묘지에 있는 게 확실하다면? 도대체 이런 곳에서 프레페랑스[5]를 하는 소리를 듣게 되다니. 게다가 각하란 또 뭔가? 소리가 무덤으로부터 울려

---

4 당대의 유명한 작가이자 출판인이었던 알렉세이 수보린(1834~1912)이 펴낸 달력으로, 연중 행사나 생활 양식을 담고 있었다.
5 카드 놀이의 일종.

나오고 있다는 점에는 의심의 여지가 없었다. 나는 몸을 굽혀서 비석에 새겨진 비문을 읽어 보았다.

「여기 육군 소장이며…… 무슨 무슨 기사(騎士)인 뻬르보예도프가 잠들다, 흠. 금년 8월에 돌아가셨구먼……. 쉰일곱 살이라…… 편히 쉬게. 친애하는 유골이여, 지복의 아침이 올 때까지!」

흠, 젠장, 정말로 장군이었어! 알랑대는 목소리가 들려왔던 또 다른 무덤에는 비석이 없고 그냥 석판만 있었다. 필경 풋내기일 터이다. 목소리로 미루어 7등 문관인 것 같다.

「오호호!」 이번에는 전혀 새로운 목소리가 들려왔다. 장군의 자리에서 열 걸음 정도 떨어진 곳에 있는 새 무덤에서였다. 그것은 어떤 남자의 서민적인 목소리였지만 조심스러우면서도 경건하고 부드러운 데가 있었다.

「오호호!」

「아유, 저 사람 또 딸꾹질하네!」 갑자기 화가 난 여자의 까탈스럽고 거만한 목소리가 들렸다. 상류 사회의 여자인 듯했다. 「이 점원 옆에 있게 되다니, 벌이 따로 없다니까!」

「나는 딸꾹질한 적도 없고 음식을 먹은 적도 없소. 단지 내 타고난 체질이 그럴 뿐이오. 그런데도 부인은 생전에 부리던 변덕을 그만둘 줄 모르는구려.」

「어째서 당신은 여기 누워 있죠?」

「눕혀진 거요. 마누라와 어린 자식들이 나를 여기에 눕힌 거지, 나 스스로 누운 게 아니란 말이오. 죽음의 비밀이지! 그리고 나는 황금을 준다 해도 당신 옆에 누울 생각이 없소. 다만 가격이 맞기 때문에 내 돈을 들여 여기에 누워 있는 거요. 우리 같은 사람들이 가질 수 있는 무덤은 어차피 3등급짜리니까.」

「돈을 모았을 텐데, 셈을 속여서?」

「어떻게 당신한테 셈을 속일 수 있겠소? 1월 이후로 당신에게서 돈을 받아 본 일조차 없는데. 가게에 가면 당신 계산서가 있어요.」

「원 참 어리석기는. 이런 데서 빚 독촉을 하다니 어리석기 짝이 없잖아! 땅 위로 올라가세요. 내 조카딸에게 청구하라고요. 그 애가 재산 상속자니까.」

「이제 와서 뭘 청구하며 가긴 또 어디로 갑니까. 우리 두 사람 모두는 최후에 다다랐소. 그리고 신의 심판 앞에서 우리는 똑같은 죄인이오.」

「죄인이라고!」 죽은 여인은 깔보는 투로 그의 말을 흉내 냈다. 「감히 나한테 맞대고 그런 말을 하다니!」

「오호호!」

「그래도 점원은 귀부인에게 고분고분해야겠지요, 각하.」

「왜 그가 고분고분해야 하지?」

「그거야 각하께서도 아시다시피 여기에는 여기대로 새로운 질서가 있는 법이니까요.」

「새로운 질서라니?」

「요컨대 우리는 죽지 않았습니까, 각하.」

「아, 그렇지! 그래도 역시 질서는 유지된다⋯⋯.」

자, 이런 식으로 이야기는 계속되었다. 무슨 할 말이 있겠는가, 덕분에 유쾌했으니까! 여기서도 사정이 이 지경에 이르렀다면 저 위층에 대해서는 말해 무엇하리? 하지만 얼마나 웃기는 소리들인가! 참으로 화가 치밀었지만 나는 얘기를 계속 들어 보았다.

「아니야, 난 더 살고 싶었어! 아니야⋯⋯. 난, 이거 봐요⋯⋯. 난 더 살고 싶었다고!」 갑자기 새로운 목소리가 들려왔다. 장군과 성깔 부리는 귀부인 사이의 공간 어디쯤에서였다.

「각하 들어 보십시오, 저 친구 또 시작했군요. 사흘 동안 잠잠하더니만 느닷없이 〈난 살고 싶었어, 아니야, 난 더 살고 싶었다고!〉라고 외치고 있군요. 더군다나 저토록 절절하게 말입니다, 히히!」

「게다가 경박한 꼴이라니.」

「각하께서도 아시다시피 말입니다. 4월에 여기 온 이후로 줄곧 잠들어 있었잖습니까. 그런데 갑자기 〈난 더 살고 싶었어!〉라니오.」

「그런데 좀 따분하군.」 장군이 말했다.

「정말 따분하군요, 각하. 아브도찌야 이그나찌예브나를 또 놀려 줄까요? 히히.」

「아니야, 제발 내버려 두게. 난 그 울보가 칭얼거리는 걸 못 들어 주겠어.」

「나야말로 당신들 두 사람을 못 참겠어요.」 화를 내며 울보가 소리 질렀다. 「당신들 두 사람은 더할 수 없이 따분한 데다가 제대로 말하는 법도 몰라요. 장군님은 그렇게 거드름 피울 일이 없다고요. 난 당신에 관한 이야기를 하나 알고 있지요. 어떤 부부의 침실에서 아침에 하인이 당신을 빗자루로 내쫓은 이야기 말이에요.」

「추잡한 계집!」 장군이 이를 드러내며 으르렁거렸다.

「친애하는, 아브도찌야 이그나찌예브나.」 점원이 또 느닷없이 소리 질렀다. 「아씨 마님, 원한일랑은 접어 두고 내게 얘기해 주지 않겠소? 내가 겪을 고난은 다 끝난 것일까요? 아니면 다른 것이 또 남아 있을까요?」

「아, 저 사람 또 시작이야. 내 이럴 줄 알았어, 어쩐지 냄새가 나더라니, 바로 저 사람이 돌아다니면서 풍기는 냄새잖아!」

「나는 돌아다니지 않아요, 마님, 게다가 나한테서 무슨 냄새가 날 리가 없소. 왜냐하면 내 몸은 아직도 고스란히 보존되어 있으니까. 하지만, 마님, 당신이야말로 벌써 썩고 있소. 어쩐지 아시오? 그 냄새가 참을 수 없을 정도요. 심지어 여기까지도 풍긴다니까. 나는 다만 예의를 차리느라고 가만히 있었던 거요.」

「이런 더러운 험담꾼같으니라고! 갖은 악취를 풍기는 건 자기면서 도리어 나를 핑계거리로 삼다니.」

「오 — 호 — 호 — 호! 나를 위한 40일제[6]라도 열린 것일까. 내 위에서 우는 소리가 들리는구나. 마누라의 통곡소리, 그리고 아이들의 흐느낌……!」

「울긴 왜 울어. 젯밥이나 처먹고 가버릴 텐데. 아, 누구라도 좀 깨어났으면!」

「아브도찌야 이그나찌예브나,」 알랑거리는 관리가 끼어들었다. 「조금만 기다려 보면, 신참들이 말을 할 겁니다.」

「그중에 젊은 사람들도 있나요?」

「젊은 축들도 있어요, 아브도찌야 이그나찌예브나. 청년들도 있답니다.」

「아, 그거 마침 잘됐네!」

「그래, 아직 시작 안 했나?」 장군이 물어보았다.

「3일째 되는 사람들도 아직 안 깨어났습죠, 각하. 아시다시피 어떤 경우에는 일주일 동안 잠잠한 치들도 있지 않습니까. 고맙게도 어제, 그제, 그리고 오늘까지 한꺼번에 그들이 실려 왔어요. 사실 이 부근 스무 걸음 안으로는 전부 오래된 자들뿐이었는데.」

「그래, 흥미롭군.」

「각하, 게다가 오늘은 1등 고문 따라세비치가 묻혔습니다. 말소리를 듣고 알았습죠. 그 사람 조카를 제가 아는데 하관할 때 그가 있더군요.」

「흠, 그래 어디에 있지?」

「각하가 계신 데에서 다섯 걸음 정도 떨어진 곳입니다. 왼쪽으로요. 바로 발치에 있는 거나 다름없습죠……. 어떻습니까 각하, 서로 인사를 나누시는 게.」

「흠, 아니 뭐…… 내가 먼저 인사할 필요가 있나.」

「맞습니다 각하, 그분이 먼저 해야지요. 아마 우쭐해 할 겁니

---

6 죽은 지 40일째에 여는 추도회.

다. 저에게 맡기세요, 각하.」

「아, 아…… 아, 나에게 무슨 일이 벌어진 거지?」 갑자기 어떤 신참의 놀란 신음소리가 들렸다.

「신참입니다, 각하, 신참이에요. 신에게 영광을, 이렇게 빨리 깨어나다니! 지난번에는 일주일이나 잠잠했는데.」

「오, 젊은 사람인 것 같아요!」 아브도찌야 이그나찌예브나가 교성을 질렀다.

「나는…… 나는…… 나는 합병증 때문에, 그래서 이렇게 갑자기!」 다시 젊은이가 더듬거리며 말했다. 「바로 어젯밤에 슈쯔가 찾아왔는데, 합병증이 생겼다고 말하더니만, 그러더니 아침에 별안간 죽고 말았어. 아이고! 아이고!」

「뭐, 하는 수 없잖소, 젊은이.」 장군이 신참자의 출현을 은근히 기뻐하면서 친절하게 한마디했다. 「기분을 푸시오! 우리 요사파뜨 골짜기에 오신 것을 환영합니다. 나 바실리 바실리예프 소장이 당신을 돌볼 것이오.」

「오, 아니야! 아니야, 아니야, 내가 이럴 순 없어! 난 슈쯔에게 물어봤어요. 내가 합병증에 걸렸다는 거예요. 처음에는 가슴이 아프더니 기침이 나기 시작하고, 그 다음엔 감기에 걸렸어요. 가슴 그리고 감기…… 그러더니 별안간에…… 정말 이렇게 별안간……」

「그러니까 처음엔 가슴이었다는 말이죠?」 관리는 신참자를 달래려는 듯 조심스럽게 끼어들었다.

「가슴이 아프고 담이 나왔어요. 그러다가 담이 그치더니 숨을 쉴 수가 없게 되었지요…… 보시다시피…….」

「알아요, 알아요. 그런데 가슴이 아팠다면 슈쯔가 아니라 에크를 찾아야어죠.」

「나는 보뜨낀을 찾아갈 생각이었어요……. 그런데 갑자기…….」

「거, 보뜨낀은 무슨 버릇이 있지.」 장군이 한마디했다.

「아, 아니에요. 그 사람은 결코 물지 않아요. 내가 듣기에는 그 사람은 아주 주의 깊고 매사를 미리 예견할 줄 안다고 하더라고요.」

「각하께서는 가격에 관해서 말씀하셨던 거요.」[7] 관리가 그의 말을 바로잡아 주었다.

「무슨 말씀이십니까? 3루블밖에 안 받던데. 그리고 진찰도 잘하는 데다가 처방도…… 그런 이야기를 들었기 때문에 당장 그 사람에게 가려고 했지요. 그런데 어떻습니까, 여러분. 나는 에크에게 가는 것이 좋을까요, 아니면 보뜨낀에게 가는 것이 좋을까요?」

「뭐요? 어딜 간다고?」 껄껄대며 웃는 바람에 장군의 시체가 움찔거렸다. 관리가 가성으로 그의 말을 흉내 낸 것이다.

「오, 귀여운 총각, 귀엽고 유쾌한 총각, 내가 그대를 얼마나 사랑하는지!」 아브도찌야 이그나찌예브나가 열광적으로 외쳤다. 「저런 사람이 내 옆에 묻혔으면!」

아니, 더 이상 이런 것은 참을 수 없다! 그래 바로 이들이 현대의 죽은 자들이라는 것이다. 그렇지만 성급하게 결론을 내리기 전에 좀 더 들어 보기로 하자. 나는 좀전에 관 속에서 이 형편없는 풋내기를 본 기억이 난다. 놀란 병아리 같던 그 표정, 세상에서 가장 역겨운 얼굴이었다! 하지만 더 들어 보자.

그러나 그 이후에는 큰 소란이 벌어져서 그 모든 것들을 기억 속에 담을 수가 없었다. 너무 많은 사자들이 한꺼번에 깨어난 것이다. 5등관의 관리가 깨어나더니 곧장 모 부처의 새로운 소위원회 설치 계획에 관해서 장군과 이야기하기 시작했다. 얘기인즉슨 이 소위원회와 관련해서 아마도 인사 이동이 있으리라는 것이었는데, 이 화제는 장군의 흥미를 대단히 끌었다. 고백하건대, 나 자신 또한 많은 새로운 사실들을 알게 되었으며, 이 수도 안에서

---

7 러시아 어로 〈물다〉라는 동사에는 〈바가지 씌우다〉라는 뜻도 있다.

가끔 이런 식으로도 관청의 소식을 들을 수 있다는 사실에 어안이벙벙해졌다. 그 다음에는 한 기사(技士)가 반쯤 잠에서 깨어났지만 한참 동안 말도 안 되는 헛소리를 중얼거리는 바람에 사자들은 그를 귀찮게 하지 않고 당분간 더 누워 있도록 놔두었다. 마지막으로, 오늘 아침 영구차로 실려 와서 매장된 유명한 귀부인이 사후의 원기를 회복하는 징후가 나타났다. 레베쟈뜨니꼬프(뻬르보예도프 장군 옆에 자리 잡고 있는 아첨꾼, 요컨대 그 정떨어지는 7등관의 이름이 레베쟈뜨니꼬프였다)는 갑자기 모두가 이다지도 빨리 깨어나고 있다는 사실에 당황하고 놀라워했다. 사실은 나 또한 놀랐다. 깨어난 자들 중 몇몇은 겨우 사흘 전에 매장된 시체들이었던 것이다. 그 가운데는 열여섯 살밖에 안 되는 새파란 처녀도 있었는데, 이 아가씨는 연신 키득거리고 있었다……. 불쾌하고 음탕한 웃음소리였다.

「각하, 1등 고문 따라세비치가 깨어났습니다!」 갑자기 레베쟈뜨니꼬프가 다급하게 보고했다.

「어? 뭐라고?」 갑자기 깨어난 1등 고문이 까탈스럽고 날카로운 목소리로 중얼거렸다. 그 목소리에 무언가 변덕스럽고 고압적인 태도가 깃들어 있었다. 나는 호기심을 가지고 귀를 기울였는데, 왜냐하면 최근에 이 따라세비치에 관해서 무언가 들은 얘기가 있었기 때문이다. 그것은 꽤나 흥미롭고도 놀라운 얘기였다.

「접니다, 각하. 지금으로선 그저 저라고 말씀드릴 뿐입죠.」

「원하는 게 뭐요, 뭘 바라는 거요?」

「단지 각하께 안부 여쭙는 것뿐입니다요. 여기에 익숙하지 않은 사람들은 처음엔 다 불편하게 느끼게 마련이죠……. 뻬르보예도프 장군이 각하와 인사는 나누고 싶어하십니다…….」

「못 들어 본 이름인데.」

「그럴 리가요, 각하. 바실리 바실리예비치 뻬르보예도프 장군을 모르다니오…….」

「당신이 뻬르보예도프 장군이오?」

「아닙니다, 각하. 저는 그저 7등관 레베쟈뜨니꼬프일 뿐이고요, 뻬르보예도프 장군님으로 말하자면……」

「시끄럽소! 부탁인데 날 조용히 내버려 두시오.」

「내버려 두게.」 마침내 장군이 직접, 지하 세계의 자기 가신(家臣)이 보이는 천박한 조급성을 위엄 있게 제지했다.

「아직 완전히 깨어나질 않았군요. 각하, 그 점을 헤아리셔야만 합니다. 익숙하지 않아서 그런 거죠. 완전히 깨어나면 그때는 받아들일 겁니다……」

「내버려 두게.」 장군이 재차 말했다.

「바실리 바실리예비치! 여어 각하, 당신인가!」 갑자기 아브도찌야 이그나찌예브나 바로 옆에서 흥분한 큰 소리가 들려왔다. 완전히 새로운 그 목소리는 귀족적이고 대담했으며 무례하면서도 멋을 부린 억양에 젖어 있었다. 「나는 벌써 두 시간 동안 당신을 지켜보고 있었소. 내가 여기 3일 동안 누워 있었다는 걸 아시는지. 날 기억하시오, 바실리 바실리예비치? 나는 끌리네비치요. 우리 볼로꼰스끼 씨 댁에서 만났잖소. 당신도 거기 초청되었지, 이유는 모르겠지만.」

「아니, 뾰뜨르 뾰뜨로비치 백작…… 아니 정말 당신 …… 그렇게 젊은 나이에……. 정말 유감이로군!」

「나 역시 유감이오. 하지만 뭐 상관없소. 난 어디서든 모든 가능성들을 시험해 보고 싶으니까. 그리고 난 백작이 아니라 남작이오. 기껏해야 남작이란 말이오. 우리 집안은 하인이나 다를 바 없는 옴 붙을 남작 가문이거든. 나 자신도 그 이유를 모르겠지만, 뭐 상관없어. 나는 그저 사이비 상류 사회의 건달일 뿐이고, 스스로는 〈귀여운 악동〉으로 자처하고 있소. 내 아버지는 그저 그런 장군이었고, 어머니는 왕년에 궁정에 초청된 적이 있었소. 작년에 나는 지펠리라는 유대 인과 함께 5만 루블어치 위조 지폐를 만들고 나서 놈을 고발해 버렸지. 그런데 그 돈은 모두 율까 샤르펜티에 드 루지냥이 보르도로 가지고 날랐단 말이오. 그런데 아시겠소? 난 이미 세발레프스까야 양과 약혼한 상태였거든. 그녀는 석 달 후에 열여섯 살이 되는데 아직 학교에 다니고 있소. 그녀 앞으로 9만 루블의 유산이 남겨지게 돼요. 그런데 아브도찌야 이그나찌예브나, 15년 전에 내가 아직 열네 살짜리 학생이었을 때 당신이 어떻게 날 타락시켰는지 기억 나오?」

「오, 이런 건달같으니, 그런데 하느님은 하필이면 널 여기로 보내셨을까……」

「당신은 공연히 옆에 있는 그 장사꾼을 의심하더구먼. 무슨 고약한 냄새가 난다고 말이야……. 나는 그저 잠자코 웃기만 했지. 사실은 나한테서 나는 냄새였소. 사람들이 나를 매장할 때 관을 엉성하게 못질을 했거든.」

「오, 이런 더러운 놈! 하지만 어쨌든 반가워, 끌리네비치. 너는 상상도 못할 거야. 여기 생활이 얼마나 끔찍한지, 그리고 얼마나 악담들이 난무하는지.」

「뭐, 좋아, 좋아. 나는 여기서 뭔가 독창적인 일을 해보일 셈이니까. 각하, 아니 뻬르보예도프 당신말고, 다른 각하, 1등 문관 따라세비치 씨 말이오! 대답 좀 하세요! 사순절 때 당신을 마드무아젤 퓨리에게 데려다 주었던 끌리네비치예요. 듣고 있어요?」

「듣고 있네, 끌리네비치. 정말 반갑군, 날 믿어 주게…….」

「믿기는 뭘 믿습니까, 개나 주워 가라지. 귀여운 영감님, 당신에게 키스라도 해주고 싶지만 그럴 수가 없군요. 아세요, 여러분? 이 그랑 뻬르grand-père[8]가 무슨 짓을 했는지? 이 사람은 사흘인가 나흘 전에 죽었지요. 그런데 상상이 가요? 자그마치 40만 루블을 횡령했단 말입니다. 그것은 과부와 고아들을 위한 기금이

---

8 프랑스 어로 할아버지라는 뜻.

었거든. 이 영감은 어찌 된 까닭인지 그걸 혼자서 관리하고 있었는데, 그런데도 장장 8년 동안 감사를 받지 않았더라고. 상상을 해봐요. 지금 사람들이 얼마나 험악한 표정을 지으며 이 사람을 저주하고 있을까? 참으로 멋진 생각이잖아! 나는 작년 내내 이 일흔 살의 중풍쟁이 꼬부랑 영감에게 어떻게 그처럼 타락할 기운이 남아 있는지 놀라워했소이다. 그런데 이제 수수께끼가 풀렸어! 그 과부와 고아들, 생각만 해도 이 영감 얼굴이 뜨거워질 정도지! 나는 이 일을 오래전부터 알고 있었소. 오직 나 혼자만 알고 있었지. 샤르펜티에 양이 귀띔해 주더라고. 그래 이 사실을 알고 나서 나는 부활절에 친구로서 점잖게 타일렀지. 〈2만 5천 루블을 내놓으시오, 안 그러면 내일 감사가 들어올 거요.〉 그런데 웬걸, 영감한테는 1만 3천 루블밖에 안 남았더라고. 그러니 때맞춰 잘 죽은 거라고 할 수 있지. 그랑 페르, 그랑 페르, 듣고 있소?」

「친애하는 끌리네비치 군. 전적으로 당신과 동감이오. 하지만 그렇게 상세하게 밝힐 필요까지야……. 인생은 고난과 괴로움으로 가득한데 그 보상은 적다오……. 나는 결국 평안을 얻고 싶었소. 할 수 있다면 여기서 모든 것을 누리고 싶소…….」

「내기해도 좋아. 이자는 벌써 까찌쉬 베레스또바의 냄새를 맡은 거야!」

「뭐라고? 무슨 까찌쉬?」 영감의 목소리가 음탕스럽게 떨려 나왔다.

「아하, 무슨 까찌쉬냐고? 바로 여기 왼쪽에, 나 있는 데서 다섯 걸음, 당신 있는 데서 열 걸음 떨어진 곳에 있지. 여기 온 지 벌써 닷새가 되었어. 그랑 페르, 당신이 이 잡년을 아실는지 모르겠구먼……. 집안 좋고 교육도 잘 받은 괴물, 지독한 괴물이라오! 속세에서는 아무에게도 그녀를 안 보여 주었지, 나 혼자서만 알고 있었거든……. 까찌쉬, 대답해!」

「히히히!」 반쯤 갈라진 듯한 계집아이의 목소리가 울렸는데, 그것은 마치 바늘로 찌르는 듯한 느낌을 주는 소리였다. 「히히히!」

「그런데 금 — 발 — 인가?」 한 마디 한 마디 끊어 가며 그랑페르가 속삭였다.

「히히히!」

「정말 오랜만이구나.」 숨을 힐떡이며 영감은 중얼거렸다. 「금발을 꿈꾸곤 했지…… 열다섯 살이라…… 그것도 이런 곳에서 보다니…….」

「아유, 저런 문둥이!」 아브도찌야 이그나찌예브나가 소리쳤다.

끌리네비치가 선언했다.

「그만하면 됐어! 이 정도면 재료는 충분하군. 여기서 당장 멋진 일을 꾸며 보자고. 요는 남은 시간을 어떻게 즐겁게 지내느냐는 것이오. 그런데 그 시간이라는 게 어떻게 되는 거지? 어이 당신, 무슨 관리라는 친구. 당신 이름이 레베쟈뜨니꼬프라고 했던가!」

「7등관 레베쟈뜨니꼬프입니다, 세몬 에브세이치. 만나 뵙게 되어서 정말 정말 정말로 기쁩니다.」

「기쁘고 자시고 간에, 당신이 여기 사정은 혼자서 다 알고 있는 것 같은데. 자 말해 보시오. 첫째, 이틀 전부터 궁금해 하고 있는 터이지만, 어떻게 해서 우리가 말을 하고 있는 거지? 우리는 죽었잖아. 그런데도 말을 하고 있다는 거야. 움직이기도 하는 것 같은데. 아니면 말도 안 하고 움직이지도 않고 있는 건가? 어떻게 된 거요?」

「그 점에 관해서라면 남작님, 저보다는 플라똔 니꼴라예비치가 더 잘 설명하실 수 있을 텐데.」

「플라똔 니꼴라예비치라니? 우물거리지 말고 요점을 이야기하시오.」

「플라똔[9] 니꼴라예비치로 말하자면 소박한 이 지역 철학자이자 자연주의자이며 박사입지요. 그는 철학 서적을 몇 권 펴내기도 했습니다만, 지금은 석 달째 완전히 잠에 빠져 있습니다. 그래서 지금 당장 깨우는 것은 불가능하겠네요. 일주일에 한 번씩 몇 마디 중얼거리기는 하는데, 그게 도무지 조리에 안 닿는 말이라서.」

「요점을 말해요, 요점을……!」

「그는 아주 간단하게 이 모든 일을 설명하고 있습죠. 요컨대 저 위에서 우리가 아직 살아 있을 때 생각했던 죽음은 사실은 죽음 뒤의 죽음이었다는 얘기입니다. 육체는 여기서 다시 소생하는 것처럼 되면서 생명의 잔재가 응축되는데, 그것은 다만 의식 속에서일 뿐이지요. 요컨대, 어떻게 표현해야 할지 모르겠습니다만, 관성에 의해서 삶이 지속된다고나 할까요. 그의 견해에 따르면 모든 것이 응축된 채로 의식 속 어딘가에서 한 달이고 두 달이고 석 달이고 계속된다는 겁니다……. 어떤 때는 반년이나 가는 수도 있지요. 여기 그 예로 썩을 대로 썩은 시체가 하나 있는데, 그는 6주에 한 번씩 느닷없이 꼭 한마디를 중얼거립니다. 물론 아무 뜻도 없는 말입죠. 무슨 보보끄라나. 〈보보끄, 보보끄.〉 다시 말해서 이 남자의 내부에서 생명이 아직도 희미한 불꽃으로 타고 있다는 것이지요…….」

「꽤나 웃기는 얘기로군. 그런데 내가 후각을 갖고 있지 않은데도 악취를 느끼는 건 어찌 된 영문이지?」

「그것은…… 헤헤…… 그 점에 관해서는 우리의 철학자도 구름 잡는 소릴 하고 있습죠. 그가 설명하는 바로는 지금 느껴지는 악취란 이를테면 도덕적인 냄새라는 겁니다, 헤헤! 이 악취는 영혼으로부터 나오는 것으로서 이를 통해서 두세 달 동안에 뉘우침을 갖게 된다는 거죠. 뭐랄까, 요컨대 마지막 은총이죠…… 남작님, 제 생각에는 이 모든 것이 신비주의자의 헛소리로 그의 상태로 볼 때 그럴 만도 한 일입니다…….」

9 이 이름은 그리스의 철학자 플라톤을 암시한다. 즉, 이후에 전개되는 사후의 삶에 대한 플라톤 니꼴라예비치의 논변은 〈소크라테스〉식 대화 스타일을 희화적으로 재현하고 있는 것이다.

「됐어, 그 이상은 더 들어 봐야 말짱 헛소리겠지. 요는 두세 달 동안에는 생명이 남아 있다가 마침내는 보보끄로 끝난다는 얘기군. 나는 이 두 달 동안을 가능한 한 즐겁게 보낼 것을 모두에게 제안하는 바이오. 그리고 그러기 위해서는 전혀 새로운 원칙이 만들어져야 됩니다. 여러분! 나는 수치심을 버릴 것을 제안하오!」

「오, 그럽시다. 수치심을 버립시다!」

많은 사람들의 목소리가 들렸다. 흥미롭게도 전혀 새로운 목소리들까지 들려왔는데, 그것은 그동안에 또 깨어난 자들이었다. 이미 완전히 깨어난 기사(技士)는 각별한 각오를 담고서 굵은 저음으로 자신의 동의를 표시했다. 까찌쉬라는 처녀도 유쾌하게 키득거렸다.

「아유, 난 정말이지 수치심을 버리고 싶었다고!」 아브도찌야 이그나찌예브나가 열광적으로 외쳤다.

「저런, 이제는 아브도찌야 이그나찌예브나가 수치심을 버리고 싶어하다니…….」

「아니, 아니, 아니야, 끌리네비치, 나는 그래도 저 위에서는 부끄러워하기도 했거든. 하지만 여기서는 정말 수치심을 버리고 싶어서 못 견딜 지경이야.」

「당신 뜻을 나는 알겠소, 끌리네비치.」 기사가 굵은 저음으로 말했다. 「당신은 이를테면 여기 나름의 새로운 삶을 만들어 보자는 얘기인 거죠. 새로운 이성적 기초 위에서.」

「어찌 됐건 상관없소! 그 일을 위해서 우리는 어제 매장된 쿠데야로프를 기다려야 하오. 그가 깨어나면 여러분에게 모든 것을 설명해 줄 거요. 이 사람은 대단한 인물이오, 정말 대단한 인물이라오! 내일은 또 사람들이 자연주의자를 한 사람 데려올 거요. 내 생각이 틀림없다면 거기다 장교도 한 명 올 것이고. 사나흘 뒤에는 칼럼니스트와 편집자도 올 것 같소이다. 아니, 그자들은 악마나 잡아가라고 해. 우리만으로도 그럴듯한 모임이 만들어질 수 있으니까. 모든 게 알아서 잘될 것이오. 하지만 그동안, 나는 거짓말을 하고 싶지 않소. 그 점이 가장 중요하기 때문에 나는 오로지 그걸 원할 뿐이오. 지상에서는 거짓말을 안 하고 살 수가 없거든. 왜냐하면 인생과 거짓말은 동의어이니까. 하지만 여기서는 웃음거리 삼아서라도 거짓말은 하지 말자는 거요. 빌어먹을, 무덤도 나름대로 무슨 의미가 있는 것 아니겠소! 우리 모두 아무것도 부끄러워하지 말고 자신의 과거를 털어놓읍시다. 우선 내가 먼저 이야기를 하리다. 아시겠지만 나는 난봉꾼이오. 저 위쪽에서는 모두가 썩은 동아줄에 속박되어 있었지. 이제 그 따위 동아줄 같은 것은 떨쳐 버립시다. 그리고 두 달 동안 부끄럼 없는 진실 속에서 삽시다! 홀홀 벗고 벌거숭이가 됩시다!」

「벌거숭이가 되자, 벌거숭이가 되자!」 모두가 입을 모아 외쳤다.

「난 벌거벗고 싶어서 정말 미치겠어!」 아브도찌야 이그나찌예브나가 소리 질렀다.

「오...... 오...... 오, 여기는 재미있을 것 같아. 난 에크에게 가지 않겠어!」

「아니야, 난 더 살고 싶어, 아니라니까, 난 살고 싶어!」

「히히히!」 까찌쉬가 키득거렸다.

「요는 아무도 우리를 막지 못한다는 데 있지. 내가 보기에 뻬르보예도프는 골이 난 것 같은데, 그렇더라도 그는 나에게 손이 닿지 않거든. 그랑 페르 당신도 동감하시겠지?」

「난 전적으로, 전적으로 동감이오. 다만 까찌쉬가 첫번째로 자신의 과거사를 이야기하면 더할 나위 없이 만족스럽겠는데.」

「이의 있소! 강력하게 이의를 제기하는 바이오.」 뻬르보예도프 장군이 단호하게 말했다.

「각하,」 잔뜩 몸이 달아 오른 악당 레베쟈뜨니꼬프가 낮은 목소리로 더듬거리며 장군을 설득했다. 「각하, 동의하는 편이 우리에게 더 이익입니다. 여기 이 계집아이도 있고...... 게다가 여러 가지 흥미거리들도…….」

「계집아이는 그렇다 치더라도 말이야…….」

「이익이라니까요, 각하, 훨씬 이익이에요! 속는 셈치고 한번 해보시라고요…….」

「무덤 속에서조차 편안히 쉴 수 없다니!」

「장군, 첫째로 당신은 무덤 속에서 카드 놀이를 했소. 둘째, 우리는 당신 같은 사람은 없어도 돼.」 끌리네비치가 빈정거렸다.

「이보시오, 제발 그렇게 함부로 굴지 말아요.」

「뭐요? 당신은 날 건드릴 수 없겠지만 나는 당신을 율끼나의 삽살개처럼 못살게 굴 수도 있다고. 그리고 첫째, 여러분, 그가 여기서 왜 장군입니까? 저 위에서는 장군이었겠지만 여기서는 하찮은 존재라고!」

「아니, 하찮은 존재라니…… 나는 여기서도…….」

「당신이 그 관 속에서 썩어 버리면 남는 것은 구리 단추 여섯 개 밖에 없을걸.」

「브라보, 끌리네비치, 하하하!」 군중들이 환호했다.

「나는 황제를 위해 봉사했다고……. 나는 장검도 갖고 있어…….」

「당신의 장검으로는 쥐나 찌르지 그래. 게다가 당신은 그걸 한 번도 뽑아 본 적이 없잖아.」

「어쨌든 마찬가지야. 나는 전 군대의 일원이었으니까.」

「전 군대의 일원들이 너무 많아서 탈인걸.」

「브라보, 끌리네비치, 브라보, 하하하!」

「장검이 어쨌다는 거야?」 기사가 외쳤다.

「우리는 프러시아 군을 피해 쥐새끼처럼 도망가네. 적군은 우리를 풍비박산으로 만드네!」 내가 못 들어 본 목소리가 멀리서 들려왔다. 그런데 그 목소리는 글자 그대로 환희에 겨워 목이 메어 있었다.

「장검은 명예를 뜻하오!」 장군이 무언가 외치려고 했지만 그것이 내가 들은 그의 마지막 목소리였다. 길게 끄는 난폭한 울부짖음이 있더니 왁자지껄하는 소란이 일어났다. 유일하게 알아들을 수 있는 소리는 아브도찌야 이그나찌예브나가 참을성을 잃고 악에 받쳐서 지르는 비명이었다.

「자, 빨리요, 빨리! 아유, 도대체 언제 우리는 아무것도 부끄러워하지 않게 되는 거야!」

「오호호! 진실로 내 영혼이 고난을 겪는구나!」 어떤 평민의 목소리가 들려왔다. 그리고……

그때 갑자기 나는 재채기를 했다. 무의식중에 그리고 갑작스럽게 일어난 일이었지만 그 효과는 엄청났다. 진짜 묘지처럼 모든 것이 잠잠해졌고 마치 꿈처럼 사라져 버렸다. 문자 그대로 묘지 같은 정적이 닥쳐온 것이다. 그들이 나 때문에 부끄러워했다고 생각하지는 않는다. 아무것도 부끄러워하지 않기로 하지 않았는가! 나는 5분 정도 아무 말도 하지 않고 숨죽여 기다렸다. 경찰에 신고할까 봐 두려워서 그런다고는 생각할 수도 없는 일이다. 도대체 경찰이 여기서 무슨 조치를 취할 수 있겠는가? 부득이 나는 다음과 같은 결론을 내리게 되었다. 결국 이들에게도 낯 모르는 인간에게 숨겨야 할, 그리고 다른 모든 인간들로부터 꼭꼭 숨겨야 할 어떤 비밀이 있는 것이라고.

「좋아요.」 그렇게 마음속으로 한마디를 남기고 나는 묘지를 떠났다. 「친구들, 또 찾아오지 뭐.」

나는 이런 일을 용납할 수 없다. 결코, 결코 그럴 수 없다! 나를 당혹하게 하는 것은 보보끄가 아니다(이 말은 결국 보보끄가 그를 당혹하게 했다는 뜻이다).

장소를 가리지 않는 타락, 마지막 희망의 붕괴, 축 늘어져서 썩어 가는 시체들이 벌이는 음탕한 수작들이라니. 그것도 의식의 마지막 순간까지도 놓치지 않으면서! 이들에게 이렇게 시간이 베풀어졌는데도…… 더욱이, 더욱이, 이런 장소에서까지 그럴 수가! 아니, 나는 이런 일을 용납할 수 없다…….

다른 등급의 묘지들에도 찾아가겠다. 여기저기에서 다 들어 볼 작정이다. 그렇다, 제대로 판단하기 위해서는 단지 한 모퉁이가 아니라 모든 곳에서 다 들어 보아야 한다. 어쩌면 위로가 되는 경우를 찾을 수 있을지도 모른다.

그리고 여기에도 반드시 돌아올 것이다. 그들이 자신의 과거사와 여러 가지 일화들을 이야기한다고 약속했으니까. 젠장! 어쨌든 올 테다. 반드시 올 것이다. 이것은 양심의 문제니까!

이 이야기를 『시민』지(誌)에 가져갈 것이다. 이 잡지사 편집자의 초상화도 전람회에 걸려 있다. 아마 그는 이것을 게재해 줄 것이다.

예수의 크리스마스 트리에 초대된 아이*

1. 손을 내미는 아이

 아이들은 이상한 종족이다. 꿈에도 보이고 눈앞에서 선명하게 아른거리기도 한다. 어느 알 만한 거리의 크리스마스 트리 앞에서, 그러니까 성탄절 전의 바로 그 크리스마스 트리에서 나는 한 아이를 만났다. 나이는 기껏해야 일곱 살쯤 될까. 지독한 혹한인데도 아이는 여름옷이나 다름없는 차림이었다. 목에 무슨 넝마 같은 것이 둘러진 것으로 보건대, 어쨌거나 누군가가 아이의 행장을 챙겨서 내보낸 듯했다. 아이는 〈손을 내밀고〉 — 이것은 전문적인 용어로, 독자의 양해를 구하는 바이다 — 다녔다. 이 용어는 이 아이들 자신이 생각해 낸 것이다. 이런 아이들은 한 무리를 이루고 있다. 이들은 당신들의 거리를 배회하면서 무언가 입에 붙은 문구를 중얼거린다. 하지만 이 아이는 그런 것을 중얼거리지 않았으며 순진한 말투로 뭐라고 말했다. 그러고는 겸연쩍게 신뢰가 담긴 눈빛으로 내 눈을 바라보았다. 이제 막 이 직업을 가졌음에 틀림없다. 내가 이것저것 묻자, 아이는 자기에게 누이가 있는데 병이 나서 일을 못하고 있다고 말해 주었다. 어쩌면 사실일지도 모른다. 하지만 나중에 나는 이 아이들의 속내를 도무지 캘 수 없다는 것을 알았다. 아무리 지독하게 추운 날이라 하더라

* 「예수의 크리스마스 트리에 초대된 아이」는 1876년 『작가 일기』 1월호에 발표되었던 작품이다. 박현섭 옮김.

도 아이들은 〈손을 들려서〉 내보내진다. 만약 벌어 온 게 아무것도 없으면 필경 매질이 이들을 기다릴 것이다. 몇 푼이라도 벌면 아이는 빨갛게 얼어서 딱딱해진 손을 하고서 어떤 지하실로 돌아온다. 거기에서는 부랑자 패거리들이 술을 퍼마시고 있다. 이들은 바로 〈일요일에 쉬려고 토요일에 공장 일을 마치지만 수요일 저녁이 될 때까지는 결코 공장으로 돌아가지 않는〉 그런 자들이다. 그 지하실에서는 그들과 함께 그들의 매맞는 아내들이 술을 퍼마시고 있고 굶주린 아기들이 빽빽거리고 있다. 보드까, 불결, 타락, 그 중에서도 가장 중요한 것은 보드까이다. 아이가 돈을 벌어 오면 그 길로 곧장 주막으로 보내지고 거기서 술을 더 사온다. 게다가 이따금 그들은 아이의 입에 보드까 반 병을 부어 넣으면서 낄낄거린다. 그러면 아이는 숨을 헐떡거리다가 아무런 기억도 없이 마루에 쓰러진다.

······그리고 내 입 속으로 더러운 보드까를
사정없이 부어 넣었다······

아이가 자라나면 즉시 어딘가에 있는 공장으로 보내진다. 하지만 그렇더라도 아이가 버는 돈은 또다시 부랑자들에게 가져다 주어야만 한다. 그리고 그들은 그것으로 또 술을 마시는 것이다. 그러나 공장에 가기 전부터 이 아이들은 이미 완전한 범죄자가 되어간다. 이들은 거리를 떠돌아다닌다. 이들은 눈치 채지 않게 숨어 들어가서 며칠 밤을 지낼 수 있는 지하실 같은 장소 따위들을 알고 있다. 이들 가운데 한 명은 어떤 수위의 집에 있는 광주리 같은 물건 속에서 며칠 밤을 잔 적이 있는데, 정작 그 수위는 눈치조차 못 챈 일도 있다. 자연히 그들은 좀도둑이 되어 간다. 도둑질은 심지어 여덟 살 난 아이에게까지도 열정을 불러일으키는데, 이들은 범죄 행위에 대해서 털끝만한 자각도 못 느끼는 경우가 있다. 마침내 오로지 자유를 얻기 위해서 모든 굶주림, 추위, 매질들을 겪고 나면, 아이들은 부랑자들의 품을 벗어나서 자기 혼자 떠돌아다니게 된다. 이 야만스런 존재들은 때때로 아무것도 이해하지 못한다. 자기가 어디에 사는지, 어느 나라 사람인지, 신은 있는지, 그리고 왕은 있는지를 말이다. 이들에 관해서 전해지는 이야기들은 도저히 있을 수 없는 일처럼 들리지만, 천만에, 모두가 사실이다.

2. 예수의 크리스마스 트리에 초대된 아이

하지만 나는 소설가이며, 아마도 그래서 스스로 하나의 〈이야기〉를 지어낸 것일 터이다. 내가 〈아마도〉라고 쓴 이유는 나 자신이 지어낸 이야기임을 알고 있음에도 불구하고 그것이 언젠가 어디선가 꼭 있었던 일처럼 눈앞에 선하게 떠오르기 때문이다. 바로 크리스마스 전야의 어떤 거대한 도시에서, 그리고 지독하게 추웠던 어느 날의 일로써 말이다.

나는 어느 지하실에 있는 소년을 보았다. 소년이라고 하기에도 너무 작은, 여섯 살 또는 그보다 더 어린아이였다. 이 아이는 축축하고 썰렁한 지하실에서 아침에 잠을 깼다. 얇은 가운을 입고 있는 아이는 몸을 떨고 있었다. 아이가 숨을 쉴 적마다 하얀 김이 서려 나왔다. 아이는 구석에 있는 트렁크 위에 앉아서 심심풀이 삼아 일부러 입에서 김을 뱉어 내고는 그것이 날아가는 모습을 바라보며 시간을 보내고 있었다. 하지만 아이는 대단히 배가 고팠다. 아이는 아침부터 몇 번인가 나무 판자가 있는 쪽으로 가보았다. 거기에는 밀전병처럼 얇아진 그의 병든 엄마가 머리 밑에 베개 대신으로 짐꾸러미 같은 것을 베고서 깔개 위에 누워 있었다. 그녀는 어떻게 해서 여기에 있게 되었을까? 틀림없이 자신의 아들과 함께 다른 도시에서 왔다가 갑자기 병에 걸렸을 게다. 한쪽 구석의 주인 여자는 이틀 전에 경찰에 붙들려 갔었다. 휴일이었기 때문에 거주자들은 뿔뿔이 흩어졌으며, 단지 한 부랑자만이 벌써 이틀째 시체처럼 취해서 일도 안 나가고 누워 있었다. 방의 다른 쪽 구석에는 여든 살 먹은 노파가 관절염으로 신음하고 있었다. 이 노파는 한때 어느 집의 유모로 있었지만 지금은 한숨짓고 신음하고 아이를 향해 투덜거리면서 홀로 죽어 가고 있었다. 아이는 그게 무서워서 그쪽 구석으로 다가갈 엄두도 못 냈다. 아이는 입구 근처에서 마실 물을 찾기는 했으나 먹을 것이라고는 빵 껍데기 한 조각도 없었기 때문에 벌써 열 번쯤은 엄마를 깨우러 갔다. 어둠 속에서 아이는 두려움에 휩싸였다. 오래전에 이미 저녁이 되었지만 밝힐 불도 없었다. 아이는 엄마의 얼굴을 만져 보다가 깜짝 놀랐다. 그녀가 전혀 움직이지 않을 뿐만 아니라 마치 벽처럼 차가웠기 때문이다. 〈여기는 너무 추워〉라고 아이는 생각했다. 아이는 아무 생각 없이 고인의 어깨에 손을 올려놓고 잠시 서 있었다. 그러다가 아이는 손가락을 녹이려고 숨을 호호 불더니 문득 깔개 위에 놓여 있던 자기 모자를 집어 들고 손으로 더듬어 가면서 살그머니 지하실을 빠져나왔다. 아이는 진작부터 밖으로 나가고 싶었지만 계단 위에 있는 커다란 개가 하루 종일 이웃집 문을 향해 짖고 있었기 때문에 겁을 먹고 있었다. 그러나 지금 개는 없었다. 아이는 곧장 거리로 나섰다.

맙소사, 대단한 도시로구나! 아이는 한번도 이런 것을 본 적이 없었다. 그가 전에 있었던 도시는 밤이면 온통 컴컴해졌으며 거리 전체를 가로등 하나가 비출 뿐이었다. 납작한 판잣집들에는 덧문이 채워져 있었다. 아무도 없는 거리는 칠흑처럼 어두웠다. 사람들 모두가 집에 틀어박혀 있었고 개들만 무리 지어 짖어 대고 있을 뿐이었다. 수백, 수천 마리의 개들은 밤새도록 으르렁거리고 울부짖었다. 하지만 그 도시에서는 꽤나 따뜻했으며 종종

먹을 것을 주는 사람들도 있었다. 그런데 여기는, 맙소사, 뭘 좀 먹었으면! 그리고 쿵쿵거리는 소리들, 굉음들은 무엇인가! 이 불빛과 사람들, 말, 마차들 그리고 이 추위, 끔찍한 추위라니! 지친 말이 가쁘게 몰아쉬는 숨은 곧장 차가운 김으로 피어 올랐다. 말편자가 푸석푸석한 눈에 덮인 포석을 때릴 때마다 쩔렁거리는 소리가 울렸고 사람들은 서로 몸을 부딪치며 다녔다. 그리고 맙소사, 뭘 좀 먹었으면. 뭐든 그저 한 조각만이라도 먹었으면. 그런데 갑자기 손가락이 너무 아팠다. 한 경찰관이 옆을 지나치면서 아이를 보지 않으려고 고개를 돌렸다.

이번에는 다른 거리다. 오, 얼마나 넓은가! 자칫하면 깔려 죽을 지경이다. 웬 소리들은 그렇게 지르는지! 온통 뛰어다니고 굴러다니는구나! 그리고 어쩌면 이렇게 밝은지! 어, 이건 뭐지? 이렇게 큰 창문도 다 있다니! 창문 너머 방 안에는 키가 천장까지 닿는 나무가 서 있었다. 그것은 크리스마스 트리였다. 트리에는 장식등과 금박 종이와 사과들이 잔뜩 달려 있었고 그 주변에는 인형이랑 장난감 말들이 널려 있었다. 방 안에서는 곱게 차려입은 깔끔한 아이들이 뛰어다니면서 웃고 장난치고, 무언가를 먹거나 마시고 있었다. 한 계집아이가 사내아이와 함께 춤을 추기 시작했다. 참으로 귀여운 계집아이로구나! 물론 음악도 있었다. 창을 통해서 들려왔다. 아이는 구경을 하면서 놀라기도 하고 심지어 웃기도 했다. 하지만 발가락이 저려 왔다. 손가락은 완전히 빨갛게 되어서 이제는 구부러지지도 않고 움직이면 아플 정도였다. 아이는 갑자기 자기 손가락이 너무 아프다는 사실을 깨닫고는 울음을 터뜨리며 뛰어갔다. 그러자 또 다른 방이 창 너머로 보였다. 거기에도 또한 크리스마스 트리가 있었으며 식탁 위에는 온갖 종류의 삐로그[1]들, 아몬드 삐로그, 빨갛고 노란 삐로그들이 놓여 있

---

[1] 만두 혹은 파이를 닮은 러시아 음식.

었다. 그리고 거기에는 부유한 귀부인들이 앉아서 오는 이들 누구에게나 삐로그를 나누어 주고 있었는데, 문이 열릴 때마다 거리로부터 많은 신사들이 끊임없이 이 귀부인들을 만나러 들어오고 있었다. 아이는 살그머니 다가가서 살짝 문을 열고 안으로 들어갔다. 오, 아이에게 어찌나 소리를 지르고 삿대질을 해대던지! 한 귀부인이 당장 아이에게로 다가오더니 그의 손에 꼬뻬이까 동전을 집어 주고는 문을 열어서 거리로 내보냈다. 아이가 얼마나 놀랐겠는가! 꼬뻬이까 동전은 아이의 손에서 미끄러져서 계단 위를 땡그랑거리며 굴러갔다. 아이의 빨갛게 언 손은 구부러지질 않았기 때문에 그 동전을 집을 수가 없었다. 아이는 있는 힘껏 달려갔다. 하지만 어디로 가는지는 자신도 알지 못했다. 또 울고 싶어졌다. 하지만 무서운 마음에 손을 호호 불어 대면서 그냥 달리기만 할 뿐이었다. 슬픔이 아이를 사로잡았다. 아이는 갑자기 외롭고 두려웠던 것이다. 그런데 맙소사! 이건 또 뭔가? 사람들이 놀란 얼굴로 무리 지어 서 있었다. 유리창 너머로 세 개의 작은 인형이 있었다. 빨간 옷과 초록빛 옷으로 화려하게 치장한, 완전히 살아 있는 듯한 인형들이었다! 영감처럼 보이는 인형은 앉아서 커다란 바이올린을 켜고 있었고 다른 두 인형은 선 채로 작은 바이올린을 켜고 있었다. 인형들은 박자에 맞추어 고개를 흔들면서 서로 쳐다보기도 하고 입술을 오물거리면서 말을 하기도 했다. 분명히 무슨 말을 하고는 있지만 창문 너머로는 들리지 않았다. 처음에 아이는 이것들이 살아 있다고 생각했지만 나중에 인형이라는 것을 알아차리고는 웃음을 터뜨렸다. 아이는 이런 인형을 보지도 못했고 이런 것이 있다는 걸 알지도 못했다! 또 울고 싶은 생각이 들었다. 하지만 그러기에는 인형들이 너무 우스웠다. 갑자기 아이는 뒤에서 누군가가 자신의 가운을 붙잡고 있는 것을 느꼈다. 몸집이 크고 심술궂게 생긴 아이가 옆에 서서 갑자기 그의 머리를 쥐어박더니 모자를 벗기고는 발로 걷어차는 것이었다. 아이가 땅바닥에 쓰러지자 사람들이 소리를 질러 댔다. 아이는 깜박 정신을 잃었다가 벌떡 일어나서 달려갔다. 갑자기 달리기 시작했지만 자신도 어디로 가는지 몰랐다. 어느 집 대문 아래 다다른 아이는 장작더미 뒤에 웅크리고 앉았다. 〈여기라면 들리지 않겠지. 게다가 어둡거든.〉

잔뜩 몸을 웅숭그리고 앉아서 두려움 때문에 숨도 제대로 쉬지 못하던 아이는 갑자기 아늑한 느낌이 들었다. 팔 다리가 아프던 것이 문득 그치면서 무척 따뜻해졌다. 마치 뻬치까 위에 있는 것처럼 따뜻했다. 그러다가 심하게 몸이 떨리기 시작했다. 아, 아이는 잠들고 싶었던 것이다! 여기서 잠이 들면 얼마나 좋을까. 〈여기에 좀 앉아 있다가 다시 인형을 보러 가야지. 정말 살아 있는 것 같았어……!〉 이렇게 생각하면서 아이는 인형들을 떠올리고는 미소 지었다. 갑자기 아이는 위에서 엄마가 노래를 부르는 소리를 들었다. 「엄마, 난 자요. 여긴 참 잠자기 좋아요!」

「이리 와라 애야. 나랑 크리스마스 트리를 보러 가자꾸나.」 어떤 조용한 목소리가 아이에게 그렇게 속삭였다.

아이는 그것이 엄마의 목소리라고 생각했지만 그게 아니었다. 아이는 자기를 부르는 사람을 보지 못했지만 그는 아이를 내려다보고 어둠 속으로 안아 올렸다. 아이는 그 사람에게 팔을 내밀었다. 그런데…… 그런데 갑자기, 오, 이 빛은! 오, 얼마나 멋진 크리스마스 트리인가! 아니, 그것은 크리스마스 트리가 아니었다. 아이는 그런 나무들을 본 적이 없었다! 그는 지금 어디에 있는 것일까. 사방이 환하고 모든 것들이 빛나고 있었다. 주변에는 온통 인형들이었다. 아니, 그것은 인형이 아니라 전부 사내아이들과 계집아이들이었다. 단지 빛을 발하고 있다는 점이 특별할 뿐. 아이들은 그의 주변을 돌면서 날아다니고 입 맞추고 그를 들어올려서 데리고 다닌다. 그 자신 또한 이제는 날아다닐 수 있다. 그는 엄마가 자기를 바라보면서 기뻐하는 모습을 본다.

「엄마! 엄마! 아, 여기는 너무 좋아요, 엄마!」 그는 엄마에게 소리친다. 그리고 또 한 번 어린아이들에게 입을 맞춘다. 아이는 그들에게 어서 빨리 창문 너머에 있던 인형들에 대해 이야기하고 싶다. 「너희들은 누구니, 얘들아? 너희들은 누구야?」 아이는 그렇게 물으면서 그들이 사랑스럽다는 듯 미소 짓는다.

「이건 〈예수님의 크리스마스 트리〉야.」 그들이 아이에게 대답한다. 「이날이 되면 예수님은 자신의 크리스마스 트리가 없는 아이들을 위해서 항상 이 트리를 준비하시거든.」 그는 이 아이들이 모두 자기와 같은 처지라는 사실을 알았다. 어떤 아이들은 뻬쩨르부르그의 관리들이 현관 계단에 내버린 광주리 속에서 얼어 죽었고, 어떤 아이들은 형편없는 영아원에서 굶어 죽었으며, 어떤 아이들은 사마라[2]의 기근 때에 자기 엄마의 말라붙은 젖에 매달려 죽었고, 또 어떤 아이들은 3등 열차 칸의 악취에 질식해서 죽었다. 그리고 이들 모두는 지금 여기에서 천사들로서 예수님 곁에 있으며, 아이 또한 이들 가운데 하나로 있으면서 이들과 이들의 죄 많은 엄마들을 축복하며 팔을 내밀고 있는 것이다. 이 아이들의 엄마들 또한 한쪽에 비켜서서 울고 있다. 모든 엄마들이 자신의 아들 딸들을 알아보고 이들에게로 날아와서 입 맞추고 있다. 그리고 자신의 손으로 아이들의 눈물을 닦아 주면서 여기는 좋은 곳이니 이제 울지 말라고 달래고 있다······.

다음날 아침 수위들은 장작더미 뒤에 숨어 있다가 얼어 죽은 아이의 조그마한 시체를 발견했다. 그들은 아이의 엄마를 찾아냈다······. 하지만 그녀는 아이보다도 먼저 죽어 있었다. 두 사람은 지금 하늘에 계신 주님 곁에 함께 있다.

그런데 나는 왜 통상적인 일기와는 다른 이런 이야기를, 게다가 〈작가 일기〉라는 명목에도 어울리지 않는 이런 이야기를 지어

---

2 볼가 강 중류의 도시.

냈을까? 더욱이 나는 실제 사건에 관한 지극히 사실적인 이야기를 쓰기로 약속하지 않았던가! 하지만 중요한 점은, 나에게는 그 모든 일들 — 지하실에서, 장작더미 뒤에서 그리고 예수님의 크리스마스 트리에서 벌어진 일들 — 이 실제로 일어난 것처럼 눈앞에 선하다는 사실이다. 그런 일들이 정말로 있을 수 있는지는 나 자신도 무어라 말할 수 없다. 나는 소설가이기 때문에 이야기를 지어낼 뿐이다.

농부 마레이*

하지만 이 모든 신앙 고백들[1]을 읽는 것은 대단히 따분한 일이라 여겨진다. 그래서 나는 일화 한 토막을 이야기하고자 한다. 사실 일화라고도 할 수 없다. 이것은 그저 오래된 추억담일 뿐인데, 마침 민중에 관한 우리 논의의 결론으로써 지금 이 자리에서 꼭 이야기하고 싶은 것이다. 그 당시 나는 고작 아홉 살밖에 안 되었다⋯⋯. 아니, 내가 스물아홉 살이었을 때부터 시작하는 편이 낫겠다.

부활절 주간의 둘째 날이었다. 공기는 따사로웠고, 하늘은 푸르렀으며, 태양은 드높이 떠 있었다. 그렇게 〈따사롭고〉 청명했지만 내 마음은 꽤나 음울했다. 나는 막사 주위를 어슬렁거리면서 견고한 수용소 울타리의 판자 숫자를 세어 보고 있었다. 하지만 그저 버릇이 되어 하는 짓일 뿐, 숫자 세는 일도 따분했다. 수용소에서 〈축제가 거행된 지〉 벌써 두 번째 날이었다. 죄수들에게는 노역을 시키지 않았고, 상당수가 술에 취해 있었으며, 여기저기에서 끊임없이 욕설과 말다툼이 이어졌다. 거칠고 추잡한 노래들, 나무 침상 밑의 비밀 도박판에서 벌어지는 카드 놀이, 지나치

---

*「농부 마레이」는 1876년『작가 일기』2월호에 발표되었던 작품이다. 박현섭 옮김.

[1]『작가 일기』에서 이 단편 앞에 나온 내용들을 가리킨다.

게 소란을 피웠기 때문에 동료들의 사적인 재판에 따라 반 죽을 정도로 두들겨 맞고서 정신이 들 때까지 털옷에 덮인 채로 침상 위에 눕혀진 죄수들, 벌써 몇 번인가 고개를 내민 나이프들, 축제 이틀 동안 벌어진 이 모든 일들은 이미 나를 진절머리 나게 만들고 있었다. 사실 나는 혐오감 없이는 술 취한 사람들의 방탕을 참아내지 못하거니와 이곳에서는 특히나 그러했다.

이 기간 중에는 간수들도 감옥을 순찰하지 않는다. 그리고 늘 상 하던 수색이 없을 뿐더러 술도 눈감아 주게 된다. 당국에서는, 이 부랑자들에게도 1년에 한 번쯤은 기분 전환할 기회를 주어야 하며 그렇지 않을 경우 더욱 곤란해진다는 점을 알고 있기 때문이다. 이윽고 내 가슴속에서는 적의가 불타올랐다. 나는 M-쯔끼라는 이름의 폴란드 인과 마주쳤다. 그는 음울한 눈길로 나를 바라보았다. 그의 눈이 번들거리면서 입술이 떨렸다.

「나는 이 강도들이 싫다Je hais ces brigand!」 그는 낮은 목소리로 그렇게 씹듯이 말하면서 내 옆을 지나갔다.

바로 15분 전에 막사로부터 정신없이 도망쳤음에도 불구하고 나는 다시 그쪽으로 발길을 돌렸다. 아까 건장한 농부 여섯 명이 가진이라는 이름의 술 취한 따따르 인을 진정시키기 위해서 한꺼번에 달려들어 두들겨 패는 것을 보고 놀라 도망쳤던 것이다. 농부들은 그를 앞뒤 가리지 않고 두들겨 팼는데, 그것은 능히 낙타라도 죽일 만한 매질이었다. 하지만 그들은 이 헤라클레스[2]가 좀처럼 죽지 않는다는 사실을 알고 있었으므로 아무 걱정 없이 두들겨 팼다. 지금 다시 돌아와서 보니 가진은 이미 수용소 저쪽 구석에 있는 나무 침상 위에 무감각하게, 거의 죽은 듯이 누워 있었다. 그에게는 털옷이 덮여 있었고 모두가 말없이 그 옆을 지나다니고 있었다. 사람들은 그가 내일 아침이면 깨어나기를 바랐지

[2] 그리스 신화에 나오는 최대의 영웅으로 제우스와 알크메네 사이에서 태어났다.

만, 〈그렇더라도 그 정도로 매를 맞아서 필경 죽고 말 것이다〉라고 생각했다.

나는 쇠창살이 쳐진 창문 맞은편에 있는 내 자리로 숨어 들어갔다. 그리고 벌렁 누워서 머리 밑에 팔을 베고 눈을 감았다. 나는 거기 그렇게 누워 있는 것을 좋아했다. 잠자는 사람은 누구도 귀찮게 하지 않는 데다가 그렇게 하고 있으면 이런 저런 공상이나 사색을 할 수 있기 때문이다. 그러나 공상은 떠오르지 않았다. 심장이 불안으로 빠르게 고동쳤고 귀에서는 M-쯔끼가 한 말이 울렸다. 「나는 이 강도들이 싫다Je hais ces brigands!」 그렇지만 그 느낌을 어떻게 묘사해야 할지 잘 모르겠다. 나는 지금도 밤이면 이따금 그때의 일을 꿈꾸는데, 그럴 적마다 더할 수 없이 우울한 기분을 느낀다. 독자들은 아마도 내가 오늘날까지 거의 한번도 강제 노동 시절의 내 생활에 대해서 쓰지 않았음을 알고 있을 것이다. 물론 15년 전에 『죽음의 집의 기록』을 쓰기는 했지만, 이는 자기 아내를 죽인 죄인이라는 가공의 인물을 주인공으로 한 것이었다. 이야기가 나온 김에 덧붙이자면, 그때 이후로, 심지어 지금까지도, 꽤나 많은 사람들이 내가 아내를 죽인 죄로 유형에 처해져야 한다고 생각했고 또 그렇게 주장했다는 것이다.

차츰 나는 졸음을 느끼면서 나도 모르게 추억 속으로 빠져 들어갔다. 강제 노동 수용소에서 보냈던 4년간 줄곧 나는 내 과거의 일들을 떠올렸다. 그리고 그 추억 속에서 마치 이전의 삶을 다시 사는 듯한 기분을 느꼈다. 이 추억들은 저절로 떠올랐으며 내 스스로의 의지로 이를 떠올린 적은 드물었다. 그것들은 대개 분명치 않은 어떤 장소, 형태들로부터 시작되지만 나중에는 점점 완전한 장면으로 자라나면서 어떤 강렬하면서도 총체적인 인상을 만들어 냈다. 나는 그 인상들을 분석하고, 오래전에 경험한 일들에 새로운 모습을 부여했다. 무엇보다도, 이들을 끊임없이 수정하고 또 수정하는 것이 나의 유일한 오락이었다.

그때 어떤 이유에서인지는 모르겠지만 내 유년기의 사소한 추억 한 토막이 떠올랐다. 그것은 내가 아홉 살 때의 일이었는데 나로서는 완전히 잊고 있던 기억이었다. 하지만 그 당시 나는 무엇보다도 내 유년기의 추억들을 즐겼던 것이다.

그때 떠오른 것은 8월에 우리 마을에서 있었던 일이다. 건조하고 청명하면서도 약간은 쌀쌀하고 산들바람이 불던 날. 여름은 이제 끝나 가고 얼마 안 있으면 모스끄바로 돌아가서 또다시 지겨운 프랑스 어 공부를 해야 했기 때문에 나는 시골을 떠나는 것이 너무나 안타까웠다. 나는 탈곡장을 지나 계곡으로 내려가서 로스끄 ─ 계곡의 진짜 숲이 시작되는 곳까지 이어지는 울창한 관목 지대를 우리는 그렇게 불렀다 ─ 로 올라갔다. 그런데 관목 숲 깊은 곳으로 들어가려는 참에, 멀지 않은 곳에서, 기껏해야 서른 걸음 정도 떨어진 공지에서 한 농부가 홀로 밭을 갈고 있는 소리가 들리는 것이었다. 나는 그 농부가 가파른 언덕을 갈고 있으며 그래서 말이 힘들어하고 있다는 것을 알았다. 그가 〈워 ─ 워!〉 하면서 말을 모는 소리가 이따금 내가 있는 곳까지 들렸다.

나는 우리 농부들을 거의 다 알고 있었지만 지금 밭을 갈고 있는 농부가 누군지는 몰랐다. 하지만 어쨌건 상관이 없었다. 나는 내 일에 한창 열중해 있었으며 그 농부와 마찬가지로 바빴기 때문이다. 나는 호두나무 가지를 꺾어서 개구리를 잡을 회초리를 만들고 있었다. 호두나무 가지는 자작나무처럼 단단하지는 않았지만 참으로 예뻤다. 또한 작은 곤충과 풍뎅이들도 내 마음을 사로잡고 있었다. 나는 이들을 수집하고 있었는데, 개중에는 상당히 근사한 것들도 있었다. 나는 또한 주홍색 바탕에 까만 점이 박힌 작고 잽싼 도마뱀도 좋아했다. 뱀은 무서웠지만 그것과 마주치는 경우는 도마뱀보다 훨씬 드물었다. 이곳에는 버섯이 거의 없었다. 버섯을 따려면 자작나무 숲속으로 들어가야 했기 때문에 나는 그리로 향하려던 참이었다. 일생 동안 내가 무엇보다도 사랑했던 것은 버섯과 산딸기가 자라고 작은 벌레들이랑 새들 그리고 고슴도치랑 다람쥐들이 살고 있는 산이었다. 나는 썩은 나뭇잎들의 축축한 향기가 너무도 좋았다. 이 글을 쓰고 있는 지금도, 우리 마을의 자작나무 숲에서 나는 향기가 느껴진다. 이런 인상들은 내 온 생애에 걸쳐서 남을 것이다.

그런데 갑자기 깊은 정적을 깨고 고함소리가 선명하게 들려왔다. 「늑대가 온다!」 나는 비명을 내질렀다. 그리고 두려움 때문에 혼이 나간 채 마구 소리를 지르면서 밭을 갈고 있는 농부 쪽으로 곧장 달려갔다.

그는 마레이라는 우리 집 농노였다. 그런 이름이 있는지는 모르겠지만 어쨌든 모두가 그를 마레이라고 불렀다. 쉰 살쯤 된 이 농부는 근육질에다 매우 키가 컸으며 빽빽히 자란 밤색 턱수염에는 흰 털이 군데군데 섞여 있었다. 나는 그를 알고 있었으나 지금까지 한번도 그와 이야기할 기회는 없었다. 그는 내 비명을 듣고 말을 멈춰 세웠다. 내가 달려가서 한 손으로는 그의 쟁기를, 다른 한 손으로는 그의 옷소매를 꼭 붙잡는 것을 보고 그는 내가 매우 놀랐음을 알아차렸다.

「늑대가 와요!」 나는 숨을 헐떡이며 소리쳤다.

그는 고개를 들어서 조심스럽게 사방을 둘러보았다. 한순간 그는 내 말을 거의 믿었던 모양이다.

「어디에 늑대가 있지?」

「방금 누가 소리쳤다고요. 〈늑대가 온다〉고.」 나는 더듬거리며 대답했다.

「무슨 말이야, 도대체. 늑대가 어디 있어. 헛것을 본 게로군. 자 봐! 여기 늑대가 어디 있나!」 그가 나를 안심시키려고 그렇게 중얼거렸다.

하지만 나는 벌벌 떨면서 그의 옷을 단단히 붙잡고 놓지 않았다. 틀림없이 내 얼굴은 하얗게 질려 있었을 것이다. 그는 불안하게 미소 지으며 나를 바라보았다. 그도 역시 나 때문에 놀랐으며 겁먹고 있는 게 분명했다.

「어디 보자, 단단히 놀랐구나, 아이고!」 그는 머리를 내저었다. 「괜찮아, 애야. 아이고, 이 꼬마야!」

그는 갑자기 팔을 내밀어서 내 볼을 쓰다듬어 주었다.

「자, 괜찮다니까. 예수님이 너와 함께 있는데 뭘. 십자가를 그어라.」

그러나 나는 성호를 긋지 않았다. 내 입술 끝이 떨리고 있었는데, 아마도 그 모습이 특히 더 그를 놀라게 했던 것 같다. 그는 흙이 묻어서 손톱이 까매진 자신의 두툼한 손가락을 살며시 들어서 내 떨리는 입술을 만졌다.

「자, 자, 애야.」 그는 나에게 어머니 같은 넉넉한 미소를 지어 보였다. 「하느님, 이걸 어쩌면 좋아, 아이고!」

나는 마침내 늑대란 없으며 내가 들었던 〈늑대가 온다〉는 고함 소리는 환청이었음을 납득했다. 그렇더라도 그 고함소리는 너무나 분명했다. 하지만 그런 고함소리들(단지 늑대에 관한 것만이 아닌)을 나는 이전에도 한두 번 환청으로 들은 적이 있으며 나 또한 그 사실을 알고 있었다(나중에 어린 시절이 지난 뒤에 이런 환청은 사라졌다).

「그럼 나 갈게요.」 뭔가를 묻는 듯한, 겸연쩍은 눈길로 그를 바라보면서 내가 말했다.

「그래, 가거라. 내가 뒤에게 지켜볼 테니까. 나는 너를 늑대에게 넘겨주지 않을 거야!」 그는 줄곧 어머니 같은 미소를 지으며 그렇게 덧붙였다. 「자, 예수님이 너와 함께할 거다. 가거라.」

그리고 그는 나에게 성호를 그어 주더니 자신도 성호를 그었다.

나는 거의 열 걸음마다 한 번씩 뒤를 돌아다보면서 걸어갔다. 마레이는 내가 가는 동안 내내 자신의 암말 옆에 서서 내 뒷모습을 지켜보았다. 그리고 내가 뒤를 돌아볼 때마다 나에게 고개를 끄덕여 주었다. 고백하건대, 나는 그 앞에서 그렇게 겁을 먹었다는 사실이 다소 부끄러웠다. 하지만 계곡의 경사를 올라가서 곡물 창고에 다다를 때까지도 나는 여전히 늑대가 나올까 봐 잔뜩 두려워하면서 걸어갔다. 이윽고 두려움이 완전히 가셨을 때 갑자기 어디서 나왔는지 우리 집 개 볼초끄가 내게로 달려들었다. 볼초끄 덕분에 완전히 마음을 놓게 된 나는 마지막으로 한 번 마레이를 돌아보았다. 그의 얼굴은 이미 뚜렷이 보이지 않았지만 나는 그가 아까와 다름없이 부드럽게 미소를 보내면서 나에게 고개를 끄덕이고 있음을 느낄 수 있었다. 나는 그에게 손을 흔들었고 그도 내게 손을 흔들었다. 그리고 그는 말을 재촉했다.

「워워!」 다시 그가 말을 모는 소리가 아련히 들렸다. 암말은 다시 쟁기를 끌기 시작했다.

어떤 이유에서인지 모르겠으나, 그 모든 일들이 놀랍도록 상세하게, 그리고 단숨에 떠올랐다. 나는 문득 정신을 차리고 침상 위에 앉았다. 내가 조용히 추억의 미소를 지었던 것이 기억 난다. 잠시 뒤에 나는 회상을 계속했다.

그때 마레이와 헤어져서 집으로 돌아온 나는 아무에게도 나의 이 〈모험〉에 관해 이야기하지 않았다. 게다가 이걸 무슨 모험이라고 할 수 있겠는가? 그리고 마레이에 대해서도 금방 잊어버렸다. 나중에 어쩌다가 그와 마주쳤을 때에도 나는 한번도 그에게 말을 걸지 않았다. 늑대에 대해서든, 혹은 다른 무엇에 대해서든 간에 말이다. 그런데 갑자기 20년이 지난 뒤에 그 시베리아 땅에서 그때의 만남이 그토록 선명하게, 그리고 그토록 세세한 장면까지 떠오른 것이다. 요컨대 그 만남이 내 마음속에서 자신도 모른 채로 잠자고 있다가 그래야 할 때에 불현듯 내 의지와는 상관없이 저절로 생각났다는 얘기다. 가엾은 농노의 그 어머니 같은 부드러운 미소가, 그리고 그가 성호를 긋던 모습이, 머리를 흔들던 모습이 떠올랐다. 「저런, 단단히 놀랐구나, 애야!」 떨리는 내 입술을 조심스럽게 만지던 그의 두툼한, 흙 묻은 손은 특히 선연하게 떠올랐다.

물론 누구라도 어린아이를 달랠 수는 있을 것이다. 하지만 그 호젓한 만남 속에는 전혀 다른 무엇인가가 있었다. 설령 내가 그의 친아들이었다 하더라도 그는 그처럼 사랑의 빛으로 충만한 시선을 나에게 보낼 수 없었을 것이다. 하지만 무엇이 그로 하여금 그렇게 하도록 시킨 것일까? 그는 우리 집에 묶인 농노였으며 나는 누가 뭐라 해도 그의 상전이었다. 그가 나를 어떻게 얼러 주었는지에 관해서 아무도 알려고 하지 않을 것이며 또한 그 일에 대해 보상해 주는 일도 없을 것이다. 어쩌면 그는 어린아이를 무척 좋아하는 사람이었을지도 모른다. 그런 사람들은 많이 있다.

그것은 빈 들판에서 이루어진 둘만의 만남이었다. 하지만 오로지 신만은 이 일자무식한 러시아 농노 — 당시에는 자신의 자유의 가능성을 기대하지도 못했을 뿐더러 짐작조차도 못하던 — 의 가슴을 채우고 있는 깊고도 고상한 인간의 감정을, 그리고 섬세하고 여성스럽기까지 한 그 부드러운 마음을 저 높은 곳에서 보고 있었을 것이다. 자 말해 보라, 이것이야말로 꼰스딴찐 악사꼬프[3]가 우리 민중의 높은 교양에 대해 말했을 때 염두에 두었던 것이 아니었을까?

그러고 나서 침상에서 내려와 주변을 둘러보았을 때, 갑자기 내가 이 불행한 인간들을 전혀 다른 시선으로 볼 수 있음을 문득 느꼈던 것이 기억 난다. 또한 나의 모든 적의와 분노가 내 가슴속에서 마치 기적처럼 사라져 버렸던 것이 기억 난다. 나는 마주치는 얼굴들을 찬찬히 바라보면서 걸어갔다. 머리를 깎이고 얼굴에 낙인이 찍힌 이 농부들, 술 냄새를 풍기면서 목 쉰 소리로 노래를

---

3 K. S. 악사꼬프(1817~1860). 러시아의 역사가, 문예 비평가, 극작가, 정치 평론가. 문필로 러시아의 후진성을 폭로하고, 농민에게 직접 분양지를 나누어 줄 것을 조건으로 하는 농노 해방과 농촌 공동체의 존속을 주장했다.

부르는 이 저주받은 농부들, 이들 역시 마레이와 똑같은 사람들인지도 모른다. 내가 그 마음속을 들여다볼 수는 없는 일이 아닌가.

그날 저녁 나는 또 한번 M-쯔끼를 만났다. 불행한 사람! 그에게는 나의 마레이와 같은 추억이 없었을 것이다. 또한 그는 〈나는 강도들이 싫다Je hais ces brigands!〉라는 시선으로밖에는 이 농부들을 볼 수가 없을 것이다. 아니, 폴란드 인들은 그 당시에 우리보다 더한 고생을 겪고 있었다!

백 살의 노파*

「그날 아침 나는 대단히 늦었어요.」 어느 날 한 부인이 나에게 말했다. 「거의 대낮이 되어서야 집을 나섰는데, 때마침 할 일이 산더미처럼 쌓여 있었어요. 당장 나는 니꼴라예프스끼 거리에 있는 두 곳을 들러야만 했지요. 둘 다 그리 멀리 떨어져 있지는 않았답니다. 나는 우선 사무실로 향했는데, 그 정문 앞에서 바로 그 노파를 만난 거죠. 지팡이를 쥔 꼬부랑 할머니였는데 너무 늙어서 그 나이를 짐작조차 할 수 없을 정도였어요. 그 노파는 정문에 다다르더니 구석에 있는 수위의 벤치에 앉아서 숨을 돌리더라고요. 하지만 나는 옆으로 지나가면서 그 모습을 흘끗 보았을 뿐이에요.

10분 뒤에 나는 사무실에서 나왔어요. 두 집 건너서 가게가 있었는데, 지난주에 그 가게에다가 소냐의 구두를 주문해 두었거든요. 그래서 구두를 찾으러 그리로 갔죠. 가면서 보니까, 그 노파가 이번에는 그 가게 앞에 있지 않겠어요. 이번에도 정문 앞에 있는 벤치에 앉아서 나를 쳐다보고 있는 거예요. 나는 노파에게 미소를 지어 보이고는 안으로 들어가서 구두를 찾았지요. 뭐, 그리고 한 3, 4분이 지났어요. 네프스끼 거리로 갔죠. 그런데 웬걸요,

* 「백 살의 노파」는 1876년 『작가 일기』 3월호에 발표되었던 작품이다. 박현섭 옮김.

이 노파가 세 번째 방문할 이 집에서도 마찬가지로 정문 앞에 있었어요. 다만 이번에는 벤치가 아니라 문지방에 걸터앉아 있었어요. 그 문 앞에는 벤치가 없었거든요. 난 생각했지요. 이 노파가 어째서 내가 가는 집 앞마다 앉아 있는 걸까?

〈지치셨나 보죠, 할머니?〉 내가 말했어요.

〈지쳤어, 색시, 지쳤고말고. 날씨도 따뜻하고 햇볕도 내리쬐는데, 어서 손녀네 집으로 가서 점심 먹어야지.〉

〈뭐라고요, 할머니? 점심 드시러 간다고요?〉

〈그래요 색시, 점심, 점심 먹으러.〉

〈하지만 이래 가지고는 손녀 댁에 닿지 못할 텐데요.〉

〈아니야, 갈 수 있어. 이제 좀 가다가 또 쉬고, 그리고 또 일어나서 가면 돼.〉

노파를 가만히 보고 있자니 꽤나 호기심이 일더라고요. 자그마한 노파였어요. 옷은 낡았지만 깔끔했고, 분명히 소시민 계급 출신이었어요. 지팡이를 들고 있었는데, 노랗고 창백한 얼굴은 뼈가 보일 정도로 마른 데다가 입술에는 핏기가 없어서 마치 무슨 미라 같았어요. 노파는 미소를 짓고 앉아 있었지요. 바로 머리 위에서는 햇볕이 내리쬐고 있었고요.

〈할머니는 틀림없이 나이가 굉장히 많을 것 같아요.〉 나는 그렇게 물었어요. 물론 농담하듯이.

〈백 하고도 네 살이야, 색시, 겨우. (이 노파도 농담을 한 거죠.) 백네 살이라고…… 그런데 색시는 어딜 가는 건가?〉

그러면서 노파는 나를 쳐다보며 웃더라고요. 누군가 이야기할 상대가 있다는 게 즐거웠던 모양이에요. 하지만 나는 백 살이나 먹은 노파가 그런 관심을 갖고 있다는 것, 그러니까 내가 어디를 가는지에 대해 궁금해 한다는 사실이 기묘하게 여겨졌어요.

〈말씀드릴게요, 할머니.〉 나는 웃으면서 말했어요. 〈우리 딸애를 위해서 가게에 주문한 구두를 찾아 가지고 집으로 가는 길이

에요.〉

〈아이고, 구두가 조그맣기도 해라. 댁의 딸아이는 작은가 봐? 그것 참 좋은 일이구면. 그런데 다른 아이들은?〉

그리고 노파는 나를 바라보며 또 웃었어요. 그 눈은 흐릿해서 거의 생기라곤 없었지만, 그러면서도 어떤 따사로운 빛이 비쳐 나오는 것 같았어요.

〈할머니 어떠세요, 내가 5꼬뻬이까를 드릴 테니 빵이라도 하나 사드세요.〉

그리고 나는 그녀에게 5꼬뻬이까를 줬어요.

〈아니 웬 돈을? 이런 고마울 데가, 그래요 내 잘 받겠수.〉

〈받으세요, 걱정 마시고.〉

노파는 돈을 받았어요. 그 노파가 구걸을 하는 게 아니라는 것, 그 정도로 전락하지는 않았다는 것은 금방 알 수 있었지만, 그렇더라도 노파는 그 돈을 너무 훌륭한 태도로 받았지요. 마치 내가 결코 적선을 하는 것이 아니라 경의의 표시로 혹은 진심에서 우러나온 호의의 표시로 준다는 느낌이더라고요. 물론 노파는 즐거워하는 기색이었어요. 하기야 이런 늙은 여자에게 누가 말을 걸겠습니까? 그런데 지금 누군가 말을 걸어 올 뿐만 아니라 애정 어린 걱정까지 해주고 있으니까요.

〈사, 그럼 저는 갈게요.〉 난 말했어요. 〈목적지까지 탈없이 가세요, 할머니.〉

〈가지, 가고말고, 색시. 나는 잘 갈 거야. 그리고 자네도 손녀에게 가보라고.〉 나에게 손녀가 아니라 딸이 있다는 사실을 잊은 채, 노파는 엉뚱한 소리를 했어요. 아마도 모든 사람들에게 손녀가 있다고 생각했던 모양이죠.

길을 가다가 마지막으로 노파 쪽을 돌아보니, 그녀는 천천히 힘겹게 일어나서 지팡이를 두드리며 느릿느릿 거리를 걸어가고 있었어요. 〈점심 먹을〉 장소까지 가는 동안 아마도 열 번은 더 쉬어야 하겠더라고요. 그런데 노파는 어디로 점심을 먹으러 가는 걸까요? 참으로 이상한 할머니였어요.」

그날 아침 나는 이 이야기를 듣고 나서 — 사실 그것은 이야기라기보다는 백 살 먹은 노파를 만난 일에 대한 인상기에 지나지 않을 것이다(실제로 언제 그처럼 온전한 정신을 가진 노파를 만나겠는가?) — 그녀의 일에 관해서는 까맣게 잊어버렸다. 그런데 밤늦게 어느 잡지 기사를 다 읽고 나서 책을 내려놓은 순간 불현듯 그 노파 생각이 났다. 그리고 나도 모르게 그 이후의 일, 그러니까 그 노파가 어떻게 점심 먹을 장소에 가게 되었을까를 순간적으로 그려 보았다. 그러자 그와는 다른, 매우 그럴듯해 보이는 작은 정경이 떠올랐다.

노파의 손녀들 — 어쩌면 증손녀들인지도 모른다. 하지만 노파 자신도 손녀라고 불렀으니까 — 은 십중팔구 직공일을 하는, 가정이 있는 사람들일 것이다. 그렇지 않다면 노파가 그 집에 점심을 먹으러 가지도 않았을 것이다. 이들은 지하실 아니면 이발소에 세들어 살고 있을 것 같다. 물론 이들은 가난하지만 그렇더라도 먹을 것 걱정 없이 웬만큼의 살림은 하리라 여겨진다. 노파가 딱히 초대를 받은 것은 아니겠지만 그래도 즐겁게 그녀를 맞아들였을 터이다.

「이게 누구야. 마리야 막시모브나. 들어와요, 들어와. 잘 오셨어요, 주님의 충복이여!」

노파는 웃으며 안으로 들어간다. 문에 매달아 놓은 방울은 그 동안에도 계속 시끄럽게 딸랑거린다. 그녀의 손녀는 틀림없이 이 이발사의 아내이다. 이발사 자신은 그렇게 나이 들어 보이지 않는다. 한 서른다섯쯤 될까. 그런 직업을 가진 사람치고는(이발사라는 직업 자체가 경박한 것이지만) 착실해 보인다. 그의 양복은 포마드가 묻어서 그런지 팬케이크처럼 번들거린다. 하기야 그게 포마드 때문인지 아닌지 내가 알 바 아니지만, 어쨌든 나는 그렇지 않은 〈이발사〉를 한 번도 본 적이 없다. 이들의 양복 칼라에는 밀가루 속에서 구른 것처럼 항상 허연 분이 묻어 있다. 꼬마 애들 셋, 즉 사내아이 하나와 계집아이 둘이 단숨에 증조 할머니에게 달려든다. 대개 이처럼 나이 든 노인들은 아이들과 잘 어울리게 마련이다. 그들은 정신적으로도 아이들과 매우 비슷해지고 어떤 경우에는 판에 박은 듯이 어린아이처럼 굴 때가 있다. 노파는 자리에 앉았다. 그냥 손님인지 아니면 일 때문에 왔는지 잘 모르겠지만, 마찬가지로 한 마흔 살쯤 된 주인의 친구가 왔다가 이제 막 떠나려는 참이다. 그 밖에도 조카 — 주인의 누이의 아들인 열일곱 살의 청년 — 가 인쇄소 취직 건을 알아보기 위해 와 있다. 노파는 성호를 긋고 나서 앉은 채로 손님들을 바라본다.

「아유, 힘들어! 그런데 이 사람은 누구지?」

「저 말이에요?」 손님이 웃으면서 대답한다. 「마리야 막시모브나, 아무렴 절 몰라보실 리가? 3년 전에 함께 산으로 버섯 따러 가기로 했었잖아요.」

「아, 자네 그 익살꾼이었구먼. 기억 나지, 이름이 뭔지는 잊어버렸지만 누군지는 기억 나. 아유, 그런데 난 정말 지쳤다.」

「존경하는 마리야 막시모브나, 좀 물어보고 싶은 게 있어요. 할머니는 왜 더 이상 키가 안 자라죠?」 손님이 농을 친다.

「이런 싱거운 사람하고는.」 할머니는 흡족해 하며 웃는다.

「마리야 막시모브나, 저는 괜찮은 사람이에요.」

「괜찮은 사람하고 말하는 건 재미있지. 아이고머니나, 정말 숨이 가쁘네. 그런데 세레졘까의 외투가 벌써 다 됐구나.」

노파는 조카를 가리킨다.

조카는 살집 좋고 건강한 청년이다. 입이 찢어져라 미소를 지으며 그가 가까이 다가온다. 그는 새로 맞춘 갈색 외투를 입고서 꽤나 들떠 있다. 일주일쯤 지나면 그의 마음도 가라앉을 테지만 지금은 소맷부리와 앞깃을 연신 살펴보느라 정신이 없다. 그는 줄곧 거울에 전신을 비추어 보면서 자신에 대해 특별한 존경심을 느끼고 있었다.

「자, 잠깐, 이쪽으로 돌아보거라.」 이발사의 아내가 재잘댄다. 「보세요, 막시모브나, 얼마나 옷이 잘됐는지. 지금은 6루블이 1꼬뻬이까나 마찬가지예요. 쁘로호리치가 요즘에는 그보다 더 싸게 주어서는 일을 시작하려고도 안 한다고 하더군요. 지금은 눈물이 나겠지만 그래도 평생 입을 테니까요. 보시라니까요, 어머니! 자 돌아 보거라! 안감은 또 얼마나 좋은지. 게다가 아주 튼튼해 보이잖아요. 자, 돌아 보라니까! 그래서 돈이 날아가 버렸지요. 막시모브나. 우리 돈이 땡전 한 푼 없이 씻겨 나갔어요.」

「아이고머니, 어머니, 정말이지 요즘에는 살기가 힘들어졌어. 어떻게 해볼 도리가 없을 정도야. 차라리 말을 하지나 말아야지, 화만 나니까 말야.」 막시모브나도 열을 올리며 맞장구를 쳤지만 여전히 숨이 가빴다.

「좋아, 그만하면 됐어요.」 주인이 끼어들었다. 「뭘 좀 드셔야지. 저런, 마리야 막시모브나, 상당히 피곤해 보이시네요?」

「아유, 눈치도 빠르지, 정말 피곤해. 날은 따뜻하고 햇볕은 내리 쬐고…… 그래서 생각했지, 애들이나 보러 가야겠다고…… 집에 누워 있어 봐야 뭐 해. 오! 그런데 도중에 젊은 귀부인을 만났지 뭐냐, 딸애한테 줄 구두를 사러 나왔다면서 나에게 이러더라고. 〈저런, 할머니 피곤하시죠? 여기 5꼬뻬이까 드릴 테니까 빵이라도 사서 드세요…….〉 그래서 난 5꼬뻬이까를 받았지 뭐냐…….」

「네, 할머니, 하지만 무엇보다도 좀 쉬셔야죠. 오늘 왜 그렇게 숨차 하세요?」 집주인이 갑자기 매우 걱정스럽게 말했다.

모두가 노파를 바라본다. 노파는 벌써 상당히 창백해져 있었다. 입술이 새파랬다. 노파도 또한 모두를 둘러보았지만 그 눈매에는 생기가 없었다.

「그래서 난 생각했어……. 애들에게 당밀 과자를…… 이 5꼬뻬이까로…….」

그러더니 노파는 또 말을 멈추면서 숨을 골랐다. 모두가 갑자기 침묵했다. 5초 정도 시간이 흘렀다.

「왜 그러세요, 할머니?」 집주인이 몸을 숙이며 물었다.

그러나 할머니는 대답을 하지 않았다. 다시 5초 정도 정적이 흘렀다. 노파는 더욱 창백해진 것 같았으며 그 얼굴은 갑자기 여위어 버린 것처럼 보였다. 눈동자가 움직이지 않았고 입술은 미소를 띤 채로 굳어 있었다. 앞을 보고 있지만 실제로는 보지 못하는 듯했다.

「사제를 불러요……!」 뒤에 있던 손님이 큰 소리로 황급히 외쳤다.

「그래…… 아니…… 늦은 것 같아…….」 집주인이 중얼거렸다.

「할머니, 할머니?」 망연자실한 이발사의 아내가 갑자기 외쳤다. 하지만 할머니는 고개를 옆으로 기울인 채 움직이지 않았다. 식탁 위에 놓여 있는 그녀의 오른손은 5꼬뻬이까 동전을 쥐고 있었고, 왼손은 여섯 살 난 증손자 미샤의 어깨에 올려놓은 채였다. 미샤는 꼼짝도 않고 서서 휘둥그레진 눈으로 증조 할머니를 살펴보고 있다.

「돌아가셨어!」 집주인은 침착하고 엄숙한 목소리로 그렇게 말하면서 고개를 숙이고 가볍게 성호를 그었다.

「이럴 줄 알았어! 돌아가실 조짐이 보이더라고.」 손님이 불현듯 감동받은 투로 말한다. 그는 충격에서 벗어나지 못한 채 모두를 둘러본다.

「오, 주여! 이런 일이! 자 이제 어떻게 하지요, 마까리치? 거기로 모셔 갈까요?」 여주인이 어쩔 줄을 모르며 황급히 떠들어 댄다.

「거기라니?」 집주인은 그 말에 침착하게 대꾸한다. 「여기서 우리가 직접 해야지. 당신 친척이잖아? 하기야 알려 줄 필요는 있지.」

「백네 살이라, 야!」 손님은 점점 복받쳐 오르는 감정을 주체하지 못했다. 그는 아예 얼굴이 시뻘게져 있었다.

「그래, 요 몇 년간은 삶을 초탈하신 것 같았어.」 주인은 모자를 들고 옷걸이에서 외투를 벗겨 내면서 아까보다도 한층 엄숙하고 침착한 목소리로 그렇게 말했다.

「1분 전만 해도 웃으시며 그렇게 즐거워했는데! 손에 든 5꼬뻬이까 좀 보게나! 당밀 과자를 사겠다고 하셨지. 오, 우리네 인생이란!」

「자, 가세. 뾰뜨르 스쩨빠니치.」 집주인이 손님의 말을 끊었다. 두 사람은 밖으로 나갔다.

물론 사람들은 이 할머니와 같은 경우의 죽음에는 눈물을 흘리지 않는다. 104년 동안 그녀는 〈병 없이, 그리고 부끄럼 없이 살다 가셨다〉. 여주인은 이웃들에게 도움을 청했다. 이웃 사람들은 대번에 달려왔으며, 거의 만족에 가까운 감정으로 이 소식을 듣고 나서 한숨짓고 곡을 했다. 물론 첫번째로 할 일은 사모바르를 들여놓는 것이었다. 놀란 아이들은 구석에 멀찌감치 숨어서 죽은 할머니를 바라보고 있다. 앞으로 몇십 년 살더라도 미샤는 할머니를 내내 기억할 것이다. 할머니가 자기 어깨 위에 손을 올려놓고 어떻게 죽어 갔는가를. 하지만 그가 죽으면 지구상의 어느 누구도 한 옛날에 어떤 할머니가 백네 살을 살다가 죽었다는 사실을 기억하지도 알지도 못하게 될 것이다. 그녀의 삶이 어떠했는가, 그리고 무엇을 위한 삶이었는가는 아무도 모른다. 사실이지, 뭐 기억할 필요가 있겠는가. 어차피 마찬가지인걸. 그런 식으로 수백만의 인간들이 사라져 간다. 아무런 주의도 못 끈 채 살다가 아무런 주의도 못 끈 채 죽어 가는 것이다. 다만 이런 백 살의 노인들과 노파들의 죽음 속에는 무언가 감동적이고 고요한 것이, 무언가 장엄하고 평화로운 것이 깃들어 있을 듯해 보인다. 오늘날에도 백 년이라는 세월은 인간에게 신비스런 느낌을 자아내는 것이다. 신이여, 단순하고 선량한 사람들의 삶과 죽음에 축복을 내리소서!

 하지만 이것은 가벼운 데다가 주제도 빈약한 이야기이다. 사실, 한 달 동안 들은 사건들 가운데서 무언가 놀랄 만한 것을 이야기하려고 계획해 보지만, 막상 일에 착수하면 쓰기가 불가능하거나 혹은 적절하지 않은 내용이 되게 마련이다. 게다가 〈네가 아는 것을 모두 말하지 말라〉는 격언도 문제다. 그래서 결국에는 두서 없는 이야기만 남게 되고 마는 것이다…….

온순한 여자

박현섭 옮김

* 「온순한 여자」는 1876년 『작가 일기』 11월호에 발표되었던 작품이다.

작가로부터

이번에는, 늘 그래 왔던 〈일기〉 형식 대신에 한 편의 소설을 싣는 데 대해서 독자들의 양해를 구한다. 그러나 사실 나는 이 소설을 쓰느라고 한 달의 대부분을 보냈다. 경우야 어쨌든 간에 독자들의 관용을 바라는 바이다.

이제 이 소설에 관한 이야기로 들어가 보자. 나 자신은 이 이야기를 지극히 사실적이라고 생각하면서도 〈환상적인〉이라는 부제를 붙였다. 그러나 환상적인 요소가 있는 것도 사실이므로 — 특히 이야기의 형식에서 그러한 데 — 이 점을 미리 밝혀 둘 필요가 있다고 여겼다.

중요한 것은 이것이 소설도 기록물도 아니라는 점이다. 테이블 위에 누워 있는 아내를 앞에 둔 어떤 남편을 상상해 보라. 그녀는 바로 몇 시간 전에 창문에서 몸을 던져 자살했다. 남자는 공황 상태에서 아직 생각을 추스리지 못하고 있다. 그는 방 안을 거닐면서 이 사건을 이해하고자, 〈자신의 생각을 한 점으로 모으고자〉 노력하고 있다. 게다가 그는 혼잣말을 중얼거리는 고질적인 히포콘드리[1] 환자이다. 여기서도 그는 스스로와 대화한다. 스스로에게 이 일을 이야기하고 스스로에게 납득시킨다. 자기 말이 그럴

---

[1] 우울증의 일종.

듯하게 일관성을 갖는 것처럼 보임에도 불구하고 그는 몇 번인가 자신의 논리, 자신의 감정에 이의를 제기한다. 그리하여 그는 자신을 정당화하고 아내를 비난하면서 지엽적인 원인을 찾기 시작한다. 이것이야말로 사고와 정신의 조야함이다. 이것이야말로 조야한 감정인 것이다. 차츰 그는 정말로 이 일을 자신에게 납득시키면서 〈생각을 한 점으로〉 모으게 된다. 그가 불러일으킨 일련의 기억들은 마침내 거역할 수 없는 힘으로 그를 진실 쪽으로 인도한다. 그리고 그 진실은 거역할 수 없는 힘으로 그의 이성과 정신을 각성시킨다. 마지막에 가서는 말하는 태도까지도, 조리 없던 처음의 양상과 달라진다. 진실이 불행한 이 남자 앞에서 한껏 생생하고 명징하게 모습을 드러내는 것이다. 적어도 그 자신한테는 그렇다.

이것이 주제이다. 물론 이 이야기는 몇 시간 동안 진행되는 과정에서 때때로 옆길로 새기도 하고 중단되기도 하며 앞뒤가 안 맞게 전개되기도 할 것이다. 왜냐하면 그는 자기 자신에게 말을 하는가 하면 때로는 보이지 않는 청중 혹은 어떤 심판자를 통해 말을 걸기도 하기 때문이다. 뭐, 현실에서도 이런 일은 항상 있게 마련이다. 만약에 속기사가 이 남자의 말을 낱낱이 들으면서 모조리 받아 적었다면 그것은 내가 지금 쓴 것보다 거칠고 난삽하게 보였을 것이다. 하지만 심리적인 순서는 아마도 마찬가지가 되었으리라고 본다. 바로 이처럼 모든 것을 다 받아 적은 속기사를 가정했다는 점에서(그렇게 본다면 나는 그가 적은 것을 다듬은 셈이다), 나는 이 이야기를 〈환상적〉이라고 이름 붙인 것이다. 그러나 부분적으로 이와 비슷한 일은 이미 예술에서 몇 번인가 허용된 적이 있다. 가령 빅토르 위고는 자신의 걸작 『사형수의 마지막 날』에서 이와 거의 비슷한 수법을 사용했는데, 거기서 그는 속기사를 도입하지는 않았지만 사형수가 자신의 마지막 날뿐만 아니라 마지막 시간, 글자 그대로 최후의 1분까지도 일기를 쓸 수 있다고(그리고 그럴 시간이 있다고) 가정했다는 점에서 더욱 큰 허구성을 용납했던 것이다. 그러나 만약 그가 이러한 환상을 용납하지 않았더라면 그 작품 자체도 존재하지 않았을 것이다. 그것도 그가 쓴 것 중에 가장 사실적이고 진실한 그 작품이 말이다.

제1부

1. 나는 누구였던가, 그리고 그녀는 누구였던가

……아직 그녀는 여기에 있고, 그동안은 괜찮다. 다가가서 그녀를 잠깐 바라본다. 내일이면 데려갈 텐데, 그러면 나 혼자 남아야 한단 말인가? 그녀는 지금 거실에서 두 개의 카드 테이블을 붙여 놓은 단 위에 있다. 관은 내일 올 것이다. 하얀, 하얀 나폴리 비단, 그리고 또, 아니 그게 문제가 아니지……. 나는 줄곧 걸어다니기만 하는데 이 점을 자신에게 납득시키고 싶다. 벌써 여섯 시간 동안 이 점을 납득하고자 했지만 생각을 집중할 수가 없다. 중요한 건 내가 줄곧 걸어다니고 걸어다니고 걸어다닐 뿐이라는 점이다. 그게 전부다. 단순히 순서대로 이야기하겠다. (순서!) 여러분, 나는 문학가하고는 거리가 멀다. 여러분이 보다시피 내가 이해하는 그대로 이야기하겠다. 그런데 가장 큰 공포는 내가 이 모든 것을 이해한다는 점이다! 바로 그것이다!

여러분이 만약 알고 싶다면, 요컨대 맨 처음부터 이야기를 하자면, 그녀는 『목소리』라는 잡지에 게재할 광고의 비용을 지불하기 위해서 물건을 저당 잡히려고 나를 찾아온 여자였다. 광고 내용은, 아무개라는 가정교사인데 지방 출장도 가능하며 공부는 집에서 가르친다는 등의 이야기였다. 그것이 그야말로 시작이었지만 그때 나는 물론 그녀를 다른 사람들과 구별하지 못했다. 그녀는 여느 사람들처럼 나를 찾아왔고, 뭐 그 이상도 그 이하도 아니었다. 좀 있으니까 구별이 되었다. 그녀는 참으로 날씬했고 엷은 금발에 키는 중간 정도였는데, 내 앞에서 마치 당황한 듯이 늘 우물쭈물하는 태도를 보였던 것이다(나는 그녀가 낯선 사람이라면 누구한테라도 그렇게 대했으리라고 생각한다. 나는 그녀에게서 다른 사람들과 다를 바 없는 상대, 즉 전당포 주인이 아닌 한 남자로 여겨졌던 것이다). 돈을 받자마자 그녀는 곧장 돌아서서 가버렸다. 한마디 말도 없었다. 다른 이들은 돈을 더 받기 위해서 따지거나 통사정을 하거나 흥정을 하려 드는데, 이 여자는 그러질 않았다. 그저 주는 대로⋯⋯. 나는 아마도 당황했던 것 같다⋯⋯. 그렇다, 무엇보다도 나를 놀라게 한 것은 그녀의 전당품이었다. 은에다 금을 도금한 귀고리, 오래된 메달로 기껏해야 20꼬뻬이까 값어치도 안 되는 물건들이었다. 그녀 자신도 이 물건들이 몇 푼어치밖에 안 된다는 사실을 알고 있었겠지만, 나는 그녀의 얼굴을 보고 이것들이 그녀에게 소중한 물건이란 것을 알 수 있었다. 그리고 나중에 안 사실이지만 그 물건들은 그녀가 양친에게서 물려받은 유품 중에 마지막으로 남아 있던 것들이었다. 꼭 한 번, 나는 그녀의 물건들을 보고 웃었다. 아시다시피 평소의 나는 자신에게 결코 이런 태도를 허용하지 않았으며 항상 고객을 점잖게 대해 왔다. 말은 적게, 공손하게, 그리고 엄격하게 말이다. 〈엄격, 엄격, 엄격하게.〉 하지만 그녀가 느닷없이 가져온 낡은 토끼털 외투의 잔해(글자 그대로 잔해였다)에는 나도 참지 못하고 뭔가 농담 비슷한 이야기를 던졌다. 맙소사, 그녀가 어찌나 얼굴을 붉히던지! 크고 사려 깊은 그녀의 푸른 눈이 그때는 마치 불타는 듯했다! 그러나 그녀는 한마디 말도 없이 자신의 〈잔해〉를 집어 들고 나가 버렸다. 이때가 나로서는 처음으로 그녀를 특별하게 본, 무언가 특별한 종류의 자질을 가진 여자라고 생각했던 순간이다. 아, 그리고 또 다른 인상도 기억 난다. 이를테면 다른 모든 것을 종합하는 가장 중요한 인상 말이다. 그녀는 대단히 어려 보였다.

사실 그때 그녀는 3개월만 있으면 벌써 열여섯이 되는 나이였지만 열네 살밖에 안 되어 보일 정도로 앳된 모습이었다. 그러나 나는 이 점이 그녀의 특징을 종합하고 있다고 얘기할 생각은 아니다. 그녀는 다음날 다시 왔다. 나는 나중에 그녀가 그 옷을 들고 도브론라보프와 모제르에게 갔었다는 사실을 알았다. 하지만 그들은 금 이외에는 아무것도 받아 주려 하지 않는 까닭에 말조차 못 붙였던 것이다. 어느 날엔가 나는 그녀가 가져온 조가비 세공품(역시 형편없는)을 받아 주고 말았다. 나중에 곰곰이 생각해 보고 나는 놀랐다. 나 또한 금이나 은을 제외하고는 아무것도 받아 주지 않는데도 그녀에게서 조가비를 받았던 것이다. 이것이 그 당시의 그녀에 대해서 내가 갖고 있는 두 번째 기억이다.

이번에는 그녀가 — 역시 모제르를 거쳐서 — 호박으로 만든 담뱃대를 가져왔다. 평범한 물건이었으며 고급이긴 했지만 역시 금만 받아 주는 우리로서는 아무런 가치도 없는 것이었다. 어제의 〈반란〉 뒤에 왔기 때문에 나는 그녀를 엄격하게 맞았다. 나에게서 엄격함이란 냉정함을 뜻한다. 그럼에도 불구하고 나는 그녀에게 2루블을 지불했다. 그러고는 그만 참지 못하고 마치 화난 듯한 투로 이렇게 말했다. 「단지 당신을 봐서 이렇게 하는 겁니다. 그런 물건은 모제르도 안 받을 겁니다.」〈당신을 봐서〉라는 말을 나는 모종의 의미를 담고서 특히나 강조했다. 심술을 부린 것이다. 〈당신을 봐서〉라는 말을 듣고 그녀는 이번에도 얼굴을 붉혔지만 말없이 돈을 받았다. 그녀는 돈을 던져 버리지 않았다. 가난이란 어쩔 수 없는 것이다! 하지만 얼마나 얼굴을 붉히던지! 내가 그녀의 가슴에 상처를 주었음을 알았다. 그녀가 나간 뒤에 문득 나는 자문해 보았다. 그녀에 대한 이 승리는 2루블의 값어치가 있을까? 헤헤헤! 내가 이 질문을 두 번 되풀이했던 것이 기억 난다. 〈값어치가 있을까? 값어치가 있을까?〉 웃으면서 나는 이에 대해 스스로 긍정하는 대답을 했다. 그때 나는 대단히 즐거웠다. 하지만 그것은 악의 어린 감정은 아니었다. 나는 의도와 목적을 갖고 있었다. 그녀에 관해서 떠오르는 몇 가지 생각들 때문에 그녀를 시험해 보고 싶었던 것이다. 이것이 내가 그녀에 관해서 가졌던 세 번째 특별한 기억이다.

……그렇게 해서 모든 것이 시작되었다. 요컨대 나는 즉시 모든 상황들을 간접적으로 알아내기 위해 손을 썼으며 상당한 조바심을 갖고 그녀의 방문을 기다리게 되었다. 나는 그녀가 곧 다시 오리라는 것도 예감하고 있었다. 그녀가 왔을 때 나는 특별히 정중한 태도로 그녀와 친근한 대화를 시도했다. 사실 나는 나름대로 교육을 받았으며 예의를 갖출 줄 알고 있었다. 흠. 나는 당장에 그녀가 착하고 온순하다는 사실을 알아차렸다. 착하고 온순한 사람들의 반발은 그리 오래가지 않는다. 그들은 쉽사리 마음을 열지 않지만 그래도 이야기를 피해 가는 기술은 서투르다. 그들은 좀처럼 대답을 하려고 하지 않는다. 하지만 어쨌든 결국 대답을 하고야 마는 것이다. 그리고 시간이 갈수록 더욱 많이 이야기한다. 만약 당신이 그들로부터 무언가 알아내고 싶은 게 있다면 다만 끈기를 가지고 버티기만 하면 된다. 물론 그녀도 처음에는 나에게 아무것도 이야기해 주지 않았다. 나중에 가서야 나는 『목소리』에 광고를 게재했던 일에 관해서, 그리고 나머지 모든 일들에 관해서 알게 되었다. 당시에 그녀가 광고문을 내는 일은 한계에 달해 있었다. 처음에는 물론 오만했다. 〈가정교사, 지방 출장 가능, 고용 조건은 봉함 편지로 발송 바람.〉 하지만 그 다음에는 〈가르치는 일, 말상대, 집안 관리, 환자 돌보기, 모든 것 가능함. 바느질도 할 수 있음〉 등등으로 달라졌다. 뻔한 일이 아닌가! 물론 그 밖에도 여러 가지 방식으로 문구가 첨가되어서 게재되었다. 그러다가 마침내 절망하게 되었고, 급기야 〈식사만 제공된다면 무급도 가능〉에 이르게 되었다. 일자리는 물론 구할 수 없었다! 그때 나는 마지막으로 그녀를 시험하기로 결심했다. 나는 그날 나온 『목소

리』를 가져와서 거기 게재된 광고 하나를 그녀에게 다짜고짜 보여 주었다. 〈천애의 고아인 젊은 여자가 어린아이를 돌보는 가정교사 자리를 찾고 있음. 나이 지긋한 독신 남자 환영함. 가사를 돌볼 수 있음.〉

「자, 보시오. 이 여자는 오늘 아침에 광고를 냈는데 틀림없이 저녁 때 일자리를 구했을 거요. 광고란 이런 식으로 내는 겁니다!」

그녀의 얼굴이 또 한번 붉어졌고 또 한번 눈이 불타올랐다. 그녀는 몸을 돌리더니 당장 나가 버렸다. 나는 대단히 흡족했다. 아무튼 나는 이 모두를 예측하고 있었으므로 두렵지 않았던 것이다. 아무도 담뱃대 따위는 받아 주려 하지 않는다. 게다가 그녀에게는 이제 담뱃대마저도 없다. 예상대로 사흘 뒤에 그녀가 찾아왔다. 대단히 창백했고 흥분된 상태였다. 나는 그녀의 집에 무슨 일인가 일어났으리라 짐작했는데, 실제로 일이 있었다. 그러나 그 일에 관해서는 뒤에 이야기하겠다. 지금은 다만 그때 내가 그녀에게 그럴듯한 인상을 심어 주었고 그래서 그녀의 눈 속에서 무언가가 싹텄던 일을 회상하고 싶다. 그 의도는 내게 갑자기 떠오른 것이었다. 요컨대 다음과 같은 일이었다. 이번에는 그녀가 (비장한 결심 끝에) 성상화를 가져왔다…… 오, 이런! 이런! 막 이야기를 시작했을 뿐인데 나는 벌써부터 갈피를 못 잡겠다. 사실 나는 이 일을 지금 낱낱이 회상하고 싶다. 사소한 단편, 미세한 편린까지도. 생각을 한 점으로 모으고 싶은데 그럴 수가 없다. 그 하나하나의 모습들…….

성모상이었다. 아기 예수를 안고 있는 가정용의 낡고 작은 성모상. 금박을 입힌 은제 장식은 6루블 정도 나가 보였다. 그녀에게 귀중한 물건임을 알 수 있었다. 그녀는 장식을 벗기지 않은 채, 통째로 성모상을 내놓았다. 나는 그녀에게 장식을 벗기고 성상은 그대로 가져가라고 말했다. 어쨌든 성상은 성상이니까.

「성상은 안 받기로 되어 있나 보지요?」

「아니, 안 받기로 되어 있어서가 아니라. 그저, 당신이 그냥 갖고 있는 편이……」

「좋아요, 벗기세요.」

「저, 벗기지 않고 그냥 저기 있는 성상갑에 놓아두도록 하겠소.」 잠시 생각을 해보고 나서 나는 그렇게 말했다. 「램프 밑에다가, 다른 성상들과 함께(나는 가게를 열 때 항상 성상 램프를 켜둔다), 그리고 가격은 대충 10루블로 합시다.」

「난 10루블까지 필요 없어요. 5루블만 주세요. 곧 다시 찾아갈 거니까.」

「10루블이 싫다는 겁니까? 성상은 그 정도 값어치는 되는데.」 그녀의 눈이 또다시 번쩍하는 것을 보면서 나는 그렇게 덧붙였다. 그녀는 아무 말도 하지 않았다. 나는 그녀에게 5루블을 주었다.

「누구도 미워하지 말아요. 나 또한 그런 곤경을 겪었어요. 아니 훨씬 더 지독했지. 지금은 당신이 보다시피 이런 일에 종사하고 있지만…… 그러나 이 가게는 그 모든 것들을 겪은 뒤에 갖게 된 겁니다…….」

「당신은 사회에 복수하고 있군요? 그렇죠?」 그녀는 꽤나 신랄한 미소를 띠면서 내 말에 불쑥 끼어들었다. 하지만 그녀의 미소는 순수했다(다시 말하면 무심한 미소였다. 왜냐하면 그때 그녀는 분명히 나를 남달리 특별하게 대하지 않았기 때문에 별다른 악의 없이 그렇게 말한 것이다). 난 생각했다. 〈아하! 그대는 그런 류의 사람이었어. 성격이 드러나는군. 새로운 조류의 여성이야.〉

「이보세요.」 나는 즉시 반은 농담삼아 반은 비밀스럽게 한마디 해 주었다. 「나는, 나는 악행을 바라면서 선을 행하는 전체의 일부, 그 중의 하나이니…….」

그녀는 마치 어린아이와도 같은 강렬한 호기심을 가지고 나를 재빨리 쳐다보았다.

「잠깐만…… 그건 무슨 뜻이죠? 어디서 나온 생각이에요? 어디선가 들은 것 같은데…….」

「그렇게 골치 썩일 것 없어요. 이건 메피스토펠레스가 파우스트에게 말하면서 썼던 표현이에요.『파우스트』읽어 봤습니까?」

「아니…… 그렇게까지 세심하게는.」

「그렇다면 전혀 안 읽은 것과 다름없군요. 제대로 읽을 필요가 있지요. 그런데 당신 입가에 또 비웃는 표정이 보이네요. 당신에게 파우스트를 인용함으로써 전당포 주인으로서의 내 역할에 덧칠을 할 정도로 실없는 사람이라고는 제발 생각하지 말아 주었으면 좋겠어요. 전당포 주인은 아무리 해봐야 역시 전당포 주인이니까. 그 사실을 우린 알고 있죠.」

「당신은 참으로 이상한 분이에요……. 난 결코 당신에게 그렇게 말할 생각은 없었어요…….」

그녀는 당신이 그렇게 교양 있는 남자일 줄은 몰랐다고 말하고 싶었을 것이다. 물론 그녀는 말하지 않았다. 하지만 나는 그녀가 그렇게 생각했다는 것을 알았다. 나는 그녀의 생각을 완전히 꿰뚫고 있었다.

「보세요,」 내가 말했다. 「어떤 분야에서든 좋은 일을 할 수가 있습니다. 물론 내 이야기를 하는 것은 아닙니다만, 내가 한심한 일밖에 못 할 거라고 생각들 하겠지요, 하지만…….」

「물론 어떤 위치에서든 좋은 일을 할 수가 있지요.」 그녀는 날카롭고 강한 시선으로 나를 바라보면서 말했다. 「그야말로 어떤 위치에서든 말이에요.」 갑자기 그녀가 덧붙여 말했다. 오, 나는 기억한다. 그 모든 순간들을 나는 기억하고 있다! 나는 여기에다 좀 더 덧붙이고 싶다. 이 착한 여자가 무언가 현명하고 본질적인 이야기를 하고 싶어할 때는 그처럼 진심 어린 순수한 얼굴로 〈자, 난 지금 당신에게 현명하고 본질적인 이야기를 하고 있어요〉라고 보여 준다는 것이다. 그것은 우리들처럼 허영심에서 하는 이야기가 아니다. 보다시피 그녀는 스스로 이 모든 것에 대단한 가치를 부여하고 있었으며 그것을 믿고 그것을 존중하고 있었다. 그리고 상대방도 이 모든 것을 그녀와 마찬가지로 존중한다고 생각했다. 오, 진실성이여! 승리는 바로 여기에 있도다. 그리고 그녀는 얼마나 매혹적이었던가!

나는 하나도 잊지 않고 기억한다! 그녀가 가고 나서 나는 단번에 마음을 굳혔다. 그날 나는 그녀에 관한 나머지 사실들 모두를, 현재의 은밀한 구석까지 빠짐없이 조사해서 알아냈다. 과거의 은밀한 사실들은 그녀의 집에서 하인으로 일했던 루께리야를 며칠 전에 매수해서 이미 다 알아낸 터였다. 그 은밀한 사실들이란 너무도 끔찍한 것이어서, 나는 그녀가 어떻게 지금 메피스토펠레스의 말에 대해 호기심을 가지면서 그렇게 웃기까지 할 수 있는지 이해가 가지 않았다. 그녀 자신이 바로 그런 끔찍한 상황에 처해 있는데 말이다. 하지만 그것이 젊음이다! 그때 나는 긍지와 기쁨을 갖고 그녀의 태도를 그렇게 받아들였다. 거기에는 관대함이 깃들어 있었다. 요컨대 〈비록 파멸의 끝에 있을지라도 괴테의 말은 빛을 발한다〉. 젊음이란, 단지 한 방울만 있어도 그리고 구부러진 쪽으로 나가더라도 여전히 관대하다. 물론 나는 그녀에 관해서 말하고 있다. 그녀 한 사람에 관해서. 그리고 중요한 점은, 그때 이미 내가 그녀를 나의 것으로 보고 있었으며 나의 힘을 의심하지 않았다는 것이다. 아무런 의심이 없을 때에 가질 수 있는 이런 감미로운 느낌은 여러분도 알 것이다.

그런데 나는 무엇을 하고 있는가? 이런 식으로 해서 내가 생각을 집중할 수 있는가? 서둘러야 한다, 서둘러야 한다. 이런 것은 중요하지 않다. 오 하느님!

2. 청혼

그녀에 관해서 알아낸 〈은밀한 사실〉을 몇 마디로 설명하겠다. 그녀의 아버지와 어머니는 오래전에, 그러니까 그때로부터 3년 전에 돌아가셨고 그녀는 칠칠치 못한 숙모들에게 맡겨졌다. 그저 칠칠치 못하다고 하는 것만으로는 부족할 정도이다. 한 숙모는 여섯 아이라는 대가족을 거느린 과부로서 다른 쪽보다 훨씬 젊었고, 다른 한 숙모는 시집 못 간 야비한 노처녀였다. 어느 쪽이든 야비한 것은 똑같았다. 그녀의 아버지는 관리였지만 기껏해야 무슨 서기 정도였고, 귀족이긴 했으나 본인에게만 해당되는 비세습 신분이었다. 한마디로 모든 것이 나에게는 적당했다. 나는 마치 상류 사회의 인물인 양 행동했다. 어쨌거나 유명한 연대의 퇴직 대위이며, 세습 귀족인 데다가, 독립적인 생활을 하고 있으니까 말이다. 전당포 사업에 대해서도 그녀의 숙모들로서는 오로지 존경스럽게 여길 터였다. 그녀는 숙모들 밑에서 3년 동안 노예처럼 지내면서도 무슨 시험엔가를 통과했으며, 그 와중에서 가혹한 노동의 나날을 참으로 잘 견디어 냈다. 이 같은 사실이야말로 그녀가 고상하고 고귀한 가치를 얼마나 소중히 여기는지를 증명하는 것이다! 그런데 나는 무엇 때문에 그녀와 결혼하고 싶어했던가? 아니, 나에 관한 얘기는 어찌 됐건 상관없다. 그런 것은 나중으로 미루지……. 게다가 줄기를 벗어난 얘기니까! 그녀는 숙모의 아이들을 가르쳤으며 옷을 기웠고 심지어는 그 연약한 몸으로 바느질뿐만이 아니라 마루도 닦았다. 아닌 말로 그들은 그녀를 두드려 패기까지 했으며, 쓸데없이 밥을 축낸다고 나무라기 일쑤였다. 마침내 그들은 그녀를 팔아 버릴 생각까지도 했다. 빌어먹을! 추잡한 일들을 꼬치꼬치 고할 필요는 없겠지. 나중에 그녀가 내게 더욱 자세하게 말해 주었다. 이웃에 사는 뚱뚱한 가겟집 주인이 이 모든 일들을 1년 동안 관찰했다(그는 보통 가겟집 주인이 아니다. 식료품점을 두 개나 갖고 있었다). 그는 이미 두 아내를 저승으로 보내고 세 번째 아내를 찾던 참이었다. 그런데 그녀가 눈에 띈 것이다. 그래서 〈궁핍 속에서 자라난 얌전한 처녀로군. 고아들을 위해서 이 처녀와 결혼하겠소〉라고 말했다. 그가 고아들을 데리고 있었던 것은 사실이다. 그는 청혼을 했고 숙모들과 혼담을 주고받기 시작했는데, 당시 그의 나이는 쉰 살이었다. 그녀는 공포에 휩싸였다. 그리하여 그녀는 『목소리』지에 광고를 싣기 위해 내 가게에 드나들게 된 것이다. 마침내 그녀는 숙모들에게 단 얼마만이라도 생각할 시간을 갖게 해달라고 간청하게 되었으며, 그 얼마간의 시간이 주어졌다. 하지만 그 이상은 안 되었다. 그들은 이렇게 그녀를 협박했다. 〈군식구가 없더라도 우린 어떻게 먹고 살아야 할지 모를 형편이야.〉 나는 이 모든 일을 이미 알고 있었으며 아침의 사건이 있은 뒤에 마음을 정했다. 그날 저녁에 그 상인은 상점에서 사탕 한 근을 가지고 그녀를 찾아왔다. 그녀가 그와 함께 앉아 있는 동안, 나는 부엌에 있는 루께리야를 불러서 내가 정문 앞에서 기다리고 있으며 매우 긴급한 일로 할 말이 있다고 그녀에게 귀띔해 주도록 일렀다. 나는 스스로에게 매우 만족했다. 그리고 그날 하루 내내 정말이지 만족스러웠다.

그리하여 정문 앞에서 — 그녀는 내가 자기를 불러냈다는 사실 자체에 매우 놀라 있었다 — 나는 그녀에게 설명했다. 첫째 그녀의 행복과 명예를 위해서 생각한 일이며…… 둘째로, 정문 앞에서 이런 이야기를 하는 나의 태도에 놀라지 말라고 했던 것이다. 그리고 나는 덧붙였다. 「나는 직선적인 사람이에요. 그리고 이 일에 관련된 정황들을 충분히 고려해 보았습니다.」 하기야 내가 직선적인 인간이라는 것은 사실이다. 하지만 그래서 어쨌다는 말인가. 나는 예의 바르게, 요컨대 교양을 갖춘 사람답게 말했을 뿐만 아니라 독창성도 발휘했던 것이다. 이 점은 중요하다. 그런데 이런 고백을 한다고 죄가 되는 걸까? 나는 나 자신을 냉정하게 판단하고 싶고, 또 실제로 그렇게 한다. 나는 긍정적인 측면과 부정적인 측면 모두를 말해야 하며, 실제로도 그렇게 말하고 있다. 바보스러워 보일지 모르지만, 훗날 나는 통쾌한 감정을 느끼며 이 일을 회상하곤 했다. 그때 나는 전혀 주저함이 없이 직선적으로 다음과 같이 말했다. 첫째, 나는 특별한 재능도 없고 특별히 똑똑하지도 않다. 어쩌면 특별히 좋은 사람이기는커녕 천박한 에고이스트일지도 모른다(길을 걸어가는 동안 이 표현을 지어내고 나서 흡족해 하던 기억이 난다). 그리고 아마도 다른 관점에서 볼 때 못된 구석을 많이 가지고 있음에 틀림없을 것이다……. 이 모두를 나는 그럴듯한 오만함을 섞어서 말했다. 이런 식의 태도가 어떤 것인지는 굳이 설명할 필요가 없을 것이다. 물론 나는 자신의 결점을 점잖게 설명한 뒤에 곧장 장점에 관해서 이야기할 정도로 치졸하지는 않다. 흔히 하듯이, 〈그러나 이런 것 대신에 나는 이런 저런 것, 그리고 이런 것을 가지고 있다〉는 식의 수법은 안 쓴다는 말이다. 나는 그녀가 아직도 몹시 두려워하고 있음을 알았지만 그렇다고 태도를 누그러뜨리지는 않았다. 그러기는커녕 그녀가 두려워하는 것을 보면서도 일부러 더욱 몰아붙였다. 〈식사는 배불리 할 수 있지만 화려한 옷, 극장, 그리고 무도회 따위는 없을 것이다. 그런 것은 목표가 달성된 뒤에나 가능할 것이다.〉 나는 그렇게 직선적으로 말했다. 이런 엄격한 어조는 단연코 내 마음을 사로잡았다. 그리고 가능한 한 암시적으로 이렇게 덧붙였다. 내가 이런 일, 즉 전당포 일을 가진 것은 하나의 목적이 있기 때문이며, 거기에는 그럴 만한 사정이 있다……. 하지만 나로서는 그렇게 말할 권리가 있는 것이다. 실제로 나는 그러한 목표와 그러한 사정을 갖고 있기 때문이다. 여러분 잠깐만, 나야말로 일생 동안 전당포를 증오했던 사람이다. 자기 자신에 대해서 신비스런 문구로 이야기하는 것이 우습기는 하지만 사실 나는 〈사회에 복수하고 있었다〉, 정말, 정말, 성말로! 그러므로 아침에 〈복수하고 있다〉던 그녀의 풍자는 지나쳤다. 요컨대, 내가 그녀에게 곧장 〈그래요, 나는 복수하고 있습니다〉라고 말했더라면 그녀는 웃음을 터뜨렸을 것이며 실제로도 그 상황은 우스워졌을 것이다. 하지만 나는 비밀스런 문구로 간접적인 암시만을 줌으로써 상상력을 불러일으킬 수 있었다. 게다가 그때 나는 이미 아무것도 두려워하지 않고 있었다. 왜냐하면 그녀에게서 뚱뚱한 상점 주인은 아무리 해봐야 나보다 역겨운 상대일 것임을, 그리고 정문 앞에 서 있던 나는 그녀를 해방시켜 줄 상대로 보일 것임을 알고 있었기 때문이다. 나는 이 점을 잘 알고 있었다. 오, 그런 비열함을 인간은 그토록 잘 터득하고 있는 것이다! 하지만 그것이 정말 비열함인가? 그런 일로 인간을 심판할 수 있을까? 그때 나는 이미 그녀를 사랑하지 않았던 것은 아닐까?

잠깐, 물론 그녀에게 내가 은혜를 베풀고 있다는 뜻은 한마디도 비추지 않았다. 오히려 정반대, 정반대였다. 〈은혜를 입는 것은 나이지 당신이 아닙니다.〉 내가 자신을 억제하지 못하고 이것을 말로 표현한 것은 멍청한 짓이었다. 왜냐하면 그녀의 얼굴에 언뜻 미소가 스쳐가는 것이 보였기 때문이다. 하지만 전체적으로 나는 분명히 제대로 연기했다. 잠깐, 어차피 이런 개수작들을 모두 상기해 버린 이상 마지막의 추태도 상기하기로 하자. 서 있는 동안 내 머릿속에서는 이런 속삭임이 들렸다. 〈너는 키가 크고 늘씬하며 교양도 있다. 게다가 허풍을 빼고 말한다 해도 그런대로 잘생긴 편이다.〉 이런 생각들이 내 머릿속을 오간 것이다. 물론 그녀는 바로 그 정문 앞에서 나에게 〈네〉라고 말했다. 하지만······ 하지만 한마디 덧붙여야겠다. 그녀는 그때 그 정문 앞에서 〈네〉라고 말하기 전에 한참 동안을 생각했다. 그녀가 너무도 주저하고 또 주저하기에 나는 〈자, 어쩌겠습니까?〉라고 묻고 싶을 정도였다. 그리고 실제로 나는 참지 못하고 그럴듯한 억양으로 물었다.
「자, 어쩌겠습니까?」

「기다려 주세요. 생각하고 있는 중이에요.」

그녀의 작은 얼굴이 너무도 심각한 표정을 짓고 있어서 내 눈에도 선명하게 읽힐 정도였다! 나는 모욕감을 느꼈다. 〈정말로 그녀는 나와 그 상인을 비교하고 있는 것일까?〉 오, 그때까지도 나는 이해하지 못했다! 나는 그때까지 아무것도 이해하지 못했던 것이다! 오늘날까지도 이해하지 못한다! 내가 그 자리를 떠날 때, 루께리야가 내 뒤를 쫓아와서는 길가에 나를 세워 둔 채 허둥대며 했던 말이 떠오른다. 〈나리께서 우리 착한 아씨를 거두어 주신 일은 하느님이 보상해 주실 거예요. 하지만 이 이야기는 아씨에게 하지 마세요. 아씨는 오만하답니다.〉

그래 오만하다고! 나야말로 오만한 사람들을 사랑한다. 오만한 사람들은 그들에 대한 나의 권력에 더 이상 의심의 여지가 없을 때…… 그때야말로 사랑스럽다. 안 그런가? 오, 비천하고 어리석은 인간이여! 오, 나는 얼마나 만족스러워했던가! 아시는지? 정문 앞에 서서 나에게 〈네〉라고 말하기 위해 주저하는 동안 그녀가 이런 생각을 할까 봐서 내가 얼마나 조바심했는지를. 〈이쪽이나 저쪽이나 불행만이 있을 뿐이라면 차라리 가장 나쁜 쪽을, 뚱뚱한 상인을 선택하는 편이 낫지 않을까? 그 주정꾼이 나를 패서 죽이도록 하는 편이 낫겠지!〉 어떠시오? 여러분은 그녀가 그런 생각을 했을 수도 있다고 생각하는지?

지금도 나는 이해하지 못한다. 아무것도 이해하지 못한다! 나는 방금 그녀가 두 개의 불행 중에서 나쁜 쪽, 즉 상인을 택하려고 생각했을지도 모른다고 말했다. 그런데 둘 중에서 그녀에게 누가 더 나빴을까? 나인가 상인인가? 상인인가 아니면 괴테를 인용하는 전당포 주인인가? 이 또한 문제이다! 그런데 무슨 문제지? 그것조차 이해를 못하고 있군. 대답이 책상 위에 놓여 있는데 난데없이 〈문제〉라고! 나란 놈은 정말 형편없어! 여기서 나는 중요하지 않아……. 한데 지금 나에게 필요한 것은 뭐지? 내 속에 있는 것인가 아니면 내 속에 있지 않은 것인가? 이런 일은 도무지 결정할 수가 없어. 누워 자는 편이 낫겠다. 머리가 아프다……

3. 세상에서 가장 고결한 사나이, 그러나 나는 이를 믿지 않는다

잠을 이룰 수 없었다. 머릿속에서 무언가가 고동치고 있었다. 나는 이 모든 것을 납득하고 싶었다. 이 모든 추태들을. 오, 추태다! 하지만 그때 나는 그녀를 그 지독한 진창으로부터 건져내지 않았는가! 그녀는 이 점을 이해해야만 한다. 그녀는 나의 행동을 존중해야만 한다! 나는 그 밖에도 여러 가지 점들이 마음에 들었다. 가령 나는 마흔한 살인데 그녀는 열여섯이라든가 하는. 이 사실은 나를 매혹시켰다. 그 불균형의 자각, 그것은 달콤한, 매우 달콤한 느낌을 준다.

예컨대 나는 영국식à L'anglaise 결혼식, 즉 두 사람만의 결혼식을 올리고 싶었다. 입회인은 두 명(그중 하나는 루께리야가 되겠지)으로 제한하고서 말이다. 결혼식을 마친 다음에는 곧장 기차를 타고 모스끄바든지(마침 거기에 볼일도 있었다) 어디로든 가서 2주 동안 호텔에 묵는 것이다. 그녀는 이에 반대하면서 허락해 주질 않았다. 그리고 나는 어쩔 수 없이 그녀를 데려간다는 데 대한 예의의 표시로 숙모들을 방문해야만 했다. 내가 양보를 했고 숙모들은 바라던 것을 얻을 수 있었다. 심지어 나는 이 인간들에게 각각 1백 루블씩 주고도 나중에 더 주기로 약속까지 했다. 이런 치사스런 상황이 그녀를 슬프게 할 수는 없었으므로 그녀에게는 물론 그 사실을 이야기하지 않았다. 숙모들은 당장 비단처럼 부드러워졌다. 혼수품에 대한 논란이 있기는 했다. 그녀는 글자 그대로 가진 게 아무것도 없었지만 그러면서도 아무것도 원하지 않았던 것이다. 하지만 나는 아무것도 장만하지 않을 수는 없다면서 그녀를 설득했다. 그리고 혼수품은 내가 장만했다. 나 아니면 그녀에게 해줄 수 있는 사람이 누가 있겠는가? 뭐 나야 어찌 되든 상관없다. 그렇지만 어쨌든 나는 여러 가지 내 사상들을 그녀에게 전달하는 데 성공했다. 최소한 내가 어떠한 생각들을 하고 있다는 것을 알게 해주고 싶었기 때문이다. 어쩌면 다소 일렀는지도 모르겠다. 중요한 점은, 처음에는 그녀가 나름대로 자신을 억누르면서 사랑을 담고 나에게 몸을 맡겼다는 사실이다. 내가 저녁에 돌아올 때면 그녀는 환희에 차서 나를 맞이했으며 마치 지저귀듯(그 매혹적이고 순진 무구한 속살거림으로!) 자신의 어린 시절, 유년 시절, 부모님과 살던 집, 그리고 엄마 아빠에 대해 이야기해 주었다. 그러나 나는 그 모든 환희에 즉각 찬물을 끼얹었다. 그리고 바로 거기에 나의 사상이 담겨 있었다. 그녀의 환희에 나는 침묵으로 응답했다. 물론 관용 어린 침묵이긴 했지만…… 어찌 됐건 그녀는 우리가 다른 류의 사람이며 또한 내가 수수께끼 같은 인물임을 이내 알아차리게 되었다. 그리고 사실 내가 노린 것도 그런 것이었다! 이 따위 어리석은 수작들을 벌인 까닭은 수수께끼를 만들어 내기 위함이 아니었던가! 첫째로, 엄격함이다. 나는 엄격함에 입각하여 그녀를 내 집으로 맞아들였다. 한마디로 말해, 나는 흡족해 하면서 완전한 하나의 체계를 만들어 나갔던 것이다. 아무런 장애 없이 일은 저절로 전개되어 갔다. 다른 식으로 될 가능성은 없었다. 나는 거역할 수 없는 상황에 의해서 이 체계를 만들어야만 했기 때문이다. 그런데 도대체 <u>스스로를 비난할 이유가 무엇인가!</u> 그 체계는 진지한 것이었다. 아니 들어 주어야 한다, 사람을 심판하려면 사정을 온전하게 알아야 할 테니까…… 들어 주기 바란다.

어떻게 시작해야 할지, 이것은 대단히 어려운 문제이다. 자기 정당화를 하기 시작하면 그 또한 어려워진다. 알다시피 젊은이는 돈을 경시하므로 나는 이 문제부터 건드렸다. 돈 문제로 그녀를 몰아붙인 것이다. 내가 심하게 몰아붙이자 그녀는 갈수록 더 말을 안 하기 시작했다. 그녀는 눈을 크게 뜬 채 듣고, 보고, 그러고는 침묵했다. 알다시피 젊은이들은 대범하다. 요컨대 훌륭한 젊은이들은 대범하다. 그러나 한편으로 그들은 충동적이고 참을성이 부족하다. 마음에 안 들면 그냥 무시해 버리는 것이다. 나는 관용을 좋아하며 이를 그녀의 마음에 심어 주고 싶었다. 그녀의 마음의 눈에. 그래야 하지 않겠는가? 비근한 예를 들어 보겠다. 가령, 이런 성격의 여자에게 내가 어떻게 전당포의 일을 설명했겠는가? 당연히 나는 곧바로 말을 꺼내지 않았다. 만약 그랬다면 마치 내가 전당포 사업에 대해 용서를 구하는 꼴이 되었을 것이다. 그래서 나는 이를테면 오만함을 견지하면서 거의 침묵을 통해 이야기했다. 침묵으로 이야기하는 데에는 일가견이 있다. 나는 일생을 통하여 침묵으로 이야기했을 뿐 아니라 내 모든 비극들을 침묵으로 견뎌 냈다. 오, 내가 얼마나 불행했던가! 나는 모두에게서 버림받았고, 모두에게서 잊혀졌다. 아무도, 아무도 그것을 모른다! 그런데 갑자기 이 열여섯 살 먹은 여자애가 나에 관한 몇 가지 말들을 비열한 인간들로부터 주워듣고는 자기가 모든 것을 안다고 생각한 것이다. 내밀한 사정들은 오로지 이 사나이의 가슴속에 간직되어 있을 뿐인데! 나는 침묵으로 일관했다. 특히 그녀 앞에서는 침묵했다. 바로 어제 저녁까지도. 왜 그랬느냐고? 나는 오만한 인간이니까. 나는 그녀가 스스로 깨치기를 바랐다. 나라는 사나이에 대한 수수께끼를 잡놈들의 이야기로부터가 아니라 스스로 풀어내고, 그래서 그 사나이를 이해하기를 바랐던 것이다! 그녀를 내 집으로 받아들이면서 내가 원했던 것은 완전한 존경심이었다. 나는 그녀가 나의 고통들에 대해 경배하는 심정으로 내 앞에 서기를 바랐다. 그리고 나는 그럴 자격이 있다. 오, 나는 언제나 오만했다. 언제나 전부 아니면 무를 택했다! 행복에 관한 한

적당주의자가 아니었던 까닭에 나는 모든 것을 원했다. 따라서 그때 나는 그렇게 행동할 수밖에 없었던 것이다. 〈스스로 이해하고 평가하라!〉 그렇지 않겠는가? 만약 내가 그녀에게 설명하거나 암시를 준다면, 그럴듯한 말로 존경을 요구한다면, 그것은 자비를 구하는 것과 하나도 다를 바가 없는데…… 그리고…… 그리고 내가 어떻게 그걸 얘기한단 말인가!

어리석다, 어리석고, 어리석고, 어리석도다! 나는 그녀에게 단도직입적으로 무자비하게(나는 이 무자비하다는 점을 강조한다) 말했다. 젊은이들의 대범함이란 매력적이긴 하지만 한 푼 값어치도 없는 것이라고. 왜 값어치가 없냐고? 왜냐하면 그런 대범함은 손쉽게 얻을 수 있는, 그리고 아직 세상을 살아 보지 않은 자들에게나 해당되는 말하자면 〈존재의 첫인상〉이기 때문이다. 당신이 실제로 땀 흘려 일해 보라지! 값싼 대범함은 항상 쉬운 법이다. 설령 목숨을 바친다 하더라도 이는 피가 끓거나 힘이 남아돈 까닭에, 아름다움에 대한 열정적인 갈망에서 비롯된 까닭에 값싼 것이다! 그런 게 아닌, 어렵고 조용하고 소문 없고 광채 없고 비난만이 남는 대범함을 택해 보라. 거기에는 희생만 가득할 뿐 영광은 눈곱만큼도 없다. 거기에서 광휘로운 인간인 그대는 뭇사람들 앞에 악당으로 비칠 것이다. 사실 그대야말로 세상에서 가장 고결한 인간인데도 말이다. 자, 그러한 헌신을 해보지 않겠는가? 그래, 거절하시겠지! 하지만 나, 나는 일생 동안 오로지 그 같은 헌신만을 해왔다. 처음에 그녀는 지독하게 반발했지만 나중에는 침묵하기 시작했다. 단지 눈을 한껏 크게 뜨고 들을 뿐이었다. 그 크디큰 두 눈, 진지한 두 눈으로. 그리고…… 그것 말고도 나는 그녀의 미소를 보았다. 믿을 수 없다는 듯한, 소리 없는 사악한 미소를. 하지만 바로 이 미소 때문에 그녀를 내 집으로 데려왔던 것이다. 사실 그녀로서는 어차피 다른 어디로도 갈 수가 없었겠지만…….

4. 모두가 계획, 계획뿐

우리 중에 누가 처음 시작을 했는가?

누구도 아니었다. 처음부터 그렇게 시작된 일이다. 내가 엄격함에 입각하여 그녀를 집으로 맞아들였다는 얘기는 했다. 그렇지만 첫걸음은 부드럽게 출발했다. 약혼을 했을 당시부터 이미 그녀가 전당품과 대금 수납을 맡게 될 것이라는 얘기를 해두었으며, 그때 그녀는 이렇다 할 말이 없었다(이 사실을 주목할 일이다). 게다가 그녀는 열의를 갖고 그 일을 맡았다. 물론 아파트와 가구, 그런 모든 것들은 예전 그대로였다. 아파트는 방 두 개짜리였는데 하나는 넓은 홀로 칸막이를 경계로 점포와 구분되어 있었고 내실로 쓰는 다른 방 또한 넓어서 침실을 포함한 모든 용도로 사용되었다. 가구들은 소박했다. 차라리 그녀 숙모 집의 가구가 더 나았을 것이다. 홀 안 점포 쪽에 램프가 달린 나의 성상갑이 서 있고, 방에는 장도 있었는데 거기에는 책 몇 권이랑 옷가지를 넣어 두고 있었다. 장에는 열쇠를 채워 두었다. 물론 침대와 책상과 걸상들도 있었다. 난 약혼 시절에 이미 우리의 생활비, 즉 나와 그녀와 루께리야(나는 그도 하인으로 데려왔다)의 식비로 하루에 1루블 이상은 안 된다고 말했다. 〈나는 3년 안에 3만 루블이 필요해요. 그러니 이렇게 안 하면 돈을 모을 수가 없잖아.〉 그녀가 이에 반대하지는 않았지만 내 쪽에서 스스로 생활비를 30꼬뻬이까 늘리기로 했다. 극장도 마찬가지였다. 약혼 시절에 그런 일은 없을 것이라고 말했지만, 그러나 한 달에 한 번씩은 극장에 가기로, 그것도 품위 있게 1등석에 앉기로 결정했다. 둘이 함께 세 번 갔다. 「행복의 추구」와 「노래하는 새」를 봤던 것 같다. (오, 빌어먹을, 빌어먹을!) 말없이 가서 말없이 돌아왔다. 왜, 왜 우리는 처음부터 침묵으로 일관했을까? 처음에는 말다툼이 없었으며, 따라서 말이 필요 없었기 때문이다. 항상 그렇듯이 당시에 그녀가 나를 몰래 몰래 바라보던 일이 기억 난다. 나는 이를 알고 있었으면서도 더욱 굳게 침묵을 지켰다. 물론 침묵을 강조했던 것은 그녀가 아니라 나였다. 한 번인가 두 번, 그녀 편에서 침묵을 깨고 나를 포옹하려고 달려든 적이 있었다. 하지만 그 충동은 병적이고 히스테릭한 것이었으며, 내게 필요한 것은 굳건한 행복, 나에 대한 그녀의 존경심이었기에 나는 이를 냉정하게 받아들였다. 실제로 그러했다. 그리고 그런 발작이 있은 다음날에는 항상 말다툼이 벌어졌다.

그런 경우 말고는 말다툼이 없었다. 그 대신 침묵이 있었다. 그리고 그녀는 점점 더 불손한 태도를 보이게 되었다. 〈반항과 자립〉, 바로 그런 것이었다. 다만 그녀는 방법을 정확히 모를 따름이었다. 그렇다. 그 수줍은 얼굴은 갈수록 불손해졌다. 당신은 믿어지는가? 나는 그녀에게 불쾌한 존재가 된 것이다. 그걸 나는 알고 있었다. 하지만 그녀가 발작적으로 제정신을 잃는다는 점에는 의심의 여지가 없었다. 그처럼 더럽고 비천한 소굴에서 벗어났으며 더 이상 마루를 닦지 않아도 되는 그녀가 이제 와서는 우리 집이 가난하다고 코웃음을 치기 시작하다니, 어떻게 그럴 수가 있는가! 알다시피 그것은 가난이 아니라 절약이었다. 게다가 침대 시트나 옷가지를 항상 깨끗하게 유지한다든가 하는 꼭 필요한 일에 있어서는 나름대로의 사치스러움도 있었다. 나는 예나 지금이나 아내는 남편의 청결함에 반하는 법이라고 믿고 있다. 그러므로 그녀는 가난이 아니라 내가 지나치게 절약한다는 사실에 코웃음을 친 것이다. 〈이 남자는 목적을 갖고 있어. 그래서 자신의 집요한 성격을 과시하려는 게지.〉 어느 날 갑자기 그녀는 극장에 가기를 거절했다. 그리고 비웃는 듯한 표정은 점점 더해 갔다……. 반면 나는 더욱 침묵을 지키고, 침묵을 지키고.

내가 자신을 정당화할 수 없으리라고 보는가? 문제는 전당포의 일에 있었다. 감히 말하지만, 나는 열여섯 먹은 여자가 남편에게 완전히 복종하지 않을 수는 없는 법이라는 사실을 알고 있었다. 여자에게는 독창성이 없으며 이것은 공리(公理)나 다름없다. 지금에 와서도 이는 나에게 있어 공리이다! 그녀가 저기 홀에 누워 있기는 하지만 진실은 진실인 것이다. 이 경우에는 존 스튜어트 밀[2]이라도 어쩔 도리가 없다! 하지만 사랑을 하고 있는 여인은, 오, 그런 여인은 사랑하는 사람의 결점이나 악행까지도 숭배하게 마련이다. 사랑하는 사람이 자신의 악행에 대한 변명은 못하더라도 여인은 그 모든 것을 감싸 준다. 대범한 태도이다. 하지만 독창적이지 않다. 그 독창성의 부족이 여자를 파멸시킨 것이다. 그런데 도대체, 다시 말하건대 도대체 왜 당신은 저 테이블을 가리키고 있는가? 그 테이블 위에 있는 것이 독창적이란 말인가? 오오!

들어 보라. 그때 나는 그녀의 사랑을 확신하고 있었다. 그녀는 내 목에 매달린 적도 있지 않은가? 그녀는 진심으로 사랑했고 또 사랑하기를 원했다. 그렇다, 바로 그것이다. 사랑하기를 원했으며 사랑하고자 노력했다. 그런데 이 경우에 중요한 점은 아무리 그녀가 변호해 주려 해도 그럴 만한 악행이 전혀 없었다는 사실이다. 당신은 〈전당포 주인〉이라고 말하겠지. 모두가 그렇게 말한다. 하지만 전당포 주인이 어쨌다는 것인가? 세상에서 제일 관대한 사람이 전당포 주인이 된 데는 이유가 있다. 여러분도 알겠지만 이런 사상이 있다…… 하지만 알다시피, 사상을 말로 표현해 버리면 지극히 바보스럽게 들린다. 스스로 부끄럽게 되고 만다. 왜냐고? 이유는 없다. 다만 우리 모두가 쓰레기들이며 진실을 견뎌 내지 못하기 때문이겠지. 그게 아니라면 나도 왜인지 모르겠다. 지금 내가 〈세상에서 가장 관대한 사람〉이라고 말했지. 우습겠지만 그것은 사실이었다. 이것이야말로 가장, 가장 올바른 진실이다! 그렇다, 나는 전당포를 세우고 이 사업을 벌이고 싶어할

---

2 John Stuart Mill(1806~1873). 영국의 경제학자, 철학자, 사상가.

만한 권리가 있었다. 〈당신들은 나를 거부했다. 당신네 인간들은 경멸 섞인 침묵으로 나를 배척했다. 당신들을 향한 나의 열정적인 갈망에 대해 일생 동안 모욕으로 대답했다. 이제 나는 당신들로부터 나를 가르는 벽을 세울 권리가 있다. 그리고 3만 루블을 모아서 크림 반도나 남부의 해변, 혹은 포도밭이 있는 언덕에서 생을 마칠 권리가 있다. 3만 루블로 산 나의 영지에서 말이다. 중요한 것은 당신들로부터 떨어져 있다는 점이다. 당신들에 대해 아무런 악의도 갖지 않은 채, 마음속에 이상을 담고서, 사랑하는 여자와 가족을 곁에 두고서. 그리고 만약 하느님이 이웃 주민들을 보내 주신다면, 그들을 도우면서.〉 물론 나는 지금 이런 말을 스스로에게 하고 있으므로 상관이 없다. 만약에 그때 그녀에게 이 이야기를 소리 내어 설명해 주었다면 어떻게 됐겠는가? 바로 이 때문에 오만한 침묵을 고집했던 것이며, 바로 이 때문에 우리는 말없이 앉아 있었던 것이다. 그녀가 무언들 이해할 수 있었겠는가? 열여섯 살의 새파란 처녀인 그녀가 나의 이런 변호를, 내 열정들을 얼마나 이해할 수 있었겠는가? 그녀가 가졌던 것은 단순성과 삶에 대한 무지 그리고 젊음의 값싼 확신과 〈훌륭한 마음〉에 대한 암탉 같은 맹목성이었다. 하지만 여기는 전당포다. 그리고 그것으로 충분하다! 게다가 내가 가게에서 나쁜 짓이라도 했단 말인가? 그녀는 내가 폭리를 취하는 장면을 보기라도 했단 말인가? 오, 이 지상에서의 진실이란 얼마나 끔찍한가! 이 매혹적인 여인이, 수줍은 여인이, 천상의 여인이, 한편으로는 내 영혼을 용납하지 않는 폭군이며 박해자였다니! 이 말을 하지 않았다면 나는 스스로를 저주했을 것이다! 당신은 내가 그녀를 사랑했다고 생각하는가? 내가 그녀를 사랑하지 않았다고 누가 말할 수 있겠는가? 여기에 아이러니가 있다. 자연과 운명의 사악한 아이러니가! 우리는 저주받은 인간들이다. 인간의 삶은 온통 저주로 가득 차 있다! (그중에서도 나는 특히나!) 이제 나는 무언가 실수했다는 사실을 안다! 뭔가가 단단히 잘못된 것이다. 당시에는 모든 것이 명쾌했다. 내 계획은 맑은 하늘처럼 명쾌했다. 〈가혹하고 오만하게, 다른 어느 누구의 도덕적인 위로도 구하지 말고 말없이 고통받는다는 것〉이 그것이다. 사실이 그러했다. 거짓말이 아니다, 거짓말이 아니야! 〈그것이야말로 대범함이라는 사실을 그녀 스스로 보게 되리라. 지금은 단지 깨닫지 못하고 있을 뿐이다. 언젠가는 이를 깨닫고서 열 곱 백 곱으로 평가하게 되리라. 그리하여 내 앞에 엎드려 손 모아 내게 경배하리라.〉 이것이 나의 계획이었다. 하지만 내가 잊어버렸거나 아니면 눈앞에서 놓쳐 버린 무언가가 있었다. 내가 하지 못했던 일이 있었다. 아니, 그만하면 됐다, 됐어. 이제 와서 누구에게 용서를 구한단 말인가? 끝난 일은 끝난 일이다. 대담하라, 그대, 오만하라! 그대에게 잘못은 없다······!

자, 나는 진실을 말하겠다. 나는 진실과 직면하는 것이 두렵지 않다. 그녀에게 잘못이 있다. 그녀의 잘못이다······!

5. 온순한 여자, 모반을 일으키다

말다툼은, 그녀가 느닷없이 자기 멋대로 돈을 내주고 물건 값을 제 가격보다 비싸게 매기려 들면서 시작되었다. 한두 번인가 심지어는 그녀 스스로 이 문제를 걸고, 나와 말다툼을 벌이려 하기도 했다. 나는 승낙해 주지 않았다. 그러던 어느 날 한 대위 부인이 나타났다.

그 늙은 대위 부인은 메달 — 죽은 남편의 선물로서, 유품이라는 것을 금방 알 수 있었다 — 을 가지고 왔다. 나는 30루블을 지불했다. 그러고서 그녀는 물건을 잘 보관해 줄 것을 몇 번이나 사정했다. 물론 우리는 늘 보관을 한다. 그런데 간단히 말하면, 그 여자가 갑자기 닷새 뒤에 찾아와서는 그 메달을 8루블도 안 되는 팔찌와 바꿔 달라는 것이었다. 당연히 나는 거절했다. 그런데 그때 그 여자가 아내의 눈빛에서 무언가를 알아챈 모양이었는지, 내가 없을 때 다시 찾아와서는 아내에게서 메달을 바꾸어 갔던 것이다.

그날 그 사실을 알고서 나는 부드럽게, 그러나 분명하면서도 합리적으로 이야기를 꺼냈다. 그녀는 침대에 앉아서 바닥을 쳐다보며 오른쪽 발끝으로 카펫을 긁고 있었다(그녀의 버릇이다). 그녀의 입가에는 기분 나쁜 미소가 어려 있었다. 나는 목소리를 전혀 높이지 않은 채로 그녀에게, 그 돈은 내 돈이며 나는 내 눈으로 세상을 바라볼 권리가 있다고 조용히 설명했다. 또한 내가 그녀를 나의 집으로 데려온 이상 아무것도 숨길 생각은 없다는 얘기도 했다.

그녀는 갑자기 뛰쳐 일어나더니 몸을 부르르 떨면서 — 어땠을지 상상해 보시라 — 별안간 발을 굴러 댔다. 그것은 짐승이었다. 그것은 발작이었다. 그때의 그녀는 바로 발작하는 짐승이었다. 나는 너무 놀라서 움직일 수조차 없었다. 나로서는 도저히 예상치 못한 일이었기 때문이다. 하지만 나는 동요하지 않았다. 그러기는커녕 꿈쩍도 하지 않고 다시 앞서와 같은 조용한 목소리로 이제부터는 전당포 일에 그녀가 같이 참여하도록 하겠다고 선언했다. 그녀는 내 얼굴을 향해 깔깔대고 웃더니 집을 나가 버렸다.

중요한 점은, 그녀에게는 집을 나갈 권리가 없다는 사실이다. 혼자서 나다니지 않기로 약혼 시절에 이미 약속을 했기 때문이다. 저녁에 그녀가 돌아왔다. 나는 아무 말도 하지 않았다.

다음날 아침에 그녀는 또 나갔고 그 다음날에도 나갔다. 나는 가게를 닫고 숙모 댁으로 찾아갔다. 그들과는 결혼한 직후부터 연락을 끊고 있었다. 그들을 초청하지도 않았을뿐더러 내가 방문하지도 않았던 것이다. 알고 보니 그녀는 그 집에도 가지 않았다. 숙모들은 호기심에 차서 내 말을 듣더니 대놓고 나를 비웃었다. 〈저런, 그럴 줄 알았지.〉 하지만 그들의 비웃음은 예상하고 있던 바였다. 그래서 나는 노처녀인 작은 숙모를 1백 루블로 매수하고 거기다 나중에 25루블을 더 주기로 했다. 사흘 뒤에 그녀가 나에게 찾아와서 말했다. 「이 일에는 당신의 군대 동료였던 예피모비치 중위가 관련되어 있어요.」 나는 매우 놀랐다. 이 예피모비치는 군대에 있을 때 어느 누구보다도 날 괴롭혔던 자이다. 한 달 전쯤 그가 한두 번 찾아와서는 비열하게도 전당품을 맡기는 척하면서 아내와 함께 노닥거렸던 일이 기억 났다. 그때 나는 그에게 다가가서 예전의 관계를 생각해서라도 가게에는 찾아오지 말라고 했다. 그러나 차마 이런 일이 있으리라고는 짐작도 못하고, 다만 시답잖은 자라고만 생각했을 뿐이다. 그런데 지금 숙모가 전하는 바로는, 그와 아내가 이미 한 차례 만남을 가졌으며 이 모든 일은 숙모가 알고 지내는 율리야 삼소노브나 — 과부, 그것도 대령의 미망인인 — 가 조종하고 있다는 것이었다. 〈당신 마누라가 지금 이 여자 집에 드나들고 있다더군요.〉

일의 전모를 간략히 말하겠다. 요컨대 이 일에는 3백 루블이나 들었지만, 덕분에 이틀 뒤 나는 아내와 예피모비치가 처음으로 단둘이 밀회를 하는 장면을 옆방에서 닫힌 문 너머로 엿들을 수 있었다. 그런데 그 전날 밤 나와 그녀 사이에는 사소한 — 그러나 내게는 의미 깊은 — 사건이 있었다.

초저녁에 그녀가 들어왔다. 그녀는 침대에 앉아서 비웃음을 머금고 나를 바라보며 발끝으로 카펫을 긁고 있었다. 그녀가 하는 모양을 보고 있던 내 머릿속에 순간 이런 생각이 떠올랐다. 뭔고 하니, 한 달, 아니면 두 주 전쯤부터 줄곧 그녀는 본래의 성격과 전혀 다른 모습을 보여 왔다는 사실이다. 아니, 성격이 완전히 거꾸로 됐다고도 말할 수 있다. 그녀는 거칠고 공격적이었으며, 뻔뻔스럽다고까지는 할 수 없지만 하여간 방자한 태도로 사고칠 거리를 찾고 있었다. 그러나 수줍음이 그녀를 방해하고 있었다. 이런 여자가 모반을 일으킬 때는, 아무리 그 도가 지나치더라도 괜히 자기 속만 상하면서 자신을 몰아세우는 것처럼 보인다. 무엇보다도 그녀의 순결한 성품 탓에 스스로 수치심을 극복하지 못하는 것처럼 보이는 것이다. 그래서 이런 여자가 가끔 정말로 날뛰기 시작하는 경우 당신은 자신의 관찰력을 의심할 지경이 된다. 그런데 영혼의 타락에 익숙해져 있는 인간은 그와 정반대이다. 이런 자는 항상 능청스럽게 추잡한 짓을 벌이면서도 겉으로는 순리적이고 예의를 차리는 것처럼 보이며 마치 당신보다 훌륭한 듯이 행동하는 것이다.

「당신이 군대에서 쫓겨난 이유가 비겁하게 결투를 피했기 때문이라는 게 사실이에요?」 그녀가 눈을 빛내면서 아닌 밤중에 홍두깨처럼 느닷없이 그렇게 물었다.

「사실이오. 장교 회의의 결정에 따라 그들은 내게 군대를 떠날 것을 요구했소. 사실은 그전에 나 스스로 퇴임한 상태였지만.」

「비겁자로서 쫓겨났단 말이죠?」

「그렇소, 그들은 내가 겁쟁이라는 판결을 내렸소. 하지만 나는 겁쟁이여서가 아니라 그들의 독단적인 결정에 굴복하기 싫어서 결투를 거부했던 것이오. 그리고 나 자신이 결투를 할 만큼 모욕 당했다고도 생각하지 않았고. 이봐요.」 이때 나는 자제력을 잃었다. 「그런 식의 독재에 행동으로 반발하고 모든 결과를 받아들이는 것이야말로 어떤 결투에 응하는 것보다도 훨씬 용기 있는 일이라고 생각해요.」

나는 자제력을 잃고 그만 이런 변명투의 말을 늘어놓고 말았다. 그리고 이것이야말로 그녀가 원했던 일이었다. 나의 새로운 비굴함 말이다. 그녀는 심술궂게 웃어 댔다.

「그럼 그 뒤 3년 동안 거지처럼 뻬쩨르부르그를 헤매면서 돈을 구걸하고 당구대 밑에서 잠을 잤다는 말도 사실인가요?」

「내가 잠을 잤던 곳은 센나에 있는 뱌젬스끼의 집이었소. 물론 제대한 뒤의 내 삶 속에는 많은 치욕과 전락이 있었던 것이 사실이오. 하지만 도덕적인 전락은 아니었소. 왜냐하면 그 당시에도 나의 행태를 경멸한 사람은 바로 나 자신이었으니까. 그것은 단지 내 의지와 이성의 전락이었으며 그것도 단지 나의 처지에 대한 절망에서 비롯된 전락이었소. 하지만 지나간 시절의 이야기일 뿐이오······.」

「오, 지금이야 당신은 자본가죠!」

그것은 전당포 사업을 암시하는 말이었다. 하지만 나는 그때 이미 자제력을 회복한 상태였다. 그녀가 나의 굴욕적인 설명을 듣고 싶어서 안달한다는 것을 눈치 채고 있었으므로 나는 변명하지 않았다. 그때 마침 손님이 초인종을 울렸기 때문에 나는 홀로 나갔다. 그러고 나서 한 시간이나 지난 뒤, 외출하기 위해 옷을 갈아입은 그녀가 내 앞에 서서 말했다.

「그런데 어째서 당신은 결혼하기 전에 그런 일에 대해 한마디도 얘기하지 않았어요?」

나는 대답하지 않았고, 그녀는 나가 버렸다.

그리하여 다음날 아침 나는 이 방에 서서 내 운명이 어떻게 결정되었는지를 문 너머로 듣게 된 것이다. 그때 내 주머니 속에는 권총이 들어 있었다. 그녀는 화려한 차림새로 테이블 앞에 앉아 있었고 그 앞에서는 예피모비치가 잔뜩 거드름을 피우고 있었다. 그리고 어떻게 됐겠는가? 그 일이(내 명예를 위해서 이렇게 말한다), 내가 예감하고 상상했던 바로 그 일이, 그러나 차마 그러리라고는 생각지도 못했던 바로 그 일이 벌어진 것이다.

일은 다음과 같았다. 나는 그 모든 순간순간을 버티고 서서 고상하고 우아한 여인이 야비한 영혼을 가진 사교계의 탕자, 멍청한 괴물과 논쟁하는 소리를 들었다. 나는 당혹스러워하며 생각했다. 이런 소박하고 수줍고 말수 적은 여자가 어떻게 이 모든 것들을 알 수 있었을까? 아무리 재치 있는 상류 사회의 코미디 작가라도, 악덕에 대한 조소와 순진한 웃음 그리고 선인(善人)의 고귀한 경멸이 이처럼 적절하게 담긴 장면을 만들 수는 없었을 것이다. 그녀의 말과 사소한 언동 속에는 그 얼마나 빛나는 광채가 담겨 있던지. 그 재빠른 응수는 얼마나 날카롭고 그 판단은 또 얼마나 진실하던지! 동시에 거기에는 소녀다운 순진성도 담겨 있었다. 그녀는 그의 사랑 고백에, 그의 제스처에, 그의 제안들에 비웃음치고 있었다. 한편, 이런 반발을 예상하지 못한 채 성급하게 본론으로 들어가려고 했던 그는 갑자기 닭 쫓던 개 꼴이 되고 말았다. 처음에 나는 그녀가 단순히 추파를 던지는 것이라고 생각할 뻔했다. 〈자기 값어치를 비싸게 보이기 위해 신랄한 척하고 있지만 어쨌든 음탕한 추파를 던지고 있는 것이다.〉 하지만 천만에, 그녀는 마치 태양처럼 빛났다. 거기에는 어떤 의심도 있을 수 없었다. 경험도 없는 그녀는 오로지 나에 대한 황당하고 충동적인 증오심으로 인해 이런 만남을 시도했던 터였으나 막상 일이 본론으로 접어들자 당장 정신을 차렸다. 이 여자는 그저 어떻게 해서든지 나를 모욕할 욕심에 차 있었지만 이런 추잡한 장면에 이르러서는 그 방종함을 견디지 못했던 것이다. 예피모비치가 아니라 사교계의 그 누구였더라도 이렇게 결백하고 순결하며 이상을 간직한 여인을 유혹할 수나 있었겠는가? 그자는 오히려 그녀의 비웃음만을 샀을 뿐이다. 모든 진실이 그녀의 영혼에서 우러나왔으며 분노는 그녀의 가슴속에 야유를 불러일으켰다. 반복해 말하거니와, 그 어릿광대는 결국 완전히 주눅이 들어서 벌레 씹은 표정으로 아예 대답도 못하고 있었다. 그래서 나는 그가 야비한 짓으로 그녀를 모욕하지나 않을까 걱정했을 정도이다. 또한 내 명예를 걸고 다시 말하거니와 나는 이 장면을 거의 놀라움 없이 듣고 있었다. 마치 낯익은 한 장면을 마주한 것 같았다. 나는 자연스럽게 이 장면 속으로 들어갔다. 비록 주머니 속에 권총이 있긴 했지만, 그러나 나는 아무것도 믿지 않고 아무런 노여움도 없이 그들에게로 갔다. 그것은 사실이다! 내가 어떻게 그녀를 달리 상상할 수 있었겠는가? 바로 이런 모습 때문에 그녀를 사랑했고 바로 이런 모습 때문에 그녀를 높이 평가하고 결혼했던 것이 아닌가? 오, 물론 그녀가 나를 얼마나 증오하고 있는지, 그리고 한편으로 그녀가 얼마나 순진 무구한지는 잘 알고 있었다. 나는 문을 활짝 열어서 이 장면을 당장 중단시켰다. 예피모비치가 벌떡 일어났다. 나는 그녀의 팔을 잡고 나와 함께 나가기를 청했다. 갑자기 예피모비치가 큰 소리로 조롱하는 웃음을 터뜨렸다.

「오, 성스러운 배우자의 권리에 반발할 생각은 없소. 데려가시오, 데려가! 그리고 이봐요.」 그는 내 뒤에 대고 소리쳤다. 「점잖은 사람이 당신 같은 인간과 싸울 일은 없겠지만, 당신 부인에 대한 존경심 때문에라도 당신의 도전은 받아들이겠소……. 만약 당신이 그럴 생각이 있다면 말이야…….」

「그가 하는 말을 들어요!」 문간에서 나는 그녀를 잠깐 멈춰 세웠다.

그러고는 집에 가는 동안 내내 한마디도 하지 않았다. 팔짱을 끼고 갔지만 그녀는 거부하지 않았다. 오히려 지독하게 겁에 질려 있었다. 하지만 그것은 집에 도착할 때까지만이었다. 집에 도착하자마자 그녀는 의자에 앉아서 나를 똑바로 쳐다보았다. 그녀는 극도로 창백해져 있었다. 그럼에도 불구하고 입가에는 조소가 서려 있었으며, 오만하고 심술궂은 도전의 눈빛으로 나를 바라보고 있었다. 처음 몇 분 동안 그녀는 내가 자기를 권총으로 쏘리라고 확신하고 있는 듯했다. 그러나 나는 말없이 주머니에서 권총을 꺼내어 테이블 위에 올려놓았다. 그녀는 나를, 그리고 권총을 보았다. (그녀에게는 이 권총이 이미 낯익은 물건이었다는 점을 주의해 주기 바란다. 권총은 가게를 열 때 장전된 채로 장만했던 것이다. 가게를 열면서 나는 커다란 개를 키운다든가, 모제르가 하듯이 힘센 하인을 고용한다든가 하지는 않기로 결정했다. 우리 가게에서는 손님이 오면 요리사가 문을 열어 준다. 그러나 이 같은 직업에 종사하면서, 경우야 어쨌든 간에 자기 방어 수단을 안 가질 수는 없으므로 나는 장전된 총을 장만했던 것이다. 그녀는 내 집에 들어올 무렵부터 이미 이 권총에 대해 대단히 흥미를 느끼면서 여러 가지를 물어 왔으며, 나는 그녀에게 그 구조와 작동 원리를 가르쳐 주기까지 했다. 게다가 나는 한번 그녀에게 그 권총으로 표적을 쏘아 보도록 시키기까지 했다. 이 모든 사실들을 주의하시길.) 그녀의 놀란 시선에 전혀 주의를 기울이지 않고 나는 옷을 다 벗지 않은 채로 침대에 누웠다. 나는 매우 기진맥진한 상태에 있었다. 시간은 벌써 열한 시나 되었다. 그녀는 같은 자리에서 한 시간 정도나 꼼짝도 하지 않고 그대로 앉아 있었다. 그러더니 불을 끄고, 마찬가지로 옷을 입은 채 벽 쪽의 소파에 누웠다. 그것이 그녀가 내 곁에서 자지 않았던 첫번째 날이었다. 이 또한 주의해 주기 바란다……

6. 무시무시한 기억

이제 그 무시무시한 기억이다…….

아침에 잠이 깼다. 여덟 시쯤이었다고 생각된다. 방 안은 벌써 환해져 있었다. 나는 단번에 완전히 정신을 차리고 번쩍 눈을 떴다. 그녀는 손에 권총을 쥐고 테이블 옆에 서 있었다. 그녀는 내가 깨어나서 자기를 바라보고 있다는 것을 모르고 있었다. 갑자기 그녀가 일어나서 권총을 든 채로 나에게 다가오기 시작하는 것이 보였다. 나는 재빨리 눈을 감고 깊이 잠든 척했다.

그녀는 침대로 다가와서 나를 내려다보며 섰다. 나는 모든 것을 듣고 있었다. 죽음과도 같은 정적이 흘렀지만 나는 그 정적까지도 듣고 있었다. 그때 돌연한 움직임이 있었다. 나는 더 참지 못하고 나도 모르게 번쩍 눈을 떴다. 그녀가 똑바로 나를, 내 눈을 바라보고 있었으며, 총은 이미 내 관자놀이에 겨누어져 있었다.

두 사람의 눈길이 마주쳤다. 하지만 우리가 서로를 바라보고 있었던 것은 찰나에 지나지 않았다. 나는 다시 눈을 질끈 감았으며, 동시에 내 영혼의 힘을 다 짜내어 다짐했다. 어떤 일이 일어나더라도 이제는 더 이상 움직이지도 않고 눈을 뜨지도 않겠노라고.

실제로, 깊이 잠든 사람이 갑자기 눈을 뜨고 심지어는 순간적으로 머리를 들어 방 안을 둘러보다가, 다시 아무런 의식 없이 머리를 베개에 대고 아무것도 기억하지 못한 채 잠이 드는 경우도 종종 있다.

관자놀이에 겨눠진 권총을 느끼면서, 그녀와 시선이 마주친 다음 곧 다시 눈을 감고 마치 깊이 잠든 사람처럼 꼼짝 않고 있었을 때, 그녀는 틀림없이 내가 진짜로 잠이 들었으며 아무것도 보지 못했다고 생각했을 것이다. 내가 자기를 보고서도 그런 순간에 다시 눈을 감으리라고 생각하는 것은 도저히 있을 수 없는 일이다.

그렇다, 있을 수 없는 일이다. 그러나 반면 그녀가 사실을 알았을 수도 있다. 이런 생각이 또한 순간적으로 뇌리를 스쳤다. 오, 불과 그 한순간 내 머릿속에서 얼마나 많은 생각과 느낌들이 회오리치며 지나갔던가! 섬광과도 같은 인간의 사고 작용이여! 이때 나는 이런 느낌이 들었다. 만약 내가 자고 있지 않다는 사실을 그녀가 알고 있다면, 죽음을 받아들일 준비가 되어 있는 나의 태도에 그녀는 압도당할 것이며, 이로 인해서 지금 그녀의 손이 떨리고 있을 것이다. 앞서의 단호함은 새로운 극한적인 인상 때문에 흐트러질 수 있다. 흔히 말하기를 높은 곳에 서 있는 사람은 <u>스스로 절벽으로</u> 끌어당겨져서 추락한다고 한다. 나는 많은 자살이나 살인이 오로지 손에 이미 총이 쥐어져 있다는 이유만으로 저질러졌으리라 생각한다. 이 또한 절벽이다. 당신이 미끄러지지 않고는 못 배길 것 같은 45도의 경사 위에 있을 때, 무언가 거역할 수 없는 힘이 당신을 충동질하여 방아쇠를 당기게 되는 것이다. 하지만 내가 모든 것을 보았고 알고 있으며, 그럼에도 말없이 죽음을 기다리고 있다는 데 대한 자각이 그녀를 비탈에서 미끄러지지 않도록 제지했던 모양이다.

정적이 계속되었다. 관자놀이의 머리카락에 돌연 차가운 쇠붙이의 감촉이 느껴졌다. 당신은 물을 것이다. 내가 살 수 있으리라고 굳게 믿었느냐고. 신에게 맹세코 대답하겠다. 나는 아무런 기대도 가지지 않았다. 설령 있었더라도 그것은 1백 분의 1 정도의 확률이었다. 이번에는 내가 묻겠다. 그토록 사랑하던 사람이 나에게 총을 겨눈 이 마당에 그 이후의 삶이 무슨 의미가 있겠는가? 더욱이 나는 내 존재의 모든 힘을 통해 알고 있었다. 이 순간 우리들 사이에는 투쟁이, 삶과 죽음을 건 무시무시한 싸움이 벌어지고 있다는 것을. 또한 그것은 동료들에게 비겁한 행위로 몰려서 쫓겨난 바로 어제의 겁쟁이의 싸움이란 사실을. 나는 이를 알고 있었으며, 만약 내가 안 자고 있다는 것을 눈치 챘다면 그녀도 또한 알고 있을 사실이었다.

어쩌면 그러지 않았는지도 모른다. 그때 나는 어쩌면 그런 생각을 하지 않았는지도 모른다. 하지만 생각이 없었을지라도 그 모든 일은 분명히 있었다. 왜냐하면 나는 그 뒤로 생활 속에서 매 순간 그 장면을 떠올렸기 때문이다.

그러나 당신은 또다시 의문을 제기할 것이다. 어째서 그녀를 죄악으로부터 구하지 않았는가? 오, 나 자신이 이 질문을 1천 번도 넘게 했으며, 그때마다 나는 등골이 서늘해지면서 그 순간을 떠올렸다. 하지만 그때 내 영혼은 암흑의 절망 속에 놓여 있었다. 나는 멸망해 가고 있었던 것이다. 나 자신이 멸망하고 있는 마당에 내가 누구를 구원할 수 있겠는가? 게다가 그때 내가 누구를 구원할 생각이 있었는지 없었는지 당신이 어떻게 알겠는가? 내가 그때 어떤 기분이었는지 당신이 어떻게 알겠는가?

그렇지만 여전히 의식은 들끓고 있었다. 몇 초가 지났고, 죽음 같은 정적이 있었다. 그녀는 여전히 내 옆에 서 있었다. 그리고 불현듯 나는 희망으로 몸을 떨었다! 나는 번쩍 눈을 떴다. 그녀는 이미 방 안에 없었다. 나는 침대에서 일어났다. 나는 승리한 것이다. 그리고 그녀는 영원히 나에게 정복된 것이다!

나는 사모바르가 있는 곳으로 갔다. 우리 집에서는 늘 응접실에 사모바르를 준비해 두고 있었으며 언제나 그녀가 차를 따라 주었다. 나는 말없이 식탁에 앉아서 그녀가 따라 준 찻잔을 받았다. 5분 뒤에 나는 그녀 쪽으로 눈길을 돌렸다. 그녀는 끔찍이도 창백해져 있었다, 어제 저녁보다도 더욱. 그런 얼굴로 그녀는 나를 바라보고 있었다. 그러더니 갑자기, 갑자기, 내가 자기를 보고 있음을 알고서 창백한 입술에 창백한 미소를 짓는 것이었다. 미혹스런 의문을 눈에 담고서 아직까지도 의심을 품고 자문하고 있단 말인가? 〈그는 알까, 모를까, 그는 보았을까, 못 보았을까?〉 나는 무심하게 시선을 거두었다. 차를 마신 뒤에 나는 가게를 닫고 시장으로 가서 철제 침대와 병풍을 샀다. 집으로 돌아온 나는 침대를 홀에 갖다 놓고 병풍으로 가려 두도록 지시했다. 이것은 그녀를 위한 침대였지만 나는 그녀에게 한마디도 하지 않았다. 그리고 그녀는 이 침대를 통하여 내가 〈모든 것을 보았으며 모든 것을 알고 있음〉을, 그리고 이 점에 이제 아무런 의심의 여지가 없음을 깨달았다. 밤이 되자 나는 언제나처럼 테이블 위에 권총을 올려놓았다. 그녀는 자신의 새 침대에 말없이 누웠다. 밤중에 그녀는 헛소리를 했으며 아침이 되자 열병을 앓기 시작했다. 그렇게 하여 그녀는 6주 동안 누워 있었다.

제2부

1. 오만의 꿈

루께리야가 자기는 내 집에 더 이상 머물지 않을 것이며 아씨의 장례가 끝나는 대로 떠날 것이라고 선언했다. 나는 5분 동안 기도를 했다. 한 시간이라도 기도하고 싶었다. 하지만 계속 생각난다, 병적인 생각들이. 그리고 머리가 아프다. 기도를 해서 어쩌겠는가, 어차피 지은 죄인데! 이상하게도 자고 싶은 생각이 들지 않는다. 큰, 대단히 큰 고통 속에서 첫번째 격렬한 오열을 겪은 뒤에는 대개 잠을 자고 싶어하는 법이다. 사람들이 말하기를, 사형수들은 집행 전날 극도로 깊은 잠을 잔다고 한다. 그럴 법한 일이고 그것이 자연의 순리에도 맞는다. 그렇지 않을 경우 사람의 힘이 감당할 수 없을 테니까……. 나는 소파에 누웠지만 잠들 수 없었다…….

……그녀가 앓던 6주 동안 나와 루께리야 그리고 내가 병원에서 고용한 숙련된 간호사는 밤낮으로 그녀를 돌보았다. 돈은 아깝지 않았다. 오히려 그녀를 위해서 쓸 만큼 쓰고 싶었다. 나는 슈레제르 박사를 불렀으며 그가 한 번 왕진할 때마다 10루블을 지불했다. 그녀가 의식을 회복하고 나서는 되도록 그녀 앞에 모습을 나타내지 않았다. 그 밖에 또 무슨 얘기를 할까. 병석에서 일어난 뒤에 그녀는 내 방에서 내가 그녀를 위해서 특별히 구입한 테이블 앞에 조용히 그리고 말없이 앉아 있었다……. 그렇나,

우리가 완전히 침묵하고 있었던 것은 사실이다. 나중에 말을 주고받기 시작했다고는 해도 전부 일상적인 화제뿐이었다. 나는 물론 일부러 말을 많이 하지 않으려고 마음먹고 있었지만, 그녀 쪽에서는 오히려 쓸데없는 말을 하지 않아 좋다는 기색이 역력해 보였다. 그녀의 입장에서 보면 이는 지극히 당연하다고 여겨진다. 〈그녀는 꽤나 충격을 받았고 또 압도되어 있는 상태. 이제 그녀에게 필요한 일은 잊는 것, 그리고 익숙해지는 것이다〉라고 생각했다. 그런 식으로 우리는 침묵하고 있었지만, 나는 속으로 매순간 장래에 대비하고 있었다. 그녀 역시 그러리라는 생각이 들었으며, 이는 나를 지독히도 궁금하게 만들었다. 도대체 그녀는 지금 속으로 무슨 생각을 하고 있을까?

할 얘기가 또 있다. 오, 그녀가 앓고 있는 동안 내가 얼마나 괴로워하고 신음했는가는 아무도 모를 것이다. 하지만 나는 속으로만 앓았다. 루께리야 앞에서조차 나는 신음소리를 가슴속으로 꾹꾹 참아 눌렀다. 나는 그녀가 그 모든 것을 알지 못한 채 죽으리라고는 차마 상상할 수도 없었다. 큰 고비를 넘기고 그녀가 건강을 회복하기 시작했을 때 안도의 한숨을 쉰 일이 기억난다. 나아가서 나는 우리의 미래를 가능한 한 늦게까지 유보하고 모든 것을 현재의 모습대로 내버려 두기로 다짐했다. 그런데 그때 나에게는 무언가 이상하고 특이한 일이 생겼다. 다른 말로는 그걸 어떻게 표현해야 할지 모르겠다. 나는 환희에 차 있었다. 내가 그렇다는 것을 알고 있는 것만으로도 나는 충분히 만족스러운 기분이었다. 그렇게 겨울이 지나갔다. 오, 내가 태어난 이래로 그 겨울처럼 만족스러웠던 적은 없었다.

당신은 알 것이다. 내 삶 속에는 하나의 끔찍한 외적 상황이 있어서 그것이 지금까지도, 즉 아내로 인해 파국을 겪은 지금까지도 시시각각 나를 압박해 왔다는 것을. 바로 그 때문에 나는 오명을 쓰게 되었고 연대에서 추방되었다. 그 외적 상황이란 다름 아넌 나에 대한 사람들의 포악한 처사를 말한다. 그렇다, 동료들은 내 까다로운 성격 때문에 나를 좋아하지 않았다. 어쩌면 우스운 성격 때문인지도 모른다. 알다시피, 당신이 소중하고 의미 있게 여기는 것들이 한편으로 당신 동료들에게는 어째서인지 우습게 여겨지는 경우가 종종 있지 않은가? 오, 학교에 다닐 때도 아무도 나를 좋아하지 않았다. 언제 어디서나 나는 사랑을 받지 못했다. 루께리야도 나를 좋아할 수 없었다. 군대에서의 사건은 비록 나에 대한 미움의 결과였을지라도 우연적인 성격을 가졌다는 점에는 의심의 여지가 없었다. 있을 수도, 없을 수도 있는 사건 때문에, 다시 말해서 구름처럼 비껴 갈 수도 있었을 재수 없는 상황 때문에 파멸한다는 것은 참으로 굴욕적이며 견디기 힘든 일이다. 지성적인 존재에게 이는 모욕과 마찬가지이다. 사건은 다음과 같았다.

극장에서 휴식 시간에 나는 휴게실로 갔다. 기병 장교 A……v가 갑자기 들어오더니 그 자리에 있던 장교들과 청중들 앞에서 두 명의 기병 장교들과 함께 큰 소리로 떠벌렸다. 우리 연대의 베줌쩨프 대위가 복도에서 추태를 보였으며 〈암만해도 취한 것 같다〉는 얘기였다. 얘기는 거기서 더 나아가지 않았다. 그러나 베줌쩨프 대위는 사실 취하지도 않았으며 추태라는 것도 터무니없는 소리였음이 밝혀지고, 곧바로 추태에 관한 얘기는 실수였음이 드러나게 되었다. 기병 장교들은 곧 다른 일에 관해 떠벌리기 시작했으며 따라서 그 일은 그것으로 끝이었다. 하지만 다음날 그 일화는 우리 연대로 흘러 들어왔다. 당장 사람들 사이에서는 연대원 중에서 그 휴게실에 있었던 사람은 나밖에 없었으며, 기병 장교 A……v가 베줌쩨프 대위에 대해 불손한 언급을 했을 때 내가 A……v에게 다가가지도 않았을 뿐더러 주의를 주어서 그를 제지하지도 않았다는 소문이 돌기 시작했다. 하지만 도대체 내가 어떻게 했어야 한단 말인가? 만약에 그가 베줌쩨프에게 원한을 갖고 있었다면 그것은 두 사람의 개인적인 일일 터인데 무엇 때문에 내가 끼어든단 말인가? 그러나 장교들은 그 일이 개인적이 아니라 연대 전체에 관련된 문제라고 주장하기 시작했다. 또한 연대 장교들 중에서 휴게실에 있었던 장교가 나 혼자뿐이었으므로, 나는 거기에 있던 다른 장교들과 청중들 앞에서 우리 연대의 장교들이 자신과 연대의 명예에 소홀하다는 사실을 증명한 꼴이 되었다는 얘기였다. 나는 그런 식의 주장에 동의할 수 없었다. 그러자 사람들의 뜻이 나에게 전달되었던 바, 요컨대 늦기는 했지만 이제라도 내가 A……v와 공식적으로 시비를 가린다면 모든 일을 바로잡을 수 있으리라는 내용이었다. 나는 그럴 생각도 없는 데다가 매우 기분이 상해서 한마디로 거절해 버렸다. 그러고 나서 곧바로 전역했다. 이것이 사건의 전말이다. 나는 오만하게, 그러나 마음의 상처를 입고 연대를 떠났다. 내 의지와 이성은 추락하고 말았다. 때마침 모스끄바에 있던 처남이 얼마 안 되는 우리 집안의 재산을(보잘것없는 내 몫까지 포함하여) 탕진해 버린 탓에 나는 무일푼으로 거리에 나서게 되었다. 민간인 신분으로 일자리를 얻을 수도 있었지만 그러지 않았다. 빛나는 군복을 입었던 몸으로써 철도 같은 데에서 일할 수는 없었기 때문이다. 그래서 수치면 수치, 굴욕이면 굴욕, 전락이면 전락, 될 대로 돼라, 나빠질수록 더 좋다, 그것이 내가 선택한 길이었다. 그리하여 뱌젬스끼 집에서 보낸 기간을 포함하여 암울한 3년 간의 기억이 만들어진 것이다. 1년 반 전에 나의 대모(代母)였던 모스끄바의 부유한 노파가 죽었다. 그런데 뜻밖에도 그녀는 다른 상속자들 가운데서 나에게 3천 루블을 남기셨다. 나는 잠시 생각해 보고 당장 자신의 운명을 결정했다. 나는 사람들의 의견을 묻지 않고 전당포를 열기로 결심했다. 돈을 모으고 그 다음에는 집을 마련한다. 그리고 과거의 기억으로부터 멀어져서 새 삶을 시작한다, 그것이 내 계획이었다. 하지만 암울한 과거와 영원히 상처 입은 내 명예는 시시때때로 나를 괴롭혔다. 그러던 차에 결혼을 한 것이다. 우연이었는지 아니었는지 나도 모르겠다. 하여간 그녀를 집으로 데려오면서 나는 생각했다. 나에게는 친구가 너무도 필요했으며 그래서 지금 그 친구를 데려오는 것이라고. 그러나 이 친구는 준비와 손질을 필요로 하며 나아가서 정복되어야 할 존재라는 사실을 명백히 깨닫게 되었다. 그런데 내가 이 열여섯 살의 편견에 찬 소녀에게 당장 무엇을 설명할 수 있었겠는가? 가령, 끔찍한 권총 사건의 우연적인 도움이 아니었더라면, 내가 겁쟁이가 아니며 연대에서 나를 겁쟁이로 몬 것이 부당했다는 사실을 그녀에게 어떻게 납득시킬 수 있었겠는가? 그러던 중 때마침 그 사건이 벌어진 것이다. 그 권총을 견뎌 냄으로써 나는 내 자신의 모든 암울한 과거에 복수했다. 설령 아무도 이 사실을 모를지라도 그녀는 이를 알고 있으며 나로서는 그것이 전부인 것이다. 왜냐하면 그녀야말로 나의 전부이며 내가 꿈꾸는 미래의 모든 희망이기 때문이다! 그녀는 나 자신을 위해 마련한 유일한 인간이었으며, 나에게 그녀 외의 다른 사람은 필요 없었다. 그녀 또한 이 점을 깨닫고 있었다. 그녀는 최소한 내 적들과 공모하기 위해 설쳤던 일이 부당했음을 깨달았던 것이다. 이런 생각은 나를 기쁘게 했다. 그녀의 관점에서 볼 때 나는 더 이상 겁쟁이가 아니라 단지 별스러운 남자일 뿐이었다. 또한 이 생각은 모든 일이 지나간 이 마당에도 나에게 그다지 못마땅하게 여겨지지는 않았다. 별스러움은 결점이라기보다는 오히려 때때로 여성의 마음을 사로잡는 자질이기 때문이다. 한마디로 말해서 나는 고의로 결말을 늦춘 셈이다. 그 사건은 한동안 나를 안심시키기에 충분했을 뿐더러 내 공상에 꽤 많은 전망과 재료를 제공했다. 그런데 내가 공상가라는 그 점이 문제였다. 나에게는 재료가 충분하기 때문에 그녀가 기다릴 수 있으리라고 생각했던 것이다.

그리하여 이런 저런 기대 속에서 겨울이 지나갔다. 나는 그녀가 이따금 테이블 앞에 앉아 있을 때, 그 모습을 훔쳐보는 것을 좋아했다. 그녀는 침대보를 손보기도 하고 저녁에는 가끔 내 책장에서 가져온 책을 읽기도 했다. 책의 선택에 있어서도 분명히 내 쪽이 유리했다. 그녀는 거의 아무데도 나가지 않았다. 나는 매일 저녁 식사 후 땅거미가 질 무렵 운동삼아 그녀를 데리고 산책을 나갔다. 전처럼 완전히 말이 없지는 않았다. 나는 사이좋게 대화를 나누는 시늉을 내보려고도 했지만, 이미 말했듯이 두 사람 사이에는 꼭 필요한 말 외에는 오갈 수가 없는 상태였다. 나는 굳이 그 침묵을 깨뜨리려고 애쓰지 않았으며, 그럼으로써 그녀에게 〈시간을 주고 있다〉고 생각했다. 한데 내가 알아채지 못한 것이 있었다. 겨울이 끝날 때까지 내가 그것을 눈치 채지 못했다는 건 이상한 일이었다. 항상 그녀를 몰래 바라보곤 했는데도 한겨울 내내 한번도 그녀와 눈길이 마주친 적이 없었던 것이다! 나는 그것이 수줍음 때문이라고 생각했다. 사실 그녀는 병을 앓은 뒤에 너무도 탈진한 데다가 수줍은 모습을 하고 있었다. 아니다, 기다리자. 〈그러면 그녀 자신이 언젠가는 너에게로 다가올 것이다……〉

이런 생각은 견딜 수 없을 만큼 나를 기쁘게 했다. 한마디 더 보태겠다. 때때로 나는 마치 일부러 그러듯이 스스로를 부채질함으로써, 실제로 그녀가 증오스러워질 정도로 자신의 혼과 이성을 긴장시키곤 했다. 그리고 그런 상태가 얼마간 계속되었다. 그러나 나의 증오는 그 이상 자라나거나 내 마음속에 뿌리 내리지는 못했다. 사실 나 스스로가 이것이 그저 놀이 같은 것임을 느끼고 있었다. 침대와 병풍을 들여놓음으로써 혼인을 파기했던 그때조차도 나는 한번도, 정말 한번도 그녀에게서 죄를 찾지는 않았다. 이는 내가 그녀의 죄를 가볍게 판단해서가 아니라 그 첫날부터 ─ 어쩌면 새 침대를 사기 전부터 이미 ─ 그녀를 완전히 용서하기로 마음먹었기 때문이다. 내 입장에서 볼 때 이런 태도는 한마디로 말해서 이상한 일이었다. 왜냐하면 나는 도덕적으로 엄격했기 때문이다. 오히려 내 눈에 비친 그녀는, 철저하게 정복되었고 너무도 능욕받은 데다 지나치게 압도되어 있었기에 나는 이따금 괴로운 심정으로 그녀를 동정하곤 했다. 다만 그렇다고는 해도 그녀가 받은 모욕을 생각하는 일이 때때로 나를 즐겁게 한 것도 사실이다. 우리 둘이 이렇듯 평등하지 않다는 생각이 내 마음에 들었다…….

이 겨울에 나는 일부러 몇 가지 선행을 했다. 두 건의 빚을 탕감해 주었으며 어떤 가난한 여자에게는 저당물도 안 받고 돈을 준 것이다. 그리고 아내에게 그 사실을 말하지 않았다. 당초에 그녀가 알기를 바라고 한 일도 아니었지만. 그런데 그 여자가 스스로 와서는 머리를 조아리며 감사를 표시했다. 그렇게 해서 나의 선행이 알려지게 되었다. 아내는 그 사실을 알고서 만족스러워하는 것 같았다.

봄이 다가왔다. 어느덧 4월 중순, 덧창을 떼어내는 계절이 되었다. 태양은 밝은 햇살로 우리의 말 없는 방 안을 비추었다. 그러나 장막은 여전히 내 앞에 걸린 채 내 이성을 가리고 있었다. 무서운 운명의 장막! 어떻게 해서 그런 일이 일어났는지 모르겠지만, 갑자기 그 장막이 내 눈에서 걷히고 나는 불현듯 모든 것을 보고 이해할 수 있게 되었다! 우연이었을까, 아니면 그럴 만한 시기가 도래해서였을까, 그도 아니면 태양 빛이 무디어진 내 이성 속에 사고와 추리의 불을 지펴 준 까닭일까? 아니다, 그것은 사고도 추리도 아니었다. 갑자기 어떤 혈관이 작동하기 시작한 것이다. 죽어 가던 혈관이 떨리며 소생해서 무디어진 내 영혼과 내 악마적인 오만을 비춘 것이다. 그때 나는 자리에서 뛰어오를 뻔했다. 그렇다, 그 일은 참으로 갑작스럽게 벌어졌다. 이른 저녁, 다섯 시쯤, 저녁 식사를 마친 뒤에…….

2. 불현듯 장막이 걷히다

먼저 해둘 말이 있다. 한 달 전쯤에 그녀가 생각에 잠겨 있는 모습이 눈에 띄었다. 단순한 침묵이 아니라 깊은 생각에 빠져 있는 모습이었다. 이 또한 돌연한 변화였다. 그때 그녀는 바느질감에 머리를 숙이고서 일을 하고 있었는데, 내가 자기를 바라보는 것도 모르는 모양이었다. 그녀가 너무도 여위었다는 사실이 갑자기 나를 놀라게 했다. 얼굴은 창백했으며 입술이 하얗게 바랬다. 이 모든 점들은 생각에 빠진 그녀의 모습과 함께 나를 극도로 경악케 했다. 그전에 나는 이미 그녀가 밤중에 마른 잔기침을 하는 소리를 들은 적도 있었다. 나는 당장 일어나서 그녀에게는 아무 말도 하지 않고 슈레제르 박사를 불렀다.

다음날 슈레제르가 왔다. 그녀는 매우 놀라서 슈레제르와 나를 번갈아 쳐다보았다.

「나는 건강해요.」 모호한 미소를 띠며 그녀는 말했다.

슈레제르는 그녀를 대충 살펴보더니(이 의사란 작자들은 때때로 지독하게 태만하다) 옆방으로 나를 불러서, 그저 앓고 난 치레를 하는 것일 따름이라고 말했다. 그러면서 봄이 되면 어디 바닷가에라도 가든가 아니면 다차[3]에서 요양을 하는 것이 어떻겠느냐는 것이었다. 한마디로 말해서 의사는 그녀가 쇠약해 있거나 혹은 그런 비슷한 상태에 있다는 것 말고는 한 얘기가 없었다. 슈레제르가 떠난 뒤 그녀는 매우 진지한 표정으로 나를 바라보면서 다시 불쑥 말했다.

「난 건강해요, 정말 건강하다고요.」

하지만 그렇게 말하고 나서 그녀는 갑자기 부끄러움으로 얼굴을 붉혔다. 그것은 확실히 부끄러움의 표현이었다. 오, 이제야 나

---

3 도시 근교에 있는 여름 별장.

는 이해한다. 그녀는 내가 여전히 그녀의 남편이며 또한 실제 남편인 양 그녀를 염려하고 있다는 사실이 부끄러웠던 것이다. 그러나 그때 나는 그 사실을 알지 못한 채 그녀의 얼굴 붉힘을 수줍음 때문이라고 여긴 것이다(장막이다).

그로부터 한 달 후, 선명한 햇볕이 내리쬐던 4월의 어느 날 오후 다섯 시, 나는 계산대에 앉아서 셈을 맞추어 보고 있었다. 갑자기 우리 방에서 그녀가 자기 테이블에 앉아 일을 하면서 조그맣고 가느다랗게 노래하는 소리가 들렸다. 이 새로운 발견은 나에게 전율의 느낌을 불러일으켰다. 지금까지도 나는 그 느낌이 어떤 것이었는지 이해하지 못하고 있다. 나는 그때까지 그녀의 노래를 한번도 들어 본 적이 없었다. 처음 그녀를 집으로 데려왔을 무렵, 같이 권총 사격도 하며 즐거워할 수 있었던 그때조차도. 당시에 그녀의 목소리는 꽤나 힘차고 낭랑했으며 다소 위태롭기는 했지만 그래도 유쾌하고 건강했다. 지금 그녀의 노랫소리는 너무도 가냘프다. 뭐 꼭 구슬프다고까지는 할 수 없지만 그 소리에는 무언가 금이 간 듯한, 혹은 깨진 듯한 데가 있었으며 자기 통제력을 잃은 듯했다. 마치 노래 자체가 병을 앓고 있는 것 같았다. 그녀는 나지막이 노래하다가 갑자기 음을 높였는데 그 바람에 소리가 갈라지고 말았다. 그토록 가냘픈 목소리는 그렇게 애처롭게 끊어져 버렸다. 그러더니 그녀는 기침을 하고서 다시 조그맣게, 조그맣게 노래를 시작했다……

나의 흥분을 비웃을 것이다. 하지만 당신들은 내가 왜 그렇게 흥분했는지 결코 알 수 없다! 아니, 나는 여전히 그녀를 가엾게 여기지 않았다. 그 흥분은 전혀 다른 종류의 감정이었다. 처음에, 적어도 첫 몇 분 동안에 나는 당혹스러웠으며 대단히 놀랐다. 그것은 병적이면서도 거의 악의에 찬 감정이었다. 〈아니, 노래를 하다니, 그것도 내 앞에서! 나에게 한 짓을 잊었단 말인가?〉

완전히 기분이 상한 채 나는 그 자리에 머물러 있었다. 그러다가 문득 일어나서 아무 생각 없이 모자를 집어 들고 나섰다. 내가 어디로 왜 가는지도 모르면서. 루께리야가 일어나서 외투를 건네주었다.

「이 사람이 노래를 하나?」 나는 무심코 루께리야에게 물었다. 그녀는 알아듣지 못하고 나를 쳐다보았다. 무슨 말인지 모르겠다는 표정이었다. 사실 내 말뜻이 분명치가 않았다.

「이 사람이 노래를 부른 것은 이번이 처음인가?」

「아니오. 주인 어른께서 안 계실 때는 이따금 부르십니다.」 루께리야가 대답했다.

다 기억 난다. 나는 계단을 내려가서 거리로 나왔고, 그리고 발길 가는 대로 걸어갔다. 모퉁이를 지나서 어딘가를 바라보고 있었다. 지나가던 사람들이 나에게 말을 걸었지만 나는 아무것도 느끼지 못했다. 그러다가 마차를 불러 세워서 뽈리쩨이스끼 다리까지 가자고 했다. 하지만 얼마 안 가서 갑자기 멈추고는 마부에게 20꼬뻬이까를 주었다.

「괜한 수고를 끼친 대가요.」 멍하게 미소 지으며 내가 말했다. 하지만 내 가슴속에는 바야흐로 어떤 희열이 넘쳐 들었다.

나는 걸음을 재촉하여 집으로 향했다. 갈라지는 듯한 가냘픈 가락, 끊어질 듯한 그 가락이 다시 내 머릿속에서 울렸다. 나도 모르게 숨을 삼켰다. 내 눈앞에서 장막이, 장막이 걷힌 것이다! 그녀가 내 앞에서 노래를 불렀다면, 이는 나에 대한 일을 잊었다는 뜻이다. 이건 분명하고도 무서운 사실이었다. 나는 이 점을 절실히 깨달았다. 하지만 내 마음속에서는 희열이 공포를 이겨 냈다.

오, 운명의 아이러니여! 한겨울 동안 내 마음속에는 이 희열말고는 다른 무엇이 있지도 않았고, 있을 수도 없었단 말인가? 하지만 나는 겨울 내내 어디에 있었던 것일까? 나는 제정신으로 지냈던가? 나는 부리나케 계단을 뛰어 올라갔다. 내가 머뭇거리며 들어갔는지 어쨌는지는 잘 모르겠다. 다만 마루 전체가 물결치면서 내가 마치 강물 위를 떠가는 듯했다는 것만이 기억 난다. 나는 방 안으로 들어갔다. 그녀는 예의 그 자리에 앉아서 고개를 숙인 채 바느질을 하고 있었으며, 이제 노래는 부르고 있지 않았다. 그녀는 무관심하게 흘끗 내 쪽을 보았지만, 그것은 실제로 보았다기보다는 그저 누군가가 방 안에 들어왔을 때 보이는 일상적이고 무심한 몸짓에 지나지 않았다.

나는 그리로 곧장 다가가서 정신 나간 사람처럼 아내 옆에 있는 의자에 앉았다. 그녀는 놀란 듯이 나를 바라보았다. 그녀의 손을 잡고 뭔가를 말했지만 무슨 말을 했는지는 기억 나지 않는다. 나는 제대로 말도 못할 정도의 상태였다. 내 목소리는 토막토막 끊어졌고 잘 들리지도 않았다. 그야말로 난 무슨 말을 해야 할지 모르는 채 숨만 들이켰다.

「우리…… 저…… 뭐든 이야기를 합시다!」 갑자기 나는 뭔가 바보 같은 소리를 더듬거렸다. 오, 내가 제정신이었던가? 그녀는 몹시 놀라서 내 얼굴을 쳐다보더니, 몸을 떨며 흠칫 물러났다. 그녀의 눈에는 엄한 놀라움이 표현되어 있었다. 그렇다, 엄한 놀라움이었다. 그녀는 커다란 눈으로 나를 바라보고 있었다. 그 엄한 놀라움은 일격에 나를 분쇄하고 말았다. 〈그래서 당신이 아직 사랑을 한다고? 사랑을?〉 비록 말은 안 하고 있었지만 그녀는 마치 그렇게 묻고 있는 듯했다. 그러나 나는 전부 읽고 있었다, 전부를. 내 몸 안에 있는 모든 것이 떨리면서 나는 그녀의 발 밑에 허물어졌다. 그렇다, 나는 그녀의 발 밑에 몸을 던졌다. 그녀가 황급히 몸을 일으켰지만 나는 혼신의 힘으로 그녀의 손을 붙잡았다.

그리고 나는 나의 좌절을 이해하고 있었다, 오, 이해하고말고! 그러나 믿기 힘들겠지만, 내 가슴속의 희열이 억누를 수 없을 정도로 끓어오르고 있었기 때문에 나는 내가 죽는 줄만 알았다. 나는 환희와 행복에 휩싸인 채 그녀의 발에 입 맞추었다. 그렇다, 잴 수도 없고 끝도 없는 행복 속에서, 그리고 한편으로는 출구 없는 좌절에 대한 자각 속에서! 나는 울면서 무언가를 말하려 했지만 아무 말도 할 수 없었다. 경악과 공포는 그녀의 마음속에서 돌연 불안한 상념으로, 강한 의문으로 바뀌었다. 그녀는 이상한, 심지어는 거친 눈으로 나를 바라보면서 무언가를 조금이라도 빨리 이해하려고 애쓰다가 미소를 지었다. 그녀는 내가 입 맞춘 것을 몹시 부끄러워하면서 발을 빼냈다. 하지만 나는 그녀의 발이 놓였던 마루 위의 그 자리에 다시 입 맞추었다. 그녀는 이걸 보더니 갑자기 부끄러운 듯 웃기 시작했다(당신도 부끄러울 때 웃는 게 어떤 건지는 알 것이다). 히스테리가 시작되었다. 그녀의 손이 떨리는 것을 보고 알 수 있었다. 하지만 나는 거기에 대해서는 생각하지 않고 줄곧 그녀에게 중얼거리기만 했다. 그녀를 사랑한다고, 그리고 이 자리에서 일어나지 않을 것이라고.「당신 옷에 입 맞추게 해주오……. 이렇게 일생 동안 당신을 숭배하게 해주오…….」모르겠다, 기억이 나지 않는다. 갑자기 그녀가 흐느끼기 시작하더니 몸을 부르르 떨었다. 끔찍한 히스테리 발작이 닥친 것이다. 내가 그녀를 놀라게 했다.

나는 그녀를 침대로 데려갔다. 발작이 지나간 뒤, 침대 위에 앉은 그녀는 필사적인 표정으로 내 손을 움켜쥐고 나에게 진정하라고 간청했다.「제발 스스로를 괴롭히지 말아요, 진정해요!」그러더니 또다시 울기 시작했다. 저녁 내내 나는 그녀에게서 떨어지지 않았다. 그리고 2주 뒤, 당장 그녀를 볼로뉴로 데려가서 해수욕을 할 거라고 말했다. 또한 그동안 그녀의 목소리가 너무 쇠약해졌고, 가게를 도브론라보프에게 팔 거라는 얘기도 했다. 그리고 계속해서 말했다. 이제 완전히 새로운 삶이 시작될 거라고, 그것도 볼로뉴, 볼로뉴에서 말이다. 그녀는 내 이야기를 들으면서 두려워할 뿐이었다. 그녀의 두려움은 점점 커가기만 했다. 그러나 그것은 내게 중요하지 않았다. 나는 다만 그녀의 발치에 다시 엎드려서 입 맞추고, 그리고 그녀의 발이 놓였던 땅 위에 입 맞추며 애원하고 싶은 심정만 가득했을 뿐이다. 「더 이상 나는 아무것도, 아무것도 묻지 않겠소.」 나는 쉬지 않고 뇌까렸다. 「아무 대답도 하지 말아요. 나에게 신경 쓰지도 말아요. 그저 내가 구석에서 당신을 바라볼 수 있게만 해줘요. 나를 당신의 물건처럼, 당신의 개처럼 대해 줘요……」 그녀는 울고 있었다.

「나는 당신이 그렇게 날 내버려 두리라고 생각했어요.」 그녀에게서 무심결에, 그야말로 무심결에 그런 말이 튀어나왔다. 어쩌면 그녀 스스로도 자기가 뭐라고 말했는지 전혀 몰랐던 것 같다. 오, 그것은 그날 저녁 내가 들은 말 중에서 가장 중요하고 운명적인, 그리고 가장 잘 이해되는 말이었다. 그 말은 마치 단검으로 내 가슴을 도려내는 것 같았다! 그 말은 나에게 모든 것을 설명해 주었다. 하지만 그녀가 내 옆에, 내 눈앞에 있는 동안 나는 견딜 수 없을 만큼 간절한 심정이었으며 너무도 행복했다. 오, 그날 저녁 나는 지독히도 그녀를 지치게 했다. 그것을 알고 있으면서도 나는 줄곧 생각할 뿐이었다. 지금 모든 일을 마무리지어 버리자고! 마침내 밤이 되자 그녀는 완전히 탈진해 버렸다. 나는 그녀가 잠을 자도록 설득했고, 그래서 그녀는 곧 깊이 잠이 들었다. 나는 그녀가 잠꼬대하기를 기다렸다. 잠꼬대가 있기는 했지만 그저 사소한 것뿐이었다. 밤중에 나는 거의 몇 분마다 잠이 깨어서 살그머니 슬리퍼를 신고 그녀를 보러 갔다. 나는 그녀의 머리맡에서 손을 쥐어짜며, 이 병약한 존재가 3루블을 주고 산 엉성한 철제 침대 위에서 자고 있는 모습을 내려다보았다. 무릎을 꿇고 앉았으나 감히(그녀의 허락도 없이!) 잠자는 그녀의 발에 입 맞출 수는 없었다. 그냥 그 자리에서 기도를 하다가 나는 화들짝 놀라 일어났다. 루께리야가 나를 바라보고 있었다. 그녀는 줄곧 부엌에서 나와 방을 살펴보곤 했던 모양이다. 나는 루께리야에게로 가서 자도록 이르고는 내일부터 〈완전히 새로운 생활〉이 시작될 거라고 말해 주었다.

그리고 나는 그걸 맹목적으로, 미친 듯이 굳게 믿고 있었다. 오, 희열이, 희열이 나를 압도했던 것이다! 나는 오로지 내일만을 기다렸다. 요컨대 나는 병적인 징후에도 불구하고 아무런 불행도 걱정하지 않았다는 얘기다. 장막이 걷혔지만 내 이성은 아직도 돌아올 줄 몰랐다. 그리고 그것은 그 뒤로도 오랫동안 돌아오지 않았다. 오, 오늘까지도 바로 오늘까지도! 하기야 어떻게 돌아올 수 있었겠는가. 그때 그녀가 아직 살아 있었는데, 그녀가 그렇게 내 앞에 있었고, 내가 그녀 앞에 있었는데. 〈내일 그녀가 잠이 깨면 모든 것을 말해야지, 그러면 그녀도 다 알게 될 거야.〉 그것이 당시의 내 판단이었다. 단순하고도 명쾌했다. 희열 때문이었다! 무엇보다도 볼로뉴로의 여행이 나를 흥분시켰다. 어쩐 일인지 나는 무조건 볼로뉴면 다 된다고 생각했다. 볼로뉴에 무언가 결정적인 의미가 담겨 있다고 느꼈던 것이다. 〈볼로뉴로, 볼로뉴로⋯⋯!〉. 나는 미친 듯이 아침을 기다렸다.

3. 너무 잘 이해한다

사실 이것은 겨우 며칠 전의 일이다. 닷새 전, 겨우 닷새 전, 지난주 화요일! 아니, 아니야, 잠깐만이라도, 그녀가 그저 잠시만이라도 기다려 주었더라면 나는 어둠을 거두어 버릴 수 있었을 텐데! 그녀는 완전히 안정을 찾지 못했던 것일까? 다음날 그녀는 이미 미소를 띠고 내 말에 귀를 귀울였다. 거북스러워하긴 했지만⋯⋯. 사실 그 기간 중에, 즉 닷새 내내 그녀는 거북스럽고도 수치스럽게 느끼는 것 같았다. 또한 몹시, 몹시도 두려워했다. 굳이 반박하지 않겠다. 사실 나는 정신병자와 다를 바 없었다. 〈두려웠겠지. 그녀가 어떻게 두려워하지 않을 수 있었겠는가?〉 정말이지 너무도 오랫동안 우리는 서로 남처럼 지냈다. 서로에게서 너무도 멀어져 있었다. 그러다가 갑자기 이렇게…… 하지만 나는 그녀의 두려움을 고려하지 않았다. 새로운 생활이 펼쳐졌는걸……! 의심할 여지 없이 그건 내 실수였다. 더군다나 실수치고 치명적인 실수였다고 할 수 있다. 다음날 깨어나자마자, 당장 아침부터(수요일이었다) 나는 실수를 저질렀다. 갑작스럽게 그녀를 친구로 만들고 만 것이다. 나는 너무도, 너무도 서둘렀다. 하지만 참회는 필요할 뿐만 아니라 불가피한 것이었다. 그렇다, 더욱 많은 참회를! 나는 일생 동안 자신에게조차 감춰 왔던 진실도 숨기지 않았다. 내가 겨울 내내 그녀의 사랑을 확신하고 있었음을 터놓고 말했다. 나는 전당포가 단지 내 의지와 이성의 전략일 뿐이며 자학과 자찬을 위한 사적인 궤변에 다름 아니었다고 설명했다. 나는 그녀에게 그때 휴게실에서는 실제로 겁을 냈으며 그것은 나의 성격, 즉 지나친 회의심 탓이었다고 설명했다. 요컨대 그 상황이, 휴게실이 나를 압도했다, 도대체 내가 어떻게 보일까, 바보처럼 보이지나 않을까 하는 생각이 나를 압도했다, 그리고 내가 두려워한 것은 결투가 아니라 바보 같아 보이는 것이었다는 얘기였다……. 나중에는 이미 그런 고백을 하기가 싫었고 이 때문에 모든 사람들을 그리고 그녀를 괴롭게 만들었으며, 그녀와 결혼함으로써 결국 그녀를 괴롭히게 되고 말았다는 얘기도 했다. 이런 얘기들을 나는 거의 열에 들떠서 주절거렸다. 그녀는 내 손을 붙잡고 그만두기를 부탁했다. 「당신은 과장하고 있어요……. 자학하고 있는 거라고요.」 그러더니 또 눈물을 흘리기 시작했으며, 또 한번 발작을 할 뻔했다! 그녀는 내가 아무 말도 하지 않고 기억도 하지 말기를 계속해서 애원했다.

　나는 그녀의 애원을 무시했거나 아니면 거의 주의를 기울이지 않았다. 봄에는 볼로뉴로 간다! 거기에는 태양이, 우리의 새로운 태양이 있다! 나는 줄곧 이 말만을 했다. 나는 가게를 닫고 도브론라보프에게 사업을 넘겼다. 그리고 그녀에게 제안했다. 대모

(代母)에게서 물려받은 원금 3천 루블만 남기고 모든 재산을 가난한 사람들에게 나누어 주자, 그리고 우리는 그 3천 루블로 볼로뉴에 다녀오는 거다, 거기서 돌아온 다음에는 새로운 노동의 삶을 시작하자, 이런 얘기였다. 그녀가 아무 말도 안 했으므로 일은 그렇게 결정이 되었다……. 그녀는 그저 미소만 지을 뿐이었다. 그녀의 미소는 나를 자극하지 않으려는 배려에서 비롯된 것임에 틀림없었다. 물론 내가 그녀에게 부담을 주고 있다는 사실은 알고 있었다. 내가 그것도 알아차리지 못할 만큼 멍청한 에고이스트라고 생각하지는 마시길. 나는 모든 것을 최후의 모습까지 낱낱이, 그리고 누구보다 잘 보고 있었다. 내 모든 절망이 목전에 닥친 것이다!

나는 그녀에게 나와 그녀에 관해 이야기했다. 그리고 루쩨리야에 대해서도. 내가 울었다는 얘기도 했다……. 오, 나는 화제를 바꾸어서 그녀가 이런 저런 일들을 상기하지 못하게 하려고 노력도 해보았다. 그래서 그녀가 한두 번인가 생기를 되찾았던 기억이 난다! 어째서 당신은 내가 모든 것을 보고 있으면서도 그 실제를 아무것도 몰랐다고 말하는가? 이 일만 없었더라면 모든 것이 부활했을 것이다. 그저께 우연히 독서에 관한 화제가 나와서 지난 겨울 동안 읽은 것에 관해서 이야기하게 되었을 때, 그녀는 웃으면서 질 블라스[4]와 대주교 그르나드의 한 장면을 떠올렸다. 그 어린애 같은 귀여운 웃음, 그것은 예전 약혼 시절의 모습과 똑같았다(순간! 순간이여!). 난 얼마나 기뻤던지! 하지만 나는 매우 놀랐는데, 그것은 다름 아닌 대주교 때문이었다. 결국 그녀는 겨

---

4 프랑스 작가 르사주(Alain-René Lesage, 1668~1747)의 피카레스크 소설 『질 블라스 드 샹틸란의 이야기 *L'Histoire de Gil Blas de Santillane*』에 나오는 주인공. 르사주의 소설은 질 블라스가 평민에서 귀족으로 출세하는 과정을 그리고 있다. 여기 언급된 장면은 질 블라스가 대주교의 밑에서 견습 생활을 하던 때의 일을 가리키고 있다.

울 동안 앉아서 그런 걸작을 읽으며 웃어 댈 정도로 마음의 평안과 행복을 찾았다는 뜻이 아닌가. 이는 내가 그녀를 그렇게 버리리라고 완전히 믿기 시작하면서 그녀에게 완전한 평안이 시작되었다는 의미에 다름 아니다. 〈나는 당신이 그렇게 날 내버려 두리라고 생각했어요.〉 그녀가 화요일에 이렇게 말하지 않았던가! 오, 열 살짜리 계집아이 같은 생각이라니! 그녀는 모든 것이 실제로 그렇게 되리라고, 즉 그녀는 자기 테이블 앞에, 그리고 나는 내 테이블 앞에 따로 앉아서 지내는 삶이 예순 살이 될 때까지 계속되리라고 생각했던 것이다. 그런데 갑자기 내가 남편으로서 이렇게 다가왔으며 그 남편에게 사랑이 필요하게 된 것이다! 오, 오해여, 오, 나의 무지여!

내가 항상 열광에 사로잡힌 채 그녀를 본 것 또한 실수였다. 자제할 필요가 있었다. 왜냐하면 내 열광이 그녀를 당혹스럽게 했기 때문이다. 하지만 나름대로 자제했던 것도 사실이다. 나는 더 이상 그녀의 발에 입 맞추지는 않았다. 나는 한번도 내가 뭐랄까…… 남편이라는 티를 내지 않았다. 오, 내 마음속에는 그런 생각이 자리해 본 적이 없다. 난 그저 숭배할 따름이었다! 하지만 완전히 침묵하고 있을 수는 없는 일이었다. 어쨌든 무언가 이야기는 해야 하지 않겠는가! 언젠가 나는 느닷없이 그녀와의 대화가 즐거우며 그녀가 나와는 비교할 수도 없을 만큼 교양 있고 성숙하다고 얘기하고 말았다. 그녀는 몹시 얼굴을 붉히며 어쩔 줄 모르고 내가 과장하고 있다고 말했다. 그러자 나는 그만 멍청하게도 자신을 억제하지 못하고 말했다. 그때 문 뒤에서 그녀가 논쟁하는 것을 들으면서, 자신의 결백함으로 그 괴물을 압도하는 것을 들으면서 얼마나 희열에 찼는지, 그리고 어린애 같은 순진함 속에서 발휘되는 그녀의 지성과 눈부신 재치를 내가 얼마나 즐겼는지를. 그녀는 또다시 몸을 떨면서 내가 과장하고 있다고 더듬거리며 말하려 했다. 그러다가 갑자기 안색이 어두워지면서 손으로 얼굴을 가리고 흐느끼기 시작했다……. 더 이상 억제할 수가 없었다. 또다시 그녀 앞에 몸을 던지고, 또다시 그녀의 발에 입을 맞추었고, 또다시 그녀의 발작으로 그 장면이 끝났다. 그때는 화요일이었다, 바로 어제 저녁. 그리고 아침에는…….

아침이라고? 미친놈, 그건 바로 오늘 아침이었잖아, 바로 조금 전, 조금 전!

듣고서 잘 생각해 보시라. 우리가 조금 전 사모바르가 있는 곳으로 왔을 때(어젯밤의 발작이 있었던 뒤임에도 불구하고), 그녀는 놀랄 만한 평정을 보여 주었다. 정말로 그랬다! 하지만 나는 어젯밤 사건 때문에 밤새 두려움에 떨고 있었다. 그런데 그녀가 내 앞으로 다가와 서더니 팔짱을 낀 채로(조금 전, 조금 전에!) 말하기 시작했다. 그녀는 자신이 죄인이라는 것, 자신의 죄로 겨울 내내 괴로웠다는 것, 그리고 지금도 괴롭다는 얘기를 했다……. 나의 관용에 너무도 감사한다는 얘기도 했다……. 〈나는 당신의 충실한 아내가 되겠어요……. 나는 당신을 존경할 거예요…….〉 나는 그녀에게 달려들어 미친놈처럼 그녀를 포옹했다! 나는 그녀에게 입 맞추었다. 그녀의 얼굴, 그녀의 입술에, 남편으로서. 그 긴 별거 뒤에 처음으로. 그러고 나서 나는 조금 전에 나왔다. 기껏해야 두 시간 정도……. 우리의 외국행 여권 일로……. 오 하느님! 고작 5분, 5분을 빨리 돌아올 수 없었단 말인가……? 우리 집 문 앞에 모여 있던 군중들, 나를 보는 그들의 시선…… 오 맙소사!

루께리야의 말로는(오, 나는 이제 무슨 일이 있더라도 루께리야를 내보내지 않을 것이다. 이 여자는 모든 것을 안다. 이 여자는 지난 겨울 내내 우리와 함께 있었다. 이 여자는 나에게 모든 것을 이야기해 줄 것이다) 내가 집을 나가 있을 때, 그러니까 내가 돌아오기 20분 전쯤에, 그녀가 문득 무언가를 물어보기 위해 — 무엇이었는지는 기억이 안 난다 — 아내의 방으로 들어갔다는 것이다. 거기서 그녀는 성상(바로 그 성모상이다)이 꺼내어져서 아내 앞에 있는 책상 위에 놓여 있었으며, 아내가 그 앞에서 기도하고 있는 것을 보았다. 「어쩐 일이세요, 마님?」 「아무것도 아니야, 루께리야, 나가…… 잠깐, 루께리야.」 아내는 그녀에게 다가와서 입을 맞추었다. 「행복하신가 보지요, 마님?」 「그래, 루께리야.」 「주인 어른이 진작에 마님께 와서 용서를 구했어야 했는데…… 어쨌든 두 분이 화해해서 다행이에요.」 「됐어, 루께리야, 나가요, 루께리야.」 그리고 아내는 미소를 지었다고 한다. 퍽이나 이상한 미소를. 너무나도 이상해서 루께리야는 10분 뒤에 갑자기 그녀를 살피러 돌아왔다. 「마님은 벽 쪽, 바로 창문 옆에 서 계셨어요. 팔을 벽에 대고 그 팔에 머리를 기댄 채로 서서 생각에 잠겨 있었지요. 너무나 생각에 몰두하고 있었기 때문에 제가 이쪽 방에 서서 쳐다보고 있는 것도 알아차리지 못했어요. 마님이 미소 짓는 것을 본 듯해요. 서서 생각을 하시다가 또 미소를 지으시더라고요. 저는 잠깐 마님을 보고 있다가 살며시 돌아서서 나갔지요. 문득 창문을 여는 소리가 들렸다고 생각했어요. 당장에 가서 이렇게 말했지요. 〈바람이 차요, 마님, 감기 걸리시겠어요.〉 그런데 갑자기 마님이 창 위에 서 계신 게 보였어요. 열려진 창 위에 벌써 완전히 올라서 계신 거예요. 손에는 성상을 쥐고서 저에게 등을 돌린 채로. 가슴이 덜컹 내려앉으면서 소리 질렀죠. 〈마님, 마님!〉 마님은 그 소리를 듣고서 저를 돌아볼 듯이 몸을 움찔했어요. 하지만 돌아보지 않으시고 그냥 발을 떼시더니 성상을 가슴에 안고 창에서 몸을 던지셨죠!」

내가 기억하는 것은, 대문에 들어섰을 때 그녀가 아직 따뜻했다는 사실뿐이다. 중요한 것은 그들 모두가 나를 응시하고 있었다는 점이다. 처음에 그들은 소리를 질렀는데, 곧 이어 잠잠해지더니 나에게 길을 내주었다. 그리고…… 그리고 그녀는 성상을 안고 누워 있었다. 어둠 속에서 내가 말없이 다가가서 한참 동안 그녀를 바라보고 있던 것이 기억 난다. 사람들이 전부 내 주위로 모여들면서 무언가 내게 말을 했다. 거기에 루께리야도 있었지만 나는 알아차리지 못했다. 그녀가 나에게 무슨 말인가를 했다고 한다. 하지만 나는 단지 한 상인만을 기억할 뿐이다. 그는 나에게 줄곧 이렇게 소리쳤다.「입에서 피가 한 움큼 나왔어요. 한 움큼, 한 움큼!」그러고는 돌 위에 흘린 피를 가리키는 것이었다. 아마도 나는 피를 만지면서 손가락을 문질렀던 모양이다. 내가 손가락을 바라보고 있던 기억이 난다. 그는 계속해서 나에게 소리쳤다.「한 움큼이에요. 한 움큼!」

「그래, 한 움큼이 어쨌다는 거야?」내가 있는 힘을 다해 소리지르고는 손을 쳐들며 그에게 달려들었다고 한다……

오, 터무니없다, 터무니없어! 말도 안 돼! 사실이 아니야! 있을 수 없는 일이야!

4. 고작 5분이 늦어서

그럴 수 있을까? 과연 진실일까? 이런 일이 가능하다고 할 수 있을까? 왜, 무엇 때문에 그녀는 죽었을까?

오, 믿어 달라, 나는 이해한다. 하지만 그렇더라도 왜 그녀가 죽었는지는 여전히 의문이다. 나의 사랑이 두려웠던 것일까. 그래서 자신에게 심각하게 자문했던 것일까. 내 사랑을 받아들일지, 안 받아들일지 하는 질문을 감당할 수가 없어서 차라리 죽는 게 낫다고 생각한 것일까. 알겠다, 알겠어, 골치 썩일 필요가 없다. 그녀는 너무 많은 약속들에 부담을 느끼고 두려웠던 것이다. 감당할 수가 없었던 것이다. 그건 분명하다. 바로 거기에 그토록 끔찍한 상황들이 있었던 것이다.

그래서 그녀는 죽은 것인가? 질문은 여전히 남아 있다. 그 질문이 나의 뇌수를 두드리고 있다. 나는 그녀를 그대로 내버려 둘 수도 있었다. 그녀가 그렇게 계속되길 원했다면 말이다. 그녀는 그 점을 믿지 못했던 것이다. 바로 그것이다! 아니, 아니야, 나는 거짓말을 하고 있어, 그것은 사실이 아니다. 단지 그녀는 나를 너무 순수하게 대했을 뿐이다. 장사꾼을 사랑하는 것이 아니라 인간 그 자체를 사랑하는 일이 문제였던 것이다. 장사꾼에게나 어울릴 것 같은 사랑을 하기엔 그녀는 너무도 순결하고 순진했다. 그녀는 나를 속이고 싶지 않았던 것이다. 반만큼, 혹은 4분의 1만큼 사랑하면서 마치 진실로 사랑하는 듯이 나를 기만하고 싶지 않았던 것이다. 너무도 순결했기 때문이다, 바로 그것이다! 기억할지 모르겠지만, 나는 넓은 마음을 지니고 싶어했다. 이상한 생각이겠지.

참으로 궁금한 일이 있다. 그녀는 나를 존경했을까? 그녀가 나를 경멸했는지 아닌지 나는 모르겠다. 경멸했을 것 같지는 않다. 참으로 이상하다. 지난 겨울 내내 그녀가 나를 경멸할지도 모른다는 생각이 왜 한 번도 들지 않았던 것일까? 그녀가 나를 엄격한 놀라움으로 바라보기 직전까지만 해도 나는 그 반대의 경우를 굳게 믿고 있었다. 엄격한 놀라움, 바로 그것이다. 그 순간 나는 그녀가 나를 경멸하고 있다는 사실을 곧바로 알아차렸다. 결정적으로, 영원히 알아차렸다! 아, 경멸하고픈 대로 경멸하라고 내버려 둘 것을, 설령 일생 동안일지라도. 단지 그녀가 살아 있기만 하다면! 조금 전만 해도 돌아다니면서 말을 했는데. 그녀가 어떻게 창에서 몸을 던졌는지 정말로 이해할 수 없다! 5분 전만 해도 그런 일을 내가 상상이나 할 수 있었겠는가? 나는 루께리야를 불렀다. 이제 나는 무슨 일이 있어도 루께리야를 내보내지 않을 것이다, 무슨 일이 있어도!

오, 우리는 화해할 수가 있었는데. 우린 겨울 내내 서로 끔찍이도 멀어지려고만 했다. 하지만 다시 친해질 수도 있었지 않은가? 왜, 왜 우리는 화해하고서 다시 새로운 인생을 시작할 수 없었단 말인가? 나는 관대하고 그녀 또한 마찬가지이다. 그러니 둘이 결합할 수 있었지 않은가! 몇 마디만 더 했더라면, 더도 말고 이틀만 더 주어졌더라면 그녀는 모든 것을 이해했을 텐데.

무엇보다도 모욕적인 것은 이 모두가 돌발적인 사고라는 점이다. 단순하고 야만스럽고 멍청한 사고인 것이다. 이거야말로 모욕이다! 5분, 겨우 5분을 늦다니! 5분만 일찍 왔더라면 그 순간은 마치 구름처럼 비껴 지나갔을 텐데. 그리고 그녀는 이후로 다시는 그런 생각을 안 했을 텐데. 그녀가 모든 것을 이해하는 쪽으로 결말이 났을 텐데. 그런데 지금 이 방은 또다시 비어 있고, 나는 또다시 혼자다. 시계추가 똑딱거리고 있다. 시계추는 아무 관심도 없겠지. 시계추는 아무것도 아쉬울 게 없으니까. 아무도 없다. 그것이 문제다!

나는 걷고 또 걷는다. 알아요, 알아. 속삭일 필요 없어. 당신은 내가 이 사건에 대해, 그리고 5분 늦은 것에 대해 안타까워하는 것이 우습겠지? 하지만 이건 분명하다. 한번 생각해 보라. 그녀는 유서 한 장 남기지도 않았다. 으레 그러듯이 〈내 죽음에 대해 아무에게도 책임을 묻지 마세요〉라든가 하는 유서조차도 없었던 것이다. 도대체 그녀는 사람들이 루께리야를 들러댈 수 있으리라는 짐작도 못했단 말인가? 그들은 이렇게 말했을 수도 있다. 〈그녀와 함께 있었던 것은 너 혼자뿐이니까, 네가 그녀를 민 거야〉라고. 만약 옆 건물 창가와 마당에 있던 네 사람이 그녀가 성상을 손에 들고 서서 스스로 뛰어내린 것을 보지 못했더라면 사람들은 무고한 루께리야를 끌고 갔을지도 모른다. 하지만 그것은 사람들이 본 그대로 사고였다. 아니, 이 모든 것은 순간이다. 단지 아차 하는 순간. 돌발성 그리고 환상! 도대체 성상 앞에서 기도한 것이 어쨌다는 말인가? 죽음 앞에서 그건 아무 의미가 없다. 그 순간은 기껏해야 10분 남짓 계속되었겠지. 모든 것은 그동안에 결정된 것이다. 그동안 그녀는 벽에 기대어 서서 팔에 얼굴을 묻고,

그리고 미소를 지었겠지. 머릿속에 언뜻 생각이 떠오르고, 그 생각이 회오리쳤겠지. 그녀는 그 생각을 견뎌 내지 못한 것이다.

뭐라고 하든 간에 여기에는 명백한 오해가 있다. 나와 더 살 수 있었던 것이다. 하지만 만약 빈혈이었다면? 단지 빈혈 때문에, 삶의 에너지가 소진되었기 때문이라면? 그녀가 겨울 동안 기력을 잃어서, 그래서……

늦었다!

관 속에 있는 그녀는 얼마나 여위었던지, 그 코는 얼마나 뾰족해졌던지! 속눈썹은 마치 화살 같다. 어떻게 떨어졌기에 다치거나 깨진 데도 없어! 단지 그 〈한 움큼의 피〉뿐. 디저트 스푼 분량이다. 내출혈. 기묘한 생각이 떠올랐다. 그녀를 묻지 않을 수도 있지 않을까? 왜냐하면 그녀를 데려가 버리면…… 오, 아니다. 데려간다는 건 말도 안 돼! 오, 나도 안다. 그녀를 데려가야 한다는 것을. 나는 미친놈도 아니며 결코 헛소리 같은 것은 하지 않는다. 오히려 어느 때보다도 말짱한 정신이다. 하지만 또다시 이 집에 아무도 없게 되다니. 두 개의 방 속에서 또다시 저당물에 둘러싸여 혼자 있어야 하다니. 헛소리, 헛소리, 이거야말로 헛소리다! 내가 그녀를 괴롭혔던 것이다. 바로 이것이다!

당신들의 법이 지금 나에게 무슨 의미가 있겠는가? 당신들의 관습, 당신들의 풍속, 당신들의 생활, 당신들의 정부, 당신들의 믿음이 나에게 무슨 소용이 있겠는가? 당신들의 재판관더러 나를 심판하라고 해보라지. 나를 법정으로, 당신들의 공개 법정으로 데리고 가보라지. 그러면 나는 아무것도 인정하지 않겠노라고 말할 테다. 재판관은 소리치겠지. 〈닥치시오, 장교!〉 그러면 나는 그에게 외칠 테다. 〈당신이 무슨 힘을 가졌기에 내가 복종해야 한단 말이오? 암울한 어리석음이 세상에서 가장 소중한 것을 부수어 버렸는데 나에게 지금 당신들의 법률이 무슨 의미가 있소? 나는 당신들과 결별하겠소.〉 오, 나는 아무래도 상관없다!

눈먼, 눈먼 여인이여! 죽은 여인은 듣지 못하겠지! 내가 그대에게 어떤 천국을 가져다 주려 했는지 그대는 아는가? 그 천국은 내 머릿속에 있었다. 나는 그것을 그대 주변에 가져다 놓으려 했어! 그래, 그대는 나를 사랑하지 않았단 말인가? 아무렴, 그래서 어쨌다는 건가? 모든 것이 그대로였더라면, 모든 것이 그대로 남아 있었더라면. 그저 친구처럼 나와 이야기할 수 있었는데. 그것으로 즐거워하고, 유쾌하게 웃으며 서로의 눈을 바라볼 수 있었는데. 그렇게 살 수 있었는데. 혹시 다른 사람을 사랑한다면, 뭐 그러면 어떤가! 그대는 그 사람에게로 가서 웃음 짓고, 나는 그런 그대를 길 저쪽에서 바라보면 되지……. 오 제발, 그녀가 단 한 번만이라도 눈을 뜬다면! 한순간만, 단 한 번만! 바로 조금 전에 내 앞에 서서 충실한 아내가 되겠노라고 맹세했을 때처럼, 그렇게 그녀가 나를 한 번만 바라보아 준다면! 오, 그랬다면, 단 한 번 날 보는 것만으로도 그녀는 모든 것을 이해할 수 있을 텐데!

몽매함이여! 오, 자연이여! 이 대지 위에 있는 자들은 모두 혼자다. 이것이야말로 불행이다! 〈이 벌판에 살아 있는 인간이 있는가?〉 고대 러시아의 용사는 그렇게 외쳤다. 그런 용사는 아니지만 나도 외친다. 하지만 아무도 대답하지 않는다. 사람들 말로는 태양이 온 우주에 생명을 불어넣는다고 하지. 하지만 그 태양을 보라. 태양은 죽은 것이 아닌가? 모두가 죽어 있다. 도처에 사자(死者)들뿐이다. 다만 인간들이 있을 뿐 그 주변에는 정적만이 둘러싸고 있다. 이게 바로 대지인 것이다! 〈사람들은 서로를 사랑한다〉고 누가 말했는가? 누구의 서약인가? 시계추는 감정도 없이, 매정하게 똑딱거린다. 밤 두 시다. 그녀의 작은 구두가 마치 그녀를 기다리는 듯 침대 옆에 놓여 있다…… 아니, 지금 중요한 것은 내일 그녀를 데려갈 때의 문제이다. 그때 도대체 난 어떻게 해야 하지?

우스운 사람의 꿈*
환상적인 이야기

1

 나는 우스운 사람이다. 사람들은 요즈음 나를 미친놈이라고 부른다. 그들이 보기에 내가 전처럼 우스운 사람이 아니라면, 내 지위가 높아진 거라고 해야겠지. 하지만 나는 이제 거기에 화를 내지 않을 뿐더러 그들 모두가 다정스럽게까지 느껴진다. 그들이 나를 비웃을 때도 왠지 더 다정스럽게 느껴질 정도이다. 나는 그들과 함께 웃고 싶은 심정이다. 스스로를 비웃는 것이 아니라, 내가 그다지 우울하지만 않다면, 그들을 사랑하고 마주보며 함께 웃고 싶은 것이다. 내가 우울한 이유는 나 홀로 그들이 모르는 진리를 알고 있기 때문이다. 아아, 혼자만 진리를 안다는 것은 얼마나 괴로운 일인가! 하지만 그들은 이것을 이해하지 못하리라. 결코 이해하지 못하리라.
 나도 전에는 우스운 사람으로 보일까 봐 무척 걱정했다. 그렇게 보였다기보다는 사실이 그랬다. 나는 항상 우스운 사람이었으며 스스로도 그걸 안다. 아마도 태어날 때부터 그랬던 것 같다. 나는 일곱 살 때 이미 내가 우스운 사람이라는 것을 알았던 것 같다. 나는 초등학교에서부터 시작하여 나중에는 대학교에서도 공부를 했는데, 공부를 하면 할수록 내가 우스운 사람이라는 것을

---

* 「우스운 사람의 꿈」은 1877년 『작가 일기』 4월호에 발표되었던 작품이다. 박현섭 옮김.

더욱더 확실히 깨닫게 되었다. 그러므로 나에게 대학에서의 모든 학문은, 그것에 몰두하면 할수록 결국에 가서는 내가 우스운 사람이라는 것을 나에게 증명하고 설명하기 위해 존재한 거나 다름없었다. 생활 속에서도 학문에서 그랬던 것과 비슷했다. 해가 갈수록 모든 측면에서 나의 우스운 모습에 대한 의식은 내부에서 커지고 깊어졌다. 모든 이들은 언제나 나를 비웃었다. 이 세상에서 내가 우스운 사람이라는 것을 제일 잘 알고 있는 사람이 있다면, 그것은 바로 나 자신이었다. 그러나 그들은 아무도 그렇다는 것을 알지도, 짐작하지도 못했다. 그들이 이 점을 알지 못하는 것이 나에게는 모욕이었지만, 내게도 잘못은 있었다. 나는 항상 매우 오만했으므로, 어떤 경우에나 누구에게도 그것을 고백하려 하지 않았던 것이다. 이 오만함은 내 가슴속에서 해마다 더 커졌다. 만일 내가, 우연히라도 〈나는 우스운 사람입니다〉라고 남에게 고백을 했다면 당장 그날 밤에 스스로 머리에 권총을 한 방 쏘았을 것이다. 아아, 나는 소년 시절에 내가 참지 못하고 무슨 이유로든 갑자기 친구들에게 이 사실을 고백하지나 않을까 해서 얼마나 고민했는지 모른다. 그러나, 청년이 된 후로 나의 고약한 성향을 더 깊이 자각하게 되면서부터는 어쩐 일인지 전보다 훨씬 편안해졌다. 왜 그런지는 나도 아직 확실하게 알지 못한다. 아마도 그것은 내 영혼 속에서, 나보다도 한없이 더 높은 차원의 어떤 상황에 대한 고민이 심화되었기 때문이었으리라. 그것은 다름이 아니라, 이 세계에서는 어디나 다 마찬가지라는 확신이 내 마음을 사로잡았기 때문이다. 나는 훨씬 전부터 그런 예감을 가지고는 있었으나, 그것은 지난해에 들어서야 완전한 확신으로서 나타났다. 갑자기 나는 세계가 존재하거나 혹은 아무것도 존재하지 않거나, 내게는 마찬가지라고 생각하게 되었다. 나는 내게 아무것도 존재하지 않는다는 것을 온몸으로 느끼게 되었다. 예전에는 처음부터 많은 것이 있었던 것처럼 여겨졌으나 나중에 가서 나는 전부터 아무것도 없었다고 생각하게 되었다. 왠지 그렇게 여겨졌다. 점차로 나는 앞으로도 아무것도 존재하지 않으리라고 확신하게 되었다. 그러다가 어느덧 나는 타인에 대해 화내지 않을 뿐 아니라 타인에게 거의 신경을 쓰지 않게 된 것이다. 사실 이것은 아주 사소한 일들에서 드러났다. 이를테면, 길을 걷다가 사람과 부딪히는 일이 가끔 있다. 그렇다고 해서 무슨 생각에 골몰하고 있었기 때문은 아니다. 내가 뭐 새삼스럽게 생각할 게 있을까. 나는 그 무렵 생각하는 일을 완전히 포기하고 있었다. 나는 아무래도 좋았다. 문제가 해결되면 그야 좋았겠지만, 아, 나는 하나도 해결하지 못했다. 문제가 산더미처럼 있는데도! 그러나 나로서는 이러나저러나 어차피 마찬가지였으므로 그런 문제도 다 차츰 내게서 멀어져 갔다.

이런 일이 있은 후 나는 진리를 알게 되었다. 작년 11월, 정확하게 말하면 11월 3일에 진리를 깨달았다. 그때부터 나는 이후의 모든 순간들을 기억한다. 그것은 어느 음산한, 이 세상에서 있을 수 있는 가장 음산한 밤이었다. 나는 그때, 밤 열 시가 지나 집에 돌아가는 도중이었는데 이보다 더 음산한 적은 없었다는 생각이 들었던 것을 기억하고 있다. 자연 현상도 그러했다. 하루 종일 비가 퍼붓고 있었다. 게다가 아주 차갑고 음산한 비, 인간에 대한 단호한 적의를 품은 무서운 비였던 것으로 기억하고 있다. 그러더니 열 시가 지나자 비가 뚝 그쳤고 다음에는 습기가 가득 찼다. 비가 내리고 있을 때보다도 더 습하고 냉랭하여 멀찍감치 거리에서 골목 안을 들여다보면 온갖 물체에서, 길가의 모든 돌멩이들에서도, 수증기 같은 것이 무럭무럭 솟아올랐다. 나는 문득 가스등이 모조리 꺼져 버리면 기분이 좀 풀리지 않을까, 가스등이 이 모든 것을 비추고 있기 때문에 오히려 더 우울한 게 아닐까 하는 생각을 했다. 나는 그날 식사를 제대로 하지 않았으며, 저녁나절에는 일찍부터 어느 기사 친구 집에 눌러앉아서 시간을 보내고 있었다. 거기에는 친구 두 명이 먼저 와 있었다. 나는 계속 침묵을 지켰고, 그들도 모두 지겨운 듯했다. 그들은 자극적인 주제에 대해 이야기하면서 갑자기 열을 내기도 했다. 그러나 그들로서도 어떻게 되나 마찬가지인 주제였으며, 공연히 열을 내고 있는 것이 눈에 보였다. 나는 불쑥 그 점을 지적했다. 「여보게들 이러나저러나 마찬가지 아닌가.」 그들은 화를 내기는커녕 모두 나를 비웃기 시작했다. 나는 그들을 비난할 생각에서가 아니라 단지 내게는 이러나저러나 마찬가지였기 때문에 그렇게 말했을 뿐이다. 그들도 내가 별 생각 없이 그랬다는 것을 알고는 기분이 유쾌해졌다.

나는 길을 가면서 가스등에 대해 생각하다가 언뜻 하늘을 쳐다보았다. 하늘은 지독히도 캄캄했으나, 구름이 갈라진 사이로 알 수 없는 검은 반점들을 뚜렷이 분간할 수 있었다. 그 검은 반점들 속에 조그만 별이 하나 눈에 띄기에 그걸 찬찬히 쳐다보기 시작했다. 그 별이 나에게 어떤 상념을 불러일으켰다. 나는 그날 밤에 자살하기로 결심했다. 자살은 벌써 두 달 전부터 품어 온 생각이었다. 그래서 돈이 궁한 처지임에도 불구하고 쓸 만한 권총을 구입하여 그날로 당장 탄알을 재놓았던 것이다. 그러나 벌써 두 달이 지났어도 권총은 여전히 서랍 속에 들어 있었다. 그때까지는 이러나저러나 마찬가지였기 때문이다. 그래서 나는 무언가 핑계가 될 순간을 포착해야겠다고 생각하고 있었다. 무엇 때문에 그랬는지는 모른다. 어떻든 지난 두 달 동안은, 매일 밤 집에 돌아가면서 오늘 밤에는 정말 자살하자고 줄곧 생각했다. 나는 끊임없이 적당한 때를 기다리고 있었다. 그러던 중 지금 이 순간, 그 조그만 별이 나에게 암시를 주었으므로, 오늘 밤에 드디어 실행을 하자고 결정을 한 것이다. 왜 별이 그런 생각을 불러일으켰는지는 나도 모른다.

그런데 내가 하늘을 쳐다보고 있을 때 갑자기 그 여자아이가 나타나서 내 팔뚝을 붙잡았다. 거리는 텅 비어 있었다. 저만큼 떨어진 곳, 마차 위에서는 마부가 졸고 있었다. 그 여자아이는 여덟 살쯤 되어 보였다. 머리에 수건을 뒤집어쓰고 홑옷을 걸치고 온몸은 비에 젖어 있었다. 흠뻑 물에 젖은 낡은 신발이 유난히 눈에 띈 것을 지금도 기억한다. 왠지 그 너덜너덜한 신발이 유난히 눈에 띄었던 것이다. 여자아이는 갑자기 내 팔꿈치를 잡아당기면서 말을 했다. 울지는 않았지만 말이 토막토막 끊어지는 통에 알아듣기 힘들었다. 추워서 덜덜 떠느라고 정확한 발음을 할 수 없었던 것이다. 여자아이는 무슨 까닭인지 겁에 질린 표정으로, 〈엄마! 엄마!〉 하고 외쳤다. 나는 여자아이 쪽으로 얼굴을 돌리긴 했으나, 한마디도 하지 않고 그대로 곧장 걸어갔다. 여자아이는 쫓아와서 다시 내 팔꿈치를 잡아당겼다. 그 목소리에는 겁에 질린 어린애의 절망이 드러나는 독특한 울림이 있었다. 나는 그 울림을 알고 있다. 여자아이는 말을 끝까지 다 하지 못했지만, 어디에선가 이 여자아이의 어머니가 죽어 가고 있다는 것은 짐작할 수 있었다. 무슨 변이 생겨서, 누구를 불러야겠다, 어머니를 도와줄 사람을 찾아야겠다고 밖으로 뛰쳐나온 모양이다. 틀림없이 그렇다. 그러나 나는 여자아이를 따라가지 않았을 뿐만 아니라 오히려 이 여자아이를 쫓아 버려야겠다고 생각했다. 처음에 나는 순경을 찾아보라고 말했다. 하지만 여자아이는 조그만 손을 마주잡고 흐느껴 울면서 내 옆에 달라붙어 종종걸음으로 따라오며 돌아서지 않았다. 그래서 나는 발을 구르고 호통을 쳤다. 여자아이는 그저 〈나리, 나리!〉 하고 울부짖더니만 갑자기 나를 내버려 두고 길을 건너서 줄달음을 쳤다. 저쪽에 또 다른 행인이 나타났기 때문에, 나를 두고 그쪽으로 달려간 모양이다.

　나는 5층에 있는 내 방으로 올라갔다. 나는 여기에 방을 얻어 살고 있는데, 다른 방에도 셋방살이하는 사람들이 살고 있다. 내 방은 지저분하고 비좁은 데다 다락방식으로 반달형 창만 달랑 뚫려 있다. 방 안에는 모조 가죽을 씌운 소파, 책이 놓인 책상, 의자가 두 개, 그리고 낡을 대로 낡았지만 볼테르 식 안락의자[1]가 한 개 있다. 나는 촛불을 켜놓고 의자에 앉아 곰곰이 생각하기 시작했다. 판자로 막은 옆방에서는 여전히 난장판이 벌어지고 있었다. 무려 사흘째 계속되는 난장판이었다. 거기에는 어느 퇴역 대위가 살고 있었는데, 요즈음 손님이 와 있었다. 너절한 작자들이 여섯 명쯤 모여서 보드까를 마시기도 하고 낡은 카드로 슈토스[2] 놀이를 하기도 한다. 어젯밤에는 싸움이 벌어졌으며, 그들 가운데 두 사람이 서로 머리끄덩이를 잡고 한참 동안 티격태격한 것을 나는 알고 있다. 여주인은 항의를 하고 싶지만 대위가 무서워서 감히 말을 못하고 있었다. 그 밖에 셋방 식구로는 작은 키의 가냘픈 여자가 있을 뿐이다. 그 여자는 연대 장교의 부인인 듯했으며, 어리고 병든 세 아이들이 있었다. 여자와 아이들은 기절할 정도로 대위를 무서워하여 밤새도록 덜덜 떨면서 성호를 긋곤 했다. 제일 어린 아이는 하도 무서워서 무슨 발작을 일으켰을 정도였다. 이 대위가 때에 따라서는 네프스끼 거리에서 행인의 소매를 붙잡고 구걸을 한다는 사실을 나는 확실히 알고 있다. 그는 일자리를 구하지 못하고 있는 것이다. 그런데 이상한 것은(결국은 그렇기 때문에 이런 일을 자세히 얘기하는 거지만) 대위가 이 집에 온 지 한 달이 지났지만 나에게 한번도 불쾌한 짓을 하지 않았다는 사실이다. 나야 물론 처음부터 그와 친해지는 것을 꺼리고 있었지만, 그 역시 나하고 얘기하는 것을 지겨워하는 듯했다. 어떻든 옆방에서 아무리 떠들더라도, 아무리 여럿이 모여 있더라도 내게는 마찬가지였다. 나는 밤새도록 가만히 앉아 있으면서도 그런 소리에 신경 쓰지 않을 정도로 그들에 대해서는 잊고 있었다. 매일 밤 새벽까지 자지 않고 지샌 지가 1년이나 된다. 나는 밤새 책상에 앉아 아무것도 하지 않는다. 책은 낮에만 읽는다. 아무 생

[1] 자리가 낮고 등이 높은 안락의자.
[2] 카드 놀이의 일종.

각 없이 앉아 있기만 할 뿐이다. 이런 저런 상념들이 오락가락하지만 나는 그냥 내버려 둔다. 촛불은 하룻밤 사이에 다 타버린다. 나는 조용히 책상 앞에 앉아 권총을 꺼내 앞에다 놓았다. 권총을 앞에 놓으면서 〈이제 됐느냐?〉고 스스로 묻고, 확실히 〈됐다〉고 스스로 대답한 것을 지금도 기억하고 있다. 요컨대 방아쇠를 당길 것이라는 얘기이다. 드디어 오늘 밤에는 틀림없이 자살하리라는 것을 나는 느끼고 있었다. 다만 결행을 하기까지 얼마나 책상 앞에 앉아 있을 작정이었는지 그것은 나 자신도 몰랐다. 정말이지 나는 방아쇠를 당겼을 것이다. 그 여자아이만 아니었더라면.

2

솔직하게 말해, 이러나저러나 마찬가지라고는 하지만, 그래도 고통의 느낌 같은 것은 있었다. 가령 누가 나를 때렸다면 나는 고통을 느꼈을 것이다. 정신적인 면에서도 다를 바 없다. 무슨 불쌍한 일이라도 보게 되면, 인생은 이러나저러나 마찬가지라고 생각하지 않았던 예전의 그 시절처럼 측은한 생각이 들게 마련이었다. 실제로 나는 아까 측은한 생각이 들었다. 나는 그 여자아이를 도와줄 뻔했다. 그런데 왜 도와주지 않았던가? 그때 내 머리에 떠오른 하나의 상념 때문이었다. 여자아이가 내 팔꿈치를 잡아당기면서 말을 걸었을 때 갑자기 내 눈앞에 하나의 의문이 떠올랐고 나는 그것을 해결할 수 없었던 것이다. 그것은 별로 대단치 않은 의문이었지만 그것 때문에 나는 그만 화가 났다. 드디어 오늘 밤 자살을 하기로 결심을 한 바에는 지금이야말로 평상시보다도 더 세상 만사가 다 이러나저러나 마찬가지가 아닌가, 그게 당연하지 않은가, 왜 나는 갑자기 이러나저러나 마찬가지라고 느끼지 않고 그 여자아이를 딱하게 여기는 것일까, 하는 생각에 화가 났던 것이다. 지금도 기억하지만, 정말 고통스러울 정도로 그 아이가 딱해서 견딜 수가 없었다. 솔직히 말해서 그때 내 마음을 스친 순간적인 느낌을 이 이상 더 정확하게 전달하지는 못하겠지만, 그 느낌은 집에 돌아와 책상 앞에 앉을 때까지 지속되고 있었다. 나는 기분이 매우 언짢아졌다. 여러 가지 생각이 꼬리에 꼬리를 물고 떠올랐다. 요컨대 내가 인간으로 존재하며 아직은 무(無)가 아닌 까닭에, 다시 말해서 무로 돌아가기 전까지는 아직 살아 있는 까닭에, 내 행위에 대하여 고통이나 분노나 수치를 느끼는구나 하는 생각이 또렷이 떠오른 것이다. 그야 그렇겠지. 그러나 앞으로 두 시간 후에 자살할 텐데, 그 여자아이가 나에게 도대체 무슨 의미가 있을까? 또 그때는 수치심이고 뭐고, 도대체 이 세상 모든 것이 다 내게 무슨 소용이 있을까? 나는 무로 돌아간다. 절대적인 제로가 된다. 나 자신이 존재하지 않게 되고 이 세상 모든 것이 존재하지 않게 되면 여자아이를 딱하게 생각하는 마음이나 비열한 행위에 대한 수치심도 가질 수 없지 않겠는가? 내가 불쌍한 아이에게 측은함을 느끼기는커녕 발을 구르고 큰 소리로 호통을 치고 비인간적인 짓을 할 수 있었던 것은, 두 시간 후에는 모든 게 다 존재하지 않을 것 같은 기분이 들었기 때문이었다. 그래서 그 아이에게 냉혹하게 호통을 쳤다면 당신들은 믿겠는가? 나 자신은 지금 그렇다고 확신하고 있다. 인생이나 세계나 결국은 나에게 달려 있다는 생각이 뚜렷이 머리에 떠올랐다. 그뿐 아니라 지금 이 순간에는, 세계라는 것이 원래 나 한 사람을 위해서 만들어진 것이라고도 말할 수 있다. 내가 방아쇠를 당기면, 그 즉시 세계도 존재하지 않게 된다. 적어도 나에게는 그렇다. 아마가 아니라 실제로, 내가 죽은 뒤에는 온 세상이 누구를 위해서도 존재하지 않게 될지도 모른다. 내 의식이 소멸되자마자 원래 세계가 내 의식의 부속물이었던 것처럼 홀연히 꺼져 버릴지도 모른다. 왜냐하면, 이 세계 전체도 이 세상 모든 사람도 결국은 나 자신, 나 한 사람에 지나지 않을지도 모르기 때문이다. 새삼스러울 것도 없는 얘기다. 지금도 기억 난다. 내가 가만히 앉아 이것저것 생각을 하면서, 뒤이어 몰려드는 여러 가지 새로운 질문들을 음미하는 동안에 생각은 전혀 반대쪽으로 뒤집히고 말았다. 그야말로 새로운 생각을 해낸 것이다. 다음과 같은 기묘한 상상이 홀연히 내 머리에 떠올랐다. 가령 내가 전에 달이나 화성에서 살고 있었다고 하자. 거기서 대단히 파렴치하고 불명예스러운 행위를 한 다음 이 지구상에 나타났다고 하자. 그리고 전에 살던 행성에서 한 행위에 관한 의식을 계속해서 유지하면서 다시는 그 행성에 돌아가지 않는다는 것을 알고 있다고 하자. 그럴 때, 이 지구 위에서 전에 살던 그 달을 쳐다보면서 과연 내가 무심할 수 있을까? 그 행위에 대해서 수치를 느낄까 어떨까? 지금 책상 위에는 권총이 놓여 있다. 나는 곧 죽는다. 이번에는 틀림없다는 것을 온몸으로 느끼고 있는 이 순간에, 이런 문제를 따진다는 것은 쓸데없는 짓이다. 그런데 나는 웬일인지 그 때문에 흥분되어 초조해졌다. 이렇게 된 바에는 이 문제를 먼저 해결하지 않고서는 죽지도 못할 것 같다고 생각되었다. 결과적으로 그 여자아이가 나를 살린 것이다. 왜냐하면 나는 여러 가지 의문 때문에 발사를 연기했으니까. 이럭저럭하는 동안에 대위의 방도 차츰 조용해졌다. 그들은 노름판을 끝내고 잠자리에 들기 시작한 모양이다. 중얼거리는 소리나, 서로 욕지거리를 하는 피로한 목소리가 들릴 뿐이었다. 그때 나는 안락의자에 앉은 채 권총을 올려놓은 책상 앞에서 그대로 잠이 들고 말았다. 여태까지 없었던 일이다. 나는 자신도 모르는 동안에 잠이 들었다. 여러분도 잘 아시겠지만, 꿈이란 매우 신비로운 것이다. 어느 부분은 보석 세공처럼 세밀한 점까지 뚜렷이 나타나는가 하면, 또 어느 부분은 공간도 시간도 무시하고 껑충껑충 뛰어 넘어간다. 아마도 꿈을 추진하는 힘은 이성이 아니라 욕망이고, 두뇌가 아니라 가슴인 모양이다. 하지만 그럼에도 불구하고 나는 경우에 따라서는 지극히 교묘하고 지능적인 행동을 꿈속에서 하는 일이 있다. 그런가 하면 나의 이성으로는 전혀 이해되지 않는 일이 일어나기도 한다. 가까운 예를 하나 들어 보자. 나의 형은 5년 전에 죽었는데, 가끔 꿈속에서 형이 보인다. 나는 형이 이미 죽었고 장례까지 치렀다는 것을 잘 알고 있다. 형은 내가 하는 일에 끼어들고 우리 둘은 꽤나 열중해서 그 일을 함께 한다. 그러나 나는 꿈이 계속 진행되는 도중에도 형은 이미 죽었고 장례까지 치렀다는 것을 알고 있다. 형이 이미 고인임에도 불구하고 내 옆에 와서 같이 움직이고 있는 게 이상하게 여겨지지 않는 것은 무슨 까닭인가? 내 이성이 그것을 당연하게 여기고 있는 것은 무슨 까닭인가? 그건 그렇고, 그때 꾼 꿈 얘기를 하자. 그날 11월 3일 밤, 나는 이런 꿈을 꾸었다! 사람들은 그것이 한낱 꿈에 지나지 않는다고 나를 비웃겠지. 하지만, 이 꿈이 나에게 진리를 알려 준 것이 사실인 바에는, 꿈이건 생시이건 마찬가지가 아닌가? 잠들어 있었거나 깨어 있었거나, 일단 진리를 깨닫고 진리를 본 바에야 그것은 어디까지나 진리임에 틀림이 없고, 그 밖의 진리란 있을 수도 없지 않겠는가? 어떻든 그저 보통 꿈이라 해도 괜찮다. 그래도 얘기할 수 있다. 또 그것이 당신들이 그렇게 소중히 여기고, 내가 자살로 없애 버리려 한 삶이라고 해도 좋다. 그런데 꿈은, 내가 꾼 꿈은 아아, 그 꿈은 새롭고 위대한, 혁명적이고 강한 삶을 나에게 가르쳐 주었던 것이다!

들어 보시라.

3

앞에서 말한 것처럼 나는 명상에 잠겨 있다가 어느새 잠들었다. 잠이 들자 꿈을 꾸기 시작했다. 나는 권총을 집어서 의자에 앉은 채 심장에 들이댔다. 머리가 아니고 심장이었다. 예전에는 곧장 머리를 쏘기로, 그것도 오른편 관자놀이에 쏘기로 마음을 먹었었는데. 나는 가슴에 권총을 들이대고서 1초나 2초 정도 긴장된 상태로 당길 순간을 기다리고 있었다. 그러자 촛불, 책상, 벽, 내 앞에 있는 모든 것이 갑자기 움직이며 눈앞에서 요동쳤다. 나는 재빨리 방아쇠를 당겼다.

꿈속에서는 흔히 높은 곳에서 추락하거나 칼에 찔리거나 매를 맞거나 하는 일이 있지만, 이상하게도 아픔을 느끼지는 않는다. 물론 손이나 발을 침대에 부딪혔을 때는 아픔을 느끼며 그 때문에 꿈에서 깨기도 하지만. 내 꿈에서도 그랬다. 아픔은 전혀 느껴지지 않았다. 다만 발사와 동시에 나의 내부에서 모든 것이 진동하여 홀연히 다 없어지고, 주위가 캄캄해진 것 같았다. 나는 눈도 멀고 귀도 먼 것 같았다. 그러자 내 몸이 딱딱한 침상 위에 누워 있는 것이 느껴진다. 아무것도 보이지 않고, 손가락 하나 꼼짝할 수가 없다. 사람들이 왔다 갔다 하는 발소리와 떠드는 소리가 들린다. 대위의 굵은 목소리가 들리는가 하면 여주인의 날카로운 목소리가 들리기도 한다. 그러다 잠시 잠잠하더니, 나는 뚜껑이 덮인 관으로 옮겨진다. 나는 관이 흔들리는 것을 느끼면서 지금 나의 누워 있는 상태를 생각한다. 별안간 나는 죽었구나, 완전히 숨이 끊어졌구나 하는 생각에 강한 충격을 받는다. 나는 이 사실을 깨달았으며, 조금도 의심하지 않는다. 눈도 보이지 않고, 움직이지도 못하면서 그렇게 느끼고 생각한다. 하지만 그 놀라움도 이내 체념으로 변하고 만다. 꿈속에서도 항상 그런 것처럼, 현실을 있는 그대로 받아들인 것이다.

이윽고 나는 땅속에 매장된다. 사람들은 다 가버리고 나 혼자, 완전히 나 혼자 남는다. 나는 꼼짝하지 않는다. 전에 나는 내가 매장되는 장면을 상상할 때마다 무덤에서 으레 느껴지는 습기와 추위를 상상했는데 실제로 지금 그렇게 느껴졌다. 특히 발끝이 그랬다. 그러나 곧 아무것도 느껴지지 않았다.

나는 누워 있었다. 이상하게도 무엇을 기대하는 마음은 없었다. 이것 역시, 죽은 사람에게는 아무런 기대도 있을 수 없음을 그대로 받아들인 것이다. 다만 주위가 매우 습했다. 얼마나 시간이 경과했는지, 한 시간인지 며칠인지 혹은 많은 날짜가 경과했는지 모른다. 갑자기 감고 있던 내 왼쪽 눈으로, 관 뚜껑에 스며든 물이 한 방울 뚝 떨어졌다. 1분쯤 지나서 또 한 방울, 다시 또 한 방울 하는 식으로 계속되었다. 1분 간격으로. 그러는 동안에 뜨거운 분노가 가슴에서 불쑥 치밀었다. 그리고 거기서 육체적 고통이 느껴졌다. 〈이것이 내 상처구나. 이게 내가 권총으로 쏜 구멍이다. 거기에 탄알이 있다……〉 하고 나는 생각했다. 물방울은 계속해서 1분 간격으로 감은 왼쪽 눈 위에 영락없이 떨어졌다. 별안간 나는 지금 내 몸에 일어난 모든 일을 행한 주권자를 향해서 호소했다. 소리를 내지 못하고 몸을 움직이지는 못하지만, 온몸으로 호소했다.

「신이 누구든, 실제로 당신이 존재한다면, 그리고 지금 벌어지고 있는 현실보다 더 합리적인 무언가가 존재하는 게 사실이라면, 그 합리적인 것을 이제 보여 주시오. 만약 당신이 나를 이 따위 한심하고 꼴불견인 상태로 놓아둠으로써 나의 경솔한 자살을 벌할 작정이라면, 이것만은 알아주기 바랍니다. 설사 내가 아주 심한 고통을 겪게 될지라도, 그 고통이 몇 백만 년 계속될지라도, 그 몇 백만 년 동안에 내가 침묵 속에서 겪어야 할 이런 모멸하고는 도저히 비교가 되지 않는다는 점을……」

나는 이렇게 호소하고 나서 입을 다물었다. 약 1분 간 깊은 정적이 계속됐다. 그리고 나서 물 한 방울이 또 떨어졌다. 그러나 나는 곧 모든 사정이 변하고 있다는 것을 알았다. 알고 있을 뿐 아니라, 굳게 믿고 있었다. 홀연히 내 무덤이 활짝 열렸다. 저절로 열렸는지 아니면 누가 파헤쳤는지는 모르겠다. 어쨌든 누군지 모르는 불가사의한 존재에 의해 나는 무덤에서 나왔으며, 다음 순간 그와 나는 무한의 공간 속에 있었다. 나는 문득 시력을 회복했다. 깊고 깊은 밤이었다. 이런 암흑은 여태까지 본 일이 없다! 우리는 이미 지상에서 아득히 먼 공간을 날고 있었다. 나는 나를 싣고 가는 자에게 아무것도 묻지 않았다. 나는 기다리고 있었다. 자신만만했다. 나는 두렵지 않다고 스스로 타일렀다. 겁먹고 있지 않다고 생각하니까 어찌나 기쁜지 숨이 막힐 지경이었다. 얼마나 날아갔는지는 기억 나지 않았고 짐작도 되지 않았다. 모든 것이 꿈에서 늘 경험하는 것과 같이 이루어졌다. 꿈속에서는 공간도 시간도, 존재와 이성의 법칙을 뛰어넘어서 단지 마음이 몽상하는 어떤 지점에서만 머무르는 것이다. 나는 갑자기 암흑 속에서 조그만 별을 본 것을 기억한다. 「저 별은 시리우스죠?」 나는 참다못해 질문을 했다. 그때까지는 아무것도 묻지 않기로 마음먹고 있었던 것이다. 「아니, 저 별은 네가 아까 집에 돌아오는 도중에 구름 사이에서 본 그 별이다.」 나를 싣고 가던 존재가 대답했다. 나는 그가 인간과 비슷한 모습을 지니고 있다는 것을 알 수 있었다. 무슨 까닭인지 나는 이 존재에 대해서 호감을 느끼지는 않았다. 오히려 깊은 혐오감마저 느끼고 있었다. 나는 완전한 무를 기대하고 있었던 것이다. 말하자면, 그 무를 기대하여 심장에 총을 쏘았던 것이다. 그런데 지금 나는 어떤 존재의 손에 안겨 있는 것이 아닌가. 물론 인간은 아니지만, 어떻든 실재하는 그 무엇이다. 〈아하, 그러고 보면 사후에도 삶이 있구나!〉 하고 나는 꿈속에서 흔히 그렇듯 무심하게 생각했다. 그러나 내 마음의 본질은 나와 함께 깊은 밑바닥에 남아 있었다. 〈정말 그렇다면, 또다시,〉 나는 생각했다. 〈생존해야 한다면, 누군지 모르는 자의 거역할 수 없는 의지에 의해 또다시 살아야 한다면, 나는 정복을 당하거나 굴욕을 당하기는 싫다!〉 「당신은 내가 당신을 두려워하고 있다는 것을 알고 있군요. 그래서 나를 경멸하고 있군요.」 갑자기 나는 참지 못하고 동반자에게 굴욕적인 질문을 했는데, 이 질문 속에는 나의 고백이 들어 있었다. 그래서 핀으로 찌르는 듯한 굴욕감을 가슴 깊이 느꼈다. 그는 나의 질문에 대답하지는 않았으나, 나는 그가 나를 경멸하지도, 비웃고 있지도, 불쌍하게 여기지도 않는다는 것을 깨달았다. 나는 우리의 길이 나에게만 상관 있는 어떤 미지의 신비로운 목적지를 향하고 있다는 것을 깨달았다. 내 가슴속에는 공포가 점점 더 커져 갔다. 말은 없었으나 고통을 수반하는 무언가가 이 침묵의 동반자로부터 나에게 전달되어, 나의 내부에 침투하는 것 같았다. 우리는 캄캄한 미지의 공간을 날아갔다. 벌써 오래전부터, 내가 아는 성좌의 별들이 눈에 보이지 않았다. 이 넓디넓은 우주에는 빛이 지구에 다다르는 데 몇천 년, 몇 백만 년이나 걸리는 별이 있다는 것을 나는 알고 있었다. 어쩌면 우리는 그러한 공간을 이미 지나왔는지도 모른다. 가슴 답답한 우수 속에서 나는 무언가를 기다리고 있었다. 갑자기 어딘가 낯익은, 그리고 나를 부르는 듯한 느낌이 나를 뒤흔들었다. 나는 문득 우리의 태양을 보았다! 물론 나는 이것이 우리 지구를 낳은 우리의 태양은 아니라는 것, 그리고 내가 우리의 태양으로부터 한없이 멀리 떨어져 있다는 것을 알고 있었다. 그럼에도 불구하고 나는 이것이 우리의 태양과 똑같은 것이며, 그 복제이자 분신이라는 것을 온몸으로 알았다. 나를 부르는 달콤한 감정이 내 영혼 속에서 환희로 울려 퍼지기 시작했다. 나를 낳은 세계의 정다운 힘이 내 마음속에 반응을 일으켜서 그 감정을 부활시켰다. 나는 생명을 느꼈다. 무덤에 들어간 후 처음으로 예전과 같은 생명을 느낀 것이다.

「하지만, 저게 만약 태양이라면, 우리의 태양과 완전히 똑같은 것이라면,」 나는 외쳤다. 「지구는 어디에 있는가?」 그러자 나의 동반자는, 넓은 어둠 속에서 에메랄드처럼 반짝이는 조그만 별을 가리켰다. 우리는 곧장 그쪽으로 날아갔다.

「과연 우주에 이러한 복제가 있을 수 있는 것일까? 원래 자연의 법칙이란 이런 것이었던가……? 만약에 저기에 지구가 있다면, 그것은 과연 우리들의 지구와 같은 것일까……. 완전히 똑같은…… 불행하고 가난하면서도 영원히 사랑스럽고 귀중한…… 가장 배은망덕한 자기 자식들의 마음에도 절실한 사랑을 불러일으키는 우리의 지구와 같은 것일까……?」 나는 내가 버리고 온 지구에 대한 열렬한 애정에 몸을 떨면서 절규했다. 그러자 그 가엾은 여자아이, 내가 구박을 한 그 가엾은 여자아이의 모습이 눈앞을 스쳤다.

「이제 곧 모든 것을 다 알게 된다.」 나의 동반자는 대답했다. 그 말에는 어떤 애수가 있었다. 우리는 그 행성에 급속히 다가갔다. 행성은 바라보는 동안에 점점 커졌다. 나는 대양과 유럽의 윤곽을 알아볼 수 있게 되었다. 그러자 갑자기 뭔지 모를 위대하고도 신성한, 일종의 질투 같은 감정이 내 가슴에서 타올랐다. 〈어떻게 이런 복제물이 있는 것일까? 대체 무엇 때문일까? 나는 오로지 내가 버리고 온 지구, 그때 내 몸에서 흐른 핏자국이 남아 있는 지구, 배은망덕한 내가 심장에다 총탄을 쏘아 스스로 생명의 불을 끄고 작별한 그 지구만을 사랑한다. 나는 그동안 사실 단 한 번도 그 지구에 대한 사랑을 포기한 적이 없었다. 그날 밤 생명과 작별하면서도, 여느때보다도 더욱 열렬하게 지구를 사랑하고 있었다. 이 새로운 지구에도 고통이 있을까? 우리 지구에서는 참다운 사랑이란 반드시 고통과 더불어 있었다. 우리는 오직 고통을 통해서만 사랑을 누릴 수 있었던 것이다! 우리는 그 방법으로밖에는 사랑하지 못한다. 다른 종류의 사랑은 전혀 알지도 못한다. 나는 사랑하기 위해서 고통을 원한다. 나는 지금 이 순간 눈물을 흘리면서 내가 버리고 온 그 하나뿐인 지구에 입을 맞추고 싶다. 나는 어디까지나 그 지구만을 갈망한다. 다른 지구에서의 삶은 바라지 않는다. 어떤 것도 받아들이지 않겠다……!〉

그런데 이때, 나의 동반자는 나를 두고 사라져 버렸다. 나는 갑자기, 나도 모르는 사이에 낙원처럼 아름답고 화창한 햇볕이 내리쬐는 다른 지구 위에 서 있었다. 나는 아마 지구로 치면 에게해[3]의 군도(群島) 가운데 한 섬이거나, 그렇지 않으면 이 군도에 인접한 대륙의 해안에 서 있는 모양이었다. 아아, 모든 게 다 우리 지구와 똑같았다. 다만 언뜻 쳐다보기에 어디서나 축제가 벌어지고 있는 것 같았다. 어떤 위대하고도 신성한 승리를 달성하여 그 기쁨이 넘쳐 흐르고 있는 것 같았다. 부드러운 에메랄드 색 바다는 조용히 물결치면서 거의 의식적이라 할 만큼 분명한 사랑의 손길로 해변을 쓰다듬고 있었다. 커다랗고 멋진 나무가 화려한 색채를 자랑하듯 솟아 있었고 무수한 잎사귀들은, 확신컨대 다정스런 속삭임으로 나를 환영하며 사랑의 말을 전하는 듯했다. 풀밭은 눈부시고 향기로운 꽃들로 타오르고 있었다. 새들은 떼를 지어 하늘을 날다가 두려움도 없이 내 어깨나 손에 와서 앉는다. 그리고 귀여운 날개를 반가운 듯이 푸드득거린다. 이윽고 나는 이 행복한 지구에 사는 사람들을 발견했다. 그들은 스스로 나에게 다가오더니, 나를 둘러싸고 입맞춤했다. 태양의 자식들, 자기네 태양의 자식들, 이들은 어쩌면 이렇게도 아름다울까! 나는 우리들의 지구에서는 이 같은 인간의 아름다움을 본 일이 없다. 어쩌면 우리들의 어린이들에게서, 그것도 아주 어릴 때에, 그 아름다움의 어렴풋한 반영을 보았을지도 모르지. 이 행복한 사람들의 눈에는 밝은 빛이 반짝이고 있었다. 그리고 그 얼굴들은 이성으로, 평화에 다다른 충만한 자각으로 즐겁게 빛나고 있었다. 그들의 말과 목소리에는 어린이처럼 천진난만한 기쁨이 울리고 있었다. 오, 나는 그들의 얼굴을 보자마자 순식간에 모든 것을 깨달았다! 이 새로운 지구는 아직 죄악으로 더럽혀지지 않은 땅이며, 여

---

[3] 그리스 본토, 소아시아 반도의 서해안 및 크레타 섬에 둘러싸인 동지중해의 해역.

기에 살고 있는 이들은 죄악을 저지르지 않은 사람들이다. 인류의 전설에서 말하는, 우리들의 선조가 타락하기 전에 살고 있었다는 낙원, 바로 그 낙원에 사는 사람들이다. 여기는 지금도 낙원이다. 지구 전체가 낙원이다. 그들은 상냥한 웃음을 띠고서 내 옆에 모여들어 다정스럽게 나를 어루만졌다. 그들은 나를 자기들이 사는 곳으로 데리고 갔다. 모두가 내 기분을 진정시키려 애쓰는 눈치였다. 오, 그들은 나에게 아무것도 묻지는 않았으나 모든 것을 다 알고 있는 것 같았으며, 조금이라도 빨리 나의 얼굴에서 고통을 지워 주고 싶은 듯했다.

4

그런데 다시 한번 말해 두거니와, 이것은 한낱 꿈에 지나지 않는다! 하지만 꿈속에서 만난 그 천진무구한 아름다운 사람들의 사랑의 감촉은 영원히 내 가슴에 아로새겨졌다. 지금도 나는 그들의 사랑이 나에게로 흘러 들어오는 듯한 느낌이 든다. 나는 내 눈으로 직접 그들을 보았고, 납득했고, 확신했다. 나는 그들을 사랑했으며 나중에는 그들로 인하여 고통을 겪게 되었다. 오, 나는 당시에도 즉시 깨달았지만, 여러 가지 점에서 그들을 전혀 이해하지 못했다. 현대의 러시아 진보주의자이며 추악한 뻬쩨르부르그의 시민인 나에게는, 그들이 그토록 많은 지식을 가지고 있으면서도, 소위 우리들의 학문은 가지고 있지 않다는 것을 이해하기가 매우 힘들었다. 하지만 나는 곧 그 이유를 알았다. 그들의 지식은 우리들의 지구에서 얻어지는 것과는 다른 직관에 의해서 채워지며 또한 그들의 추구 대상도 우리와는 전혀 다르기 때문이었다. 그들은 아무것도 원하지 않았으며, 항상 평온했다. 그들은 우리들처럼 인생을 이해하기 위해 애쓰지 않았다. 왜냐하면 그들의 생활은 이미 만족스러운 상태에 있었기 때문이다. 그럼에도 불구하고 그들이 가진 지식은 우리들의 학문보다 더 깊고 높다. 우리들의 학문은 인생이란 무엇인가에 대한 설명을 위해 탐구하며, 타인에게 가르치기 위해서 삶을 해명하려고 노력하지만, 그들은 학문의 도움을 받지 않고서도 어떻게 살아야 할지를 알고 있었다. 나는 이런 사실을 알았지만 그들의 지식 내용을 이해할 수는 없었다. 이를테면, 그들이 나에게 나무를 가리켰을 때 나는 그들이 나무를 쳐다보면서 느끼는 애정의 정도를 이해할 수 없었다. 그들은 마치 자기들과 같은 종류의 생물과 더불어 이야기하는 것 같았다. 사실 그들이 나무와 더불어 이야기를 했다 해도 내가 잘못 생각하는 것은 아니리라! 그렇다, 그들은 나무의 언어를 알고 있으며, 나무도 자기들의 말을 이해한다고 믿고 있었다. 그들은 모든 자연을, 그들과 평화롭게 살며 그들을 공격하지 않는, 그들이 사랑하고 그들의 사랑을 믿는 동물들을 그런 식으로 바라보았다. 그들은 또 별을 가리키면서 무슨 얘기를 했으나, 나는 그게 무슨 뜻인지를 이해하지 못했다. 그러나 그들이 무슨 방법으론가, 내가 알 수 없는 어떤 생생한 방식으로 하늘의 별과 접촉하고 있는 것만은 확실했다. 오, 그들은 굳이 나에게 이해시키려고도 하지 않았으며, 이해 못하는 대로 나를 사랑해 주었다. 나도 그들이 결코 이쪽을 이해하지 못한다는 것을 알고 있었으므로 우리들의 지구에 관해서는 거의 얘기하지 않았다. 다만 나는 그들이 살고 있는 땅에 입을 맞춤으로써 말없이 그들에 대한 사랑을 표시했다. 그들은 내가 그렇게 하는 것을 보고도 그냥 내버려 두었으며, 내가 표시하는 사랑과 존경에 대해서 부담스럽게 여기는 기색도 없었다. 왜냐하면 그들 자신이 나를 지극히 사랑했기 때문이다. 때때로 내가 그들이 확고한 사랑으로 응하리라는 것을 환희 속에서 예감하며 그들의 발에다 눈물 젖은 입맞춤을 할 때에도, 그들은 마음 아파하지 않았다. 나는 가끔 놀라운 심정으로 자문했다. 이 사람들은 어째서 나 같은 사람을 경멸하지 않을 수 있을까, 어떻게 나 같은 사람에게 질투와 선망의 마음을 한번도 일으키지 않게 할 수가 있을까? 나는 몇 번이고 자문했다. 비록 내가 그들을 사랑했다 하더라도, 어떻게 나 같은 허풍선이이자 거짓말쟁이가 그들이 알지 못하는 지식을 떠들거나 그들을 깜짝 놀라게 하고 싶은 유혹을 억제할 수 있었을까? 그들은 아이들처럼 명랑하고 활발했다. 그들은 아름다운 수풀을 거닐면서 아름다운 노래를 불렀으며 그들의 나무에 달린 열매, 그들의 숲속에서 나는 벌꿀, 혹은 그들이 사랑하는 동물의 젖과 같은 간편한 음식을 먹었다. 그들은 음식과 옷을 위해서 가볍게 조금만 일하면 되었다. 그들에게도 남녀간의 사랑이 있으며 아이들도 태어났다. 하지만 나는 우리 지구에 사는 모든 이들을 사로잡는, 그리하여 인류가 범하는 거의 모든 죄악의 원천이 되고 있는 잔인한 정욕의 발작을 그들에게서는 보지 못했다. 그들은 새로 태어난 아이들을 자기들 행복의 새로운 참가자로서 환영했다. 그들 서로간에는 싸움도 없고 질투도 없었으며, 그게 뭔지도 모르고 있었다. 모든 사람이 한가족을 이루고 있었으므로, 어린이는 그들 모두의 어린이였다. 그들 사이에는 질병이라는 것도 없었다. 그들에게도 죽음이 있었으나, 노인들은 작별을 나눌 사람들에게 둘러싸여 이들을 축복하고 미소를 보내며, 또한 이들의 환한 미소 속에 배웅되면서 마치 잠들 듯이 조용히 눈을 감았다. 그럴 때에도 나는 비탄이나 눈물을 보지 못했다. 그들의 사별에는 환희로까지 승화된 애정이 있을 뿐이었다. 진실로 그것은 침착하고 충만하고 명상적인 환희였다. 그들은 어쩌면 죽은 뒤에도 죽은 자와 산 자 사이에 접촉이 유지되며, 지상에서 맺어진 결합이 죽음에 의해서 중단되지 않는다고 생각하는 것 같았다. 내가 영원한 생명에 대해 질문을 하니까 그들은 그게 무슨 말인지도 모르는 것 같았다. 영원한 생명을 무의식 속에서 확신하고 있기 때문에 새삼스럽게 문제가 되지 않는 모양이었다. 그들에게는 신전이라는 것이 따로 없었지만, 우주의 전능자와 끊임없이 구체적인 접촉을 하였으며, 그것이 삶에 불가결한 요소로 자리 잡고 있었다. 그들에게 신앙은 없지만, 그 대신 확고한 자각이 있었다. 요컨대 이 지상의 기쁨이 자연의 한계에까지 충만했을 때에는 산 자니 죽은 자니 가리지 않고 우주의 전능자와 접촉이 더욱 확대된다는 것을 그들은 알고 있었다. 그들은 그 순간을 기쁜 마음으로 기다리고 있었다. 그러면서도 조급하게 서두르지 않았으며 고통스러워하지 않았고, 틀림없이 온다, 그렇게 된다는 예감을 마음에 간직하면서 때때로 서로 그것에 대해 이야기했다. 매일 밤 잠자리에 들기 전에 그들은 소리를 맞추어서 합창하기를 좋아했다. 그것은 지난 하루의 감회를 남김없이 재확인하면서 그날 하루를 찬양하고 작별을 고하는 합창이었다. 그들은 자연, 땅, 바다와 수풀을 찬양했다. 그들은 또 서로 상대방에 관한 노래를 만들어 아이들처럼 서로를 칭찬했다. 그것은 지극히 소박했지만 마음으로부터 절로 흘러나와 상대방의 마음으로 흘러드는 그런 노래였다. 비단 노래로뿐만 아니라, 그들은 한평생을 오로지 서로에 대한 도취감으로 채우고 있는 것 같았다. 그것은 가득 차서 넘치는 보편적인 애정이라고 할 수 있었다. 기쁨에 넘치는 그들의 노래 속에는 왠지 나로서는 전혀 이해되지 않는 요소가 있었다. 말로는 통하는데도 그 전체의 의미는 포착할 수가 없었다. 그것은 결국 나의 이해력이 미치지 못하는 것으로 남겨졌으나, 그러면서도 내 마음은 차츰 무의식중에 그 의미를 흡수해 갔다. 나는 가끔 그들에게 말했다. 나는 여기 와서 본 것을 진작부터 다 예감하고 있었다. 그들의 희열과 영광은 우리들의 지구에 있을 때부터 나를 부르는 향수로 마음에 울리고 있었으며, 때로 그것은 억제할 수 없는 번민이 되기도 할 정도였다. 나는 영혼과 꿈과 예지의 공상 속에서 그들의 존재와 그들의 아름답고 영광스러운 생활을 예감하고 있었다. 나는 전에 살던 지구에서 해가 저무는 광경을 눈물 없이는 바라보지 못하는 때가 자주 있었다. 우리의 지구 사람들에 대한 나의 증오 속에는 언제나 우수가 섞여 있었다. 우수…… 그것은 사랑 때문이다. 어찌하여 그들을 미워할 수 없는가. 어찌하여 그들을 용서하지 않을 수 없는가. 어찌하여 그들을 미워하면서도 사랑하지 않을 수 없는가? 내가 꿈에서 만난 그들은, 내 이야기에 귀를 기울이고 있었으나 내가 말하는 내용을 그들이 상상도 못하는 것은 당연했다. 하지만 나는 내가 버리고 온 사람들로 인해 겪고 있는 모진 괴로움을 그들이 잘 이해해 주리라고 믿었으므로, 그런 얘기를 한 것에 대해서 후회하지는 않았다. 그들은 애정 어린 눈으로 나를 쳐다보았으며, 나 또한 그들 앞에서는 마음이 맑아지고 정직해지는 것을 느꼈다. 그렇기에 나는 그들을 완전히 이해하지 못한다고 해서 섭섭해 하지는 않았다. 나는 생명의 충만함에 숨이 막힐 지경으로 기뻤으며, 그들을 위해 무언의 기도를 드렸다.

오, 사람들은 지금 대놓고 나를 비웃는다. 너는 꿈을 꿨다고 하지만 지금 네가 얘기하는 것처럼 그렇게 상세하게 봤을 리 없다. 꿈속에서 가위 눌리는 동안에 네가 보고 겪은 것은 단지 하나의 느낌일 뿐이며, 세밀한 부분은 모두 꿈에서 깨어난 뒤에 꾸며 낸 것이다. 그들은 이렇게 나를 설득하려 한다. 그래서 내가 실제로 그랬을지도 모르지 않느냐고 주장하니까. 아, 하느님, 그들이 얼마나 나를 비웃던지! 물론 나는 다만 하나의 느낌에 압도되었을 뿐이다. 단지 그 하나의 느낌이 피 흘리는 내 마음의 상처 속에 남아 있는 것이다. 사실, 내가 잠들어 있는 동안에 본 그 꿈의 생생한 장면들은 말할 수 없을 만큼 조화와 아름다움과 진실에 넘쳐 있었으므로, 내가 눈을 뜬 다음에는 빈약한 우리 인간의 언어로는 도저히 나타낼 수 없는 것이었다. 언어로 표현할 수 없는 것이었다면 그것은 당연히 내 머릿속에서 사라져 버려야 했을 터이다. 그렇게 생각해 보면 사실 세밀한 부분들은 내가 나중에 창작한 것인지도 모른다. 게다가 조금이라도 빨리 남에게 전달하고 싶은 생각이 있었으므로 다소 왜곡했을지도 모른다. 하지만 그렇다고 해도 이 모든 일이 실제였다는 것을 어찌 믿지 않을 수가 있으랴? 어쩌면 지금 내가 얘기한 것보다도 1천 배나 더 아름답고 환희와 광명으로 충만해 있었을지도 모른다. 설사 그것이 꿈이라 하더라도 이 모든 것은 사실이 아니면 안 되는 일이다. 여러분에게 한 가지 비밀을 가르쳐 드릴까? 그것은 처음부터 끝까지 결코 꿈이 아닐지도 모른다는 것이다. 왜냐하면, 그 후에 꿈에서라면 도저히 있을 수 없는 어떤 생생한 일이 일어났기 때문이다. 설사 이 꿈을 내가 꾸며 낸 것이라고 해두자. 하지만 과연 내 마음의 힘만으로, 그 후에 일어난 것 같은 무서운 일을 만들어 낼 수 있었을까. 도대체 내 마음이나 내 머리가 그러한 진실의 계시를 포착할 만큼 고양될 수 있었을까! 짐작해 보시라. 실은 여태까지 숨기고 있었으나, 진실을 툭 털어서 얘기하자. 다름이 아니라 나는…… 그들을 모두 타락시키고 말았던 것이다!

5

그렇다, 정말 그렇다. 결국에 가서 나는 그들을 모두 타락시키고 말았던 것이다! 어떻게 해서 그렇게 됐는지는 모르지만, 결과만은 확실하게 기억하고 있다. 꿈은 몇 천 년을 껑충 뛰어넘어서 전체적인 인상만을 나에게 남겼을 뿐이다. 요컨대 나는 타락의 원인이 나에게 있었다는 것밖에는 모른다. 돼지의 몸에 기생하는 추악한 선모충처럼, 이 나라 저 나라에 병을 퍼뜨리는 페스트 균처럼,[4] 나는 내가 오기 전까지는 죄가 뭔지도 모르던 행복한 나라

---

4 『죄와 벌』의 에필로그에서 라스꼴리니꼬프의 계시적인 꿈에 등장하는 모티프이기도 하다.

를 감염시키고 말았다. 그들은 거짓을 배우고 거짓을 좋아하게 되고, 거짓의 아름다움을 알게 되었다. 아마도 그 시초는 아무런 악의도 없는 단순한 일이었을 것이다. 단순한 농담에서부터, 교태를 부리는 일로부터, 사랑의 희롱으로부터, 실제로는 아마 원자 같은 것에서부터 시작되었는지도 모른다. 어떻든 그 거짓의 원자는 그들의 마음에 침입했으며, 또한 그것은 그들의 마음에 들었다. 거기서부터 급속히 정욕이 생기고, 정욕이 질투심을 낳고, 질투심이 잔인함을 낳았……. 오, 나는 잘 알지 못한다. 기억하지 못한다. 오래지 않아 최초의 피 한 방울이 흘렀다. 그들은 깜짝 놀라 두려워하기 시작했다. 흩어지고 고립되기 시작했다. 여러 가지 당파가 생겨나는가 싶더니 이윽고 서로 대립을 일삼기 시작했다. 상호간에 비난과 공격이 퍼부어졌다. 그들은 부끄러움을 알게 되었으며 이를 미덕으로 받들어 올렸다. 명예라는 관념도 생겨서 각 당파마다 깃발을 내걸었다. 그들은 동물을 학대하기 시작했으며, 동물도 그들을 떠나 숲으로 가서 그들의 적이 되었다. 분열, 고립, 개성을 위한 투쟁이 벌어지고 내 것이니 네 것이니 하며 시비를 벌이게 되었다. 그들은 여러 가지 다른 말을 사용하기 시작했다. 그들은 슬픔이 뭔지 알게 되고, 그 슬픔을 사랑하게 되고, 고통을 갈망하게도 되었으며, 드디어 진리는 오로지 고통을 통해서 달성된다는 묘한 말까지 나돌게 되었다. 그리고 이때에 이르러 그들 사이에 학문이라는 것이 나타났다. 그들은 성질이 사악해지자, 비로소 형제애니 인도주의니 하는 말을 만들어 냈으며, 그 관념을 이해하게 되었다. 그들은 스스로 죄악을 범하게 되자 비로소 정의라는 것을 발명하여 여러 가지 법전을 문서로 작성해서 그것을 보존하게 되었다. 그리고 법을 보호하기 위해 단두대를 만들었다. 그들은 자기들이 잃어버린 것에 대해서는 아주 조금밖에 기억하지 못했으며, 언젠가 그들이 순진하고 행복했다는 사실조차 믿으려 하지 않았다. 그리하여, 먼 옛날에 행복이 있었을 가능성마저도 스스로 조소하며 이를 공상이라고 불렀다. 그들은 과거의 행복을 구체적인 형태로 회상하지도 못하게 된 것이다. 그런데 여기에서 기묘한 일이 일어났다. 지난날의 행복에 대한 믿음을 상실하여 스스로 그것을 옛날 전설이라고 말하고 있으면서도 다시 옛날처럼 천진무구한 행복의 세계에 살고 싶다는 소망을 품게 된 것이다. 그들은 어린아이처럼 자기 소망 앞에 무릎을 꿇었으며 그 소망을 신성화해서 많은 신전을 세웠다. 게다가 마음속으로는 그 소망이 실현 불가능함을 잘 알고 있으면서도 그 앞에 눈물을 흘리면서 예배했다. 그러나 만일, 그들이 상실한 지난날의 천진무구한 행복의 상태로 되돌아갈 수 있게 된다면, 누군가가 그 가능성을 그들에게 제시하면서 〈너희들은 정말 그때로 되돌아가기를 원하느냐?〉고 묻는다면, 아마도 그들은 그 제안을 거부했을 것이다. 그들은 나에게 이렇게 대답했다. 「우리는 거짓말쟁이이고, 심술이 사납고 부정한 짓을 많이 하지만, 그래도 괜찮다. 우리는 그것을 스스로 알고 있으며 그 때문에 탄식하고 그 때문에 내 몸을 스스로 채찍질하고 있다. 뿐만 아니라 장차 우리를 심판할 자, 이름도 모르는 그 자비로운 심판자 이상으로 스스로를 벌주고 있는지도 모른다. 하지만 그 대신 우리들에게는 학문이 있다. 우리는 학문에 의해서 다시금 진리를 찾아내며, 나아가 그것을 의식적으로 받아들인다. 지식은 감정보다 귀중하며 삶에 관한 인식은 삶 자체보다 귀중하다. 학문은 우리에게 예지를 주며 예지는 법칙을 계시한다. 행복의 법칙에 관한 지식은 행복 자체보다 더 귀중하다.」 이렇게 말하면서 그들은 다른 누구보다도 자기 자신을 가장 사랑하게 되었는데, 사실 그렇게밖에는 달리 어떻게 할 도리가 없었다. 모든 사람들이 각자 자기 개성에 몰두하여 남의 개성에 대하여는 그것을 격하시키고 축소시키려고 애를 썼으며, 그 일에 전생애를 바쳤다. 노예 제도라는 것이 생겼으며 심지어 일부러 노예가 되는 자도 생겼다. 약자는 자진해서 강자에게 굴복했는데, 그것은 자기보다도 더 약한 자를 압박할 때 강자의 힘을 이용하기 위해서였다. 이윽고 정의로운 사람이 나타났다. 그는 세상 모든 사람들에게 눈물을 흘리면서 인간으로서의 긍지를 설명하고, 그들 모두가 중용이나 조화나 수치심 같은 덕성을 모조리 상실한 것을 비난했다. 그러자 사람들은 오히려 그를 비웃고 그에게 돌을 던졌다. 그리하여 신전 안에서 성스러운 피가 흐르기도 했다. 한편으로는 어떻게 모든 사람이 다시 결합하여 그 모두가 다름 아닌 자기 자신을 사랑하면서도, 그와 동시에 누구 하나 타인을 방해하지 않고, 서로 화합하고 협조하는 사회에서 살게 할 수는 없을까 하고 생각하는 사람도 나타났다. 이 이념 때문에 몇 번이나 큰 전쟁이 일어났다. 그러면서도 그 전쟁에 참가한 사람들은, 학문과 예지와 자기 보존 의식이 결국에 가서는 인간을 화합된 이성적인 사회에 융합시키게 되리라고 굳게 확신하고 있었다. 그리하여 그 사업을 빨리 진행시키기 위해서 〈예지의 사람들〉은 그들의 이상을 이해하지 못하며 따라서 그들의 승리에 방해가 될 뿐인 〈예지 없는 사람들〉을 모조리 쓸어 없애려고 했다. 그런데 자기 보존 의식이 급속히 쇠퇴하여, 이번에는 오만한 사람들이나 음탕한 사람들이 나타나서 단적으로 〈전부 아니면 무〉를 요구하기 시작했다. 그들은 모든 것을 한꺼번에 획득하기 위해 악행에 의지했으며, 그것이 성공하지 못하는 경우에는 자살로 달려갔다. 무상한 세계 속에서 영원한 평안을 누리기 위해 허무와 자기 파괴를 숭상하는 종교가 나타났다. 마침내 그 사람들도 무의미한 노고에 시달린 끝에 얼굴에 고통의 음영이 떠오르게 되었다. 그들은 오로지 고통 속에서만 사상이 있으므로, 고통이 곧 아름다움이다라고 선언하게 되었다. 그들은 노래로써 고통을 찬미하기도 했다. 나는 마주잡은 두 손이 부러지도록 비틀면서 그들 사이를 돌아다니고, 그들을 위해 눈물을 흘렸다. 그러나 어쩌면 나는 그들이 아직 천진무구하게 아름다우며 그 얼굴에 고통의 그늘이 떠오르지 않았던 때보다 오히려 더 그들을 사랑했는지도 모른다. 그들에 의해서 더럽혀진 그 지구를 낙원이었을 때보다 내가 더 사랑하게 된 이유는 단지, 그곳에 슬픔이라는 감정이 나타났기 때문이다. 아, 나는 항상 고통과 슬픔을 사랑했던 것이다. 모든 것이 나 때문이었다. 오로지 나 때문에 그렇게 된 것이다. 나는 그들을 애처롭게 여기며 울었다. 나는 절망 속에서 그들에게 팔을 뻗치며 스스로를 자책하고 저주하고 경멸했다. 내가 그들에게 음탕과 병독과 거짓을 퍼뜨렸다고, 모든 것이 내 탓이라고 말했다. 나는 그들에게 나를 십자가에 매달아 달라고 애원하면서, 십자가를 만드는 법을 가르쳐 주었다. 나는 스스로 자신을 죽이지는 못했다. 그만한 힘이 없었다. 그 대신 그들로부터 고통을 받고 싶었다. 나는 고난을 갈망했으며, 고난에 의해서 내 피가 최후의 한 방울까지 흐르기를 갈망했다. 하지만 그들은 나를 비웃기만 할 뿐, 나중에는 나를 바보 취급하는 것이었다. 그들은 나를 변호하면서, 우리는 너한테서 우리가 바라는 것을 받아들였을 뿐이며 오늘날의 상황은 모두 당연히 이렇게 되어야 했던 것이 이루어진 것일 뿐이라고 말했다. 마침내 그들은, 너는 우리들에게 오히려 위험한 존재가 되고 있다, 입을 다물지 않으면 정신 병원에 넣어 버리겠다고 경고했다. 그 때는 말할 수 없는 슬픔이 마음에 스며들면서 가슴이 죄어들어 금방 죽을 것 같은 기분이었다……. 그래…… 아니, 여기에서 나는 눈을 떴다.

벌써 아침이었다. 아직 날이 새지는 않았으나, 이럭저럭 다섯 시가 지난 시각이었다. 잠이 깨었을 때, 나는 앞서 말한 안락의자에 그대로 앉아 있었다. 촛불은 다 탔고, 대위의 방 사람들은 모두 잠이 들었으며, 이 집으로서는 드물게 사방이 다 조용했다. 나는 깜짝 놀라 벌떡 일어났다. 사소한 하나하나의 사정들 모두가 여태까지 내게 없던 일이었다. 예컨대, 나는 한번도 안락의자에 앉은 채로 잠이 든 적이 없었다. 우두커니 서 있는 동안에 차차 정신이 들었다. 책상 위에 놓인 권총이 눈에 띄었다. 탄알을 재서 준비해 놓은 권총이다. 나는 얼른 그것을 옆으로 밀어냈다. 아아, 이제는 살았다. 삶이다! 나는 두 손을 올려 〈영원한 진리〉에 호소했다. 호소를 했다기보다는 통곡을 했다. 커다란 기쁨, 말할 수 없이 커다란 기쁨이 나의 온몸을 사로잡았다. 그렇다, 삶이다. 그리고 전도를 해야겠다! 나는 그 자리에서 전도하기로 결심했다. 그것도 일생 동안을. 나는 전도하러 떠나겠다. 나는 전도하고 싶다. 무얼 전도하느냐고? 그야 물론 진리다. 나는 그것을 봤으니까, 내 눈으로 똑똑히 봤으니까, 모든 진리의 영광을 남김없이 봤으니까!

이리하여 나는 지금까지도 전도하고 있다. 뿐만 아니라 나는 나를 비웃는 사람을 누구보다 더 사랑하고 있다. 왜 그런지는 모른다. 설명할 수가 없다. 하지만 설명할 수 없어도 괜찮다. 그들은 내가 예나 지금이나 정신을 못 차리고 있다고 한다. 저렇게 정신을 못 차리다가 앞으로 어떻게 될지 걱정이 된다고 한다. 사실 그렇다. 나는 정신을 못 차리고 있으며, 앞으로 점점 더 심해질지도 모른다. 전도의 요령을, 무슨 말로, 무슨 행동으로 전도할지를, 전도의 방법을 발견할 때까지는 몇 번이라도 횡설수설하겠지. 그것은 무척 어려운 일이니까. 게다가 지금 그 모든 것이 대낮처럼 훤히 보이는데, 도대체 어느 누가 말짱할 수 있겠는가? 그러나 사람들은 모두 다 같은 목표를 향해 나아가는 것 아닐까. 모든 사람은, 현자에서 도둑에 이르기까지 길은 다를지라도 결국은 같은 목표를 향해 나아가고 있다. 이것은 오래된 진리이기는 하지만 이 속에는 새로운 의미가 있다. 나 또한 헷갈릴 일이 없다. 나는 그 진리를 봤으니까. 나는 봤다. 봤으니까 알고 있다. 인간은 이 지상에서의 삶을 포기하지 않고서도 아름답고 행복한 존재가 될 수 있다. 악이 인간 본연의 상태라는 견해를 나는 곧이들지 않는다. 나는 거부한다. 세상 사람들은 모두 나의 이 믿음을 비웃는다. 하지만 어찌 이것을 믿지 않을 수 있으랴. 나는 진리를 봤는데. 머리로 생각해 낸 것이 아니다. 나는 봤다. 확실히 봤다. 그 구체적이고 생생한 형상은 끝없이 내 영혼을 가득 채웠다. 나는 그것을 너무도 충실하고 완전한 형태로 보았기 때문에, 그런 일이 인간에게 불가능하다고는 도저히 믿을 수 없다. 자, 그렇다면 어째서 내가 말하는 것이 헛소리인가? 물론 내 말이 옆길로 빗나가는 일은 있겠지. 그리고 그런 일이 자주 있을지도 모른다. 혹은 내가 어디서 빌려 온 부적당한 말로 지껄일지도 모른다. 하지만 그런 것은 그리 오래가지 않을 것이다. 내가 본 그 구체적이고 생생한 현상은 항상 나와 함께 있고, 그것은 끊임없이 나를 바로잡아 올바른 방향으로 이끌어 줄 것이기 때문이다. 오, 나는 용기로 가득 차 있다. 기운이 있다. 그러니까 어디까지든 가겠다. 설사 1천 년이라도 나아가겠다. 사실 나는 처음에 그들을 타락시킨 사실을 숨길까 했다. 그게 나의 잘못이었다. 애당초 그것이 첫 번째 잘못이었다! 그러나 진리가 내 귀에다 대고 너 거짓말을 하는구나 하고 속삭여서 나를 보호하고 바른 길로 돌아오게 해주었다. 그러나 도대체 어떻게 해서 낙원을 만들지? 나는 그 방법을 모른다. 그것은 말로 전달할 수가 없었으므로 꿈에서 깨어났을 때 잊어버리고 말았다. 적어도 가장 중요한 말은 다 잊어버렸다. 하지만 그건 어쩔 수 없다. 나는 떠나겠다. 내가 본 것을 전달하는 방법은 잘 모르지만, 어떻든 이 눈으로 분명히 봤으니까 끝까지 이야기하겠다. 그런데 남을 비웃기 좋아하는 친구들은 도저히 이해하지 못한다. 그들은 〈꿈을 꾼 거야, 헛소리, 환각에 지나지 않아〉라고 말한다. 뭐! 너희들은 그게 현명한 것인 줄 아냐? 그래서 그렇게 태연스럽구나. 꿈이라니? 그 꿈이란 대체 뭐냐? 우리 인생이 원래 꿈 아닌가? 더 나아가서 이야기해 보자. 설사 내 주장이 결코 이루어지지 않으며, 지상의 낙원이라는 것은 도저히 불가능하더라도(나도 이미 그것은 이해하고 있다!) 나는 역시 전도를 계속할 작정이다. 그러나 한편 어쩌면 이것은 매우 간단한 일이며 단 하루, 아니 단 한 시간에 모든 게 다 홀연히 이루어질지도 모른다! 어떻든 우선 긴급한 것은, 네 이웃을 내 몸같이 사랑하라[5]는 교훈이다. 이게 제일 중요하다. 이게 전부이다. 이 이상은 아무것도 필요하지 않다. 이것만 있으면, 무슨 방법으로 실현되느냐 하는 것도 당장 알 수 있다. 이 교훈은 옛날부터 수십억 번이나 되풀이된 낡은 진리인데, 무슨 까닭인지 그동안에는 생활 속에 잘 융합되지 않았다. 〈삶의 인식은 삶 자체보다 더 귀중하며, 행복의 법칙에 관한 지식도 행복 자체보다 더 귀중하다〉는 말, 이 오만한 말과 투쟁하지 않으면 안 된다! 그리고 내가 그 일을 하겠다. 만약 세상 사람들이 모두 그렇게 할 생각만 있다면 모든 게 다 삽시간에 이루어질 수 있는데.

그리고 나는 그 어린 여자아이를 찾아냈다……. 나는 떠나겠다! 떠나겠다!

---

5 마르코의 복음서 12장 31절.

역자 해설-1 / 영원한 남편
담담한 시선에 비친 인간 군상

    도스또예프스끼의 작품『영원한 남편*Vechnyi muzh*』(1870)은 비교적 분량이 짧고, 내용도 작가의 다른 작품들에 비해 비교적 평이하며 단순한 스타일의 중편소설이다(물론 작품 타이틀에 〈단편 — 짧은 이야기rasskaz〉라는 부제가 달려 있지만, 글자 그대로 이 작품을 단편으로 볼 수는 없다). 이 작품은 도스또예프스끼가 안나 스니뜨끼나와 두 번째 결혼식을 올린 뒤, 여러 가지의 복합적 사정으로 인하여 약 4년 간의 외국 생활을 하는 동안 창작된 것으로써 같은 시기에 씌어진 『백치』(1868)와 『악령』(1871, 1872)의 중간에 발표된 작품이다.

    그러면 여기서 먼저 이 작품의 성립 과정을 살펴보기로 하자. 본래 도스또예프스끼가 그의 속기사로 일했던 안나 스니뜨끼나와 결혼한 것은 1867년 2월 15일이었다. 당시 도스또예프스끼는 46세의 재혼남이었고, 안나는 방년 20세의 젊은 처녀였다. 그러나 갓 결혼한 신부는 도스또예프스끼의 주변 상황이 극도로 혼란하고, 어려운 여건으로 가득 차 있어 모든 것이 집필 활동에 백해무익하다는 것을 금방 파악하였다.

    우선 도스또예프스끼는 형 미하일과 함께 운영하던 잡지『세기』의 사업 실패와 형의 죽음으로 인한 채무의 인계, 그리고 형의 처자와 애인에 대한 부양을 떠맡고 있었다. 그뿐만 아니라 이보다 약간 앞서 사별한 첫 부인 마리야 이사예바가 남긴 장성한 아들 — 이 아들은 그녀가 전 남편과의 사이에서 낳은 아이로, 게으르고 성격이 좋지 않았다 — 도 지속적인 경제적 부담을 요구하는 친인척의 한 사람이었다. 그것은 〈우리는 서로가 행복하지 못했다〉고 술회한 도스또예프스끼의 마리야와의 결혼 생활에서 파생된 의무였다. 그 외에도 도스또예프스끼 자신은 병적인 도박벽으로 인해 대내외적인 채무가 쌓여 재정적 파산 상태에 직면해 있는 형편이었던 것이다. 한마디로 이와 같은 심각한 경제적 난관과 끊임없이 괴롭히는 친인척들(이들은 일방적으로 재정적 도움을 요구할 권리가 있는 듯이 행동했고, 도스또예프스끼는 항상 자신의 궁핍을 돌보지 않고, 그들을 위해 헌신하려 했다), 도스또예프스끼 자신의 불규칙적인 생활 습관 따위가 산재된 뻬쩨르부르그의 환경은 작품 활동과 신혼의 가정 생활에 아무런 도움이 되지 않았다. 이에 어린 아내인 안나는 단호한 결정을 내린다. 그것은 두 사람이 외국으로 떠나, 그곳에서 집필 생활을 시작한다는 당찬 계획이었다.

이렇게 하여 1867년 4월 이들은 정처없는 외국 여행길에 오르게 된다. 그들은 독일을 거쳐 스위스, 이탈리아, 다시 독일을 떠도는 생활을 1871년 7월까지 약 4년 3개월 가량 지속하였다. 그 동안 그들이 머문 도시는 주로 바덴바덴, 제네바, 피렌체, 드레스덴이었는데, 그 중 약 1년 정도 체재했던 제네바에서는 맏딸 소냐가 태어났다가 곧 죽는 쓰라린 경험을 하기도 했다. 후반기 2년 동안 체류한 곳은 드레스덴으로 이곳에서 둘째 딸 류보피를 낳기도 했다.

그렇지만 이렇게 수년간 계속된 외국 생활도 실상 말할 수 없이 참혹한 고난의 연속이었다. 그것은 무엇보다 러시아에 있을 때와 마찬가지로 재정적 어려움에서 기인하는 것이 대부분이었다. 외국 생활 중 그가 의존하는 주수입원은 잡지 「러시아 통보」

의 유능한 편집장인 미하일 까뜨꼬프가 제공하는 선불 원고료였는데, 그나마 러시아의 친인척에게 충실하게 보내는 송금으로 인해 작가 자신의 가정 생활은 최소한의 생활 여건도 갖추지 못한 궁핍 그 자체의 삶이었다. 이 무렵 그는 급히 돈을 보내 달라는 전보를 본국에 치기 위해, 전당포에 바지를 잡혀 2탈레르의 전보 요금을 마련해 간신히 위기를 모면하는 경험을 하기도 했다. 이 같은 형편에 대하여 도스또예프스끼는 당시 다음과 같은 편지를 쓰고 있다.

> 나는 지금까지 선불을 미리 받지 않고 나의 작품을 내어 준 적이 없습니다. 나는 프롤레타리아 작가입니다. 누구든지 나의 작품을 원하는 사람이 있다면, 그는 선불금을 먼저 지불해야만 합니다.(친구이자 『여명』지의 편집장인 스뜨라호프에게 보내는 서한)

이처럼 늘상 경제적 곤란과 언제나 선불을 받고 약속된 날짜에 원고를 넘겨주어야 하는, 시간적 압박이라는 스트레스 속에서 활동한 작가가 도스또예프스끼였다. 그렇기 때문에 그가 당대의 다른 작가들, 예를 들어 뚜르게네프나 똘스또이에 대해 어느 정도의 적의와 선망의 정서를 지니고 있던 것은 그 나름대로의 당위성이 있었다. 즉, 이 두 작가는 〈부르주아 작가〉였으므로, 굳이 원고료까지도 필요가 없었는데, 오히려 도스또예프스끼보다 더 높은 원고료를 받았기 때문에 그 점을 못내 못마땅하고 불공평한 요소로 인식했던 것인지도 모른다.

이러한 열악한 외국 생활의 조건 속에서도 그러나 도스또예프스끼의 문학적 재능은 조금도 고갈되지 않고, 오히려 끊임없이 새로운 작품을 내놓았다. 외국 체재를 하던 이 시기는 많은 작품이 발표된 다작의 시기는 아니지만, 분명히 그의 가정적인 안정기와 예술적 천재성을 보다 심화시키는 원숙기였다고 할 수 있다.

『영원한 남편』의 집필은 이렇게 해서 이루어졌다. 1869년 초

당시 피렌체에 머물고 있던 도스또예프스끼에게 한 통의 편지가 날아들었다. 발신자는 그의 오랜 동료이자 친구인 스뜨라호프였고, 그는 새로 창간한 『여명』을 위해 신작 한 편을 의뢰하고 있었다. 도스또예프스끼는 이 제안을 크게 기뻐하며 1천 루블의 선금을 요구했다. 그러나 그 같은 거액의 선금은 거절되었고, 급한 도스또예프스끼는 3백 루블로 금액을 낮춰 계약을 성사시켰다. 하지만 그 돈은 즉시 없어졌고, 막상 약속된 9월이 다가오는데 한 줄도 시작하지 못한 채, 도스또예프스끼는 작열하는 이탈리아의 태양 아래 전전긍긍하고 있었다. 해산이 가까운 안나와 함께 독일어가 통하고 덜 더운 북부의 도시로 이사를 해야 하는데, 손에 쥔 돈이라곤 한 푼도 없었던 것이다. 결국 그의 충실한 후원자인 까뜨꼬프에게 매달린 결과, 7백 루블의 선금을 받아 이사를 할 수 있었다. 이렇게 해서 도스또예프스끼 내외는 독일 드레스덴에 간신히 안착했는데, 그것이 1869년 8월 중순이었다. 9월에 류보피가 탄생한 후 도스또예프스끼는 곧바로 집필에 들어가 3개월 후 한 편의 중편 작품을 완성했고, 이것이 바로 『영원한 남편』이다. 이 작품은 1870년 『여명』지의 1월호와 2월호에 연재되었다. 그리고 그 이듬해인 1871년에 단행본으로 출간되었다.

『영원한 남편』은 도스또예프스끼의 다른 작품들, 『죄와 벌』, 『백치』, 『악령』, 『까라마조프 씨네 형제들』 등의 4대 소설에 비한다면, 현저히 그 폭과 깊이가 작은 평면적인 작품이다. 등장 인물과 사건의 플롯, 도스또예프스끼의 전공 분야라 할 수 있는 심리적인 분석이 단순화되어 있고, 어느 면에서는 코믹한 요소까지 부가되어 있다. 작품의 중요 등장 인물은 벨차니노프라는 자유분방한 중년의 독신남과 그가 한때 사랑했던 유부녀 나딸리야 바실리예브나의 남편인 뜨루소스끼이다. 그런데 작품의 첫머리에 두 남성의 연결 고리에 해당하는 나딸리야는 이미 폐병으로 죽은 것으로 설정되어 있으므로, 작품은 주로 이 두 남성의 심리적인 대결(일종의 심리적 결투라 할 수 있다)의 과정을 그리는 데 주안점이 맞춰지고 있다.

백야가 지속되는 뻬쩨르부르그의 여름날, 신경 과민과 불면증에 시달리는 벨차니노프는 원인을 알 수 없는 우울증까지 겹쳐 괴로운 나날을 보낸다. 그러다 그는 우연히 이 우울증의 원인이 바로 뜨루소스끼의 의도적인 출현이라는 사실을 깨닫는다. 3개월 전 상처(喪妻)한 이 뜨루소스끼(겁쟁이라는 뜻의 trus에서 나온 성씨)는 아내의 사후, 그녀의 유품 속에서 수많은 연애 편지 뭉치를 발견함으로써, 그녀가 끊임없이 남편을 배반한 여인이었다는 것을 비로소 알게 된다. 아울러 자신의 친딸이라고 생각한 딸 리자마저 다른 사람의 아이라는 것을 알자 절망한다. 겉보기에는 지극히 다정하고 정상적인 이 두 부부가 실상은 천성적으로 방탕한 여인과 그에 걸맞는 〈영원한 남편〉과의 환상적인 결합으로 이루어져 있었다는 것이 도스또예프스끼의 관찰이다.

결국 뜨루소스끼는 증오와 원한, 또한 화해와 용서의 감정이 뒤엉킨 기묘한 심리 상태에서 복수에 나서고, 그 와중에 가엾은 어린 딸 리자만이 희생된다. 벨차니노프 또한 뒤늦게 리자가 자신의 혈육임을 알고 그녀를 통해 새로운 정화된 삶을 살려고 하지만, 그녀의 죽음으로 인하여 이것 역시 무위에 그치고 만다. 결국 그들 두 사람은 나름대로의 의미 없는 총결산을 하고 헤어진다. 그 후 2년이 지나 우연히 어느 지방의 기차역에서 해후한 그들 두 사람은 여전히 자신들의 본성에서 한 발자국도 벗어나지 않은 타성적인 삶을 살고 있다는 것이 판명된다.

여기서 독자는 『영원한 남편』이 도스또예프스끼 특유의 고차원적 심리 소설과는 상당히 거리가 먼, 어딘가 체호프나 모파상과 같은 요소가 내재하는 작품이라는 것을 감지할 수 있다. 인간적 쾌락을 추구하는 플레이보이 벨차니노프와 〈영원한 남편〉이라는 또 다른 삶을 살아가는 뜨루소스끼는 각기 다른 형태로 자신들의 생을 살아가는 것이며, 거기에는 어떤 종교적이며 철학적인 해결책도 개입되지 않는다.

『영원한 남편』에서 도스또예프스끼는 그가 자주 그러했듯이 인간의 양상, 특히 모순과 변환 속에 처한 인간의 모습을 단조로운 구성으로 담담하게 분석하고 있다고 볼 수 있다.

정명자

역자 해설-2 / 작가 일기
창작 절정기의 사상적 결산 한마당

　도스또예프스끼의 단편소설들은 우리 나라의 독자들에게 잘 알려져 있지 않다. 우리가 알고 있는 도스또예프스끼란 누구인가? 그는 무시무시한 〈영혼의 괴물들〉이 벌이는 장대하고 심오한 서사시, 그리스 비극처럼 무자비하고 거침없는 세계 그 자체이다. 이런 일반적인 인상은 주로 도스또예프스끼의 대작 장편소설들에서 비롯되었을 터인데, 심지어 도스또예프스끼를 생전 읽어 보지 못한 사람도 도스또예프스끼가 그러그러한 작가임을 알 정도로 그 인상은 신화적인 위력을 갖고 있다. 그러므로 단편들이 주목받지 못했던 것은 지극히 자연스럽다.

　그러나 도스또예프스끼의 대작 장편들이 드리우고 있는 거대한 그늘에 가려 눈에 띄지 못했을 뿐 여기 소개되는 단편들의 문학적 가치가 무시되어도 좋을 정도로 미미한 것은 결코 아니다. 특히 「우스운 사람의 꿈」, 「보보끄」, 「온순한 여자」 등은 일급의 작가만이 창조해 낼 수 있는 독창성과 기교를 보여 준다. 각 작품은 장편에서 보았던 것과는 또 다른 독자적인 세계를 구축하고 있다. 이들 속에서 우리는 마치 물이 그릇에 맞추어 자신의 모양을 변화시키듯이 한 위대한 작가의 정신이 장편과 단편이라는 각각 상이한 형식 속에서 안락하게 자리 잡는 흥미로운 현상을 볼 수 있다.

여기에 실린 단편들은 도스또예프스끼가 1872년부터 그가 서거한 해인 1881년까지 〈작가 일기〉라는 제목 아래 발표한 자유로운 형식의 평론물 속에 함께 포함되었던 작품들이다.

『작가 일기』와 함께 이 단편소설들이 집필된 시기는 도스또예프스끼의 창작사와 관련하여 잠깐 짚고 넘어갈 필요가 있다. 1872년 도스또예프스끼가 메셰르스끼 공작의 청으로 보수파 잡지인『시민』지의 편집장직을 수락하고 이 잡지에『작가 일기』를 연재하기 시작한 것은『죄와 벌』,『악령』,『백치』와 같은 대작 장편소설들을 내놓은 직후였다. 잡지 발행인인 메셰르스끼와의 의견 충돌로 1874년 초에 도스또예프스끼가 편집장직을 사임한 후『작가 일기』는 한동안 휴면의 기간을 거쳐야 했는데, 이 기간에 씌어진 또 하나의 장편소설이『미성년』이다. 1876년에 도스또예프스끼는『작가 일기』를 개인 잡지 형태로 다시 펴내기 시작했고, 이는 1877년까지 매월 계속되었다. 그리고 뒤이은 작업이 바로 그의 마지막 작품인『까라마조프 씨네 형제들』이었다. 요컨대『작가 일기』가 나온 시기는 마치 왕성한 화산 활동 사이의 휴지기처럼, 후기의 대작 장편소설이 쏟아져 나오던 창작의 절정기 한복판에 자리 잡고 있는 것이다.『작가 일기』는 그런 의미에서 후기 장편소설의 문제 의식들을 광범위하게 공유하고 있으며, 이를 평론이라는 비교적 자유롭고 직설적인 형식으로 표현한 것이라고 할 수 있다. 도스또예프스끼 전생애의 문학적 결산이『까라마조프 씨네 형제들』이었다면,『작가 일기』는 그 사상적 결산을 각론으로 펼친 것이라고 하겠다.

『작가 일기』는 정치적 사건, 역사적인 문제에 관한 평론, 사상적인 논설, 문학적 단상 등 온갖 영역에 걸친 글을 담고 있다. 이는 독자와 자유로운 형식으로 철학적, 문학적 주제에 관해서 대화하고 또한 허심탄회하게 논쟁하고 싶어했던 도스또예프스끼의 오랜 꿈을 실현한 것이었다. 이 연재물을 처음 시작하면서 도스또예프스끼는 이렇게 쓰고 있다.

> 내 입장은 전혀 정해지지 않았다. 다만 나는 이 일기를 스스로의 만족을 위해 내 마음대로 쓸 참이며, 거기서 뭐가 나올지는 알 수 없다. 무엇에 관해 말하겠느냐고? 나를 놀라게 하거나 생각하게 만드는 모든 것에 관해서이다.

다양한 주제, 자유로운 형식, 독자와의 대화라는 설정이 『작가 일기』를 특징짓는 요소라고 할 때, 이는 평론뿐만이 아니라 창작물에도 해당된다. 각 단편들은 그 소재는 물론이거니와 문체에 있어서도 현저하게 이질적이다. 예컨대 「보보끄」에서는 현란한 풍자가, 「예수의 크리스마스 트리에 초대된 아이」와 「백 살의 노파」에서는 시사 르포의 관찰자적인 문체가, 「우스운 사람의 꿈」에서는 체험기의 문체가, 「농부 마레이」에서는 자전적 회상의 문체가, 「온순한 여자」에서는 광기에 찬 의식의 흐름을 추적하는 심리 소설의 문체가 실로 다채롭게 구사되고 있다. 한편 이들에 공통되는 것은, 모두가 1인칭 서술자 시점으로 독자와의 직접적인 대화를 시도하고 있다는 것이다. 우리는 각 작품의 서술자나 주인공들이 독자를 마주보고 내는 목소리를 생생하게 들을 수 있다.

비록 『작가 일기』라는 하나의 액자 안에 들어가 있지만, 평론의 경우 러시아 사회의 미래상에 대한 도스또예프스끼의 슬라브주의적인 기획으로 전체의 성격을 느슨하게 포괄할 수 있는 반면에, 이 단편들을 공통적으로 묶을 수 있는 테마는 없다. 개별 작품들을 구체적으로 살펴보도록 하자.

「보보꼬」

〈그리스도가 없을 때 이 세상의 모든 것들이 얼마나 사악하고 추해질 수 있는가〉라는 문제는 도스또예프스끼가 오랫동안 품고 있던 생각이다. 도스또예프스끼는 무덤 속에서 썩어 가고 있는 사자들의 충격적인 대화 장면을 통해 신(神)을 갖지 않은 인류의 모습을 형상화하고 있다.

반쯤 미친 문필가가 10월의 어느 음울한 날 공동 묘지를 어슬렁거린다. 여기에는 때마침 새로운 시신들이 도착해 있다. 화자(문필가)는 이곳의 냄새에 역겨워하면서도 사자들이 죽어서까지 빈부에 따라 다양한 차이를 보이고 있는 아이러니를 잊지 않고 지적한다.

> 첫째로, 냄새가 났다. 15구의 시체가 도착해 있었다. 수의의 품질도 갖가지였는데, 그 중에는 영구차도 두 대 있었다. 하나는 장군을 위한 것, 다른 하나는 어떤 귀부인의 것이다…….
> 무덤 속을 흘끗 들여다보았는데, 끔찍해라, 물! 온통 물이다! 짙은 녹색의 물, 그리고…… 이런 걸 어떻게 얘기해야 할지! 묘지기가 끊임없이 바가지로 물을 퍼내고 있었다.(pp. 236~237)

그러나 정작 놀라운 장면은 시신들과 파헤쳐진 묘지의 역겨운 풍경이 아니다. 화자가 갑자기 사자들의 목소리를 듣는 데서부터 이 단편의 환상은 시작된다. 무덤 속의 장군은 7등관과 카드 놀이를 하면서 상대방을 속이고, 수다스러운 귀족 여인은 자기 옆에 신분이 낮은 점원이 누워 있음을 불평한다. 이미 죽은 줄도 모르고 자신의 병을 누구에게 가서 치료할지 묻고 있는 젊은 시체, 죽어서까지도 거드름 피우는 버릇을 버리지 못하는 고관, 태연자약하며 경건한 말투를 쓰는 점원 등 온갖 부류의 군상들이 시체 냄새를 풍기며 무덤 속에서 북적거리고 있다. 화자를 무엇보다도 당혹스럽게 만든 것은 사자들이 이야기하고 있다는 사실보다는 이들이 지상에서와 똑같은 온갖 속된 짓거리들을 벌이면서 무덤 아래의 생활을 영위하고 있다는 점이다.

> 무슨 할 말이 있겠는가, 덕분에 유쾌했으니까! 여기서도 사정이 이 지경에 이르렀다면 저 위층에 대해서는 말해 무엇하리? 하지만 얼마나 웃기는 소리들인가? 참으로 화가 치밀었지만 나는 얘기를 계속 들어 보았다.(p. 241)

이 지경에 이르러서는 이미 이 단편의 환상성은 큰 의미를 갖지 못한다. 그리하여 사후의 세계라는 소재가 자아낼 수 있는 신비감은 멀찌감치 물러가고 현실에 대한 풍자가 중심으로 부각되고 있다. 무덤 밑의 세계는 지상의 세계에 대한 축도이자 우스꽝스러운 삽화에 다름 아니다. 그리하여 지상의 온갖 비리들은 시체들의 입을 통해 다시금 재연되고 노골적으로 폭로된다.

화제가 창녀 까찌쉬에 관한 것으로 옮겨 가자 이 묘지 클럽의 분위기는 음탕한 열기를 띠기 시작한다. 그리고 마침내 생전의 탕자 끌리네비치 남작이 새롭게 가세하여 〈남은 시간을 즐겁게 보낼 것〉을 제안하면서 사자들의 모임은 축제 직전으로까지 고양된다. 끌리네비치 남작은 각자가 알몸뚱이가 되어 자신의 과거를 남김없이 털어놓자고 선동하고, 시체들은 이를 열렬히 환영한다.

> 「벌거숭이가 되자, 벌거숭이가 되자!」 모두가 입을 모아 외쳤다.
> 「난 벌거벗고 싶어서 정말 미치겠어!」(p. 253)

썩어 가는 시체들이 욕정을 주체하지 못해 발광하는 모습은 실로 구토를 자아낼 만큼 역겹다. 그러나 그 역겨움은 단지 이들의 추한 외양에서 비롯되는 것은 아닐 터이다. 〈의식의 마지막 순간까지도 놓치지 않고〉 즐기려는 이 시체들의 작태는 지상의 인간들에 대한 알레고리라고 할 때, 결국 타락의 극한에 다다른 인간 영혼 자체가 역겨움을 일으키는 본질인 것이다.

사체를 미화하거나 그 추악함을 서슴없이 익살적 웃음으로 연결시키는 경향은 서구 문화 속에서 종종 발견된다. 중세의 〈죽음의 무도Danses macabres〉의 모티프나 부패한 사체들을 무더기로 등장시키는 현대의 〈좀비〉 영화는 그 비근한 예들이며,「보보끄」의 끔찍한 풍경도 그런 악취미적인 상상력에 뿌리를 두고 있다고 할 것이다. 그러나 시체들이 수치심을 던져 버린다는 모티프는 〈폭로〉에 대한 도스또예프스끼의 독특한 관념을 반영하는 것이기도 하다. 저명한 도스또예프스끼 연구가인 꼰스딴찐 모출스끼에 따르면 〈남김없는 폭로〉, 혹은 〈형이상학적인 뻔뻔스러움〉은 도스또예프스끼의 모든 악마적 주인공들에서 볼 수 있는 경향이라는 것이다. 『죄와 벌』의 스비드리가일로프, 『백치』의 이쁠리뜨, 『악령』의 스따브로긴을 비롯한 많은 주인공들이 자신의 죄악을 다른 사람 앞에서 적나라하게 고백하는 것을 볼 수 있는데, 그런 고백은 겸손한 참회라기보다는 오히려 오만하고 사악한 부정(否定)의 극한을 달리고 있다.「보보끄」의 뻔뻔스러운 시체들은 장편소설들의 그런 모티프를 생생한 형상으로 변형시킨 것이다.

「온순한 여자」

앞의 작품처럼 이 작품의 주인공도 지독한 편집증에다 자의식 과잉의 인간이다.

주인공은 고리대금업을 하면서 자신을 배척한 사회에 복수할 것을 꿈꾼다. 하지만 냉정함을 가장한 그의 가면 밑에는 섬세하고 순수한 감정이 감추어져 있다는 얘기이다. 그런 주인공에게 어느 날 아름답고 얌전한 소녀가 전당물을 맡기러 찾아오고, 그는 소녀의 얼굴에서 자신과 마찬가지로 불행하고 괴로움을 받는 영혼을 발견한다. 그는 면밀한 조사를 통해서 소녀의 모든 배경을 알아내고, 그녀에게 조심스럽게 접근하여 마침내 결혼을 하기에 이른다. 그러나 그는 속으로는 그녀를 열렬히 사랑하면서도 병적인 자존심으로 인해, 자신의 진정한 모습을 노출하지 않기로 결정한다. 후에 그는 아내 앞에서 일부러 자신의 본래의 모습을 감추고 오히려 그녀의 경멸과 증오를 자극한다. 일생을 통해 상처받을 대로 상처받은 주인공의 자존심은 또다시 모욕당하거나 웃음거리가 되는 것이 두려웠기 때문이다. 결국 남편의 이러한 의도적인 냉대에 지친 아내는 창문에서 몸을 던져 자살하고 만다.

이 작품은 「우스운 사람의 꿈」과 마찬가지로 〈환상적인 이야기〉라는 부제가 붙어 있다. 그러나 작가가 작품의 서두에서 스스로 규정하고 있듯이 그 환상성은 내용이 아니라 비상한 서술 형식에서 비롯된다. 이야기가 시작될 때 아내는 이미 죽어 있으며, 그 죽은 아내 앞에서 서성거리면서 병적으로 주인공은 지난 모든 일들을 생각하고 또 생각한다. 그리하여 뒤틀린 성격과 운명을 만들어 낸 자신의 과거, 아내와 처음 만나고 결혼하기까지의 세세한 과정들은 지금 이 순간 주인공의 뇌리를 스치는 혼돈스런 감정들과 뒤범벅이 된 채 서술된다. 주인공의 내면에서 이루어지는 모든 상념들이 마치 속기사가 기록을 하듯 고스란히 전사되고 있는 것이다. 소위 내적 독백monologue intérieur, 혹은 의식의 흐름이라고 불리는 이러한 기법은 흔히 프루스트나 조이스의 작품에서 그 기원을 찾게 되며, 현대 문학에서는 이미 새삼스러운 현상이 아니다. 하지만 이 작품이 쒸어진 것이 1870년대라는 사실을 상기한다면 놀라운 실험이 아닐 수 없다. 주인공의 독백은 이렇게 시작된다.

……아직 그녀는 여기에 있고, 그동안은 괜찮다. 다가가서 그녀를

잠깐 바라본다. 내일이면 데려갈 텐데, 그러면 나 혼자 남아야 한단 말인가? 그녀는 지금 거실에서 두 개의 카드 테이블을 붙여 놓은 단 위에 있다. 관은 내일 올 것이다. 하얀, 하얀 나폴리 비단, 그리고 또, 아니 그게 문제가 아니지……. 나는 줄곧 걸어다니기만 하는데 이 점을 자신에게 납득시키고 싶다. 벌써 여섯 시간 동안 이 점을 납득하고자 했지만 생각을 집중할 수가 없다. 중요한 건 내가 줄곧 걸어다니고 걸어다니고 걸어다닐 뿐이라는 점이다. 그게 전부다. 단순히 순서대로 이야기하겠다. (순서!) (p. 293)

주인공의 내적 독백은 마치 생각이 목소리를 가진 듯하다. 독자는 그가 바로 코앞에 있는 것처럼 그의 숨막힐 듯한 음성, 망설임, 영탄, 억누른 신음소리들을 생생하게 들을 수 있다. 그 독백은 때로는 주인공의 공황 상태를 반영하듯 무질서하게 달려나가기도 하고 때로는 조리를 되찾기도 한다. 아내의 시신 앞에서 서성거리는 짧은 시간 동안 주인공의 모든 역사가 파노라마처럼 스쳐 지나가면서 정상적인 시간의 리듬도 파괴된다. 도스또예프스끼의 장편소설에 대해 조지 스타이너가 말했던 〈시간의 압착〉은 여기서 또다시 극한적인 형태로 재연되고 있는 것이다. (오래전에 이 작품을 프랑스에서 영화화한 적이 있는데, 돌이켜 보면 그 영화의 서사 구조는 한 세기를 앞서 간 원작의 선진적인 미덕을 고스란히 물려받은 것에 다름 아니었다는 생각이 든다. 현재 시제와 과거 시제의 역동적인 오버랩, 오프 스크린 사운드의 교묘한 활용과 같은 극히 영화적인 기법이 원작 속에 이미 내재되어 있었던 것이다.)

독특한 형식이 이 작품의 놀라운 역동성을 외부적으로 구축해 내고 있다면 주인공의 고도로 모순된 성격은 그것을 내부적으로 지원한다고 볼 수 있다. 겉으로는 극도로 엄격하면서도 내면적으로는 털끝만한 감정의 흔들림에도 괴로워하는 섬세한 영혼은 선명한 대비를 만들어 내고 있다. 이런 주인공은 우리에게 낯설지 않다. 그는 또 다른 〈지하 생활자〉인 것이다.

사회로부터의 고립, 스스로에게 일부러 부과하는 고통, 자폐적인 사고 방식은 여러모로 『지하로부터의 수기』에 나오는 주인공을 연상시킨다. 지하 생활자는 어린 창녀 리자를 곤경에서 구했다가 꾸며 낸 사랑으로 그녀를 기만하고는 팽개쳐 버린다. 「온순한 여자」의 주인공이 보인 행적도 이와 근본적인 차이가 없다. 그 역시 여자를 곤경에서 구해 주지만 결과적으로는 스스로 그녀를 파멸시키고 있는 것이다. 물론 「온순한 여자」에서의 주인공의 정념은 보다 복잡하고 모순적이다. 그가 여자를 구해 준 것은 순수한 사랑이나 동정심이라기보다는 자신의 상처받은 자존심에 대한 보상을 찾기 위해서였다. 그러나 다른 한편에서는 사랑에 대한 주인공의 갈구가 존재한다는 것도 부인할 수 없다. 주인공의 딜레마는 상대방에 대한 지배를 통해 사랑을 얻으려 하면서도 그런 식으로는 진정한 사랑이 있을 수 없음을 스스로도 안다는 데 있다.

「온순한 여자」는 단순하게 본다면 자기애적인 사랑의 파멸적인 결말을 그리고 있다고도 할 수 있다. 그러나 지상에서 완벽한 사랑이란 없다. 모든 사랑은 어떤 의미에서든 자기애적이고 파괴적인 씨앗을 갖고 있기 때문이다. 이 작품의 참혹한 사랑의 역사는 누구에게나 있을 수 있는 그 씨앗을 증폭시켜 보여 주고 있는 것인지도 모른다.

미하일 바흐찐은 자신의 유명한 저작 『도스또예프스끼의 시학』에서 도스또예프스끼 창작의 장르적 본질을 규명하면서 「보보끄」와 「우스운 사람의 꿈」을 그 관건이 되는 작품으로 거론하고 있다. 특히 「보보끄」에 관해서는 〈전세계 문학에서 가장 위대한 메니페아(대화나 토론을 통한 역설적 풍자 형식)의 하나〉라고 격찬한 바 있다. 「온순한 여자」도 앞서 말했듯이 당시로서는 획기적인 형식적 특성을 보여 주는 작품이다. 요컨대, 위의 세 작품들은 주요 장막극들의 테마를 공유하면서도 이를 완전히 새로운 형식 속에서 소화해 내고 있다는 얘기다. 이들을 새롭게 읽음으로써 우리에게 도스또예프스끼로 가는 또 하나의 길이 열릴 수 있으리라 기대한다.

「우스운 사람의 꿈」

『작가 일기』에는 〈환상적인 이야기〉라는 부제가 붙은 단편소설이 두 편 나오는데, 그 중 하나가 「우스운 사람의 꿈」이다. 이 이야기의 환상성은 주인공의 꿈속에서 펼쳐지는 다른 행성의 묘사에서 비롯된다.

이야기의 주인공은 환멸에 빠진 한 지식인이다. 그는 스스로를 〈우스운 사람〉이라고 부르지만 이는 상식적인 인간과는 구별되는 자신의 모습에 대한 반어적인 표현으로써, 오히려 진부한 주변 세계에 대한 조소를 담고 있다. 그것은 또한 『지하로부터의 수기』의 주인공이 〈치통〉으로 자신의 존재감을 생생하게 느끼는 것과 유사한 일종의 자학적인 자기 확인이라고도 할 수 있다.

주인공의 병적인 오만함은 기형적으로 발달한 에고에서 비롯된다. 그리고 그 비대한 에고는 주인공을 관념적 상대주의의 극한으로 이끌고, 세계의 실체적 존재를 부정하게 만든다.

> 갑자기 나는 세계가 존재하거나 혹은 아무것도 존재하지 않거나, 내게는 마찬가지라고 생각하게 되었다. 나는 내게 아무것도 존재하지 않는다는 것을 온몸으로 느끼게 되었다. 예전에는 처음부터 많은 것이 있었던 것처럼 여겨졌으나 나중에 가서 나는 전부터 아무것도 없었다고 생각하게 되었다. 왠지 그렇게 여겨졌다. 점차로 나는 앞으로도 아무것도 존재하지 않으리라고 확신하게 되었다.(pp. 350~351)

이러한 장황한 사변이 이어진 끝에 주인공인 화자는 자살을 결심한다. 11월의 어느 음산한 밤, 구름 사이로 보이는 작은 별에서 영감을 얻은 주인공은 그날 밤 자살을 결행하기로 한다. 그런데 총을 준비하고 책상 앞에 앉아 때를 기다리던 주인공에게 조금 전 거리에서 보았던 불쌍한 여자아이의 기억이 떠오른다. 그리고 그 기억은 여러 가지 상념을 불러일으키면서 그의 자살을 지연시키게 된다. 그는 자신이 왜 죽음을 목전에 두고 여자아이의 모습에서 고통을 느끼는지 납득하지 못한다. 그는 〈내가 인간으로 존재하며 아직은 무(無)가 아닌 까닭에, 다시 말해서 무로 돌아가기 전까지는 아직 살아 있는 까닭에〉 자신의 행위에서 고통이나 분노나 수치를 느끼는 것이라고 강변한다. 그리고 자신이 없어져 버림으로써 그 또한 아무 의미를 갖지 않게 될 것이라고 생각한다. 그러나 주인공이 애써 인정하지 않으려 하고 있는 사실이 있는데, 그것은 여자아이와의 조우가 생에 대한 그의 철저한 무감각을 뒤흔들어 버렸을 뿐만 아니라 이 세계에 자신만이 홀로 존재하고 있는 것이 아님을 상기시켜 주었다는 점이다.

주인공이 느낀 고통의 감정은 세계의 초월적 실체에 대한 자각에서 비롯된다. 자신이 없어짐으로써 다른 모든 것들도 함께 없어진다는 주인공의 강변은 관념의 논리적인 추론에 근거하고 있다. 그러나 그가 마주친 여자아이의 애처로운 호소는 그런 논리적인 추론 이전에, 세계의 실체를 증명하는 선험적인 울림으로 다가온 것이다. 한 개인의 육체와 그 육체에 부속된 두뇌 활동이 사멸하더라도 이 세계는 존재한다. 세계는 그런 것들을 넘어서는 보다 원대하고 심오한 무엇으로 채워져 있기 때문이다. 바로 그러한 깨달음이 보잘것없는 이성을 압도하고, 주인공의 심성을 울리고 그의 자살을 결정적으로 방해한 것이다.

여기에서 울고 있는 여자아이는 원초적인 〈여성성〉, 즉 〈어머니-대지〉의 상징으로서 도스또예프스끼의 다른 작품들에서 광범

위하게 나타나는 모티프임을 암시하고 있다.

> 나는 내가 버리고 온 지구에 대한 열렬한 애정에 몸을 떨면서 절규했다. 그러자 그 가엾은 여자아이, 내가 구박을 한 그 가엾은 여자아이의 모습이 눈앞을 스쳤다.(p. 363)

주인공이 꿈속에서 찾아간 다른 행성은 여자아이가 다시 유토피아의 이미지로 확대된 결과일 것이다. 그런 식으로 〈여성성〉의 상징은 이 작품 속에서 중층적인 구원의 메커니즘을 만들어 내고 있다.

사실 주인공이 자살을 결심하기까지의 과정이나 자살을 망설이게 된 동기에는 다분히 작위적인 면이 있으며, 주인공의 꿈을 도입하기 위한 장치적 설정의 의미가 크다. 도스또예프스끼의 진의가 본격적으로 드러나는 것은 여기서부터이다.

꿈속의 낙원은 『악령』에서의 스따브로긴의 꿈이나, 『미성년』에서의 베르실로프의 꿈에서 이미 등장한 바 있는 〈황금 시대〉를 보여 준다. 형언할 수 없이 아름다운 자연 속에서 이 자연과 대화하고 애정을 베푸는 사람들이 산다. 이 새로운 지구는 〈아직 죄악으로 더럽혀지지 않은 땅이며, 여기에 살고 있는 이들은 죄악을 저지르지 않은 사람들이다. 인류의 전설에서 말하는, 우리들의 선조가 타락하기 전에 살고 있었다는 낙원, 바로 그 낙원에 사는 사람들이다.〉 그러나 주인공은 이 낙원을 페스트 균처럼 오염시키고 만다. 낙원의 주민들은 처음에는 사소한 거짓으로부터 시작하지만 차츰 인간의 모든 악덕과 증오를 배우게 되면서 마침내는 한때 자신들에게도 행복하고 평화로운 시절이 있었다는 사실조차 부인하는 지경에 이른다. 결국 낙원은 주인공이 예전에 살았던 지구와 똑같은 사악한 땅으로 타락해 버린다.

자신으로 인해 낙원의 비극이 벌어졌다는 자책에 괴로워하다가 잠을 깬 주인공은 더 이상 자살을 꿈꾸지 않는다. 왜냐하면 〈인간은 이 지상에서의 삶을 포기하지 않고도 아름답고 행복한 존재가 될 수 있다〉는 진리를 보았기 때문이다. 행복을 위해 필요한 것은 지극히 소박한 교훈 즉, 〈네 이웃을 네 몸같이 사랑하라〉는 것이다. 그리고 주인공은 이러한 사상을 전하는 투사가 되기로 결심한다.

이 작품의 교훈적인 결론이 단지 〈우스운 사람〉의 것만이 아니라는 점은 명백하다. 『죄와 벌』의 소냐, 『백치』의 미쉬낀 등을 통해서 도스또예프스끼는 일관되게 기독교적 희생과 사랑의 교의를 설파한 바 있기 때문이다. 그러나 유토피아에 대한 도스또예프스끼의 태도는 그렇게 단순하지 않다.

꿈속에서 찾아간 다른 행성의 주민들은 지구의 인간들처럼 사랑의 행위로부터 태어나고 수명을 다하면 사멸한다. 이들이 비록 지고의 행복과 평화를 누리고 있지만, 여기는 종교적인 내세라기보다는 〈지상의 낙원〉이며, 그런 의미에서 이 낙원의 형상은 1840년대에 도스또예프스끼가 꿈꾸었던 유토피아적 사회주의의 잔영을 보여 주고 있는 것이다. 즉, 말년으로 가면서 도스또예프스끼가 보수주의와 정교 신앙 쪽으로 기울어졌음에도 불구하고 현세에서의 해방된 세상에 대한 꿈은 그에게 여전히 강력한 매력으로 남아 있다는 얘기다. 그러나 한편으로 이 행성은 단 한 사람의 외부인에 의해 순식간에 타락할 만큼 불완전한 낙원이기도 하다. 주인공 스스로가 일부러 의도하지 않았는데도, 단지 그가 이 행성의 순수한 주민들 사이에 끼어들어 있음으로 해서 이곳이 타락해 버렸다는 것은 인간의 조건을 가진 채 지상에서 낙원을 건설한다는 것이 불가능하다는 의미에 다름 아니다. 이는 우스운 사람 스스로도 알고 있는 사실이며(「나도 이미 그것은 이해하고 있다!」), 사회주의 이념에 대한 환멸을 겪은 도스또예프스끼의 뼈아픈 체험이기도 하다. 『백치』의 미쉬낀 공작은 조화의 느낌이란 1초 이상 지속될 수 없다고 말한 바 있다. 왜냐하면 〈인간이란 존재가 그 이상을 견딜 수 없기 때문〉이다.

이처럼 종결부의 성서적인 교훈과는 또 다른 면에서, 지상의 낙원을 향한 선망과 그 불가능성에 대한 고통스런 자각이라는 이중적 열정은 이 단편 속에서 복잡하게 대립하면서 첨예한 긴장을 만들어 내고 있다. 어떻게 보면 단순한 구성을 빌어 작가의 사상적 편린을 전사한 것 같은 느낌도 들고, 또 그 사상이라는 것을 도식화해 보면 인류가 오랫동안 고뇌해 왔던 새삼스러울 것이 없는 주제이기도 하지만, 그 해묵은 주제의 저류에 흐르는 광기 어린 긴장은 분명히 도스또예프스끼적인 것이다. 우리는 그것이 교수대 위에서 생과 사의 갈림길을 경험했던, 그리고 평생 간질을 앓으며 또다른 의미에서 이 세계의 경계를 넘나들었던 작가로부터 만들어졌다는 사실을 새삼스레 상기하게 된다.

나머지 단편들은 그 분량이나 내용에서 위의 작품들 같은 비중을 갖지는 않으므로 간단히 묶어서 살펴보기로 하자. 「백 살의 노파」는 기적적으로 나이를 많이 먹은 한 노파에 대한 이야기를 어떤 부인으로부터 들은 작가가 그 후일담을 스케치한 것이다. 작가의 상상 속에서 노파는 가족들에게 둘러싸인 채 돌연히 그러나 평화롭고 행복하게 숨을 거둔다. 죽음이라는 모티프를 도스또예프스끼가 이렇게 다룰 수도 있구나 싶을 만큼 그 정경은 겸손하고 평온하다. 그런가 하면, 부인이 가는 곳마다 신출귀몰하게 나타나는 노파의 모습에서는 그다운 묘한 유머가 엿보이기도 한다 (그것은 죽음의 경계에 선 노인의 신비로운 존재감에 대한 형상화일 것이다).

「예수의 크리스마스 트리」에서는 이와 대조적으로 한 어린아이의 죽음이 그려지고 있다. 어른들의 죄로 인하여 참혹한 환경 속에 내던져진 아이는 천사가 되어 예수의 크리스마스 트리에 초대된다. 학대받는 어린아이의 모티프는 도스또예프스끼 창작의 중요한 요소이다. 그러나 다른 작품에서 그것이 주로 악마적인 주인공들의 죄악에 대한 폭로를 중심으로 엮여지는 데 반하여, 여기서는 어린아이 자체에 초점이 주어지고 있다는 점이 다소 특이하다. 「백살의 노파」에서와 마찬가지로 아이의 죽음도 대단히 온화한 색조로 그려지고 있거니와, 그 밑에 흐르는 작가의 깊은 연민을 느낄 수 있다.

「농부 마레이」는 어린 시절의 자기 집 농노에 대한 추억과 훗날 수용소에서의 체험을 교차시키고 있다. 수용소의 아수라장 속에서 농부 마레이와의 우연한 만남이 난데없이 떠오른 까닭은, 그 만남에 감춰진 사랑의 힘 — 당시에는 깨닫지 못했던 — 때문이다. 작가는 사랑에 대한 명상으로 자신의 증오심을 치유하고 싶었던 것이리라. 농부 마레이는 도스또예프스끼의 영혼 깊숙히 자리 잡고 있는 부드러움과 섬세함을 상징적으로 형상화하는 것인지도 모른다. 자기 작품 속의 주인공들 못잖은 생사의 고비와 모욕을 겪으면서도 도스또예프스끼가 그들 대부분처럼 타락하거나 파멸하지 않을 수 있었던 힘은 그의 내면에 바로 그런 근원적인 부드러움이 간직되어 있었기 때문이 아닐까.

박현섭

작품 평론 / 영원한 남편
온순함과 자만심의 변증법[1]

G. M. 프리들렌제르 / 정명자 옮김

1868년 9월 17일 A. N. 마이꼬프는 도스또예프스끼에게 이렇게 쓰고 있다.

> 벌써 오래전부터 뻬쩨르부르그에 새로운 러시아 잡지가 있었으면 하고 생각해 오던 차에 드디어 그런 잡지가 출간을 준비하고 있다는 소식을 들었습니다. 발행인은 까쉬뻬레프라는 사람으로 잘 알려지지 않은 사람이고(저야 물론 그 사람을 알고 있습니다만), 편집자는 당신도 잘 아시는 스뜨라호프 씨입니다. …… 우선은 당신을 기고가로 위촉하고 싶은데, 그 일을 제가 맡게 되었습니다……[2]

마이꼬프는 도스또예프스끼에게 잡지의 기고가 목록에 이름을 포함시킬 수 있도록 허락해 달라고 요청한다. 그에 대하여 10월 26일(신력[3]으로 11월 7일), 도스또예프스끼는 이렇게 답한다.

---

[1] 이 논문은 F. M. Dostoevskii, Sobranie sochinenii v 15 tomakh. T.8 (Leningrad, 1990), pp. 695~704를 번역한 것으로, 제목은 열린책들 편집부에서 붙인 것이다.
[2] F. M. 도스또예프스끼, 『서한집』, 모스끄바/레닌그라드, 1930, 2권, p. 429
[3] 태양력을 태음력에 대하여 이르는 말로 구력에 준해 대략 12일 후에 해당된다. 1918년까지 러시아에서는 구력(그레고리우스 력)을 사용하였다.

새 잡지가 생긴다는 소식에 정말 뛸 듯이 기뻤습니다. 물론 까쉬삐레프라는 사람에 대해서는 전혀 들어본 적이 없지만, 스뜨라호프가 드디어 그에게 맞는 일을 찾게 되어 기쁘기 그지없습니다. 정말 스뜨라호프 같은 사람이 편집장직을 맡아 …… 잡지의 중심 인물 역할을 해야 합니다. …… 저와 당신이 생각하는 〈러시아 정신〉이 깃든 잡지, 그러나 지나치게 슬라브적이지 않은 그런 잡지가 되었으면 하는 바람입니다.(XXVIII, 2권, p. 322)

이어서 도스또예프스끼는 〈잡지일 참여 제안을 매우 흔쾌하게 수락합니다〉라고 쓰고 있다. 바로 같은 날 조카딸 S. A. 이바노바에게 보내는 편지에서 그는 잡지 『여명』이 〈아마도 진지하고 훌륭한 작업〉(XXVIII, 2권, p.319)이 될 것이라고 말한다. 하지만 후일 밝혀진 바에 의하면 『여명』은 도스또예프스끼의 기대에 그다지 부응하지는 못했다. 그의 견해에 따르자면, 이 잡지는 독자의 관심에 대해 지나치게 소홀하고, 지나치게 아카데믹하며, 사회적이며 문학적인 당면 문제를 도외시하였던 것이다.

『여명』에 참여하겠다는 도스또예프스끼의 의사가 마이꼬프를 통해 전달되었음에도 불구하고, 그의 이름은 잡지 간행을 알리는 첫 광고에 실린 기고가 명단에는 포함되지 않았다. N. N. 스뜨라호프는 1868년 11월 24일, 그 이유를 이렇게 해명하고 있다.

저는 당신 본인의 허락 없이 당신의 이름을 실을 수 없었습니다. 당신에게 계속 편지를 쓰려고 했지만, 어쩌다 보니 더 이상 기다릴 시간이 없는 지경에 이르렀습니다. 그러나 우리는 (당신이 마이꼬프에게 보낸 편지에서 쓰신 것처럼) 당신의 수락 의사를 감사히 받아들여 신문의 다음 광고에는 당신의 이름을 포함시키도록 하겠습니다.[4]

1869년 초 스뜨라호프는 편집국을 대표하여 도스또예프스끼

---

4 『60년대』 M., L., 1940, p. 260

에게 다음과 같이 말한다.

> 저희에게 작품을 좀 써주십시오. 까쉬뻬레프를 비롯하여 다닐레프스끼 …… 그라도프스끼 그리고 저 역시 정중히 부탁드립니다.『여명』에서도 당신은『시대 Vremia』[5]에서 그랬던 것처럼, 자유로이 활동하실 수 있다는 말씀은 굳이 드리지 않아도 되겠죠?[6]

1869년 2월 26일, 도스또예프스끼는 답장을 보내면서〈금년 9월 1일까지, 다시 말해 반년 후에『여명』의 편집국에 중편, 그러니까 소설을 한 편 보내 주겠습니다〉라는 약속을 한다. 계속해서 도스또예프스끼는 이렇게 말한다.

> 그 작품은『가난한 사람들』정도 분량이거나 아니면 인쇄지 10장 정도가 될 것입니다. 그보다 적지는 않으리라 생각됩니다. 좀 더 많을 수도 있고요. …… 소설의 이데아는 아주 흥미로운 것입니다. …… 저는 다시 한번 강한 인상을 주고 싶습니다. 그리고 그런 주목을 끌기에는「러시아 통보」보다는『여명』이 훨씬 나을 것 같습니다.(XXIX, 1권, pp.20~21)

도스또예프스끼는 1869년 3월 8일, S. A. 이바노바에게 보내는 편지에서「러시아 통보」에 주기로 약속한 장편소설(『악령』)을 시작하기 전 남는 시간을 이용해서『여명』에 보낼 중편소설 한 편을 쓰겠다는 것을 밝히고 있다. 이 중편은〈넉 달 정도면 완성될 것이고, 열네 달 동안의 작업 이후 휴식이나 취하려고 마음먹었던 시간 동안 작품을 끝낼 수 있을 것〉이라고 했다.(XXIX, 1권, p. 26)

도스또예프스끼는 미래의 이 작품을 가리켜 때로는 장편, 때로는 중편이라고 부르면서 잡지사 측이 그에게 1천 루블을 빨리 보

---

[5] 도스또예프스끼가 1861년 1월, 형 미하일과 함께 창간했던 온건한 자유민주주의 성향의 잡지. 1863년 필화 사건으로 발행 금지 처분되었다.
[6] 같은 책, p. 261

403

내 주었으면 좋겠다는 부탁을 스뜨라호프에게 한다. 도스또예프스끼는 이 작품이 그해 가을호에 게재되기를 희망하고 있었다. 그러나 『여명』은 작가가 부탁한 돈을 즉시 보낼 수 없었고, 따라서 협상은 이루어지지 않았다. 그렇게 해서 도스또예프스끼는 그 중편소설을 시작하지 못했다.

1869년 3월 18일, N. N. 스뜨라호프에게 보내는 편지에서 그는 한 가지 다른 제안을 했다.

> ……『여명』에 〈이전의 조건 대신〉 인쇄지 2장 정도, 혹은 조금 더 많은 분량 (『여명』 정도 크기면 아마 인쇄지 3장이나 3장 반 정도가 될 것입니다)의 〈자그마한〉 단편소설을 보내는 것은 어떨까 합니다. 저는 이 단편을 형이 죽었던 4년 전에 구상하였는데, 저의 『지하로부터의 수기』를 읽고 나서 〈이런 식으로 계속 써나가라〉고 말한 아뽈론 그리고리예프의 충고에 부응한 것이기도 합니다. 물론 이 작품은 『지하로부터의 수기』와는 다릅니다. 비록 본질상으로는 동일하지만 형식상 전혀 다른 것입니다.…… 저는 이 단편 작품을 아주 빨리 쓸 수 있습니다. 그건 이 작품에 관해 저에게 분명하지 않은 부분은 어느 한 줄, 어느 한 단어도 없으니까요. 게다가 〈메모한 것도〉 상당히 됩니다(아직 집필한 것은 하나도 없지만서도).(XXIX, 1권, p.32. 같은 책, 9권, pp.492~494와 비교할 것)

도스또예프스끼는 이 단편에 대해 3백 루블을 선불로 달라고 부탁하면서, 1백25루블은 지금 당장, 나머지 1백75루블은 한 달 뒤에 보내 달라고 부탁한다. 『여명』은 작가의 이러한 새 제안을 수락한다. 스뜨라호프는 1869년 3월 27일, 도스또예프스끼에게 답장을 보내는데, 여기에서 그는 〈소설의 제목이 결정되는 대로 우리가 그 기쁜 소식에 대해 미리 공고할 수 있도록 알려 달라〉[7]고 쓰고 있다.

---

7 같은 책. p.263

하지만 피렌체에서 드레스덴으로 거처를 옮기는 등 여러 상황으로 인해 도스또예프스끼는 9월 1일이 될 때까지 〈단편〉을 끝내지 못한다. 제목조차 결정되지 않았다. 그래서 『여명』의 편집부는 〈잡지에 이미 원고가 도착한〉 작품들을 열거하면서, 그의 작품에 대해서는 제목을 뺀 채, 그저 〈F. M. 도스또예프스끼의 중편〉이라고 쓰고 있다(1869년 10월호). 도스또예프스끼가 이 중편소설을 착수한 것은 아마도 그가 스뜨라호프에게 8월 14일(26일) 편지에서 쓴 것처럼 8월 말경 드레스덴에서였던 것 같다. 그러나 바로 그날 마이꼬프에게 보내는 편지에서 그는 〈『여명』에 보낼 작품을 써야 되는데……〉 하고 말하고 있다. 도스또예프스끼는 〈한 달이나 5주쯤 후〉에는 소설을 완성해 잡지사에 보낼 수 있을 거라고 예상한다. 그러나 작업은 그때뿐만 아니라 그 후에도 시작되지 않았다. 도스또예프스끼는 1869년 8월 29일, 이바노바에게 이렇게 쓰고 있다.

> ……올 봄 나는 중편소설 한 편을 보내 주기로 하고 『여명』에서 3백 루블을 받았단다. 분량은 최소한 인쇄지 2장 정도는 되어야 해. 그런데 난 아직 시작도 못했어. …… 피렌체에서는 너무 더워 일을 할 수 없었거든. 처음에 나는 봄에 피렌체를 떠나 독일로 가려고 했었지. 그리고 독일에서 바로 작업을 하려고 생각했단다.(XXIX, 1권, p. 52, 58)

그러다 9월 17일, 마이꼬프에게 보내는 편지에서 도스또예프스끼는 다시 다음과 같이 전한다.

> ……지금 나는 『여명』에 보낼 소설을 쓰고 있습니다. 절반 정도 끝난 상태입니다. …… 이 중편은 「러시아 통보」 크기로 따지면 3장 반 정도에 해당하는 분량이 될 것입니다(그러니까 『여명』으로는 5장 정도가 되겠죠). 최소한 그 정도가 될 것이라는 말입니다.

10월 27일쯤에는 〈중편의 3분의 2 정도가 완성되어 정서가 끝난 상태〉라고 했다. 하지만 소설의 분량이 점점 더 많아진다.

……당초에 제가 까쉬뻬레프에게 말했던 것처럼 3장 반이 아니라 (인쇄지의 〈최대 분량〉이 아니라 〈최소 분량〉이 그렇다고 말씀드렸었죠), 아마 모르긴 해도 「러시아 통보」 인쇄지의 6장이나 7장 정도가 될 것 같습니다.(XXIX, 1권, p. 62, 72)

도스또예프스끼는 까쉬뻬레프가 이 중편을 1869년 11월호나 12월호에 실을 수 있도록 설득해 달라고 마이꼬프에게 부탁한다. 마이꼬프는 작가의 부탁을 들어주었다. 그러나 『여명』의 11월호와 12월호는 이미 준비가 끝난 상태였으며, 게다가 『영원한 남편』은 12월 5일에야 겨우 편집부에 도착했다. 원고를 잡지사에 보내고 난 후(12월 14일) 도스또예프스끼는 S. A. 이바노바에게 편지를 써서 자신의 작업에 대한 최종 마무리를 다음과 같이 짓는다.

나는 『여명』에 보낸 그 빌어먹을 중편소설 때문에 무진장 바빴단다. 시작을 늦게 했고 겨우 일주일 전에야 끝냈다. 꼬박 석 달 정도는 쓴 것 같고, 분량은 최소한 인쇄지 11장 정도가 되었다. 그 작업이 얼마나 힘들었는지는 아마 상상도 못할 거다! 게다가 나는 이 짜증 나는 소설을 처음부터 싫어했거든. 많아야 3장 정도가 될 거라고 예상했는데, 이런 저런 디테일한 것들이 저절로 튀어나오고, 결국 11장이나 되었단다.(XXIX, 1권, p. 88)

도스또예프스끼는 『영원한 남편』을 창작하면서, 알따이 광산 지역 소장 A. R. 게른그로스의 아내인 예까쩨리나 이오시쁘브나 게른그로스와 A. E. 브란겔의 로맨스에 대한 지난날 시베리아에서의 기억을 사용했다. 그렇지만 도스또예프스끼는 E. I. 게른그로스와 자신의 친구 사이의 로맨스에 관련된 모든 상황을 똑같이 재생하지는 않았다. 그는 주요 인물들의 형상을 변형하고 재평가하였다. 도스또예프스끼에게는 이미 몰리에르(몰리에르의 이름은 『영원한 남편』의 초고에 언급된다) 시대 때부터 유럽 희극에 너무나도 자주 등장하는 인물인 질투심 많은 남편, 보는 사람으로 하여금 웃음을 자아내고 무시를 당하는 그런 남편의 형상이 필요했다. 도스또예프스끼는 그런 형상을 만들기 위해 다른 유형의 삶에 대한 관찰에도 관심을 기울였다. A. N. 마이꼬프는 잡지에 실린 『영원한 남편』을 읽고 난 후, 도스또예프스끼에게 편지를 써서 〈야노프스끼의 이야기와 그의 성격을 발견할 수 있었다〉고 말한다. 그에 대해 도스또예프스끼는 1870년 3월 25일, 그에게 답장을 보내 전혀 그렇지 않다며 강력하게 부인한다.(XXIX, 1권, p. 119, 433) 그러나 A. I. 슈베르트의 회고와 다른 여러 편지 및 자료를 살펴보건대 마이꼬프의 의견은 상당한 근거를 가지고 있는 것 같다.

『영원한 남편』의 또 다른 자료가 된 것은 작가가 보유하고 있던 여러 가지의 인상들이었다. 도스또예프스끼의 아내 안나 그리고리예브나에 따르면, 〈자홀레비닌 가족의 모습에 도스또예프스끼는 누이 베라 미하일로브나 이바노바의 가족을 묘사하고 있다. 내가 시누이 가족과 인사를 나누게 되었을 때, 그 집에는 세 명의 다 큰 딸들이 있었고, 또 그들에게는 많은 여자 친구들이 있었다〉[8]는 것이다.

N. N. 살로미나가 지적한 것처럼, 〈……뜨루소스끼의 모습에는 A. P. 까레삔과 흡사한 점이 있다.〉[9] 이바노프 가와 도스또예프스끼 가의 조카인 이 젊은 의사에 대해 M. A. 이바노바는 다음

---

[8] 『도스또예프스끼의 창작』, 1821~1881~1921, 오데사, 1921. p. 31 『동시대인이 기억하는 도스또예프스끼』, 모스끄바, 1964, 1권. pp. 362~366, 371, 435와 비교할 것.

[9] 『동시대인이 기억하는 도스또예프스끼』, 1권, p. 435

과 같은 평가를 내린다.

> 그는 아주 특이한 사람이었다. …… 까레쁜은 아직 결혼을 하지 않았는데, 항상 이상적인 신부의 모습을 자신의 머릿속에 그리고 있었다. 그 신부는 열여섯 혹은 열일곱 정도의 아가씨여야 했고, 그는 상상 속의 신부로 인해 벌써부터 질투심을 느끼곤 했다. 그는 …… 자신의 아내가 여성 평등이니 노동 운동이니 하는 모든 현대적 사상과는 거리가 먼 그런 아가씨가 될 거라고 입버릇처럼 말했다.

열여섯 살의 아가씨에게 장가들려는 까레쁜의 소망은 소설 『영원한 남편』에서 뜨루소스끼가 나쟈에게 청혼하는 에피소드로 구체화된다. 벨차니노프가 젊은이들의 놀이에 끼는 것과 함께 뜨루소스끼에 대항하는 〈음모〉는 도스또예프스끼를 중심으로 젊은 이바노프 네 사람들이 까레쁜을 놀리곤 했던 일을 연상케 한다.

> 어느 날 도스또예프스끼는 그에게(까레쁜에게) 정부가 재봉일을 배우기 위해 남편으로부터 도망쳐 뻬쩨르부르그로 오는 여인들에게 도움을 주고 있으며, 그와 같은 아내들을 위해 특별 열차까지 운행하기로 했다는 말을 했다. 이에 까레쁜은 그 말을 진짜 곧이곧대로 믿고 대단히 화를 냈으며, 자신의 미래의 아내를 위해 결투라도 할 태세를 보이는 것이었다.[10]

한편 도스또예프스끼의 아내 말에 따르면, 나쟈의 마음을 얻기 위한 싸움에서 뜨루소스끼의 행복한 연적인 알렉산드르 로보프의 원형이 된 사람은 작가의 의붓아들 빠벨 A. 이사예프(1848~1900)였다.

아내로부터 배신당한 남편의 고통이라는 테마는 도스또예프스끼의 초기 단편 「남의 아내와 침대 밑 남편」(1848)에서 나타난

---

10 같은 책, pp. 365~367

다. 당시 도스또예프스끼는 주도적인 문학 전통에 따라 배신당한 남편의 모습을 보드빌 비슷하게 코믹하게 그리고 있다. 그러나 이번에는 자신의 초기 뻬쩨르부르그 중편들에서 주로 사용한 몇몇 기법으로 돌아가서, 도스또예프스끼는 새롭고 복잡한 심리 상태를 보여 주기 위해 이 테마를 발전시키고 있다(뜨루소스끼, 벨차니노프, 로보프 등 — 주인공들 성씨의 〈의미〉를 생각해 보라).

도스또예프스끼는 배신당한 남편의 성격과 질투라는 테마를 취급하면서 몰리에르의 희극「아내들의 학교」(1665)와「남편들의 학교」(1666), 뚜르게네프의「시골의 숙녀」(1851), G. 플로베르의『보바리 부인』(1857)에서 나타나는 몇몇 주제와 심리 상황을 출발점으로 삼고 있다. 도스또예프스끼는 특히 뜨루소스끼의 의식과 행동에서 비극성과 희극성, 천박함과 고상함을 혼합시키고 있으며 〈마루 밑창〉이라는 테마와 관련하여 압제자와 피해자 간의 복잡한 변증법을 보여 준다.

한편 도스또예프스끼는 배신당한 남편이라는 테마를 19세기 프랑스 문학의 전통적 형식에 따라『영원한 남편』의 한 장의 제목인 〈아내, 남편 그리고 애인〉으로 보여 주고 있다. 이 구도를 특별히 애용한 사람은 1830~1860년대 러시아에서 대중적인 인기를 누렸던 소설『아내, 남편 그리고 정부 *La femme, le mari et l'amant*』, 1830, 러시아 어 번역본 1833~1834)의 작가 폴 드 콕이었다.「여름 인상에 대한 겨울 메모」(1863)에서 도스또예프스끼는 폴 드 콕의 이 소설 제목을 이용하여 현대 프랑스 부르주아 가정의 특징을 풍자적으로 묘사하고 있다.

> ……예를 들어 〈아내, 남편 그리고 정부〉 같은 소설 제목은 지금과 같은 상황에서는 더 이상 불가능한데, 이유는 정부란 없고 있을 수도 없기 때문이다. 비록 파리에는 그들의 숫자가 바닷가 모래알만큼이나 많지만(아마 그 이상일지도 모른다) 그럼에도 불구하고 그들은 그곳에 없으며 있을 수도 없다. 그렇게 결정하고 서명했기 때문에, 모든 것은 선

량함으로 빛나고 있기 때문이다.(열린책들 신판,『노름꾼 외』, p. 148)

도스또예프스끼가 남편을 배반하는 여인의 형상에 대해 새롭게 문학 심리학적인 관점에서 묘사해야겠다고 생각한 것은 어쩌면 뚜르게네프의 조언에 따라 1867년에 읽은 플로베르의 소설에 의해 가능했을지도 모른다. 여기서 작가는 자신의 중편소설에서 근본적인 제재가 되는 모티프를 발견할 수 있었을 것이다. 샤를 보바리는 아내가 죽은 후, 그녀가 남긴 편지를 읽고는 그녀가 자신을 배반한 사실을 알게 되고 결국에는 파멸하게 된다. 뜨루소스끼는 나딸리야 바실리예브나가 죽고 난 후 그녀의 편지를 읽게 되고, 자신이 배신당한 남편이었으며 자기 딸이 남의 아이였음을 알게 되는 것이다.

도스또예프스끼는 뚜르게네프의 1막으로 된 희곡「시골의 숙녀」(1851)를 이미 시베리아에 있을 때 접하였을 것이다.「시골의 숙녀」의 중심 스토리는 다른 방식으로『영원한 남편』에 영향을 준다.「시골의 숙녀」를 몇 번에 걸쳐 읽고 난 도스또예프스끼는 아마도 희곡의 근본 상황과 함께, 두 명의 인물인 배신당한 온순한 남편 스뚜뻰지예프와 그런 남편을 좌지우지하는 스물여덟 살인 그의 아내 다리야 이바노브나의 성격에 흥미를 가졌던 것 같다. 이렇게 근본 상황을 과거로 돌린 도스또예프스끼는『영원한 남편』에서 뜨루소스끼에게 뚜르게네프의 인물 스뚜뻰지예프의 성격적 특성을 부여한다. 뜨루소스끼는 아내에게 꼼짝을 못하면서도, 남들 앞에서는 자신이 하고 싶은 대로 행동하고 있는 것처럼 보이려고 노력한다. 그러나 도스또예프스끼는〈자신이 창조해 낸〉배신당한 남편의 형상을 죽은 아내에 대한 질투로 인해 파멸하는 희생자로 만든다. 남편은 아내가 죽은 후에야 그녀가 애인들과 주고받은 편지를 발견하게 되는데,『영원한 남편』에서 그와 같은 고통은 약하고〈온순한〉사람의 몫이 되고, 그럼으로써 작품

은 희비극적인 성격을 띠게 되는 것이다.[11]

『백치』에서 로고진은 미쉬낀과 친한 사이지만, 칼을 가지고 그에게 덤빈다. 뜨루소스끼 역시 바로 얼마 전까지만 해도 벨차니노프와 포옹하고 키스를 나누며 그의 손에 입맞춤까지 했지만, 이제 면도칼로 그를 죽이려 한다. 질투심과 배신감은 착하고 순진한 〈영원한 남편〉(벨차니노프는 그를 비웃으며 이렇게 부른다)을 복수심에 불타는 사람으로 만들어 버린다. 그러나 그에 앞서 〈맹수형〉 벨차니노프와 〈피해자〉 뜨루소스끼는 서로의 자리를 바꾼다. 평소 뜨루소스끼에 대해 거만했던 벨차니노프는 나딸리야 바실리예브나가 죽은 후, 예기치 않게 그와 마주쳤을 때 뜨루소스끼가 자기를 희롱한다는 사실을 깨닫는다. 남편 뜨루소스끼는 죽은 아내의 부정과 벨차니노프와의 관계를 알고 있다는 사실을 조금씩 〈암시한다〉. 그런 식으로 뜨루소스끼는 벨차니노프에게 정신적인 고문을 가하면서 보복을 한다. 그러면서 그는 과거 자신을 잔인하게 배신했던 사람에 대해 우월감을 느낀다. 반대로 평생을 이기적 정열의 만족으로 살아왔던 벨차니노프는 도덕적인 모멸과 수치심을 느끼게 된다.

『영원한 남편』에 나타나는 약탈자와 희생자, 온순함과 자만심의 변증법은 N. N. 스뜨라호프의 사상과의 독특한 문학적 논쟁이라는 면에서 살펴볼 수 있다. 여기서 〈맹수형〉 형상에 대한 문제는 이 중편에 등장하는 인물들 사이에서 논의의 대상이 되고 있다. 뜨루소스끼는 벨차니노프에게 어느 〈잡지〉에 실린 〈평론란〉에서 〈맹수형〉과 〈온순형〉에 관한 글을 읽었지만, 〈그 당시에는

11 「시골의 숙녀」와 『영원한 남편』의 관련성, 그리고 이 소설에 등장하는 〈맹수형〉과 〈온순형〉에 대한 문제에 대해서는 A. A. 그리고리예프와 N. N. 스뜨라호프의 사상과의 상관성 속에서 다음의 논문을 참조할 것. 1) 뚜르게네프의 「시골의 숙녀」와 도스또예프스끼의 『영원한 남편』/뚜르게네프 선집, 모스끄바/레닌그라드, 1966, 2판, pp. 109~111, 2) 도스또예프스끼와 그리고리예프, 『도스또예프스끼와 그의 시대』 레닌그라드, 1971, pp. 140~142

아무것도 이해하지 못했다〉고 말한다. 곧 이어 그들 사이에는 도대체 어떤 사람을 〈맹수형〉이라 규정해야 하는가에 대한 논쟁이 벌어진다. 여기서 그들은 L. N. 똘스또이의 『전쟁과 평화』에 대해 쓴 스뜨라호프의 〈두 번째이자 마지막 논평〉을 염두에 두고 있는 것이다.[12] 스뜨라호프는 이 논평에서 작가 뿌쉬낀과 그의 주인공 〈벨낀〉의 형상이 러시아 문학에서 갖는 의미에 대한 A. A. 그리고리예프의 관점을 설명하면서 이렇게 쓴 바 있다.

> 그리고리예프는 〈영웅주의적 특성〉을 지닌 거의 모든 것을 가리켜 우리 문학에서 주도적으로 나타나는 이질적인 전형이라고 주장하는데, 용맹스럽거나 혹은 음울하건 간에 강하고 정열적인 모든 전형, 그리고리예프의 표현에 따르면 〈맹수적 전형〉은 모두가 우리 것이 아니라고 말한다. 그와 같은 이질적인 전형에 비해 러시아적 본성, 우리의 정신적인 전형은 예술 속에서 영웅적인 것과는 거리가 먼 〈평범하고 온순한〉 전형들, 예를 들면 이반 뻬뜨로비치 벨낀이나 레르몬또프의 막심 막시미치 등과 같은 형상 속에서 드러난다. 우리의 문학 예술은 이들 전형 사이의 중단 없는 투쟁, 그리고 그들 사이의 적절한 관계를 발견하려는 노력을 보여 준다. 그렇게 해서 이들 두 전형 중의 하나, 즉 맹수적 전형이나 온순한 전형 중 하나가 높게 평가되거나 낮게 비하되는 것이다.

하지만 도스또예프스끼는 스뜨라호프와는 달리 〈맹수형〉과 〈온순형〉 사이에는 명확한 경계선이 존재하지 않으며, 〈온순형〉이 〈맹수형〉으로 바뀔 수 있다고 생각한다.

한편, 이 작품에서는 도스또예프스끼 문학의 특징인 고통스러워하는 어린이(작품에서는 뜨루소스끼의 딸 리자)라는 테마가 중요한 위치를 차지한다.

뜨루소스끼와 벨차니노프가 자흘레비닌 가정을 방문하는 장면

---

12 『여명』, 1869, 2호, 4부, pp. 207~252

에서는 『동시대인』지에 출판되고(1863, 1~2호) 작품집 『순진 무구한 이야기들』(1863)에 재수록된 M. E. 살띠꼬프 쉬체드린의 단편 「어린 나이에는」에 등장하는 여러 에피소드 중 하나의 에피소드가 심리학적으로 재구성되고 있다. 도스또예프스끼 소설의 나쟈 자흘레비니나와 쉬체드린 소설의 여주인공 나쟈 로빠뜨니꼬바의 나이는 똑같이 열다섯 살이다. 뜨루소스끼에 대항하여 젊은이들은 〈음모〉를 꾸며 모두 같이 하는 게임에서 그를 따돌린다. 쉬체드린의 소설에서는 화가 난 나쟈의 제안에 따라, 성탄절에 모인 모든 소녀들이 꼬빌리니꼬프를 〈오늘만은 자기들 속에 끼워 주지 않기로〉 결정한다. 그리고 이 어린 손님들 중의 한 사람은 꼬빌리니꼬프의 〈배가 아프다〉는 소문을 퍼뜨린다.

꼬빌리니꼬프는 이 중상모략을 듣고 걸음을 멈췄다. 그는 벽 근처에 서서 스스로에게 용기를 북돋았다. 그러나 그럼에도 불구하고 그런 비방 행위를 일소한다는 것은 불가능했다. 소녀들 사이에서는 이런 속삭임이 오갔다. 〈불쌍하다, 애!〉 나쟈는 얼굴이 빨개진 채 고개를 돌렸다. 아마도 그녀는 부끄럽고 눈물이 날 정도로 마음이 아픈 듯했다.[13]

『영원한 남편』에서 이 모티프는 약간 변형되어 나타난다. 손님들은 빠벨 빠블로비치가 코감기에 걸렸음에도 손수건을 잊고 왔다는 스토리를 꾸며 낸다.

「손수건을 잊었대요! 빠벨 빠블로비치가 손수건을 잊으셨대요! 엄마, 빠벨 빠블로비치가 또 콧수건을 잊으셨대요. 엄마, 빠벨 빠블로비치가 또다시 코감기에 걸리셨대요!」 여러 사람의 목소리가 이렇게 높이 울려 퍼졌다.(p. 158)

---

13 M. E. 살띠꼬프 쉬체드린 『전집』, 모스끄바, 1965, 3권, pp. 85~87

쉬체드린의 작품에 등장하는 주인공 꼬빌리니꼬프와 마찬가지로, 뜨루소스끼 역시 멀쩡하게 건강한 몸이라는 사실을 주인 내외와 손님들에게 설득시킬 수 없게 된다.

그런데 도스또예프스끼는 쉬체드린의 단편소설에 나타나는 모티프들과 함께 「시골의 숙녀」의 기본적 상황을 자신의 작품에서 심리학적으로 더욱 복잡하게 변형해 응용하고 있다. 젊은이들 사이에서 뜨루소스끼는 우스운 사람이 되고, 이것은 나중에 벨차니노프에 대한 살해 기도라는 비극적인 에피소드를 마련하는 도화선이 된다.

한편 『영원한 남편』을 쓰기 위해 준비된 것 중 현재 남아 있는 자료는 소설의 초기 구상의 변천 과정을 짐작하게 해준다. 아마도 그것은 도스또예프스끼가 「러시아 통보」지의 인쇄지 3장 반 정도(혹은 『여명』의 인쇄지 5장 정도) 분량의 작품을 구상했을 때에 해당되는 것인 듯하다. 이 구상에 따르면 뜨루소스끼는 처음으로 벨차니노프를 찾아갔을 때, 〈8년 전 뜨베리에서〉 벨차니노프가 그곳을 떠날 즈음, 자기 아내가 임신을 한 사실과 함께 자신의 딸(실제로는 벨차니노프의 딸)에 관한 이야기를 한다. 뒤이어 사건은 빠르게 진행된다. 뜨루소스끼는 벨차니노프에게 얼마 전에 세상을 떠난 아내(여기에서 그녀의 이름은 안나 이바노브나이다)에게 정부가 있었다는 사실, 그녀가 남긴 편지를 읽고 아내의 부정에 대해 알았다는 사실에 대해, 그리고 자기 딸의 진짜 아버지가 누구인지에 대해 암시한다. 벨차니노프는 딸을 만나러 가고, 〈친지네 가정〉으로 데려간다. 그러나 딸은 열병으로 얼마 후 숨을 거둔다. 뜨루소스끼는 재혼 발표를 하고 나서 밤에 벨차니노프를 살해하려고 하지만, 오히려 자신이 끈에 묶이는 신세가 된다. 뜨루소스끼는 〈호텔방에서 목매 죽기로〉 했다고 말하며 그곳을 떠난다. 그러다 어느 〈젊은이〉(초기 구상에서는 이 사람의 역할이 명확하지 않다)를 만난 벨차니노프는 뜨루소스끼가 이미 어딘가로 떠났음을 알게 된다. 한편 작품의 완결판에서와 마찬가지로 초기 구상에서도 〈2년〉이 지난 후, 그들은 〈기차에서〉 우연히 해후하게 되는데, 그때 뜨루소스끼에게는 새 아내인 〈멋진 귀부인〉이 있었고, 그녀의 곁에는 〈군인〉 한 명이 앉아 있는 것으로 되어 있다.

그러나 완성된 텍스트에서 도시 이름(뜨베리)은 이니셜 대문자 하나로 대체되었고, 안나 이바노브나라는 이름은 나딸리야 바실리예브나로 대체되었다. 1859년 작가가 뜨베리에 잠시 체류했던 사실도 나타난다. 그리고 아내의 애인과 남편이 처음 만나는 장소를 뜨베리로 정한 것은, 소설의 실제 근거가 된 브란겔과 예까쩨리나 I. 게른그로스의 〈시베리아〉 로맨스를 어느 정도 희석시키려는 작가의 의도 때문인 것 같다.

한편 초기 구상 중 그 일부는 1인칭 서술로 되어 있다. 그러나 갈수록 화자 서술과 의사 직접 화법이 혼합되어 나타난다. 이와 관련하여 기본적인 갈등의 전개와 함께 전체적인 작품 내용 속에서 차지하는 뜨루소스끼의 기능 역시 바뀌게 된다. 처음에 뜨루소스끼는 다양한 여러 테마에 대해 장황하게 의견을 발표하게 되어 있었지만, 점차 그의 대사는 상당 부분 줄어든다. 그는 무엇보다도 행동하는 인물로 변하고, 그의 대사로 예정되었던 많은 부분이 벨차니노프의 몫이 된다. 뜨루소스끼의 대사에 등장하는 일련의 문학 예술에 관련된 내용도 사라진다. 그 중에서 〈맹수형〉 전형의 논문에 대한 대화만이 남게 된다. 뜨루소스끼의 자살이라는 테마는 완결판에서는 리자의 이야기 속에서만 등장하지만, 초기 자료들에서는 여러 번에 걸쳐 반복되어 나타난다. 이 테마는 뜨루소스끼가 자기 아내의 정부들 중의 한 사람이었던 어느 〈고관〉의 갑작스러운 죽음에 대한 소식을 듣는 장면에서 다시 나타난다. 뜨루소스끼가 뻬쩨르부르그로 온 것은 바로 그 고관에게 복수하기 위해서라는 것이다. 그는 벨차니노프에게 이렇게 말한다.

그 목적이 있었기 때문에 나는 목매 죽을 결심을 미뤄 왔던 것이오. 그런데 이제는 그럴 필요가 없어졌소.

또한 초기 구상에서는 〈영원한 남편〉이라는 개념에 대해 정의를 내리는 사람이 뜨루소스끼였지만, 완결 텍스트에서는 벨차니노프로 바뀐다(여기에서 도스또예프스끼는 자아 분석 및 반성의 능력 역시 벨차니노프에게 부여한다). 그리고 마지막 에피소드의 초기 구상에서 도스또예프스끼는 자신의 삶의 철학에 가까운 여러 소중한 생각들을 벨차니노프를 통하여 표현한다. 바로 그 상징으로서 벨차니노프의 기억 속에서는 도스또예프스끼가 좋아하는 쮸체프의 시구 〈가난한 시골 마을……〉(1855)이 등장한다. 하지만 완성된 텍스트에서 이 인용절과 벨차니노프의 견해는 제외되었다. 인용절과 견해의 드높은 서정성이 세속적인 멋쟁이나 탕아의 형상과는 오히려 잘 어울리지 않았기 때문이다.

뜨루소스끼의 재혼은 도스또예프스끼가 처음에 의도했던 것처럼 소설의 중간 부분이 아니라, 결말 부분에서 모든 사건이 끝나고 난 2년 후에 이루어짐으로써 소설은 순환 구조 형태를 띠게 된다(그는 다시 아내를 얻게 되고, 또다시 아내의 노예가 된다). 한편 작품에 자홀레비닌 가정이 등장하는 것은 뜨루소스끼에 대항하는 젊은이들의 〈음모〉라는 모티프가 능동성을 획득하게 한다. 또한 〈니힐리스트〉들이 사랑이나 결혼이라는 문제를 쉽게 생각하는 것에 대해서는, 실제 현실에 있어서 그들의 문제점이 쉽게 해결될 수 없다는 문제의 비극성을 명확하게 보여 주기도 한다.

소설의 초기 구상 중 몇 군데와 초고를 위한 메모 중에서 특히 주목해야 할 부분이 있는데, 그것은 바로 뜨루소스끼의 성격이 점진적인 성장을 보이는 데 대한 구절들이다. 그것은 다음과 같다.

1) 이 사람은 독특한 역할과 마스크를 지니고 있는데, 그는 대단히

뻔뻔한 인간이어서 가끔은 자신의 역할을 사람들이 주시하고 있으며, 마스크가 드러날 수 있다는 사실에 대해서도 거의 신경을 쓰지 않는다.
  2) (빠벨 빠블로비치가 상당히 다른 면모로) 이 사람은 은밀하고 보복적인 영혼을 지니고 있는데, 삶의 에너지가 가득하며, 삶에 대한 권리와 함께 자신이 세상의 일정한 자리를 차지하고 있다고 생각한다. 그러면서 수치심과 기쁨, 영혼의 무서운 비극성과 사악성을 지니고 있다.(리자)

끝으로 이 소설의 총체적 휴머니즘 사상을 이해하기 위해서는 기차 안의 마지막 장면에서 벨차니노프가 뜨루소스끼에 대해 생각하는 다음 부분을 주목해야 한다.

  기차. 〈그자는 마루 밑창처럼 비정상적이지만, 그자 역시 자신만의 기쁨과 고통이 있고, 행복과 인생에 대해 자신만의 이해력을 지니고 있는 그런 인간이다. 어째서 내가 그의 인생에 깊숙이 관여했을까? 어째서 우리는 서로에게 얼굴을 붉히고, 모든 것이 행복을 지향하며, 인생이 이토록 짧은데도 불구하고, 어째서 우리는 서로를 향해 그처럼 독살스러운 눈길을 보냈던 것일까? 오, 그래, 인생은 너무 짧다! 정말 짧습니다. 신이여, 너무 짧습니다!〉

이 중편의 제목이 언제 결정되었는지는 명확하지 않다. 1869년 『여명』의 10월호에 실린 광고에는 제목이 밝혀져 있지 않다. 아마 도스또예프스끼는 작품을 뻬쩨르부르그로 보내기 바로 직전에 비로소 제목을 결정한 것 같다. 소설 제목이 최초로 공개된 것은 신문 「모스끄바 통보」(1870년 1월 24일, 제19호)에 실린 『여명』의 광고에서였다.
한편 『영원한 남편』에 대해 처음으로 논평한 사람은 N. N. 스뜨라호프였다. 1870년 2월 14일 그는 이렇게 전한다.

  당신의 소설은 매우 생생한 인상을 줍니다. 틀림없이 성공할 것입니다. 제 생각에 이 작품은 당신의 작품들 중에서 가장 잘 다듬어진 것 중의 하나입니다. 테마 면에서도 그것은 당신이 쓰신 것들 중에서 가장 흥미롭고 심오한 것 중의 하나입니다. 저는 여기서 뜨루소스끼의 성격에 관해 말하는 것입니다. 대부분의 인물들은 거의 이해하기 힘들지만, 어쨌든 모두 열심히 읽고 있고, 또 읽게 될 것입니다.[14]

이에 대해 도스또예프스끼는 1870년 2월 26일 그에게 다음과 같은 답장을 보낸다.

저 역시 제 소설에 대한 당신의 칭찬의 말씀을 미친 듯이 읽었습니다. 쑥스럽고 기쁩니다. 저는 당신 같은 독자의 마음에 항상 들고 싶었습니다. 아니, 좀 더 정확히 말하면 당신 같은 독자의 마음에만 들고 싶습니다(XXIX, 1권, p. 108).

한 달 뒤 1870년 3월 17일 스뜨라호프는 흐뭇한 마음으로 도스또예프스끼에게 편지를 보내 〈제 예상이 맞았습니다. 당신의 『영원한 남편』은 세간의 주목을 받고 있으며, 많은 사람들이 읽고 있습니다〉라고 한다. 그 후 4월 16일 그는 도스또예프스끼의 작품에 대한 자신의 최종 평가를 이렇게 내린다.

〈당신의 『영원한 남편』은 올해 출판된 것 중에서 가장 뛰어난 작품입니다. ……〉[15]

한편 부정적인 논평을 한 사람으로는 A. N. 마이꼬프가 있는데, 그는 도스또예프스끼에게 『영원한 남편』에 대해 〈작품 전체에서 비극성과 희극성의 분열이 나타나고 있으며, 그것은 무엇보다도 요강이 등장하는 장면에서 아주 확연하게 나타납니다. 어느 부분에 중점을 두어야 할지 잘 모르겠습니다〉[16]라고 말한다. 그

14 『60년대』, p. 265
15 같은 책, pp. 266~267
16 F. M. 도스또예프스끼, 『서한집』, 모스끄바/레닌그라드, 1934, 3권, p. 474

럼에도 불구하고 작가는 작품이 받은 평가에 대해 대체로 만족해했다. 도스또예프스끼는 S. A. 이바노바에게 1870년 5월 7일 쓴 편지에서 이렇게 말한다.

나는 『여명』으로부터 얼마 전에 출판한 중편에 대해 대단한 호평을 들었단다. 여러 잡지의 논평(『목소리』, 「상뜨 뻬쩨르부르그 통보」 등)도 역시 상당히 호의적이었다(XXIX, 1권, p. 123).

도스또예프스끼가 위에서 〈잡지 논평〉이라고 부른 것은 여러 신문에 실린 비평으로, 실상 그 중에서 완전히 긍정적인 내용은 『목소리』에 실린 비평 하나뿐이었다.

결혼한 사람의 이야기보다 더 평범한 것이 있을 수 있을까? 남자는 결혼을 하고 난 후 자기 아내의 완벽한 노예로 탈바꿈하게 되고, 자기도 모르는 사이에 길다란 뿔을 만족스럽게 달고 다닌다.[17] 아내가 죽기라도 하면 그는 다시 결혼을 서두르고, 새로운 노예 생활과 새로운 뿔을 얻게 된다. 반복하지만 이런 이야기보다 더 평범한 것이 있을까? 그건 그렇고 바로 그것이 도스또예프스끼의 재능인데, 그는 이런 평범한 이야기를 하찮고 일상적인 에피소드들과 더불어 엮으며, 소설을 읽는 독자의 상상력을 흥분 상태로 몰아간다. 그러면서 얼른 보아 비속해 보이는 삶의 모든 현상 속에 일종의 은밀함, 일종의 비밀을 장치하고 있다.[18]

그러나 「상뜨 뻬쩨르부르그 통보」의 평론가 V. P. 부레닌은 정반대의 의견을 말한다.

오늘날 이런 류의 소설들은 어떠한 신뢰성도 지니고 있지 않으며, 병적인 〈거짓 심리〉를 좋아하는 특이한 애호가들의 마음에만 어필할 뿐이다. 비록 구태의연한 모든 규칙을 따르면서도 『영원한 남편』은 솜

---

[17] 간통 등 부정 행위를 하는 아내를 두었다는 뜻.
[18] 『목소리』, 1870년 3월 20일, 79호

씨 있게 시작되는데, 그 비밀스러움은 스무 페이지 정도에 이를 때까지 독자의 상상력을 피곤하게 만들다가 갑자기 스물 한 페이지에 이르러서는 명료해지는 데 있다. 이와 같은 비밀스러움이 끝나고 나면, 두 명의 주요 등장 인물들 사이에 〈신경증적인〉 대화가 이어지는데, 여기서 작가는 작가 자신뿐만 아니라, 그의 이전 작품을 접한 독자들조차 익히 알고 있는 그 솜씨를 발휘해 여러 심리학적 모티프들을 활용한다. 그리고 나서 도스또예프스끼가 가장 좋아하는 인물들 중의 하나인 조숙하고 병적인 소녀 아이가 모습을 드러내고, 이 인물의 주위에서 보통의 각본에 따라 드라마가 발전하고 있다.

부레닌의 의견에 따르면, 도스또예프스끼는 단지 〈몇 군데에서〉만 〈자신의 적지 않은 재능을 완벽하게〉[19] 보여 준다는 것이다.

「상뜨 뻬쩨르부르그 통보」의 이 비평가는 위에서 인용한 마이꼬프가 도스또예프스끼에게 보내는 편지에서처럼, 당시의 러시아 비평계가 도스또예프스끼에 대하여 어떤 견해를 갖고 있었는지를 잘 보여 준다. 당시 비평계는 도스또예프스끼 문학에 등장하는 인물들의 행동에 나타나는 예술적, 심리적 동기의 심오함을 이해할 수 없었던 것이다. 스뜨라호프만이 『영원한 남편』에 대한 자신의 태도에 정직하였으며, 1년 후 그는 이 소설을 러시아 문학의 예술적 발전을 보여 주는 증거 중의 하나라는 높은 평가를 덧붙인다.

우리 문학은 알다시피 하찮은 것이 아니다. 오늘날 우리 문학은 정말 완벽한 의미에서 〈발전하고 있다〉. 이렇게 우리 문학이 발전하고 광범위해지며 변화하는 데 반해, 예를 들어 프랑스 문학이나 독일 문학, 영국 문학은 뒤처지거나 정체 상태에 머무르고 있다. …… 상당수의 우리 작가들은 발전을 멈추지 않고 있으며, 창작을 하는 동안 계속해서 새로운 발걸음을 앞으로 내딛고 있다. 그런 식으로 뚜르게네프는 벨린스끼가 기대했던 것보다 훨씬 높은 수준으로 성장하였다. 그

---

19 「상뜨 뻬쩨르부르그 통보」, 1870년 1월 31일, 31호

런 식으로 레프 똘스또이는 더욱 정확하고 확고하게 성장해 더 한층 높은 곳에 이르렀다. 역시 그런 식으로 도스또예프스끼는 약간의 동요에도 불구하고 끊임없이 상승하고 있는데, 러시아 비평계는 예를 들어 『영원한 남편』에서 이 작가가 자신의 사상 발전이라는 면에서 새로운 발걸음을 내딛었음을 분명히 인식하지 않을래야 않을 수 없는 것이다.[20]

---

20 『여명』, 1871, 2호, 2부, pp. 1~2

도스또예프스끼 연보

1790년 아버지 미하일 안드레예비치 도스또예프스끼, 우니아뜨교 사제의 아들이며 뽀돌리야의 귀족 가문의 자손으로 태어남. 모스끄바의 내외과(內外科) 아카데미에 들어가 1812년 조국 전쟁 때 부상자들을 돌봄. 1819년에 마리야 네차예프와 결혼.

1820년 첫아들 미하일 태어남. 아버지 미하일 도스또예프스끼는 군대에서 제대한 후 모스끄바에 있는 자선 병원의 주치의 자리를 얻음.

1821년 출생 10월 30일(현재의 그레고리우스력(曆)으로는 11월 11일) 부모가 살고 있던 모스끄바의 마린스끼 자선 병원의 부속 건물에서 둘째 아들 표도르 미하일로비치 도스또예프스끼 태어남. 11월 4일 마린스끼 병원 근처, 상뜨뻬쩨르부르그 뻬뜨로빠블로프스끼 성당에서 어린 표도르에게 세례를 줌. 표도르란 이름은 그의 대부이자 외조부인 표도르 네차예프(1769~1832)에게서 물려받은 것으로 보임.

1822년 1세 12월 5일 여동생 바르바라 태어남.

1825년 4세 3월 15일 남동생 안드레이 태어남.

1829년 8세 7월 22일 쌍둥이 여동생이 태어나나 그중 동생인 베라만 살아남음.

1831년 10세 여름 아버지 미하일 도스또예프스끼가 뚤라 지방의 다로보예 영지를 사들임. 8월 농부 마레이 사건 발생(『작가 일기』 1876년 2월 호에 이 사건을 소재로 한 단편 「농부 마레이」 발표). 12월 13일 남동생 니꼴라이 태어남.

1832년 ^{11세} 4월 어머니 마리야 표도로브나, 세 아들을 데리고 다로보예 영지로 감. 6월 도스또예프스끼 부부, 다로보예 옆에 있는 주민 1백여 명의 체레모쉬냐 마을을 사들임. 9월 도스또예프스끼, 어머니와 형제들과 모스끄바로 돌아옴.

1833년 ^{12세} 가을 형 미하일과 드라슈소프가 운영하는 사설 학교에서 반(半)기숙사 생활. 4월 4일 부활절 주간에 소유지가 화재로 잿더미가 됨. 도스또예프스끼 부부, 여름 내내 피해 복구.

1834년 ^{13세} 여름 다로보예에서 지내면서 월터 스콧의 작품 탐독. 10월 도스또예프스끼와 형 미하일, 체르마끄가 경영하는 중등 과정의 기숙 학교에 들어감.

1835년 ^{14세} 7월 25일 여동생 알렉산드라 태어남.

1837년 ^{16세} 1월 29일 단테스 남작과의 결투로 뿌쉬낀 사망. 이 소식에 온 러시아가 충격에 휩싸임. 2월 27일 도스또예프스끼의 어머니 마리야 사망. 봄 도스또예프스끼, 갑작스런 후두염과 목소리 상실로 고생함. 이 병은 그를 평생 따라다님. 5월 아버지와 형 미하일 그리고 표도르 도스또예프스끼, 수도 뻬쩨르부르그로 일주일간 마차 여행(모스끄바와 뻬쩨르부르그 두 도시 간의 철도는 1851년에 개통됨). 두 형제는 뻬쩨르부르그로 가서 중앙 공병 학교의 입학을 목표로 K. F. 꼬스또마로프가 경영하던 기숙 학교에 들어감. 아버지와 두 형제들 작별 이후 더 이상 만나지 못함. 7월 1일 도스또예프스끼의 아버지, 건강상의 이유로 퇴역한 후 아직 어린 두 딸과 시골로 들어감. 9월 두 형제가 공병 학교에 응시하나 표도르 혼자 합격(형 미하일은 신체검사 결과 불합격).

1838년 ^{17세} 1월 16일 공병 학교에 입학. 6월 뻬쩨르부르그 근처에서 야영 생활. 돈이 떨어져서 아버지에게 서신으로 줄기차게 돈을 요구함.

1839년 ^{18세} 6월 6일 도스또예프스끼의 아버지, 다로보예 농노들에게 살해당함.

1840년 19세　11월 29일 하사관으로 임명됨. 군생활을 지겨워함. 호프만, 실러, 빅토르 위고, 셰익스피어, 라신, 괴테의 책을 읽음.

1841년 20세　8월 소위보로 진급됨. 미완성으로 남아 있는 두 편의 희곡, 「마리 스튜어트Marie Stuart」와 「보리스 고두노프Boris Godunov」를 씀. 알렉산드리야 극장을 자주 드나들며 발레와 음악회를 감상함.

1842년 21세　8월 육군 소위가 됨.

1843년 22세　8월 공병 학교를 졸업하고 공병국 제도실에서 근무. 9월 친구 리젠깜프 박사가 살고 있는 아파트에 자리 잡음. 박사의 환자들과 알게 됨. 돈이 떨어져 P. 까레삔에게 돈을 요구. 12월 발자크의 소설 『외제니 그랑데 *Eugénie Grandet*』(1834년판) 번역. 형 미하일에게 공병 학교 친구들과 더불어 번역 작업을 할 것을 제의.

1844년 23세　2월 재정 상태가 극도로 안 좋아짐. 유산 관리인으로부터 일시금을 받고, 토지와 농노에 대한 상속권을 방기함. 8월 제대 신청. 10월 19일 제대함. 『가난한 사람들*Bednye liudi*』 집필 시작.

1845년 24세　1월 『가난한 사람들』 처음부터 다시 쓰기 시작. 3월 소설 『가난한 사람들』 끝냄. 4월 세 번째로 전체 수정. 5월 원고를 친구 그리고로비치Grigorovich에게 읽어 줌. 그리고로비치가 이 글을 가지고 네끄라소프Nekrasov에게 뛰어감. 네끄라소프, 열광하여 그다음 날로 유명 평론가 벨린스끼에게 보임. 작품이 성공을 거둠. 여름 레벨에 있는 형의 집에서 기거하며 두 번째 중편소설 『분신*Dvoinik*』에 착수함. 11월 하룻밤 만에 「아홉 통의 편지로 된 소설Roman v deviati pis'makh」을 씀. 벨린스끼와 뚜르게네프가 도스또예프스끼의 절도 없는 생활을 비난함. 12월 벨린스끼의 집에서 열린 문학 모임에서 『분신』을 낭독함.

1846년 25세　1월 24일 『뻬쩨르부르그 선집*Peterburgskii sbornik*』에 『가난한 사람들』을 발표. 2월 두 번째 작품인 『분신』을 『조국 수기 *Otechestvennye zapiski*』에 발표. 봄 뻬뜨라셰프스끼를 알게 됨. 여름 레벨에 있는 형 집에서 「쁘로하르친 씨Gospodin Prokharchin」 집필. 10월 5일 게르쩬을 알게 됨. 『여주인*Khoziaika*』과 『네또츠까 네즈바노바*Netochka*

Nezvanova』쓰기 시작. 가벼운 간질 증세. 10월「쁘로하르친 씨」를 잡지 『조국 수기』에 발표.

1847년 26세 1월 소설「아홉 통의 편지로 된 소설」을 잡지『동시대인 *Sovremennik*』에 발표. 1~3월 벨린스끼와 절연. 6월「뻬쩨르부르그 연대기Peterburgskaia letonisi」를 신문「상뜨뻬쩨르부르그 통보Sankt-Peterburgskie vedomosti」에 발표함. 7월 7일 센나야 광장에서 갑작스러운 첫 번째 간질 발작. 7월 15일 뻬쩨르부르그 근교에서 도스또예프스끼의 절친한 친구이자 시인인 B. 마이꼬프가 뇌졸중으로 인해 익사함. 가을『가난한 사람들』이 단행본으로 나옴. 10~12월『여주인』을『조국 수기』지에 발표함.

1848년 27세 5월 28일 비사리온 벨린스끼 사망. 가을 뻬뜨라셰프스끼와 스뻬쉬네프와 화해하고 그들의 사회주의 이론에 흥미를 느낌. 12월 뻬뜨라셰프스끼의 집에서 푸리에주의와 공산주의에 관한 강연을 들음.
• 『조국 수기』에 발표한 작품들 :「남의 아내Chuzhaia zhena」(1월)「약한 마음Slavoe serdtse」(2월),「뽈준꼬프」,『닳고 닳은 사람 이야기』(1장「퇴역 군인」, 2장「정직한 도둑」, 후에 1장은 완전히 삭제하고 제목도「정직한 도둑 Chestnyi vor」으로 바꿈),「크리스마스 트리와 결혼식 Iolka i svad'ba」,「백야Belye nochi」(12월),「질투하는 남편」(「질투하는 남편」을 12월『조국 수기』에 발표하였으나, 1월에 발표한「남의 아내」와 합쳐「남의 아내와 침대 밑 남편」으로 개작함).

1849년 28세 연초에 뻬뜨라셰프스끼 친구들 집에서 금요일마다 열리는 문학 모임에 참석. 1~2월『조국 수기』에「네또츠까 네즈바노바」일부 발표 (4월 체포로 인해 작업이 중단됨). 4월 7일 푸리에의 탄생일 기념으로 〈뻬뜨라셰프스끼 모임〉에서 점심 식사. 4월 15일 뻬뜨라셰프스끼 집에서 열린 한 모임에서 도스또예프스끼는, 〈절대 왕정의 입장을 신봉했다는 이유로 고골을 비난하는 내용을 담은〉 벨린스끼의 편지를 두 번째로 읽음. 4월 23일 고발에 의해 새벽 5시에 체포당함. 9월 30일 재판 시작. 11월 13일 벨린스끼의 〈사악한〉 편지를 퍼뜨린 죄목으로 사형을 선고받음. 12월 22일 세묘노프스끼 광장에서 사형수들의 형을 집행하기 직전, 황제의 특사로 형 집행이 중단되고 강제 노동형으로 감형됨.

1850년 ²⁹세　1월 11일 또볼스끄에 도착하여 이곳에서 여러 명의 12월 당원(제까브리스뜨) 아내들의 방문을 받음. 그중 폰비진의 아내는 그에게 10루블짜리 지폐가 표지에 숨겨진 복음서를 몰래 건네줌. 1월 23일 옴스끄에 도착하여 4년을 지냄. 이 기간 동안 가족에게 편지 쓰기를 금지당한 채 혹독하고 비참한 수용소 생활을 견뎌 냄.

1854년 ³³세　2월 중순 출옥. 2월 22일 감옥 생활을 묘사한 편지를 형에게 보냄. 3월 2일 시베리아 전선 세미팔라친스끄에 주둔 중인 제7대대에 배치됨. 봄에 세무관 이사예프와 알게 됨. 이사예프 부인에게 반함. 이 기간에 뚜르게네프, 똘스또이, 곤차로프, 칸트, 헤겔 등의 서적을 탐독함. 11월 21일 세미팔라친스끄에 검찰관으로 임명된 브랑겔 남작과 가까운 친구가 됨.

1855년 ³⁴세　2월 18일 니꼴라이 1세 사망. 8월 4일 세무관 이사예프 사망. 12월 브랑겔, 세미팔라친스끄를 떠남.
• 이해에 『죽음의 집의 기록 Zapiski iz miortvogo doma』을 쓰기 시작.

1856년 ³⁵세　브랑겔, 상뜨뻬쩨르부르그에서 도스또예프스끼의 사면을 위해 활동을 함. 11월 26일 마리야 드미뜨리예브나 이사예프가 오랜 망설임 끝에 도스또예프스끼의 청혼을 승낙함.

1857년 ³⁶세　2월 6일 마리야 드미뜨리예브나 이사예프와 결혼. 4월 17일 이전의 권리(세습 귀족 신분)를 되찾음. 8월 감옥에서 구상하고 집필에 들어갔던 「꼬마 영웅 Malenkii geroi」이 『조국 수기』에 M이라는 익명으로 실림. 12월 간질 증세로 인해 군 복무를 계속할 수 없다는 진단을 받음.

1858년 ³⁷세　봄 까뜨꼬프에게 편지를 보내 『러시아 통보 Russkii vestnik』지에 중편소설 게재를 요청함. 까뜨꼬프 받아들임. 6월 19일 형 미하일이 정치와 문학 잡지 『시대 Vremia』지의 출판 허가를 요청함. 9월 30일 미하일, 잡지 출판 허가받음. 10월 31일 돈 떨어짐. 두 편의 중편과 장편 한 편을 씀.

1859년 ³⁸세　3월 18일 하사관으로 제대함. 3월 『아저씨의 꿈 Diadiushkin son』이 『러시아 말 Russkoe slovo』지에 실림. 4월 11일 소설 『스쩨빤치꼬보 마을 사람들 Selo stepantikovo』을 까뜨꼬프에게 보냄. 7월 2일 세미팔라친스끄를 떠나 뜨베리로 감. 8월 19일 뜨베리 도착. 8월 28일 형 미하일이 도착하여 며칠간 동생과 함께 지냄. 도스또예프스끼, 상뜨뻬쩨르부르그에서 거주할 허가를 얻기 위해 교섭. 뜨베리에 싫증을 냄. 10월 6일 네끄라소프, 『동시대인』지에서 『스쩨빤치꼬보 마을 사람들』 출판에 동의함. 도스또예프스끼는 『죽음의 집의 기록』 집필 구상. 11월 상뜨뻬쩨르부르그 거주를 허가받음. 그러나 평생 비밀경찰의 감시를 받게 됨. 12월 상뜨뻬쩨르부르그에 도착(10년 만의 귀환). 며칠 후 스뜨라호프Strakhov와 알게 되고 친구가 됨. 후에 그는 도스또예프스끼의 공식 전기를 쓰게 됨. 11~12월 『스쩨빤치꼬보 마을 사람들』이 『조국 수기』지에 실림.

1860년 39세 봄 여배우 A. I. 쉬베르뜨의 집에 드나들게 되고 그녀의 남동생 내외와도 알게 됨. 3~4월 〈문학 기금〉을 위한 두 편의 연극에 참여(고골의 「검찰관Revizor」과 「코nos」). 9월 『러시아 세계Russkii mir』지(67호)에 『죽음의 집의 기록』 연재 시작. 11월 검열 당국은 『죽음의 집의 기록』의 불온한 표현들을 삭제한다는 조건으로 이 책의 출판을 허가함. 가을 형과 함께 문학 서클 〈편집자들의 모임〉 결성. 당대의 유명 인사들이 대거 참여.
• 도스또예프스끼의 작품들이 두 권의 책으로 나옴.
1권 : 『가난한 사람들』, 『네또츠까 네즈바노바』, 「백야」, 「정직한 도둑」, 「크리스마스 트리와 결혼식」, 「남의 아내와 침대 밑 남편」, 「꼬마 영웅」. 2권 : 『아저씨의 꿈』, 『스쩨빤치꼬보 마을 사람들』.

1861년 40세 3월 3일(구력 2월 19일)의 농노 해방령이 시행됨. 7월 『상처받은 사람들Unizhennye i oskorblionnye』 마지막 손질. 『시대』지에 기고. 9월 『상처받은 사람들』 출판 허가. 이 해에 많은 작가들과 관계를 맺음. 그중에는 곤차로프, 오스뜨로프스끼, 살띠꼬프 쉬체드린도 있음.
• 『상처받은 사람들』이 두 권의 단행본으로 출간됨.

1862년 41세 1월 『죽음의 집의 기록』의 두 번째 부분이 『시대』지에 실림. 1월 16일 『죽음의 집의 기록』의 단행본을 내기 위해 바주노프와 계약. 5월 온천에 가기 위해 통행증 신청. 5월 16일 상뜨뻬쩨르부르그에서 화재 발생, 15일간 계속되어 1천여 개의 상점이 잿더미가 됨. 도스또예프스끼, 크게 놀람. 6월 7일 처음으로 외국 여행. 6월 8~26일 베를린, 드레스덴, 프랑크푸르트, 쾰른, 파리 등을 여행. 7월 초 런던에 가서 게르쩬 만남. 〈도스또예프스끼가 어제 나를 만나러 왔습니다. 그는 순수하고, 그다지 명석하지는 않지만 매력 있는 사람입니다. 그는 러시아 민족을 열광적으로 믿고 있습니다.〉(1862년 7월 17일 게르쩬이 오가레프Ogarev에게 보낸 편지) 7월 7일 체르니셰프스끼 Chernyshevskii가 체포되어 뻬뜨로빠블로프스끄 감옥에 감금됨. 7월 8일 도스또예프스끼, 파리로 돌아가기 전 게르쩬에게 자신의 서명이 든 사진을 선물함. 7월 15일 쾰른으로 갔다가 라인 강을 거쳐 스위스로, 그 후엔 이탈리아로 감. 12월 『시대』지에 『악몽 같은 이야기Skvernyi anekdot』 발표.

1863년 42세 2월 『시대』지에 「여름 인상에 대한 겨울 메모Zimnie zametki o letnikh vpechatleniakh」 연재됨. 4월 『시대』지, 스뜨라호프가 1월에 발생한 폴란드인의 무장봉기 실패에 관해서 폴란드인에게 유리한 기사를 실었다는 이유로 4호로 발행 정지됨. 5월 『시대』지 출판 금지 당함. 8월 외국으로 떠남. 8월 14일 파리에 도착하여 다음 날 먼저 와 있던 수슬로바와 만남. 둘의 관계가 악화되고 그는 노름판에서 돈을 잃음. 9월 수슬로바와 이탈리아로 출발. 바덴바덴에서 머물다가 뚜르게네프를 만남. 노름판에서 3천 프랑을 잃음. 바덴바덴을 떠나 토리노로 감. 그다음 제네바로 가서 도스또예프스끼는 시계를, 수슬로바는 반지를 저당잡힘. 그 후 제네바, 로마, 리보르노로 여행. 9월 17일 로마의 성 베드로 성당 방문. 9월 18일 포럼 산책. 스뜨라호프에게 편지를 보내 『노름꾼Igrok』에 대한 이야기와 돈이 궁한 사정을 호소함. 스뜨라호프는 도스또예프스끼가 토리노로 가기 전, 그에게서 〈독서를 위한 총서〉의 편집자가 되겠다는 약속을 받아 냄. 10월 수슬로바와 나폴리 체류. 그곳에서 게르쩬 가족을 만남. 그 후 토리노로 돌아옴. 10월 8일 수슬로바와 헤어짐. 수슬로바는 파리로 떠남. 도스또예프스끼는 함부르크로 가서 도박을 하고 돈을 잃음. 수슬로바에게 편지를 보내 350프랑을 받음. 이 시기에 『노름꾼』과 『지하로부터의 수기Zapiski iz podpol'ia』 쓰기 시작. 10월의 마지막 10일 동안 러시아로 돌아감. 11월 형 미하일, 내무부 장관 발루예프에게 『시대』지를 다른 이름으로 낼 수 있게 해달라고 요청.

1864년 43세 1월 발루예프, 형 미하일에게 『세기Epokha』지 출판 허가 내줌. 3월 21일 『세기』지 첫 호 나옴. 3~4월 『지하로부터의 수기』를 『세기』지에 발표. 4월 4일 〈오전 문학 모임〉에서 『죽음의 집의 기록』의 일부를 낭독함. 4월 14~15일 아내 마리야 드미뜨리예브나의 건강 상태 악화. 새벽 4시에 병자 성사. 낮 동안 각혈 계속됨. 저녁 7시에 숨을 거둠. 4월 16일 죽은 아내의 머리맡에서 수첩에 자신의 반성을 적음. 〈아내 마샤는 탁자 위에서 쉬고 있다. 마샤를 다시 볼 수 있을까?〉 4월 말 뻬쩨르부르그로 돌아감. 7월 10일 아침 7시, 빠블로프스끄에서 형 미하일 사망. 그의 아내가 『세기』지 발간을 계속해 나갈 것을 허가받음. 9월 25일 친구 아뽈론 그리고리예프 죽음.
• 『죽음의 집의 기록』이 두 권의 독일어 판으로 라이프치히 출판사에서 나옴.

1865년 ^{44세} 3월 31일 친구 브란겔에게 아내의 죽음을 알리는 편지를 씀. 〈그녀는 나를 무척이나 사랑했지. 그리고 나도 그녀를 한없이 사랑했네. 그런데 우린 이제 함께 행복을 나눌 수 없게 되었어……. 내 삶은 갑자기 둘로 나뉘어 버렸어.〉 이 시기에 꼬르빈 끄루꼬프스까야 부인, 후에 유명한 수학자가 된 소피야 꼬발레프스까야와의 우정이 시작됨. 4~5월 꼬르빈 끄루꼬프스까야 부인에게 청혼하나 거절당함. 5월 10일 외국 여행을 위해 여권 신청. 6월 『세기』지 2호에 「악어」 연재(「기이한 사건 혹은 아케이드에서의 돌발적 사건」이라는 제목으로 연재 시작). 『세기』지, 재정난으로 발행 중단(통권 13호). 여름에 출판업자 스쩰로프스끼와 계약을 맺고 자기의 모든 작품을 양도하고 1866년 11월 1일까지 일정 페이지의 새 소설을 탈고하겠다고 약속함. 계약을 이행하지 못할 경우 스쩰로프스끼는 보조금 지급 없이 이후의 모든 작품에 대한 저작권을 가지기로 함. 도스또예프스끼, 3천 루블을 받고 모든 작품의 저작권을 팔아 버림. 7월 말 비스바덴에 도착. 8월 3일 뚜르게네프에게 편지를 보내 노름판에서 거액을 잃은 사실을 알리고 1백 탈러를 보내 달라고 부탁함. 수슬로바, 도스또예프스끼를 만나러 비스바덴으로 감. 8월 8일 50탈러를 부쳐 주어서 고맙다는 편지를 뚜르게네프에게 씀. 9월 밀류꼬프에게 편지를 보내 어디든 상관없으니 중편소설을 팔아 당장 8백 루블을 보내 달라고 부탁하지만 허탕. 〈나는 호텔에 묵고 있습니다. 빚이 불어나서 위협을 받고 있습니다. 그리고 한 푼도 없는 실정입니다.〉 밀류꼬프는 〈독서를 위한 총서〉, 『동시대인』, 『조국 수기』지에 요청하지만 모두 그가 요구하는 선불금을 거절함. 까뜨꼬프에게 『죄와 벌 *Prestuplenie i nakazanie*』의 구상을 알리는 편지의 초안 작성. 편지에 소설의 줄거리 묘사. 10월 코펜하겐에 도착하여 친구 브란겔의 집에서 10일을 보냄. 15일 상뜨뻬쩨르부르그로 돌아옴. 11월 2일 수슬로바를 만나 다시 청혼함. 11월 8일 브란겔에게 보낸 편지에서 돌아온 첫 주에 세 차례의 간질 발작이 있었음을 알림. 까뜨꼬프가 그에게 선불금 지급. 11월 말 『죄와 벌』 초고를 태워 버림. 〈새 형식, 새 플롯이 내 마음을 사로잡아 나는 모두 다시 시작했다.〉 (1866년 2월 18일 브란겔에게 보낸 편지) 『죄와 벌』을 쓰는 동안 센나야 광장 근처로 자주 산책 나감. 어느 날 술 취한 군인이 다가와 목에 걸고 있던 십자가를 팔겠다고 해 그 십자가를 사서 목에 걸고 다님. 1867년 외국으로 떠날 때 상뜨뻬쩨르부르그에 놓고 갔으며 이후 없어짐.

• 도스또예프스끼의 전집이 작가의 검토와 보충을 거쳐 스쩰로프스끼 출판사에서 나옴.
1권: 「여주인」, 「쁘로하르친 씨」, 「약한 마음」, 『죽음의 집의 기록』, 『가난한 사람들』, 「백야」, 「정직한 도둑」. 2권: 『상처받은 사람들』, 『지하로부터의 수기』, 「악몽 같은 이야기」, 「여름 인상에 대한 겨울 메모」 등.
도스또예프스끼의 여러 단편들과 중편들이 같은 출판사에서 단행본으로 나옴. 『가난한 사람들』, 「백야」, 「약한 마음」, 「여주인」, 「쁘로하르친 씨」 등. 『죽음의 집의 기록』의 세 번째 판이 검토를 거치고 새 장들이 추가되어 나옴.

1866년 45세 1월 『죄와 벌』, 『러시아 통보』지에 연재 시작(12월 호로 완결). 1월 14일 고리대금업자 뽀뽀프와 그의 하녀 노르만이 대학생 다닐로프에게 살해되고 금품을 강탈당함. 도스또예프스끼는 『백치 Idiot』를 쓰며 이 사건을 숙고함. 3~4월 『동시대인』지에 『죄와 벌』에 대한 비호의적인 평이 실림. 4월 4일 러시아 황제 알렉산드르 2세에 대한 까라꼬조프의 암살 계획. 도스또예프스끼는 이 사건에 깜짝 놀람. 6월 여름을 여동생의 가족이 사는 곳에서 가까운 모스끄바의 교외 지역인 류블리노에서 보냄. 『노름꾼』의 줄거리와 『죄와 벌』 5부 작업. 『러시아 통보』의 편집자 까뜨꼬프에게 부도덕한 장면이라고 지적당한 2부의 6장을 수정해야 했음(라스꼴리니꼬프와 소냐가 복음서를 읽는 장면). 9월 까라꼬조프에 대한 재판과 판결. 도스또예프스끼는 작가 노트와 『악령』의 도입부에서 이 재판에 대해 언급함. 10월 스쩰로프스끼에게 약속한 소설을 제때에 끝내기 위해 속기사를 고용하기로 결심함. 10월 3일 저녁때 안나 그리고리예브나 스니뜨끼나 Anna Grigorievna Snitkina가 찾아와 속기사로 일하겠다고 함. 그다음 날 『노름꾼』 구술 시작. 29일에 끝냄. 30일, 31일 원고 정서함. 11월 『노름꾼』 원고를 스쩰로프스끼에게 가져감. 스쩰로프스끼는 자리에 없고 그의 서기가 원고를 거절함. 도스또예프스끼는 출판사 부근의 경찰서에 소설을 맡김. 11월 3일 어머니 집에 있는 안나 그리고리예브나를 방문함. 그리고 『죄와 벌』 마지막 부분을 속기해 달라고 부탁함. 11월 8일 안나 그리고리예브나에게 청혼. 그녀의 수락. 이달 말, 도스또예프스끼는 하나뿐인 외투를 저당잡혀 쪼들리는 친척들을 도움.
• 도스또예프스끼 전집 제3권 나옴(스쩰로프스끼 출판사).
수록 작품 : 『노름꾼』, 『분신』, 「크리스마스트리와 결혼식」, 「남의 아내와 침대 밑 남편」, 「꼬마 영웅」, 「네또츠까 네즈바노바」, 『아저씨의 꿈』, 『스쩨빤치꼬보 마을 사람들』. 스쩰로프스끼 출판사에서 단편, 중단편들이 단행본으로 나옴. 『분신』, 『지하로부터의 수기』, 「노름꾼」, 「크리스마스트리와 결혼식」, 「악어 Krokodil」, 「악몽 같은 이야기」 등.
『상처받은 사람들』 세 번째 개정판과 『스쩨빤치꼬보 마을 사람들』의 세 번째 판이 같은 출판사에서 나옴.

1867년 ⁴⁶세 2월 15일 저녁 7시, 삼위일체 대성당에서 도스또예프스끼와 안나 그리고리예브나의 결혼식. 3월 30일 도스또예프스끼와 그의 아내, 모스끄바에 도착. 듀소 호텔로 감. 모스끄바에서 보석상 까밀꼬프가 양갓집 아들 마주린에게 살해당하는 사건이 발생. 도스또예프스끼는 이 범죄 사건을 『백치』의 마지막에 이용함. 4월 도스또예프스끼 부부, 외국으로 갈 계획 세움. 4월 12일 안나 그리고리예브나, 돈을 빌리기 위해 개인 물품을 저당잡힘. 빌린 돈의 일부를 도스또예프스끼 가족에게 줌. 4월 14일 도스또예프스끼 부부, 외국으로 떠나 4년 넘게 체류. 안나 그리고리예브나 일기 쓰기 시작. 4월 17일과 18일 베를린 체류. 4월 19일 드레스덴에 도착, 미술관에서 라파엘의 마돈나 감상. 책 사들임. 5월 4일 도스또예프스끼, 룰렛 게임을 하러 함부르크로 출발. 5월 5일 도박을 하여 처음엔 땄으나 그 후에 거액을 잃고 아내에게 여러 차례 돈을 요구하지만 이 돈마저 잃음. 5월 15일 드레스덴으로 돌아옴. 5월 25일 알렉산드르 2세에 대한 폴란드 이민자 베레조프스끼의 암살 음모. 파리 체류. 6월 디킨스, 위고를 읽음. 베토벤, 바그너의 음악회 감상. 이달 여러 번의 간질 발작을 일으킴. 6월 21일 도스또예프스끼 부부, 바덴바덴으로 떠남. 이후 룰렛 게임을 계속함. 6월 28일 뚜르게네프를 만나러 감. 러시아와 서양의 관계에 대한 생각 차이로 말다툼. 7월 10일 도박으로 마지막 남은 돈을 잃음. 물건을 저당잡힘. 7월 16일 도벨린스끼에 대한 기사 쓰기 시작. 8월 11일 도스또예프스끼 부부, 제네바로 떠남. 바젤에 들러 미술관 방문. 8월 13일 제네바 도착. 8월 28일 가리발디와 바꾸닌의 협력으로 제네바에서 평화와 자유 연맹의 첫 번째 회의 열림. 도스또예프스끼, 여러 회의에 참석. 9월 도박으로 또 손해를 봄. 제네바에 싫증을 냄. 경제 사정 매우 악화. 10월 『백치』 집필. 도박으로 돈을 잃음. 물건을 저당잡힘. 12월 6일 『백치』의 최종 원고 작업 돌입. 〈내 소설의 주요 생각은 지극히 완전한 사람을 그리는 데 있다.〉
• 『죄와 벌』 수정판이 두 권으로 바주노프 출판사에서 나옴.

1868년 47세 2월 22일 딸 소피야 태어남. 3월 10일 한 가족(6명)이 땀보프에서 살해되는 사건 발생. 16세의 고등학생이 용의자로 지목됨. 도스또예프스끼는 이 사건을 『백치』 2부에 이용함. 도박 계속. 5월 12일 어린 딸 소피야 죽음. 9월 밀라노 도착. 성당에 감. 11월 피렌체로 출발. 그곳에서 겨울을 남.
• 『러시아 통보』지에 『백치』 게재.

1869년 48세 봄 러시아의 친구들과 활발한 서신 교환. 무신론에 관한 소설을 구상. 7월 프라하에서 사흘을 보낸 다음 베네치아, 볼로냐를 거쳐 드레스덴으로 돌아감. 9월 14일 딸 류보프 출생. 11월 21일 모스끄바에서 혁명 운동가 네차예프를 지도자로 하는 〈민중의 복수〉라는 혁명 단체가 불복종을 이유로 농학과 학생 이바노프를 암살함(소위 네차예프 사건). 도스또예프스끼는 이 사건을 주의 깊게 연구하여 후에 『악령 besy』에 이용함.

1870년 49세 봄 니힐리즘에 대한 〈악의적인 것〉 작업(『악령』). 6~8월 프랑스-프로이센 전쟁. 도스또예프스끼, 자기 일기와 서신에 유럽의 사건들에 대해 언급.
• 『오로라 L'Aurore』에 『영원한 남편 Vechnyi muzh』 실림. 『죄와 벌』, 전집 제4권으로 나옴(스쩰로프스끼 출판사).

1871년 50세 1월 『러시아 통보』지에 『악령』 연재 시작. 3~5월 파리 코뮌. 도스또예프스끼의 편지와 『미성년 Podrostok』의 작가 노트에서 이 사건을 반영했음을 밝힘. 4월 비스바덴에 가서 룰렛 게임. 돈을 잃고 아내에게 편지를 써서 다시는 도박을 하지 않겠다고 약속함. 러시아가 그리워져서 다시 돌아갈 생각을 함. 7월 1일 네차예프의 재판. 재판의 내용이 『악령』 2부와 3부에서 이용됨. 7월 5일 드레스덴을 떠나 뻬쩨르부르그 도착. 7월 16일 뻬쩨르부르그에서 아들 표도르 태어남.
• 바주노프 사에서 〈동시대 작가 총서〉의 하나로 『영원한 남편』이 단행본으로 나옴.

1872년 51세 4~5월 딸 류보프의 팔이 부러짐. 도스또예프스끼, 뜨레쨔꼬프에게 주문받은 초상화를 그리기 위해 뻬로프의 모델이 됨. 5월 15일 여름을 지내기 위해 스따라야 루사로 떠남. 며칠 후 딸의 잘 낫지 않는 팔을 수술하기 위해 뻬쩨르부르그로 다시 돌아옴. 10월 30일 『시민*Grazhdanin*』지에서 도스또예프스끼와 공동 작업할 것임을 알림. 11~12월 안나 그리고리예브나, 『악령』을 직접 출판하기 위해 교섭. 도스또예프스끼, 『시민』지의 편집일을 맡음. 12월 말 도스또예프스끼, 『시민』지 1호에 『작가 일기』 제1장 원고 조판 작업. 독감과 폐기종으로 고생하기 시작.

1873년 52세 1월 1일 『시민』지 제1호가 나옴. 편집장을 맡음. 1월 7일 끼르끼즈 대표단이 겨울 궁전으로 알렉산드르 2세를 접견하러 감. 검열 당국의 사전 허가를 받지 않은 점을 변명하기 위해 도스또예프스끼도 따라감. 뽀베도노스쩨프(성무권의 담당 검사관)가 왕위 계승자 알렉산드르 알렉산드로비치에게 편지와 『악령』 견본 보냄. 2월 26일 안나 그리고리예브나가 출판한 『악령』 판매 시작. 2월 27일 슬라브 자선 단체의 회원으로 뽑힘. 6월 11일 검열법 위반으로 25루블의 벌금형과 48시간의 구류(끼르끼즈 대표단 사건) 처분받음. 6월 15일 시인 쮸체프 사망. 그에 대한 글을 『시민』지에 기고함.
• 『악령』이 세 권의 단행본으로 나옴. 정치적, 연대기적, 문학적 기사와 중편소설, 일상 생활을 묘사한 『작가 일기』가 『시민』지에 연재됨. 『작가 일기』(『시민』지 제6호)에 단편 「보보끄」가 실림.

1874년 53세 1월 『백치』, 두 권의 단행본으로 나옴. 3월 11일 『시민』지 10호에 기고한 글 〈러시아에 사는 독일인들에 대한 비스마르크 왕자의 생각과 관련된 두 단어〉로 잡지는 첫 번째 경고를 받음. 3월 21일과 22일 센나야 광장의 보초에게 체포당함. 이때 『레 미제라블』을 다시 읽음. 4월 22일 건강상의 이유로 『시민』지의 편집장직 사퇴. 그러나 기고는 중단하지 않음. 6월 4일 스따라야 루사를 떠나 엠스에 온천 요법을 받으러 감. 6월 12일 엠스에 도착. 독감에 걸림. 엠스에 싫증을 냄. 뿌쉬낀을 다시 읽고 『미성년』 작업. 〈엠스가 너무 싫은 나머지 감옥이 더 나을 것 같다.〉 7~8월 제네바에 가서 딸 소냐의 무덤에 감. 8월 10일 스따라야 루사로 돌아옴. 이곳에서 겨울을 나기로 결심함. 10월 12일 네끄라소프에게 보낸 편지에서 『조국 수기』지에 소설 『미성년』이 실릴 것이라고 알림.

1875년 54세 4월 9일 안나 그리고리예브나, 꾸르스끄 지방에 있는 남동생 아내의 땅을 소작하기로 남동생과 합의. 5월 26일 도스또예프스끼, 엠스로 떠남. 처음 왔을 때와 같은 참기 힘든 인상을 받음. 욥기를 읽음. 7월 7일 스따라야 루사로 돌아옴. 8월 10일 아들 알렉세이 태어남. 12월 길에서 일곱 살의 어린 거지와 자주 만나며 그의 생활에 관심을 가지고 질문을 함. 현대의 부모와 아이들에 관한 소설 구상. 12월 27일 비행 청소년을 위한 감화원 방문. 12월 31일 개인 잡지『작가 일기』의 발행 허가가 내려짐.
 •『죽음의 집의 기록』제4판이 두 권의 책으로 나옴.『미성년』이『조국 수기』(1~12월 호)에 실림.

1876년 55세 1월 월간『작가 일기』제1호 발행. 단편「예수의 크리스마스 트리에 초대된 아이」발표. 2월『작가 일기』2월 호에 단편「농부 마레이」발표. 3월 영적 경험.『작가 일기』3월 호에 단편「백 살의 노파」실림. 5월 18일 안나 그리고리예브나, 남동생에게 스따라야 루사에 집을 한 채 사놓으라고 시킴. 7월 도스또예프스끼, 엠스로 떠남. 그곳에서 의사는 〈죽으려면 아직도 멀었다〉고 안심시킴. 10월 도스또예프스끼가『작가 일기』에서 말한 계모 꼬르닐로바의 재판이 열림. 그는 죄수를 두 번 방문함.『작가 일기』는 점점 더 풍부한 통신란이나 다름없게 됨. 11월 도스또예프스끼는 뽀베도노스쩨프의 충고에 대해『작가 일기』의 별책들을 유명해지게 할 것을 제안.『온순한 여자 Krotkaia』집필,『작가 일기』11월 호에 발표. 12월 6일 까잔 광장에서 대학생들의 시위와 난투극.『작가 일기』에서 이 사건을 상세히 다룸.
 •『미성년』이 3권의 단행본으로 나옴.『작가 일기』계속 발간.

1877년 56세 봄 스따라야 루사에 안나 그리고리예브나의 동생 명의로 집을 사들임. 4월 러시아 황제의 성명. 러시아 군대가 터키 영토에 진입. 도스또예프스끼는 성명을 읽고 까잔 성당에 감. 4월 22일 꼬르닐로바의 두 번째 재판에 참석함. 피고는 무죄 석방됨. 검사는 처음 선고는『작가 일기』의 기사에 따라 취소되었다고 말함.『작가 일기』4월 호에 단편「우스운 사람의 꿈」발표. 도스또예프스끼 가족, 여름을 안나 그리고리예브나의 남동생 소유지에서 보냄. 7월『안나 까레니나』8부 단행본으로 나옴. 전쟁에 대한 똘스또이의 반체제적 견해 때문에 거부되었던 책으로『러시아 통보』지의 편집부에서 펴냄. 도스또예프스끼, 그 책을 구입. 7월 19일 꾸르스끄 지방으로 떠남. 어린 시절을 보낸 다로보예로 감. 12월 27일 시인 네끄라소프 사망. 충격에 싸인 도스또예프스끼는 밤을 새워 죽은 시인의 시를 낭독함. 12월 29일 연말 공식 회의에서 도스또예프스끼가 과학 아카데미 러시아 문헌 분과의 객원 회원으로 뽑혔음을 알려 옴. 12월 30일 네끄라소프 장례식에서 간단한 연설을 함.

• 『작가 일기』 계속 발간. 『죄와 벌』 4판이 두 권으로 나옴. 『우스운 사람의 꿈』이 『시민』지에서 나옴. 『온순한 여자』가 「상뜨뻬쩨르부르그 신문」에 프랑스어로 번역됨. 단행본으로도 나옴.

1878년 57세 연초 도스또예프스끼, 매달 문학인 협회가 주관하는 저녁 모임 참가. 3월 베라 자술리치의 재판. 베라는 정치범을 하찮은 이유로 채찍질한 뜨레뽀프 경찰국장을 저격. 도스또예프스끼, 재판 방청. 5월 16일 세 살의 어린 아들 알렉세이 도스또예프스끼, 갑작스러운 간질 발작으로 죽음. 아들이 죽은 후 그는 자주 블라지미르 솔로비요프를 만남. 6월 23일 솔로비요프와 함께 러시아 영성의 중심지 중 하나인 옵찌나 수도원에 감. 암브로시 장로와 두 번의 대화. 그로부터 『까라마조프 씨네 형제들 *Brat'ia Karamazovy*』의 영감을 얻음. 12월 계획을 세우고 『까라마조프 씨네 형제들』의 첫 부분 씀. 12월 14일 『상처받은 사람들』의 넬리 이야기를 자선 문학의 밤 모임에서 낭독. 〈문학 기금〉의 저녁 모임에서 뿌쉬낀의 『예언자』를 읽음. 이 겨울 동안 문단에 자주 나옴.

• 『작가 일기』 1877년 12월 호가 1878년 1월에 나옴.

1879년 58세 3월 9일 〈문학 기금〉을 위한 연회에서 도스또예프스끼는 『까라마조프 씨네 형제들』의 일부분을 낭독함. 3월 13일 뚜르게네프 기념 오찬 모임에서 뚜르게네프와 도스또예프스끼 사이의 별로 좋지 않은 이야기들이 회자됨. 3월 20일 어린 딸을 괴롭힌 혐의로 고발당한 외국인 브룬스트의 재판. 도스또예프스끼는 이 사건에 매우 깊은 인상을 받아 『까라마조프 씨네 형제들』에 이용함. 도스또예프스끼는 술 취한 남자 때문에 길에 넘어져 얼굴에 상처를 입음. 그의 항의에도 불구하고 가해자는 16루블의 벌금형을 받음. 빅토르 위고의 주재로 열리는 런던 문학 회의에 참여해 달라는 요청을 건강상의 이유로 거절함. 7월 22일 엠스로 떠남. 베를린에서 이틀 머무름. 수족관, 박물관, 티어가르텐 구경. 7월 24일 엠스 도착. 그가 이곳에 머무는 동안 그의 아내는 아이들을 데리고 그녀의 친척인 꾸마닌 부인의 토지 분할 문제를 처리하기 위해 랴잔 지방에 감. 꾸마닌 부인은 2백 제곱미터의 산림과 1백 제곱미터의 경작지를 보유. 8월 6일 형수 죽음. 9월 러시아로 돌아옴.『까라마조프 씨네 형제들』작업. 10월 알렉세이 똘스또이의 미망인, 똘스또이 백작 부인이 도스또예프스끼에게 드레스덴 박물관에 있는 라파엘의「시스티나의 마돈나」사진을 보여 줌.
• 『까라마조프 씨네 형제들』(소설 3부의 제4권까지)『러시아 통보』에서 나옴. 1876년에 쓰인『작가 일기』단행본 제2판 1879년.『상처받은 사람들』제5판.

1880년 59세 1월 도스또예프스끼의 아내가 출판한 작품 판매. 1월 17일 도스또예프스끼와 프랑스 외교관이자 작가인 보귀에 사이에 논쟁〔보귀에는 후에 유명한 책,『러시아 소설』(1886)을 씀〕. 도스또예프스끼는 다음과 같이 말함.〈우리는 모든 민족들이 가진 특징을 가지고 있습니다. 그 위에 모든 러시아의 특징도. 그 이유는 우리는 당신들을 이해할 수 있기 때문입니다. 그러나 당신들은 우리에 미치지 못합니다.〉자선 문학의 밤 행사에 여러 번 참여, 자기 작품의 몇몇 부분을 읽음. 4월 6일 뻬쩨르부르그 대학에서 열린 블라지미르 솔로비요프의 박사 논문 통과 심사에 참석. 5월 11일 모스끄바에서 열리는 뿌쉬낀 동상 제막식에서 슬라브 자선 단체의 대표로 임명됨. 5월 23일 모스끄바 도착. 5월 24일 도스또예프스끼를 축하하는 오찬. 여러 작가들 참석. 6월 6일 뿌쉬낀 동상 제막식. 6월 7일 첫 번째 공개 회의, 뚜르게네프 연설. 6월 8일 두 번째 공개 회의. 도스또예프스끼, 대중의 열광을 불러일으킨 뿌쉬낀에 대한 연설을 함. 월계관을 받음. 저녁에『예언자』낭독. 밤에 그는 뿌쉬낀 동상에 가서 자기가 받은 월계관을 바침. 6월 10일 모스끄바를 떠나 스따라야 루사로 감.『까라마조프 씨네 형제들』쓰기 시작. 9월 26일 똘스또이가 스뜨라호프에게 편지를 보내『죽음의 집의 기록』은 뿌쉬낀의 작품을 포함하여 새로운 모든 문학 작품들 중 가장 아름다운 책이라고 말함. 11월 8일 도스또예프스끼,『러시아 통보』지에『까라마조프 씨네 형제들』의 마지막 장들을 보냄.〈내 소설은 끝났습니다. 이 소설에 바친 3년과 출판한 2년, 나에게는 의미 있는 순간입니다. 작별 인사를 하지 않은 것을 용서하시기 바랍니다. 나는 20년은 더 살면서 글을 쓸 작정입니다.〉11월 29일 한 편지에서 나쁜 건강 상태에 대해 불평(폐기종으로 고생). 12월 10일 젊은 메레쥐꼬프스끼Merezhkovskii의 방문을 허락. 15세의 젊은 시인은 도스또예프스끼에게 자신의 시를 읽어 줌.〈제대로 쓰기 위해서는 고통을 감내해야 한다.〉

• 〈뿌쉬낀에 대한 연설〉이 『모스끄바 통보』지에 실림. 『까라마조프 씨네 형제들』, 『러시아 통보』지에 연재(11월 완결). 『작가 일기』 8월 호가 간행됨. 『까라마조프 씨네 형제들』 단행본 며칠 만에 동이 남.

1881년 ⁶⁰세 1월 『작가 일기』 작업. 1월 19일 알렉세이 똘스또이의 미망인 집에서 열린 연극 『폭군 이반의 죽음 *Smert' Ioanna Groznogo*』에서 수도승 역을 맡음. 1월 26일 상속 문제로 여동생이 찾아와 다투고 간 후 도스또예프스끼 각혈, 5시 반에 의사 폰 브레첼 도착, 진찰 도중 다시 각혈, 의식을 잃음, 6시경 병자 성사를 받음, 7시경 아내와 아이들에게 작별 인사. 1월 27일 각혈 멈춤. 1월 28일 아침 7시 도스또예프스끼는 아내에게 오늘 틀림없이 죽을 것 같다고 말함. 그는 복음서를 아무데나 펼쳐 「마태오의 복음서」 3장, 14~15절을 읽음. 죽음의 전조가 보임. 아침 11시 또 각혈. 저녁 7시 자식들을 불러 아들에게 자신의 성서를 건네줌. 저녁 8시 38분 도스또예프스끼 사망. 1월 31일 알렉산드르 네프스끼 수도원 묘지에 묻힘, 많은 사람들이 긴 행렬을 이루며 그의 죽음을 애도함.

• 『죽음의 집의 기록』 제5판 나옴. 『상처받은 사람들』의 프랑스어 번역이 「상뜨뻬쩨르부르그 신문」에 실림. 『죽음의 집의 기록』 영어로 번역됨. 『상처받은 사람들』 스웨덴어로 번역됨.

열린책들 세계문학 119 **영원한 남편** 외

옮긴이 정명자 1955년 충북 음성에서 태어나 고려대학교 노어노문학과 및 동 대학원을 졸업하였다. 독일 괴팅겐 대학교 슬라브 어문학부에서 박사 학위를 받았으며, 현재 건국대학교 유럽어문학부 교수로 재직 중이다. 논문 「파스테르나크 평가의 변천사」, 저서 「고골 — 환상과 현실의 영원한 방랑자」(1955), 역서 「사랑스러운 여인」(1987, 체호프) 등이 있다.
박현섭 1961년 서울에서 태어나 서울대학교 노어노문학과 및 동 대학원을 졸업하였다. 러시아 극동대학교 객원 교수를 역임했으며, 현재 서울대학교 노어노문학과 교수로 재직 중이다. 논문 「체호프 〈희극〉의 성격과 그 발전 과정에 대한 연구」, 역서 『영화기호학』(1944, 로뜨만) 등이 있다.

지은이 표도르 도스또예프스끼 **옮긴이** 정명자, 박현섭 **발행인** 홍지웅·홍예빈
발행처 주식회사 열린책들 **주소** 경기도 파주시 문발로 253 파주출판도시
전화 031-955-4000 **팩스** 031-955-4004 **홈페이지** www.openbooks.co.kr
Copyright (C) 주식회사 열린책들, 2000, 2010, *Printed in Korea.*
ISBN 978-89-329-1119-9 04890 **ISBN** 978-89-329-1499-2 (세트)
발행일 2000년 6월 15일 초판 1쇄 2002년 2월 25일 신판 1쇄 2005년 1월 10일 신판 4쇄 2007년 2월 5일 3판 1쇄 2009년 1월 30일 3판 2쇄 2010년 5월 10일 세계문학판 1쇄 2020년 7월 25일 세계문학판 5쇄

이 도서의 국립중앙도서관 출판예정도서목록(CIP)은 서지정보유통지원시스템 홈페이지(http://seoji.nl.go.kr)와 국가자료공동목록시스템(http://www.nl.go.kr/kolisnet)에서 이용하실 수 있습니다.(CIP제어번호:CIP2010001480)

열린책들 세계문학
Open Books World Literature

001 **죄와 벌** 표도르 도스또예프스끼 장편소설 | 홍대화 옮김 | 전2권 | 각 408, 504면

003 **최초의 인간** 알베르 카뮈 장편소설 | 김화영 옮김 | 392면

004 **소설** 제임스 미치너 장편소설 | 윤희기 옮김 | 전2권 | 각 280, 368면

006 **개를 데리고 다니는 부인** 안똔 체호프 소설선집 | 오종우 옮김 | 368면

007 **우주 만화** 이탈로 칼비노 단편집 | 김운찬 옮김 | 416면

008 **댈러웨이 부인** 버지니아 울프 장편소설 | 최애리 옮김 | 296면

009 **어머니** 막심 고리끼 장편소설 | 최윤락 옮김 | 544면

010 **변신** 프란츠 카프카 중단편집 | 홍성광 옮김 | 464면

011 **전도서에 바치는 장미** 로저 젤라즈니 중단편집 | 김상훈 옮김 | 432면

012 **대위의 딸** 알렉산드르 뿌쉬낀 장편소설 | 석영중 옮김 | 240면

013 **바다의 침묵** 베르코르 소설선집 | 이상해 옮김 | 256면

014 **원수들, 사랑 이야기** 아이작 싱어 장편소설 | 김진준 옮김 | 320면

015 **백치** 표도르 도스또예프스끼 장편소설 | 김근식 옮김 | 전2권 | 각 500, 528면

017 **1984년** 조지 오웰 장편소설 | 박경서 옮김 | 392면

018 **수용소군도** 알렉산드르 솔제니찐 기록문학 | 김학수 옮김 | 480면

019 **이상한 나라의 앨리스** 루이스 캐럴 환상동화 | 머빈 피크 그림 | 최용준 옮김 | 336면

020 **베네치아에서의 죽음** 토마스 만 중단편집 | 홍성광 옮김 | 432면

021 **그리스인 조르바** 니코스 카잔차키스 장편소설 | 이윤기 옮김 | 488면

022 **벚꽃 동산** 안똔 체호프 희곡선집 | 오종우 옮김 | 336면

023 **연애 소설 읽는 노인** 루이스 세풀베다 장편소설 | 정창 옮김 | 192면

024 **젊은 사자들** 어윈 쇼 장편소설 | 정영문 옮김 | 전2권 | 각 416, 408면

026 **젊은 베르테르의 슬픔** 요한 볼프강 폰 괴테 장편소설 | 김인순 옮김 | 240면

027 **시라노** 에드몽 로스탕 희곡 | 이상해 옮김 | 256면

028 **전망 좋은 방** E. M. 포스터 장편소설 | 고정아 옮김 | 352면

029 **까라마조프 씨네 형제들** 표도르 도스또예프스끼 장편소설 | 이대우 옮김 | 전3권 | 각 496, 496, 460면

032 **프랑스 중위의 여자** 존 파울즈 장편소설 | 김석희 옮김 | 전2권 | 각 344면

034 **소립자** 미셀 우엘벡 장편소설 | 이세욱 옮김 | 448면

035 **영혼의 자서전** 니코스 카잔차키스 자서전 | 안정효 옮김 | 전2권 | 각 352, 408면

037 **우리들** 예브게니 자먀찐 장편소설 | 석영중 옮김 | 320면

038 **뉴욕 3부작** 폴 오스터 장편소설 | 황보석 옮김 | 480면

039 **닥터 지바고** 보리스 빠스쩨르나끄 장편소설 | 박형규 옮김 | 전2권 | 각 400, 512면

041 **고리오 영감** 오노레 드 발자크 장편소설 | 임희근 옮김 | 456면

042 **뿌리** 알렉스 헤일리 장편소설 | 안정효 옮김 | 전2권 | 각 400, 448면

044 **백년보다 긴 하루** 친기즈 아이뜨마또프 장편소설 | 황보석 옮김 | 560면

045 **최후의 세계** 크리스토프 란스마이어 장편소설 | 장희권 옮김 | 264면

046 **추운 나라에서 돌아온 스파이** 존 르카레 장편소설 | 김석희 옮김 | 368면

047 **산도칸 – 몸프라쳄의 호랑이** 에밀리오 살가리 장편소설 | 유향란 옮김 | 428면

048 **기적의 시대** 보리스와프 페키치 장편소설 | 이윤기 옮김 | 560면

049 **그리고 죽음** 짐 크레이스 장편소설 | 김석희 옮김 | 224면

050 **세설** 다니자키 준이치로 장편소설 | 송태욱 옮김 | 전2권 | 각 480면

052 **세상이 끝날 때까지 아직 10억 년** 스뜨루가츠끼 형제 장편소설 | 석영중 옮김 | 224면

053 **동물 농장** 조지 오웰 장편소설 | 박경서 옮김 | 208면

054 **캉디드 혹은 낙관주의** 볼테르 장편소설 | 이봉지 옮김 | 232면

055 **도적 떼** 프리드리히 폰 실러 희곡 | 김인순 옮김 | 264면

056 **플로베르의 앵무새** 줄리언 반스 장편소설 | 신재실 옮김 | 320면

057 **악령** 표도르 도스또예프스끼 장편소설 | 박혜경 옮김 | 전3권 | 각 328, 408, 528면

060 **의심스러운 싸움** 존 스타인벡 장편소설 | 윤희기 옮김 | 340면

061 **몽유병자들** 헤르만 브로흐 장편소설 | 김경연 옮김 | 전2권 | 각 568, 544면

063 **몰타의 매** 대실 해밋 장편소설 | 고정아 옮김 | 304면

064 **마야꼬프스끼 선집** 블라지미르 마야꼬프스끼 선집 | 석영중 옮김 | 320면

065 **드라큘라** 브램 스토커 장편소설 | 이세욱 옮김 | 전2권 | 각 340, 344면

067 **서부 전선 이상 없다** 에리히 마리아 레마르크 장편소설 | 홍성광 옮김 | 336면

068 **적과 흑** 스탕달 장편소설 | 임미경 옮김 | 전2권 | 각 376, 368면

070 **지상에서 영원으로** 제임스 존스 장편소설 | 이종인 옮김 | 전3권 | 각 396, 380, 388면

073 **파우스트** 요한 볼프강 폰 괴테 희곡 | 김인순 옮김 | 568면

074 **쾌걸 조로** 존스턴 매컬리 장편소설 | 김훈 옮김 | 316면

075 **거장과 마르가리따** 미하일 불가꼬프 장편소설 | 홍대화 옮김 | 전2권 | 각 364, 328면

077 **순수의 시대** 이디스 워튼 장편소설 | 고정아 옮김 | 448면

078 **검의 대가** 아르투로 페레스 레베르테 장편소설 | 김수진 옮김 | 376면

079 **예브게니 오네긴** 알렉산드르 뿌쉬낀 운문소설 | 석영중 옮김 | 328면

080 **장미의 이름** 움베르토 에코 장편소설 | 이윤기 옮김 | 전2권 | 각 440, 448면

082 **향수** 파트리크 쥐스킨트 장편소설 | 강명순 옮김 | 384면

083 **여자를 안다는 것** 아모스 오즈 장편소설 | 최창모 옮김 | 280면

084 **나는 고양이로소이다** 나쓰메 소세키 장편소설 | 김난주 옮김 | 544면

085 **웃는 남자** 빅토르 위고 장편소설 | 이형식 옮김 | 전2권 | 각 472, 496면

087 **아웃 오브 아프리카** 카렌 블릭센 장편소설 | 민승남 옮김 | 480면

088 **무엇을 할 것인가** 니꼴라이 체르니셰프스끼 장편소설 | 서정록 옮김 | 전2권 | 각 360, 404면

090 **도나 플로르와 그녀의 두 남편** 조르지 아마두 장편소설 | 오숙은 옮김 | 전2권 | 각 328, 308면

092 **미사고의 숲** 로버트 홀드스톡 장편소설 | 김상훈 옮김 | 416면

093 **신곡** 단테 알리기에리 장편서사시 | 김운찬 옮김 | 전3권 | 각 292, 296, 328면

096 **교수** 샬럿 브론테 장편소설 | 배미영 옮김 | 368면

097 **노름꾼** 표도르 도스또예프스끼 장편소설 | 이재필 옮김 | 320면

098 **하워즈 엔드** E. M. 포스터 장편소설 | 고정아 옮김 | 508면

099 **최후의 유혹** 니코스 카잔차키스 장편소설 | 안정효 옮김 | 전2권 | 각 408면

101 **키리냐가** 마이크 레스닉 장편소설 | 최용준 옮김 | 464면

102 **바스커빌가의 개** 아서 코넌 도일 장편소설 | 조영학 옮김 | 264면

103 **버마 시절** 조지 오웰 장편소설 | 박경서 옮김 | 400면

104 **10 1/2장으로 쓴 세계 역사** 줄리언 반스 장편소설 | 신재실 옮김 | 464면

105 **죽음의 집의 기록** 표도르 도스또예프스끼 장편소설 | 이덕형 옮김 | 528면

106 **소유** 앤토니어 수전 바이어트 장편소설 | 윤희기 옮김 | 전2권 | 각 440, 480면

108 **미성년** 표도르 도스또예프스끼 장편소설 | 이상룡 옮김 | 전2권 | 각 512, 544면

110 **성 앙투안느의 유혹** 귀스타브 플로베르 희곡소설 | 김용은 옮김 | 584면

111 **밤으로의 긴 여로** 유진 오닐 희곡 | 강유나 옮김 | 240면

112 **마법사** 존 파울즈 장편소설 | 정영문 옮김 | 전2권 | 각 512, 552면

114 **스쩨빤치꼬보 마을 사람들** 표도르 도스또예프스끼 장편소설 | 변현태 옮김 | 416면

115 **플랑드르 거장의 그림** 아르투로 페레스 레베르테 장편소설 | 정창 옮김 | 512면

116 **분신** 표도르 도스또예프스끼 장편소설 | 석영중 옮김 | 288면

117 **가난한 사람들** 표도르 도스또예프스끼 장편소설 | 석영중 옮김 | 256면

118 **인형의 집** 헨리크 입센 희곡 | 김창화 옮김 | 272면

119 **영원한 남편** 표도르 도스또예프스끼 장편소설 | 정명자 외 옮김 | 448면

120 **알코올** 기욤 아폴리네르 시집 | 황현산 옮김 | 352면

121 **지하로부터의 수기** 표도르 도스또예프스끼 장편소설 | 계동준 옮김 | 256면

122 **어느 작가의 오후** 페터 한트케 중편소설 | 홍성광 옮김 | 160면
123 **아저씨의 꿈** 표도르 도스또예프스끼 장편소설 | 박종소 옮김 | 304면
124 **네또츠까 네즈바노바** 표도르 도스또예프스끼 장편소설 | 박재만 옮김 | 316면
125 **곤두박질** 마이클 프레인 장편소설 | 최용준 옮김 | 528면
126 **백야 외** 표도르 도스또예프스끼 소설선집 | 석영중 외 옮김 | 408면
127 **살라미나의 병사들** 하비에르 세르카스 장편소설 | 김창민 옮김 | 296면
128 **뻬쩨르부르그 연대기 외** 표도르 도스또예프스끼 소설선집 | 이항재 옮김 | 296면
129 **상처받은 사람들** 표도르 도스또예프스끼 장편소설 | 윤우섭 옮김 | 전2권 | 각 296, 392면
131 **악어 외** 표도르 도스또예프스끼 소설선집 | 박혜경 외 옮김 | 312면
132 **허클베리 핀의 모험** 마크 트웨인 장편소설 | 윤교찬 옮김 | 416면
133 **부활** 레프 똘스또이 장편소설 | 이대우 옮김 | 전2권 | 각 308, 416면
135 **보물섬** 로버트 루이스 스티븐슨 장편소설 | 머빈 피크 그림 | 최용준 옮김 | 360면
136 **천일야화** 앙투안 갈랑 엮음 | 임호경 옮김 | 전6권 | 각 336, 328, 372, 392, 344, 320면
142 **아버지와 아들** 이반 뚜르게네프 장편소설 | 이상원 옮김 | 328면
143 **오만과 편견** 제인 오스틴 장편소설 | 원유경 옮김 | 480면
144 **천로 역정** 존 버니언 우화소설 | 이동일 옮김 | 432면
145 **대주교에게 죽음이 오다** 윌라 캐더 장편소설 | 윤명옥 옮김 | 352면
146 **권력과 영광** 그레이엄 그린 장편소설 | 김연수 옮김 | 384면
147 **80일간의 세계 일주** 쥘 베른 장편소설 | 고정아 옮김 | 352면
148 **바람과 함께 사라지다** 마거릿 미첼 장편소설 | 안정효 옮김 | 전3권 | 각 616, 640, 640면
151 **기탄잘리** 라빈드라나트 타고르 시집 | 장경렬 옮김 | 224면
152 **도리언 그레이의 초상** 오스카 와일드 장편소설 | 윤희기 옮김 | 384면
153 **레우코와의 대화** 체사레 파베세 희곡소설 | 김운찬 옮김 | 280면
154 **햄릿** 윌리엄 셰익스피어 희곡 | 박우수 옮김 | 256면
155 **맥베스** 윌리엄 셰익스피어 희곡 | 권오숙 옮김 | 176면
156 **아들과 연인** 데이비드 허버트 로런스 장편소설 | 최희섭 옮김 | 전2권 | 464, 432면
158 **그리고 아무 말도 하지 않았다** 하인리히 뵐 장편소설 | 홍성광 옮김 | 272면
159 **미덕의 불운** 싸드 장편소설 | 이형식 옮김 | 248면
160 **프랑켄슈타인** 메리 W. 셸리 장편소설 | 오숙은 옮김 | 320면
161 **위대한 개츠비** 프랜시스 스콧 피츠제럴드 장편소설 | 한애경 옮김 | 280면
162 **아Q정전** 루쉰 중단편집 | 김태성 옮김 | 320면
163 **로빈슨 크루소** 대니얼 디포 장편소설 | 류경희 옮김 | 456면

164 **타임머신** 허버트 조지 웰스 소설선집 | 김석희 옮김 | 304면
165 **제인 에어** 샬럿 브론테 장편소설 | 이미선 옮김 | 전2권 | 각 392, 384면
167 **풀잎** 월트 휘트먼 시집 | 허현숙 옮김 | 280면
168 **표류자들의 집** 기예르모 로살레스 장편소설 | 최유정 옮김 | 216면
169 **배빗** 싱클레어 루이스 장편소설 | 이종인 옮김 | 520면
170 **이토록 긴 편지** 마리아마 바 장편소설 | 백선희 옮김 | 192면
171 **느릅나무 아래 욕망** 유진 오닐 희곡 | 손동호 옮김 | 168면
172 **이방인** 알베르 카뮈 장편소설 | 김예령 옮김 | 208면
173 **미라마르** 나기브 마푸즈 장편소설 | 허진 옮김 | 288면
174 **지킬 박사와 하이드 씨** 로버트 루이스 스티븐슨 소설선집 | 조영학 옮김 | 320면
175 **루진** 이반 뚜르게네프 장편소설 | 이항재 옮김 | 264면
176 **피그말리온** 조지 버나드 쇼 희곡 | 김소임 옮김 | 256면
177 **목로주점** 에밀 졸라 장편소설 | 유기환 옮김 | 전2권 | 각 336면
179 **엠마** 제인 오스틴 장편소설 | 이미애 옮김 | 전2권 | 각 336, 360면
181 **비숍 살인 사건** S. S. 밴 다인 장편소설 | 최인자 옮김 | 464면
182 **우신예찬** 에라스무스 풍자문 | 김남우 옮김 | 296면
183 **하자르 사전** 밀로라드 파비치 장편소설 | 신현철 옮김 | 488면
184 **테스** 토머스 하디 장편소설 | 김문숙 옮김 | 전2권 | 각 392, 336면
186 **투명 인간** 허버트 조지 웰스 장편소설 | 김석희 옮김 | 288면
187 **93년** 빅토르 위고 장편소설 | 이형식 옮김 | 전2권 | 각 288, 360면
189 **젊은 예술가의 초상** 제임스 조이스 장편소설 | 성은애 옮김 | 384면
190 **소네트집** 윌리엄 셰익스피어 연작시집 | 박우수 옮김 | 200면
191 **메뚜기의 날** 너새니얼 웨스트 장편소설 | 김진준 옮김 | 280면
192 **나사의 회전** 헨리 제임스 중편소설 | 이승은 옮김 | 256면
193 **오셀로** 윌리엄 셰익스피어 희곡 | 권오숙 옮김 | 216면
194 **소송** 프란츠 카프카 장편소설 | 김재혁 옮김 | 376면
195 **나의 안토니아** 윌라 캐더 장편소설 | 전경자 옮김 | 368면
196 **자성록** 마르쿠스 아우렐리우스 명상록 | 박민수 옮김 | 240면
197 **오레스테이아** 아이스킬로스 비극 | 두행숙 옮김 | 336면
198 **노인과 바다** 어니스트 헤밍웨이 소설선집 | 이종인 옮김 | 320면
199 **무기여 잘 있거라** 어니스트 헤밍웨이 장편소설 | 이종인 옮김 | 464면
200 **서푼짜리 오페라** 베르톨트 브레히트 희곡선집 | 이은희 옮김 | 320면

201 **리어 왕** 윌리엄 셰익스피어 희곡 | 박우수 옮김 | 224면
202 **주홍 글자** 너대니얼 호손 장편소설 | 곽영미 옮김 | 360면
203 **모히칸족의 최후** 제임스 페니모어 쿠퍼 장편소설 | 이나경 옮김 | 512면
204 **곤충 극장** 카렐 차페크 희곡선집 | 김선형 옮김 | 360면
205 **누구를 위하여 종은 울리나** 어니스트 헤밍웨이 장편소설 | 이종인 옮김 | 전2권 | 각 416, 400면
207 **타르튀프** 몰리에르 희곡선집 | 신은영 옮김 | 416면
208 **유토피아** 토머스 모어 소설 | 전경자 옮김 | 288면
209 **인간과 초인** 조지 버나드 쇼 희곡 | 이후지 옮김 | 320면
210 **페드르와 이폴리트** 장 라신 희곡 | 신정아 옮김 | 200면
211 **말테의 수기** 라이너 마리아 릴케 장편소설 | 안문영 옮김 | 320면
212 **등대로** 버지니아 울프 장편소설 | 최애리 옮김 | 328면
213 **개의 심장** 미하일 불가코프 중편소설집 | 정연호 옮김 | 352면
214 **모비 딕** 허먼 멜빌 장편소설 | 강수정 옮김 | 전2권 | 각 464, 488면
216 **더블린 사람들** 제임스 조이스 단편소설집 | 이강훈 옮김 | 336면
217 **마의 산** 토마스 만 장편소설 | 윤순식 옮김 | 전3권 | 각 496, 488, 512면
220 **비극의 탄생** 프리드리히 니체 | 김남우 옮김 | 304면
221 **위대한 유산** 찰스 디킨스 장편소설 | 류경희 옮김 | 전2권 | 각 432, 448면
223 **사람은 무엇으로 사는가** 레프 똘스또이 소설선집 | 윤새라 옮김 | 464면
224 **자살 클럽** 로버트 루이스 스티븐슨 소설선집 | 임종기 옮김 | 272면
225 **채털리 부인의 연인** 데이비드 허버트 로런스 장편소설 | 이미선 옮김 | 전2권 | 각 336, 328면
227 **데미안** 헤르만 헤세 장편소설 | 김인순 옮김 | 272면
228 **두이노의 비가** 라이너 마리아 릴케 시 선집 | 손재준 옮김 | 504면
229 **페스트** 알베르 카뮈 장편소설 | 최윤주 옮김 | 432면
230 **여인의 초상** 헨리 제임스 장편소설 | 정상준 옮김 | 전2권 | 각 520, 544면
232 **성** 프란츠 카프카 장편소설 | 이재황 옮김 | 560면
233 **차라투스트라는 이렇게 말했다** 프리드리히 니체 산문시 | 김인순 옮김 | 464면
234 **노래의 책** 하인리히 하이네 시집 | 이재영 옮김 | 384면
235 **변신 이야기** 오비디우스 서사시 | 이종인 옮김 | 632면
236 **안나 까레니나** 레프 똘스또이 장편소설 | 이명현 옮김 | 전2권 | 각 800, 736면
238 **이반 일리치의 죽음·광인의 수기** 레프 똘스또이 중단편집 | 석영중·정지원 옮김 | 232면
239 **수레바퀴 아래서** 헤르만 헤세 장편소설 | 강명순 옮김 | 272면

240 **피터 팬** J. M. 배리 장편소설 | 최용준 옮김 | 272면
241 **정글 북** 러디어드 키플링 중단편집 | 오숙은 옮김 | 272면
242 **한여름 밤의 꿈** 윌리엄 셰익스피어 희곡 | 박우수 옮김 | 160면
243 **좁은 문** 앙드레 지드 장편소설 | 김화영 옮김 | 264면
244 **모리스** E. M. 포스터 장편소설 | 고정아 옮김 | 408면
245 **브라운 신부의 순진** 길버트 키스 체스터턴 단편집 | 이상원 옮김 | 336면
246 **각성** 케이트 쇼팽 장편소설 | 한애경 옮김 | 272면
247 **뷔히너 전집** 게오르크 뷔히너 지음 | 박종대 옮김 | 400면
248 **디미트리오스의 가면** 에릭 앰블러 장편소설 | 최용준 옮김 | 424면
249 **베르가모의 페스트 외** 옌스 페테르 야콥센 중단편 전집 | 박종대 옮김 | 208면
250 **폭풍우** 윌리엄 셰익스피어 희곡 | 박우수 옮김 | 176면
251 **어센든, 영국 정보부 요원** 서머싯 몸 연작 소설집 | 이민아 옮김 | 416면
252 **기나긴 이별** 레이먼드 챈들러 장편소설 | 김진준 옮김 | 600면

각 권 8,800~15,800원